王水照　主編

日本宋學研究六人集

傳媒與真相

蘇軾及其周圍士大夫的文學

内山精也

著

圖書在版編目（CIP）數據

傳媒與真相：蘇軾及其周圍士大夫的文學／（日）
内山精也著；朱剛等譯. —上海：上海古籍出版社，
2013. 10（2024. 7重印）
（日本宋學研究六人集）
ISBN 978 - 7 - 5325 - 6944 - 1

Ⅰ.①傳… Ⅱ.①内… ②朱… Ⅲ.①古典文學研究
—中國—宋代—文集 Ⅳ.①I206. 2 - 53

中國版本圖書館 CIP 數據核字（2013）第 168652 號

日本宋學研究六人集
傳 媒 與 真 相
—— 蘇軾及其周圍士大夫的文學
[日]内山精也 著
朱 剛 等譯

上海古籍出版社出版發行
（上海市閔行區號景路 159 弄 1-5 號 A 座 5F 郵政編碼 201101）
(1)網址：www. guji. com. cn
(2)E - mail：guji1@ guji. com. cn
(3)易文網網址：www. ewen. co
南京展望文化發展有限公司排版
蘇州市越洋印刷有限公司印刷
開本 850×1156 1/32 印張 17.25 插頁 5 字數 384,000
2013 年 10 月第 1 版 2024 年 7 月第 3 次印刷
印數：2,301—3,100
ISBN 978 - 7 - 5325 - 6944 - 1
Ⅰ·2714 定價：68.00 元
如發生質量問題，請與承印公司聯繫

前　言

王水照

　　這套《日本宋學研究六人集》由六位日本中青年學者的論文集所組成,他們是(依姓氏筆劃排列):內山精也《傳媒與真相——蘇軾及其周圍士大夫的文學》;東英壽《復古與創新——歐陽修散文與古文復興》;保苅佳昭《新興與傳統——蘇軾詞論述》;高津孝《科舉與詩藝——宋代文學與士人社會》;淺見洋二《距離與想象——中國詩學的唐宋轉型》;副島一郎《氣與士風——唐宋古文的進程與背景》。他們的論文大都從"宋學"、尤其側重于宋代文學方面展開,代表彼邦富有活力的研究力量,反映了最爲切近的學術動態,值得向我國學界同道譯介推薦。

　　"宋學"在我國經學史上原是與"漢學"相對舉的學術概念,簡言之,即是指區別于考據之學的義理之學。《四庫全書總目提要》卷一《經部總敘》云:清初經學"要其歸宿,則不過漢學、宋學兩家互爲勝負",江藩的《國朝漢學師承記》、《國朝宋學淵源記》與方東樹的《漢學商兌》,就是一場學術紛爭夾雜門戶之見的有名論爭。現代學者則把此語用作中國思想史上宋代"新儒家學派"的總稱。鄧廣銘《略談宋學》一文即"把萌興于唐代後期而大盛于北宋建國以後的那個新儒家學派稱之爲宋學",而"理學"僅是宋學中衍生出來的一個支派,與"宋學"不能等同(《鄧廣銘治史叢稿》第 164—165 頁)。而陳寅恪則從中國學術文化史的角度立論,將它視作宋代學術文化的同義語。他在論述"新宋學"時指出:"吾國近年之學術,如考古歷史文藝及思想史等,以世局激蕩及外緣熏習之故,咸有顯著之變遷。將來所止之境,今固未敢斷論。惟可一言蔽之曰,宋代學術之復興,或新宋學之建立是已。"(《鄧廣銘宋史職官志考證序》,《金明館叢稿二編》第 245 頁)這裏的"新宋學"明確包括"考古歷史文藝及思想史等"各種領域,而"新宋學"之于"宋學",只是學術觀念的更迭出新,兩者的涵蓋面應是相同的,均指宋代整個學術文化。

　　"宋學"的上述三個界定,分別指向特定的對象和領域,各具學術内涵和意義,都有其存在的合理性;我們這套叢書命名中所説的"宋學",乃采用第三個界定,即指宋代整個學術文化。學術研究本來就有綜合與分析或曰宏觀與微觀的不同方法和視角,尤重在兩者内在的結合與統一,力求走向更高層次的綜合,獲得宏通的科學認識。研究宋代學術的每一個部類,總離不開對整個社會的認識與把握。因爲社會是一個有機整體,其構成中的每一個部類不能不受制於整體發展變化的狀況,各個部類之間又不能不産生無法分割的種種關聯。而説到對宋代社會的宏觀認識和整體把握,又不能不提到八十多年前蜚聲學界的"宋代近世説"的舊命題,對這個舊命題的系統檢驗和反思,對其含而未發的意藴的探求,需要我們把這個老題目繼續做深做透。這對宋代學術研究格局的拓展和深化,似乎還没有失去它的價值。

　　日本京都學派的主要奠基人之一内藤湖南(1866—1934)提出了著名的宋代近世説,構想了以唐宋轉型論爲核心的完整的宋史觀。根據他在大正九年(1920)于京都帝國大學的第二回講義筆記修訂而成的《中國近世史》，開宗明義就説：“中國的近世應該從什麽時候算起，自來都是按朝代來劃分時代，這種方法雖然方便，但從史學角度來看未必正確。從史學角度來看，所謂近世，不是單純地指年數上與當代相近而言，而必須要具有形成近世的内容。”他正確指出歷史分期中的“近世”不能照搬王朝序列，也不能單純按照距離當前的較“近”的年數計算，而應抓住“近世的内容”。而所謂“近世的内容”，就是其第一章“近世史的意義”所列出的八個子目：“貴族政治的衰微與君主獨裁政治的代興；君主地位的變化；君主權力的確立；人民地位的變化；官吏任用法的變化；朋黨性質的變化；經濟上的變化；文化性質的變化”，這八種變化覆蓋了政治、經濟、文化三大領域，是全社會結構性的整體變動（譯自《内藤湖南全集》第十卷，亦可參見内藤湖南著、夏應元等譯《中國史通論》上册第 315 頁，社會科學文獻出版社 2004 年，譯文有小異）。

嗣後，他又發表了著名論文《概括的唐宋時代觀》和《近代支那的文化生活》。這兩篇論文，被宫崎市定斷爲構成内藤史學中“宋代近世説”的“基礎”性作品。前文發表於《歷史與地理》第九卷第五號（1922 年 5 月），對他的宋代觀做了一次集中而概括的表述，指出唐宋之交在社會各方面都出現了劃時代的變化：貴族勢力入宋以後趨於没落，代之以君主獨裁下的庶民實力的上升；經濟上也是貨幣經濟大爲發展而取代實物交換；文化方面也從訓詁之學而進入自由思考的時代。後文發表于《支那》（1928 年 10 月），著重論述宋代以後的文化逐漸擺脱中世舊習的生活樣式，形成了獨創的、平民化的新風氣，達到極高的程度，因而直至清代末期中國文化維持著與歐美相比毫不遜色的水準（參見宫崎市定《自跋集——東洋史七十年》第九“五代宋初”，岩波書店 1996 年）。

　　内藤氏的這一重要觀點，曾受到當時東京學派的質疑與駁難，但爭論的結果，他們也不得不承認唐宋之間存在一個“大轉折”，雖然依然否定宋代近世說。然而在日本史學界中，内藤氏的觀點仍然保持著生命力，影響深巨。尤其是他的門生宮崎市定(1901—1995)的有力支持。宮崎氏原先對這一觀點也抱有懷疑，經過認真的思考和研究，轉而不遺餘力地宣傳和證成師說，從多個學術專題上展開深入而具體的論證，成爲乃師學說的“護法神”。他在 1965 年 10 月發表的《内藤湖南與支那學》一文(《中央公論》第 936 期，收入宮崎市定著《亞洲史研究》第五卷，同朋舍)指出，“(内藤)湖南留給後代的最大的影響是關於中國史的時代區分論”，以往日本學者也有把宋代以後視爲“新時代”的開始的，“但是湖南則完全著眼於中國社會的全部的各種現象，尤其是社會構成和文化由唐到宋之間發生了巨大變化的這一事實”，從而確認“宋代以後爲近世”的這一判斷。作爲建樹了傑出業蹟的宋史研究專家，宮崎市定明確宣稱：“我的宋代史研究是以内藤湖南先生的宋代近世說爲基礎的”，他的研究正是以内藤氏的這一學說爲“基礎”而展開的。他首先注意經濟、財政、科技等問題，認爲“宋代近世說的依據在於經濟的發展，特別是古代交換經濟從迄於前代的中世性的停滯之中冒了出來，出現了令人矚目的復活”。並進而指出宋代已由“武力國家”轉變爲“財政國家”，財力成爲“國家的根幹”，甚至湧現出新型的“財政官僚”(均引自《自跋集——東洋史七十年》第九“五代宋初”)。宮崎氏的宋史研究範圍廣泛，内涵豐富，舉凡政治史(《北宋史概說》、《南宋政治史概說》)、制度史(《以胥吏的陪備爲中心——中國官吏生活的一個側面》、《宋代州縣制度的由來及其特色》、《宋代官制序説》)、教育史(《宋代的太學生活》)、思想史(《宋學的論理》)均有涉足,成績斐然。至於他的《宋代的石碳與鐵》、《支那的鐵》兩文,澄清了"認爲中國人本來就缺乏科學才能,長期陷於落後的狀態"這一"誤解",肯定"宋代所達到的技術革新具有世界史上的重要性",突出了宋代在科技史上的重要地位。

內藤、宮崎等人的宋代近世説,以唐宋之際"轉型論"爲核心,又自然推導出"宋代文化頂峰論"和"自宋至清千年一脈論"。

內藤氏在逐一推闡唐宋之際的種種變革時,衷心肯定其歷史首創性,其內在的思想基準是東亞文明本位論,即認爲以中國文化爲中心的東亞文化發展程度"非常高",比歐美文化高出一籌,而這個中國文化主要即是自宋至清的中國近世文化。宮崎市定的觀點就更爲鮮明,態度更爲堅決了。他的《東洋的文藝復興與西洋的文藝復興》一文(原載於《史林》第二十五卷第四號 1940 年 10 月、第二十六卷第一號 1941 年 2 月。後收入《亞洲史研究》第二卷,《宮崎市定全集》十九卷),首次提出了"宋代文藝復興説";而《宋元的文化世界第一》一文(原載於大阪市立美術館編《宋元的美術》1980 年 7 月,收入《宮崎市定全集》十二卷),文章的題目已猶如黃鐘之音、警世之幟。他寫道:"宋元這個時代,在中國歷史上是稀有的偉大的時代,是民族主義極度昂揚的時代。代之以軍事上的萎靡不振,中國人民的意氣全部傾注於經濟、文化之上,并加以發揚,取得了出色的成果。"他對宋代文化的推重,從中國第一到"世界第一",真是無以復加了。

內藤氏的唐宋轉型論確認宋代進入近世,君主獨裁政治形成并趨於成熟,平民地位有所提高;還進一步確認,這一歷史趨勢的持續發展,必然走向清末以後"共和制"的道路。這

就把宋代和當下(清末民初)連貫起來作歷史考察。宮崎市定
繼續發揮這一“千年一脈論”:“據湖南的觀點,在宋代所形成
的中國的新文化,一直存續到現代。換言之,宋代人的文化生
活與清朝末年的文化生活幾乎沒有變化。由於宋代文化如此
的發展,因而把宋代後的時期命名爲近世。……認爲宋代文
化持續到現代中國,是他的時代區分論的一大特點”。這裏既
指明宋代社會與清末當下社會的內在延續性,也爲“近世”説
提供時間限定的根據(《内藤湖南與支那學》)。

　　内藤氏的宋代近世説,以唐宋轉型或曰變革爲核心內容,
從橫向上突出宋代文化或文明的高度成就,從縱向上追尋當
下社會的歷史淵源,體現了對歷史首創性的尊重,對歷史承續
性的觀察,體現了東方文化本位的思想立場,構成了完整的宋
史觀。

　　當我們把目光從東瀛轉向本土的學術界,就會饒有興趣
地發現一種桴鼓相應、異口同聲的景象。我國一大批碩儒者
宿相繼發表衆多論説,與内藤氏竟然驚人一致。他們中有的
與内藤其人其書容有學術因緣,而絶大多數學者卻尚無法指
證受其影響,這種一致性更加使人驚異了。

　　首先是“轉型論”。陳寅恪於 1954 年發表《論韓愈》一文,
認爲韓愈是“唐代文化學術史上承先啓後轉舊爲新關捩點之
人物”,即“結束南北朝相承之舊局面”,“開啓趙宋以降之新局
面”。他雖未涉及“上古”、“中世”、“近世”之類西方現代史學
的分期名詞,但這個確認此時爲新舊轉型的大判斷,是不容他
人置疑的。吕思勉的《隋唐五代史》第二十一章有言:“吾嘗言
有唐中葉,爲風氣轉變之會”,“唐中葉後新開之文化,固與宋
當畫爲一期者也。”柳詒徵《中國文化史》第十六章即題爲“唐
宋間社會之變遷”,認爲“自唐室中晚以降,爲吾國中世紀變化

最大之時期。前此猶多古風,後則別成一種社會"。"宋代近世說"在這兩位史家筆下,已經呼之欲出。胡適作爲現代學術開風氣的人物,就直截了當用嶄新語言宣稱:從"西元一千年(北宋初期)開始,一直到現在",是"現代階段"或"中國文藝復興階段"或"中國的'革新世紀'"(《胡適口述自傳》第 295 頁,華文出版社 1989 年)。這裏的"現代階段"實與内藤氏的"近代階段"含義相通,"文藝復興階段"則與宫崎氏用語完全一致,至于"革新世紀"更是踵事增華,近乎標榜之語了。

視宋代文化爲中國歷史之最,這一觀點在中國史學界也成常識。表述突出、頗顯恢宏氣度的是陳寅恪爲鄧廣銘著作所作的序和鄧氏的一篇史學論文。陳寅恪作于 1943 年的《鄧廣銘宋史職官志考證序》云:"華夏民族之文化,歷數千載之演進,造極於趙宋之世。"而鄧廣銘在 1986 年寫的《談談有關宋史研究的幾個問題》中宣告:"宋代是我國封建社會發展的最高階段,兩宋期内的物質文明和精神文明所達到的高度,在中國整個封建社會歷史時期之内,可以説是空前絶後的。"陳氏還只説趙宋文化是"空前",鄧氏更加上"絶後",推崇可謂備至。比較而言,王國維顯得頗爲謹慎,他説:"天水一朝人智之活動與文化之多方面,前之漢唐,後之元明,皆所不逮也。"(《宋代之金石學》,《王國維遺書》第五册《静安文集續編》第 70 頁,上海書店 1983 年)他肯定兩宋文明前超漢唐,後勝元明,清代略而不論,當有深意存焉。胡適于 1920 年與諸橋轍次的筆談中,從中國思想史的角度提出:"宋代承唐代之後,其時印度思想已過'輸入'之時期,而入于'自己創造'之時期","當此之時,儒學吸收佛道二教之貢獻,以成中興之業,故開一燦爛之時代。"(見《東瀛遺墨》第 154 頁,上海人民出版社 1999 年)

　　至于研究宋代和當下社會之間的聯繫,也是中國學者關注的重點。與內藤氏有過直接交往的嚴復,面對民國初年紛爭頻仍、國勢不寧的局勢,也從歷史資源中探尋救治之道。他說:"若研究人心政俗之變,則趙宋一代歷史,最宜究心。中國所以成爲今日現象者,爲善爲惡,姑不具論,而爲宋人之所造就,什八九可斷言也。"(《致熊純如函》,《學衡雜誌》第 13 期)錢穆在致一位歷史學家的信函中,也同樣強調宋代研究對於當下現實有著特殊的意義與價值,應注重近千年來在社會、經濟、文化形態上的種種聯結點。

　　簡略梳理中日學術史上"內藤命題"的相關材料,可以看到這個命題獲得範圍深廣的回應,吸引衆多一流學者直接或間接的參與,形成一場集體的對話,豐富了命題的内涵,使之成爲一個蘊藏無數學術生長點、富有學術生命力的課題。這首先由於內藤氏"是立足於中國史的内部,從中引出對中國歷史發展動向的認識",而不是單純憑藉"從外部引入的理論"來套中國史實;同時又能"把中國史全部過程,作整體性的觀察",避免了"不能從整體上把握中國史的缺陷"(谷川道雄《致中國讀者》,見内藤湖南著、夏應元等譯《中國史通論》)。谷川氏的這一概括,準確地抓住了"内藤命題"所包含的學術方法論上的兩大精神實質。

　　其次是命題的開放性。歐美史學界把内藤氏的宋代近世說稱之爲"内藤假説"(Naito Hypothesis),就是說其真理性尚待驗證、補充,并非不可動搖的金科玉律,更不是可以照搬照套的"指導原則"。事實上,内藤氏提出此説以及中國學者的相關述説,大都是基於他們深厚中國史學功底的大判斷、大概括,還未及作出細緻的論證和具體的展開(宮崎氏是個例外)。而"上古、中世、近世"的這套西方史學分期方法如何與"歷史決定論"或"歷史目的論"劃清界綫；宋代文化頂峰論能否成立，是否應有限定；宋代和清末民初社會之間千年一脈的歷史紐帶，也需作出有理有據的揭示，這些都有待後人的繼續探討。

然而，我們重提"内藤命題"，從某種意義上說，不僅僅爲了求證"宋代近世説"的正確與否，其個别結論和具體分析能否成立，而主要著眼于學科建設的推進與發展。一門成熟的學科，既要有個案的細部描述與辨析，更需要整體性的宏觀敘事，其中應藴含有一種貫穿融會的學理建構，即通常所説的對規律性的探索。由于對"以論帶史"、"以論代史"學風的厭惡，"規律性"、"宏觀研究"的名聲不佳，甚至引起根本性的懷疑。但不能設想，單靠一個個具體的實證研究，就能提升一門學科的整體水平。綱舉纔能目張，"内藤命題"關心宋代社會的歷史定位，關心其時代特質，關心社會各個領域的新質變化等等，就爲宋代研究提供了這樣一個"綱"。

收入這套叢書的六個集子，並非以宋代的整個學術文化爲論題，也不徑直宣稱以"宋代近世説"爲指導原則，但我們仍可看出在研究思路上的傳承和嬗變，學術精神上的銜接和對話。比如，淺見洋二的書名即標示出"中國詩學的唐宋轉型"，副島一郎在《後記》中叙説他的《唐代中期的貨幣論》一文寫作的潛在學術淵源，即是顯例；而體現在他們各篇論證具體問題的論文中的宋史觀，則有更多的耐人尋味之處。如果説宫崎市定的宋學論文，論題廣泛而偏重於經濟、制度層面，並在一定程度上影響日本史學走向的話，那麽這套六人集卻多從文學層面落筆，而又突出"士大夫"即宋代文化的主要創造主體而展開，這在内山精也、淺見洋二、副島一郎等人的論文中均有著重的表現，而有的書名更明確揭示了"士大夫"或"士人社

會"是他們的論述基點。宋代以來,以進士及第者爲中心的
"士大夫"階層,取代六朝隋唐的門閥士族,而成爲政治、法律、
經濟決策和文化創造的主體,這本身就是中國社會"唐宋轉
型"的一大成果,也是認宋代爲"近世"的主要依據之一,而所
謂"自宋至清千年一脈論",在很大程度上也基於對這個特殊
階層之存在的體認。更重要的是,當"內藤命題"從經濟史、制
度史向思想史、文藝史領域延伸時,"士大夫"作爲創造主體的
地位就尤其顯著。據我所知,1999 年 3 月 21 日,日本的宋史
研究者曾在東京大學文學部召開一次專題討論會,名爲"宋史
研究者所見的中國研究之課題——士大夫、讀書人、文人或精
英",會議的主題就是呼喚以"士大夫"爲中心的研究。自此以
後,他們陸續在此課題上結集發表研究成果,如 1999 年勉誠
出版《亞細亞游學》7 號特集《宋代知識人之諸相》、2001 年勉
誠出版《知識人之諸相——以中國宋代爲基點》等。這確實可
以說反映了日本學術界的一個研究動向。

　　由于抓住了士大夫社會的特點,以及印刷技術作爲新興
的傳播媒體給這個社會帶來的巨大現代性,使內山精也從看
似平常的題目中發掘出了豐富而嶄新的意蘊。他論王安石
《明妃曲》、蘇軾"烏臺詩案"和"廬山真面目"等文,吸納融會接
受美學、傳播學等理論成果,描述宋代士大夫的心態和審美趨
向,讀來既感厚重而又興味盎然。淺見洋二的《距離與想象》
一書論題集中,他立足於對中國詩學史的總體把握和對批評
術語的特有敏感,從一系列詩學的或與詩學相關的命題中,細
緻地推考和論證"中國詩學的唐宋轉型",令人頗獲啓迪。所
謂"唐宋轉型",實際上從唐中葉起就初顯徵兆,與中唐樞紐論
異名同義。副島一郎即選取自中唐至北宋這一歷史時段切入
論題,對啖助、杜佑、柳宗元至宋初古文家、易學家進行探討,

舉證充分,結論平實可據。當然,經濟、制度等選題仍然受到
學者的注意,尤其是宋代以來成熟的科舉制度,對士大夫社會
的作用可謂舉足輕重,高津孝就有多篇論文涉及科舉與文學
的關係,並有新的創獲。保苅佳昭、東英寿兩位則專注于作家
個案研究,分別以蘇軾詞和歐陽修古文爲論題,曾引起中國同
道的矚目。高津孝、保苅佳昭、東英寿三人都長于史實、文獻
的考辨,發揚了日本漢學長期形成的優良傳統。高津孝對于
古文八大家的成立過程的系統梳理,其結論引用率甚高;保苅
佳昭對蘇軾詞的意象分析和編年考證,也顯出頗深的文史功
底;東英寿對歐陽修文集版本的考察,亦稱縝密細緻,尤對日
本尊爲"國寶"的天理圖書館藏本作了迄今所見最爲詳盡的考
評,認定其版本價值居現存歐集諸本之首,殆成定讞。

　　我和這六位作者都有直接或間接的學緣關係,有的相識
已達二十年之久。早在 1990 年,一批年輕的宋代文學研究者
就在早稻田大學"宋詩研究班"的基礎上,成立了"宋代詩文研
究會",自那以來,他們組織了富有成效的研究,迄今爲止,舉
辦了八次專題討論會,編輯了十二期《橄欖》雜誌,完成並出版
了錢鍾書先生《宋詩選注》的日譯。而這六位作者,都是"宋代
詩文研究會"的活躍成員。如今,他們年富春秋,屬於日語所
謂的"四十代",學術事業正如日中天,未可限量。祝願他們精
進不止,繼續貢獻學術精品;同時盼望其他的日本學人來加盟
這一宋學研究的群體,共謀學術發展。

目　録

王安石《明妃曲》考

——圍繞北宋中期士大夫的意識形態

一、序　言

　　在清朝文化爛熟之時,第四代乾隆皇帝的末期(乾隆五十六年,1791),曹雪芹的八十回本《石頭記》,加上傳爲高鶚增補的部分,而成爲一百二十回本的《紅樓夢》,得以初次問世。不用説整部小説中隨處可見的縝密周到的行文能力,藉賈寶玉、林黛玉、薛寶釵等主要角色之口詠出的許多詩歌,發表的詩評言辭,也令不少讀者感受到作者豐富的文學素養和親切的文化背景。在第六十四回中,有一場圍繞詩歌而作的心情愉快的交談,藉小説裏的一個人物薛寶釵之口,説出了如下的一段話:

　　　　做詩不論何題,祇要善翻古人之意。若要隨人脚踪走去,縱使字句精工,已落第二義,究竟算不得好詩。即如前人所詠昭君之詩甚多,有悲挽昭君的,有怨恨延壽的,又有譏漢帝不能使畫工圖貌賢臣而畫美人的,紛紛不一。後來王荆公復有"意態由來畫不成,當時枉殺毛延壽",永叔有"耳目所見尚如此,萬里安能制夷狄"。二詩俱能各出己見,不與人同……(人民文學出版社版《紅樓夢》,1957年)

　　——在歌詠王昭君的詩中,王安石和歐陽修二人的作品被認爲能説出"己見",特別優秀。薛寶釵所引用的王安石詩句,正是本文要討論的兩首《明妃曲》其一的第七、第八兩句,歐陽修的詩句則是其和作《再和明妃曲》的第九、第十句。

當然,對於建立在宏大構想上的這部長篇小説來講,上引的文字祇是微不足道的細小插曲的一部分而已。再考慮到這是建立在虛構上的發言,則薛寶釵的這番議論在多大的程度上反映了曹雪芹的真意,也是大可質疑的。然而,即便撇開這樣的懸念,在直到清代爲止的歷代昭君詩中,《紅樓夢》的作者特地將王安石與歐陽修並舉,對王安石此詩的構思加以評價,這一點在王安石《明妃曲》的接受史上,也十分值得注目。這樣説的理由在於,被稱爲"紅學"的專門研究領域已經確立,"紅迷"即此書的狂熱愛好者的大量存在,證明了近現代中國對於這部小説一致地保持著極度的關心和至高的評價。必定有不少讀者是通過《紅樓夢》而開始知道王安石的《明妃曲》,不知不覺中被《紅樓夢》所引導,意識到此詩的妙趣。

同在清代的中葉,一百二十回本《紅樓夢》刊行之後僅十年有餘(嘉慶九年,1804),爲了給一直被痛罵爲亡國罪臣的同鄉先達洗刷污名,蔡上翔不顧八十八歲的高齡,完成了其精心力作《王荆公年譜考略》二十五卷、《雜録》二卷。其中,對於南宋初年以來非難不絶的《明妃曲》其一末尾的"人生失意無南北"之句,及《明妃曲》其二的第九句"漢恩自淺胡自深",蔡上翔特費千數百字的筆墨爲王安石辯護,想爲他昭雪受了六個世紀的冤屈。

蔡氏此書,在約一個世紀後的二十世紀初獲得了重生,近代政治思想的旗手梁啓超(1873—1929)將它改寫成評傳《王荆公》。經過梁啓超的表彰,王安石在歷史上的重要性馬上被公認,隨之,曾被一致視爲惡法的"新法"也作爲劃時代的進步改革,得到學術界的集中關注,其直接的影響力一直延續至今天的王安石評價。可以説，蔡上翔在百年之後得到了知己，在他的幫助下實現了誓願①。

　　這裏舉出的清朝中葉的兩種書籍，一種是虛構領域的産物，一種則屬於實證的世界，兩者之間當然並無直接的關係。但奇妙的是，在清末民初的時代大潮流捲挾下，人們的價值觀不管願意與否都發生巨大變化之時，兩者幾乎同時閃亮登場，被引到了社會舞臺的聚焦之處。對於被貼上了誨淫讖世之書的標籤，而屢屢遭到禁毀的《紅樓夢》，從其藝術價值的方面予以最高的評價，開闢了後來的"紅學"之道的，是王國維(1877—1927)②。至於蔡上

①　據清水茂氏的説法，梁啓超的《王荆公》作於 1908 年(《中國詩人選集》二集 4《王安石》卷頭解説，岩波書店，1962 年 5 月)。筆者所見的版本，是 1956 年 9 月臺灣中華書局的排印本。版權頁上寫著"中華民國二十五年四月初版"，則至遲在 1936 年已上梓刊行。其《例言》云："屬稿時所資之參考書不下百種，其材最富者爲金谿蔡元鳳先生之《王荆公年譜》。先生名上翔，乾嘉間人，學問之博贍、文章之淵懿，皆近世所罕見。……成書時，年已八十有八，蓋畢生精力瘁於是矣。其書流傳極少，而其人亦不見稱於並世士大夫，殆不求聞達之君子耶？爰誌數語，以諗史官。"

②　王國維於 1904 年發表了《紅樓夢評論》。按一般的説法，在此前後，王國維愛讀康德、尼采、叔本華的著作，此書尤其是在叔本華思想的影響下寫作的(參考中國大百科全書出版社《中國大百科全書·中國文學 II》，1986 年 11 月)。又，立足於當時的社會現狀，對王國維學術的歷史地位作出評價的，有增田涉《關於王國維》一文(《中國文學史研究》第 223 頁，岩波書店，1967 年 7 月)。增田氏説，與梁啓超對 "五四" 運動以後的文學所起的顯著影響相比，"從對一般讀者的影響力來説，他(王國維)的事業局限在極狹小的範圍內，在當時也幾乎看不到任何類似於反響的徵兆"，意謂王國維的學術活動在當時是一種孤立的存在，沒有什麼特別的影響波及其周圍。但是，即便祇帶來一點間接的影響力，用西方的先進思潮對《紅樓夢》作出再評價的《紅樓夢評論》，應該具有新"紅學"之先驅的歷史地位。而且，直接領導了新時代"紅學"的胡適和俞平伯，也無疑深受其刺激和鼓舞。對解放後的"紅學"作出回顧的胡小偉《紅學三十年討論述要》一文，也首舉此書爲"新紅學"的先驅(見《建國以來古代文學問題討論舉要》，齊魯書社，1987 年 4 月)。

翔的年譜,正如前述,其獲得關注是由於新時代的開啓者,把文藝界導向變革的梁啓超①。這樣,造成了一種必然性的發展趨勢:在民國以後的文史研究領域,文學上是《紅樓夢》,史學上是王安石(及作爲其基本史料的蔡上翔的年譜)成了最熱門的研究對象之一。

　　原本應該像水和油那樣異質的,没有任何聯繫的兩種書籍,在現代中國,考慮王安石《明妃曲》的問題時,我感到它們隱隱地聯起手來,各自從不同的側面起到了使此詩與讀者大大接近的重要作用。憑藉著讀書人所必讀的《紅樓夢》,此詩(即便是以斷片的形態)被現代讀者寓目的機會顯著地增多。《紅樓夢》主要是在感性的領域訴諸讀者,使他們的記憶深處留下了這樣的詩句,此種效用不難想見。而對“王安石是古代偉大的革命家”這種評價的産生起過作用的蔡上翔之書,處在變革之中的近現代中國人也無疑將它當成了必備之書那樣的存在。蔡上翔的書主要是在知性的領域訴諸讀者,它所起的作用是提高人們對此詩更深一層的理解和關懷吧②。

─────────────

①　據大西陽子編《王安石文學研究目録》(宋代詩文研究會《橄欖》第五號,1993 年 3 月),蔡上翔的《王荆公年譜考略》最初被活字印刷,是 1930 年的事(燕京大學國學研究所校訂)。此後,中華書局上海編輯所於 1959 年再次刊行,同一版本在 1973 年以降由上海人民出版社重印出版。梁啓超的著作涉及範圍極廣,在民國初的社會各領域都産生了啓蒙的作用。《王荆公》是其豐富著作中的歷史研究方面的成果。關於梁啓超的事業對“五四”以後的人們發生了多大的影響,詳見增田涉《關於梁啓超》(前揭書,第 142 頁)。

②　民國時代,比較早地關注《明妃曲》的人,有朱自清(1898—1948)和郭沫若(1892—1978)。朱自清於 1936 年 11 月在《世界日報》上發表了《王安石〈明妃曲〉》一文(收入朱自清古典文學專集之一《朱自清古典文學論文集》下册,上海古籍出版社,1981 年 7 月);郭沫若於 1946 年在《評論報》發表《王安石的〈明妃曲〉》一文(收入《沫若文集》第一三卷《天地玄黄》,人民文學出版社,1961 年 10 月)。兩者都引用了蔡上翔(轉下頁註)

我在這裏喋喋不休,當然不專爲介紹王安石《明妃曲》在現代中國讀書界得到關注的情況①,而無非是因爲,這兩種著作,同時將關於此詩的一些根本性的問題,重新提示到我們的面前。

那也就是,第一,在數量龐大的王昭君文學中,特別是在昭君詩的發展源流中,此詩的實際意義和地位究竟如何的問題。與這一點相關而浮現出來的疑問是,即便解除虛構的緩衝,《紅樓夢》中薛寶釵的評論是否仍然有效?

第二,"人生失意無南北"和"漢恩自淺胡自深"之句應該如何解釋的問題,也被包含在內。這是從蔡上翔的辯護究竟得當與否的疑問中派生出來的問題。

本文在序言以下的兩節中,主要略述第一個問題,然後在第四節以下,對第二個問題及與此相關的諸問題一併加以考察。與第二個問題相關者,最易預想的是王安石何以成爲後世之批判對象的問題,同時也產生了他是否有意采用"漢恩自

(接上頁註):《王荆公年譜考略》,對"人生失意無南北"和"漢恩自淺胡自深"之句作了獨自的解釋。而且衆所周知,二人都是一流的作家,毫無疑問都在青少年時期讀過《紅樓夢》。雖然兩篇文章都沒有提及《紅樓夢》,但二人都很可能接受過其熏陶。又,朱自清於 1943 年在昆明(西南聯合大學)編成《臨川詩鈔》,選入了此詩,並加以比較詳細的註釋(收入前揭朱自清古典文學專集之四《宋五家詩鈔》)。郭沫若還著有評傳《王安石》(收入前揭《沫若文集》第十二卷),其後記(1947 年 7 月 3 日)説:"研究王荆公,有蔡上翔的《王荆公年譜考略》是很好一部書,我在此特別推薦。"由此可知當時的郭沫若看出了蔡上翔此書的甚大價值。而且,郭沫若也寫了劇本《王昭君》(《創造》季刊第二卷第二期,1924 年 2 月),從這個方面也可以接近《明妃曲》吧。

① 近年中國出版的王安石詩的選本,大都選入此詩,本來,在王安石的作品中,此詩是最頻繁地出現於一般文學雜誌的作品之一,尤其是在 1980 年以後,每年都有一篇與《明妃曲》相關的文章發表,詳見前揭大西陽子編《王安石文學研究目録》。

淺胡自深"那樣微妙的表達方式,也即《明妃曲》之寫作意圖的問題,以及同時代的著名文人們爲何對容易引起爭議的王安石《明妃曲》一齊加以唱和的問題。本文以前揭二書或明或暗地提示出來的問題爲頭緒,對上述的一系列問題發表私見。

二、王安石《明妃曲》

本節分(1) 詩題與詩型、(2) 王昭君的故事、(3) 王安石《明妃曲》評釋三項,對王安石的兩首《明妃曲》進行分析。先將該詩的原文抄録於下:

其　一

1　明妃初出漢宮時,
2　淚濕春風鬢脚垂。
3　低徊顧影無顏色,
4　尚得君主不自持。」
5　歸來却怪丹青手,
6　入眼平生幾曾有。
7　意態由來畫不成,
8　當時枉殺毛延壽。」
9　一去心知更不歸,
10　可憐著盡漢宮衣。
11　寄聲欲問塞南事,
12　衹有年年鴻鴈飛。」
13　家人萬里傳消息,
14　好在氈城莫相憶。
15　君不見咫尺長門閉阿嬌,
16　人生失意無南北。

其　二

1　明妃初嫁與胡兒,
2　氈車百兩皆胡姬。
3　含情欲説獨無處,
4　傳與琵琶心自知。」
5　黃金捍撥春風手,
6　彈看飛鴻勸胡酒。
7　漢宮侍女暗垂淚,
8　沙上行人却回首。」
9　漢恩自淺胡自深,
10　人生樂在相知心。
11　可憐青冢已蕪没,
12　尚有哀弦留至今。

　　詩見詹大和系全集本《臨川文集》卷四、龍舒系全集本《王文公文集》卷四〇、李壁注《王荆文公詩箋注》卷六①，這裏根據的是中華書局香港分局出版的校點本《臨川先生文集》(1971 年 8 月，詹大和系全集本)。各種文本間有一處顯著的文字差異，《其一》第六句的下三字"幾曾有"，龍舒系及李壁注系的文本都作"未曾有"。不過，在全篇詩意的理解上，不會產生特別大的差異。

(1) 關於詩題與詩型

　　詩題中的"明妃"，是西漢元帝(劉奭，公元前 49—前 33 在位)時的宮女王昭君(名嬙，一作牆)②。西晉的石崇(249—300)作《王明君辭並序》時，避晉文帝(司馬昭，武帝炎之父)諱，將"昭君"改稱爲"明君"，此後成爲詩歌中對王昭君的一種別稱，不久又被叫做"明妃"。盛唐李白(701—762)的《王昭君》其一"漢家秦地月，流影照明妃"，儲光羲(707—760 前後)的詩題《明妃曲四首》等，是"明妃"的早期用例③。

　　王安石的《明妃曲》，其一計十六句，其二計十二句，都是

---

① 《臨川先生文集》(中華書局香港分局，1971 年 8 月)卷四，第 112 頁。/《王文公文集》(上海人民出版社，1974 年 4 月)卷四〇，下冊第 472 頁。不過，此詩載於卷四〇的末尾，題下有注記曰"續入"，由此來看，這個系統的原始祖本並不收錄此詩，可能是在某次重版的時候被補入的。/《王荆文公詩箋註》(中華書局上海編輯所，1958 年 11 月)卷六，第 66 頁。

② 《漢書》作"王牆，字昭君"，《後漢書》作"昭君字嬙"，《資治通鑒》沿襲《漢書》(卷二九，漢紀二一)。又，關於昭君的出身地，《漢書》無記述，《後漢書》作"南郡人"，注曰："前書曰，南郡秭歸人。"唐宋詩人(如杜甫、白居易、蘇軾、蘇轍等)詠"昭君村"的詩不少，都指《後漢書》注所謂的秭歸。秭歸即今湖北省秭歸縣，在三峽之一的西陵峽入口。從這個縣城稍向下流，有一條叫做香谿的谿谷，沿著香谿上溯，至興山縣，那裏至今還有傳爲昭君故里的地方。據說香谿的名稱也與昭君有關。但是，《琴操》說昭君是齊人，與《後漢書》注不同。

③ 李白的詩見《李白集校注》卷四(上海古籍出版社，1980 年 7 月)。儲光羲的詩見《全唐詩》卷一三九。

七言古體的長篇。押韻方面,兩首皆爲四句換韻格式。題爲
"明妃曲",表示這是樂府類的作品。不過,在郭茂倩的《樂府
詩集》裏,以王昭君爲題材的樂府詩雖有五十三首①,却没有
題爲"明妃曲"的。

　　如前所述,盛唐儲光羲有《明妃曲四首》(《全唐詩》卷一三
九),但《樂府詩集》祇收録了其第三首("日暮驚沙亂雪
飛……"),題作《王昭君》(卷二九,相和歌辭四,吟歎曲)。儲
光羲的四首都是七言絶句,再參照《樂府詩集》的分類,可判斷
這《明妃曲》與散見於唐代的題爲《王昭君》或《昭君怨》的七言
絶句體樂府詩是同一系統的作品。但現在無法將王安石的
《明妃曲》直接跟它聯繫起來。結論是,把王安石《明妃曲》看
作歌行體的七言古詩,是較爲妥當的②。

　　(2) 王昭君的故事

　　在這裏,爲了順利地解釋王安石《明妃曲》,先對歷代昭君
詩(樂府)據以爲基礎的故事(本事)加以極簡略的整理。以王
昭君悲劇故事爲題材的詩歌,由西晉的石崇發端,從六朝至明
清連綿不絶③。不單在詩歌領域,唐宋以來的繪畫如《昭君出

---

① 《樂府詩集》中,① 卷二九,相和歌辭四,吟歎曲的部分,有石崇以下計三
　　十四位詩人的四十五首詩;② 卷五九,琴曲歌辭三的部分,有王昭君以
　　下計七位詩人的八首詩被收録。
② 關於歌行與樂府(古樂府、擬古樂府)的差異,參考松浦友久《樂府、新樂
　　府、歌行論——以表達功能的異同爲中心》(《中國詩歌原論》第 321 頁
　　以下,大修館書店,1986 年 4 月)。
③ 近年,收録歷代有關王昭君詩歌二百十六首的《歷代歌詠昭君詩詞選
　　注》在中國出版(長江文藝出版社,1982 年 1 月)。本文蒙此書的學恩甚
　　多,其附録《歷代歌詠昭君詩詞存目》記下六朝至近代的歷代詩歌篇目,
　　非常有用,將此與正文合觀,就容易窺知,從六朝至近代有多少關於昭
　　君的詩詞被歌詠出來。

塞圖》，也以之爲主題①；元代的馬致遠還以這個故事爲基礎
創作了元曲《漢宮秋》，這是衆所周知的了；聽説現在的京劇裏
也上演著以王昭君爲題材的劇目②。這樣，王昭君的故事超
越了時代和體裁樣式的局限，在中國文學藝術的各領域，可稱
爲最廣泛和最長遠地被接受的故事之一。

有關王昭君的最早記載見於①《漢書》卷九《元帝紀》和
卷九四下《匈奴傳》，其後有② 傳爲後漢蔡邕所撰的《琴操》卷
下，③ 傳爲東晉葛洪所撰的《西京雜記》卷二，④《後漢書》卷
八九《南匈奴傳》。(劉宋劉義慶的《世説新語·賢媛》篇裏，也
有對③簡略改寫的記載)③。這些自後漢延續到六朝的早期
記述，成爲後世諸多有關作品的淵源。

最初的文獻①《漢書》，本來應該成爲後世王昭君故事及
詩歌的原型，但此處記録的事實主要是以下兩點：

---

① 明楊慎《畫品》卷一引用劉子元(未詳)之語，謂唐閻立本(？—673)曾作
《昭君圖》。由此可知唐代初已有王昭君題材的繪畫。宋代以降，屢有昭
君圖的題畫詩，元明以降更多，這祇要一看前揭《歷代歌詠昭君詩詞選
注》的目録和存目就容易了知。又，南宋王楙《野客叢書》卷一〇(中華
書局，1987 年 7 月)有"明妃琵琶事"條，謂"今人畫明妃出塞圖，作馬上
愁容，自彈琵琶"，可知南宋時已經把王昭君"出塞圖"當做繪畫的穩定
題材，也完成了典型的王昭君形象(馬上愁容，自彈琵琶)。

② 馬致遠《漢宮秋》收録於明臧晉叔《元曲選》(中華書局排印本第一册，
1958 年 10 月)，全名是《破幽夢孤鴈漢宮秋雜劇》。又，《京劇劇目辭典》
(中國戲劇出版社，1989 年 6 月)介紹了《雙鳳奇緣》、《漢明妃》、《王昭
君》、《昭君出塞》等數種劇目。

③ ①《漢書·元帝紀》，中華書局校點本，第 297 頁；《匈奴傳》下，中華書局
校點本，第 3807 頁。②《琴操》，新文豐出版公司《叢書集成新編》53 所
收，第 723 頁。③《西京雜記》，中華書局《古小説叢刊》本，第 9 頁，1985
年 1 月。④《後漢書·南匈奴傳》，中華書局校點本，第 2941 頁。又，
《世説新語校箋》卷下"賢媛第十九"，中華書局《中國古典文學基本叢
書》，第 363 頁，1984 年 4 月。

　　　　（ⅰ）竟寧元年（公元前 33），匈奴的呼韓邪單于來
　　　朝，應其要求，把後宮的昭君賜給單于，做匈奴王
　　　妃（閼氏）。

　　　　（ⅱ）嫁給呼韓邪單于，並生下一男的昭君，在呼韓
　　　邪去世後，與下一代單于即其名義上的兒子復株絫若鞮
　　　單于再婚，生下二女。

非但記述極爲簡略，而且純屬客觀敘述，幾乎没有産生所謂昭
君悲劇故事的餘地。可以看作歷代昭君詩之本事的，與其説
是最初的《漢書》，還不如説是②和③兩種記載。

　　②《琴操》的記述比《漢書》詳細得多，插入了不少《漢書》
裏没有的新情節，將作爲一個悲劇性歷史人物的王昭君的個
性顯現出來。這個記述可以分爲前後兩段：前段寫嫁給單于
之前的事，後段寫婚後的生活。

　　前段雖是以《漢書》的（ⅰ）爲基礎，却不寫單于入朝，而是
讓其使者登場。而且，大致核對一下，至少有四處新增的内
容：① 昭君進入後宮的經過；② 使者向漢元帝傳達單于想娶
漢朝女性的請求；③ 元帝接受其請求，在宫女中徵求志願者，
一向未得寵愛的昭君主動到元帝面前，表示願赴匈奴；④ 元
帝見到昭君的美貌，很後悔將她賜與單于，但恐怕失信於匈
奴，仍決定賜與。

　　後段講鬱鬱不樂的昭君把她的心事詠成了詩（“怨曠思惟
歌”），末尾又添上了關於昭君之死（自殺）的情節。這個情節
後來成爲昭君悲劇故事的一個構成要素，大旨如下：依匈奴
的習俗，父亡之後，其子娶母爲妻。昭君問繼承父位的親生兒
子，願意像漢族那樣生活，還是像匈奴那樣生活。兒子回答願
意像匈奴那樣。昭君聞言失望，遂服毒自殺。昭君的亡骸受
到厚葬，在青草不生的匈奴之地，祇有昭君墓冢的周圍長出了

茂盛的青草。

《漢書》裏原本没有記述王昭君的死(自殺),但《琴操》改竄了《漢書》(ⅱ)的記載,將昭君的再婚對象由其名義上的兒子改成了親生兒子,由此創造出自殺的積極動機,强調了昭君的悲劇性。

③《西京雜記》專叙昭君赴匈奴以前的事,將相當於《漢書》(ⅰ)的部分改編成悲劇。——元帝的後宫裏宫女甚多,他讓畫工作宫女的肖像畫,根據畫像來挑選要賜予寵愛的宫女。於是,宫女們爲了得到元帝的寵愛,便賄賂畫工,請他把自己畫得儘量美一點。祇有昭君一人不屑於這樣做,没有賄賂畫工。因此,她不但平日未得元帝的寵愛,結果還被選作了單于的王妃。待到昭君要出發去匈奴之時,元帝親眼見到了昭君,爲她的美貌和舉止風度感到心動。但此時已將昭君家世姓名通知了單于,挽回不及,不得不把昭君賜與單于。後來,元帝知道畫工接受賄賂,在畫像上作弊,積蓄了巨萬財富,遂將以毛延壽爲首的宫廷畫工處以死刑。——這便是③的故事。

如前所述,在《琴操》中,這個部分也已經被加以相當的潤色,小説式的虚構被創作出來。但是,《琴操》中昭君赴匈奴的直接原因被記述成她本人的願望,昭君的性格被描寫成敢做敢爲、獨立不羈的女性。如果説,在本人不能預知的情況下被命運玩弄而迎來悲哀的結局,這樣的情節設定是悲劇的一個典型形態,那麽《琴操》的這個部分,從故事的悲劇化角度來看,明顯具有負作用,至少,將此看作悲劇是令人躊躇的。《西京雜記》删除了《琴操》的這個部分,代之以關於畫像的軼事,而完成了悲劇。

④ 也許因爲是一種史書的緣故,基本上沿襲了①,祇附加了②的部分内容。與①相比,明顯的增加有二:一是昭君

自願嫁給單于之事,二是昭君面臨再婚之際,上書於元帝之子成帝,請求歸國,但成帝不許,遂與其名義上的兒子再婚。

以上四種文獻之間包含著許多異同①,但歷代詩歌所吟詠的昭君形象,是被②和③強調的作爲悲劇性歷史人物的兩種形象,其一是不肯接受匈奴的習俗而自殺,長眠於夷狄之地的薄命女性;其二是因不行賄賂而被畫工醜化姿容,繼被選爲單于王妃而不得不遠赴匈奴,這樣一個被悲劇命運所播弄的女性。其中,就歷代昭君詩言及的頻度來説,後者遠高於前者。

(3) 王安石《明妃曲》的内容

話題回到王安石的《明妃曲》,在前述内容的基礎上分析此詩的具體表達。爲了解明它與前人的作品在詩語上的繼承關係,這裏儘量提及前人的有關作品。

I-i　1　明妃初出漢宮時,

　　　2　淚濕春風鬢脚垂。

　　　3　低徊顧影無顔色,

　　　4　尚得君主不自持。

第一段描寫王昭君初出漢宮,要到匈奴去時的情景。

第2句的"春風",兼有字面上的春風之意,與杜甫詠王昭君故鄉村莊(昭君村)時所用"春風面"一語的含意(美貌)。杜甫的詩是《詠懷古迹五首》其三,頸聯爲"畫圖省識春風面,環珮空歸夜月魂"(中華書局版《杜詩詳注》卷一七)。

第3句的"低徊顧影",繼承了《後漢書·南匈奴傳》的表

---

① 南宋的王楙已經對其間的異同懷有疑義,他判斷《後漢書》的記事最近於史實(《野客叢書》卷八"明妃事"條)。

達。《後漢書》記元帝召見賜予單于的宮女時，"昭君豐容靚飾，光明漢宮，顧景裴回，竦動左右"。"顧影"即"顧景"，一般形容自得的樣子(1987年修訂本《辭源》謂"自顧其影。有自矜、自負之意")，《後漢書・南匈奴傳》的用例也是這個意思，但此詩中與"低徊"連用，便帶有自憐的印象。第4句道出漢元帝的心情，即便是已經"無顏色"的昭君，將她送走的元帝仍感遺憾不止，"不自持"即無法假裝平靜，藉以讚美昭君的美貌，與第二段相聯結。

> I - ii 5　歸來却怪丹青手，
> 　　　　6　入眼平生幾曾有。
> 　　　　7　意態由來畫不成，
> 　　　　8　當時枉殺毛延壽。

第二段根據前述③《西京雜記》的故事，批判了漢元帝：他送走昭君，回到宮廷後，歸咎於醜化昭君姿容的畫工(毛延壽)，將之處死。在歷代昭君詩中，六朝梁王淑英妻劉氏(劉孝綽之妹)所作《昭君怨》，同是梁代的女詩人沈滿願所作《王昭君歎》其一，是根據這個故事來寫的早期作品。

〔王淑英妻〕丹青失舊儀，匣玉成秋草。(《先秦漢魏晉南北朝詩・梁詩》卷二八)

〔沈滿願〕早信丹青巧，重貨洛陽師。千金買蟬鬢，百萬寫蛾眉。(《先秦漢魏晉南北朝詩・梁詩》卷二八)

第5句"怪"是責咎之意。"丹青"是繪畫的顏料，轉指繪畫，"丹青手"謂畫工。第6句"入眼"是看到的意思。也有理解爲"愛慕"之意，譯成"(但是)看得上眼的至今一個都沒有"的(清水茂《王安石》，《中國詩人選集》二集4，岩波書店1962年5月)。第8句的"枉殺"指殺了冤枉的人。王安石認爲元帝此舉是顛倒事情的本末,陷人於非罪。

I-iii　　9　一去心知更不歸,
　　　　10　可憐著盡漢宮衣。
　　　　11　寄聲欲問塞南事,
　　　　12　祇有年年鴻鴈飛。

第三段(第9至12句)描寫昭君獨處夷狄之地,思念故國,企盼音信。

第9句令人想起李白的《王昭君》其一:"一上玉關道,天涯去不歸。漢月還從東海出,明妃西嫁無來日。"(上海古籍出版社版《李白集校注》卷四)

第10句的意思是,在匈奴之地居住已久,帶去的衣服也都穿舊了。音信隔絕的現在,思念祖國的唯一寄托——漢宮的衣服,因爲多少年都整天穿著,全都變舊褪色了,往昔的記憶也同樣變得陳舊淡薄了,由此而謂之"可憐"。身穿漢服而不改著胡服,常常可以解釋爲一直思念祖國的間接表述吧。

第12句的用語以《漢書·蘇武傳》的故事爲基礎。詩中的"鴻雁"經常被描寫成帶信的使者,杜甫《寄高三十五詹事》詩(《杜詩詳注》卷六)"天上多鴻雁,池中足鯉魚"的用例就是其代表。歷代的昭君詩中也經常出現(鴻)雁描寫,但在(a)傳統手法(描寫帶信的使者)之外,(b)作爲一年一度向南歸飛的自由象徵來描寫的,也頗成系統。有代表性的用例分別如下:

(a) 寄信秦樓下,因書秋雁歸。(《樂府詩集》卷二九《王昭君》,作者未詳)

(b) 願假飛鴻翼,乘之以遐征。飛鴻不我顧,佇立以屏營。(石崇《王明君辭並序》,《先秦漢魏晉南北朝詩·

晉詩》卷四)既事轉蓬遠,心隨雁路絕。(鮑照《王昭君》,
《先秦漢魏晉南北朝詩‧宋詩》卷七)鴻飛漸南陸,馬首倦
西征。(王褒《明君詞》,《先秦漢魏晉南北朝詩‧北周詩》
卷一)願逐三秋雁,年年一度歸。(盧照鄰《昭君怨》,《全
唐詩》卷四二)

> Ⅰ-ⅳ　13　家人萬里傳消息,
> 　　　　14　好在氈城莫相憶。
> 　　　　15　君不見咫尺長門閉阿嬌,
> 　　　　16　人生失意無南北。

　　第四段(第13至16句)的内容是家人給昭君的信,引用
了西漢武帝與陳皇后(阿嬌)的軼事,對昭君的失意加以勸慰。

　　第14句"好在"是問候安否的話,見張相《詩詞曲語辭彙
釋》卷六。"氈城"的氈是毛織品,毛氈。遊牧民族四處撑起毛
氈的帳篷,在其中生活,故云。

　　第15句以司馬相如《長門賦》序(《文選》卷一六)中的故
事爲基礎。"阿嬌"是西漢武帝的陳皇后,此稱呼見《樂府詩
集》所引《漢武帝故事》(卷四二,相和歌辭一七,《長門怨》之解
題)。司馬相如《長門賦》序云:"孝武皇帝陳皇后,時得幸,頗
妬,別在長門,愁悶悲思。"

　　接下來解釋《其二》。《其一》設定兩個場面,漢宫出發之
時,與身在匈奴的每一天,分別加以吟詠;《其二》則設定一個
時點,即昭君出漢宫赴匈奴,進入匈奴疆域之時。

> Ⅱ-ⅰ　1　明妃初嫁與胡兒,
> 　　　　2　氈車百兩皆胡姬。
> 　　　　3　含情欲説獨無處,
> 　　　　4　傳與琵琶心自知。

《其二》的第一段,恐怕是寫昭君一行進入匈奴疆域,與從匈奴都城出來的迎接隊伍會合前後的情景。

第1句"胡兒"是對(北方)異民族的蔑稱,指呼韓邪單于。第2句"氈車"是蓋著毛氈帳篷的馬車。嫁入之際,出迎的馬車來了"百兩",這種説法出自《詩經》,《召南》的《鵲巢》裏有"之子于歸,百兩御之"的句子。

第4句彈奏琵琶的昭君形象,在《漢書》等前揭四種古籍中並無記載,是據石崇《王明君辭並序》附加的。那篇序中説:"昔公主嫁烏孫,令琵琶馬上作樂,以慰其道路之思。其送明君,亦必爾也。"所謂"昔公主嫁烏孫",指漢武帝以江都王劉建之女細君爲公主,嫁給西域烏孫國王昆莫(一作昆彌)。當時爲了慰藉公主之心而演奏琵琶的事,在西晉傅玄(217—278)的《琵琶賦》(中華書局《全上古三代秦漢三國六朝文·全晉文》卷四五)中也可見到。石崇説,昭君赴匈奴之際,也一定同烏孫公主的情況一樣,有樂工伴隨,跟著演奏琵琶。據此看來,一直到石崇的時候,也沒有理由斷定昭君是自己演奏琵琶的,但後世將此混用了。琵琶是從西域傳到中國來的樂器,一般在馬上演奏。嫁到西域之國去的烏孫公主首先與西來的樂器結合起來,經過石崇之手,昭君也與琵琶相結合,然後發展爲昭君自己演奏琵琶的形象,這個過程可以推測出來。

南朝陳後主的《昭君怨》(《先秦漢魏晉南北朝詩·陳詩》卷四)有"祇餘馬上曲"之句(前述北周王褒《明君詞》中也有此句)。如果把"馬上"解釋爲琵琶的相關語,這便可以看作將昭君與琵琶結合來歌詠的比較早期的用例了。唐詩中的此種用例如下:

　　千載琵琶作胡語,分明怨恨曲中論。(前出杜甫《詠懷古迹五首》其三)

琵琶弦中苦調多，蕭蕭羌笛聲相和。（劉長卿《王昭君歌》，中華書局版《全唐詩》卷一五一）

馬上琵琶行萬里，漢宮長有隔生春。（李商隱《王昭君》，中華書局版《李商隱詩歌集解》第四冊）

至宋代，繪畫中的昭君形象一般已經抱著琵琶，見宋王楙《野客叢書》卷一〇"明妃琵琶事"條（參照前注）。

Ⅱ-ⅱ　　5　黃金捍撥春風手，

　　　　6　彈看飛鴻勸胡酒。

　　　　7　漢宮侍女暗垂淚，

　　　　8　沙上行人却回首。

第二段接著第 4 句，描寫彈奏琵琶的昭君。第 5 句的"黃金捍撥"，是在撥子的頭上嵌金，以爲裝飾，同時也預防撥子的損傷。"春風"，如前述那樣，是沿襲杜甫詩的用法吧。

第 6 句"彈看飛鴻"，典出稽康（224—263）《贈兄秀才入軍十八首》其十四的"目送歸鴻，手揮五弦"之句（《先秦漢魏晉南北朝詩·魏詩》卷九）。而昭君"勸胡酒"的對象，該是帶著宮女來迎接昭君的單于吧。即便彈著琵琶，勸著單于喝酒的時候，昭君的心思仍被天空中南飛的鴻雁帶往了祖國。北宋秦觀（1049—1100）《調笑令十首並詩》（中華書局刊《全宋詞》第一冊，四六四頁）其一《王昭君》中，詩有"顧影低徊泣路隅……目送征鴻入雲去"，詞有"未央宮殿知何處，目斷征鴻南去"之句，寫作時多少也意識到了王安石此詩吧。

Ⅱ-ⅲ　　9　漢恩自淺胡自深，

　　　　10　人生樂在相知心。

　　　　11　可憐青冢已蕪没，

　　　　12　尚有哀弦留至今。

　　第三段9、10兩句說理,打斷了前八句飄蕩著昭君哀感的情景描寫;最後兩句把時空引回現在,在餘意未盡中結束全篇。

　　第9句"漢恩自淺胡自深"的表達,自宋代當時起就議論紛紛,引起各種各樣的解釋和臆測。關於後世針對此句的許多論議,留待第四節敘說。周嘯天氏把第9句的兩個"自"字理解爲"誠然"或"儘管"之意,謂:

> 即言胡、漢恩之深淺雖有別,其不爲知心則一。漢既寡恩,我又何眷乎胡人之恩。故在漢宫亦悲,嫁胡兒亦悲,此之謂"人生失意無南北"。(《百家唐宋詩新話》,第508頁,四川文藝出版社,1989年5月)

又,白居易曾有"自是君恩薄如紙,不須一向恨丹青"之句(上海古籍出版社版《白居易集箋校》卷一六《昭君怨》),王安石的詩句想是從此繼承發展而來。

　　第11句"青冢"淵源於前揭②《琴操》。前述李白《王昭君》其一有"生乏黄金枉圖畫,死留青冢使人嗟",杜甫《詠懷古迹五首》其三也有"一去紫臺連朔漠,獨留青冢向黄昏"之句,白居易還有題爲《青冢》的詩(《白居易集箋校》卷二)。

　　第12句"哀弦留至今"也淵源於《琴操》,指的是被認爲王昭君所作的琴曲《怨曠思惟歌》。構思上與此相通的,有前述劉長卿《王昭君歌》的"可憐一曲傳樂府,能使千秋傷綺羅"之句。在歐陽修的和篇中,其筆墨更集中於王昭君、琵琶及其歌曲(參考第六節)。又,"哀弦"之語,曾被庾信的《王昭君》用過:"別曲真多恨,哀弦須更張。"(《先秦漢魏晉南北朝詩·北周詩》卷二)

　　以上是王安石《明妃曲》二首的內容。下節在此基礎上,探討其與前人作品之間的異同。

三、與前人作品的同異

本節在前節分析的基礎上,對王安石《明妃曲》與前人作品之間的異同作一番整理。首先是"同"的方面。關於此點,前節中已經有些個別的記述,尤其是措辭上被前人作品用過的詩語,已隨處指出。對此重新整理,呈現如下的面貌。

〔其一〕

(a)"明妃"——李白《王昭君》其一。

(b)"漢宮"——沈佺期《王昭君》,梁獻《王昭君》"一聞陽鳥至,思絶漢宮春"(《全唐詩》卷一九),李白《王昭君》其二,顧朝陽《昭君怨》等。

(c)"春風"——杜甫《詠懷古迹》其三。

(d)"低徊顧影"——《後漢書·南匈奴傳》。

(e)"丹青"("毛延壽")——《西京雜記》,王淑英妻《昭君怨》,沈滿願《王昭君歎》,李商隱《王昭君》等。

(f)"一去……不歸"——李白《王昭君》其一,中唐楊凌《明妃怨》"漢國明妃去不還,馬馱弦管向陰山"(《全唐詩》卷二九一)。

(g)"鴻鴈"——石崇《明君辭》,鮑照《王昭君》,盧照鄰《昭君怨》等。

(h)"氈城"——隋薛道衡《昭君辭》"毛裘易羅綺,氈帳代金屏"(《先秦漢魏晉南北朝詩·隋詩》卷四),令狐楚《王昭君》"錦車天外去,毳幕雪中開"(《全唐詩》卷三三四)。

〔其二〕

(i)"琵琶"——石崇《明君辭》序,杜甫《詠懷古迹》其三,劉長卿《王昭君歌》,李商隱《王昭君》。

(j)"漢恩"——隋薛道衡《昭君辭》"專由妾薄命,誤使君恩輕",梁獻《王昭君》"君恩不可再,妾命在和親",白居易《昭君怨》。

(k)"青冢"——《琴操》,李白《王昭君》其一,杜甫《詠懷古迹》其三。

(l)"哀弦"——庚信《王昭君》。

　　　　＋(a)、(b)、(c)、(g)、(h)

如上所示,昭君詩裏的常用語在這二首中平均都用了八個左右。從前節所區分的以四句爲單位的各段落來看這些常用語的分布,則各段落也幾乎平均地各用了兩三個,傳統的詩語被均衡地分布於全篇。這樣,從詩語的角度可以判斷,二首都在很大程度上依據著過去的王昭君詩所創造的,並被長期繼承下來的傳統形象。

其次,從句意表達的角度看,王安石對歷代昭君詩的詩句加以改造,即所謂"翻案"法①的用例也有幾處。第一,《其一》的第7、8句("意態由來畫不成,當時枉殺毛延壽"),本文的序言部分引用的《紅樓夢》一節已經指出。從前的昭君詩多據《西京雜記》的故事,將昭君不得不遠嫁匈奴之事歸罪於畫工毛延壽,以下的詩句可爲其代表:

　　毛君真可戮,不肯寫昭君。(隋侯夫人《自遣》,《先秦漢魏晉南北朝詩·隋詩》卷七)

　　薄命由驕虜,無情是畫師。(沈佺期《王昭君》,《全唐

---

① 宋代"翻案"詩的專論,見張高評《宋詩之傳承與開拓·以翻案詩、禽言詩、詩中有畫詩爲例》(文史哲出版社,1990年3月,文史哲學集成二二四),對本文多有啓迪。

詩》卷九六）

　　　何乃明妃命，獨懸畫工手。丹青一詿誤，白黑相紛糾。遂使君眼中，西施作嫫母。（白居易《青冢》，《白居易集箋校》卷二）

然而，王安石却認爲，無論如何巧妙地描繪，也無法將人物的内在情態在繪畫中完全表現出來，在此基礎上，他批判了元帝用繪畫挑選宫女的愚蠢行爲和事後又歸罪於毛延壽將他"枉殺"的無理做法。本來，在宋代以前也不是没有像王安石《明妃曲》那樣批判元帝的詩，如（前出）白居易《昭君怨》的後半四句，就是確鑿的先例：

　　　見疏從道迷圖畫，知屈那教配虜庭。自是君恩薄如紙，不須一向恨丹青。

白居易認爲，元帝明知昭君的痛苦心情（知屈），而仍將她嫁到匈奴，是爲薄情（君恩薄如紙）。這主要是從情感的方面進行責備。但是，王安石所非難的却是元帝憑繪畫來選人的愚蠢行爲，其根本在於第7句的説理部分。與上引從前的昭君詩相比，白居易的《昭君怨》已經可以看作"翻案"之例，但王安石的《明妃曲》更進一步，引入一種道理，來顯現元帝的愚蠢。北宋邢居實《明妃引》的"天上天仙骨格别，人間畫工畫不得"之句（《宋詩紀事》卷三四，上海古籍出版社排印本，1983年6月）①，也受到了第7句的影響。

　　　第二，《其一》的末尾二句（"君不見咫尺長門閉阿嬌，人生

----

① 《宋詩紀事》謂邢居實十七歲之作。《韻語陽秋》卷一九（中華書局校點本《歷代詩話》）亦曾引用。邢居實（1068—1087），字惇夫，與蘇軾、黄庭堅等交遊。

失意無南北")。從前的昭君詩大都以悲哀爲基調,其結尾往往餘意未盡,但這個結尾卻以說理來安慰昭君。引出陳皇后與武帝的故事來相比,也可看作新的嘗試。當然,與前一個"翻案"用例一樣,類似的先例在宋代以前也曾存在。用說理來安慰的先例,有中唐王叡的《解昭君怨》(《全唐詩》卷五〇五):

> 莫怨工人醜畫身,莫嫌明主遣和親。當時若不嫁胡虜,祇是宮中一舞人。

後半二句說,如果昭君不嫁匈奴,也不過是宮中的許多舞女之一而已。用這樣的安慰來"解昭君怨"。至於引出後宮女性來相比的先例,則有晚唐張蠙的《青冢》(《全唐詩》卷七〇二):

> 傾國可能勝效國,無勞冥寞更思回。太真雖是承恩死,祇作飛塵向馬嵬。

這是將昭君與楊貴妃對比。第一句"傾國"謂楊貴妃,"效國"謂昭君。"效國"的"效"與"獻"同義,把自己的生命獻給國家的意思。"冥寞"指黃泉之國。後半首說,楊貴妃生前雖受到了玄宗的寵愛,現在卻已化作飛揚在馬嵬之地的塵埃。相比之下,王昭君的墳墓(青冢)現在還留在異國之地。

王安石詩的構想與這二首基本上是同樣的思路,不同的是,張蠙安慰死後的昭君靈魂,而王安石卻設定了跟生前的王昭君對話的場景。爲了使這個設定生效,他引用了生前的昭君可能知道的,祇比她略早數十年的武帝故事,提高了作品的合理性。然後,在一篇的結尾處,用"人生失意無南北"這樣普遍性的道理來暗示,此詩的寫作意圖不僅僅是爲王昭君的命運感到悲哀而已。作品的意蘊由此被擴大。王叡的詩始終祇就王昭君個人來詠歎,與此明顯不同。

　　第三,《其二》的第 9、10 句("漢恩自淺胡自深,人生樂在

相知心")。"漢恩"一句恐怕是基於白居易《昭君怨》的"自是
君恩薄如紙",這一點已在前節評釋的部分指出。但是,兩者
之間的顯著差異在於,王安石是在與異民族的對比中把"漢
恩"表達爲"淺"。宋代以前的昭君詩,對於昭君嫁給夷狄的事
多少有一些批判的言辭,如一系列歸罪於毛延壽的作品的存
在,已見前述。在這一點上,白居易詩對君主(元帝)的明確批
判,跟傳統的作品拉開了距離。白居易是把諷諭認作詩的首
要意義,推進了新樂府運動的作者,他的新樂府作品之一《胡
旋女》,實際上暗暗批判了同朝先帝唐玄宗。考慮到這些,可
以説《昭君怨》對元帝的批判在白居易詩中絶對不足爲怪,但
一旦把它置於昭君詩的源流之中來看,則可許爲相當深入的
批判①。至少,在白居易以前,明確非難元帝的作品,管見所
及的範圍内並不存在②。

---

① 　白居易《胡旋女》見《白居易集校箋》卷三"諷諭三",其中云:"……天寶
　　季年時欲變,臣妾人人學圓轉。中有太真外禄山,二人最道能胡旋。梨
　　花園中册作妃,金雞障下養爲兒。禄山胡旋迷君眼,兵過黄河疑未反。
　　貴妃胡旋惑君心,死棄馬嵬念更深。從兹地軸天維轉,五十年來制不
　　禁。胡旋女,莫空舞,數唱此歌悟明主。"其《昭君怨》,據花房英樹《白氏
　　文集的批判性研究》(朋友書店1974年7月再版)之"繫年表",爲元和十
　　二年(817)四十六歲時,江州司馬任上之作。衆所周知,白居易任江州
　　司馬的時期,詩風從諷諭變爲閑適。但是,僅早於此二年的《與元九書》
　　所闡述的詩論還把諷諭詩作爲詩歌的第一要義,很難想像其對於諷諭
　　詩的熱情會一落千丈。此《昭君怨》雖未直接批判時政,但其中展開著
　　的敏鋭的批判精神,可以説是與新樂府等諷諭詩一脈相承的。
② 　不批判元帝個人,而更爲一般化地批判漢朝的和親政策的作品,則頗成
　　系列地存在。例如,"漢道方全盛,朝廷足武臣。何須薄命妾,辛苦事和
　　親。"(初唐東方虬《昭君怨三首》其一,《全唐詩》卷一〇〇)"漢家青史
　　上,計拙是和親。社稷依明主,安危托婦人……"(中唐戎昱《詠史(一作
　　和蕃)》,《全唐詩》卷二七〇)"不用牽心恨畫工,帝家無策及邊戎……"
　　(晚唐徐夤《明妃》,《全唐詩》卷七一一)等。

　　王安石由此更深入一步,在漢民族與異民族相比較的構圖中,顯示出元帝的冷酷薄情,具有新的意味。但是,正如本文下一節將要叙述的,爲此"嶄新"的構思,王安石付出了偌大的代價。北宋末吕本中(1084—1145)的《明妃》詩(《東萊詩詞集》詩集卷二,黄山書社,1991年11月)裏,有明顯受王安石這兩句影響的地方。考慮《明妃曲》在北宋後期至末期的影響時,吕本中的作品與前揭秦觀的作品(參考前節評釋《其二》第6句的部分),及邢居實的《明妃引》一樣重要。全詩十八句,録其末尾六句於下:

　　　　人生在相合,不論胡與秦。但取眼前好,莫言長苦辛。君看輕薄兒,何殊胡地人。

　　接下來,從作品的場面設計方面來看王安石的這兩首詩,《其一》由"漢宫出發之時"與"在匈奴的每一日"兩個場面構成,《其二》恰好填補《其一》的兩個場面之間的空白,集中描寫出塞後的場面,可以説兩首呈互補的關係。以上各種場面在歷代的昭君詩中都曾出現,但仔細吟味之下,就能注意到,除了前述的一些新創之點外,在場面設計的方面,王安石也有其獨創性,爲從前的作品所未具備。

　　首先是《其一》中記述了家人的書信。這樣寫的目的可能是爲了引出末尾兩句,但也給作品帶來了增强臨場感的效果。

　　《其二》採用了歷代昭君詩用得最爲頻繁的場面,但不寫將要進入匈奴疆域時的狀況(出塞),而寫已經踏入匈奴疆域之後的狀況,這一點是新穎的。傳統型的昭君出塞詩,作者的視點幾乎全在漢朝的疆域,呈現了從背後送昭君出塞的形態。此詩同樣著眼於由漢至胡的環境變化,但並不描寫可以預想爲昭君的悲哀達到極點的出塞時刻,而將越過了國境之後的昭君作爲描寫的焦點。對於昭君悲哀的極點作出特寫的結果,使出塞的場面在從前的詩裏一直被饒有興味地連續創作,相比之下,王安石的詩雖然同樣以悲哀爲主題來設計場面,但其選定場面的主要目的,是想描繪出昭君的悲哀越過了極點之後,處在較爲冷靜的心境之中的那種索漠的悲哀。不難想像,其背後肯定活躍著王安石積極的意念:捨棄被從前的作品描繪過的場面,給昭君詩的傳統加上新的意味。

以上從詩語→詩句→場面設計三個角度,整理了王安石《明妃曲》與傳統昭君詩的異同。總而言之,是在基本上繼承著傳統的同時,也隨處散見著王安石的獨創。下引松浦友久氏的話,就有關傳統的繼承與展開問題作出了論述,而又特別與樂府(古樂府、擬古樂府)相關,對我們思考此詩有很大的參考意義:

> 經過了漢魏六朝長期實際創作的歷史,唐代的古樂府(擬古樂府)系列的作品,在各個樂府題上都普遍地形成了固定的描寫形象。可以這樣説,作者們在樂府詩的創作上,所關心的並不是怎樣把自己個別的、主體的情感直接地表現出來,而是相反,(用一貫的擬古手法)努力在該樂府題的共通的描寫形象上將自己的情感客體化,以創造和提交出更爲集中、更爲典型的描寫形象。①

以上論述意謂: 對唐代詩人來説,樂府詩創作的最大關

---

① 前揭《中國詩歌原論》所收《關於唐代詩歌的評價基準》(第 109 頁)。又,松浦氏尚有《"樂府詩"與"原詩采取"——詩興的継承和展開(二)》(1992 年 12 月,月刊『しにか』第 98 頁,大修館書店)等相關論文,請參考。

心點在於傳統的繼承(擬古)。當然這段話是就唐代的古樂府(擬古樂府)系列的作品而言,不能直接轉用於作爲北宋歌行體作品的王安石《明妃曲》。但是,王安石《明妃曲》的情況,跟杜甫、岑參等盛唐詩人開始大量寫作的不用樂府舊題的歌行(《兵車行》、《古柏行》、《飲中八仙歌》之類)也有明顯的不同。那些歌行在古樂府(擬古樂府)系列作品中全無類似的前人之作,而王安石此詩雖然在形式上不能認作古樂府(擬古樂府)系列的作品,但如前所述,它處在自西晉石崇以來長期的昭君樂府傳統的影響之下,實質上比盛唐以來的歌行遠爲接近擬古樂府系列的作品。在這個意義上,我們就容易理解,當王安石寫作《明妃曲》時,爲什麼對從前的作品如此關注,運用了如此衆多的傳統詩語。

而同時,王安石創作《明妃曲》時,也不是祇"在該樂府題的共通的描寫形象上將自己的情感客體化,以創造和提交出更爲集中、更爲典型的描寫形象",這從他運用了"翻案"法的諸例,就容易瞭解。雖然引起了後世許多的批判,但正是這些"翻案"的存在,使王安石的詩在厚長的昭君詩傳統中獲得顯著的地位。王安石本人是否預測到後世的如此程度的反應,姑且不論,可以肯定的是,他確實是爲了引起讀者的關注而有意識地運用了"翻案"的詩句。面對王昭君題材,他之所以不用古樂府(擬古樂府)形式,而采用歌行體,其理由也當與"翻案"部分的存在大有關係。可以認爲,正因爲他不滿足於樂府詩的傳統歌詠方式,故而采用了更能顯著地突出其創作個性的歌行體。本節所清理的王安石《明妃曲》與前人作品的同異,就集中地表現在此詩的形式裏,即"用樂府舊題的歌行"。

現在要談到《序言》中所說的第一個問題,即此詩的評價問題,略述如下。自南宋初以來,直至今日,王安石此詩常被提及,圍繞其評價問題的各種議論也反覆地出現。大致來説,由南宋到清代初期,總體上不受好評;由清代中期至清末,在不受好評的總趨勢中,也偶爾出現一定的好評;至近現代,則總體上受到好評①。對此評價變化的過程稍作仔細的檢討,就可以發現,歷代評論者的注意大都集中在上述"翻案"的詩句上,而其爭議也不外乎以下兩點:

第一,即下一節將重點論述的,關於"漢恩自淺胡自深"等句有無違背儒家倫理的問題。具體來説,這一詩句所涉及的問題不僅在於其抵觸了君臣關係這種對内的秩序,而且包含了對外關係的問題,即"漢胡"民族間的秩序問題,特別是在此種問題成爲社會關心之焦點的時代,該詩就會成爲激烈批判的對象。在南宋之初,由於對皇都南遷的屈辱往事記憶猶新,故士大夫中有的人對此詩句持有異議,某種意義上誠有其理由。爲此異議吹風點火的是南宋初的朝臣范沖(1067—1141,見李壁注),其詳情等下一節再叙,這裏要引述的是可能比范沖稍早的朱弁《風月堂詩話》中語:

　　太學生雖以治經答義爲能,其間甚有可與言詩者。一日,同舍生誦介甫《明妃曲》,至"漢恩自淺胡自深,人生樂在相知心","君不見咫尺長門閉阿嬌,人生失意無南

① 詩話筆記中言及此詩的,南宋時期有:① 朱弁《風月堂詩話》卷下(本節引用);② 葛立方《韻語陽秋》卷一九;③ 羅大經《鶴林玉露》卷四"荆公議論"(中華書局唐宋史料筆記叢刊本,1983 年 8 月);明代有:④ 瞿佑《歸田詩話》卷上;清代有:⑤ 周容《春酒堂詩話》(上海古籍出版社《清詩話續編》所收);⑥ 賀裳《載酒園詩話》卷一;⑦ 趙翼《甌北詩話》卷一一,二則;⑧ 洪亮吉《北江詩話》卷四,第二二則(人民文學出版社校點本,1983 年 7 月);⑨ 方東樹《昭昧詹言》卷一二(人民文學出版社校點本,1961 年 10 月)等。其中,①、②、③、④、⑥、⑦-2、⑧給予了負面的評價。

北",詠其語,稱工。有木抱一者,艴然不悦曰:"詩可以
興,可以怨。雖以諷刺爲主,然不失其正者,乃可貴也。
若如此詩用意,則李陵偷生異域不爲犯名教,漢武誅其家
爲濫刑矣。當介甫賦詩時,溫國文正公見而惡之,爲别賦
二篇,其詞嚴,其義正,蓋矯其失也。諸君曷不取而讀之
乎。"衆雖心服其論,而莫敢有和之者。(中華書局 1988
年 7 月校點本卷下)

朱弁之入太學,據《宋史》本傳(卷三七三),在靖康之變
(1126)以前,故知在北宋之末,與范沖同樣的批判已然存在。
此種議論的關鍵之點在於是否有犯"名教",而在清末以前,儒
教倫理作爲金科玉條最大限度地發揮其效力,故立足於此點
而對該詩所作的否定性評價,原則上不會有什麼變化。但到
了近現代的中國,儒教的約束力趨於弱化,在統一戰綫的名義
下,打破民族主義的呼聲甚高,"君臣"、"漢胡"這兩項從來不
可侵犯的傳統"禁忌"被解放,而評價便由此逆轉。諸如"打破
胡漢畛域之分,掃除大民族的傳統偏見……在封建時代是十
分難得的","這正是王安石作爲我國封建時代具有革新精神
的政治家膽識的表現"之類的現代式的讚美①,與南宋以來的

---

① 見前揭《歷代歌詠昭君詩詞選注・前言》。又,吴小如《詩詞札叢》(北京
出版社,1988 年 9 月)中有題爲《宋人詠昭君詩》的短文,其中這樣稱讚
王安石的《明妃曲》:"最近重印的《歷代詩歌選》第三册,選有王安石著
名的《明妃曲》的第一首。選編這首詩很有道理,因爲在歷代吟詠昭
君的詩中,這首詩堪稱出類拔萃。第一首結尾處寫道:'君不見咫尺長
門閉阿嬌,人生失意無南北。'第二首又説:'漢恩自淺胡自深,人生樂在
相知心。'表面上好像是説由於封建皇帝識别不出什麼是真善美和假惡
醜,纔導致像王昭君這樣才貌雙全的女子遺恨終身。實際是借美女隱
喻堪爲朝廷柱石的賢才之不受重用。這在北宋當時是切中時弊的。"
(第 144 頁)

評價正相反對,不能不説,它是在社會普遍觀念變化的基礎上產生的。

第二個争議之點,與對"翻案"的技巧如何評價的問題相關。以下是一些具有代表性的意見:

（a）古今人詠王昭君多矣。王介甫云:"意態由來畫不成,當時枉殺毛延壽。"歐陽永叔云:"耳目所及尚如此,萬里安能制夷狄?"白樂天云:"愁苦辛勤憔悴盡,如今却似畫圖中。"後有詩云:"自是君恩薄於紙,不須一向恨丹青。"李義山云:"毛延壽畫欲通神,忍爲黄金不爲人。"意各不同,而皆有議論,非若石季倫、駱賓王輩,徒序事而已也。（南宋葛立方《韻語陽秋》卷一九,中華書局校點本《歷代詩話》所收）

（b）詩人詠昭君者多矣,大篇短章,率叙其離愁別恨而已。惟樂天云:"漢使却回憑寄語,黄金何日贖蛾眉。君王若問妾顔色,莫道不如宫裏時。"不言怨恨,而惓惓舊主,高過人遠甚。其與"漢恩自淺胡自深,人生樂在相知心"者異矣。（明瞿佑《歸田詩話》卷上,中華書局校點本《歷代詩話續編》所收）

（c）王介甫《明妃曲》二篇,詩猶可觀,然意在翻案,如"家人萬里傳消息,好在氈城莫相憶。君不見咫尺長門閉阿嬌,人生失意無南北",其後篇益甚,故遭人彈射不已。……大都詩貴入情,不須立異,後人欲求勝古人,遂愈不如古矣。（清賀裳《載酒園詩話》卷一"翻案",上海古籍出版社《清詩話續編》所收）

（d）-1 古來詠明妃者,石崇詩"我本漢家子,將適單于庭","昔爲匣中玉,今爲糞上英",語太村俗。惟唐人（※李白）"今日漢宫人,明朝胡地妾"二句,不著議論,而意味無窮，最爲絕唱。其次則杜少陵"千載琵琶作胡語，分明怨恨曲中論"，同此意味也。又次則白香山"漢使却回憑寄語，黃金何日贖蛾眉。君王若問妾顏色，莫道不如宮裏時"，就本事設想，亦極清雋。其餘皆説和親之功，謂因此而息戎騎之窺伺。……王荊公詩"意態由來畫不成，當時枉殺毛延壽"，此但謂其色之美，非畫工所能形容，意亦自新。（清趙翼《甌北詩話》卷一一"明妃詩"，《清詩話續編》所收）

　　(d)-2 荊公專好與人立異，其性然也。……可見其處處別出意見，不與人同也。……詠明妃句"漢恩自淺胡自深，人生樂在相知心"，則更悖理之甚。推此類也，不見用於本朝，便可遠投外國。曾自命爲大臣者，而出此語乎？……此較有筆力，然亦可見爭難鬥險，務欲勝人處。（清趙翼《甌北詩話》卷一一"王荊公詩"，《清詩話續編》所收）

　　五段文字中，(b)和(d)-2與第一個爭議點具有密切關係，而純從文學角度發言的，爲(a)、(c)和(d)-1三段。(a)與(c)是從重視詩歌抒情的立場出發，對"翻案"這種知性的、人工的作詩態度不以爲然，這可以説是以"詩言志"、"詩緣情"之類的《詩經》以來的傳統詩歌觀爲基礎的意見。

　　另一方面，唯一對王詩作出善意評價的是(d)-1《甌北詩話》中的一段話。著者趙翼（1727—1814），與袁枚（1716—1797）交情甚厚，可知其詩歌觀也受到袁的較大影響。袁枚詩歌觀的要點，在於作品中是否真實地表現了作者個人的"性靈"，各種各樣的技巧、學問等，則作爲盡情表現其"性靈"的手段而受到重視。在他所著的《隨園詩話》中，明記著"詩貴翻案"（卷二，第五〇則）的觀點。趙翼的這段評論，與袁枚的詩歌觀也不無關係①。

明代以來，將唐詩(進一步可細分爲初盛唐與中晚唐)抑或宋詩當作應該祖述的典範，有所謂"唐宋優劣論"。以此爲核心，關於擬古或反擬古的議論大獲開展，至明末清初而達極盛。(c)賀裳《載酒園詩話》，是以清初的錢謙益(1582—1675)爲領袖的虞山詩派詩歌觀的代表作之一，正是在那種議論紛紛之際，以對於明七子和竟陵派的攻擊爲始，而展開他的主張。因此，正如上引的批評所顯示的那樣，賀裳是一個崇尚盛唐詩而輕視宋詩的詩人②。此後，王士禎(1634—1711)的"神韻說"③和沈德潛(1673—1769)的"格調說"④風靡一世，這是衆所周知的。

關於祖述典範的這種爭論，其動機不外乎把過去一定時期的作品特徵認作絶對的價值，但其間價值觀的變化，似乎也促成了使價值相對化的效果。仿佛是對明七子所謂"詩必盛唐"的一種否定，在關於典範的論爭之末期，即袁枚的時代裏

---

① 參考吳宏一《清代詩學初探》(臺灣學生書局 1986 年 1 月修訂本，《中國文學研究叢刊》之一)第七章"性靈說"(第 215 頁以下)；黃保真等《中國文學理論史》第 4 册(北京出版社，1987 年 12 月)第三章第六節(第 512 頁以下)。

② 參考吳宏一《清代詩學初探》第三章第二節(第 129 頁以下)，《中國文學理論史》第一章第四節(第 78 頁以下)。

③ 詳見吳宏一《清代詩學初探》第五章(第 167 頁以下)，《中國文學理論史》第三章第三節(第 401 頁以下)。王士禎推崇唐代的王維、孟浩然、韋應物等歌詠自然的名家，視爲典範，但他選取五七言古詩之佳作編成的《古詩箋》，其七言部分，考慮到七言詩的產生本已遠離《詩經》的時代，故其所選不限於具有古風的詩作，而將宋元詩也採錄在內。其《七言詩歌行鈔》卷八也收錄了王安石《明妃曲》的第一首(上海古籍出版社 1980 年 5 月排印本，下册第 825 頁)。

④ 參考吳宏一《清代詩學初探》第六章(第 197 頁以下)，《中國文學理論史》第三章第四節(第 443 頁以下)。

自然地形成了一種平衡的論調：既不以盛唐詩爲絕對的是，也不以宋詩爲絕對的非。《序言》中提到的《紅樓夢》就是與袁枚同時代出現的小説，其有關的議論就反映出這種平衡的論調。

這樣，第二個爭議點也是與文壇的潮流密切相關的，進而也與《詩經》以來的傳統詩歌觀有著顯著的聯繫。但與第一個爭議點的情形略有差異，即不須等到近現代，而早在清代的中葉便產生了肯定的意見。其原因之一，是它專屬於文學技巧論的範圍，不存在像第一個爭議點那樣超越文學領域而受到政治批判的危險。想來，趙翼是在跟袁枚一樣肯定"翻案"的立場上，對"意態由來畫不成"之句給予一定的好評（(d)-1），而對"漢恩自淺胡自深"之句則加以激烈的批判（(d)-2），此種矛盾的態度，當亦出於上述的理由。

那麼，現在來評價該詩的時候，比較合適的做法是暫且先擱置第一個爭議點，而剩下來的第二個爭議點便具有決定意義。接著，在考察第二個爭議點時，我們有必要對"翻案"這一技法本身的特質重新作一檢討。

據前人的專論，"翻案"的特質可以一言概括之，曰"反常合道"，意謂顛覆世俗的定論而倒過來建立新説，以此來求合於更高一層的道理①。在這裏，"反常"與"合道"兩者之間，前者更能道出"翻案"的本質。因此，爲了使此技法更能實現其效果，作爲前提，已然存在的一定程度上的定論、定説是必不可少的。在這一點上，跟其他國家的古典文學相比，中國古典

---

① 參考前揭張高評《宋詩之傳承與開拓》上篇第一章《緒論》（第13頁）。張氏引用了錢鍾書《管錐編》中對"翻案語"的分類（見第二冊第463頁，對《老子》王弼注七十八章"正言若反"條的評析），加以歸納，而表達爲"反常合道"一語。

詩歌具有悠久的歷史,且被重視傳統的精神所支撐,一般可以認爲,其總體上已經十分地具備了使"翻案"技法得以實現其效果的良好條件。但即便如此,也並不是在所有題材上都無例外地使用"翻案"法,正像歷來的研究者所指出的那樣,它祇是在一定的題材上屢見使用①。這些題材容易超越時代的限制,容易被繼承,而且容易確立某種定論、定説,有著明確的事實基礎和一定的輪廓,亦即詠史、詠物等類的題材。

　　進而論之,王昭君詩歌與詠史的體裁有著不即不離的關係。就此而言,這個系列的詩歌中被導入"翻案"法,是明顯地有其必然性的。而且,王昭君詩歌首先產生於樂府詩領域,一直被持續地歌詠下來。如前所述,在樂府系列的作品中,對傳統詩歌形象的繼承是不可或缺的一種要素。而對於詩歌來説,傳統的形象即等於詩歌形象方面的定論、定説。從而,王昭君詩歌無論在其題材特質抑或樣式特質上,都十二分地具備了容易導入"翻案"法的條件。

　　事實上,在昭君詩的系列中,自中唐以降,"翻案"法便屢被使用,給這個系列的詩歌增添了新鮮的色彩。在傳統的繼承與發展之間,"翻案"法起到了猶如杠杆一般的作用。現在,如果全然否定"翻案"法,全然抹煞包含此法的詩作,則中唐以降的昭君詩便顯得索然無味了。所以,就此系列詩歌的實際情況來看,"翻案"的技法具有很大的意義。而王安石《明妃曲》的歷史作用,就是緊接白居易的作品之後,將"翻案"法的功過都昭示了出來。它引出了同時代的許多唱和詩,和後世的紛紛議論,這一事實就足以證明其歷史作用。在此基礎上,應該認爲,即便不必像現代的中國那樣對

---

① 參考上揭張氏書上篇第三章"宋詩翻案表現之層面"(第36頁)。

此詩加以如上所述的過度讚美,但在文學史上也仍有其特著一筆的價值。

比較妥當的看法是,盛唐的李白、杜甫主要在具體描寫的層面上,而中唐的白居易則在整體構思的層面上,給昭君詩的系列帶來了新的發展。考慮到鑲嵌在王安石兩首《明妃曲》中的許多詩語及其構思,我們不難推知,他對唐詩中這三個顯例有著明確的意識。從他的詩作結構來看,全體的前八成的部分配置了因襲傳統的因素,而餘下的二成則爲"翻案"之句,這種分配方式就顯示了他的企圖,即把出現在那三位唐人的作品中的新因素,比較均衡地汲取到自己的詩裏。

著眼於具體的表現來看,不可否認,"翻案"之句確實特別具有強烈的衝擊感,但總覽全篇,前八成的詩句起了適度的調和作用,在哀感和説理之間成功地保持了平衡。如果抛開儒教倫理方面的是非問題,體現在王安石《明妃曲》中的這一平衡形式,可以被看作對於傳統的繼承或發展之難題的一個典範性的回答。

四、"漢恩自淺胡自深":歷代批評的源流

上節討論了王安石《明妃曲》與從前的王昭君詩歌之間的異同,並進一步聯繫"翻案"法略述了該詩的評價問題。在這一節裏,對該詩中的"翻案"之句,特別是《其二》的第九句"漢恩自淺胡自深"及《其一》的末句"人生失意無南北",將再度展開討論,提示並解明其中所包含的問題點。首先要概述一下後世針對這兩句詩的批評,那是以宋代所發生的批評爲基礎,不斷發展起來的。故本節先概述(1)宋代的批評實況,接著介紹最早對宋代的批評進行全面認真之

反駁的(2)清代中期蔡上翔的言論,然後清理一下對蔡上翔的言論加以修正的(3)近現代學者的解釋。上一節已經引錄了從文學角度論及該詩句的資料,以下所述主要是從思想的角度來論及該詩句的。

(1) 宋代的批評

管見所及,對此"翻案"之句最初發表批評言辭的是王回(字深父,1023—1065)。南宋李壁《王荆文公詩箋注》卷六《明妃曲》其一的注文裏,引用了黄庭堅(1045—1105)的跋文,云:

> A 荆公作此篇,可與李翰林、王右丞並驅爭先矣。往歲道出潁陰,得見王深父先生,最承教愛。因語及荆公此詩。庭堅以爲詞意深盡,無遺恨矣。深父獨曰:"不然。孔子曰'夷狄之有君,不如諸夏之亡也'。'人生失意無南北'非是。"庭堅曰:"先生發此德言,可謂極忠孝矣。然孔子欲居九夷,曰'君子居之,何陋之有'。恐王先生未爲失也。"明日,深父見舅氏李公擇曰:"黄生宜擇明師長友與居。年甚少,而持論知古血脈,未可量。"

王回是福州侯官(福建省閩侯縣)人(但其家族至王回一代已經遷居潁州汝陰,今安徽省阜陽市)。嘉祐二年(1057)三十五歲時進士及第,後任衛真縣(河南省鹿邑縣東)主簿,但上任未滿一年,便因其意見與上官不合而稱病辭職,退隱於潁州,直至治平二年(1065)去世,並未再仕。傳見《宋史》卷四三二《儒林》二。

黄庭堅於父親去世後,寄身於母舅李常(字公擇,1027—1090)處,跟從李常學習,時在嘉祐四至七年(1059—1062,黄庭堅十五至十八歲)。A 文所回想的就是這四年間發生的一幕吧①。當時,王回已經辭官歸隱於潁州。按通常的説法,王安石《明妃曲》作於嘉祐四年(參考本文第五節)。A文不見於通行的黄庭堅别集(《四部叢刊》本《豫章黄先生文集》),如果這篇跋文不假,那麼它正好傳達出王安石《明妃曲》發表不久之際,士大夫們對此詩的反應之一端。而且,這是在王安石倡導新法,而使黨派性的意見彌漫於政界之前,人們對他的態度從政治上講還比較模糊的時代所出現的議論,因此更值得關注。

"詞意深盡,無遺恨",面對如此推崇此詩的青年黄庭堅,王回引用了《論語·八佾》篇中孔子的話,對"人生失意無南北"之句加以批判。然而,比王回年輕了二十多歲的黄庭堅,並不被這位聲名盛於一方的在野隱士的批判所動,他同樣地引用《論語·子罕篇》中孔子的話,當即予以反駁。如跋文的開頭所云,黄庭堅後來也並未改變其青年時代的意見,對此詩作了最高的評價,認爲可與李白、王維比肩。

不過,若衹從上面引用的跋文來看,容易給人一種錯覺,仿佛當時批評此詩的王回是思想上跟王安石不相容的人物。因此,現代解説此詩的書中,有説王回是王安石的敵對者的②。

---

① 南宋黄㽦《黄山谷年譜》(學海出版社影印明刊本)卷一"嘉祐四年己亥"條(時黄庭堅十五歲)云:"先生是歲以後,游學淮南。"淮南指揚州。當時其母舅李常在揚州任官,父亡之後的黄庭堅就寄身於彼處。又"嘉祐八年壬辰"條(黄庭堅、十九歲)云:"先生是歲以鄉貢進士入京。"可知黄庭堅當在前一年的秋天離開李常處(因爲在一般情況下,省試前一年的秋天要舉行鄉試)。附帶説明,此時的黄庭堅通過洪州(江西省南昌市)的鄉試得解,但在省試中落第。關於黄庭堅與李常的關係,詳見張秉權《黄山谷的交遊及作品》(中文大學出版社,1978年)第12頁以下。

② 見《宋詩鑒賞辭典》所收的鑒賞文(上海辭書出版社1987年12月,第231頁)。據説,王回之所以非難"人生失意……"之句,是因(**轉下頁註**)

但是,事實正好完全相反,對於當時的王安石來説,王回無疑是少有的知己之一。

如將 A 文中的對話想定爲嘉祐六年前後之事,那麼王安石與王回早在大約十五年前,兩人都是二十多歲(王回少王安石二歲)的時候,就已成爲肝膽相照的朋友了①。從王安石的遊記中最爲膾炙人口的《遊褒禪山記》,就可知道他們在三十餘歲時候的交好情狀了②。而且,在嘉祐年間的前期,這二人加上曾鞏和汝陰的處士常秩(字夷甫,1019—1077),還以書簡往來的形式,就西漢末人物揚雄的評價問題,展開了相當熱烈而真摯的討論③。在此前後,王安石寄給王回的許多書簡,都

_____

(接上頁註):爲"王回本是反對王安石變法的人。以政治偏見論詩,自難公允",但這明顯不合事實。王安石與王回的交友關係,本文也加以了論述,而且,該詩本是王安石施行"新法"十年之前的作品,王回在王安石變法之前已經去世。

① 據李德身《王安石詩文繫年》(陝西人民教育出版社,1987 年 9 月),二人之相識,在慶曆六年(1046),當時王安石在首都開封任大理評事(第 42頁)。這一年,王安石二十六歲,王回二十四歲。

② 中華書局香港分局本《臨川先生文集》卷八三,第 868 頁。二人同遊褒禪山(在安徽省含山縣北)是至和元年(1053)七月的事,該年王安石三十四歲,王回三十二歲。

③ 討論主要圍繞著揚雄在王莽建立新朝之時的出處問題。由於王回和常秩的別集已經散佚不傳,其具體的意見内容不可知,但從王安石和曾鞏的書簡中仍能略見一二。王安石的意見在《臨川先生文集》卷七二《答王深父書》其一(嘉祐二年),及《答龔深父書》(寄給龔深父即龔原的書簡,但其中心話題是王回的處世態度);曾鞏則有中華書局校點本《曾鞏集》卷一六《與王深父書》(嘉祐五年)等。順便提及,除了曾鞏持否定的立場外,其餘的三人對揚雄都有積極的評價。而且,可以看出,在這三人之中,王安石掌握著議論的主導權,王回和常秩最終是跟王安石認同。常秩在王回去世後繼續與王安石交往,熙寧年間王安石施行新法時,把他從處士中提拔起來,任命爲直集賢院、管幹國子監、兼直舍人院。《宋史》有常秩傳(卷三二九,中華書局校點本第 30 册,第 10595 頁)。

顯示了兩人之間互爲切磋琢磨之友，互敬互愛，一無芥蒂的關係。二人在交往之中，都把他們所主張的理想的"朋友之道"真誠地付諸實踐①。對這一點的最好證明，就是當王回於治平二年(1065)四十三歲去世之際，王安石爲追悼他而寫的祭文。在祭文中，王安石回憶起他的亡母曾稱讚王回是最好的朋友，然後寫道："嗚呼天乎！既喪吾母，又奪吾友。雖不即死，吾何能久？搏胸一慟，心摧志朽。泣涕爲文……"(《臨川先生文集》卷八六《祭王回深甫文》)喪友的悲痛吐露無餘。將王回的死與母親的死放在一起哀悼，可見在王安石心目中，王回是一個如何巨大的存在！

再回到 A 文。以上文所述二王的交情爲基礎，我們可以重新理解 A 文：這是兩個對當時的王安石都抱著善意或敬意的理解者之間的交談。然而，值得十分注意的是，即便在對王安石如此有利條件下的談論中，也已經出現了無法填補的評價之鴻溝。兩人之間的差異起因於解釋立場的不同：從純粹的文學表達的意義上理解該詩，還是從儒教倫理的角度以名教爲中心來解釋。黃庭堅拿李白和王維來相比，又謂其"詞意

---

① 《宋史·儒林傳》登載了王回的《告友》一文，聯繫《中庸》所謂"五達道"(君臣、父子、夫婦、兄弟、朋友)而論述"朋友之道"。其末尾云："嗚呼！處今之時，望古之道，難矣。苟求其肯告吾過而樂聞其過者，與之友乎？"(中華書局校點本，第 37 册，第 12844 頁)。王安石也極力主張"朋友之道"，如其《與孫莘老書》(嘉祐三年)云："今世人相識，未見有切磋琢磨，如古之朋友者，蓋能受善言者少。幸而其人有善人之意，而與遊者猶以爲陽，不信也。此風甚可患。……"(《臨川先生文集》卷七六，第 803 頁)。又其《與王深父書》其一云："自與足下別，日思規箴切劘之補，甚於飢渴。足下有所聞，輒以告我。近世朋友，豈有如足下者乎？……"(《臨川先生文集》卷七二，第 769 頁)這裏把王回當作對自己有"規箴"(告誡)、"切劘"(互相鼓勵)的作用，也就是可以實踐"朋友之道"的朋友來看待。

深盡",可見他是把該詩放在歷代樂府歌行作品的系列中來進行鑒賞,從文學的角度評價了王安石的表達力。而王回,則把流淌在這種表達背後的思想看成了問題。

王回和黄庭堅的這次對話,專就《其一》的末句展開議論,其爭議點在於北方夷狄與南方中國的文化優劣,因此,以《論語·子罕》篇孔子之語爲根據的黄庭堅的反駁,具有一定的力量。不過,如果議論的對象不限於《其一》,而把《其二》的"漢恩自淺胡自深"也一起拿來討論的話,情況會怎樣呢?當然這一句也存在如何理解的問題,但這裏首先要參考的是從南宋至清初對該句作出否定評價的人所作的解釋。在此場合,僅以君臣關係爲核心來看,王回的批判無須修改而依然有效,黄庭堅的反駁則無法成立了。

如前所述,可以判斷 A 文的議論在其進行的當時,並不是以反對王安石爲目的,所以其結果也没有很鮮明地呈現出評價上的對立。但是,假如當時把兩首《明妃曲》一齊取爲議論之對象,則可以推知,兩人之間的評價上的鴻溝就會進一步深化,對立的情形就會更加鮮明。

潛在於兩人議論之中的這種評價上的鴻溝,結果没有人試圖去填補,而原封不動地傳給了下一代。並且,到下一代的時候,這鴻溝還變得更深更寬,呈現爲益發難以填補或跨越的深淵。

緊接在 A 文之後的,是傳達了北宋末年太學中情形的 B 朱弁《風月堂詩話》的一節(本稿第三部分已經引用)。朱弁(?—1144)就讀於太學的時間,可推定爲宋徽宗的崇寧年間(1102—1106)[1],B 文所記自然也是那時候的事,距王安石去

---

① 　朱弁的傳記有《宋史》卷三四三的本傳,而以朱熹(1130—1200)(**轉下頁註**)

世已有二十年,距《明妃曲》的發表已過了大約三十五年。説到崇寧年間,那是一個全國各地遍立“元祐黨籍碑”,舊法黨人的學術文章被全面禁止的時代。與此相反,對王安石的肯定評價正達到極頂,這從崇寧三年(1104)六月王安石被配享於孔廟一事就可以看出①。B 文的語脈,當從這樣的時代背景上去讀解。

在如此時代氛圍下,而且是在最爲濃厚地反映著朝政意向的官僚養成機構——太學裏,還有人敢於對王安石的“翻案”之句大發異議:這便是 B 文所傳達的事實。那個叫做木抱一的太學生批評道:如果承認了該句的思想,那麼西漢的李陵投降了匈奴,與單于的女兒結了婚的事情便不能算違反“名教”,而漢武帝誅殺李陵的家族就是一種不近人情的“濫刑”(過度的刑罰)了。不過,當時的太學生們心裏雖都同意這種批評,畢竟由於時代的原因,没有一個人敢站出來表示贊

_____

(接上頁註):的《奉使直秘閣朱公行狀》(四部叢刊初編本《朱文公文集》卷九八)爲最詳。但關於其在北宋時的經歷,兩者的記述都較粗略,其補太學内舍生的時間也没有明確記載。不過,據有關材料,可以推定其大約的時間。朱熹《奉使直祕閣朱公行狀》云,朱弁在二十歲以後到開封,入太學。文中衹説“補内舍生”,大概他從外舍升上了内舍,而没能進一步升級到上舍吧。他在就讀於太學的前後,認識了晁説之(1059—1129),娶了其兄之女,居於新鄭。此後因靖康之變,被金軍趕往南面(淮甸,即淮河之南,大約是揚州附近吧)。據説他“益厭薄舉子事,遂不復有仕進意”,雖然做了太學生,結果却並未參加省試,這一段時間似乎一直是作爲在野之人過來的。朱弁所著《曲洧舊聞》卷三,有“予在太學”開頭的一條,其中説:“後二十年間居洧上,所與吾遊者皆洛許故族大家子弟……”(《叢書集成新編》86)據此語可知,其居於洧上即新鄭的時間是二十年。從靖康之變(1126)上推二十年,爲崇寧五年(1106),則朱弁就讀於太學的時間自當在此前後的數年間。順便提及,錢鍾書謂朱弁的生年是 1085 年(《宋詩選注》第 138 頁),但未詳所據。

① 參考《宋史》卷一九《徽宗本紀》一。

同。——"衆雖心服其論,莫敢有和之者"。

但是,過了二十年以後,因金人的南攻,宋朝不得不南遷,對北宋末朝政的批判也就興起,隨之,對"新法"設計者王安石的非難便不斷升級。下引南宋初期的 C 文中,對王安石詩句的批判就更爲尖鋭:

> C 范沖對高宗嘗云:"臣嘗於言語文字之間,得安石之心,然不敢與人言。且如詩人多作《明妃曲》,以失身胡虜爲無窮之恨,讀之者至於悲愴感傷。安石爲《明妃曲》則曰:'漢恩自淺胡自深,人生樂在相知心。'然則劉豫不是罪過,漢恩淺而虜恩深也。今之背君父之恩,投拜而爲盜賊者,皆合於安石之意。此所謂壞天下人心術。孟子曰:'無父無君,是禽獸也。'以胡虜有恩,而遂忘君父,非禽獸而何。"公語意固非,然詩人務一時爲新奇,求出前人所未道,而不知其言之失也。然范公傅致亦深矣。

C 文引自李壁注(《明妃曲》其二,"公語"以下爲李壁的評語)。范沖(字元長,1067—1141)是元祐朝臣范祖禹(字淳夫,1041—1098)的長子,紹聖元年(1094)的進士,被宋高宗提拔爲重修神宗、哲宗兩朝實録的撰修官,"極言王安石變法度之非,蔡京誤國之罪"(《宋史》卷四三五《儒林》五)。范沖於紹興六年(1136)正月完成《神宗實録》,接著於紹興八年(1138)九月完成《哲宗實録》的重修①,此後兼任侍讀,受高宗之命講解《春秋左氏傳》,據説經常得到高宗的稱讚(《宋史》卷四三五)。C 文恐怕就是范沖兼任侍讀時候的軼事吧。

---

① 詳見近藤一成《"洛蜀黨議"與哲宗實録——〈宋史〉黨爭記事初探》(1984 年 3 月,早稻田大學出版部《中國正史的基礎性研究》所收)"一,神宗、哲宗兩朝實録與正史"(第 316 頁以下)。

　　范沖先自命爲王安石言論的理解者,在此基礎上,對"漢恩自淺胡自深……"之句展開激烈的批判。文中的劉豫,在建炎二年(1128)十二月濟南府(山東省濟南市)知事任上的時候,受到金人的攻擊,後來背叛宋朝,投降了金人,結果在建炎四年(1130)當了金的傀儡國家齊國的皇帝。更有甚者,在金國持續到紹興七年(1137)的對宋戰爭中,劉豫還一直站在前綫與宋軍作戰,同時策劃將宋人招致自己的國家,而企圖使南宋王朝從内部崩潰①。范沖批判道:如果該詩句的思想可以容忍,則劉豫的賣國行爲也正當化了。並且,那些跟在敵人後面進行掠奪的"盗賊",正好與王安石詩句的思想合拍。所以他痛罵道:正是這詩句壞了"天下人心術"。最後,他引用《孟子·滕文公下》的話,説:"以胡虜有恩,而遂忘君父,非禽獸而何?"可謂極盡唾棄之能事。

　　對於如此激烈的批判,王詩的註釋者李壁(字季章,號雁湖居士,1159—1222)在基本追認王安石之非的同時,也作了部分的辯護,説那是詩人的本性,要努力言人之所未言,追求新奇的表達而已,范沖的解釋未免過於牽强引申了,"傅致亦深矣"。《王荆文公詩箋注》的刊行在南宋寧宗的嘉定七年(1214)前後②,由此可知李壁作出這段評議也是南宋後半期的事,距離范沖的發言,又有七十餘年的歲月流逝了。

　　D……其詠昭君曰:"漢恩自淺胡自深,人生樂在相知心。"推此言也,苟心不相知,臣可以叛其君,妻可以棄

---

① 《宋史》卷四七五《叛臣上》有劉豫傳,另有宋人(撰人不詳)的《劉豫事迹》(《叢書集成新編》103,第170頁)。
② 李壁《王荆文公詩箋注》卷首有嘉定七年(1214)十一月魏了翁(1178—1237)序。

其夫乎？其視白樂天"黄金何日贖娥眉"之句,真天淵懸
絕也……

　　D文爲羅大經《鶴林玉露》乙編卷四"荆公議論"條的一節
(中華書局《唐宋史料筆記叢刊》本,1983年8月)。此書的甲
至丙編皆有羅大經自序,可知甲編成書於南宋理宗的淳祐八
年(1248),乙編成書於淳祐十一年(1251)。那麽,羅大經作這
段發言,當是此三四年間之事,時在南宋滅亡之前約三十年,
距金朝被蒙古所滅已近二十年。理宗即位以後,特別是進入
淳祐年間以來,蒙古軍不斷地在局部地區發動南侵的攻勢,可
以推知,D文寫作的前後恐怕正是蒙古的威脅日甚一日地增
强的時期。

　　然而,羅大經却不是像B的木抱一或C的范沖那樣,從
對外的漢胡民族關係的角度來看待詩句。所謂"推此言也,苟
心不相知,臣可以叛其君,妻可以棄其夫乎",完全是從對内的
儒教倫理的角度來發論。在《鶴林玉露》乙編的另一條中,羅
大經也提及了該詩句,並謂其"悖理傷道甚矣"。然後,他回到
文學領域,對具有與道義内容相稱的卓越表達技巧的白居易
詩句,給予了稱讚。

　　把以上四種文獻中的六位士大夫,按時代順序重新排列,
即① 該詩發表之時的王回和黄庭堅→(約三十五年)→② 北
宋末的太學生木抱一→(約三十五年)→③ 南宋初期的范
沖→(約七十年)→④ 南宋中葉的李壁→(約三十五年)→⑤
南宋晚期的羅大經。

　　如前所述,① 發生在王安石新法實行之前,是黨派性最
弱,最具有中間立場的發言。② 發生在新舊兩黨鬥爭激烈的
時代,也是新法黨人對舊法黨人的言論彈壓最爲嚴重的時代。
③ 發生於朝廷南奔以後不久,國境附近還處在實際戰鬥的狀

態,經常受到異民族的威脅,民族滅亡的危險無容回避的時代。④和⑤發生的時代,跟③一樣受著異民族的威脅,在對付威脅的方法上有主和、主戰兩種外交政策之間的反覆鬥爭,同時還交雜著王學與道學(程朱之學)之間的思想鬥爭。

不難推知,③～⑤發生在半壁江山的非常形勢之下,士大夫社會的全體已經失去了最初那種從純粹文學表達的角度鑒賞"漢恩自淺胡自深,人生樂在相知心"或"人生失意無南北"等詩句的冷靜態度。④的李壁,作為註釋者,本來應該站在讚賞擁護王安石文學的立場,但他對該詩句也祇做了部分的辯護,這當然是受到了時代氛圍的影響,而且其本人也超越了註釋者的立場,而認同於民族統一性的結果。

⑤ 羅大經的發言,鮮明地表達出他作為道學者的一面。其未提及對外關係,可能跟他的經歷(官止地方州縣之屬官,未見其在中央任職的記載)和為人有關。也就是說,他可能認為,一個對外交事務並無發言權的人,與其去逞強高論天下國家之事,還不如腳踏實地,選擇切身的議題。無論如何,在羅大經發言的背後,浮現出道學勝利的時代背景①。

這樣,從①北宋後期,到⑤南宋晚期,約兩個世紀之間,對王安石《明妃曲》的解釋總是被"當代"意識所過濾,在各種各

① 關於羅大經的經歷,詳見中華書局 1983 年 8 月《唐宋史料筆記叢刊》本《鶴林玉露》附錄一,王瑞來《羅大經生平事迹考》(第 350 頁以下)。羅大經對政治家王安石的評價,與其他一般的南宋士人一樣,相當苛刻。《鶴林玉露》甲編卷三有"二罪人"一條,下了如此酷評:"國家一統之業,其合而遂裂者,王安石之罪也。其裂而不復合者,秦檜之罪也……"(第49 頁)。至於道學,經過了寧宗時代"慶元之禁"的鎮壓後,由理宗完全恢復其名譽。淳祐元年(1241),理宗下令將周敦頤以下至朱熹等有功於道學的人從祀孔子廟。從此,道學即朱子學在歷史上開始得到國家公認的地位。

樣的時代背景上,根據道義而展開是是非非的議論。然而,這一連串的批評有一個共同欠缺的視點,就是作者王安石自身的意圖究竟如何,這一個基本的問題。除了李壁外,其他的評論者對此全未加以考察,而直接據自己的解釋來闡述自己的意見①。此種批評姿態,直到明代、清代,也幾乎毫無改變地延續著(明瞿佑《歸田詩話》卷上、清王士禛《池北偶談》卷一〇、清趙翼《甌北詩話》卷一一,等)。第一個認真地重提這個問題的,是距王安石去世已七個世紀有餘的清代中期的蔡上翔。

(2) 蔡上翔的解釋——反駁Ⅰ

在《王荊公年譜考略》卷七,蔡上翔從王安石自身的表達意圖這一角度,對上揭五位批評者(未提及B朱弁《風月堂詩話》)一一作出了反駁②。首先,關於《其一》的"人生失意無南北"之句,對王回和黃庭堅的議論,反駁如下:

> 予謂此詩本意:明妃在氈城,北也;阿嬌在長門,南也。"寄聲欲問塞南事,祇有年年鴻雁飛",則設爲明妃欲問之辭也。"家人萬里傳消息,好在氈城莫相憶",則設爲

---

① 除了本文論及的以外,南宋期間還有胡仔的《苕溪漁隱叢話後集》卷二三,也對《明妃曲》有所評論(人民文學出版社校點本,第167頁)。胡仔在引用了歐陽修的和作後,稱讚道:"余觀介甫《明妃曲》二首,辭格超逸,誠不下永叔,不可遺也。"遂將二首全篇登載。《苕溪漁隱叢話後集》有孝宗乾道三年(1167)胡仔的自序,可判斷以上評論作於此前後。距范沖的發言,大約晚了三十年。如本文所述,從北宋末至南宋末之間,對王安石《明妃曲》作出否定評價的甚多,而胡仔的這段評論可算例外。其評價的立場,基本上可以說跟黃庭堅一樣吧。

② 蔡上翔還另外舉出了范季隨一名。其批判文字雖未見引用,從文意判斷,跟羅大經的批判相似。范季隨是南宋初期人,據說曾跟江西詩派的韓駒(?—1135)學詩,其意見可能收錄於詩話著作《陵陽室中語》,筆者未見。

家人傳答,聊相慰藉之辭也。若曰:"爾之相憶,徒以遠在
氈城,不免失意耳。獨不見漢家宮中,咫尺長門,亦有失
意之人乎。"此則詩人哀怨之情,長言嗟歎之旨,止此矣。
若如深父、魯直牽引《論語》,別求南北義例,要皆非詩本
意也。

反駁的要點表達在末尾的部分,謂王回和黃庭堅各自援
引了《論語》,從作品的外部探求"南北義例",這樣的解釋姿態
全未顧及王安石本人的表達意圖。據蔡上翔的判斷,在"人生
失意無南北"之句裏,王安石的表達意圖祇是慰解明妃的失
意,吐露"詩人哀怨之情",立足於"長言嗟歎之旨",而並無
他意。

對於南宋時期圍繞《其二》"漢恩自淺胡自深,人生樂在相
知心"之句的一連串批評,蔡上翔的反駁有總論,有分論。總
論探討了"漢恩"之"恩"的字義。蔡上翔把這"恩"字定義爲
"愛幸",即寵愛之意,與所謂"君恩"、"恩澤"等天子對於臣下
及民衆所廣泛施與的恩惠、慈愛之義相區別。在此基礎上,他
認爲,明妃處於後宮數年而全未得到漢元帝的寵愛,嫁到匈奴
以後却得到單于的寵愛,這本是無可爭議的史實,故"漢
恩……"之句是切實而合理的。蔡上翔還把這兩句解釋爲第
八句中所謂"行人"的發言,它並不是直接表達作者的想法,而
是借作品中的人物之口,來慰解明妃的話。

基於這樣的總論,蔡上翔對范沖、李壁、羅大經分別加以
反駁。首先,針對范沖,他與范沖一樣引用《孟子》來爲自己張
本,進行反駁。《孟子·梁惠王上》有"今恩足以及禽獸"之語,
他據此非難云:

　　愛禽獸猶可言恩,則恩之及於人,與人臣之愛恩於

君，自有輕重大小之不同。彼嘵嘵者何未之察也。

進一步，蔡上翔還指責范沖的批評之所以如此激烈，是與其父親范祖禹的私怨有關。范祖禹在元祐年間參與修撰《神宗實録》，記下了王安石的全部“罪行”，結果招致王安石女婿蔡卞的憎恨，而被流放嶺南，客死於化州（廣東省化州縣）。後來范沖重修神宗、哲宗兩朝實録（朱墨史），便繼承父志，再度極論王安石之非。蔡上翔認爲，在《明妃曲》的評價問題上，也同樣涉及父子二代的宿怨，范沖是爲了報怨而大發偏激言辭。

針對李壁，蔡上翔把李壁的“詩人務一時爲新奇，求出前人所未道”之語視爲問題。在他看來，《其二》的各種表達沒有一處是追求“新奇”的：開頭的四句是説，明妃的心態已經越過哀怨，而沉入了極度的失意之中；然後一邊勸酒，一邊目送天上的飛鴻，這正好説明明妃的心不在於胡，而在於漢，此種叙述跟從前的昭君詩意境並無任何不同；接著第七、八句，侍女聽琵琶之音而流淚，行路的旅人也回過頭來，這樣的表達跟石崇《王明君辭》的“僕御涕流離，轅馬悲且鳴”也完全同調；末尾二句跟李白（《王昭君》其一）、杜甫（《詠懷古迹五首》其三）也沒有差別（參看本稿第二節）；至於問題所在的“漢恩自淺……”二句，則是旅人的安慰之語，跟《其一》的“好在氈城莫相憶”（家人的安慰之語）旨趣相同。按蔡上翔的意思，歷代評論者既然並未對《其一》的“好在氈城莫相憶”之句發表任何異議，那麽對《其二》的這兩句也應該以同樣的態度來接受。

最後，針對羅大經，蔡上翔批評了其對於白居易《王昭君二首》其二“黃金何日贖蛾眉”之句的讚賞態度。他認爲，已經嫁給了夷狄的宮女，僅僅因爲其美貌，而要用黃金去買回來，這種想法簡直等同兒戲,對此讚賞不已的羅大經,其見識是可疑的。

　　羅大經在討論《明妃曲》之前,還對王安石七絕《宰嚭》(《臨川先生文集》卷三十四)中的"但願君王誅宰嚭,不愁宮裏有西施"之句發表了意見,他舉出了妲己(殷紂王之妃)、褒姒(周幽王之妃)、楊貴妃的例子,進行非難。他還説,范蠡之所以要把西施帶走,就是想爲越國除去禍根,免得將來因美女而滅亡,王安石説後宮裏美女西施的存在不足爲慮,其識見遠遠不及范蠡。

　　對於這樣的批評,蔡上翔反駁説,如果像羅大經所讚賞的白居易詩説的那樣,用黄金把王昭君買回來,再度安置於後宮,那不正好招致跟妲己、褒姒、楊貴妃同樣的結果,給漢王朝留下莫大的禍害嗎?

　　以上是蔡上翔反駁的要點。與歷代的評論根本不同的是,他考慮了著者王安石本人的表達意圖,故其意見頗爲獨到。但是,因爲太急於給王安石辯護,也留下了不少邏輯上的破綻。其反駁李壁的部分最爲明顯。這部分的爭議點是王安石是否追求前人所未曾道的新奇表達,而且從李壁注的文脈來看,所指就是"漢恩自淺胡自深,人生樂在相知心"二句。蔡上翔却去分析其他的十句,證明其無一不因襲著傳統的詩歌形象,而對於關鍵的二句,除了王安石自己的詩句(《明妃曲》其一)外並未言及任何先例。這樣做的結果是,他的反駁根本不能成立。

　　再説反駁羅大經的部分,其議論也與前面的己説互相矛盾。蔡上翔指責王回和黄庭堅的議論是斷章取義,謂其從詩中取出數句進行評論,而無視作者的整篇構思,是一種危險的態度。對於"漢恩……"二句,他看作是"行人"的發言,故對歷

代評論者將之直視爲王安石本人的思想,也進行非難。但是
另一方面,對於白居易的詩句,他却犯了跟歷代評論者同樣的
錯誤。白居易的"黄金何日贖蛾眉"是絶句中的第二句,從前
後文的關係來看,明顯應該理解爲王昭君本人的發言,其作爲
作品中人物的言語,與蔡上翔所主張的王安石《明妃曲》中的
翻案句的性質相同。儘管如此,他却單取這一句展開了批判,
而這批判恰恰與歷代評論者施於"漢恩……"二句的批判性質
相同。他一方面指責歷代評論者斷章取義,一方面又用斷章
取義之法去批判歷代評論者,其批評姿態没有保持基本的一
貫性。

　　如上所説,蔡上翔第一次站在作者王安石的立場展開了
認真的批評,但其結果,北宋以來的評價鴻溝是否得到了哪怕
是小小的一點填補呢? 答案是否定的,例如以下的評論所暗
示的那樣:

　　　假使范沖再生決不能心服,他會説,儘管就把"恩"字
　　釋爲愛幸吧,依然是漢淺胡深,未免外中夏而内夷狄,王
　　安石依然是"禽獸"。①

　　然而,當蔡上翔對北宋以來斷章取義的批判展開反駁時,
且不論其妥當與否,無論如何,他的目光更關注於作品的内
部,主要通過作品結構的分析來追求更合理的解釋。這可以
説是爲近現代的解釋指引了一個明確的方響。

(3) 近現代的解釋——反駁 Ⅱ

　　在近現代的學者中,最初論及此翻案之句的,是朱自清

---

①　郭沫若《王安石的〈明妃曲〉》(原載 1946 年 12 月上海《評論報》句刊第八
　　號,後收入人民文學出版社,1961 年 10 月《沫若文集》第十三卷,1992 年
　　3 月《郭沫若全集》文學編第二十卷)。

(1898—1948)①。他從歷代評論者中專取王回和范沖的批判進行論述,而完全貫徹了將該詩看作文學作品的立場,論定兩人的批判爲斷章取義。在個別詞句的解釋上,他大致繼承了蔡上翔的意見。例如《其二》的"漢恩自淺胡自深,人生樂在相知心"二句,朱自清說:"這決不是明妃的嘀咕,也不是王安石自己的議論,已有人說過,祇是沙上行人自言自語罷了。"雖未明記"說過"的人是誰,但可以看出,朱自清對蔡上翔的意見抱積極支持的態度。

接著朱自清對該詩發表議論的是郭沫若(1892—1978)②。郭文屢屢道及蔡上翔,實際上是以蔡氏的解釋爲基礎來展開己說。首先,關於《其一》,跟蔡上翔、朱自清一樣,對王回(黃庭堅)斷章取義的批判進行非難。然後,采用朱自清的解釋,把末句"人生失意無南北"看作家人之語,如此說明該句的含義:

> "人生失意無南北"是托爲慰勉之辭,固不用說。然王昭君的家人是秭歸的老百姓,這句話倒可以說是表示透了老百姓對於統治階層的怨恨心理。女兒被徵入官,在老百姓并不以爲榮耀,無寧是慘禍,與和番相等的。"南"并不是說南部的整個中國而是指的是統治者的宮廷。"北"也并不是指北部的整個匈奴,而是指匈奴的首長單于。這些統治階級蹂躪女性,蹂躪人民,實在是無分東西南北的。這兒正可以看出王安石對於民間心理的瞭解程度,也可以說就是王安石的精神、同情人民而摧除兼并者的精神。

---

① 《王安石〈明妃曲〉》(原載 1936 年 11 月 20 日《(北平)世界日報》,後收入上海古籍出版社,1981 年 7 月,《朱自清古典文學論文集》第 429 頁)。
② 郭文已見前注。

關於《其二》,郭沫若主要針對范沖的非難展開反駁。最顯著地表現出郭沫若個性的,是他圍繞《其二》"漢恩自淺胡自深"句的"自"字,所發表的如下意見:

> 照我看來,范沖、李雁湖(李壁)、蔡上翔,以及其他的人,無論他們是同情王安石也好,誹謗王安石也好,他們都没有懂得王安石那兩句詩的深意。大家的毛病是没有懂得那兩個"自"字。那是自己的"自",而不是自然的"自"。"漢恩自淺胡自深"是説淺就淺他的,深就深他的,我都不管,我祇要求的是知心的人。這是深入了王昭君的心中,而道破了她自己的獨立的人格,認爲她的心中不僅無恩愛的淺深,而且無地域的胡、漢。她對於胡、漢與深淺,是絲毫也没有措意的。更進一步説,便是漢恩淺吧我也不怨,胡恩深吧我也不戀,這依然是厚於漢而薄於胡的心境。這真是最同情於王昭君的一種想法,那裏牽扯得上什麽漢奸思想來呢! 范沖的"傅致"自然毫無疑問,可惜他并不"深",而祇是淺屑無賴而已。

郭沫若把"漢恩自淺胡自深"的"自"解釋成"隨便(漢和胡)自己(去深去淺),跟我毫無關係"的意思,在此基礎上得出的最終結論是,該詩句表現出的正是對漢的懷念,與南宋以來的解釋完全相反。

與郭沫若同樣著眼於"自"的字義的,有今人周嘯天和徐仁甫兩位[1]。周氏引用了郭沫若之説後,認爲兩個"自"用作"虛字"的可能性較高,故不同意郭沫若("自"="自己")的説

---

[1]　傅庚生、傅光編《百家唐宋詩新話》(四川文藝出版社,1989 年 5 月,第507 頁)所收。

法,主張采用"誠然"、"盡然"的釋義。這恐怕是嫌郭説的字義
訓詁和詩意解釋之間飛躍太大,而想追求更穩妥的訓詁,便得
出這樣的説法①。另一位徐仁甫氏則主張"自"="雖"、"縱"
之説。兩氏的異同極爲微細,本質上可説一致。他們都把兩
個"自"看作讓步之語,這是共同點;其差異在於對整句來説爲
確定條件(雖然確實如此)抑或假設條件(即便可能如此),這
來源於句義分析上的不同。

　　從訓詁的層面來説,涉及這個釋義的書籍甚多,如吳昌瑩
《經詞衍釋》、楊樹達《詞詮》、裴學海《古書虛字集釋》(以上爲
黑龍江人民出版社《虛詞詁林》第218頁以下所收,1992年1
月),以及《辭源》(商務印書館1984年修訂版)、《漢語大字典》
(四川、湖北辭書出版社1988年12月版第五册)等。雖然不
是常見的訓詁,但其見於中國的辭書類書籍中,則自成系統。

　　關於這兩個"自"字,出於字義訓詁與詩意解釋之間的聯
結不至於勉强的理由,筆者也願意支持周、徐兩氏的釋義。進
一步説,兩者之中,似乎周氏的解釋與上下文義更爲適合。周
氏在提出前揭的釋義後,舉出王安石的七絶《賈生》(《臨川先
生文集》卷三十二)作爲根據:

　　　一時謀議略施行,誰道君王薄賈生? 爵位自高言盡
廢,古來何啻萬公卿!

　　"賈生"即西漢的賈誼。他年紀輕輕就被漢文帝所提拔,

---

① 用辭書類書籍比對郭沫若之説,大約相當於"空自",即蔣紹愚《唐詩語
言研究》(中州古籍出版社,1990年5月,第404頁)所謂跟副詞連用的
"自"字用法之一。盧潤祥《唐宋詩詞常用語詞典》(湖南出版社,1991年
1月)舉出"徒然,白白地"一項釋義,引用的例子便是本文所載的王安石
《賈生》詩。

受到信任,做了太中大夫,對國内的各種重要問題都曾獻計獻策,而大部分被采用施行。因爲他的功勞,文帝曾提議給他公卿之位,却因了大臣的讒言而遭到遷謫,去世時年僅三十三歲。在歷代的文學作品中,賈誼被看作屈原的繼承者,被看作一位具有少見的才華却在不遇之中送走悲憤生涯的"騷人",對他的同情成爲一種歌詠的傳統被延續下來。但王安石却説:"雖然没有得到公卿之爵位,其所獻的策略却被一時采用,因此作爲臣下的賈誼應該説已獲厚遇了。即便爵位再怎麽崇高,其意見也全不被采用,這樣的公卿自古以來何止萬數。"這首詩也是對傳統詩意的顛覆。

　　周氏指出,上詩的内容與《明妃曲》表達的思想相通,在歌詠方式相類似的詩裏,"自"字被使用,以此作爲證明己説的根據(不過,周氏提供的文本,"言盡廢"作"言自廢",跟《明妃曲》一樣,在一句之内用了兩個"自"字。他認爲這是兩詩的類似性,但王安石别集的各種版本,都作"言盡廢",這一點尚存疑問)。

　　另外,從蔡上翔到朱自清,都把"漢恩自淺胡自深,人生樂在相知心"看作"沙上行人"之語,周氏對這一説法持有疑義。更確切地説,是對發展朱自清説的程千帆説的批評。周氏説,程千帆氏在《略論王安石的詩》①中,把"漢恩……"二句判定爲"沙上行人"之語,進一步更斷定這"行人"不是漢人而是胡人。其根據便是前面的"漢宮侍女暗垂淚,沙上行人却回首"二句。據説,"沙上行人是和漢宮侍女相對,而且他又公然以

① 據大西陽子編《王安石文學研究目録》(《橄欖》第五號),程氏此文原載《光明日報·文學遺產》一四四期(1957年2月17日),後來收入程千帆《儉腹抄》(1998年6月,上海文藝出版社,《學苑英華》,第314頁)。

胡恩深而漢恩淺的道理勸說昭君,顯見得是個胡人"。照程氏
這樣解釋,"漢恩……"二句的發話者被看作"行人",而且還是
個胡人,不僅出於虛構,還把發言者放在了儒教倫理的批評範
圍之外,對於作者王安石來說,爲其抵禦歷代的非難,建立了
兩重防護壁。對此程千帆說,以及作爲其基礎的蔡上翔與朱
自清說,周氏作了如下的冷靜分析:

> "沙上行人"與"漢宮侍女"也可是并立關係,何以見
> 得就是以胡對漢? 且"漢恩自淺"二語是否爲行人所語也
> 成問題,豈能構成"胡人"之確據?"却回首"三字是否就
> 是回首與昭君語,也值得懷疑。因爲詩已寫到"黃金捍撥
> 春風手,彈看飛鴻勸胡酒",分明是送行儀仗已進胡界,漢
> 方送行的外交人員就要回去了,故有漢宮侍女垂淚,行人
> 回首的描寫。詩中多用"胡人"、"胡姬"、"胡酒"字面,獨
> 於"沙上行人"不注"胡"字,其乃漢人可知。總之,這種講
> 法仍是於意未安。

這一段分析,可以說是擊中了要害的。順便提及,在這一
點上,郭沫若也沒有采用蔡上翔與朱自清說。

以上對近現代的批評作了較爲具體的介紹,其核心之點
在於他們如何繼承、發展歷代的評論。大致來說,所有的批評
者都反對了南宋至清代的斷章取義的批判,其共同的結果是
都站到了王安石這一邊來展開議論。但是,稍作仔細的檢討,
便可看出批評態勢上的明顯差異。所以,接下來要回到論者
各自的批評態勢這一點上,重新爲近現代的批評在歷代批評
的系譜中定位。把包括蔡上翔在内的近現代批評整理一下,
主要可以分成如下的(1)~(3)三類:

(1) 積極認同文學作品的虛構性,完全在文學的範疇内

對翻案句的存在作出説明。他們通過對字義或全篇構思等的分析,力圖證明翻案句決無抵觸儒教倫理,而且堅持認爲作者與作品之間有一定的距離,反對歷代的批評者把作品中的各種表達直接與作者的思想聯結起來的做法。〔蔡上翔、朱自清、程千帆等〕

(2)在翻案句中看出革新性,看作對儒教社會之禁忌的挑戰。同樣是對歷代批判的反駁,但暗中承認翻案句中有抵觸儒教倫理的成分,而且強調,正因此故,該詩纔具有先進性和革新的價值。〔郭沫若(對《其一》分析),▽魯歌(前揭《歷代歌詠昭君詩詞選注・前言》)、▽楊磊(黑龍江人民出版社1984年5月《宋詩欣賞》)等〕※不過,魯歌、楊磊兩氏沒有提及歷代的批判。

(3)以字義的分析爲中心,對歷代的批判取長捨短,從而試圖得出更爲整合的、合理的解釋。〔郭沫若(對《其二》的分析)、周嘯天等〕

以上三類之中,尤其是前二類,無一不對北宋以來給予此詩的否定性評價有著強烈的意識,而成爲其發論的前提。毋寧説,促使這些近現代批評者作出反駁的最大最直接的動因,正是這歷代酷評的存在,這樣説也許更切合實情吧。因此,對他們來説,歷代的酷評正是他們想方設法要斥破的明確對象。其結果便是采用了以上(1)(2)的論法。

(1)是對於文學修辭上的虛構性的終始一貫的主張。略爲挑剔地看來,如果稍微認同於“作品=忠實反映作者思想的鏡子”這一立場,那麼它不但沒有摧毀歷代酷評的堡壘,反而讓人感到有進一步助長之的危險,涌動在其頑強姿態的背後。一方面堅決地主張《明妃曲》的虛構性,一方面又完全無視白居易《王昭君》的虛構性,蔡上翔的這種批評姿態格外鮮明而

如實地表現出這種焦躁感。相比之下,朱自清畢竟受過近代
西歐文學理論的薰陶,故謂"今寫此短文,意不在給詩中的明
妃及作者王安石辯護,祗在説明讀詩解詩的方法,藉著這兩首
詩(《明妃曲》)作個例子罷了"。可見其努力想保持評論的客
觀性。但是,正如前揭周氏所已經指出的那樣,朱自清在有關
該詩構成(其所主張的虛構性)的分析中,分明沿襲了蔡上翔
的説法,而不加批判,包含了不少根據薄弱之處,結果並未對
蔡上翔之説有較大的突破。即便承認其目的不同,其文章的
主旨仍可説與蔡上翔相同。

　　這也就是説,(1)類的批評姿態,是持有一種與歷代的批
判者相異的詩歌觀,以對於這種詩歌觀的頑强堅持來展開
反駁。

　　本來,從清朝中期的蔡上翔已著先鞭的事實,就不難明
瞭,(1)的詩歌觀無疑並不專屬於西歐,在中國也自古便存在
的。例如,樂府歌行系列的作品,無論在其寫作或是解釋的歷
史上,虛構作爲極其重要的因素,早已無須説明。但是,以《詩
經》的解釋爲代表的,以美刺諷諭爲主軸的讀詩姿態,以"詩言
志"一語爲象徵的儒教詩歌觀,大致支配著清以前的社會,即
便虛構性再强的作品,也要積極地從中找見作者的身影,這種
詩歌解釋傳統的根深蒂固的存在,是不可否認的事實。而且,
不難發現的一個傾向是:特別當詩歌表達與時政有著微妙的
關係時,這種解釋傳統便顯得更爲强盛。從而,在該詩的評價
問題上,也正像郭沫若所指出的那樣,除非作出它完全不抵觸
意識形態的判斷,否則無論如何强調該詩的虛構性,作出酷評
的歷代論者也不會因此理由而收起他們攻擊的矛頭。

　　換句話説,(1)類的批評姿態,在積極承認和評價文學虛
構性的近現代這個時空中或許有效,但在王安石當時,或者説

在北宋至清的時代裏,却極有可能被傳統的厚壁所遮擋,變成一種缺乏實效性的論法。

郭沫若的議論,現在分在(2)類,但嚴格地説,在《其一》、《其二》兩首之間,其批評姿態也存在差異。如實表現出(2)類特徵的,是他對《其一》的解釋。

跟(1)一樣,郭沫若也積極地認同文學性的修辭,但他並不否認作者自身的精神在修辭上的寄托。在此意義上,郭沫若幾乎與北宋以來的批判者站在同一個舞臺上,對該詩進行評論。也正因此,郭沫若作出了與舊來的批評對照最爲强烈的批評。他們之間的差異可以一眼看出,起因在於雙方所立足的意識形態不同。一言以蔽之,郭沫若是按照馬克思主義的文學觀,對舊來的立足於儒教名分論的批判作出論斷。

但是,這樣的論斷本身也植根於意識形態的轉換這種不可逆的歷史性,可以説,祇在近現代中國這個時空坐標軸中,它才是具有意義的議論。這跟羅大經的方法同出一轍。雖然不是從儒教到馬克思主義那樣戲劇性的轉換,羅大經也是在道學=名分思想取得了勝利的時代,對王學=功利(實利)思想進行單方面的論斷。

(1)(朱自清)與(2)(郭沫若),原來都以論述該詩具有的現代意義爲主要目的,僅就此而言,可以説他們都起到了相應的啓蒙作用。但是,兩人都欠缺一個重要的視點,就是該詩的翻案句何故在從宋至清的長時期内連續不斷地受到種種非難,以及支持和接受著這樣的非難的時代特性,此問題全未被他們放在眼中(或者故意地無視這一問題)。

經歷了王朝的更替,而同性質的非難被繼承下來,其要因之一,是後世對政治家王安石的否定評價,這一點值得充分考慮,但也無法把原因全部歸結到此點,因爲早在對王安石的否定評價還未出現的北宋時期,已經有了王回和木抱一等人的批評,這個事實足以説明問題。無論如何,可以確信的是,王安石生活的時代,比朱自清和郭沫若等生活的時代,更具備被共同的意識形態所支持的社會特徵,從而也更接近於由北宋至清的歷代評論者所生活的各時代之特徵。所以,對於王安石《明妃曲》遭受一連串非難的較爲根本的原因,與其祇從歷代評論者的方面去探求,還不如從該詩的翻案之句本身去探求,是更爲現實的切合其時代特徵的批評姿態吧。

這裏明確地交待一下筆者的立場,就詩句解釋的角度來説,由(3)的批評姿態得出的結論,應該是最爲妥當的。但是,追求該詩的更爲整合的合理的解釋不是本文的最終目的。所以,現在我們想像站在當時讀者的立場,把翻案句和歷代的批判結合起來考察一下。

首先應該注意的是,被歷代評論者視爲問題的,無一例外是翻案句,它們各自出現在全篇的末尾。上一節中也已經説過,翻案是通過構思的轉換來顛覆歷史定論的技法,是作者構思才能的最突出的表現。僅憑這一點,它就左右著全篇的質量,而最爲吸引讀者的目光。而且,在這兩首《明妃曲》裏,成爲問題的翻案句均被放在末尾的高潮部分,具有用這翻案句來收束全篇詩意的結構,從而使讀者對翻案句的關注又增加了一層。

進一步應該注意的是,在如此吸引讀者關注的翻案句中,所展開的還是"人生失意無南北"、"人生樂在相知心"這樣抽象的普遍性的"理"。正因爲它不是個別的具體事象,而是具有一定普遍性的"理",其在作品全篇中的獨立性就被提高。

即便它不含有翻案的因素,也仍十分奪目,因爲詩中的其他各種表達大都是圍繞王昭君而作具體的形象描寫,祇有這兩句是説"理"的。再加上它還是翻案之句,就更凸顯了它在詩中的重要地位。

讓我們重新回想一下"翻案"的條件,如上一節所述,完備的"翻案"要求具備"反常"的必要條件和"合道"的充分條件。在此場合,"反常"是比較客觀的,容易判斷的,但"合道"與否,却完全訴諸讀者内心的判定。由此,翻案句,尤其是説理的翻案句,就包含了一種極大的可能性:它容易脱離作品的整體而被單獨鑒賞,容易誘發讀者的恣意介入。

要之,由於該詩句被放置在作品末尾的高潮部分,而且是説理的翻案句,所以,儘管它蒙上了虚構的面紗,儘管會遭受斷章取義的指責,也不能不認爲,在王安石《明妃曲》的結構之中,已經存在驅使當時的讀者對該詩句作出單獨評論的充分理由。想像一下這樣的情形:當時的讀者被該詩的結構所誘引,進入了對翻案句的單獨鑒賞,以《其二》的"漢恩自淺胡自深"句爲例,即便如周嘯天説,理解爲讓步句的結構,在與異民族的對比中斷然道出"漢恩自淺",也必定令讀者們確實地感覺到跟儒教意識形態的衝突。因此,如果有讀者判定該句爲"不合道",其原因也不能僅僅歸結到讀者的方面。

那麼,王安石爲什麼非要采取這樣的表達不可呢?蔡上翔、朱自清等人的説法當然也不無見地,但從上面的論述一路推考下來,筆者不免感到猶豫:真的可以單純地判定這翻案句爲一味追求修辭的結果,僅僅爲了誇示作者的表達能力而產生的東西嗎?在以下的章節裏,我們不得不回到十一世紀,即王安石的時代,而去面對這樣一連串的問題:他爲什麼要寫作兩首《明妃曲》(創作動機);爲什麽要使用翻案句;他究竟想通過此種表達來寄托什麽意思(表達意圖)。

五、《明妃曲》創作的背景

本節要探討的問題,就是上一節的末尾已經提示的,寫作《明妃曲》的王安石本人的表達意圖。但在此之前,先要在(1)中,通過對已有説法(通説)的重新檢討,盡可能地限定該詩的創作時間。祇有正確地限定創作時間,才能在探討其背景的時候抓住焦點。同時,對於《明妃曲》創作前後的王安石行迹,也要作出清理,以便從中找出王安石創作《明妃曲》的直接動機。然後在(2)中,對於上一節末尾所提出的諸問題,叙述筆者的私見。

(1) 創作時間的再檢討

按通説,兩首《明妃曲》的創作時間是宋仁宗嘉祐四年(1059)。如所周知,王安石別集中的古今體詩,都按照詩型分類編集,創作時間無法確定的作品大量存在。就該詩的創作時間來説,在王安石本人的文字中也並無確據。不過,同時代的一些詩人留下了該詩的唱和之作,可以通過它們來確定寫作時間。

通行的"嘉祐四年説"的根據,來自歐陽修的別集《歐陽文忠公文集》(一五三卷,南宋周必大校定刊行)目録的題下註。《歐陽文忠公文集》跟通行的蘇軾、蘇轍別集(《東坡七集》、《欒城集》)等一樣,是分集編纂的,其詩文主要收録於《居士集》和《居士外集》。《明妃曲》的和作,就收在《居士集》卷八。

《居士集》五十卷,是歐陽修去世不久,長子歐陽發等人所編定,而且據説歐陽修本人曾參與選定收録的作品,是歐陽修各集中最可信憑的一種①。其目錄各篇題下的註記，是周必大在刊行《歐陽文忠公文集》之時加上去的②。此周必大校定本極受後世的信賴，原因有二：① 它是身爲宰相的當時第一流名著名文人所刊行，② 它經過了超越當時一般水準的嚴密校勘。在如此可靠的文本《居士集》的目錄中明確地記載著"嘉祐四年"，自然就絲毫不受懷疑地成爲王安石《明妃曲》創作時間的通説了③。

　　然而，在《歐陽文忠公文集》之外，還有一種對於推定該詩的創作時間甚爲有力的資料，那便是梅堯臣的別集。梅堯臣也跟歐陽修一樣留下了該詩的唱和之作。現在，梅堯臣的別集有近人朱東潤氏的《梅堯臣集編年校註》三十卷（上海古籍出版社 1980 年 11 月版），據此，梅堯臣的和作寫於嘉祐五年（卷三〇，下册第 1143 頁）。順便提及，朱氏編年本卷三〇的

① 《居士集》的各卷末尾明記"熙寧五年秋七月男發等編定"，而且，周必大的跋文也説："《居士集》經公決擇，篇目素定。"謂歐陽修本人參與了作品的選定。

② 參考周必大《歐陽文忠公年譜後序》（《四庫全書》文淵閣本《文忠集》卷五二）。周必大校定本的慶元二年初刻本尚有現存，收藏於北京圖書館（未見）。據跋文，周必大校定本是在歐陽修的故鄉吉州（也是周必大的故鄉），與同鄉孫謙益、丁朝佐、曾三異等合作，從紹熙二年（1191）春至慶元二年（1196）夏，經了大約六年的時間校定的文本。北京圖書館還收藏了據説是保存熙寧五年編定本原貌的紹興年間刊本《居士集》（衢州本，未見）。關於以上兩種宋本，請參考近人傅增湘的詳細記述：①《藏園羣書經眼錄》卷一三，集部二（中華書局 1983 年 9 月版，第四册，第 1147 頁以下）；②《藏園羣書題記》卷一三，宋別集類一（上海古籍出版社 1989 年 6 月版，第 665 頁）。而且，據傅增湘所記，北京圖書館所藏的衢州本《居士集》，其目錄尚存，如果對此進行調查，也許可以確定篇題下的年份註記作於何時。

③ 例如，李德身《王安石詩文繫年》也把《明妃曲》繫於嘉祐四年，其根據便是歐集目錄中的年份註記。

排列,幾乎忠實地保留了通行六十卷本《宛陵先生文集》卷二三的原貌①。通行本也好,朱氏編年本也好,該詩的前後都編列了包含"二月"一語的作品,因此可以進一步限定此和作的寫作時間爲嘉祐五年二月。

這也就是説,據梅堯臣别集的編集狀況來看,《明妃曲》的唱和不是在嘉祐四年,而在翌年的二月。當然,如果設想歐陽修和梅堯臣不是同時唱和,兩人的和作原有時間差距,則其間的矛盾便消除了。但是,如果比照王安石的經歷,綜合考慮,筆者感到最爲妥當的推想是:兩人的和作都寫於嘉祐五年二月,王安石的原篇則作於此前不久。在闡述其理由之前,先清理一下嘉祐四至五年前後的王安石行迹。

王安石進士及第,開始走上仕途,是在慶曆二年(1042)。在此年秋天擔任簽書淮南判官之職以後,至嘉祐四年(1058),約十七年間,王安石歷任了以下職務:

① 簽書淮南判官(淮南即江蘇省揚州)……慶曆二年(1042/二十二歲)秋——同五年(1045/二十五歲)〔約三年間〕

② 大理評事(寄禄官)……慶曆六年(1046/二十六歲)〔約一年間〕

③ 鄞縣知縣(鄞縣即浙江省寧波)……慶曆七年(1047/二十七歲)春——皇祐二年(1050/三十歲)春〔約三年間〕

④ 舒州通判(舒州即安徽省潛山)……皇祐三年(1051/三十一歲)秋——至和元年(1054/三十四歲)春〔約二年半〕

---

① 關於六〇卷本的編集狀況,朱東潤氏在《梅堯臣集編年校註·叙論》二、三(上册,第31頁以下)中有詳細的考證。而且,這個文本尚有宋本存在,據説是内野五郎舊藏版本,1940年經張元濟氏之手由商務印書館影印刊行,筆者未見。參考《藏園羣書經眼録》卷一三,第1142頁;《藏園羣書題記》卷一三,第661頁。

⑤ 群牧司判官〔※提點開封府界諸縣鎮公事〕（在京）……至和元年(1054/三十四歲)九月——嘉祐二年(1057/三十七歲)五月〔約一年零九個月〕

※提點開封府界諸縣鎮公事，就任於嘉祐元年十二月。

⑥ 常州知事(常州即江蘇省常州)……嘉祐二年(1057/三十七歲)五月——嘉祐三年(1058/三十八歲)二月〔約九個月〕

⑦ 提點江南東路刑獄(治所在饒州即今江西鄱陽)……嘉祐三年(1058/三十八歲)二月——同年十月〔約八個月〕

王安石在進士及第後的十七年間，祇有不滿三年的在京時間(②和⑤)，此外全在江南一帶的地方官任上。此期間，朝廷上將他召回中央，給予升遷的呼聲越來越高，但王安石却以家庭的經濟問題為理由固辭，自願地選擇了地方官的生涯。

這樣，到嘉祐三年(1058)十月，王安石在任地饒州又接到召回京師的命令。這一回，王安石雖依然固辭，却也屈服於朝廷的强烈期待，於翌年嘉祐四年赴京，稍持保留態度之後，終於在同年的秋天正式就任三司度支判官。附帶提及，他在赴京的前後向當時的仁宗皇帝奏上了《上仁宗皇帝言事書》，即所謂的"萬言書"。而且，在這年的五月，他還被推薦為地位崇高的館職，也是在一如既往地再三推辭後終於接受，開始得到了館職(直集賢院)。這樣，從此年秋至嘉祐六年(1061)六月，王安石便在⑧直集賢院、三司度支判官任上。

此後，他又轉任⑨知制誥、糾察在京刑獄(嘉祐六年六月至嘉祐七年十月)，⑩知制誥、同勾當三班院(嘉祐七年十月至嘉祐八年秋)。至嘉祐八年(1063)八月，其母親去世，為埋葬遺骸，而於同年的秋天回到江寧(江蘇省南京)，然後就留在江寧服喪三年。服喪期滿後，經過知江寧府至翰林學士之任，才升上國家樞要的地位，成為"熙寧元豐大改革"的中心人物。

　　因此,客觀地說,嘉祐四至八年的五年在京時期,應該視
爲政治家王安石的活動場所從地方轉移到中央的轉換期。在
此五年間,王安石雖然一如既往地尋機請求出任地方官,不斷
地拒絕升遷,但此種個人的願望並未獲得通過。可想而知,朝
廷對王安石的期待程度仍在提高之中。

　　接下來,要對懸案所在的嘉祐四年至五年的行迹,作出更
詳細的追溯。以下據李德身《王安石詩文繫年》,將此二年間
的事迹以年表的方式逐條記出:

嘉祐四年(1059)　王安石三十九歲

- 春　到達京師。
- 春～夏　奏上《上仁宗皇帝言事書》(萬言書)。
- 五月　加館職直集賢院。
- 六月　王令卒,享年二十八歲。
- 秋　以直集賢院之職正式就任三司度支判官。
- 年末　奏上《上時政疏》(萬言書)。

嘉祐五年(1060)　王安石四十歲

- 一月　送契丹(遼)使臣歸國,至邊境地帶(涿州)。
- 二月中旬　回京師。
- 四月　命爲同修起居註,固辭。
- 四月　梅堯臣卒,享年五十九歲。
- 七月　就牧馬(國家所有馬的管理)之利害,上奏意見。
- 八月　命爲契丹正旦使,辭不行。
- 十一月　再命爲同修起居註,接受。

　　從以上年表一觀可知,此二年間與《明妃曲》題材直接相
關的王安石事迹,是嘉祐五年一月至二月中旬,送契丹(遼)使
者至邊境地帶一事。澶淵之盟(1004)以來,宋與契丹保持了
和好關係,每年都相互迎送使者。王安石的任務是把爲了慶

賀元旦而來訪的契丹使者平安地送回本國。附帶提及,他所送的使者,乃是耶律思寧、韓造、耶律䪅、王棠一行①。

王安石此行的路程是:去路爲東京開封府→北京大名府(河北省大名縣東北)→恩州(河北省清河縣西)→河間(河北省河間縣)→雄州(河北省雄縣),是向北方和東北方走,最後在白溝驛越過國境,進入契丹地界,把契丹使者送到涿州(河北省涿縣);其歸路爲河間(河北省河間縣)→深州(河北省深縣南)→洺州(河北省永年縣東南)→相州(河南省安陽),然後回到京師。在此往返期間,王安石作詩四十餘首,並留下這樣的簡短序文(《伴送北朝人使詩序》,《臨川先生文集》卷八四):

> 某被勅送北客至塞上。語言之不通,而與之並轡十有八日。亦默默無所用吾意,時竊詠歌以娛愁思。當笑語鞍馬之勞,其言有不足取者。然比諸戲謔之善,尚宜爲君子所取。故悉錄以歸,示諸親友。

據此序文可知,他們一行從開封至涿州,經過了較短的十八天的趕路。完成任務後,其歸程當是以更快的速度,前後共計約一個月的時間,進行了相當倉促的旅行。

然而,考察一下王昭君走過的路程,是從西漢的首都長安,至南匈奴的單于王庭(現在的呼和浩特附近),其目的地與走向都跟王安石此行不同。而且,涿州所在的燕雲十六州之地,是春秋時代以來自古爲漢民族所支配的地域,在歷代統一王朝中,其被異民族占有,是始於北宋。從而,就北宋以前的

---

① 李燾《續資治通鑑長編》卷一九〇,嘉祐四年十二月丙戌(二十五日)條,記載了這一行人來朝之事。

常識來看,王安石不過是在國内的冀、幽二州旅行了一番,即便不考慮旅行的目的、任務的輕重等性質上的差異,也畢竟不能跟王昭君之行同日而語。

不過,在王安石當時,燕雲十六州成爲夷狄之地,已經一個世紀有餘。可與匈奴相比的契丹,其據點雖大大東移,但對北宋來説,契丹毋寧是跟西漢的匈奴匹敵的最强最大的北方異民族國家。因此,送契丹使者越過國境的王安石,如果不顧事實上的差異,而在印象上把契丹和匈奴重合起來,進一步想像出王昭君出塞的光景,那也決不是跟當時一般的認識太爲乖離的。實際上,在北宋當時,許多士大夫作爲使者訪問契丹之地而吟詠詩歌,其中把契丹稱爲匈奴的作品不在少數[1]。

筆者認爲,王安石《明妃曲》的創作時間,不是通行説法的嘉祐四年,而是嘉祐五年的春天。下面將直接的根據歸納爲三點來叙述。

第一是因爲,王安石在往還契丹途中所詠的作品,有一些令我們很容易聯想到《明妃曲》。下面這首七言絶句,就是在他跨越國境,進入契丹領地時所作:

> 涿州沙上望桑乾,鞍馬春風特地寒。萬里如今持漢節,却尋此路使呼韓。(《涿州》,《臨川先生文集》卷三一)

結句的"呼韓"當指契丹國王,即遼道宗(耶律洪基,1055—1101 在位)。但是,指的是契丹國王,却用了王昭君所嫁的匈奴呼韓邪單于之名,這種表達很值得注意。確實,把夷

---

① 例如,梅堯臣《送石昌言舍人使匈奴》(《梅堯臣集編年校註》卷二六;《全宋詩》卷二五七,第 3197 頁)、司馬光《送二同年使北》(《温國文正司馬公文集》卷七;《全宋詩》卷五○三,第 6098 頁)等。

狄的首領稱爲"呼韓"的做法早已散見於唐詩①,王安石或者
也是因襲了唐詩中的先例而已,又或是出於押韻上的考慮,而
選擇了此語。但是,無論如何,把契丹看作匈奴,又把自己受
命進入契丹表達爲"使呼韓",這一事實可以證明,對此時的王
安石來説,其詩歌構想的世界中容易浮現出"契丹即匈奴;契
丹國王即呼韓邪單于"這樣的圖式。呼韓邪單于是漢民族與
匈奴的鬥争史上,第一個入朝漢廷的單于,除了這一史實外,
這位匈奴的首領後來專在其跟王昭君的關係上被較多地提
及,而且,作爲文學作品的素材,其後一個形象占了壓倒優勢。
從而,筆者有理由推想,王安石既然在契丹之行的詩裏用了
"呼韓"一語,與此同時他很有可能聯想到了王昭君。

　　第二點根據是,從《明妃曲》所用詞語的出現頻率上可
以類推。首先,在王安石往還契丹途中所詠的四十餘首詩
裏,經常出現兩首《明妃曲》中使用的詞語,例如"春風"(13
例)、"鴻雁、雁"(12例)、"低徊""寄聲""回首、回身"(以上
各2例)、"不自持""塞南""消息""胡兒""行人"(以上各1
例)等。當然這也可以判斷爲同一詩人在歌詠同類主題時
自然發生的傾向,僅憑此點來確定創作時間是不免武斷的。
但筆者最想強調的是,上面這些詞語中,"春風"一詞的使用
較爲特别,王安石在兩首《明妃曲》中各使用了一次,這一事
實很值得關注。

　　如本文第二節的評釋部分所説,在這個詞語的使用背景
上,可以看到杜甫《詠懷古迹》其三的影響。但是,杜甫的詩原
來並不是歌詠王昭君的出塞,而是歌詠王昭君生長的故鄉,秭

---

① 　例如,李賀《送秦光禄北征》(《全唐詩》卷三九二)、皎然《從軍行五首》其
　　三(《全唐詩》卷八二〇)等。

歸的昭君村①。而且,杜詩的"春風"也不是表現季節感的語彙,而是用來形容容貌的,這從上下文很容易理解。另一方面,王安石《明妃曲》中的"春風",與其説是杜甫詩中那樣的暗喻用法,還不如説是明確渲染出季節感的修辭手段。也就是説,王安石是把昭君出塞一事設定爲春天的故事來吟詠的。

按照《漢書》的記述,呼韓邪單于入朝,漢元帝把王昭君嫁給他,是"竟寧元年春"的事。因此,王安石把昭君出塞設定爲春天的故事來歌詠,並未與史實背離。然而,歷代重要的昭君詩中,以特定季節來描寫出塞場面的極爲稀少。當然,暗示著春天的作品是存在的,但也有像劉長卿那樣把它當做秋天的故事來吟詠的作品(《王昭君》,見《樂府詩集》卷二九)。那麼,爲什麼王安石要把季節特定在春天呢?筆者感到,這正暗示著該詩的創作時間是春天。至少,就筆者看來,對這個問題的最好的回答,就是該詩創作於春風吹拂的時節,此外很難找到更有説服力的答案了。

基於如此認識,當我們再度檢討嘉祐四年和五年間的王安石事迹時,無法找到嘉祐四年春寫作《明妃曲》的明確契機。筆者認爲,這一事實雄辯地説明著:這兩年中的哪一年更適合作爲該詩的創作時間。以下揭載幾首往還契丹時的作品,以爲參考:

> 朱顏使者錦貂裘,笑語春風入貝州。欲報京都近消息,傳聲車馬少淹留。行人盡道還家樂,騎士能吹出塞愁。回首此時空羨慕,驚塵一段向南流。(《道逢文通北

① 對於杜甫《詠懷古迹》五首全體的論述,有松原朗《杜甫〈詠懷古迹〉詩考——關於古迹所意味的內容》(1991 年 3 月,專修大學人文科學研究所《人文科學年報》21),其第五、六節中,對《其三》作了詳細分析。

使歸》全／《臨川先生文集》卷一九)

　　涿州沙上飲盤桓,看舞春風小契丹。塞雨巧催燕淚落,濛濛吹濕漢衣冠。(《出塞》全／卷三一)

　　雲霾塞路驚塵合,霜入春風滿鬢愁。此日君書苦難得,漫多鴻鴈起南洲。(《寄朱昌叔》部分／卷二四)

　　餘寒駕春風,入我征衣裳……冥冥鴻鴈飛,北望去成行……(《餘寒》部分／卷一一)

　　第三點根據是本節的開頭也曾提及的,歐陽修與梅堯臣別集的編集狀況。由於上面已經說明,這裏不再重複。需要補充的是,通行說法所依據的歐陽修《居士集》目錄的註記,可以判斷其中含有混亂之處,對它的內容全部信賴,是有很大危險的。

　　《居士集》的古今體詩部分(卷一至一四),是按古體和今體分別編集的,但其各體內部的作品排列,據目錄篇題下的註記,雖然每卷稍有出入,基本上是編年編集的。其中古體詩占著卷一至卷九,特別是卷五至卷七(皇祐二年—嘉祐四年)有著極為整齊的排列順序。但是,編有《明妃曲》和作的卷八,却雜有嘉祐二年至五年的作品,顯得特別錯亂。在卷八所收的二十一首中,有十五首是跟梅堯臣唱和的作品,如果按照梅堯臣別集的編年狀況,把各篇的年份註記全面地加以修改,那麼,除了《答聖俞大雨見寄》、《奉答原父見過寵示之作》和《盆池》三篇之外,全部作品的排列都呈現出從嘉祐四年到五年的時間順序,卷八中的大部分錯亂可以消除。這一事實可以說明,至少《居士集》卷八的年份註記中,一部分是錯誤的。也就是說,並不是《居士集》卷八的作品排列原來存在著明顯的混亂,而是年份註記存在錯誤。果然如此,則一味盲信《居士集》目錄的註記來確定該詩的創作時間,是不免危險的。

綜合以上三點來看,最爲妥當的看法是:王安石《明妃曲》是嘉祐五年(1060)一月至二月中旬之間,在伴送契丹使者之行的實際體驗的基礎上創作的。

(2)《明妃曲》的表達意圖

如果以上的論證可以成立,那麼兩首《明妃曲》就是嘉祐五年(1060)之春,王安石在伴送契丹使者之旅的體驗基礎上創作的作品。應該可以判斷,王安石越過了宋和契丹的國境,有了跟王昭君一樣的"出塞"體驗,這種實際的體驗便是他寫作該詩的直接契機。

那麼,這兩首《明妃曲》跟其他的旅途作品之間有什麼聯繫呢? 如前所論,該詩是準擬古樂府的作品,與直接歌詠自身感慨的詩作有著性質的差異。但是,祇要是基本同時的作品,應該能夠從中看出超越樣式差異的、共同的思想精神。這一點是首先必須檢討的。毋庸置言,檢討的焦點就在於,跟該詩的創新點,即兩組"翻案"之句有所關聯的內容。

先把往還契丹途中作品的基本情況作一個清理。李德身《王安石詩文繫年》(一三二至一三八頁)中列舉的共計四十三首(＊),按詩型來分類(除去《明妃曲》二首),便呈現以下面貌:

(＊)除去《和文淑》。又,關於《寄朱昌叔》,這裏考慮爲跟《臨川先生文集》卷二與卷二四的二首同時的作品,計算在內。

古詩　14(五古 6/七古 8)

律詩　25(五律 11/七律 14)

絕句　4(全爲七絕)

●其中樂府、歌行　4(歌行 2)

如果按題材來分類,則有以下六類:

(a) 提及契丹以及宋遼關係的作品 ························· 8

（b）詠史、懷古之作，而不屬於（a）類者 ⋯⋯⋯⋯⋯ 3

（c）包含旅途上的憂愁、苦痛、感懷的作品 ⋯⋯⋯⋯ 19

（d）詠旅途中觸目之景，而不屬於（c）類的作品 ⋯⋯⋯ 3

（e）寄贈友人或家族的作品，而不屬於（a）～（d）類者⋯⋯ 8

（f）其他 ⋯⋯⋯⋯⋯⋯⋯⋯⋯⋯⋯⋯⋯⋯⋯⋯⋯⋯⋯ 2

以上分類中，可以看出與《明妃曲》存在某種關聯的作品，應該包含在（a）（b）二類之中吧。下面是屬於這二類的全部作品的篇題，其卷數據《臨川先生文集》：

（a）《澶州》（七古／卷五）、《澶州》（五古／《王文公文集》卷四一，《臨川先生文集》未收）、《次韻酬子玉同年》（七律／卷二一）、《白溝行》（七古／卷五）、《北使置酒》（七古／卷六）、《涿州》七絶、《出塞》七絶、《入塞》七絶（以上、卷三一）

（b）《河間》（五古／卷五）、《將次相州》（七律／卷一九）、《愁臺》（七律／卷二〇）

（a）類的諸篇，除《北使置酒》外，全部都含有對當時宋遼關係的程度不同的批判，特別是五古《澶州》、《次韻酬子玉同年》和《白溝行》三首，此種傾向尤爲明顯。以五古《澶州》爲例：

	津津河北流，		嶭嶭兩城峙。
	春秋諸侯會，		澶淵乃其地。
5	書留後世法，		豈獨譏當世。
	野老豈知此，		爲予談近時。
	邊關一失守，	10	北望皆胡騎。
	黃屋親乘城，		穹廬矢如蝟。
	紛紜擅將相，		誰爲開長利。
15	焦頭收末功，		尚足誇一是。
	歡盟自此數，		日月行人至。

馳迎傳馬單,　　　20　走送牛車弊。

征求事供給,　　　　　廝養猶珍麗。

戈甲久已銷,　　　　　澶人益憔悴。

25　能將大事小,　　　　　自合文王意。

語翁無歎嗟,　　　　　小雅今不廢。

　　此詩以當時宋遼關係的基礎澶淵之盟的締結爲立足點,追思往古,而吟詠現狀。第1～6句是導入的部分;第7～24句的十八句,由當地的老人登場,訴説他的實際體驗,其中第9～16句是澶淵之盟當時的情狀,而第17～24句是如今的現狀;末尾第25～28句則是結論部分。

　　雖然采取了借澶州"野老"之口來叙述的形式,但後半第17句以下,仍如實地表現出王安石對朝廷與契丹外交政策的不滿。第17～24句説,因爲和好而保持了表面上的和平,實際上却激發著各種各樣的社會矛盾:由使者的送迎、歲幣的搬運帶來的牛馬疲弊(第19、20句);澶州的人民被勞役所驅使而疲勞困憊,相反契丹方面的"廝養"(僕人)即便地位卑下也受到隆重的待遇(第21、22句);雖説没有了戰爭,和平環境中的民衆仍然越來越貧病不堪(第23、24句)。因此,在末尾四句,以稍微曲折的語氣,批判了朝廷的軟弱外交。第25、26句用了《孟子·梁惠王下》的"惟仁者爲能以大事小。是故湯事葛,文王事昆吾",這是充滿了諷刺意味的用法。

　　除了這首《澶州》詩以外,《白溝行》有"棘門灞上徒兒戲,李牧廉頗莫更論"之句,《次韻酬子玉同年》也有"盛德無心漠北窺"之句,這些都是對朝廷不圖改善外交策略而祇甘接受現狀的更爲直接的批判,吐露著他的不滿。

　　從這些詩句表現出的王安石姿態來推想,他對當時同行的契丹使者也應該抱有類似敵意的感情,但至少,從當時的作品中難以找到這方面的證據①。原本,在往還契丹途中的詩裏,專以契丹人爲題材的也不過一首而已(《北客置酒》)。其數量如此之少的原因,或者可以從旅程的匆忙去尋求,或者就像王安石自己説的那樣,他們之間語言不通,無法交流。但是,無論如何,祇從這一首來判斷,當時的王安石對於契丹人似乎並未抱有特別的敵意或偏見。

毋寧説,在唯一的作品《北客置酒》中,對契丹使者的熱情、積極的款待,有著善意的描寫,從末句"一杯相屬非偶然",還可以讀到宋和契丹的使者之間超越文化習俗的差異和語言的障礙,一時之間獲得的確實的心靈溝通。從《北客置酒》詩可知,當時的王安石跟契丹人接觸時並不持有一貫貶低的先入之見,而是以比較冷静的温和的姿態來接待他們的。

初看起來自相矛盾的王安石兩種姿態,如果比較深入地吟味他的詩句,就會發現其間實際上保持了一貫性。也就是説,在《北客置酒》以外的諸篇中,王安石的批判矛頭祇指向國内,並没有把來自契丹的外在壓力當作禍害的根源。可以這樣説:他創作這一連串的批判詩,其最大的著重點,一直在於給朝廷的無謀和安於和平敲響警鐘。從而,這些詩中即便寫到了契丹人,也經常是爲了實現其表達目的而作爲比較對象來描寫的,即便認爲其間包含了某種蔑視或敵意,也不能簡單化地把它看作當時的王安石對契丹的認識。

---

① 與此相關,在往還契丹途中所作的詩裏,王安石對契丹及契丹人的稱呼是:胡/小胡/胡兒:7例;契丹/小契丹:4例;蕃/蕃胡:3例;北人/北客:2例;穹廬:2例;呼韓/戎羯:各1例。除了契丹、小契丹、北人、北客外,大致都可以算作蔑稱,但從當時的用語習慣來看,王安石的這些用語也祇體現了極爲一般的傾向。

要之,從(a)類諸篇可以看出,① 朝廷的對契丹政策令王安石不滿;② 他對契丹人的態度是理性的。

那麼,這兩點跟《明妃曲》的翻案句有什麼關係呢?順著②點推下去,大概也不能説跟"漢恩自淺胡自深"絶無關係,不過略有過於飛躍之感。這樣,(a)類的諸篇,雖然在題材上最具有跟《明妃曲》的近似性,却缺乏具體的關係。依筆者所見,可以認爲與《明妃曲》翻案句更具密切關係的作品,不是在(a)類,而是在(b)類中存在。這個作品就是下引的《河間》詩:

1	北行出河間,	千歳想賢王。
	胡麻生蓬中,	詰曲終自傷。
5	好德尚如此,	恃才宜見戕。
	乃知陰自修,	彼不爲傾商。
	區區三世家,	10 廟册富文章。
	教子以空言,	得祚果不長。

開頭一句説明,此詩是行經河間府(河北省河間縣,已接近涿州之旅的終點)時的作品。全篇鑲嵌著典故,有些難解,但總體上是寫西漢河間王劉德生涯的詠史詩。劉德是西漢第四代皇帝景帝之子,在景帝前元二年(公元前 155)被封爲河間王。景帝死後繼承皇位的武帝,就是劉德的異母弟。《史記》卷五九《五宗世家》、《漢書》卷五二《景十三王傳》中各有其傳,但前者過於簡略,後者可補其闕。

據《漢書》,河間王好學問,喜古典,又喜歡收集書籍,因爲他專攻以六藝爲首的儒學,故"四方道術之人,不遠千里"集於其所,"山東諸儒者多從而游"。傳的末尾説,武帝即位後,河間王入朝參拜,獻上"雅樂,對三雍宮,詔策所問三十餘事",並説"其對推道術而言,得事之中,文約指明"。武帝元光四年

(公元前 131)全壽而終,諡爲獻。

《河間》詩以正史所不載的軼事爲基礎。劉宋裴駰《史記集解》引《漢名臣奏》的杜業(西漢末人)奏文,記録了這件軼事。入朝參拜的河間王當場回答了武帝的策問,他的流暢的回答令武帝顯得不悦,對河間王説:"湯以七十里,文王百里,王其勉之。"殷的湯王、周的文王起初也祇是不滿百里方圓之土的小君主,因爲聲望所集,有能力的臣下都去投奔,不久便成爲天下之王。武帝引用這樣的例子,對當時國内聲望極盛的河間王暗施壓力。據説,悟得武帝深意的河間王,在歸國之後,便一轉而過起"縱酒聽樂"的享樂生活,以自韜晦,並以此終身。王安石的第 3、4 句,恐怕就是以這件軼事爲基礎而寫的。

這第 3、4 句的説法,是《荀子・勸學篇》"蓬生麻中,不扶而直;白沙在涅,與之俱黑"之語的反用。"即便是蓬,如果生長在筆直伸展的麻當中,不需要扶持也能筆直地生長;雪白的砂如果陷在黑泥當中,就跟黑泥一樣變黑了",這樣的比喻意謂,人的善惡都是受環境的感化所致。同樣的話也被《史記・三王世家》末尾所附的西漢褚少孫《補史記》所引用。下文將會講到,該詩的末尾就是依據《三王世家》而來的,所以王安石的這一表達,其更直接的構思來源可能是《補史記》的引用。順便提及,這個成句中的"蓬",常被用來象徵曲折的心。《莊子・逍遥遊》"夫子猶有蓬之心也夫",郭象註云:"蓬,非直達者。"向秀註云:"蓬者短不暢,曲士之謂。"

第 6 句指的是淮南王劉安。劉安是漢高祖劉邦之孫,與河間王一樣,在武帝時聲望很盛,據説其門下的"賓客方術之士"達到了"數千人"。不過,河間王信奉的是儒學,而淮南王則好老莊,他的食客中也多有"浮辯"(輕薄而善辯)之徒。因此,他被視爲危險人物,受到謀反的懷疑,而於元狩元年(公元前122)自殺。

第7、8句用的是周文王的故事。殷紂王把文王封爲西伯,文王布善政於洛西之地,而聲望大盛。歷史上有人解釋説:文王是爲了集結推翻殷王朝的勢力而行布善政的。但王安石反對那樣的説法,他認爲是文王的道德使殷的統治自然地走向了崩潰的結果。這樣,他把河間王的行爲跟文王重合起來,在詩中加以肯定。

第9句以下的四句,根據的是《史記》卷六〇《三王世家》、《漢書》卷六三《武五子傳》等處的記載。武帝在元狩六年(公元前117)封皇子閎爲齊王,旦爲燕王,胥爲廣陵王,各各授策,而給予訓戒。但是,閎在八年後死去,旦在三十年後、胥在六十四年後都自殺了,死於非命。詩中的"廟册",是説武帝授給三王的策。《三王世家》引用了授給三王的策文,司馬遷還對其文章頗爲誇獎,故王安石也用了"富文章"的表達。"廟册"的内容,無一不是依照儒教的精神所作的訓戒,講説著統治的心術。王安石稱之爲"空言",可説是對武帝的言行不一的激烈批判:他對皇子們作出了合乎道理的訓戒,自己却被脱離現實的成仙願望所累而浪費不止。

通過以上的補充説明,已經可以明白,該詩的主題是對河間王的同情:他在武帝的强權政治下,爲了保全生命而不得不自行韜晦,歪曲本來的德性。同時,這也是對武帝的憤慨。

一般的詠史詩,如盛唐的吕向所規定的:"覽史書,詠其行事得失,或自寄情焉。"(《六臣註文選》卷二一)傳統上這類體裁的作品要在吟詠歷史的同時加入作者對是非得失的判斷。正因爲自己的判斷介入其中，所以"或自寄情焉"，作者自己的思想感情也經常被寄托到作品裏。寄托的典型方法之一，就是"以古諷今"，即借評論歷史事件來諷刺時政，此種形態習見於詠史詩的傳統，乃是眾所周知的事實。而且，就在王安石的詠史詩中，也屢屢可以看到這種手法的運用①。

　　那麼，假如該詩運用了"以古諷今"的手法，王安石具體想諷諭的是什麼呢？此處最堪注目的，是第3～6句"胡麻生蓬中，詰曲終自傷。好德尚如此，恃才宜見戕"的存在。這四句的本義當然是象徵地表現了河間王的挫折，但同時也是具有一定普遍性的哲理，可以看作王安石相當移情投入的部分。進一步說，那很像是建立在其自身的某種體驗基礎上的人生哲學。

　　在該詩中，王安石同情的明顯是河間王一方。由此可以作出另一種理解："麻"或者河間王，正是王安石自身的投影；而"蓬"或者武帝，則是當時朝政的比喻。那麼，筆者感到，所謂"詰曲終自傷"，其暗示的便是：（像"麻"那樣的）王安石的直言，沒有被（像"蓬"那樣的）當時的朝廷所接受，結果令王安石受到了挫折。

　　當然，該詩的表達前後具有一貫性，在作品的展開上，沒有什麼特別不自然的地方，所以也許沒有必要像上面那樣特意去聯繫他的經歷來進行細讀。但是，僅從他對河間王的吟詠，就足以令人思考：他挖掘出一個在歷史上不怎麼著名的

---

①　參考王晉光《王安石詩技巧論》第一章第二節（陝西人民出版社 1992 年 11 月版，中國古代作家研究叢書，第 9 頁以下）、趙仁珪《宋詩縱橫》（中華書局 1994 年 6 月版，《文史知識文庫》，第 163 頁以下）等。

人物①,所詠的又並不是膾炙人口的軼事,此種寫作姿態很可能包含著某種寓意。換句話説,身在旅途之中,而想起了河間王的悲劇命運,在詩中作出特寫,這一行爲本身就充分説明了王安石意有所在。

基於以上的認識,將《河間》與《明妃曲》進行比較,可以看出如下四個共同點:第一,兩者都很可能作於往還契丹之旅的最中間階段,其創作的直接契機都可以認爲是旅途的實際體驗:《明妃曲》緣於跨越國境的類似體驗,而《河間》則是由地名生發聯想。第二,一爲樂府歌行,一爲詠史詩,兩個作品都采用了以虛實相間的歌詠方式爲傳統的體裁樣式。第三,雖然如第二點所云,但兩個作品中都没有純粹的實景描寫。第四,假設作品中都有作者的寄托,則兩詩都可以解釋爲對自己置身其中的政治環境作了否定的評價。

關於上述第四個共同點,即對政治環境的否定評價,其表現於《河間》詩的,上文已經作了分析,這裏繼續討論《明妃曲》。可以認爲,王安石在該詩、特別是翻案句中的表達意圖,正與此直接相關。

清方東樹《昭昧詹言》卷一二(人民文學出版社標點本)有以下一段,以比較客觀的立場指出《明妃曲》中的寄托:

---

① 不過,在文化史上,河間王是個具有一定知名度的人物。就如本文也已經提及的那樣,他信奉儒教,保護典籍,據説其藏書之多可與内府相匹。而且,與獻呈雅樂的史實相聯繫,在有關樂府的書中也時而被提及。如本文後面("七,北宋中期士大夫的詩歌、言論意識")所要論述的那樣,在王安石生活的時代,儒學復興的氣運空前高漲,重視廣泛閱讀的愛好學問之風也極爲流行。於此種時代背景之下,河間王有可能再度得到士大夫們的關注,並給予重新評價。司馬光也有《河間獻王讚》(《溫國文正司馬公文集》卷七三)一文,與王安石《河間》詩一樣,也許可以看作這種時代風氣的證明。

> 《明妃曲》,此等題各人有寄托,借題立論而已。如太
> 白祇言其乏黃金,乃自歎也。公此詩言失意不在近君,近
> 君而不爲國士知,猶泥塗也……

上文説的是,人生的失意與否,不在於是否靠近君主,即便處
在君主的近旁,如果不被當作代表國家的第一流人物("國
士"),那就與以卑賤身份受到惡劣待遇的人没有差别:這便
是王安石"人生失意無南北"、"人生樂在相知心"之句所寄托
的意思。今人吳小如氏也有這樣的意見(一九八八年九月,北
京出版社,《詩詞札叢·宋人詠昭君詩》):

> ("君不見……"、"漢恩自淺……"等句)表面上好像
> 是説由於封建皇帝識别不出什麼是真善美和假惡醜,才
> 導致像王昭君這樣才貌雙全的女子遺恨終身。實際是借
> 美女隱喻堪爲朝廷柱石的賢才之不受重用。這在北宋當
> 時是切中時弊的。

吳氏的見解跟方東樹基本無異,祇不過,方東樹是就翻案句來
發論,吳氏則稍稍抽象化,就總體而論。按照這兩人的意見,
説得更具體點,寄托在這些翻案句中的王安石的表達意圖是:
雖然作爲中央官員得到了宫中朝參的機會,但並没有得到把
自己的政治理念付諸實踐的地位和環境,無法得到執政和皇
帝的支持——這是他在當時所處的境況,在翻案句中寄寓了
他對此的不滿。如果更聯繫《河間》詩第 3、4 句"胡麻生蓬中,
詰曲終自傷"所暗示的内容來體會,則可以推測,王安石所實
際提出的某些政治主張,没有得到皇帝、執政們的令他滿意的
反應,故他將不滿和失望寄寓在《明妃曲》的翻案句中,用曲折
的方式表現出來。

那麼,具體來説,在《明妃曲》寫作的當時,有什麼事情令

王安石感到不滿和失望嗎？請再參考一下本節(1)所載的年表，立即映入眼簾的就是嘉祐四年春至夏上奏"萬言書"(《上仁宗皇帝言事書》)一事。這"萬言書"正是王安石第一次就國家的各種重要問題所作的建議書，明快而熱情地闡述了自己的宏偉設計①。在此書中，當時的他被危機感所驅迫的各種問題意識，對時代的病源作出尖銳批判的分析，以及爲了體制改善而設計的具體方法等等，都得到了委曲詳盡的展開。

其中心的話題，則主要是關於人才的培養。他闡說了改革法度的必要性，繼之強調，能將這種改革付諸實踐的人才十分缺乏。針對如此現狀，他提出了爲培養有用人才所必需的教育、科舉、俸給、任用等方面的具體改革措施。他所說的無一不是從根基上動搖當時官僚制度的真正大改革。與此同時，這封建議書裏隨處都充滿了對當時朝廷的相當辛辣的批判，以下抽取其顯著的幾例：

A　臣嘗試竊觀天下在位之人，未有乏於此時者也。夫人才乏於上，則有沈廢伏匿在下，而不爲當時所知者矣。臣又求之於閭巷草野之間，而亦未見其多焉。

B　見朝廷有所任使，非其資序，則相議而訕之，至於任使之不當其才，未嘗有非之者也。

C　故雖賢者在位，能者在職，與不肖而無能者殆無以異。夫如此，故朝廷明知其賢能足以任事，苟非其資序，則不以任事而輒進之。雖進之，士猶不服也。明

---

① 《上仁宗皇帝言事書》全文的註釋，有：① 宮崎市定《中國政治論集》(1989 年 12 月，中公文庫，第 473 頁以下。原載朝日新聞社《中國文明選》11)；② 王水照、高克勤《王安石散文選》(1990 年 7 月，三聯書店，《中國歷代散文作家選集》)等。又，此《書》在唐宋八家文讀本中也被采錄，可以參考各種註釋書。

知其無能而不肖,苟非有罪,爲在事者所劾,不敢以
其不勝任而輒退之。雖退之,士猶不服也。彼誠不
肖無能,然而士不服者何也? 以所謂賢能者任其事,
與不肖而無能者,亦無以異故也。

D　夫人才之不足,其患蓋如此。而方今公卿大夫,莫肯
爲陛下長慮後顧,爲宗廟萬世計,臣竊惑之。昔晉武
帝趣過目前,而不爲子孫長遠之謀。當時在位,亦皆
偷合苟容,而風俗蕩然,棄禮義,捐法制,上下皆同
失,莫以爲非。有識固知其將必亂矣。而其後果海
內大擾,中國列於夷狄者二百餘年。

E　竊觀近世士大夫,所欲悉心力耳目以補助朝廷者有
矣。彼其意,非一切利害,則以爲當世所(不)能行
者。士大夫既以此希世,而朝廷所取於天下之士,亦
不過如此。

＊　不:據《王文公文集》卷一補。

觀以上 A～E 中,被一再反覆强調的,就是前述有用人才
的缺乏:優秀的人才實在太少(A),即便有誠心誠意努力的
人,也因爲衹關心自身的利害,而考慮不到國家的利害(E),
即便是左右朝政的高級官僚,其中也沒有懷抱長遠理想的人
(D),等等。同時,這裏也指出了官僚任用上的制度性的欠缺
(B及C):衹重視"資序",而不問實際能力或適合與否。在 C
中,王安石還指出當前官僚制度造成的一大弊害,就是官僚能
力的差異無法體現爲成就的差異。

到此爲止的十數年間,王安石對中央政治表現出的消極
態度,在這封建議書中完全改變了,他充滿熱情地闡説政治改
革的必要性,同時辛辣地批判當朝的弊病。然而,面對這樣一
封熱情的"萬言書",仁宗和他的朝廷似乎並未有什麼具體的

反應，依後世的傳聞：

> 當時富（弼）、韓（琦）二公在相位，讀之不樂，知其得
> 志必生事。（洪邁《容齋四筆》卷四）

照此說法，反而是增強了對王安石的警惕心。其實，更爲現實
地說，雖然記載衹謂此書似乎引起了當時實權人物的敵視，但
書中所闡述的理念，也確實是沒有皇帝的絕大支持便難以實
現的。或者正如論者所指出①，當時的仁宗在位近四十年，當
其晚年，已經沒有改革的氣力和意志，甚至已失去對於朝政的
熱情，也許這纔是"萬言書"得不到反應的最大原因。

即便如此，據李德身《王安石詩文繫年》（第 127 頁），奏上
"萬言書"未滿一年，王安石又向仁宗進了旨趣相同的《上時
政疏》（《臨川先生文集》卷三九，嘉祐四年年末，但通說是嘉祐
六年）。當然，與"萬言書"一樣，也沒能喚起仁宗及其朝廷的
關注。他按照自己的信念提出的政治主張，一度再度地，完全
被置之不理。不難想像，以上引文中已經濃烈地表現出的對
朝政之不滿，當會更上一層。

兩首《明妃曲》（以及《河間》）的創作，正在距此不久的翌
年一月到二月。從而，問題所在的翻案句，其中所寄託的王安
石心情（表達意圖），當是由皇帝、朝廷對其兩封建議書的置之
不理所引起的失意、挫折之感：這樣考慮應該是妥當的。這
裏再度回到上一節介紹的歷代諸說，來作討論。

---

① 前揭宮崎市定《中國政治論集》（第 521 頁）云："實際上，仁宗到了晚年，
已經厭倦政治，在宮中也頗爲奢侈。"王水照、高克勤《王安石散文選》
（第 197 頁）云："這篇凝聚著他十多年艱辛思索的心血的作品（"萬言
書"），並未引起已經變得平庸而無所作爲的仁宗和當時大臣應有的
注意。"

　　首先要討論的是,認爲其"先夷狄後中華"的從北宋至清的批判,以及與此相反的結論,即認之爲超越民族偏見的先進思想的郭沫若等近現代之解釋。前面説過,與同時期的作品相參考來看,當時的王安石確實不曾對異民族抱有特別的敵意或偏見,但像古人所批判或近人所解釋的那樣,抱有特別的好意,這却也了無痕迹。從上面引用的《澶州》詩裏可以清楚地看到,即便親身站在澶州這樣一個令人强烈地聯想到異民族之威脅的地方,當時王安石所關心的也仍然是歲幣的支出、搬運對財政的壓迫和對民衆的役使,諸如此類的國内矛盾。當時的他好像通過旅途的見聞,再度確認了"萬言書"中指出的朝政矛盾。所以,上述的批判和解釋其實離當時王安石的心境甚遠,很難説符合實情。

　　其次是以蔡上翔爲始的虚構論的解釋。如上一節末尾所述,從當時一般的詩歌觀念和該詩結構上的特點來看,這一種解釋也缺乏説服力。毋寧説,正是爲了掩飾前述的表達意圖,王安石纔采用了近於擬古樂府的歌行樣式,而且加入詠史的要素,利用這歌行樣式和詠史詩的傳統印象來迷惑讀者,而創作了《明妃曲》。筆者認爲,如此推論更爲切近實際。因此,作爲自己寄托寓意的標誌,在兩詩的末尾都配置了説理的翻案句。

　　但是,隨著時間的推移,祇剩下這詩歌表達的本身被單獨存留,不久便遇上宋朝南遷這樣鉅大的歷史事件,於是這詩句大大出乎作者的預料,而遭受了鉅浪般的非難之聲的洗禮。

　　説到底,文學作品一旦離開作者,而到了讀者的手上,它就被注入了另一個生命,具有百人百樣的解釋可能性。那可以説是所有文學作品的共同宿命,該詩也祇不過是被此宿命所播弄的顯著一例。從這個意義上講,歷代的諸説也顯示了該詩的各種解釋的可能性,對它們不作一概的否定,而是有選擇地接受,這樣的態度也不失爲一種確有見地的享受姿態。但是,若從實證的角度聯繫王安石的經歷來把握該詩,則如本文所論,從前的諸説都應該被判斷爲與實際情況相距甚遠①。

六、《明妃曲》之和作

上節考定了王安石《明妃曲》的創作時間,在此基礎上,聯繫創作前後的王安石事迹和同時期的作品,探討了該詩的寫作契機,及其中翻案句的表達意圖。簡單地把結論再歸納一下,有三點: ① 該詩作於嘉祐五年(1060)春,送契丹使者歸國的途中;② 創作該詩的直接契機是,作者經歷了跟王昭君一樣的出塞體驗;③ 在此稍前,作者奏進的"萬言書"被皇帝和朝廷置之不理,引起了他的失望、不滿,而寄託於該詩的翻案句中。

但是,因爲行文上的不便,還沒有涉及另一個應該討論的問題,就是: 王安石爲什麼要采用這樣一種很容易牽涉到民族關係的微妙表達? 在這一節和下一節中,我們將以此問題爲中心來展開探討。與此問題相關的不僅僅是王安石個人的

---

① 　與本文同樣聯繫"萬言書"來理解該詩的,有: ①《王安石詩文選註》(廣東人民出版社,1975年5月,第296頁);②《歷代歌詠昭君詩詞選註》(長江文藝出版社,1982年1月,第72頁);③ 王晋光《王安石詩技巧論》(第19頁)等。另外,雖未直接提及"萬言書",但表達了與本文大致相近的意見的,有: ④《百家唐宋詩新話》中的周嘯天説;⑤ 陳達凱《宋詩選》(上海書店,1993年8月,《中國詩歌寶庫》,第144頁)等。

秉性,那些首先鑒賞該詩的當代士大夫,其對於詩歌乃至言論的意識,也與此密切相關。因爲對於當時的士大夫來説,作詩這一行爲是向外表現自我的最重要手段之一,如果説王安石在創作該詩時,完全不顧及讀者(士大夫)的反應,那是根本無法設想的。

一般來説,在文學作品的創作、公佈等一系列行爲當中,多少潛在著讓更多的時人理解自己的願望。(當然,願意讓別人理解的東西可以是比較表層的文學表現力,也可以是更深層的自己的内心,兩種情形都有。)因此,比較妥當的看法是,王安石在吟出該詩的翻案句時,心中應該設想了第一個具體的讀者,在與這個讀者的批評眼光的緊張對峙中,提煉他的詩思,構想他的各種表達。

如本節將要叙述的那樣,該詩得到了同時代人的不少唱和。即便我們無法確定這些唱和所應對的是該詩的表層部分或是深層部分,僅從其被唱和的事實,就可以肯定,該詩喚起了很多同時代人的共鳴。也就是説,在與同時代的批評眼光的對峙中,該詩最終贏得了首肯,而受到了歡迎。果然如此,則圍繞該詩翻案句的問題,在某種意義上應該被置換爲有關該詩的第一批讀者即同時代之士大夫的問題。他們在閲讀這翻案句時,似乎立即就理解了王安石的真意,完全沒有想到後世那樣的斷章取義的解釋,或者即便想到了,也加以容認,又或者另有一種對待的姿態。這一點,是本節首先要進行考察的。

(1) 參與唱和的同時代詩人們

對王安石《明妃曲》進行唱和的同時代詩人共計五位,其作品現存七首。按作者的生卒年順序排列如下:

A　梅堯臣(1002—1060):《和介甫明妃曲》1 首(前揭

《梅堯臣集編年校註》卷三〇,下册,1143 頁/《全宋詩》卷二六一,第五册,3338 頁)

B　歐陽修(1007—1072):《明妃曲和介甫》、《再和明妃曲》,計 2 首(前揭《居士集》卷八/《全宋詩》卷二八九,第六册,3655 頁)

C　劉　敞(1019—1068):《同永叔和介甫昭君曲》1 首(《四庫全書》所收《公是集》卷一八/《全宋詩》卷四七八,第九册,5780 頁)

D　曾　鞏(1019—1083):《明妃曲二首》,計 2 首(中華書局校點本《曾鞏集》卷四/《全宋詩》卷四五七,第八册,5552 頁)

E　司馬光(1019—1086):《和王介甫明妃曲》1 首(《温國文正司馬公文集》卷三/《全宋詩》卷四九九,第九册,6044 頁)①

　　在王安石創作《明妃曲》的嘉祐五年(1060)春之前後,以上 A～E 各位詩人,其所在之處,與所居官職,以下作一清理。

　　A　梅堯臣,嘉祐元年經歐陽修的推薦,就任國子監直講之職,嘉祐二年春又經歐陽修推薦,任禮部貢舉的參詳官(知貢舉爲歐陽修)。嘉祐三年以後,第三次得到歐陽修推薦,參加了《新唐書》的編纂工作。到嘉祐五年春,遷升尚書都官員外郎後,不久便因病於四月去世。因此,嘉祐五年的春天,他

①　朱弁《風月堂詩話》卷下(中華書局校點本),本文第三節引用之文中,尚云:"當介甫賦詩時,温國文正公見而惡之,爲別賦二篇,其詞嚴,其義正,蓋矯其失也。"謂司馬光曾有兩首和作。但是,現存的別集①《温國文正司馬公文集》、②《增廣司馬温公全集》、③《傳家集》中,都祇收一首。而且,根據現存的一首來看,如本文所論,是五人的和作中最爲積極地對原篇内容作出呼應的,《風月堂詩話》所謂"温國文正公見而惡之",未必符合實情。

是住在京師(河南省開封)的。

　　B　歐陽修,自至和元年(1054)九月被任命爲《新唐書》編纂官以來,到嘉祐五年七月《新唐書》修成,前後六年都在翰林學士知制誥兼史館修撰的任上。其間也擔任過賀契丹正旦使(至和二年末—嘉祐元年初)、知貢舉(嘉祐二年春)等幾個重要的臨時職務。

　　C　劉敞,嘉祐元年閏三月由知制誥轉任揚州(江蘇省揚州)知州,嘉祐三年再轉爲鄆州(山東省東平縣西北)知州,同年十月召還,復爲知制誥(糾察在京刑獄)①。然後,直到嘉祐五年九月,都以知制誥(糾察在京刑獄)的職務留在京師。而在嘉祐五年九月以後,則以翰林侍讀學士出任永興軍(陝西省西安)知事(至嘉祐八年八月)。

　　D　曾鞏,在嘉祐二年春的省試中進士及第(知貢舉爲歐陽修)。及第後暫時歸鄉,離開京師之際,歐陽修和梅堯臣曾爲他和王安石(知常州赴任)設宴,賦詩送別。嘉祐三年,赴其初任地太平州(安徽省當塗)任司法參軍,直到嘉祐五年冬都在太平州。然後,於同年冬得到歐陽修的推薦,到京編校史館書籍,任館閣校勘。

　　E　司馬光,嘉祐二年六月由并州(山西太原)通判召還,任爲直秘閣、吏部南曹。嘉祐三年遷開封府推官,嘉祐四年再轉判三司度支勾院,直到嘉祐五年。

　　以上 A～E 五位詩人,在嘉祐五年春天,除了 D 曾鞏在太平州外,其餘都在京師。也許,當王安石從契丹之旅回到京

――――――――――

①　《宋史》卷三一九《劉敞傳》,祇記"召糾察在京刑獄",未謂其知制誥,但《續資治通鑒長編》卷一九〇"嘉祐四年八月甲戌"條有"知制誥劉敞言……",恐怕當時的劉敞是兼任知制誥和糾察在京刑獄吧。

師,出示了兩首《明妃曲》後,曾鞏以外的四位詩人便一邊傳
閱,一邊各自寫成了和作。至於曾鞏,則可以想像兩種情
形:一種是在太平州獲得郵送來的原作(以及其他人的和
作),從而進行唱和;另一種是在年末到京之際進行唱和。
無論如何,曾鞏的和作明顯地受到了其他詩人和作的影響
(後述),可以判斷是同時看到了原篇以及其他人的和作後
所作的唱和。

　　必須交待的是,在嘉祐五年以前,王安石與這五人都已各
有交往。關係最爲親密的是 D 曾鞏,他們的交遊可以追溯到
景祐三年(1036)王安石十六歲(曾鞏十八歲)的時候。曾王兩
家原來就是遠親①,那一年,曾鞏爲了參加省試(結果落第),
王安石則跟從父親王益,都到了京師,兩人在京師結識,成爲
刎頸之交。五年後的慶曆元年(1041),曾鞏入太學,慶曆二年
再度參加省試,再度落第,而王安石則在此年的省試中進士及
第。在此慶曆二年的前後,曾鞏得到了 B 歐陽修的知遇,後
來屢次向歐陽修推薦王安石②。

　　B 歐陽修,因爲曾鞏的推薦,在王安石剛入仕途時就知道
了他,但兩人的實際交遊,則始於十五年後的嘉祐元年左右。
王安石在至和元年(1054)九月被任命爲群牧司判官,直至嘉
祐二年五月,都留在京師,兩人的初次會見就在這期間。歐陽
修在這一次最初的會見之際,贈詩給王安石:

　　　　翰林風月三千首,吏部文章二百年。老去自憐心尚

---

① 　王安石的外祖父吳畋之兄(吳敏),娶曾鞏父親曾易占之姊。
② 　參考曾鞏《上歐陽舍人書》(中華書局校點本《曾鞏集》卷一五)末尾。據
　　洪本健《宋六大家活動編年》(華東師範大學出版社 1993 年 12 月版),曾
　　鞏得到歐陽修的知遇是在慶曆元年,《上歐陽舍人書》作於慶曆四年。

在,後來誰與子争先。……常恨聞名不相識,相逢罇酒盍
留連。(《贈王介甫》,《居士外集》卷七)

歐陽修不顧年齡和官位的差距,率直地表達了他的喜悦之情,
並把最高級的讚揚贈給了王安石。而王安石也詠了《奉酬永
叔見贈》(《臨川先生文集》卷二二)來作回答,其赴任常州知事
以後,也曾給歐陽修寫信(《臨川先生文集》卷七四,《上歐陽永
叔書》其二~四)。

　　E 司馬光,是王安石在群牧司判官任上的同僚。衆所周
知,在後來圍繞"新法"的争議中,兩人成爲針鋒相對的政敵,
但在那個時候,作爲同時代的傑出人物,他們互抱敬意,切磋
琢磨,保持著極爲良好的交遊關係。到嘉祐五年前後,這種關
係也並無任何變化。而且,嘉祐四年王安石重任中央官員之
際,兩人也在同一官署任職,王安石是三司度支判官,司馬光
是判三司度支勾院(當時任兩人上司,即三司使的,就是成爲
後世小説素材的著名審判官,"鐵面皮"包拯)①。

　　剩下的 A 梅堯臣、C 劉敞,王安石與他們的交遊,大概也
始於其任群牧司判官的前後。實際上,在嘉祐—治平年間,
A、C 兩人與 B 歐陽修經常以詩歌反覆應酬,給人的印象是,
在職務之外的私人交際場合,他們幾乎是共同行動的。那麽,
這兩人跟王安石的關係,可以與歐陽修的情況作類似的考慮。

　　A 梅堯臣,如前所述,嘉祐二年王安石離京赴常州時,曾

_____

①　邵伯温《邵氏聞見録》卷一○紀録了當時的軼事(中華書局《唐宋史料筆
　記叢刊》本,第 108 頁):司馬光與王安石被長官包拯招去,一邊觀賞牡
　丹花,一邊開宴勸酒。二人都不歡喜喝酒,結果司馬光勉强喝下了,而
　王安石則堅決不喝。這件軼事屢屢被引用來非難王安石的頑固態度,
　但把三人作爲同僚的時間誤定在群牧司任上(實際是三司),這一點不
　可遽信。

設宴賦詩送別(《送王介甫知毘陵》,《梅堯臣集編年校註》卷二七)。而且,從梅堯臣的詩裏還可以知道,王安石在常州知事任上也曾給梅堯臣寫信(《得王介甫常州書》,《梅堯臣集編年校註》卷二七)。由此可見,王安石任群牧司判官時兩人結下的關係,在以後的數年間也一直延續著。順便提及,從以上兩首詩中還可看出,嘉祐二年前後,王安石曾跟梅堯臣學習《詩經》(梅當時任國子監直講,想必在國子學中講授《詩經》。歐陽修給他寫的墓誌銘中,記下了可以視爲此講義記録的《毛詩小傳》二十卷,現已散佚不存)。

C 劉敞,在王安石任常州知事～提點江南東路刑獄期間(劉敞在揚州知事任上),兩人有詩書往來(《臨川先生文集》卷九《答揚州劉原甫》詩、卷七四《與劉原父書》)。嘉祐四年王安石就任館職(直集賢院)之際,劉敞還送去賀詩(《賀王介甫初就職祕閣》,《公是集》卷九)。而且,劉敞跟本文第四節開頭言及的王安石知己王回,也持續著親密的交往,從這一點也可窺知兩人的關係之深①。

這樣,可以判斷,嘉祐五年春的《明妃曲》唱和活動,是以兩三年前王安石在京任群牧司判官之時的交遊關係爲基礎進行的。

(2) 和作的内容

在 A～E 各位詩人中,最年長的雖是 A 梅堯臣,但無論從官位來説,還是從文壇地位來説,這一次唱和活動的領袖人物,都無疑是 B 歐陽修。而且,值得關注的一點是,歐陽修本人以格外的自信完成了兩首和作。據葉夢得《石林詩話》卷中

---

① 劉敞《公是集》收録了《寄深甫兄弟在潁》、《詠庭檜贈深甫》(《公是集》卷一〇)等十數首劉敞贈王回的詩。

的記録,歐陽修生前曾對他的兒子裴誇奬自己的作品,説:

> 吾《廬山高》,今人莫能爲,惟李太白能之。《明妃曲》後篇,太白不能爲,惟杜子美能之。至於前篇,則子美亦不能爲,惟我能之也。(中華書局校點本《歷代詩話》)

從上文可知,歐陽修對其《廬山高》(《廬山高贈同年劉中允歸南康》,《居士集》卷五)及兩首《明妃曲》和作,格外地抱有自負,其中對《明妃曲》前篇,更具絶對的自信。我們首先來看一下歐陽修的第一自信之作《前篇》(《明妃曲和介甫》):

1	胡人以鞍馬爲家,		射獵爲俗。
	泉甘草美無常處,		鳥驚獸駭争馳逐。
5	誰將漢女嫁胡兒,		風沙無情貌如玉。
	身行不遇中國人,		馬上自作思歸曲。」
	推手爲琵却手琶,	10	胡人共聽亦咨嗟。
	玉顔流落死天涯,		琵琶却傳來漢家。」
	漢宮争按新聲譜,		遺恨已深聲更苦。」
15	纖纖女手生洞房,		學得琵琶不下堂。
	不識黃雲出塞路,		豈知此聲能斷腸。」

這一首七言古詩,共計換韻三次,從入聲一屋、二沃韻,換爲下平聲六麻韻,再換爲上聲麌韻,最後換下平聲七陽韻。内容上可以分爲四段,但分段的地方與換韻之處不完全一致。

第一段到第4句爲止,描寫與"中國人"相異的"胡人"的生活方式,是導入的部分。從至和二年(1055)年末至翌嘉祐元年初,歐陽修曾作爲使者奔赴契丹,對遊牧民族的生活方式有親身的見歷。

第二段是第5～8句,謂王昭君獨身處在見不到同胞的環境中,因思念故國而作曲。

　　第三段是第9～12句。接著第二段,謂王昭君將心中的思念托付於琵琶,那含著悲傷的音調令"胡人"也禁不住歎息,後來昭君本人雖死於夷狄之地,但她所作的曲子則傳回了漢地。

　　第四段是最後的六句,講述的是,漢地的宮女們都演奏著傳來的昭君之曲,那飽含著昭君之怨的琵琶聲於是響得更爲悲切,但演奏的宮女們却無從知道昭君出塞的苦況。可以説,這個作品描寫了作曲者王昭君與演奏者漢地宮女之間顯著的精神隔閡,進一步突出了昭君的無法平息的哀怨,同時也將作者自己當成了昭君的真正"知音"。

　　雖然是唱和之作,但看不出與王安石的原篇有特別明顯的呼應關係。至多可以説,它是繼承了原篇《其二》第3～8句、第11、12句的内容,將其中的形象加以擴大,在此基礎上,專取王昭君的琵琶曲一點爲主題,構成了另一個作品世界。

　　更爲明確地表現出與原篇的呼應關係的,是下引的《後篇》(《再和明妃曲》):

　1　漢宮有佳人,　　　　　天子初未識。
　　　一朝隨漢使,　　　　　遠嫁單于國。
　5　絶色天下無,　　　　　一失難再得。
　　　雖能殺畫工,　　　　　於事竟何益。
　　　耳目所及尚如此,　10　萬里安能制夷狄。」
　　　漢計誠已拙,　　　　　女色難自誇。
　　　明妃去時涙,　　　　　灑向枝上花。
　15　狂風日暮起,　　　　　飄泊落誰家。
　　　紅顔勝人多薄命,　　莫怨春風當自嗟。」

　　《後篇》爲雜言古詩,從入聲十一陌、十二錫、十三職韻,换爲下平聲六麻韻。以换韻之處爲界，可以分爲前後兩段。

前半段根據《西京雜記》的故事，對元帝誅殺畫工之事進行非難。這個部分襲用了王安石原篇《其一》的前半段，特別是第7～10句，可以看成是與翻案句"意態由來畫不成，當時枉殺毛延壽"相呼應的。而且，如本文的《序言》所引用的那樣，在《紅樓夢》中，第9、10句"耳目所及尚如此，萬里安能制夷狄"與王安石的"意態由來……"二句共同作爲翻案的佳句，受到了高度讚揚。後半段先以第11、12二句總括前半段，接著在第13～16四句中，對昭君的眼淚作了特寫，暗示其悲慘的生涯，最後，末尾的二句引出"美人薄命"的成語，訴説了個人力量難以抗拒的不合理的人生命運，結束全篇。這後半部分，可以被看作原篇第2句"淚濕春風鬢腳垂"的進一步發揮。

由以上的概觀看來，王安石原篇的三組翻案句中，衹有唯一没成爲後世批判對象的"意態由來……"之句，在歐陽修的和作中得到了呼應，至於問題所在的"人生失意無南北"和"漢恩自淺胡自深"，則看不到歐陽修的呼應。從"耳目所及尚如此，萬里安能制夷狄"以及"漢計誠已拙"之句，也許讀得出對於時政的某種諷諭，但即便這樣的解釋可以成立，那也不曾突破儒教詩歌觀的框架（"上以風化下，下以風刺上，主文而譎諫，言之者無罪，聞之者足以戒"——毛詩大序），不會像王安石的翻案句那樣，牽連到漢族與其他民族的先後秩序問題①。

A梅堯臣的情況與歐陽修大致相同。梅堯臣的和作是由十四句構成的七言古詩，從上平聲十一真韻，换爲入聲十三

---

① 例如，吳小如《詩詞札叢・宋人詠昭君詩》（北京出版社，1988年9月），對歐陽修和作的"絶色天下無……萬里安能制夷狄"作了這樣的説明："當時北宋朝政日非，積弱積貧的矛盾日趨表面化，因而外來侵略勢力日益嚴重。這幾句詩正是針對此種局面而發的。"（第144頁）

職韻,再換爲下平聲七陽韻,換了兩次韻。把表達作者觀點的部分摘出來,有開頭的二句"明妃命薄漢計拙,憑仗丹青死俣人",以及第11、12句"男兒返覆尚不保,女子輕微何可望"。前者與歐陽修和作的内容幾乎相同,不過把意思凝縮在兩句中而已,如果歐陽修的唱和是在梅堯臣之前所作,那麼這兩句就更有缺乏新意之嫌了。至於後者,也是極爲普通的哲理,缺乏獨創性。雖然從表達的層面上可看出跟王安石原篇之間的呼應關係,但對於關鍵性的翻案之句,却看不到有何反應。

當時與歐陽修、梅堯臣頻繁地以詩歌相應酬的 C 劉敞,其和作中根本不存在歐、梅兩人作品中看得到的説理部分,是最没有個性的一首。跟梅堯臣一樣,在個别的表達上受到原篇的影響,但對翻案句則並無反應①。

D 曾鞏的和作是兩首七言古詩,《其一》十八句,《其二》十六句。可以看出其與王安石原篇具有明確呼應關係的,是下面的《其一》:

1　明妃未出漢宫時,　　秀色傾人人不知。
　　何況一身辭漢地,　　驅令萬里嫁胡兒。
5　喧喧雜虜方滿眼,　　皎皎丹心欲語誰。

---

① 在表達層面上受到原篇影響的最顯著的地方,是劉敞和作的末尾二句"青冢消摧人迹絶,惟有琵琶聲正哀",幾乎是王安石原篇其二的末尾二句"可憐青冢已蕪没,尚有哀弦留至今"的原本襲用。另外,在此唱和之前的嘉祐三年,劉敞還跟梅堯臣、韓維、江休復進行了次韻的昭君詩唱和。〔原篇〕劉敞《王昭君》(《公是集》卷七);〔和篇1〕梅堯臣《依韻和原甫昭君辭》(《梅堯臣集編年校註》卷二八);〔和篇2〕劉敞《重一首,同聖俞、鄰幾、持國作,用前韻》(《公是集》卷七);〔和篇3〕梅堯臣《再依韻》(《梅堯臣集編年校註》卷二八);〔和篇4〕韓維《和王昭君》(《華陽集》卷四)。江休復的和作,今不存。順便提及,劉敞曾於至和二年(1055)八月作爲使者赴契丹。

延壽爾能私好惡，	令人不自保妍媸。
丹青有迹尚如此，　10	何況無形論是非。
窮通豈不各有命，	南北由來非爾爲。
黄雲塞路鄉國遠，	鴻雁在天音信稀。
15　度成新曲無人聽，	彈向東風空淚垂。
若道人情無感慨，	何故衛女苦思歸。

這一首七言古詩，以上平聲的四支和五微韻通押。内容上可分三段，每段各六句。

開頭的四句刻畫了昭君的孤獨形象：雖有絶世的美貌，但幽閉在漢朝的後宮，誰都看不到，然後又不得不獨自一人遠嫁到萬里之遥的夷狄。這四句，相信受到王安石原篇《其一》末尾翻案句"人生失意無南北"的影響。本來，該詩的發端之句與原篇《其一》的發端之句"明妃初出漢宫時"，祇有一字之差，從這一點也可以看出曾鞏濃厚的唱和意識。第一段末尾的二句（"喧喧雜虜……"）也是對原篇《其二》的第2、3句"氈車百兩皆胡姬"、"含情欲説獨無處"有所意識的表現。

第二段是聯繫畫圖故事，吐露作者思考的部分。特别是第9、10句，可以看作對王安石原篇《其一》的翻案句"意態由來畫不成"句意的發揮。同時，這兩句使用的抑揚式的句型，也承襲了歐陽修《後篇》的第9、10句。接下來，在第11、12句中展開的"理"，也可以理解爲：直接立足於歐陽修《後篇》第11、12句"漢計誠已拙，女色難自誇"，或者梅堯臣和作的開頭一句"明妃命薄漢計拙"，將這些内容推廣爲普遍化的哲理，然後從另一種角度重新表述出來。詩句的大意如下：

"人生的貧窮或者榮達，自然各有天命所定的成分（昭君也不例外），但是，漢與匈奴之間的南北關係，那本來就不是昭君所造成的，也不應該是由昭君一身來背負的責任。"

　　有意思的是,這雖然不是對王安石翻案句的呼應,却使用了其他唱和者都没有使用的"南北"一語,由此可以感受到曾鞏的某種意志:即便不是從原意上真正接受"人生失意無南北"之句的啓發,也努力地把原篇中的關鍵詞語取爲和作的結構要素。

　　第三段先以第13～16四句,回到第一段的主題(昭君之孤獨),加以更具體的形象化的描寫。第13句襲用了歐陽修《前篇》的第17句"黄雲出塞路"之語,第14句也參考了王安石原篇《其一》的第11、12句"寄聲欲問塞南事,祇有年年鴻雁飛"。

　　末尾的二句,恐怕是用《史記》卷一○○《季布欒布列傳》的論贊部分,和蔡邕《琴操》卷上《思歸引》的故事①,大意如下:

　　(按照太史公的説法,明智的)人不會被"感慨"即激情所驅使(而自殺),(因此昭君選擇了自殺之道,不能許爲明智。)人們也許相信這種説法。但是,果然如此,爲何那衛國的賢女

---

① 《史記》卷一百《季布欒布列傳》的論贊説:"賢者誠重其死。夫婢妾賤人,感慨而自殺者,非能勇也,其計畫無復之耳。"其主旨是:人應該重視死亡,被激情所驅使而自殺,並不是真正具有勇氣的行爲,那是侍女和僕人的做法,而爲賢者所不取。樂府《思歸引》,按《樂府詩集》的分類,屬於琴曲歌辭(卷五八),與昭君樂府一樣,以西晉石崇創作的歌辭爲先驅,且其本事也見於《琴操》。按《琴操》所記,《思歸引》是衛女之作,有關其創作的故事如下:衛國有一位賢女,邵王要娶她爲妻,但在衛女到達之前,邵王就去世了。太子想起了以前齊桓公娶衛姬而成爲霸主的事,便主張留下衛女,但大夫反對説:"如果此女是賢明的人,她根本不會聽我們的話;如果聽了我們的話,她就不是賢明的人。"太子無視大夫的意見,留下了衛女。果然,衛女不聽他們的話,自閉於宮殿的深處,終日不斷地要求歸國。她取來了琴,作起歌曲,歌曲一結束,就上吊自殺了。

將歸國的思念寄托於所作的琴曲,最後也自殺了呢?

想必,曾鞏充分地參考了王安石原篇和其他詩人的和作,在此基礎上寫出了自己的和作,並在終篇之處,用了兩個典故來刻畫驅使昭君自殺的那種非同尋常的孤獨,而自出新意。

最後是 E 司馬光的和作,這是現存七首和作中最長的作品,共計二十四句。但其前半的十二句沒有什麼突出的特徵,祇好割愛,而將後半的十二句引述如下:

> 愁坐泠泠調四弦,　　　曲終掩面向胡天。
>
> 15　侍兒不解漢家語,　　指下哀聲猶可傳。」
>
> 　傳徧胡人到中土,　　　萬一佗年流樂府。」
>
> 　妾身生死知不歸,　　20 妾意終期寤人主。」
>
> 　目前美醜良易知,　　　咫尺披庭猶可欺。
>
> 　君不見白頭蕭太傅,　　被讒仰藥更無疑。

第 13～16 句所詠的是,昭君在夷狄之地獨自彈著"四弦",也就是琵琶。這也可以說是昭君詩中極爲陳腐的場面,但該詩的獨特之處在於,接下來的第 17～20 句改用了王昭君第一人稱的表達方式。

——我身邊的侍兒們都不懂胡人的言語,但我奏出的悲哀旋律仍能通過她們流傳出去。如果它在胡人們中間廣泛流傳,那麼也總會傳到中國,某一天也許就進入了樂府。我深深明白,到死爲止,不,即便死了以後,我之一身也不能返回故國。所以,祇能依靠這個曲子,來期待皇上的最終覺醒⋯⋯

昭君的如此渺茫的期待,在末尾的四句中遭到背叛。"蕭太傅"即西漢的蕭望之(前 106—前 47),《漢書》卷七八有傳。根據宣帝的遺詔,蕭望之被任命爲輔佐的大臣,教育年幼的元帝,把他導向善政,但最後却被宦官加以無實之罪,賜毒殺害。

——眼面前的美醜本來可以簡單地分別，但即便是近在身邊的後宮之事，元帝也如此容易受到欺騙。昭君呀，你也知道吧，你的主君元帝是這樣一個人：即便守護他的蕭太傅被加以無實之罪，被迫飲下毒藥而死去，他也不曾有絲毫的懷疑⋯⋯

這樣，司馬光給昭君的琵琶曲附加上儒教的意味，並表示，在愚暗的君主面前付出忠誠的行爲是沒有什麼價值的。末尾的部分明顯受到王安石原篇《其一》末尾翻案句的影響，使用了"咫尺"、"君不見"等同樣的詩語，而且其采用的形式也是：引出王昭君生前很可能知道的故事來説服昭君。因此，從內容上看，在暗示王昭君與主君元帝之間沒有心靈溝通這一點上，它也可以説承襲了原篇《其二》的"人生樂在相知心"。

(3) 積極派與消極派

以上對 A～E 五位詩人的唱和作品作了概觀，而特別注意其與王安石原篇之間的呼應關係。把他們對問題所在的翻案句"人生失意無南北"和"漢恩自淺胡自深，人生樂在相知心"的反應歸結起來，可以大致分爲兩派：消極派和積極派。消極派是 A 梅堯臣、B 歐陽修、C 劉敞三位，積極派是 D 曾鞏和 E 司馬光兩位。

一言以概括之，消極派專在文學措辭的方面對原篇作出反應，並不深入到王安石寄托在作品中的表達意圖。另一方面，積極派則不停留在措辭的層面，而對寄托其中的表達意圖也努力加以汲取，在和作中表現出某種反應。當然，被歸在積極派中的無論是曾鞏還是司馬光，在其措辭表達的層面，都沒有詠出與問題所在的翻案句直接相聯繫的詩句(將漢和胡的優劣關係相對化的表達)。但是，曾鞏發揮"人生失意無南北"

之意而構成和作的全篇,司馬光也用了與"人生樂在相知心"相呼應的表達來結束全篇,兩人確實在各自的和作中留下了與原篇主題相應答的形迹。

這裏首先要加以考慮的是,消極、積極兩派形成的原因。

唱和姿態上的這種差異,其主要原因可以從兩個方面去尋求:第一是年齡輩分的差距,第二是唱和當時各位詩人所處的文學環境。就第一方面來講,C 劉敞與王安石以及積極派的 D、E 二人,屬於同一個輩分,但也許出於第二方面的原因,劉敞寫出了跟 A、B 同類的和作。也就是說,A〜C 三者中,A 與 B 是《新唐書》編纂局的同僚,而 B 與 C 是掌管起草詔勅的翰林院的同僚,所以他們都在極其重視文章寫作能力的官署就職。而且,如前所述,這三個人在私人場合有著頻繁的交遊,經常舉行以詩歌應酬爲中心的文學交流活動,簡直就是文學沙龍裏的具有師友關係的成員。而實際上,正如詩題所明示的那樣,劉敞的和作是與歐陽修同時同座創作的。從而可以推測,作爲當時以歐陽修爲中心的三人交遊圈的產物,劉敞的作品對於三人之間相通的文學觀(更嚴密地說是梅、歐二人相通的文學觀)的體現自然會優先於輩分上的共感了。

另一方面,積極派的 D 曾鞏和 E 司馬光,雖然與 A〜C 三者都有如前所述的深厚交誼,但至少在撰寫和作的時候,二人都不在沙龍的中心位置。當時,D 曾鞏擔任著地方上有關司法的職務,E 司馬光則從事中央的財政工作,可以判斷,D 主要因爲地理的原因,E 因爲職掌上的差異,他們與以 A〜C 三者爲中心的沙龍保持了一定的距離。從而,D 與 E 二人脫離了 A〜C 三者的影響,能夠以更爲自由的,更爲純粹的個人化的姿態,來面對這一次同王安石的唱和。因此,這二人首先便以同代人的共感爲基礎來閱讀原篇,其結果是敏感地察知了王安石的表達意圖,而把他們各自的反應編織到和作之中。

如此,五人的和作之中,存在著主要因爲輩分之差而引起的質的異同。將此輩分之差再作具體的論析,可以換言爲作詩態度上的年齡段的差異。一般來說,在得全天壽的中國古代詩人通常所經歷的創作道路中,可以概括出一個固定的類型,那就是:凡青壯年時期多作諷刺社會矛盾的政治色彩濃厚之作品的詩人,到了中晚年就會轉成不涉政治的作風。自然,個人之間的差異和所處時代特性的差異,是確乎存在的,但是,對於作爲科舉(進士科)出身的官僚而穩穩占據樞要地位的中唐以降的詩人們來說,呈現上述傾向是普遍性的,而且,到北宋中期之後,此種傾向便尤其顯著。參加了該詩唱和的梅堯臣、歐陽修、王安石,以及下一代的蘇軾、張耒,南宋的范成大、楊萬里等詩人,無一不屬於此種類型。

這其中的原因,可以想到若干,但若考慮一種最爲共通的一般性的原因,則不妨設想下述的模型。——在科舉應試過程中徹底地學習了儒教"兼濟"理念的少壯士大夫(詩人),其及第以後,首先被派作地方的屬官。心中燃燒著社會理想的少壯士大夫,在那裏開始見聞到與理想差異的種種充滿於現實社會的矛盾。然而,剛剛走上仕途的他們能夠行使的權力是極爲有限的,對中央的發言權、影響力也肯定不大。由此,對他們來說,作詩是公義上被允許的唯一手段,却也是傳統上極爲有效的,被認爲對政治有所作用的手段。他們祇能訴諸作詩這一手段,來暴露社會矛盾,努力喚起中央的關注。這是他們多作政治詩的主因①。

祇要這樣的詩作被社會所肯定,那麼多作這樣的詩歌便同時意味了自身存在的魅力。此種實利的效用也不應該被忽略,這是他們多作政治詩的主因②。

但是,這些少壯士大夫,幾經官職遷轉,漸漸就變成官界的中堅、官場的老手,其在政界的發言權也不斷增大。曾經站在批判立場的他們隨著地位的升高,不久便倒過來成為被批判的對象了。這是引起他們作風變化的要因①——保身。

而且,在積累官界履歷的過程中,他們不管自願與否,都要學習現實社會的運作方式,不再衹依理念、理想,以個人的氣力來行事。這是引起作風變化的要因②——看破。

在此基礎上,再加上公平地降臨於所有人身上的從肉體到精神的衰老,使詩人們的關心更多地轉向個人的生死問題,以及與個人嗜好相關的事物。這是引起作風變化的要因③——身心的衰老。

這樣,主要與政治地位的升遷伴隨而來的立場上的變化,與衰老伴隨而來的個人身心的變化,其綜合的效果,就促成了作風的變化。

梅堯臣與歐陽修的情況是否切合以上的模型,暫且置之不論,但可以毫不費力地想像:在官僚機構比較完備,社會保持著大體安定的時代裏,如上那樣隨著年齡段的不同而表現出詩歌創作意識的差異,這種現象是極普遍地存在的。因為,從中唐到宋代的詩人,幾乎無一例外地以某種方式進入官僚機構,都具有其作為官僚的一面。而且,從他們人生中的優先抉擇來看,其作為官僚的立場與作為詩人的存在方式,應該理所當然是前者決定著後者。在寫下和作的嘉祐五年,梅堯臣已是在世的最後一年(五十九歲),歐陽修也已五十四歲,按當時的常識,這兩人都已身入老境,明顯處在詩風轉變為不涉政治之後了。

不過,如果本文推論的內容屬實,則王安石的原篇包含著與時政相關的活生生的問題,雖說沒有對其關鍵詩句作出直接的應和,畢竟對包含這樣詩句的作品給予了積極的唱和,此一行爲又到底意味著什麼呢? 當然,作爲大前提可以肯定的是,王安石的原篇具有足以消解種種疑念的藝術魅力。但是,如前所述,對於首先作爲官僚、其次纔是詩人的他們來說,原篇翻案句中包含的問題,不應該是光憑藝術魅力就可以一舉消解的那種單純的問題。例如,蔡上翔也早就介紹了,直到清代的中葉,有的人還對此抱有疑念(《王荊公年譜考略》卷七)[1]。尤其是,歐陽修在當時已歷任了翰林學士等多種重要職務,在這唱和的翌年還升爲參知政事(副宰相),在官界具有相當的地位,如果時勢不變,他難免明哲保身,不會因此行爲而使自己的境況惡化……筆者想,對當時的歐陽修來說,在純粹文學作品的唱和這一方面之外,似乎還有另一種想法在起作用。

(4) 歐陽修唱和的又一個背景

按筆者對歐陽修心情的忖度,當他拿到王安石的原篇時,恐怕也會與北宋末以降的士大夫們一樣感到別扭,至少也會感到一點點不合適。歐陽修似乎有意避開了王安石原篇的核心部分(末尾的翻案句)來構思他的和作,從這一點可以讀出歐陽修的深思痕跡。儘管如此,終究還是積極地展開了唱和,這樣做的背景,恐怕可以說是歐陽修對於王安石懷有非凡的期待吧。進一步,在此期待感的基礎上,還可以指出地緣方面的聯繫紐帶。參與唱和活動的六名詩人的籍貫如下:

---

[1]　蔡上翔《王荊公年譜考略》卷七云:"或曰,介甫此詩,歐陽公、劉原父、司馬君實皆有和篇,使'漢恩自淺胡自深'一語果有傷於君臣大義,諸君子曷不能知之,而顧見之和篇耶?"

▼王安石：江南西路、撫州臨川(江西省臨川)

A 梅堯臣：江南東路、宣州(安徽省宣州)

B 歐陽修：江南西路、吉州廬陵(江西省吉安)

C 劉敞：江南西路、臨江軍新喻(江西省新余)

D 曾鞏：江南西路、建昌軍南豐(江西省南豐)

E 司馬光：永興軍路、陝州夏縣(山西省夏縣)

事實上，除了 E 司馬光外，其他五位都是江南路出身的南人官僚。如果再除去梅堯臣，則剩下的四人全爲江南西路(江西)出身。

如所周知，歐陽修在三十五歲以後積極地參與了范仲淹(989—1052)主導的"慶曆新政"(慶曆三—四年，1043—1044)，作爲一個雄辯者而在改革派中起到了代言人的作用。他們的努力在不到兩年的短期間内就遭到守舊派的回擊而告挫折，但據説他們的言論和行爲對後來的士大夫精神世界產生了極大的影響。

也有論者從另一個角度來提示"慶曆新政"的歷史意義，就是把"慶曆新政"以及與之相關的黨爭理解爲北方出身官僚與新興的南方出身官僚之間的權力鬥争，前者自宋初以來就把握朝政、獨占特權，後者則在經濟發達地區優越的文化環境下，通過進士及第的途徑，急速地增大了數量和勢力①。

宋王朝繼承了五代時期最後的北方政權後周的地盤而興

---

① 論述慶曆新政的文章，有齊陳駿、湯開建《略論"慶曆新政"》(《西南師範學院學報》1981 年第 4 期)、近藤一成《北宋"慶曆之治"小考》(1984 年 3 月，早稻田大學東洋史懇話會《史滴》5)等。把"慶曆新政"解釋爲北方官僚與南方官僚之對立的，有西順藏《宋代的士人及其思想史·新士人的登場、打倒特權官僚的運動》(築摩書房 1961 年 3 月，世界的歷史 6《東亞世界的新貌》，第 122 頁)。

起,也許因爲對原來的敵國地域(長江以南及西蜀)抱有警戒心,所以建國數十年以來一直優遇北方出身的官僚。但是,隨著科舉制度的完備,來自經濟文化先進地區長江流域以南及西蜀的許多人員得到進身的機會,結果令南北人士在官界的形勢發生鉅大的變化。而"慶曆新政",正好被當作一種標誌,表示北人官僚占優勢的時代已經轉向南人官僚占優勢的時代。

"慶曆新政"之後,時代雖然向著歐陽修等改革派企望的方向緩緩地進展,但對歐陽修來說,壯年期受到的挫折依然是令他終生難忘的恨事。他提拔了許多後進,尤其是南方出身的官員,這是否與他年輕時的經驗有直接的關係,還需要慎重的論證,但在言語、文化、習俗等方面具有更多共通之處的南方出身之後進,確實被他大量地送入了中央官界,在這一事實的背後,與北方官僚勢力進行對抗,通過地緣關係來確立自己勢力基礎的打算,似乎也起著作用。當然,被歐陽修推薦的人中,也有"慶曆新政"之際的最大政敵呂夷簡之子呂公著(至和年間),在"濮議"問題上持對立意見的司馬光(治平四年)等[1],由此可見他確實有著超越門戶之見的較大度量,但不可否認的是,被他推舉、提拔者的出身地,主要偏於江南兩路(梅堯臣、曾鞏、王安石、劉放、〈劉敞〉)、福建路(呂惠卿、章望之、陳烈、〈王回〉)、成都府路(蘇洵、蘇軾、〈蘇轍〉)[2]等南方的三個地域。

――――――――――

[1]　參考歐陽修《薦王安石呂公著劄子》(《奏議集》卷一四)、《薦司馬光劄子》(《奏議集》卷一八)。據題下的附註,前者作於"至和中",後者作於"治平四年"。

[2]　推薦的文書都收録在歐陽修《奏議集》中:
　　○ 梅堯臣:《舉梅堯臣充直講狀》(嘉祐元年,卷一四)
　　○ 曾鞏、章望之、王回:《舉曾鞏、章望之、王回等充館職狀》(嘉祐五年,卷一六)(轉下頁註)

而在治平到嘉祐年間,後進的江西人中,歐陽修最爲關注,給予了最高評價的,不是別人,正是王安石。前引《贈王介甫》詩(嘉祐元年)裏,就直率地表達出當時歐陽修對王安石的期待之高。在這《贈王介甫》詩之後,限於現存資料,暫時找不到兩人間直接的文學唱酬,所以繼之出現的便是《明妃曲》的唱和了。

而且,從嘉祐元年到五年之間,歐陽修在文壇上的地位變得益發不可動摇。嘉祐二年省試中倡導文體改革的成就,《新唐書》的編纂,前後長達七年翰林學士任上的實績,這一系列光輝的履歷,加之曾經具有的文名,使當時的歐陽修確實獲得了不可動摇的文壇領袖之地位。

在此情況下,歐陽修應該想像得到,由自己積極主動展開的唱和活動,將帶來怎樣的波及效果。因此,不妨説這次唱和是含有政治用意的,它至少可以令王安石在中央文壇的地位得到極大的提升。恐怕,因了歐陽修的唱和,同時代人對王安石《明妃曲》的關注程度就益發高漲,憑藉著歐陽修的權威,該詩在同時代的評價就獲得了一定的保證。這樣的結果是不難想像的。

反過來,也可以略微穿鑿地説,歐陽修率先對該詩進行唱和的行爲,也許含有保護王安石的目的,從同時代對於該詩翻案句的可以預想的批判中,保護王安石。其最終的目的也許

(接上頁註)○ 王安石:《薦王安石、吕公著札子》(至和年間,卷一四)

○ 劉攽、吕惠卿:《舉劉攽、吕惠卿充館職狀》(嘉祐六年,卷一七)

○ 陳烈:《舉布衣陳烈充學官札子》、《再乞召陳烈札子》(嘉祐元、二年,卷一四)

○ 蘇洵:《薦布衣蘇洵狀》(嘉祐五年,卷一四)

○ 蘇軾:《舉蘇軾應制科狀》(嘉祐五年,卷一六)等。

在於,把同一行政區域的後進中可能完成自己曾經遭受挫折的行政改革的有用人才,更多更順利地引向政治中樞。

以上從(1)～(4)四個方面探討了同時代詩人的和作與王安石原篇的關係。如果專從唱和之被舉行這個現象上看,可以得出五位詩人都積極地評價和接受了王安石原篇的結論。但是,將和作與原篇相互比較來看,則進行唱和的五人對於原篇的態度明顯各不相同:有的對問題所在的翻案句若無其事,以另外的主題寫成和作;有的則遵守唱和的規則,努力對原篇的主題作出應答。但無論如何,將這些和作與王安石原篇相比,不能不再次感到,原篇翻案句的表達是非常突出顯眼的。

進行了唱和的五位詩人,對於本節開頭提出的問題,即如何理解原篇的翻案句,以怎樣的姿態來接受它的問題,作出了怎樣的回答?這祇能從他們現存的和作中去尋求綫索。因此,專從其作品的内部來尋求其回答,結果是:沒有一個人對原篇的翻案句作出有所發展的唱和。由此事實可以逆推,他們在接觸該翻案句的時候,誰都抱有某種一時難以唱和的不適感。

結論是:五位同時代的唱和詩人,雖然一部分暗示了對個別表達(翻案句)的拒絕反應,但對作品總體上的完整性,或者説對於隱藏在表達背後的作者的意圖,則給予了積極的反應,作出了積極的評價。

七、北宋中期士大夫的意識形態:代結語

本節將圍繞兩個論題:(1)"傳播媒體與詩歌、言論",(2)"北宋中期士大夫的詩歌、言論意識",來提出筆者關於北

宋中期士大夫意識形態的假説,以代本文的結語。

　　首先,在(1)中,圍繞對王安石《明妃曲》的肯定或否定之評價,把北宋中期(《明妃曲》發表的當時)與北宋末期以降之間的斷絶當作焦點,來考察此種斷絶形成的主要原因。然後在(2)中,將"慶曆新政"以後的士大夫精神世界當作焦點,通過與士大夫階層開始興起的中唐時期的比較,來論述接受該詩的時代氛圍。最後,把王安石的個性置於其時代氛圍之中,重新加以論析。

　　以上無一不是重大的課題,本節能夠論及的内容祇是極爲有限的片斷而已。不過,以下(1)(2)的各項内容,既可以補充説明本文各節的内容((1)補充説明第四節,(2)補充説明第五、第六節),又企圖通過從中唐至北宋末的通史式的俯瞰,對於文學的擔當者即士大夫的存在,其特質和變化的軌跡,試作一些浮雕式的素描。另外,以下所用的"士大夫"一語,原則上與"科舉出身的官僚"同義。

(1) 傳播媒介與詩歌、言論——北宋中期至末期士大夫意識的轉變

　　把圍繞著王安石《明妃曲》,特別是兩組翻案句的同時代之反應作一檢討,可以看出,無論是采取了直接的唱和行動的歐陽修等五位詩人,還是采取了間接的批評姿態的王回、黃庭堅,其意識的深層都流動著某種共同的東西。那就是:儘管有程度上的差別,他們都對該翻案句抱有別扭之感,但是結果都以某種寬闊的胸襟來接受它,並未采取堅決判斷是非而糾彈作者的姿態。另一方面,北宋末至南宋初以降的士人對於該句的態度,便與北宋中期有著明顯的差異。

　　本文也已經幾次提到,從北宋中期,到它的末期以至於南宋之間,漢胡民族關係確實發生了戲劇性的變化;而且,上文也指出,有關王安石評價的轉變,對於該句的否定評價也起著一定的作用。與後者相聯繫,北宋後期以降黨爭的激化,跟該句的解釋、評價並非完全無關,而批判對象王安石的去世,更使批評者無須有所顧忌。這也就是説,圍繞著該詩的歷史環境的鉅大變化對該詩的評價史所產生的鉅大影響,當然是不容忽視的要點之一。但是,筆者想在這裏提出的是一個更爲普遍性的、本質的問題,就是這數十年間士大夫社會對於詩歌乃至言論的意識激變。

在王安石《明妃曲》的内部,潛在著有關君臣關係的相當過激的意見,結果却被同時代的詩人們加以接受。由此可以判斷,在《明妃曲》發表的當時,一定存在著對於詩歌乃至言論的某些普遍的觀念,這些觀念的有效作用,是《明妃曲》被接受的背景。

這裏必須再度確認的一點是,該詩是樂府系統的歌行作品。研究者已經指出,古今體詩、尤其是樂府系統的作品,是這樣一種傳統的樣式:在其對於政治的關係上,有著獨特的表現機能,至少到唐末爲止,它一直被容許含有對時政的美刺諷諫①。到了北宋,直至中期,這一點也没有發生顯著的改變。從而可以説,有關樂府系統作品之創作和接受的這種傳統的普遍觀念,也是王安石《明妃曲》創作的基礎。

然而,在此數十年後,至少就該詩的接受環境來説,這樣的普遍觀念已經明顯地崩潰消亡。當然我們理應避免單純以對此翻案句的不同反應爲界來比較前後兩個時代的做法,因爲觀念變化的直接引火點畢竟是對民族危機的高度意識,而

---

① 參考前揭松浦友久《中國詩歌原論》所收《樂府・新樂府・歌行論——以表達功能的異同爲中心》第三節(第 328 頁)。

且批評對象作者的生存與否也會使批評產生較大差異。但如著眼於批評結果所表現出的現象層面，則不能不認爲其間有著明確的差異，而這種差異所意味的内容也決不是可以忽視的問題。爲什麽這樣説呢？士大夫是以言論來立身的，如果他們無視有關言論的普遍觀念，無視"言之者無罪"這種保護作者之身份和立場的樂府系統作品的固有傳統，一旦對作者指名道姓地直接加以非難，而此種非難又被社會所認可，則長此以往，士大夫自己將會失去一種有效的表達手段，這是不難想像的。

當然，也可以作如下的反駁：雖然是指名道姓地加以非難，但實際上被非難的王安石早已魂歸九泉，因此對他本人不會造成傷害。但是無論如何，他們對王安石的批判，等於自己劃定了社會對於詩歌乃至言論的容許範圍，不免會拘束自己的手足，這一點是無法否認的。

即便包含了將會動搖自身立足之點的重要問題，但北宋末至南宋初以降的許多士大夫，仍然陸續展開這樣的非難，其背景爲何？依筆者的推論，在那個時代，除了前述的歷史變化以外，實際上已經産生了使上述普遍觀念難以成立的某種社會性的變化。

構成詩歌乃至言論的社會環境的諸要素中，存在於北宋末至南宋初，而不存在於北宋中期的，最主要是傳播媒體的問題。由北宋中期到末期之間，木版印刷術開始在社會上急速普及開來。就現存的資料來説，到北宋中期爲止，成爲印刷對象的文獻主要限於經書、佛典、類書、字書、韻書，唐以及唐以前詩人的別集、總集、選集等，實用性、公共性較强的文獻被選擇刊行，而個人的別集在作者生前被上梓的情況並未出現（至少並未普遍地出現）。但是，到了北宋的後期，成爲印刷對象的文獻便呈現相當廣泛的範圍,也出現了詩人的作品集在其生前被刊行的現象。處在這一轉折時段的詩人,就是比王安石小一個輩分的蘇軾(1037—1101)。

更爲重要的歷史事實是,蘇軾因爲自己所作的詩而被逮捕,最終被處以流放之刑①。宋神宗元豐二年(1079)秋天發生的這起文禍事件,後世稱爲"烏臺詩案"。在這一事件從彈劾到審議的過程中,起了極其重要之作用的,是當時民間印刷刊行的蘇軾詩文集《元豐續添蘇子瞻學士錢塘集》(三卷)②。由現存的文獻可以確認,在中國,作者的詩文集在其生前,而且在創作活動的鼎盛期(壯年期)幾乎現時地得到刊行,要數蘇軾的這個集子爲先例。而最具有象徵意味的是,本來應該成爲中國史上傳媒與同時代文學初次合作之宣言的這個詩文集,同時也引起了中國史上第一次文字獄。

論述"烏臺詩案"並非本文的目的,所以關於事件的發端、經過、内容及社會影響等詳細情形,擬在另文叙述。不過,祇就這一事實本身,也可以看出,"言之者無罪"這一有關詩歌的傳統的普遍觀念,到北宋後期已經部分地崩潰了。而且,從御史官的彈劾文中可以觀察到,造成這一普遍觀念崩潰的主要原因,在於木版印刷術的普及。

就當時的實際情況來説,詩歌是士大夫表現自我的最重要手段之一,因此,自己的詩歌在生前被印刷出版,從而獲得

---

① 李燾《續資治通鑒長編》卷三〇一,元豐二年十二月條(中華書局校點本,第 21 册,第 7333 頁)有這樣的紀録:"祠部員外郎、直史館蘇軾責授檢校水部員外郎、黄州團練副使、本州安置,不得簽書公事,令御史臺差人轉押前去。"此處"安置"就表示了流放之刑。

② 見朋九萬《東坡烏臺詩案》所載"御史臺檢會送到册子"(新文豐出版公司,《叢書集成新編》27,第 282 頁)。

同時代的大量讀者,這當然是一種莫大的榮譽。不過,不管當時木版印刷的運營水平如何,與祇能靠手寫口授來傳播作品的時代相比,作品對同時代的影響力及其推廣的速度都格外地增大,則作者自身所擔當的社會責任自應成倍地增加了。

本來,作者可以預想、設定他的讀者,至少對於同時代的讀者層,他可以作出某種程度上的限定,但隨著傳媒的發達,作者方面的這種意圖便不再有效。同時代的不知其數的從未謀面的讀者,幾乎一齊得到作品,從各種各樣的思路對作品進行解釋和鑒賞,而且在他們的手上都確實地留有物證:刊行物。

蘇軾的"烏臺詩案",應被視爲傳媒介入文學世界的最初時期的事例。因此,恐怕當事者蘇軾本人,事先也沒能正確地預想和把握到傳媒所具有的鉅大影響力。毋寧説,正因爲如此,才落得招來御史臺彈劾的結果。

但是,對於"烏臺詩案"以後的士大夫來説,情形如何呢?由這起突發事件,他們應該領悟到,"言之者無罪"一語已經不再是金科玉律,其效能已經不可像從前那樣完全地發揮。果然如此,則當他們想要創作含有政治諷諫的詩歌時,還能采取事件突發之前那樣的創作姿態嗎?或者,當他們接觸其他詩人的諷諫詩時,還能像從前那樣以寬闊的胸懷來對待,認爲祇要是詩歌,就可以將内容上的倫理性的是非問題,幾乎完全地付諸自由嗎?

實際上,在蘇軾"烏臺詩案"的場合,成爲糾彈對象的也專限於徒詩,樂府系統的歌行作品没有被過問[①]。但是,由於

---

① 例如,《吴中田婦歎》《鴉種麥行》《畫魚歌》等歌行作品,就没有成爲彈劾的對象。

"烏臺詩案"的發生,對於詩歌的傳統普遍觀念從整體上崩潰了,在此情形下,即使是樂府系統的作品,其獲得支持的社會基礎也就不會永遠堅如磐石了。

隨著新法舊法之爭的激化,自北宋後期至末期,對言論的彈壓愈演愈烈。從元祐年間的蔡確"車蓋亭詩案",到崇寧年間在各地建立"元祐黨人碑",及乎崇寧、宣和年間,以舊法黨人的著作爲對象的焚毀版木之勒令的發布等①,從北宋後期到末期詩歌、言論環境的不斷惡化,令筆者感到,那清楚地表明著,樂府系統作品僅僅因爲其樣式的本身而無所不被容許的安全時代,已經過去了。

可以預想,在王安石創作《明妃曲》的當時,印刷術已經得到一定程度的普及,但還沒有發生同時代的作品馬上被上梓的現象。大概當時的士大夫們在獲取從前時代的文學作品等信息方面,已經在某種程度上沐浴到大眾傳媒的恩惠,但在傳播他們自己所創出的信息方面,還沒有到達能夠靈活使用傳媒的階段。也就是説,在創作的世界,他們還依然襲用固有的傳統方式來達成作品的交流,這一點幾乎跟前代的詩人處於完全相同的狀態之下。其實,在創作的當下,是否意識到傳媒的存在,對於作品的內容也有重大的影響。在現代式的言論自由尚無保障的社會裏,傳媒的力量使作者一下子獲得不知其數的讀者,這對作者來説正如同一把雙刃劍。"烏臺詩案"

---

① 關於《車蓋亭詩案》,有金中樞氏的詳細專論(幼獅文化事業公司,1989年3月,金中樞《宋代學術思想研究》第六章"車蓋亭詩案研究",第345頁以下)。關於"元祐黨人碑",在《宋史》卷一九《徽宗本紀》的"崇寧元年九月戊子"、"崇寧三年六月戊午"、"崇寧五年正月乙巳"等條有相關記載。關於禁毀版木的命令,參考《宋史》卷一九《徽宗本紀》的"崇寧二年四月己巳"條。

的突發正是對此極爲顯著的證明。因此,從現實社會中已經感受到傳媒之力量的北宋末以降士大夫的意識,與寫作《明妃曲》時候的王安石以及當時士大夫的意識,兩者之間存在著相當的隔膜,這一點幾乎是無可懷疑的。

如上所述,北宋中期與末期以降在《明妃曲》評價問題上表現出的斷絶,其可以推考的起因之一是,構成詩歌乃至言論之環境的時代性的普遍觀念發生了鉅大的轉變①,而在這一轉變中,起到了決定性作用的,乃是印刷術,亦即傳播媒體。

(2) 北宋中期的詩歌與言論

以輩分爲別來考察中國歷代的詩人,可以説王安石屬於中國文學史上在構思的當下對傳媒幾乎全無意識而進行詩歌創作的最後一代詩人。就這一點來説,較之僅僅數十年後的北宋末期以降的詩人,王安石反而與百年、二百年以往的唐代詩人有著更爲直接的連續關係。但是實際上,將王安石《明妃曲》置於歷代昭君詩的系列中來看,如翻案句的存在所確實證明的那樣,其中也含有與六朝、盛唐詩人的明顯性質差異,即非連續性。形成這種非連續性的原因究竟何在?

首先,如果從王安石之前的作品中尋求這種非連續性的

---

① 不過,這一點也不能單依時代來作截然的區分,個人之間的差異也當然是存在的。例如,本文第三節引用的吕本中《明妃》詩,就繼承了王安石《明妃曲》其二的翻案句,與此處的論述不相一致。這也許是因爲吕本中本人在寫作《明妃》詩的當時,感到自己的作品不太可能馬上被刊行吧。胡仔《苕溪漁隱叢話前集》卷四八(“山谷中”)謂“吕本中近時以詩得名”,考慮到吕本中的年齡和經歷,他寫作《江西宗派圖》,成爲著名人物,恐怕是南宋的事情。而《明妃》詩,從其詩集的作品排列順序來判斷,應是北宋徽宗大觀三年(1109)一月十二日之作,當時吕本中二十六歲,還未任官。

淵源,可以追溯到中唐的詩人(參考本文第三節)。以"翻案"技巧爲一個標誌,可以認定,昭君詩系列中的顯著質變,存在於中唐時期。更爲重要的是,這種現象並不僅僅在昭君詩的系列中偶然地出現。實際上,中唐時期表現出的這一大質變傾向,在六朝至唐、唐至宋期間被繼承發展的傳統文學各體裁領域所發生的現象中屢屢可見。反過來,在北宋中期達到隆盛的種種體裁領域的種種文學現象,求其淵源於前代的文學,也同樣屢屢可以追溯到中唐。例如,散文領域的古文復興運動,詩歌領域的説理、議論之風和散文化傾向,對杜甫的表彰,次韻方式的盛行,等等。

大致而言,對這一系列的質變進行説明的時候,從來都祇強調文學自身的發展這一點。但是,各自具有不同起源、不同歷史長度的文體以及文學現象,究竟因何緣故,以如此奇妙的一致程度,在中唐這一時期同時發生質變? 如果專從文學自身的發展這一點來作出説明,恐怕是一件困難的事。一方面是從六朝到盛唐的連續性,以及從中唐到北宋(特別是中期以降)的連續性;另一方面是六朝到盛唐,與中唐到北宋,橫界於這兩個時段間的非連續性:究竟是什麽原因造成了這樣的現象呢?

依筆者的推論,造成這一現象的原因在於,(包含文學在內的)言論本身在社會整體中的比重,以中唐爲界,得到了顯著的提高。而提高這比重的,不是別人,正是科舉出身的新興士大夫。

他們代替了由於"安史之亂"而大多走向沒落的門閥貴族,提高了自己在中唐政界的地位。不過,中唐時期的朝廷仍然存在著利用恩蔭任子制度而出身的門閥貴族官僚,宦官勢力也不斷走向隆盛,而且地方上還有藩鎮等軍閥的跋扈。這

樣幾種具有不同勢力基礎的官僚們,在微妙的勢力平衡之中
相互牽制,或反目,或又結托,進行著種種政治活動①。

　　對於貴族、軍閥出身的官僚來說,提高其在官界之地位的
最大依憑,就是建立在血緣、地緣關係上的門閥,或者軍事力
量。另一方面,科舉出身的新興士大夫們,一般來說不存在這
種建立在血緣、地緣關係上的強大後盾,除了其個人在微妙的
勢力平衡中擁有的人際關係外,他們唯一所能依憑的,就是以
傳統教養爲背景的提議各種政策和處理問題的能力,以及有
利於此種能力更爲有效地展開的言論能力。

　　從而可以判斷,爲了在與其他勢力的對峙中強調自身的
存在意義,他們必然要對自己所能驅使的唯一基本手段——
言語,進行考究、改良,以進一步發掘它的功能,使它像自己的
手足一般發揮效能。而在新興士大夫勢力中,成爲核心部分
的是進士及第者,與明經科等諸科出身者相比較,他們最大的
特徵便是創作詩賦的能力,即文學能力。所以,對於進士科出
身的官僚來說,詩賦即文學才能,應該是他們在官界與其他所
有勢力最終區別的最大的共同點和立足點。

　　從六朝到盛唐的文學創作,至少就其成爲時代主流的形
態來看,可以發現一種傾向,即首先是王侯和門閥貴族等文學
庇護者的存在,按照這庇護者的文學觀念,許多寒門出身的作

———————————————

①　這方面曾經參考的論文主要有：① 礪波護《中世貴族制的崩潰和辟召
　　制——以牛李黨爭爲綫索》(1962 年 12 月,京都大學《東洋史研究》21 卷
　　3 期。後收入《唐代政治社會史研究》,1986 年 2 月,同朋舍東洋史研究
　　叢刊之四十,此書還收入了《唐代使院的僚佐和辟召制》等相關論文);
　　② 橫山裕男《唐代的官僚制度和宦官——中世式的親信政治之終結序
　　説》(收入 1970 年 3 月,中國中世史研究會編《中國中世史研究——隋唐
　　社會與文化》);③ 愛宕元《對唐代後半期社會性質變化的一個考察》
　　(1971 年 3 月,京都大學人文科學研究所《東方學報》42)。

者共同來參與文學作品的創作（當然，即便在貴族全盛的時代，在個人性的文學創作場合，作者的姿態與中唐以後應無本質性的差異；但是，在社交性的創作場合，前述的傾向便很明顯）。然而，到了中唐，能夠最大限度地發揮文學才能的階層，已經具備足以與其原先的庇護者門閥貴族相拮抗的社會勢力，已經很少有必要迎合後者了。

這也就是說，中唐時期的新興士大夫們已經獲得某種程度的社會保證，使他們即便在社交的場合，也可以純粹地追求自己的志向，創作出屬於自己的文學。在此情況下，他們對於幾乎是自己身份特徵的文學，進行種種研究和改造，加入盛唐之前從未有過的新因素，這毋寧說是必然的結果。

這方面最爲顯著的事例，可以舉出韓愈和孟郊的聯句①。聯句這種形式本是六朝王侯貴族的文學沙龍中頻繁使用的作詩技巧。原來，作爲一種社交的技法，一同集會的幾位作者相繼各吟數句，聯成一篇，具有極強的遊戲性。韓愈和孟郊原也是繼承著這種技法，帶著遊戲的意味著手聯句創作的，但觀其實際完成的作品，却與六朝以來的傳統聯句有著顯著的質的差異。除了祇有兩人一對一交替聯句這種形式上的差異外，在內容上也幾乎感覺不到遊戲的因素，給人的印象是：兩人猶如站在文學的高處，極爲緊張地，運用了他們全部的能力來

---

① 《遠遊聯句》（錢仲聯《韓昌黎詩繫年集釋》卷一，上海古籍出版社 1984 年 8 月）、《納凉聯句》、《同宿聯句》（卷四）、《雨中寄孟刑部幾道聯句》、《秋雨聯句》、《城南聯句》、《遣興聯句》（卷五）等。按錢仲聯《韓昌黎詩繫年集釋》的編年，韓愈和孟郊在元和元年（806）的一年裏集中創作了十首聯句詩。又，在管見的範圍內，對韓孟聯句在文學史上的特異性作出論述的有：埋田重夫《關於白居易與韓愈的聯句詩——圍繞其在聯句形成史上的地位》（1983 年 6 月，中國詩文研究會《中國詩文論叢》第二集）。

進行創作的競賽。

　　這個事例表明,即便像聯句那樣的具有濃厚遊戲色彩的傳統文學樣式,一旦到了新興士大夫的手中,便無法始終保持遊戲的本色,而表現出他們對於文學的真實態度。這也就是說,由於强烈地自覺到文學是自己的身份特徵,所以無論面對何種樣式、何種文體,其創作文學作品之際,都會全身心地投入,一點也不肯輕忽。因此,即便是在同一文體、同一文學樣式上,中唐時期作者所完成的作品,與六朝至盛唐時期王侯貴族庇護下進行創作的作者的作品,結果也產生了顯著的質的差異。

　　如上所述,在文學作品中屢屢可以發現的中唐時期與六朝至盛唐時期的非連續性,其形成的一大要因是:擔當著文學的士大夫階層隨著社會的變革而進入了政治的中樞,同時也就提高了詩歌乃至言論在社會上所占的比重①。

　　然後,從晚唐到五代,從五代到北宋,在混亂時代的延續之中,士大夫們曾經與之對抗的勢力,門閥貴族也好,軍閥豪族也好,都消失了身影。進入北宋後,在君主獨裁的政治體制之下,采用了徹底的重視文官的政策,士大夫全面活躍的舞臺得到了種種政治、社會制度的保證。經過太祖、太宗、真宗三代約六十年(960—1022),再加上劉太后攝政的十年(1023—1033),至第四代皇帝宋仁宗開始親政之際,五代十國時代的餘習已完全消亡,名副其實的士大夫時代到來了。

---

①　與本文類似的論述,有葛曉音《漢唐文學的嬗變》(北京大學出版社 1990 年 11 月)所收的《從詩人之詩到學者之詩——論韓詩之變的社會原因和歷史地位》(第 140 頁)。此外,該書還收有《論唐代的古文革新與儒道演變的關係》、《古文成於韓柳的標誌》、《中晚唐古文趨向新議》等主要論述唐代古文運動與當時社會之關係的詳盡論文,可供參考。

作爲一個例子,這裏想談一下人才進用制度。在唐代曾經成爲門閥貴族勢力之温床的恩蔭任子制度,越來越有名無實①,從太祖到真宗三代之間,通向高級官僚的門户被整頓得祇剩下科舉,尤其是進士科一門。就此科舉制度而言,由於唐代知貢舉與及第者之間結成的"宗主——門生"關係經常生出朋黨政治的弊端,所以宋代通過反省,早在太祖時代(乾德六年,968)就設置了皇帝親自策問的殿試制度,於是皇帝和官僚之間不再介有其他的勢力,成爲直接聯結的關係,使君主獨裁得到了制度上的强化。而且,科舉及第者的數目,也從第二代太宗時候起飛躍式增加,此後一代比一代有增無減。如此一系列的改良,使得唐代尚未充分發揮效能的科舉之理念,在北宋時代一下子開花結果。從太祖到仁宗之間升上宰相之位的官僚,考其出身,總共四十九人中有三十九人是進士及第者。特別是仁宗時代,二十二個宰相中進士及第者達到了十九人,實際上占了八成以上的比例②。

在上一節(4)中已經略述,北宋政治、文化的最大轉變,發

①　北宋也保留了恩蔭任子制度。如范仲淹所指責的那樣(參考下文),靠這個制度當上京朝官的人員數量比唐代也有增加,在官界全體中占據著決不可以忽視的比例,而且事實上還是造成"冗官"現象的首要原因。儘管如此,本文仍謂其"越來越有名無實",其理由在於,人數雖然增加了,但在宰相、執政等位極人臣的官僚中,恩蔭出身者確實激減了。也就是説,他們在北宋已經不像在唐代那樣具有獨占吏部的絶大權力了。

②　參考周藤吉之、中島敏《中國歷史5　五代·宋》(講談社1974年10月)"科舉制與官僚制度的關係"所附表39"進士科出身官僚一覽"(第83頁)。對北宋前期宰相的出身進行詳細考證的,有衣川强《宋代宰相考——北宋前期的情況》(1966年3月,京大東洋史研究會《東洋史研究》24卷4期)。又,孫國棟《唐宋之際社會門第之消融——唐宋之際社會轉變研究之一》第三節"北宋舊門第之消融與社會新士人之興起"(商務印書館2000年2月《唐宋史論叢》增訂版第259頁以下),也可參考。

生於"慶曆新政"(1043—1044)的前後。王朝成立(960)了八十年後,爲何此時又展開新的局面?聯繫科舉制度來作說明,可以指出如下的(必然性的)原因。① 通過防止作弊的"封彌、謄録"制度和殿試的設立,使科舉制度本身走向了完備(太祖至太宗期);② 五代以來的舊官僚已經全部去世(太宗前期);③ 科舉録取的人數有飛躍性的擴大,及第者開始大量被任命爲高級官僚(太宗至真宗);④ 新時代的士大夫們積累了資歷,漸漸獨占中樞地位(太宗後期至真宗);⑤ 新興的南方人官僚勢力得以擡頭,官界的勢力平衡格局産生了鉅大變動(仁宗前期)。這五點,再加上⑥ 内憂外患之危機的出現;⑦ 對此具有敏感反應的范仲淹這樣一個慷慨激昂、個性强烈之人物的登場(歷史的偶然),於是便有了"慶曆新政"這樣的具體政治行動,把變革推向社會的各個層面。

值得特別注意的是上述七點中的①④兩點。科舉及第者在其走上仕途的開端,便進入了皇帝的直接支配之下,作爲俸禄和地位的代價,他們被賦予一種義務,這就是堅持報恩於皇帝的思想。由於被吸收到了君主獨裁的系統之中,士大夫從法制上成爲被皇帝所支配的人。自然,所謂君主獨裁的政治系統,就是從制度上把所有的權力都集中到皇帝一人。但在現實中,皇帝一人之下,有著以宰相、執政爲首的高度中央集權化的官僚機構,較多的情況下是由這龐大的官僚機構,特別是宰相、執政,"按照皇帝的意志",來代理下達行政決斷。本來,正是在"按照皇帝的意志"這一點上,纔被期待著報恩思想的最大發揮,但是,在此政治體制下,報恩思想如果被消極地理解和運用,難免也會産生這樣的官僚:爲了僥倖得到皇帝的寵信,而投合皇帝的好惡,其全部的精力都傾注於保護皇帝一家的利益,而不顧國家的全體。這樣,僥倖得到皇帝寵信的

一部分權臣會利用他們的權力來壓制全體官員的言論。皇帝
和官僚合作上的這種不良傾向,在皇帝的控制能力强大的太
祖、太宗時代還不太明顯,但到真宗和仁宗的前期就越來越嚴
重。於是,幾乎可以視爲一代貴族的特權官僚出現了,無論如
何,這是君主獨裁的政治體制本身所包含的結構上的缺陷,造
成了這樣的弊端①。

　　范仲淹等的政治運動,其結果是衝擊了此種結構上的缺
陷。首先,具有象徵性的一大事件,就是提出了諫官的推選問
題。按照制度,宋代的諫官以諫正朝政的得失爲本職,但實際
上,自宋初以來,這個職位多由宰相、執政來推舉人選。如果
由宰相、執政推舉的諫官忠實於本職,來批判朝政的失策,那
就同時意味著對朝政的最高責任者宰相、執政的批判,於是便
產生被推薦者批判推薦者的困惑情形。因此,作爲行政監察
機關理應起到重要作用的諫官一職,由於官僚結構上的缺陷,

---

① 　關於宋代皇權與相權的問題,詳見:① 王瑞來《論宋代相權》(《歷史研
　　究》1985 年第 2 期);② 王瑞來《論宋代皇權》(《歷史研究》1989 年第 1
　　期。不過,筆者所見的①②文本,都是中國人民大學書報資料中心《複
　　印報刊資料》上重載的。①重載於 1985 年第 3 期,②重載於 1989 年第
　　2 期)。王瑞來氏承認宋代從制度上强化了君主獨裁,相權相對減弱的
　　舊說,但他還提出了引人注目的見解,即在現實政治中,因爲同時達成
　　了高度的中央集權化,所以與前代相比,宋代宰相、執政的重要性毋寧
　　說顯著增大了,隨著時代的過去,發展到皇帝離開了宰相、執政們就無
　　法作出任何決定的程度,其關於國事的決定權實質上被剝奪。本文所
　　述的內容,主要祇限於制度的方面,故對於此種實際情況下的皇帝和宰
　　相間權力平衡的問題沒有特別論及,所以有關這方面的問題請參考
　　①②論文。又,王瑞來氏曾於 1990 年來日,在早稻田大學作了特別講
　　演(12 月 14 日,早稻田大學東洋史懇話會主持,講演題目爲《宋代士大
　　夫——其精神世界的一個側面》)。講演的內容以范仲淹的政治思想爲
　　中心,故與①②論文的基調相同。本文的寫作,受到①②論文的甚大啓
　　發,特記於此,以表謝意。

便建立在容易被人情所左右的脆弱基礎之上，結果大多不能有效地發揮作用。

宋仁宗明道二年(1033)，四十五歲的范仲淹被任命爲右司諫。當時仁宗廢去皇后郭氏，宰相呂夷簡(978—1043)附和此舉(一説是首謀)。范仲淹跟御史中丞孔道輔(986—1039)等一起諫言：仁宗和呂夷簡等權臣的行爲有違正道。結果，范仲淹等人被視爲越權行事，遭到貶謫。但通過這一事件，諫官的重要性被重新認識。到范仲淹等人恢復名譽後，慶曆三年(1043)，仁宗就親自選任諫官，翌年還發出詔書，最終剝奪了宰相、執政推舉諫官的權力①。此事不僅僅是龐大官僚機構中某一職位的推舉權的轉移，因爲這是行政監察機關，所以一直關聯到言論的社會環境這一大問題。

范仲淹諫官時代的這種言行所表徵的，也是十年以後他所主導的"慶曆新政"中濃厚地表現出的特徵——即以憂國的精神(危機感)爲根基的、對於報恩思想的積極而克己的姿態。

---

① 明道二年郭皇后被廢的始末，載《續資治通鑒長編》卷一一三(十二月乙卯)。關於慶曆三年仁宗親自選任諫官，根據是《續資治通鑒長編》卷一四三該年九月的如下記事："賜知諫院王素三品服，余靖、歐陽修、蔡襄五品服，面諭曰：'卿等皆朕所自擇，數論事無所避，故有是賜。'……"這四人被任爲諫官，是在慶曆三年四月(《續資治通鑒長編》卷一四〇)。又，關於慶曆四年仁宗的詔書，《續資治通鑒長編》卷一五一有"(八月)戊午，詔自今除臺諫官，毋得用見任輔臣所薦之人"的記載。另外，關於宋代諫官及御史(臺諫)的沿革，參考：① 周繼中主編《中國行政監察》(江西人民出版社 1989 年 8 月)第四章"宋朝臺諫職能合一和地方多重監察制度"的各節；② 邱永明《中國監察制度史》(華東師範大學出版社 1992 年 12 月)第五章第一節"宋朝監察制度的轉折"各項；③ 賈玉英《宋朝諫官制度述論》(《中國史研究》1991 年第 2 期，轉載中國人民大學書報資料中心《複印報刊資料》1991 年第 4 期)；④ 賈玉英《臺諫與宋代改革》(《中州學刊》1991 年第 3 期，轉載中國人民大學書報資料中心《複印報刊資料》1991 年第 4 期)。

其積極的一面表現爲強烈地意識到國家全體的言行,有時還否定了皇權的絕對性①。比如上述的仁宗皇后問題,在君主獨裁被強化的北宋政治土壤中,皇后的去就問題本來被視爲皇帝的家事,對於官僚來説是不可侵犯的領域,但跟范仲淹一起諫言的孔道輔却説:

> 人臣之於帝后,猶子事父母也。父母不和,固宜諫止,奈何順父出母乎?②

把皇帝與官僚的關係比作父子關係,從而便深入到以前不可侵犯的領域去發言。在此言行中可以看到新型官僚的政治姿態:對於所有的國家事務都加以積極的干預。

另一方面,克己的姿態表現在"慶曆新政"當中對磨勘法(官吏的業績考定制度)的嚴格化,對恩蔭制度的進一步削弱這兩點上③。當然,這兩種政策的出臺,是針對著當時最大的内憂"冗官"和"冗費",而且更直接的目的無疑是想削弱呂夷簡等特權官僚的勢力,但在理論上,前者意味著更嚴格地責成自己作爲官僚的社會責任,後者則意味著放棄一部分既得權益。

進一步,范仲淹還謀求教育和科舉制度的改革。與前者

---

① 例如,范仲淹《楊文公寫真讚》(《四部叢刊初編》本《范文正公集》卷六)有云:"寇萊公當國,真宗有澶淵之幸,而能左右天子,如山不動,却戎狄,保宗社,天下謂之大忠。"又,關於整個宋代的皇帝與宰相的權力關係,請參考前註所揭的論文。

② 《續資治通鑒長編》卷一一三(十二月乙卯)。

③ 參考范仲淹《答手詔條陳十事》、《再進前所陳十事》(《范文正公政府奏議》卷上)的"明黜陟"、"抑僥倖"部分,和《續資治通鑒長編》卷一四四,慶曆三年十月壬戌條。對北宋磨勘制度作出論述的,有鄧小南《北宋文官磨勘制度初探》(《歷史研究》1986年第6期,重刊於中國人民大學書報資料中心《複印報刊資料》1987年第1期)。

有關的是,在地方上興建州縣學,在中央設立太學,以在蘇州、湖州辦學成功的胡瑗(993—1059)的教育方法爲模範,加以采用和表彰,使地方到中央的官學不僅作爲準備科舉考試的知識擴充、技術磨煉之場所,還進而將之改造成以道德教育爲主幹的,以實學的培訓和養成爲課題的教育機關①。

　　與後者相關的是,改變進士考試科目的順序,把傳統上最受重視的詩賦(文學)放在末尾,而將策問(時局論)升到第一,同時改變録取標準,使内容重於形式②。這可以解釋爲:以一貫的思路來改革官僚進用的最大門户科舉制度,以及養成官僚的學校,由此確立一種合理的體系,快速而穩定地爲官界輸送有用的人材。

　　如上節(4)所述,范仲淹等的政治活動很快遭受挫折,他們推出的新制度大部分都被復舊,但他們以自己的行爲所展示的新時代士大夫的具體榜樣,對於新進氣鋭的士大夫特別具有重大的影響,其精神確實獲得了繼承。這樣,在接著的仁宗朝之後期,由新型士大夫創造的新興士大夫文化得以開花結果。

　　這裏想重新比較一下中唐的士大夫和北宋中期的士大夫。如果要舉出北宋中期士大夫所擁有的,而爲中唐士大夫

---

① 　主要的參考資料有:① 西順藏《宋代的士人及其思想史》(1961 年 3 月,築摩書房,《世界歷史》6《東亞世界的新貌》所收)"新教育的狀況"(第129 頁);② 陳植鍔《北宋文化史述論》(中國社會科學出版社 1992 年 3月)第一章第四、五節(第 77 頁);③ 苗春德主編《宋代教育》(河南大學出版社 1992 年 7 月,宋代研究叢書);④ 李弘祺《宋代官學教育與科舉》(聯經出版事業公司 1994 年 6 月)等。

② 　參考范仲淹《答手詔條陳十事》、《再進前所陳十事》(《范文正公政府奏議》卷上)的"精貢舉"部分,和上註①所收的"科舉之改革"(第 124 頁),④的第九章第一節"'慶曆新政'對教育和考試的改革"(第 267 頁)等。

所不備的歷史條件,那麼,第一是出身不同的政治敵對勢力的有無,第二是作爲士大夫而高揚其統一意識,自發地進行綱紀整頓的政治運動的經驗之有無。

在第一點上,北宋中期的士大夫切實地感受到自己可以左右國家命運的社會責任,同時也就抱有强烈的自負,覺得缺少他們的力量國家就無法成立;而中唐士大夫則未必有這樣的感覺。

在第二點上,由於具備綱紀整頓的經驗,北宋中期的士大夫共同具有一種以道德和思想爲基礎的聯合意識。當然,如前所述,在中唐士大夫中出身相同的同僚之間也確實存在著協同之感,但在那個時代複雜政局的糾纏之下,士大夫階層也不得不分裂爲許多政治派系,因此,像北宋中期士大夫們那樣緊密的同質性,是中唐士大夫所無法企望的。

可以認爲,仁宗朝後期在文史哲各領域勃興的種種新的動態(後述),是與范仲淹等通過"慶曆新政"而加强的重視讀書、學問的社會風潮相應的,是以他們的强烈社會責任感、自負以及聯合意識爲原動力的。而成爲這一系列行爲之根本的,就是儒學復興的精神①。他們復興儒學,目的當然不會是純粹回歸古代,而是把古代的儒教經典適當地運用於他們的新時代。

---

① 參考的資料有:① 西順藏《宋代的士人及其思想史》所收"儒教改革之必要"、"范仲淹的儒教主義"等項;② 陳植鍔《北宋文化史述論》第一章第一至第三節;③ 劉昭瑞《慶曆之際——中國傳統思想文化發展的又一高峰期》(《人文雜誌》1991 年第 3 期,重載於中國人民大學書報資料中心《複印報刊資料》1991 年第 4 期);④ 劉復生《北宋中期儒學復興運動》(文津出版社 1991 年 7 月,大陸地區博士論文叢刊)第一章"儒學復興運動的產生及其特點"的各節,及第五、六章。

　　正如倡導了時代潮流的范仲淹對《易經》的重視①,以他爲榜樣的新進士大夫們的特點之一,就是把《易經》所説"變通"之理當作重大前提,在古典的解釋上也不視其爲超時間的不動不變之物,從而展開了靈活的古典解釋。至此,漢代以來以訓詁爲中心的傳統解釋學迎來了它的終點,越過註疏直接解釋經文,從中發現其現代性的意義,這樣一種從傳統中解放出來的古典解釋學的新型方法論被確立起來。

　　如果説,爲了給古典解釋學帶來新的方法論,進而引導社會全體的變革,他們特別重視《易經》,那麽,爲了展開整頓綱紀的各種運動,爲了不斷提高士大夫的統一意識,他們最爲關注,並引以爲思想根據的便是《春秋》。他們從《春秋》中特別歸納出"尊王"的思想,倡明君臣父子之道,强調祇有重視名節,纔能進而保障國家的安定②。

　　在這樣一系列新的古典解釋得以展開的形勢下,被他們當作模範來崇仰的先人,就是中唐的韓愈(不過,在《春秋》的解釋上,直接的淵源來自中唐初期的啖助、趙匡)。在北宋中期左右,韓愈提倡的古文運動被再度興起,也與此點密切相關,因爲古文運動的"文以載道"之主張與儒學復興的時代氛圍有直接的聯繫,故也不妨説成古文運動的升温。爲了"載道"必須選擇表達手段(文體),在這一點上,韓愈復興古文的主張在北宋中期得到極大反響;另一方面,對於所"載"的"道"也有抉擇,就此而言,韓愈提出的"道統"觀念也發生了顯著的社會影響。

---

①　《宋史》卷三一四《范仲淹傳》云:"仲淹汎通於六經,長於易……"又,《范文正公集》卷五收有《易義》。
②　參考姚瀛艇主編《宋代文化史》(河南大學出版社 1992 年 2 月,《宋代研究叢書》)第六章"疑古惑經之風與經學之演變"的各節。

　　與"道統"觀念的流行和定型化幾乎同時,以《春秋》解釋爲根基的"正統論"也以歐陽修等人爲中心勃興起來①。另外,如果關注一下士大夫們各自的生活領域,就會看到展示某一家族系譜的"族譜"也開始被大量寫作(例如歐陽修的《歐陽氏族譜》、蘇洵的《蘇氏族譜》等)②。這樣,思想上的"道統"、王朝更替史上的"正統"、端正家族血脈的"族譜",如此一系列的流行現象,究竟意味著什麼呢?

　　筆者考慮,那恐怕不外是要表現一種强烈的意志,即當時的士大夫要構建以他們爲主導的新時代之新秩序。證明自己的行動原理即思想之正統性的"道統"、强調自己本朝的正統性並同時具有總結歷史之意義的"正統"論、超越唐末五代嚴重的社會斷層而以追溯往古主張家族血統之正脈的"族譜"等等,所有這些現象的共同指向,都在於確保士大夫的重要立足點。他們由此爲自己的立足點提供理論根據,使之確固不移,從而構建以士大夫爲中心的社會秩序:這種明確的意志是不難領會的。

　　這樣,北宋中期以儒學復興爲根本的政治、文化上的種種新動向,到了北宋後期便一一收穫了成果:政治上有熙寧、元豐的改革,哲學思想上有二程等的道學之隆盛,史學上有《新五代史》、《新唐書》、《資治通鑒》等具有代表性的史書鉅著,文學上有宋六家的古文,以及歐陽修、梅堯臣、蘇舜欽等倡導的

---

①　參考西順藏《北宋和其他時代的正統論》(1969 年 5 月,築摩書房《中國思想論集》所收,第 307 頁),和劉復生《北宋中期儒學復興運動》第四章"史學更新與儒學復興思潮"的各節。

②　參考王善軍《宋代譜牒的興盛及其時代特徵》(《中州學刊》1992 年第 3 期,重載於中國人民大學書報資料中心《複印報刊資料》1992 年第 4 期)。

詩歌革新,等等。

　　王安石開始走上仕途的時候,正處於這種不斷升温的時代氛圍之中:成長爲北宋政治、社會之中堅的士大夫們自覺地倡導著全體社會的變革。他進士及第的慶曆二年,也正是范仲淹等開始"慶曆新政"的前一年。這一事實似乎也暗示著王安石强烈地意識到范仲淹的存在。

　　范仲淹於皇祐四年(1052)六十四歲時去世,當時三十二歲的王安石寫了祭文來追悼他(《臨川先生文集》卷八五《祭范穎州文》)①。以"嗚呼我公,一世之師,由初迄終,名節無疵"開始的這篇祭文,似乎與上述的内容不謀而合,就北宋中期的各種變化讚美了范仲淹所完成的最大功績。恐怕可以説,這並非王安石個人的獨見,而是代表了當時一般新進士大夫的看法。其中講到"慶曆新政"的部分如下:

　　　遂參宰相,釐我典常。扶賢贊傑,亂冗除荒。官更於朝,士變於鄉。百治具修,偷惰勉强……

後半的四句顯著地表達了王安石對"慶曆新政"的積極評價之態度。

　　王安石創作《明妃曲》而得到同時代五位詩人之唱和的嘉祐五年(1060),是在"慶曆新政"約十五年後,距范仲淹去世已約有八年。在此期間圍繞著士大夫的時代風潮之大概,前文已經叙述。對於這些新型的士大夫來説,首要的優長已經不是文學才能,而是作爲其行動原理的儒學。

　　北宋中期,進士及第者在官界擁有了最大的勢力。北宋

---

① 《臨川先生文集》還收録了王安石寫給范仲淹的兩封信:《上杭州范資政啓》和《謝范資政啓》(皆見卷八一)。

進士科的考試科目原則上承襲著唐代,故在北宋中期與中唐之間,考試科目上並無太大的差異。因此,對北宋中期的進士及第者來說,文學才能當然也是決定取捨的重要因素。但是,正如上文反覆論述的那樣,兩者之間的決定性的差異在於,對北宋中期的進士及第者而言,原則上並不存在如中唐的門閥貴族或軍閥等出身不同的敵對勢力。

北宋中期政界的重要位置大都被進士及第者獨占,因此北宋中期的朝廷,其本身也同時成爲由具備優異文學才能的成員組成的高水準的文學集團。當然,在他們之間也無疑存在著文學才能上的高下之分,但是,他們本來就不是專爲創作更好的文學而被選拔的,所以祇要保證一定的高水準,文學才能的高下應該不是顯著地影響到其官運的決定因素。

限定於文學乃至言論這一方面來講,可以想像,在如此同性質的集團之中,對他們作出進一步分別的著眼點,與其求之於“怎樣説”,即形式、技巧的部分,不如更多地求之於“説什麼”,即內容、思想的部分。對於這“説什麼”部分的根本,即儒學,已經由社會制度保證其穩定地進入統治集團,名副其實地成了社會領袖的北宋士大夫,大部分比一般的中唐士大夫更具純正的追求,更願意將它置於首位。因此,他們原則上是以自己的讀書量、讀書能力爲唯一的根據,以對於儒教經典的獨到解釋,努力發掘其現代意義,來與統治集團中的他者相區別的。

包括王安石在內的六位詩人,大多也是在當時的古典解釋學的新風氣之中自成一家,在時代的大潮中顯示了強烈個性的學者。

六人中唯一由恩蔭進入官界的梅堯臣,在這方面雖不能説有赫赫功績,但如前所述,在《明妃曲》唱和的數年前,也完成了三卷《毛詩小傳》。

至於其他的五人,則正是在時代潮流的尖端,各自扮演了輿論指導者的重要角色。首先是歐陽修,在壯年期就寫作了《易或問》、《春秋論》、《春秋或論》(景祐四年 1037,三十一歲)和《正統論》(康定元年 1040,三十四歲)等,中年期編纂了《新五代史》七十四卷(皇祐五年 1053,四十七歲)、《新唐書》二百二十五卷(至和元年 1054～嘉祐五年 1060,四十八～五十四歲),在《明妃曲》唱和的前年還完成了《詩本義》十六卷,另外還留下了《易童子問》三卷(寫作時間未詳)。前文也已經提及,他以《春秋》解釋爲基礎的史書編纂,和對正統論的提倡,正是這時代氛圍的象徵,對同時代發生了不小的影響。

劉敞的特長是春秋學,著有《春秋傳》十五卷、《春秋權衡》十七卷、《春秋意林》二卷和《春秋傳説例》一卷。他似乎是當時士大夫間誰都另眼相看的一流學者,有一則材料説,他就是最早全面地將上述新型古典解釋學付諸實踐的士大夫:

> 國史云:"慶曆以前,學者尚文辭,多守章句註疏之學。至劉原父爲《七經小傳》,始異諸儒之説。王荆公修經義,蓋本於原父云。"英宗嘗語及原父,韓魏公(韓琦)對以"有文學",歐陽文忠公曰:"劉敞文章未甚佳,然博學可稱也。"(南宋吳曾《能改齋漫録》卷二"事始")

仿佛是對這段文字的證明,《宋史》的《劉敞傳》(卷三一九)也説:"敞學問淵博,自佛老、卜筮、天文、方藥、山經、地志,皆究知大略……歐陽修每於書有疑,折簡來問,對其使揮筆答之不停手,修服其博。"稱讚了他的博學。王安石在江東刑獄任上時寫給劉敞的書簡中,也有"閣下論爲世師"一段(《臨川先生文集》卷七四《與劉原父書》),正可見出,在《明妃曲》唱和的前夕,劉敞的古典學已經風靡一世。

　　司馬光在儒學方面的著作,有《易説》六卷、《疑孟》一卷、《古文孝經指解》一卷、《法言集註》十卷、《集註太玄經》六卷和《大學中庸義》一卷等。這些大都是其中晚年的著作,可以確認完成於《明妃曲》唱和以前的,祇有《古文孝經指解》①。不過無論如何,後世都把司馬光看作儒學的保守本色(名教主義)一派的代表,與王安石的功利思想相對立。現在很難確定,在《明妃曲》唱和的當時,司馬光是否意識到自己跟王安石有思想上的決定性差異,但作爲北方官僚中的理論家,他無疑已經擁有了一席之地。

　　曾鞏現存的思想方面專著不多(有《書經説》一卷《洪範傳》),而且看不出有特別的革新性,但從他的書信交往可知,他也並非與時代風潮無關,而是身處其中積極發言。例如,本文第四節中提到的圍繞著揚雄評價問題的書簡往復,和王安石《答曾子固書》(《臨川先生文集》卷七三)等,從中就可確認這樣的事實。另外,曾肇(1047—1107)爲他所撰的《行狀》(中華書局校點本《曾鞏集》附録)中也説:

　　　蓋自揚雄以後,士罕知經,至施於政事,亦皆卑近苟簡。故道術寖微,先王之迹不復見於世。公生於末俗之中、絶學之後,其於剖析微言,闡明疑義,卓然自得,足以發六藝之蘊,正百家之繆,破數千載之惑。其言古今治亂得失、是非成敗、人賢不肖,以至彌縫當世之務,斟酌損益,必本於經,不少貶以就俗,非與前世列於儒林及以功名自見者比也。

---

① 　據清顧棟高《司馬溫公年譜》卷一,成書於嘉祐二年九月二十四日。

此文出自親屬(異母弟)之手,內容或許有些誇張,但"其於剖析微言,闡明疑義,卓然自得,足以發六藝之蘊,正百家之繆,破數千載之惑"的説法,和"非與前世列於儒林及以功名自見者比也"的説法,正好十分符合於前述北宋中後期的時代風潮。

王安石的儒學,由熙寧年間的所謂"三經新義"(《周禮新義》二二卷、《尚書新義》一三卷、《詩經新義》二〇卷)集其大成①,但在創作《明妃曲》稍前奏上的"萬言書"中,已經提出了以《周禮》爲根據的重建國家的設想,可以説其思想的主幹在《明妃曲》寫作的前後已經大致完成。在《周禮》、《尚書》、《詩經》之外,他還著有《易義》二十卷。此書雖已散佚不傳,但從北宋後期至南宋,似乎曾得到相當高的評價,連二程和朱熹也超越政治上、思想上的不同立場,加以稱讚。另外,王安石關於易學的著作尚有《易泛論》、《卦名解》、《河圖洛書義》(以上《臨川先生文集》卷六三)、《易象論解》(卷六五)、《九卦論》(卷六六)等。

如上所述,六人之間在最重視的經典種類,和通過新的解釋引申出的主張上,都各有差別,但參與了《明妃曲》唱酬的這六位詩人有一個共同的傾向,就是在儒學的領域也都身爲學者,明確地發表了各自的思想主張。

他們以豐富的讀書經驗爲基礎,針對"傳、註、疏"即傳統的解釋學加以批判否定,進一步,對於傳統上視爲神聖,必須毫無疑問地接受的經文本身,也展開了文本的批判。例如司

---

① 王安石《三經新義》已散佚,但後人有輯佚。現在最爲精密的成果是程元敏《三經新義輯考彙評》(1986 年 7 月—1987 年 12 月,"國立編譯館"《中華叢書》,四册本)。

馬光《論風俗札子》(《溫國文正司馬公文集》卷四五)云：

> 近歲公卿大夫好爲高奇之論，喜誦老莊之言。流及科場，亦相習尚。新進後生未知臧否，口傳耳剽，翕然成風。至有讀《易》未識卦爻，已謂《十翼》非孔子之言；讀《禮》未知篇數，已謂《周官》爲戰國之書；讀《詩》未盡《周南》《召南》，已謂毛鄭爲章句之學；讀《春秋》未知十二公，已謂三傳可束之高閣。循守註疏者，謂之腐儒；穿鑿臆説者，謂之精義。且"性"者子貢之所不及，"命"者孔子之所罕言，今之舉人發言秉筆，先論"性""命"，乃至流蕩忘返，遂入老莊。縱虛無之談，騁荒唐之辭，以此欺惑考官，獵取名第。

他以批判的口吻敘述了這樣的風潮。但就是司馬光本人，雖未懷疑六經，也寫作了《疑孟》一書，來討論《孟子》的是非問題①。

這一道札子作於熙寧二年(1069)，距《明妃曲》的寫作已經過去了九年的歲月。當然，九年之前創作《明妃曲》的當時，"疑經"的社會風潮大概還不到此文傳達的那種程度，但司馬光指出的對於《易傳》、《周禮》、《毛傳》、《鄭箋》和《春秋三傳》的批判或懷疑，則在《明妃曲》唱酬之前確實已經存在(以上無一不可從歐陽修的言論中得到確認，而王安石對《春秋》特別

---

① 司馬光並非最初懷疑《孟子》是非的士大夫。在北宋，比司馬光早的馮休(生卒年未詳)著《刪孟子》，李覯(1009—1059)在《常語》(中華書局校點本《李覯集》附錄一"佚文"，第 512 頁)中對孟子加以苛評。據顧棟高《司馬溫公年譜》，司馬光著《疑孟》是元豐五年(1082)六十四歲時的事。又，關於"疑經"之風，參考：① 姚瀛艇主編《宋代文化史》第六章；② 陳植鍔《北宋文化史述論》第二章第三節"從疑傳到疑經"；③ 劉復生《北宋中期儒學復興運動》第一章第二節"儒學史上疑經思潮之涌現"等。

持有批判的態度,也習爲人知)。因此可以判斷,《明妃曲》唱酬的當時,至少在參與唱酬的六位詩人周圍,已經相當普遍地蔓延著古典解釋上的一種新風氣:由註疏直至經文,都以批判的態度來接受和解讀。

以上主要就儒學的領域略述了《明妃曲》創作時的言論環境。對北宋中期的士大夫來説,儒學應該是其首要的優長,而面對儒學所根據的經典,他們一致表現了極爲靈活和合理的姿態。對於既成的權威(傳、註、疏),每個人都不是無條件地加以接受,而經常展現出批判的姿態,堅持了有選擇地接受的立場。

與王朝的等級制度最爲敏感地發生關係的,這些士大夫的最爲主要的部分,已經在這樣的姿態上達成了共識。換句話説,在那個時代,在士大夫之間,如此這般的言行是被容許,或甚至是被要求的。因此可以想像,圍繞著一般言論的社會環境自然也相當自由,寬容度較高。作爲根本要素的儒學尚且如此,則構成他們之間同一性的其他要素,也必然同樣地受到這種風潮的極大影響:如此考慮應無不妥。

對北宋以前傳統的總結,對新秩序的摸索和重構,在北宋中期士大夫身上可以普遍看到的如前所述一系列的自覺態度,當然也應該在文學領域有所發揮。首要的優長雖已讓位於儒學,但文學對他們來説仍是重要的自我表現手段,這一點不但並無改變,而且正因此而獲得理性的保證。在散文領域,從駢文到怪澀難解的"太學體"古文,再到平易暢達的古文;在詩歌領域,從形式主義的"西崑體"到重視内容的"平淡造理"詩風的確立等種種動向,正可説是前述時代風潮的忠實反映。

在以儒學爲首的學術文藝之各領域,士大夫們再度檢討唐以來的傳統,主要以中唐的士大夫文化爲規範,自覺地摸索著新的價值基準的重建：就在這樣的時代出現了《明妃曲》的唱和。而且如前所述，參與唱和的六位詩人，無一不是自覺率先構築新時代價值基準的士大夫。正因爲他們都乘著時代的風潮展開了自我表現，故對於別人的言論，也纔更多地表現出寬容的姿態。不難推知，他們對於具體的文學表達，也不喜歡一味墨守傳統的做法，而更愛好新奇的言說，即使其中多少包含了内容上的難點。

　　這樣，王安石《明妃曲》的原篇即便包含了倫理上的問題，也不會被加以追究，唯有那新奇的部分引起了注目，獲得積極的評價。當時的士大夫社會裏確實存在著這樣寬容的言論環境。

　　因此，從某種意義上也可以說，王安石《明妃曲》的翻案句，正是當時的文學乃至言論環境的産物。而且，《明妃曲》是個擁有六朝以來許多先行作品的古典題材，又具備詠史的要素，並關聯著華夷關係這一國家問題，確實足以喚起士大夫的創作欲。由於他們一心致力於傳統的總結和重建，故《明妃曲》對他們來說是古老而又新鮮，十分適時的題材。這也許便是它引起了同時代許多詩人唱和的原因之一。

　　但無論如何，這裏應該重新想起的是王安石原篇中具有"衝擊性"的翻案句的存在。即便說時代的風潮使王安石有可能把"衝擊性"的翻案句寫入作品，而且引起了同時代詩人的唱和，在此前提上，也決不能說這"衝擊性"的翻案句的内容代表了以參與唱和的五位士大夫爲首的當時士大夫言論意識的平均水準。那從五位詩人的和作都未對此翻案句加以積極唱和這一事實就可以獲得確鑿的證明。因此，專從當時言論環境的方面無法對此翻案句的存在作出完整的說明，那還應該歸結爲王安石本人之個性的問題。

那麼,在《明妃曲》寫作的前後十年間,王安石的言論究竟具備怎樣的特徵呢? 這一點須以幾個文學作品爲例來論述。

A　百戰疲勞壯士哀,中原一敗勢難迴。江東子弟今雖在,肯爲君王卷土來? (皇祐五年 1053,三十三歲,《臨川先生文集》卷三三《烏江亭》)

B　自古驅民在信誠,一言爲重百金輕。今人未可非商鞅,商鞅能令政必行。(熙寧二年 1069,四十九歲,《臨川先生文集》卷三二《商鞅》)

C　世皆稱孟嘗君能得士,士以故歸之,而卒賴其力以脱於虎狼之秦。嗟乎! 孟嘗君特雞鳴狗盜之雄耳,豈足以言得士? 不然,擅齊之强,得一士焉,宜可以南面而制秦,尚何取雞鳴狗盜之力哉? 夫雞鳴狗盜之出其門,此士之所以不至也。(寫作時間未詳,《臨川先生文集》卷七一《讀孟嘗君傳》)

D　余觀八司馬皆天下之奇材也,一爲叔文所誘,遂陷於不義。至今士大夫欲爲君子者,皆羞道而喜攻之。然此八人者,既困矣,無所用於世,往往能自强以求列於後世,而其名卒不廢焉。而所謂欲爲君子者,吾多見其初而已,要其終,能毋與世俯仰以自别於小人者少耳,復何議彼哉。(寫作時間未詳,《臨川先生文集》卷七一《讀柳宗元傳》)

A、B 兩首是與本文第四節引用的《宰嚭》、《賈生》等同類的七絶。王安石留下了許多歌詠歷史人物的所謂詠史詩,而以這些作品爲其代表。這四首的共同特徵,首先就在“反常”,即翻案手法的運用這一點。對歷史上的定論或同時代的一般評價持有疑義,從而將其顛覆,這一點便是最大的特徵。

　　雖然具有詩歌與散文的體裁差異,C、D二篇的風格也基本上與A、B兩首相同。自《史記·孟嘗君列傳》以來,戰國時代的齊國公子孟嘗君(田文)在傳統上多獲好評,但C文却給予了相反的酷評。八司馬之一的柳宗元,因爲參與了王叔文的逆黨,在文名大盛的同時,其人品被顯著地貶低,D文却通過與批判他的士大夫作比較,而推爲"天下奇材"。

　　從以上A、B和C、D可以看出王安石的姿態:不惑於通説,一貫地以自己的見識爲唯一的基準,來對萬事萬物的是非作出判斷。初看起來不免有這樣的印象:似乎王安石是個專門愛發異論的人。但與那些徒然掉弄口舌的新奇之論相異,這些作品確實都具有合理性和邏輯力量,都具有一定的説服力。

　　當然,詩歌與散文的表達方法不同,筆風的差異也確乎存在,但詠出了"肯與君王卷土來"、"今人未可非商鞅",又斷言"孟嘗君特雞鳴狗盜之雄耳"、"余觀八司馬皆天下之奇材也",這種姿態的背後,肯定隱伏著對於自己見識的絕對自信。如此冷靜透徹的思辨,和絕大的自信,究竟靠什麼養成的呢?我們該從王安石自己的言語中尋找提示:

　　　　前書疑子固於讀經有所不暇,故語及之。連得書,疑某所謂經者佛經也,而教之以佛經之亂俗。某但言讀經,則何以別於中國聖人之經?子固讀吾書每如此,亦某所以疑子固於讀經有所不暇也。然世之不見全經久矣,讀經而已,則不足以知經。故某自百家諸子之書,至於《難經》、《素問》、《本草》、諸小説,無所不讀,農夫女工,無所不問,然後於經爲能知其大體而無疑……

上文是給曾鞏的回信（《答曾子固書》，《臨川先生文集》卷七三）中的一節。恐怕是曾鞏認爲王安石的言論帶有佛教的色彩，寫信責難，王安石收到信後，針鋒相對地加以反駁。就其關於士大夫之同一性的部分來看，王安石的反駁多少帶有感情用事的成分，但末尾的"某自百家諸子之書，至於《難經》、《素問》、《本草》、諸小説，無所不讀……"一條，畢竟更值得注意。因爲是寫給好友的書信，所以更爲直截了當地道出了由讀書萬卷而獲得的對自己經學素養的自信。如這一節所明示的那樣，他的自信不僅僅是由於通讀了儒教經典而已，他簡直是把所有領域的主要古籍都讀遍了，纔以如此豐富的讀書經驗支撐起他的自信。

當然，可以判斷，在被重視學問的風潮所支配的當時士大夫社會裏，士大夫們在古典方面的素養一致達到了相當的高度。特別是領導時代的參與《明妃曲》唱和的歐陽修等七位士大夫，無一例外是走在時代最前端的人物。但是，即便在他們中間，王安石還能自誇讀書之多，而客觀上也確有超越其他人之處。

例如，下引的①邵伯温（1056—1134）《邵氏聞見録》和②彭氏《墨客揮犀》[①]所載的軼事，就可傳達出寫作《明妃曲》之前的青年王安石讀書的情狀，證明他的讀書癖在當時也爲人所知。

---

① 　據《四庫全書總目提要》（卷一四一，子部小説家類二），北宋有兩個彭乘。《墨客揮犀》的作者爲筠州高安（江西省高安縣）人。但近人余嘉錫在《四庫提要辨證》（卷一七，子部八）中考證，本書爲北宋後期的筆記類書籍之選抄，並非彭乘所撰（中華書局 1980 年 5 月排印四冊本，第三冊第 1079 頁）。近年刊行的中華書局校點本（2002 年 9 月），編者孔凡禮氏也不取彭乘之説，謂"出自惠洪族人彭姓某人之手"（第 265 頁）。

　　① 韓魏公自樞密副使以資政殿學士知揚州，王荆公初及第爲僉判，每讀書至達旦，略假寐，日已高，急上府，多不及盥漱……（中華書局《唐宋筆記史料叢刊》本《邵氏聞見錄》卷九）

　　② 舒王性酷嗜書，雖寢食間，手不釋卷。晝或宴居，默坐研究經旨。知常州，對客語，未嘗有笑容。一日大會，賓佐倡優在庭，公忽大笑。人頗怪之，乃共呼優人，厚遺之曰：“汝之藝，能使太守開顏，其可賞也。”有一人竊疑公笑不由此因，乘間啓公。公曰：“疇日席上，偶思咸恒二卦，豁悟微旨，自喜有得，故不覺發笑耳。”（中華書局《唐宋筆記史料叢刊》本《墨客揮犀》卷四）

　　①是王安石在簽書淮南判官任上的故事，傳達了他二十餘歲時的讀書情狀。②是他三十五歲以後任常州知州時的故事，《明妃曲》的寫作就在②的數年之後。

　　王安石在寫給曾鞏的回信中驕傲地自誇其讀書經驗的話，恰好與《宋史》的作者對同時代另一位博學者劉敞的形容（“敞學問淵博，自佛老、卜筮、天文、方藥、山經、地志，皆究知大略”）不謀而合。《宋史》的《王安石傳》雖然衹有“安石少好讀書，一過目終身不忘”這樣簡單的記述，但鑒於其對王學的批判立場，再考慮到上引①②兩件軼事，則可以想像這二人的博覽強記在當時都是出類拔萃的。因此，王安石自誇的話，也是有一定客觀性的。

　　對自己學問的這種絕大的自負，在他人面前將怎樣表現出來，那完全是個性的問題。有的人會考慮到跟他人的融和，或與傳統的連續，努力隱藏起自己的創新面，含蓄地表現；有的人則會相反，爲了強調自己的創新面，而決然否定他人，在衝突之中突出自我……。根據上揭 A～D 諸例來看，王安石的情況與其説是前者,不如説是明顯地屬於後者那種類型。他以豐富的讀書經驗養成的見識,來過濾傳統的或同時代的通説,加以獨立的新判斷。對於同時代的多數人當做不變的價值毫無疑念地接受的共通認識,他也敢於拉開一定的距離,在冷靜分析的基礎上,重新投以疑念,來展開自己的議論。上揭 A～D 諸例,都可以説是在同時代的常識與自己的認識之間的這種緊張關係中産生的作品。從而,《明妃曲》的翻案句也可以被解釋爲,上述王安石的個性在樂府歌行和詠史的詩歌傳統樣式的框架之中淋漓盡致地發揮的絶佳例子。

（朱剛譯）

《東坡烏臺詩案》流傳考

—— 圍繞北宋末至南宋初士大夫間的
蘇軾文藝作品收集熱

一、序　　言

　　北宋第六代皇帝神宗的元豐二年（1079）秋七月二十八日，詩人蘇軾（1036—1101，字子瞻，號東坡居士，四川眉山人）因其詩歌具有誹謗、愚弄朝廷和皇帝的嫌疑，在其任地湖州（今浙江省湖州）被捕，逮往京師開封（今河南省開封）。八月十八日，到達京師的蘇軾立即被拘入御史臺獄，此後經歷了大約四個月極其嚴酷的審訊，至十二月二十八日結案，蘇軾被貶往黃州（今湖北省黃州），與他有詩文應酬關係的二十九名官員也受到了罰金或貶謫的處分。此年蘇軾四十四歲，該事件在後世被稱爲“（東坡）烏臺詩案”。“烏臺”就是監察機關御史臺，自西漢以來有此別稱，它以彈劾官僚的不法行爲爲主要的職責。而所謂“詩案”，指的是對因作詩而犯罪之事件的審判，及其有關記錄。

　　對於十一世紀後半即北宋後期突發的這一事件，筆者曾將它解釋爲《詩經》（毛傳）以來的傳統詩歌觀，亦即積極容認和支持詩歌干預政治的社會觀念，在傳播媒體（木板印刷）得以普及的新的社會狀態下走向崩潰的標誌①。關於此點，及有關的諸多問題，我將通過對具體事實的整理和檢討，另文補述②；本文祇對圍繞文本的一些基礎問題加以論述，它應該被看作深入考察"烏臺詩案"的前提。

　　在北宋時代，當然不具備現代社會那樣重視情報公開原則，和公衆關注司法進程的社會環境，故可以推測案件的審判必然是在相當秘密的狀態下進行。因此，除了起訴和判決狀外，嫌犯在審判過程中供述的具體内容，即便是在事件發生了好久以後，如果被洩漏到宫廷之外，甚或被公布，那無疑是極其例外的現象。但是，在距北宋將近千年以後的今天，我們猶能得到"烏臺詩案"的審判紀録，備悉其中的内容。這一般常態下不應該公開的審判紀録，何以會流傳出御史臺之外？本文的主要目的，就是以此流傳的問題，及現存文本的問題爲焦點，盡可能地對此作出文獻上的追索和推論。

二、《烏臺詩案》流傳的兩條途徑

　　《烏臺詩案》是距今大約九百二十年前的審判紀録，而且應該屬於朝廷内部的機密文件，但是今天的我們却能比較容易地看到它。

　　一般來説，審判上的彈劾文(起訴狀)和結案文(判決狀)

① 參考拙稿《王安石〈明妃曲〉考(下)——圍繞北宋中期士大夫的意識形態》第七節(1)"傳播媒介與詩歌、言論——北宋中後期士大夫的意識變化"，宋代詩文研究會編《橄欖》第六號，第183頁以下。
② 參考如下拙稿：(a)《東坡烏臺詩案考——北宋後期士大夫社會中的文學與傳媒》(上)、(下)，宋代詩文研究會編《橄欖》第七、第九號，1998年7月、2000年12月；(b)《蘇軾文學與傳播媒介——試論同時代文學與傳播媒介的關係》，中國宋代文學學會《新宋學》第一輯，2001年10月。

等,因爲是出於宣傳目的的文件,——即便是在與現代社會相當異質的,所謂君主專制的政治體制下的北宋時代——原本容易被許多人看到。因此,限於這兩種文件而言,它們被記錄下來傳至後世的可能性是確實存在的。加上兩宋約三百年間,乃是印刷術飛躍發展和普及的時代,故憑借媒體而傳到今天的此類關涉審判的專書也並不稀少。

例如,在《烏臺詩案》之前,比較著名的有① 和凝(五代後周)、和㠓(北宋初期)父子的《疑獄集》,《烏臺詩案》之後則有② 鄭克(南宋初期)《折獄龜鑒》、③ 桂萬榮(南宋後期)《棠陰比事》、④ 編者未詳(南宋後期)《名公書判清明集》等(不過,②③都是以①爲基礎,登載了據①的内容改寫的軼事)。但是,①~③三種,就其記述體裁看,編者取捨選擇和加以潤飾的色彩很重,已經失去了原始審判資料的面貌,而成爲一種以歷代能幹的判決者(士大夫)如何裁斷疑難案件爲要旨的供人閱讀學習的案例集。至於④,如其書名所示,是一種"書判"(即判決狀)集,雖然因爲引用了原始資料而具有較高的史料價值,畢竟也不是對審判全過程的忠實記録。也就是説,以①~④爲代表的宋代有關審判之書,一般都不記録嫌犯方面的言辭,就此便很難説它們是完善的審判記録。

然而,如後所述(見本文第五節),《烏臺詩案》却是由彈劾文、供狀、判決狀等構成,具備完善的審判紀録的體裁。就這一點,它便首先與宋代編纂的上述四種書籍有根本性的差異。其次,相比於上述書籍以民間的民事、刑事訴訟爲主要記録對象,《烏臺詩案》則是中央官廳御史臺對士大夫進行審判的記録資料,這也是很大的差異。而最有特色的是,在"烏臺詩案"中被審判的對象,是一個在當代乃至後世一貫地受到最高評價的詩人,並且審判的内容不是别的,正是出於這第一流詩人之手的詩歌作品。因此,《烏臺詩案》從其作爲有關審判的資料來看,它的體裁和内容都具有特殊性,是宋代別無其類的書籍①。

這特殊的審判紀錄之所以能流傳至今,其直接的原因無疑是,它在蘇軾死後不久的兩宋之交就經多人之手抄録,至晚在南宋初期已經上梓刊行,從而得以保存(參考本文第五節)。那麼,御史臺秘藏的這個機密文書,當時怎會被人抄寫並公開刊行呢?

作爲參考,這裏想舉出一個現代中國的類似例子。筆者手頭現有《清代文字獄》一書,爲二十世紀三十年代前半葉,由北平故宫博物院文獻館編纂刊行(我持有的是上海書店 1986 年 5 月的複印本)。此書收録了清朝前期雍正、乾隆二代所發生的共計六十五起文禍事件的審判資料,與《烏臺詩案》相比,兩者雖然相隔了約七個世紀,但其體裁、内容幾乎相同。據書首的《編輯略例》云,它是由 a "軍機處"、b "宫中所存繳回硃批奏摺"、c "實録"三種文獻構成。其中,a、b 尤其是高度機密的文件②。以宫廷秘藏的機密文書爲主的這一文獻之所以會

---

①　關於這一點,如果參考《四庫全書》的分類來補充説明,則①~④屬於子部法家類(《四庫提要》所謂的"刑名之學"),而《烏臺詩案》被分在史部傳記類(《四庫提要》所謂的"紀事始者")。不過,五種書《四庫》都未收録,祇見於存目而已。由此可知,四庫館臣已判斷《烏臺詩案》是與①~④異質的文獻。而且,統觀《四庫全書》中分在史部傳記類的諸書,無論在已經收録的抑或僅見存目的書籍中,都沒有與作爲審判紀錄的《烏臺詩案》同類的,這也可以證明《烏臺詩案》的特殊性、獨有性。當然,如果不拘泥於獨立成書這一點,則李燾《續資治通鑒長編》、《宋會要輯稿》(刑法)等史料中,也有審判資料的片斷紀錄。

②　a "軍機處",是清雍正七年(1729)爲應對當時的邊境軍務而創設的官署,原本專掌軍事機密,後來掌管了所有機務。b "繳回硃批奏摺",是皇帝在臣下的奏本上用朱筆批示意見後送回政府機關的文書。c "實録",是編年記載某一位皇帝在位期間所發生大事的歷史書,後一個王朝編纂前代正史時,就以此爲基本史料。

被公開刊行，不用説，那是因爲清朝的末代皇帝已被趕出宮城，而令宮城内保管的所有機密文書都轉到了民國政府的管理之下。也就是説，《清代文字獄》的公開刊行，是以清朝的滅亡，即此機密文書的管理體制之崩潰爲前提的。

《烏臺詩案》的公開化也具有大約相同的原因。下引①南宋周必大《二老堂詩話》（清何文煥《歷代詩話》所收，中華書局1981年4月校點本，下册六六七頁）的記載，叙述了其中的詳情：

> ① 元豐己未，東坡坐作詩謗訕，追赴御史獄。當時所供詩案，今已印行，所謂《烏臺詩案》是也。靖康丁未歲，臺吏隨駕挈真案至維揚。張全真參政時爲中丞，南渡取而藏之。後張丞相德遠爲全真作墓誌，諸子以其半遺德遠充潤筆，其半猶存全真家。余嘗借觀，皆坡親筆，凡有塗改，即押字於下，而用臺印。

"靖康丁未歲"即北宋末年，欽宗靖康二年（1127）。此前一年，金兵南下攻陷北宋的首都（東京）開封，於這年晚春之際俘虜了徽、欽二帝北去（北宋王朝滅亡）。此年五月，宋高宗在陪都南京（今河南省商丘縣）即位，改元建炎，因抗金無功，而於十月逃難至揚州（今江蘇省揚州市）。

①文説的是，跟隨高宗南逃的御史臺某個下級吏員，將留有蘇軾筆迹的《烏臺詩案》原本帶到了揚州；等高宗繼續南渡長江，到杭州（今浙江省杭州市）建立臨時政府（建炎三年七月），其時的御史臺長官（御史中丞）張守（字全真）便將它取爲私藏①。紹興十五年（1145）張守去世以後，作爲寫

---

① 據《宋史》卷三七五《張守傳》，張守任"臺長"（即御史中丞）在建炎三年（1129）。

墓誌文的潤筆,《烏臺詩案》的半本送給了張浚(字德遠,1097—1164),另一半仍在張守的子孫處,周必大(1126—1204)曾經寓目。

《二老堂詩話》的這個記載,確鑿地回答了"御史臺秘藏的文件怎會傳出宮廷之外"的問題,經過詳情很清晰。依其所説,直接的原因就是外族的入侵使朝廷處於危機之下,導致了機密文書管理體制的瓦解。

另外,與《二老堂詩話》不同,還有如下的資料,叙述了《烏臺詩案》傳出的另一條途徑:

　　② 余之先君,靖康間嘗爲臺端。臺中子瞻詩案具在,因録得其本。與近時所刊行《烏臺詩案》爲尤詳。今節入《叢話》,以備觀覽。

這是南宋胡仔《苕溪漁隱叢話前集》卷四二的一段(人民文學出版社 1962 年 6 月校點本,二八八頁)。文中的"余之先君"是胡仔的父親胡舜陟(1083—1143)。"臺端"是監察御史的別稱。在北宋滅亡的前夕,任監察御史的胡舜陟將御史臺秘藏的《烏臺詩案》抄寫了,收藏於家,後來其子胡仔將此家藏的抄本收入了自編的詩話集。這條資料的後半部分也記載了《苕溪漁隱叢話前集》成書之時(南宋隆興元年 1163 前後①)已先有刊本《烏臺詩案》出版的事實。據郭紹虞《宋詩話考》(中華書局 1979 年 8 月版),①《二老堂詩話》成書於慶元四年(1198)以後,比②的成書晚了三十年以上,其中也提到了《烏

---

① 胡仔《苕溪漁隱叢話前集》有紹興十八年(1148)三月的自序。據周本淳氏的考證,實際的成書時間在約十五年以後的隆興元年左右。(《〈苕溪漁隱叢話前集〉成於孝宗初年説》,《文學遺産》1987 年第 2 期第 113 頁。)本文從周説。

臺詩案》的刊本。

　　據②可知,在張守乘亂私藏御史臺原本之前,它已被人偷偷地抄寫過了。不過,①所叙的私藏原本,與兩宋之交可以稱爲蘇軾墨迹收藏熱的時代風尚(參考本文第四節)密切相關,雖説確實流出了宮廷之外,却再度被私藏起來,恐怕要被當作財寶那樣看待,他人很少有機會寓目。而且,考慮到收藏者——宰相張浚或執政張守都擁有當時最高的權勢,則可以想像,能目睹這個文本的人必須具有相當的地位,數量極爲有限。就如周必大,便是升上了宰相之位的在南宋中期具有代表性的第一流名士。也就是説,①所叙的文本,因爲具有保存蘇軾筆迹的獨特價值,反而遠離了一般人的視野,這個結果是不難想見的。從而不能不説,在張守私藏以後,自此原本產生多種傳抄本的可能性是相當低的了。

　　另一方面,②所叙的那種流傳途徑,却具有一定的普遍性。恐怕在張守私藏之前,除胡舜陟以外,偷偷抄寫原本的人還有不少。可以間接證明這一點的,有③周紫芝(1082—1155以後①)的《讀詩讞》(《四庫全書》文淵閣本《太倉稊米集》卷四九):

　　　　③ 當時款牘,好事者往往爭相傳誦,謂之"詩讞"。予前後所見數本,雖大概相類,而首尾詳略多不同。今日

─────────────

① 關於周紫芝的生卒年,① 譚正璧謂 1082 年生,卒年不詳。(1934 年光明書局《中國文學家大辭典》)② 郭紹虞謂 1081 年生,卒年不詳(1979年中華書局《宋詩話考》第 69 頁)。按,《太倉稊米集》卷三九《客有以僕托病謝客者,甲戌除夜作》詩的開頭,有"夢中七十四番春,謝客明年懶見人"之句。"甲戌"當爲紹興二十四年(1154),如此年七十三歲,則逆算其生年當在 1082 年(元豐五年),①是正確的。又,《太倉稊米集》所收可以確定其作年的作品,以此詩爲最晚。

趙居士攜當塗儲大夫家所藏以示予,比昔所見加詳,蓋善本也。

"當時款牘"即謂《烏臺詩案》。③記述了好事者將它稱爲"詩讞"爭相傳誦之事,並謂周紫芝本人見過好幾種不同系統的抄本。周的卒年雖然難以確定,但據《太倉稊米集》卷首的唐文若(1106—1165)和陳天麟(1116—?)序,當在隆興元年(1163)之前。因爲沒有提到刊本的存在,恐怕這裏傳達的是②胡仔所謂"近時所刊行《烏臺詩案》"問世以前,也即南宋初期紹興年間前半葉的狀況。此文祇説到《烏臺詩案》被抄出後轉輾傳寫的情況,沒有像前面的①②那樣提供明確的傳出途徑,但如前所述,既然①的原本不太可能產生多種傳抄,那麼無論是周紫芝見過的"數本"還是"當塗儲大夫家所藏"本,推考其來源,蓋與胡舜陟相同,從北宋滅亡之前的御史臺裏抄出。

以上,文獻①和②首先説明了《烏臺詩案》傳出的兩條途徑,一條是原本的流傳途徑,另一條是作爲抄本的流傳途徑。至於③則説明,與②同樣的途徑所產生的數種抄本,在南宋初期已經相當風行。就社會影響力的方面來説,如③所暗示的那樣,②的文本產生了比①遠爲鉅大的作用。況且,就筆者的閱覽所及,自周必大的記載以後,再沒有談及①原本的文獻了。也許可以推想它早已散佚,不再流傳。

再者,對流出御史臺的經過作出詳細説明的①②二種文獻中,②所示的内容值得特別關注。①的原本流出之事,與王朝覆滅的國家非常事態密切相關,它被帶出宫廷之外的原因非常清楚。但②的情況發生時,局勢雖可説已在危急狀態,畢竟還不到王朝滅亡的時候。因此,對於當時的機密文件何以可被抄寫外帶的問題,就不能不在王朝滅亡的主因以外尋找答案吧。

據《宋史》卷三七八《胡舜陟傳》，其任“臺端”即監察御史，是在靖康之前的宣和年間①。但《苕溪漁隱叢話前集》却明記“靖康間嘗爲臺端”，很容易讓人誤覺胡舜陟初任監察御史在靖康年間，而事實未必如此。從而可以想像，胡仔之所以不涉宣和而特言“靖康間”，除了設定滅亡前夕的背景外，似乎還另有一個目的，就是喚起一種公共的默契：祇要是當時的讀者，從此時間設定本身——圍繞著當時的時代背景——就可容易獲得的默契。如後文將要論述的，在北宋滅亡前夕的靖康年間，朝廷內對“烏臺詩案”的關注環境確實發生了很大的變化。接下來的第三節，在考察《烏臺詩案》流傳過程的基礎上，將此可以被看作第一個轉折點的靖康年間作爲焦點，先予説明；然後在第四節中，擴展至靖康前後數十年間圍繞著蘇軾文藝的時代風潮，對此作出概述。從中可以浮現出植根在北宋末至南宋初士大夫社會之中的導致《烏臺詩案》傳出宮廷之外並支持其廣泛流布的深層原因。

三、靖康年間的時代氛圍——
促成《烏臺詩案》傳出的因素

（一）所謂靖康時代

宣和七年(1125)十二月，北宋第八代皇帝宋徽宗禪位於二十六歲的太子趙桓，第九代皇帝欽宗即位(徽宗爲太上皇)。翌年一月，欽宗改元“靖康”。在此約四年以前，宋朝與北方新

---

① 胡舜陟在靖康之前已就任監察御史的事實，從南宋李埴《皇宋十朝綱要》卷一五開頭的徽宗朝御史氏名一覽中也可以確認。

興的異民族政權金(女真)結下盟約,對建國以來的宿敵遼(契
丹)實施夾攻,給予了毀滅性的打擊;後來又恐懼於金的日益
強大,而與遼的殘部秘密結盟。當金兵追擊並消滅了遼政權
的時候(宣和七年二月),宋遼之間的密約被發現,金政權被激
怒,開始率大軍南攻(宣和七年十月)。極度恐慌的宋徽宗立
即讓位給欽宗(宣和七年十二月二十四日),一接到金兵渡過
黃河的情報,便於半夜偷偷逃出都城(靖康元年一月三日),直
奔鎮江。於是金兵包圍了都城開封(靖康元年一月八日),宋
朝接受了金兵提出的全部苛刻條件,成立和議,金兵遂解圍北
撤(靖康元年二月十日)。(四月,徽宗回到了恢復平靜的開
封。)在屈辱的和平之後,宋朝起用了主戰派李綱,轉而實施强
硬政策,却未奏效,並再次惹怒了金兵,於同年十一月十五日
再度包圍開封,而閏十一月二十五日,開封終於陷落。金兵占
據開封直至靖康二年三月末。三月二十八日和四月一日分別
拘捕了徽宗和欽宗,强制帶往北方。北宋王朝一百七十年的
歷史至此結束①。

　　如上所述,靖康年間真是一個在動亂中開幕而在動亂中
閉幕的時代。在此約一年零四個月中,朝政可以正常施行的,
大概祇有金兵解圍北撤至再度包圍之間(靖康元年二月至同
年十一月)的實際不到一年的時間。但是,在此短時期內,至
少發生了兩起具有象徵意義的事件,促成《烏臺詩案》的傳出。
一是在徽宗親政的約二十年間把持朝政的最大權臣蔡京(及
宦官童貫)等,被貶謫、處刑(三至七月),二是在金兵第一次包
圍解去的前夕,"元祐黨籍學術禁"被解除(二月)。

---

①　以上歷史事件發生的年月日,全據南宋李埴《皇宋十朝綱要》卷一八、一
　　九的記載。筆者所見的此書版本,見下註。

這兩件事有著密不可分的關係,但前者尤其表達了對徽宗朝政治的總結和否定。蔡京(1047—1126)字元長,興化仙游(今福建省仙游)人。作爲導致亡國的禍首,後世對他的評價極低,《宋史》將他列入《姦臣傳》(卷四七二)。

蔡京開始登上執政的地位,是在徽宗親政的次年,即崇寧元年(1102)的五月,當時他從翰林學士承旨進爲尚書左丞(副宰相);同年七月,成爲尚書右僕射兼中書侍郎(次相);翌年即崇寧二年一月,又成爲尚書左僕射兼門下侍郎(首相):以如此不同尋常的速度登上了人臣的最高地位。自此以來二十年間,除了偶爾退出第一綫的短暫時光外,他始終得到徽宗的恩寵和支持,與其弟蔡卞、長子蔡攸,及童貫等人一起把持朝政。應該説,蔡京的存在是徽宗朝政治的頗具象徵性的標誌。因而,其命運的轉變——最終被貶往儋州(今海南省儋州),並客死於半途中的潭州(今湖南省長沙)——便不僅表示著一個權臣的失勢、死亡,也意味著徽宗朝的政治在靖康元年遭到了明確的否定,一個時代被打上了句號。同時,它也暗示了時代的急速大迴旋(童貫被流放到更遠的吉陽軍,即今海南省三亞,並於半途遭到誅殺)。

至於"元祐黨籍學術禁",也正是徽宗朝士大夫社會的言論環境的最重要象徵,它的解除,是靖康年間的急速迴旋的最集中體現。這一黨禁雖不是單由蔡京一人主張造成,但他無疑是主謀之一。事情可以追溯到崇寧元年(1102)五月,與蔡京開始就任執政同時,這本身就可以證明蔡京與黨禁的深刻聯繫。

爲了正確把握靖康年間解除黨禁一事的重要性,下文未免要繞點彎子,簡略地叙述一下黨禁的內容及其歷史背景。

（二）徽宗親政期間對舊黨的鎮壓

據南宋陳均的《皇朝編年綱目備要》[①]，崇寧元年五月"再奪司馬光等官，籍黨人"，這便是徽宗朝鎮壓"元祐黨人"的開場白。

衆所周知，自第六代皇帝神宗以後，約半個世紀有餘的北宋後期朝政，大體説來，在皇帝親政期間采用王安石設計的"新法"，而在皇位交替時由太皇太后或皇太后攝政的期間，則尊重建國以來的"舊法"，故政界也大致劃分爲支持"新法"的"新黨"與支持"舊法"的"舊黨"兩個集團。一黨被重用時，另一黨就被貶謫，不斷交替之下，兩黨的鬥爭便愈趨激烈。在徽宗登基後大約一年間，即元符三年(1100)一月至建中靖國元年(1101)一月，皇太后向氏垂簾聽政，爲謀求新舊兩黨的和解，將哲宗時代被奪官而貶謫在邊遠地區的"舊黨"人士一一召回，給他們恢復了名譽。但等向太后駕崩，徽宗一旦親政，便繼神宗、哲宗之後，第三度推行"新法"，隨即便再度開始肅清政界(鎮壓以"舊黨"爲首的政敵)。

元祐年間(1086—1094)以司馬光爲首的"舊黨"要員的官位，在哲宗親政期間(1094—1100)被剝奪，在向太后攝政期間被恢復，至此又被再度剝奪，便是所謂"再奪司馬光等官"。至於"籍黨人"，就是製作了"元祐黨人"的第一次黑名單。在當

---

① 本文敘述歷史事件，原則上以下列四種史料爲參考。在引用史料的原文時，選取這四種裏面表述最完善、妥當的一種。又，書名(簡稱)後的數字表示該文本的卷數，"/"以下表示同樣的內容也見於它書。① 南宋李埴《皇宋十朝綱要》(簡稱《綱要》，文海出版社《宋史資料萃編》第二輯所收本)。② 南宋陳均《皇朝編年綱目備要》(簡稱《備要》，文海出版社影宋本)。③ 南宋楊仲良《續資治通鑒長編紀事本末》(簡稱《紀事本末》，文海出版社《宋史資料萃編》第二輯所收本)。④《宋史》徽宗、欽宗本紀(中華書局校點本)。

時還生存著的"舊黨"人士中,蘇轍以下的五十七名被記入黑名單,他們被嚴禁在京城任職。接著,崇寧元年九月馬上又製成第二次黑名單,這回連已經去世的人也被記入,非但其本人,連帶其子孫也永遠不准擔任京官。這是有計劃的徹底鎮壓。第二次黑名單的人數是第一次的約兩倍,有一一九人被記入,還刻石頒布於宮城的端禮門,又下令全國各地的官署都樹立這"元祐姦黨碑"。在此一一九人中,就包含了蘇軾。三個月後(崇寧元年十二月),又發布敕命禁止教授"元祐學術政事"。不止人身,連其學術也成爲糾彈的對象。更有甚者,至崇寧三年六月,第三次黑名單出臺,"入籍"者再度倍增,達到三〇九人,再度刻石,樹在文德殿門口,並由蔡京親自書寫了頒布全國。但到崇寧五年(1106)一月,却忽然下達了廢毀黨人碑的命令,將全國各地的"元祐姦黨碑"撤去了。雖然如此,持續了大約三年半的大肅清的餘波,終徽宗一朝仍在蔓延,直至其退位之年。歷史上,崇寧五年一月以後至宣和年間的前半,這十餘年間鎮壓"舊黨"的具體狀況,沒有留下詳細的記載,但以下的二例可以間接地證明,這種鎮壓並未完全停止:

a 大觀三年(1109)七月丁未……詔：謫籍人除元祐姦黨及得罪宗廟外,並録用。(《宋史》二〇/《綱要》一七)

b 政和元年(1111)十一月壬戌……以上書邪等及曾經入籍人並不許試學官。(《宋史》二〇/《綱要》一七)

a是廢毀"元祐姦黨碑"三年以後下達的恩赦詔敕,曾經列入"元祐姦黨"籍的人被排斥在恩赦的對象之外。b是禁止"元祐姦黨"人擔任教育職務的命令。雖然碑文本身已被毀除,大規模肅清的高潮已經過去,但崇寧五年以降,政治壓迫仍以變相的形式繼續下來,黑名單的效力仍然保持著,a、b兩道敕命的存在便是明證。

（三）徽宗親政期間的文字禁錮

包括前引 b 所示的政和元年以降在內,在徽宗親政的大約二十年間,標明作者的姓名而對其著述加以禁錮的敕令,計有八條:

① 崇寧二年(1103)四月丁巳……詔:焚毀蘇軾《東坡集》併《後集》印板。(《紀事本末》一二一/《綱要》一六)。

② 崇寧二年四月乙亥……詔:三蘇(蘇洵、軾、轍)、黃(庭堅)、張(耒)、晁(補之)、秦(觀)及馬涓文集、范祖禹《唐鑒》、范鎮《東齋記事》、劉攽《詩話》、僧文瑩《湘山野錄》等印板,悉行焚毀。(《紀事本末》一二一/《綱要》一六,《備要》二六、《宋史》一九)

③ 崇寧三年(1104)正月……詔:三蘇集及蘇門學士黃庭堅、張耒、晁補之、秦觀等集,並毀板。(《紀事本末》一二二)

④ 崇寧三年七月乙亥……毀蘇軾凡所撰碑刻。(《綱要》一六)

⑤ 宣和五年(1123)七月甲子……福建路印造蘇軾、司馬光文集,詔令毀板。今後舉人傳習元祐學術者,以違制論。(《綱要》一八/《備要》二九、《宋史》二二)

⑥ 宣和六年(1124)閏三月乙未……手詔,申嚴元祐學術之禁。(《綱要》一八)

⑦ 宣和六年九月辛卯……手詔:蘇軾、黃庭堅誣毀宗廟,義不戴天。片文隻語,並令焚毀勿存。如違,以大不恭論。(《綱要》一八)

⑧ 宣和六年十月庚午……詔:有收藏習用蘇、黃之

文者,並令焚毁,犯者以大不恭論。(《宋史》二二)

　　＊ ②和③,⑦和⑧的詔勅内容相同,但也可能是反覆申令,故全部引録於此。

前面的四件與上述的"元祐姦黨碑"相應,是徽宗親政的初期發布的命令,内容主要是銷毁出版物的版木以及石碑;後面的⑤～⑧四件則是徽宗朝末期的禁令,與初期的四件相比,禁止的條項更爲具體,且連"收藏"也在禁止之列(⑧),由此可知禁止的嚴峻程度也在提高。這八條乃是現存史料中可以找到的舉出了著者姓名的幾乎全部禁令,在這些禁令中幾乎全部都出現了蘇軾的名字,並且包含了像①和④那樣的專以蘇軾一人爲禁止對象的條目,很值得注意。

如上所述,在徽宗親政的初期和末期,都發布了對於"元祐黨人",尤其是蘇軾著述的相當嚴厲的禁令。而在中期,如a、b救令所示,鎮壓的手段也並未完全緩和下來。

(四) 靖康元年對待蘇軾著述的環境变化

⑧勅令發布約一年後,靖康時期開始了。不過改元纔七日,首都開封就被金兵包圍,北宋朝廷立即面對了危急存亡的時刻。其間,靖康元年二月六日,解除"元祐黨籍學術禁"的詔命下達,這是金兵解圍北撤之前四天的事。在首都尚在敵軍包圍之中的緊迫的非常狀態之下,發布此一解禁的詔命,這個舉動本身就極具象徵意義,似乎訴説著靖康這個時代的特徵。

可以説,這樣一道詔命的及時發布,反映了當時的某種具體情況吧。詔命發出的背景,我們也許可以作如下推測:在與金和議的交涉到達了最後階段的時候,朝廷纔有了考慮朝廷内政的餘裕。但這祇是詔命發出的必要條件,而不是充分條件。按一般的思路,在兵臨城下之際,朝廷内政上的第一急務,應該是收拾浮動的人心,促成士大夫的團結,改造國政,爲對金戰略的展開而構建起舉國一致的戰時體制。從而可以認爲,這個時候發布解禁詔命的事實,説明解禁一事對於此種急務的實現實在是必不可少的一環。換句話説,可以這樣解釋:不少士大夫對此禁令抱有不滿的態度,成爲建構舉國一致體制的甚大障礙,所以無論如何首先要解除此禁。也就是説,我們有理由作出這樣的判斷:"元祐黨籍學術禁"的解除是一種具有象徵意義的舉動,目的在於將政策的變化告知天下,及時地實現士大夫階層的重新團結。因此,爲了使朝廷内外對朝政的這種變向留下決定性的印象,蔡京、童貫等徽宗朝的權臣受到了嚴懲。

　　以上是"元祐黨籍學術禁"的及時解除所具有的政治意蘊,在此基礎上再來探討對待蘇軾著述的環境變化。正如前引的⑦、⑧詔敕所明示的,徽宗朝末期"元祐黨籍學術禁"的最主要對象就是蘇軾的著述。因此,在解禁的當時,它理應被視爲象徵著徽宗朝以來各種言論禁錮之解放的具體標誌。對於當時的士大夫來説,可以公然翻閱蘇軾的著作,公然談論其中的内容,肯定最能讓他們切身地感受得到言論環境的自由。於是,不管是否真的是蘇軾的熱心讀者,在這個時期的士大夫間,蘇軾的著作獲得廣泛的關注是不難想像的。在蘇軾去世二十餘年之後纔開始吹起的這股順風,進一步喚起士大夫們對於當時獨一無二的——既具有確鑿的來歷,又是一般人看不到的秘藏公文——《烏臺詩案》的關心,那也是極爲自然的發展趨勢。況且,北宋"新黨"最後的强權人物,鎮壓"舊黨"的主謀者蔡京、童貫等的失勢和死去,意味著阻礙《烏臺詩案》外傳的堡壘已經崩潰。他們的失勢,對於士大夫們來説,等於獲得了一定的社會保障:他們不會因爲僅僅抄寫了《烏臺詩案》便遭到處罰。這便提供了促成《烏臺詩案》外傳的社會環境。

前一節中提到的抄本傳出途徑的形成,恐怕就是以這樣的時
代氛圍爲背景的吧。

四、北宋末至南宋初的蘇軾文藝愛好熱——
支持《烏臺詩案》流傳的因素

　　如上一節所述,北宋滅亡前夕的靖康年間,具備了《烏臺
詩案》外傳的條件。不過,那畢竟仍是一種非公開的國家機密
文件,在此前提下,其被傳寫並最終公開刊行,當然還應該另
有一些原因存在。其中最重要的是,它不僅成爲讀者一時好
奇的對象,而是獲得了他們持續不斷的關心。換句話説,就是
讀者方面廣泛而持續地具有希望其流傳和刊行的需求態勢。
人們敢於公然去做"不合法的行爲",必須得到社會共同的默
許,爲其掩蓋事實。在此認識的基礎上,下文擬對促成《烏臺
詩案》外傳以至於流布和出版的社會性動因,即北宋末至南宋
初的蘇軾文藝愛好熱的實際情狀作一管窺。這同時也兼有依
據史書以外的當時的文獻,對上一節第(四)部分所作的推論
加以鞏固的目的。

(一)北宋末的蘇軾文藝愛好熱

　　從蘇軾文學的接受史來看,從蘇軾去世後不滿一年開始
的,北宋末大約二十年徽宗親政時期,委實可稱爲漫長的嚴
冬①。但是,禁令頻繁發出的事實本身就足以説明,即便在那

①　關於"蘇軾文藝愛好熱"在蘇軾生前的情況,請參考村上哲見《關於蘇東
　　坡書簡的傳來與東坡集諸本的系譜》(京都大學《中國文學報》第27號,
　　1977年。後收入《中國文人論》,汲古書院1994年版)。又,本文第三、
　　第四節的寫作,特別是引用資料方面,受村上先生論文的啓發甚多。對
　　於蘇軾生前作品編集的全面論述,有曾棗庄(**轉下頁註**)

樣的嚴冬時代,蘇軾的文學也潛出了禁令的網羅,受到人們的歡迎,在秘密而狂熱的支持下越過了嚴冬。然後,結果實在是很諷刺的:正當王朝滅亡的前夕,蘇軾文學的接受史卻迎來了冰雪融化的季節。但與這春天的到來幾乎同時,脆弱的王朝崩潰了。下文引用的①～④四則軼事,具體地傳達出蘇軾的文學(藝術)在漫長的冬天(以及最後片刻的春天)如何被接受的情形:

① 崇寧、大觀間,海外詩盛行……是時,朝廷雖嘗禁止,賞錢增至八百萬,禁愈嚴而傳愈多,往往以多夸。士大夫不能誦坡詩,便自覺氣索,而人或謂之不韻。(朱弁《風月堂詩話》上,中華書局 1988 年校點本,第 108 頁)

② 宣和間,申禁東坡文字甚嚴。有士人竊攜《東坡集》出城,爲閽者所獲,執送有司,見集後有一詩云……京尹義其人,且畏累己,因陰縱之。(費袞《梁谿漫誌》七,上海古籍出版社 1985 年校點本,第 82 頁)

③ 東坡既南竄,議者復請悉除其所爲之文,詔從之。於是士大夫家所藏既莫敢出,而吏畏禍,所在石刻多見毀。徐州黃樓,東坡所作,而子由爲之賦,坡自書。時爲守者獨不忍毀,但投其石城濠中,而易樓名"觀風"。宣和末年,禁稍弛,而一時貴游以蓄東坡之文相尚,鬻者大見

(接上頁註)《蘇軾著述生前編刻情況考略》(上海古籍出版社《中華文史論叢》1984 年第 4 期)。雖然不是針對文藝本身,但對蘇軾暮年在民間受到熱烈歡迎的情況留下記載的,有① 南宋曾敏行《獨醒雜誌》卷六(上海古籍出版社 1986 年校點本第 50 頁);② 南宋邵博《邵氏聞見後錄》卷二〇(中華書局 1983 年校點本第 160 頁)。①記載,蘇軾從海南島北歸途中,"聞東坡之至,父老兒童二三千人聚立舟側……"②載其到達終焉之地的常州時,"夾運河岸,千萬人隨觀之"。

售,故人稍稍就濠中摹此刻。有苗仲仙者,適爲守,因命出之,日夜摹印。既得數千本,忽語僚屬曰:"蘇氏之學,法禁尚在,此石奈何獨存!"立碎之。人聞石毀,墨本之價益增。仲仙秩滿,攜至京師,盡鬻之,所獲不貲。(徐度《却掃編》下,新文豐出版公司《叢書集成新編》第 84 冊,第 715 頁)

④ 先生翰墨之妙,既經崇寧、大觀焚毀之餘,人間所藏蓋一二數也。至宣和間,内府復加搜訪,一紙定直萬錢,而梁師成以三百千取吾族人《英州石橋銘》,譚禛以五萬錢輟沈元弼"月林堂"榜名三字。至於幽人釋子所藏寸紙,皆爲利誘,盡歸諸貴近,及大卷軸輻積天上。丙午年,金人犯闕,輸運而往,疑南州無一字之餘也。而紹興初,余於中貴任源家,見其所藏三百軸……(何薳《春渚紀聞》六,中華書局 1983 年校點本,第 96 頁)

以上四則軼事,前二則傳達了當時社會對蘇軾文學的愛好,後二則是對其書法的狂熱。

首先,①傳達了徽宗親政的前半期,即崇寧、大觀年間(1101—1110)的社會風尚:朝廷的禁令越嚴,士大夫傳誦蘇軾的"海外詩"便越盛,且往往以多誦自誇①。

②是徽宗親政的末期,禁止收藏蘇軾文集之時發生的軼

---

① 更具體的崇寧年間的實例,有王庭珪(1080—1172)和劉才邵(1086—1158),見楊萬里《誠齋集》(《四庫全書》文淵閣本)卷八四《杉溪集後序》。這篇序文用楊萬里從他青少年時期的老師,同鄉的王、劉二先生那裏直接聽到的話,介紹了崇寧年間太學的情況。而且,此文也記述了楊萬里當時的情況,據此可知,到南宋中期,家家藏有蘇軾、黃庭堅的著作,人人講習其學問,能夠想像北宋末的狀況的人也已經沒有了。參考本文第四節(二)所引陸游文。

事:有個士人攜蘇軾的文集出京城的大門,被守門人發覺,帶到了官府。長官見到文集後面有這個士人的題詩,讀了後深感他的道義,將他釋放了。

③是哲宗時代以來被沉在徐州城濠裏的蘇軾手書石碑,讓一個叫做苗仲仙的人大發橫財的故事:在宣和末年禁令稍稍鬆弛之際,他把石碑撈出來,取得拓本,又故意毀去原碑,到京城貴賣拓本。從"一時貴游以蓄東坡之文相尚,鬻者大見售"可見,一旦禁令稍有鬆弛,名士間的收集熱馬上白熱化,蘇軾的書法便被高價買賣。文末"仲仙秩滿"以下,説的恐怕是靖康年間的事,數千份拓本一售而空,"所獲不貲"——得到的利益不可測度。此中傳達出禁令解除前後蘇軾著述被狂熱愛好的情狀。

④叙述的是,蘇軾的書法蒙受了崇寧、大觀年間的焚毀命令,和開封被圍時金兵的掠奪兩度災難,而仍因民間秘密收藏之故,到南宋時還有許多殘存。"内府"云云,説的是宣和年間(也許是禁令發布之前),宮廷也宛自搜求民間流傳的蘇軾真迹,爲了防止價格的飛漲,同時還采取了設定標準價格的措施。即便如此,當時的貴人們仍不惜重金,争相甩出鉅款來購求蘇軾的真迹。僅僅三個字的真迹就有人肯花五萬錢去買,狂熱情狀可見一斑。

以上四種記述都如實説明了:禁令越是嚴厲,對蘇軾文學藝術的愛好就越是反比例地增長。也許可以説,一次又一次發布的禁令,反而把蘇軾文藝作品的價格哄擡起來了。

①、②二則傳達了北宋末年徽宗親政期間的文學接受狀況,其中①是尤具意味的。所謂"海外詩",指的是哲宗紹聖四年(1097)至元符三年(1100)蘇軾被流放在海南島儋州時的作品。這個時期的蘇軾,以老齡之身被流放在天涯海角之地,却不曾向逆境屈服,形成了曠達而澄澈的詩風。例如,他離開海

南島之時所吟的"九死南荒吾不恨,玆游奇絶冠平生"之句①,
就代表了當時蘇軾文學創作所到達的境界。在蘇軾的"海外
詩"中,像《烏臺詩案》裏被彈劾的那樣直言批評時政的詩並不
存在,但其能"盛行"於崇寧、大觀年間,則肯定是當時的士大
夫把它當做"抵抗的象徵"來體會了(當然,首先要承認,對於
"海外詩"本身的藝術高度的憧憬和共鳴是其基礎)。①的末
尾部分説,"海外詩"的誦得與否,成爲衡量當時士大夫精神世
界的高雅與卑俗的重要尺度之一。這表明,蘇軾文學成了與
當時士大夫的個性特徵深刻相關的重要價值基準。

　　關於③、④二則所示徽宗親政期間的蘇軾真迹收藏熱,因
爲是以具體的物品爲對象,不能不與文學分開來考察。不過,
就中國書法藝術的批評傳統來説,同時代對作者人品的評價,
明顯左右著對其書法作品的評價。一般情況下,如果作者的
人品不被看好,則其作品的造形再美,也得不到好評(比如,生
前的蔡京曾以擅長書法著名,死後却幾乎無人過問)。相反,
如果作者在同時代受到好評,則其作品的造形即便有些缺點,
人們往往也給予積極的肯定(比如毛澤東的書法在近年的中
國就很流行)。考慮到書法藝術批評的這種傳統,我們有理由
作出判斷:北宋末的蘇軾真迹收藏熱,必是以對蘇軾爲人的
相當廣泛的同情爲前提的。

　　總之,傳達了徽宗朝文字禁錮嚴厲時期之實況的以上記
載,無一不顯示著,蘇軾的文學藝術在北宋末士大夫的精神世
界裏占有非常特殊的地位。由此可以説,本文上一節以朝廷
方面的紀録爲主要依據所作的推論,從當時士大夫自身的言

---

① 《蘇軾詩集》卷四三《六月二十日夜渡海》,中華書局校點本(底本爲王文
　　誥《蘇文忠公詩編註集成》)。以下所引蘇軾的古今體詩,皆據此本。

論得到了進一步的證實,在個案方面得到了補充,而緊接其後的靖康年間的情況也就不難推知。在徽宗親政的約二十年間,與朝廷的意圖相反,士大夫間深化、強固起來的蘇軾熱,再受到文禁解除事件的促動,於靖康元年之初迎來了空前盛大的崇蘇浪潮,這也並不意外。當時一般的士大夫,誰都想得到蘇軾的真迹,誰都想多知道一些他的文學作品。但追逐蘇軾真迹的狂熱,這個時期恐怕比徽宗親政期間更爲熾烈(從③可以窺見一斑),在此浪潮之中能夠實現收藏真迹之夢想的,不過是一小部分富貴的士大夫而已。相比之下,對於其文學作品的貪多務得的願望,是更容易滿足的,祇要有一定條件的士大夫,誰都能夠做到。因此可以推斷,以當時已經刊行的《東坡集》、《後集》等別集裏未收的"集外詩"爲始,對蘇軾未公開作品的普遍的關懷也日漸升溫。

這個時期,如果單單是保管《烏臺詩案》的御史臺能獨立於時代氛圍之外,無論如何是不自然的。御史臺也不外是在上述時代氛圍中生存的士大夫的集合體。如果我們假設御史臺的周邊流動著同樣的空氣,則當時御史臺的官吏自會利用他們的小小特權,把近在身邊,而且祇許他們獨享的蘇軾未公開資料《烏臺詩案》全部取來閱讀,如此推想也極爲自然吧。至少,在那樣一種時代氛圍下設想完全相反的情況,顯得遠爲困難。不用説,將《烏臺詩案》取來閱讀過的御史臺官吏之中,像胡舜陟那樣加以抄寫的人必然不止一個。而且,在當時御史的周圍,不難設想一個士大夫交遊圈的存在,他們一有機會就想借閱,所以御史手寫的抄本想必會被借去,並馬上傳寫開來。

(二)南宋初期的蘇軾文藝熱

靖康元年二月六日"元祐黨籍學術禁"的解除,固然帶來了蘇軾文藝熱的空前浪潮,但不到一年,宋朝再度陷入戰亂的喧囂,並於次年的晚春土崩瓦解。北宋滅亡以後的數年間,是與朝廷的南渡相伴隨的民族大遷移時期①,士大夫們上求國家的存續,下圖家族的安全,勢必處在奮鬥努力之中。其結果是,北宋滅亡前夕異樣高漲的對蘇軾文藝的狂熱也就一時消停。但是,等南宋第一代皇帝宋高宗在杭州建立了臨時政府,社會一旦稍獲安定,被暫時忘却的蘇軾文藝熱馬上呈現死灰復燃的面貌。陸游《老學庵筆記》(卷八)云:

> 建炎以來,尚蘇氏文章,學者翕然從之,而蜀士尤盛。
> 亦有語曰:"蘇文熟,喫羊肉;蘇文生,喫菜羹。"(廣文書局
> 1972 年影印毛氏汲古閣本,第 283 頁)

陸游(1125—1210)叙述了宋朝建國(960 年)以來至南宋中葉,讀書人所尊崇的文章典範,即其文學觀的變遷,以上引文是其中一段。大約二百二、三十年的時間,被大致分成三段,①北宋中期慶曆以前,徹底祖述《文選》;②慶曆年間風氣一變(古文復興);③南宋以後尊崇"蘇氏",即三蘇之文。引文就是③的部分:朝廷南渡以後,求學的人都一齊("翕然")學習三蘇之文,特別是三蘇的故鄉四川,此種傾向尤爲顯著,民間相傳如不熟習三蘇之文,便不能出頭,一輩子都祇好吃冷飯②。《老學庵筆

---

① 參考吳松弟《宋代靖康之亂以後北方人民的南遷》(《中華文史論叢》第 51 期,上海古籍出版社 1993 年 8 月);《北方移民與南宋社會變遷》第二章(《大陸地區博士論文叢刊》47,文津出版社 1993 年 8 月)。

② 在北宋末的混亂期間,蜀地(四川)全未遭受戰禍,故北宋以來的文化積累在此地域尚被保持,出版業也仍興盛。(被稱爲"蜀本"的宋刊本,將其實況傳到了今天。)陸游於乾道八年(1172)至淳熙二年(1178)住在四川,"蘇文熟……"的俗諺是得自他的親見親聞吧。

記》成書於南宋淳熙年間①,由此可知這種風氣至少持續到南
宋成立以後半個世紀有餘。所以,據陸游的記述,南宋初期確
實繼承了北宋末的狂熱。

陸游雖記爲"建炎以來",實際傳達的恐怕是社會稍獲安
定的紹興年間(1131—1163)以後的情況。故紹興年間纔出現
了蘇軾文學的補遺集和註本的第一次出版高峰,好像在證明
陸游的記述一樣。這個時期被編纂刊行的文本,大半已經失
傳,但有關編者姓名、書名和刊行時期等具體的資料,一部分
還保存在當時的私家書目和詩話筆記類的記述之中,可以確
認它們曾經存在。

補遺集的例子,可以舉出 a 傅幹《註東坡詞》、b 曾慥《東
坡先生長短句》爲代表②。a 是紹興初年在杭州刊行的,b 則
出版於紹興二十一年,兩種都是蘇軾的詞集。詞又稱"詩餘"、
"小詞",當時的士大夫往往將它視爲寫作古今體詩的餘技,正
規的別集中經常不予收錄。蘇軾的情況也是如此,連蘇轍的
《亡兄子瞻端明墓誌銘》(《欒城後集》卷二二)也根本沒有提及
其詞集的存在。這便意味著,a 可以被看作一種補遺集。也
許在北宋末年,已經有蘇軾的詞集編纂出來,爲 a 提供了基
礎,但至少在現存資料的範圍内,a 是最早被刊行的蘇軾詞的
文本。這個時期有兩種蘇軾詞集被刊行,其背景可以設想爲:
對於長期以來難窺全貌的詞,讀者方面有一覽爲快的希望和

---

① 清黄丕烈《蕘圃藏書題識》卷五(子類二)有《老學庵筆記》十卷解題,其
開頭部分引用了陸游幼子陸子遹的話:"《老學庵筆記》,先太史(陸游)
淳熙間所著也,紹定戊子刻之桐江郡庠。"(中華書局 1993 年《清人書目
題跋叢刊》6,《黄丕烈書目題跋》,第 114 頁。)

② 參考劉尚榮校證《傅幹註坡詞》(巴蜀書社 1993 年版)卷首《註坡詞考
辨》及附録三《蘇軾詞集版本綜述》(第 398 頁)。

需求存在。

　　註本的例子有：c《集註東坡先生詩前（後）集》（五註、十
註本）。a、b 兩種都已失去了原刊本，祇能從抄本來推測原
貌，c 却有《前集》的殘卷收藏在北京圖書館，其準確的出版時
間雖然不明，但從缺筆避諱的狀况可以確定爲紹興年間的刊
本，是現存蘇軾別集的南宋刊本中最古的一種①。另外，我們
還知道 a 的編者傅幹的叔父傅共編過一種註本，名 d《東坡和
陶詩解》（現不存）②，既然 a 刊成於紹興初年，則 d 的成書也
應當在此前後，至少不會晚至紹興以後。c、d 兩種註本的存
在，表明了北宋末年以來崇蘇的時尚已經穩定化，讀者層顯著
擴大，影響已經波及到需要註釋的初學者。

　　以上 a～d 四種文本在紹興年間的存在，可以證明：本來
可能是曇花一現的蘇軾文學愛好熱，經歷了混亂的時代却沒
有消失，反而在社會全體之中深深地扎根下來。

　　高宗（紹興年間）之後是孝宗、光宗朝，崇蘇的傾向至此愈
爲迅猛發展。有好幾種包含遺漏作品在内的大規模全集和詩
註本（例如居世英刊《東坡大全集》、《王狀元集百家註分類東
坡先生詩》等）出版，並不斷重版發行。因爲已經有了這方面
的專論③，這裏不再一一舉例了。孝宗本人也在乾道六年
（1170）追諡蘇軾爲“文忠”，同九年（1179）又贈予“太師”稱號，

---

①　劉尚榮《宋刻集註本〈東坡前集〉考》中有詳細的考證，巴蜀書社 1988 年
　　版《蘇軾著作版本論叢》第 40 頁。

②　參考劉尚榮《宋刊〈東坡和陶詩〉考》，巴蜀書社 1988 年版《蘇軾著作版
　　本論叢》第 24 頁。

③　1. 前註所揭村上氏論文；2. 劉尚榮《蘇軾著作版本論叢》（巴蜀書社
　　1988 年）；3. 楊忠《蘇軾全集版本源流考辨》（中華書局《中國典籍與文
　　化論叢》第 1 號，1993 年）等。

並爲蘇軾曾孫蘇嶠在建安刊行的蘇軾文集(《東坡別集》)作序①。獲得了皇帝御筆的蘇文,應該更爲"學者翕然從之"了吧。對於蘇軾墨迹的愛好,也持續著北宋末年以來的熱況,可以作爲旁證的是:南宋中期具有代表性的文人(洪邁、楊萬里、陸游、周必大、朱熹、樓鑰等),他們的別集裏都收録了有關的題跋,或評論其書法,或考訂其真僞。

如上所述,在南宋初期,自高宗紹興年間至孝宗、光宗朝,就像現存的刊本、抄本和當時的不少記載所説明的那樣,蘇軾文藝熱已經浸透了士大夫社會的各個角落,達到了最高潮。隨之,就如一股相當强勁的順風吹入出版界,所有與蘇軾相關的著述都大獲刊行,對正規別集中遺漏的各種作品的收集以及註釋等工作也加速進行,陸續出版。由此可以判斷,《烏臺詩案》的上梓,也是被時代所需求並決定的。事實上,《烏臺詩案》的文本也確在南宋初期被刊行(參考本文第二節)。恐怕這是治愈許多士大夫長年飢渴的一大快事,肯定是在喝彩聲中出臺的吧。

五、結語:《烏臺詩案》的現存文本

以上各節,主要從北宋末至南宋初的時代背景,和士大夫社會的時代風尚兩個方面,對《烏臺詩案》從御史臺的秘藏文書變爲民間刊行物的經過和原因,作了探討。在此探討的過程中,以拓本、版本等傳播媒體爲中介,大致描繪了圍繞蘇軾

---

① 見《宋史》卷三四《孝宗本紀二》(中華書局校點本,第 649、655 頁)。又,孝宗的序文(《御製文集序》)和《贈太師制》登載在《經進東坡文集事略》等書的卷首。

作品呈現出的中國文學史上前所未有的狂熱如何反覆擴大範圍,以致於從背後支持了機密文件《烏臺詩案》的傳出並公開刊行。最後,略述《烏臺詩案》的現存文本,以結束本文。

保留了南宋時代之舊貌的《烏臺詩案》現存文本,除詩話類書籍和各種蘇詩註本中引用的以外,有下列三種:

A　宋朋九萬《東坡烏臺詩案》不分卷(以下簡稱"朋本"/清中期李調元《函海》所收①)

B　宋胡仔《苕溪漁隱叢話前集》卷四二～四五(簡稱"胡本")

C　宋周紫芝《詩讞》一卷(簡稱"周本"/清初期曹溶《學海類編》所收②)

不過,相比於B《苕溪漁隱叢話前集》在宋代以降不斷重版流行,並有元代的刻本現存,其餘兩種的宋元刻本等早期的版本都已經失傳,現存的最古文本都祇有清代編入叢書的本子了。下文對 A～C 三種文本的特點各作一番簡略的梳理。

A 朋本

由①彈劾文、②蘇軾口供、③結案文三個部分構成。②部分據蘇軾作品所應酬或贈與的對象,按人物分列。②所提及的作品有詩四七首、文一四首,在 A～C 三種文本中,提及的作品數最多。南宋陳振孫《直齋書錄解題》卷一一(上海古籍

---

① 筆者所見,爲藝文印書館《百部叢書集成》和新文豐出版公司《叢書集成新編》所收的兩種版本。明萬曆刊《重編東坡先生外集》卷八六,也登載了大約與朋本屬於同一系統的《烏臺詩案》,但文字異同、内容繁簡等方面的差別很明顯。《外集》原本的形成過程尚有許多不明之點,一般認爲是南宋成書的。如從此說,則《外集》所載的《烏臺詩案》也甚具校勘價值。

② 同前註所揭二種。又,宛委山堂本《説郛》(上海古籍出版社《説郛三種》所收)所載的文本,推定爲周本的節略本。

出版社 1987 年校點本,第 330 頁)云:

> 烏臺詩話十三卷 蜀人朋九萬録東坡下御史獄案,附
> 以初舉發章疏及謫官後表章、書啓、詩詞等。

這是南宋時期朋本的唯一一種書目提要。與《函海》本相比,
在書名、卷數上都有差別,内容上的異同也並非没有可能,但
十三卷本在清代以前已經失傳,無從檢討,清代的學者也苦於
無法解釋其中的齟齬。

《函海》(嘉慶五年 1800 刊)的編者李調元(1734—1807
前後)對於卷數的異同作如此解釋:十三卷本附録了"謫官後
表章、書啓、詩詞",《函海》本則不收。並且,李調元又注意到
明代高儒《百川書誌》①有《烏臺詩案》一卷本的記載,認爲他
編入《函海》的本子與《百川書誌》所載本相同。同時,他還據
行文格式上的特徵(遇到"朝旨"等字便改行),斷定《函海》本
爲"宋人足本無疑",十三卷本乃是後人在朋九萬的本子(一卷
本)上附益了謫官黄州後的詩文②。

在李調元之前十幾年,《四庫全書總目提要》(卷一〇一,
史部傳記類存目)記下了《烏臺詩案》的概要,那自然也涉及了
與陳振孫所記十三卷本的異同問題,但《四庫提要》的推斷與
李調元正好相反,認爲十三卷本纔是朋九萬的原本,一卷本乃
是僞書,是後人掇拾 B 胡本,而冠以朋九萬之名,以合於陳振
孫的記載。

因爲十三卷本已經散佚不傳,所以一時很難斷定李調元
與《四庫提要》誰是誰非。但首先,一卷本朋本與 B 胡本之

---

① 見馮惠民、李萬健《明代書目題跋叢刊》下册,書目文獻出版社 1994 年,
第 1339 頁。
② 見《百部叢書集成》本的卷首識語。

間,文字差異明顯,而編集方式也不同,由此可見兩者之間並
不存在《四庫提要》所指摘的那種直接的抄襲關係;其次,究竟
是一卷本被增益爲十三卷,還是十三卷本被節略爲一卷,關於
此點,如果考慮到前引《苕溪漁隱叢話前集》的"與近時所刊行
《烏臺詩案》爲尤詳"("與"字一作"視")一段,則可判斷李調元
的説法(前者)較爲近實。在《苕溪漁隱叢話前集》裏,《烏臺詩
案》實際占了三卷的分量,如果胡仔説的"近時所刊行《烏臺詩
案》"是十三卷本的話,他就不能無視這十卷差距,反而大言不
慚地説"尤詳"了吧。因此,在現存資料的範圍內,最爲妥當的
判斷是:從胡仔的時代到陳振孫的時代約一個世紀之間,一
卷本被增益成十三卷本了。

　這個文本的祖本的刊行時間,可據《苕溪漁隱叢話前集》的
記述,設定其下限在隆興元年(1163)。進一步,從它被紹興刊
本《集註東坡先生前集》(五註、十註本)所引用的事實,還可將
其刊行時間上溯到紹興年間。至於其上限,則可設定於紹興十
八年,根據是:晁公武的《郡齋讀書誌》没有關於它的記載。因
爲這個文本是"蜀人朋九萬"所編,其在蜀地被刊行的可能性較
高,而《郡齋讀書誌》成書於紹興二十一年(1151)①,是晁公武紹
興十一年至十七年間任四川轉運使井度的屬官,在蜀期間以井
度的藏書爲基礎作成的書目。井度在蜀約二十年,常以俸禄的
一半傳寫書籍,是個一聞"異本"(珍貴書籍)信息就務必求得的
藏書家②。如果晁公武在蜀期間,或者此前,蜀地刊行了《烏臺
詩案》的這個版本,那就應該被看作所謂"異本",不是被晁公武

---

① 參考中文出版社影印本(清王先謙校補本)卷首《昭德先生郡齋讀書誌
序》。

② 前註所揭《昭德先生郡齋讀書誌序》。參考潘美月《宋代藏書家考》(學海
出版社1980年,第162頁)。

過目,就是被井度購得,包含在他的藏書裏,從而,其被《郡齋讀書誌》遺漏的可能性便很低。基於它未著録於這一部大書的事實,據以推定其上限,應該具有相當的準確率。以上推定朋本是在南宋紹興十八年以後的十幾年間刊行的。

關於編者朋九萬,除了可據陳振孫的記述判明其爲蜀人外,其餘未詳。試著翻一下中國的人名辭典①,根本沒有姓"朋"的漢族人,恐怕可以判斷爲假名吧。也許因爲這是不合法的出版物,所以編者隱去了真名,使用了假名。"朋九萬"的字面意思是"同夥非常多",與本文上一節所論的南宋初期圍繞《烏臺詩案》的社會需要有著奇妙的暗合,是一個意味深長的假名。

B 胡本

此本祇收録 A 朋本的②蘇軾口供部分,没有彈劾文與結案文。而在口供之中,蘇軾的文除《後杞菊賦》一篇外全未收録,涉及的詩雖有四十六首,但包含了一首朋本未提到的作品(《蘇軾詩集》卷一五《次韻答邦直子由五首》之三),缺了兩首朋本提及的作品(卷一二《捕蝗至浮雲嶺……》、卷一八《人日獵城南會者十人……》)。而且,朋本依詩歌贈答的對象,以人物爲別編集,此本則全部以作品爲中心來編集,所提及作品的次序及文字也與朋本有所異同。儘管胡本祇載蘇軾口供的部分,但卷數却比朋本要多,其原因除分卷方法的不同外,主要是朋本祇録出被朝廷認爲有問題的詩句,而胡本却把詩的全篇都引出來。

這樣,胡本包含了與朋本相當多的差異,而且其成文可以確鑿地上溯到隆興元年(1163)的前後,在此意義上,可看作現

---

① 例如,臺灣商務印書館《中國人名大辭典》(1982 年增補第三版)中,姓"朋"的人祇有一名,這一名不是別人,正是朋九萬。

存諸本中來歷最爲清楚的一種。胡本之所以没有收録彈劾文和結案文，大概是因爲胡仔的父親胡舜陟在北宋末年抄寫之際，認爲其資料價值不高，所以割愛了。

C 周本

與 A 朋本、B 胡本相比，此本提及的作品最少，又引用了當時的詩話、筆記，可判斷是跟原本差距最大的文本。提及的作品祇有二十三首詩，其中《塔前古檜》(《蘇軾詩集》卷八《王秀才所居雙檜》)和《御史臺獄中遺子由》(卷一九《予以事繫御史臺獄……以遺子由二首》之一)兩首，朋本、胡本都未收録。但這兩首都没有蘇軾的相應口供，祇是轉載了詩話筆記的記事及其詩序而已。

題爲周紫芝編，但明顯缺乏可信性，很可能出於後人的僞托。根據有二：第一，如本文第二節所述，周紫芝的卒年不會晚於隆興元年(1163)，而此本却多處引用了周紫芝生前不可能看到的《苕溪漁隱叢話後集》，此《後集》是乾道三年(1167)成書的。第二，此本所載的蘇軾口供，與 B 胡本全同，幾乎没有一字一句的差異，而且它所引用的詩話筆記的內容，也没有一條不見於《苕溪漁隱叢話》前後集的記載。

考慮到以上事實，可推定，這個文本實際上不是周紫芝所編，恐怕是書肆出於營利的目的，爲了對抗當時已經流行的朋本，而從《苕溪漁隱叢話》前後集裏抄出蘇軾口供和相關的記載，改了書名加以刊行的。此時，書肆或者注意到周紫芝《太倉稊米集》裏有《讀詩讞》(見第二節③)一文，故假托其名作此僞書吧。從詩話筆記中特地尋來朋、胡二本都未收入的兩首詩，最爲如實地表現出書肆以多收自誇的意圖。

但是，南宋晚期的蔡正孫《詩林廣記》後集卷四轉載了周本(題名爲《烏臺詩案》)，作品的次序與所引詩話筆記的內容，都保持了周本的原貌。由此可知周本至遲在南宋晚期已經流傳。

以上三種文本中,最早刊行並最接近原本面貌的,以 A 朋本的可靠性較高。因此,在討論《烏臺詩案》之際,把 A 朋本作爲底本,B 胡本作爲校本來利用,進行相互校訂,在現存資料的範圍内,是最好的方法吧。

此外,尚有清張鑒的《眉山詩案廣証》六卷(光緒十年江蘇書局刊)①,卷帙最多。此本是以胡本爲底本,以查慎行《補註東坡先生編年詩》中所引的朋本内容等加以校訂,並附録了相關的各種資料。雖是現存最爲完備的文本,但編者未見到 A 朋本的原本(《函海》本),此點最爲可惜。又有清宋澤元的《懺花盦叢書》(光緒十二年刊),亦收録《烏臺詩案》一卷②。此本是以朋本爲底本,用諸書"校正補苴三百餘字",並附《雜記》一卷,可算是朋本最好的版本。

最後,將南宋至清收録《烏臺詩案》的主要文本之間的影響關係,以下圖表示出來。

〔簡稱説明〕

● 五註——紹興年間刊本《集註東坡先生詩前集》四卷(北京國家圖書館藏本)

● 王註——南宋刊本《增刊校正王狀元集註分類東坡先生詩》二五卷(《四部叢刊初編》所收)

● 施顧註——南宋刊本《註東坡先生詩》四二卷(藝文印書館《增補足本施顧註蘇詩》)

---

① 筆者所見爲復旦大學圖書館藏本。蒙復旦大學古籍研究所陳廣宏教授的盛情,使我有機會看到了全本的複印件,在此特記一筆,表示感謝之意。
② 筆者所見爲上海圖書館藏本。

- 廣記——明弘治年間刊本《詩林廣記》(中華書局校點本)
- 外集——明萬曆年間刊本《重編東坡先生外集》八六卷(日本國立公文書館内閣文庫藏本)
- 說郛——清順治年間宛委山堂刊本《說郛》(上海古籍出版社《說郛三種》)
- 查註——清查慎行《補註東坡先生編年詩》五〇卷(新文豐出版公司)
- 紀事——清厲鶚《宋詩紀事》一〇〇卷(上海古籍出版社校點本)

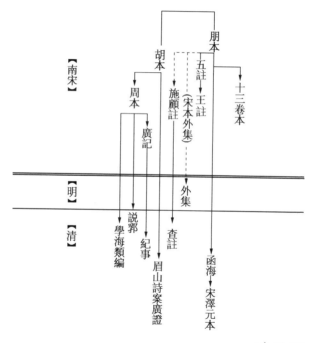

(朱剛譯)

"東坡烏臺詩案"考①

——北宋後期士大夫社會中的文學與傳媒

一、導言：已有研究之概觀與本文的立場

北宋第六代皇帝宋神宗元豐二年(1079)秋七月，蘇軾在其任官之地湖州(浙江省湖州市)被御史臺派來的特使逮捕，押往京師。八月，到達京師的蘇軾馬上被投入御史臺獄，經歷了大約四個月嚴酷的獄中生活。這一事件被稱爲"東坡烏臺詩案"。

有關這一事件在文學史、社會史上的意義，筆者曾於別處發表了私見(見拙著《王安石〈明妃曲〉考(下)》，1995 年 5 月，宋代詩文研究會《橄欖》第六號)，但是，由於行文的不便，沒有就事件的本身展開正面的論述，最多祇講到了一小部分，從而便殘留了許多有待查證的問題。因此，本文擬在交待事件首尾的基礎上，以此事件所蘊含的各種問題爲重點，重新加以論述。

《東坡烏臺詩案》(下文簡稱《詩案》)的史料價值，簡單來說，可以特從以下三個方面去尋求：第一，《詩案》是一部稀有

① 本文爲一九九九年度早稻田大學"特定課題研究助成金"所資助的一部分研究成果。

的審判紀録,它詳盡地向今人叙説一千年前的北宋後期,被期待著擔負時代重任的士大夫究竟因何被彈劾乃至入獄,然後如何被審判;第二,它是一個物證,具體地傳達出北宋後期的政治狀況,亦即新法、舊法兩黨之間黨派鬥争的實態;第三,《詩案》也可被看作一種極好的材料,據以探討當時文學和政治之間的緊張關係。這是因爲它的審判内容非常特殊,被審判的士大夫同時也是代表著宋代最高水平的詩人,而且審判的對象不是别的,正是成於這位詩人之手的詩歌作品。

　　即便以上這樣極爲粗略的把握,也已經證明,《詩案》作爲宋代法制史料或者政治史料、文學史料,具有極高的價值。此外,當然也不難推測,與上述第三點即内容的特殊性相關,《詩案》向我們提供了文學及文人研究範疇内豐富而多樣的具體論點。蘇軾乃是宋代文人的一個典範,在文學藝術的各領域,無論是理論還是實踐方面,都對後世産生了最爲巨大的影響。從而,即便衹局限於這些具體論點的解析,結果也將突破蘇軾個人的範圍,而可以期待更爲開闊的研究成果。也許就因爲這樣的理由,學術界對《詩案》也早有關注,迄今爲止已經有不少學者從多種角度論及《詩案》。近年來探討《詩案》的專論,在管見所及的範圍内,有以下的 A~I 九篇:

　　A. 横山伊勢雄《關於蘇軾的政治批判詩》(72.6,東京教育大學《漢文學會會報》31)

　　B. 王水照《蘇軾的政治態度和政治詩》(① 78.1,《文學評論》78—3;② 84.7,齊魯書社《唐宋文學論集》;③ 94.12,萬卷樓圖書有限公司《蘇軾論稿》)

　　C. 王學泰《從烏臺詩案看封建專制主義對宋代詩歌創作的影響》(83.11,中華書局《文學遺産增刊》16)

　　D. 石本道明《"烏臺詩案"前後的蘇軾詩境——關於〈楚

辭〉意識》(89.2,《國學院雜誌》90—2)

E. 石本道明《御史臺獄中的蘇軾——精神上的動搖與黃州》(90.10,國學院大學《漢文學會會報》36)

F. 蔡涵墨(Charles HARTMAN)《1079 年的詩歌與政治：蘇軾的烏臺詩案》(1990,《中國文學》〈Chinese Literature: Essays, Articles, Reviews〉12)①

G. 蔡涵墨(Charles HARTMAN)《對蘇軾的審問：以其判決作爲宋代法律實踐的一例》(1993,《美國東方學會報》〈Journal of the American Oriental Society〉113—2)

H. 内山精也《〈東坡烏臺詩案〉流傳考——圍繞北宋末至南宋初士大夫間的蘇軾文藝作品收集熱》(96.3,《橫濱市立大學論叢》人文科學系列 47—3,《伊東昭雄教授退職記念號》)

I. 近藤一成《東坡的犯罪——對《烏臺詩案》的基礎性研究》(97.5,東方學會《東方學會創立五十周年記念——東方學論集》)

首先,(橫山)A(王)B 二篇,如標題所示,並非專以《詩案》爲對象的論述,但由於蘇軾的政治(批判)詩中知名度最高、對社會影響最大的作品羣正不外乎《詩案》中的諸篇,所以 A、B 二篇中論及《詩案》的部分都占了全文的大半。無論是研究目的還是論述的具體内容,這二篇都有很大差異,但仍有其共同之處,就是都把蘇軾爲什麼要不斷寫作招來御史臺彈劾的政治批判詩這一問題設定爲必須解明的中心課題之一,而且都從蘇軾的言行中歸納其政治思想的特點,在這特點之中探求問題的答

---

① 關於蔡涵墨氏的論文,得自科羅拉多州立大學薩進德教授(Prof. Stuart H. SARGENT: Colorado State University, Department of Foreign Languages and Literatures, U. S. A.)的教示。

案。如果忽視其個別論點的異同,可以説這二篇都是從"作家論"的角度來寫作的,關心的都是《詩案》在作爲一個士大夫或一個詩人的蘇軾的一生之中如何定位。(石本)D、E 二篇是更純粹地從文學立場研究《詩案》的論文。D 著眼於《詩案》所録諸詩中淵源於《楚辭》的各種表達,通過對它們的分析,來揭示蘇軾從外任杭州通判到入獄期間,心理上不斷地與屈原的"不遇"之感同化的過程。E 則通過作品分析,來追踪説明蘇軾的心境,從被捕到出獄期間,經歷了怎樣的變化。

概括以上 A、B、D、E 四篇,主要是從文學的立場乃至作家論的角度,探討《詩案》對於蘇軾的一生具有何種文學性的、政治性的意義,所以,論者的關心更多地偏向蘇軾個人内在的方面,而對於事件本身之社會意義的關心祇占了次要的地位。在此四篇之外,近年刊行的蘇軾評傳之類的書籍,也大致如此。另一方面,C、F、G、I 四篇則主要從史學的角度出發,其論述對象與其説是蘇軾個人,不如説更關心事件的全體,從中闡發出事件的歷史意義。

(王)C 主要遵循了政治社會史的研究方法,通過對《詩案》及有關史料的分析,來刻畫君主專制體制下的士大夫言論與政治之間的互動關係,黨派鬥争中的批判、中傷等情狀。在此基礎上,該文從"中國文禍史"的流變角度把握"詩案",將此事件論述爲君主專制體制下以言論彈壓的强化爲出發點,並由此成爲"文禍史"的最大轉折點①。(蔡涵墨)F 是一篇從多

---

① 雖然不是學術性的論著,但從中國筆禍史的角度言及"詩案"的近著有以下三種:① 安平秋、章培恒《中國禁書大觀·中國禁書簡史》(上海文化出版社,1993 年 3 月,陳正宏、談蓓芳執筆,日譯《中國の禁書》,新潮選書 1994 年 9 月);② 謝蒼霖、萬芳珍《三千年文禍》(江西高校出版社 1991 年 12 月);③ 胡奇光《中國文禍史》(上海人民出版社 1993 年 10 月)。

種角度對《詩案》作出綜合解析的長篇力作,它先論述了以下三個方面:① 文本的系譜;② 法制和政治的側面;③ 文學的側面。然後總結了這起事件的兩方面意義,即:④ 對於政治家蘇軾的意義;⑤ 在北宋時代發展脈絡中的意義。(蔡涵墨)G 再度以 F 的第②部分爲焦點,對御史臺從彈劾到審理的過程,如何給蘇軾確定罪名,運用怎樣的法(律或勅)來要求處罰,以及最終以怎樣的處理來作出判決等,一一加以清理。(近藤)I 與 G 幾乎相同,也是以法制史的問題點爲最主要的課題,加以論述。還有拙論 H,在北宋末至南宋初的時代背景上,考察了作爲國家機要文件的《詩案》如何流傳到民間,乃至於被公開刊印的過程,同時也整理了現存《詩案》文本的流傳系譜。

本文的立場與 C、F、G、I 四篇比較接近,但本文的目的,並非要與這四篇立異,並不是要從這一事件中另外找出新的政治史或法制史上的意義,而且也當然不是像評傳類書籍中散見的那樣,把與《詩案》相關的當事者分別爲加害者和被害者,對他們進行褒貶。

本文開頭部分已揭示了《詩案》的三種史料價值,本文將特別著眼於其中第三種即文學史方面的價值,而且想由從來不太被關注的視點出發,來重新把握《詩案》。也就是説,把這一事件與印刷媒體之間發生了深刻關係的事實作爲焦點,以此爲最大的關鍵點,重新分析這個事件。"傳統的"論斷,往往祇從新法、舊法兩黨鬥爭史的角度,從令人嫌惡的負面來解釋這一事件,而把蘇軾看作最大的犧牲者,本文將與這樣的論斷保持一定的距離。在此基礎上,重新論述存在於這一事件背後的士大夫社會內部的有關言論與政治的諸多問題。

二、《烏臺詩案》之文本

在進入正論之前，簡單叙説本文使用的《詩案》文本①。因爲筆者已經另文（前揭拙論 H）作了整理，這裏不再詳細展開，要之，現存《詩案》的文本有以下三個系統：

① 南宋朋九萬《東坡烏臺詩案》不分卷，即一卷（以下簡稱朋本）

② 南宋胡仔《苕溪漁隱叢話前集》卷四二～四五（簡稱胡本）

③ 南宋周紫芝《詩讞》一卷（簡稱周本）

① 朋本在南宋後期曾有兩種版本：a 一卷本（即不分卷本）、b 十三卷本（見陳振孫《直齋書録解題》卷一一），但 b 早已失傳，不明其詳，從《直齋書録解題》等記載來推測，大概是附加了有關周邊資料的 a 的增補版。a 的原本也已散佚不傳，但清李調元（1734—1807 前後）的叢書《函海》中收録了此書，其原本的上梓刊行，筆者推測，恐怕是在南宋初紹興年間（1131—1162）的後半期。

② 《苕溪漁隱叢話前集》是南宋中期廣泛流布的詩話集（③周本即依據此書而來，這個事實也可以證明其流傳之廣），四部叢刊收録了該書的元刊本。據胡仔所記，他的父親胡舜陟（1083—1143）在北宋末任監察御史的時候，抄寫了御史臺秘藏的《詩案》原本，胡仔依此刊入《叢話》。所以，這是來歷最爲明確的文本。但與朋本相比，它缺少了御史臺的彈劾文和

① 第一節所述蔡涵墨 F 及近藤 I 論文，也論及了各種文本，本文的内容與此有所異同。

判決文等,作爲審判的原始資料,在體裁和内容上都不完備。

③ 周本恐怕是書肆僞托的書籍,實際上很可能是胡本的節略本①。從而,在三種文本中,此本的資料價值最低。但是,它在當時似有一定程度的流布,南宋末的蔡正孫在《詩林廣記》後集卷四收録的《烏臺詩案》,就是此本的轉載。其南宋期的原本已經散佚,最常見的是清曹溶(1613—1685)編的叢書《學海類編》裏所收的本子。另外,清厲鶚(1692—1752)《宋詩紀事》所收的《烏臺詩案》,也是周本的重録。

以上三種之外,清代後期重新校訂編集的文本有兩種存在:

④ 清張鑒《眉山詩案廣證》五卷

⑤ 清宋澤元《烏臺詩案》一卷、《雜記》一卷

④是以胡本爲底本,用查慎行《補註東坡先生編年詩》所引的朋本進行校訂後的文本,另外揭載了宋代的相關資料。編者張鑒(1768—1850)是烏程(浙江省湖州市)人,字春治,號秋水,著書甚多,是留下了三百卷著作的清朝後期文人和學者。④的現存版本,有清末光緒十年(1884)江蘇書局的刊本②。

⑤是以《函海》所收的朋本爲底本,根據諸書加以校訂的文本。據其序文,"校正補苴"達"三百餘字"。作爲附録,它揭載了《資治通鑒綱目》的記事,末尾以《東坡烏臺詩案雜記》爲題,主要引用了宋代筆記類書籍的記事。此本見收於《懺花盦叢書》,編者宋澤元的經歷未詳,似是清末浙江紹興的學者。

---

① 請參考拙作《〈東坡烏臺詩案〉流傳考》。
② 筆者所見爲中國復旦大學圖書館藏本。

有清末光緒十二年(1886)的刊本①。

　　如上三種系統的《詩案》文本之中,朋本系統(①和⑤)與胡本系統(②和④)的質量較好,因爲揭載了彈劾文和判決文等,朋本系統作爲審判記録更見完備。所以,本文引用《詩案》的場合,原則上使用朋本系統,其中尤以經過校訂、錯亂較少的⑤爲底本,祇在出現顯著的異同時,纔提及其他文本的情況。

三、事件之首尾(上)——入獄以前

　　本節與下一節,就 1 吴興太守、2 彈劾與伏筆、3 逮捕入京(以上本節)、4 審理經過(下節)四點,來交待事件的首尾。如本文開頭所述,"詩案"是發生在宋代最大的文人身上的大事件,僅此便足以喚起當時文人們的極大關心,可以證實這一點的,便是當時文人的回憶録或詩話筆記類的書籍中,言及此事的文字甚爲豐富,其中大多是站在舊法黨一邊,以同情蘇軾的姿態來記叙此事,甚至還有人混雜了小説式的虚構成分,來記録這個疑案。不過,包括歷史文獻在内,對此事件提供了證詞的,幾乎全是舊法黨一邊的人物,要堵上他們的口,來再現事件的本身,幾乎是不可能的。因此,在本節中,原則上也以他們的言詞爲依據,重新描寫這一事件。關於審判的具體經過,筆者根據朋本另外作成了附表(附表 A "元豐二年烏臺詩案關連年表"、附表 B "烏臺詩案涉及的作品"),所以不再逐一詳及。這裏主要根據當時文人們的私人回憶録,把當時蘇軾所處的境況,放在幾個層面中加以考察,試圖儘可能地做到具

———————

① 筆者所見爲中國上海圖書館藏本。

體的再現。

(一) 吴興太守

元豐二年(1079)三月上旬,在徐州(江蘇省徐州市)當了大約兩年知州的蘇軾離開了此地,跟他的弟弟蘇轍一起暫時來到徐州西面約一百五十公里處的商丘(河南省商丘縣,北宋的南都),訪問蘇氏兄弟在官界的最大庇護者(參考本文第五節的"七人與蘇軾"一項)張方平(1007—1091,字安道,商丘人),滯留了半月左右。然後,他告別蘇轍,由運河南下,赴其新任之地吴興(湖州),約一個月後的四月二十日到達湖州。這是蘇軾四十四歲那年的夏天。時在北宋後期,湖州擁有烏程、歸安、安吉、長興、德清、武康六個屬縣,在屬於兩浙路的十四州中,户口數僅次於杭州、蘇州、越州、台州,居第五位(中華書局《中國古代地理總志叢刊》本《元豐九域志》卷五)。

湖州,正像晚唐的鄭谷所詠,"全在水雲中"(上海古籍出版社《鄭谷詩集箋註》卷一《寄獻湖州從叔員外》),它北臨太湖,州城的四面由苕溪等無數的溝渠圍繞,是一個水鄉城市。作爲"魚米之鄉",湖州自來物産豐饒,而尤富於跟文人生活發生深刻關聯的特産,如秦至六朝間的烏程酒、箬下酒,唐宋時期的紫笋茶、太湖石、鏡,近世的湖筆等等。因此,歷代有許多文人墨客曾經訪問此地,六朝時有東晉的謝安、梁代的柳惲,唐代有顏真卿、杜牧,入宋以後有胡宿、文同(文同在上任湖州知州的稍前去世,其生前實際上不太可能跟湖州有特別深的關係,但是,在考慮其於繪畫史上的重要性時,即便衹不過是一種稱呼也罷,其被後世視爲"文湖州竹派"之祖的事實,也決不能等閑視之。因了這個稱呼,後世的許多文人恐怕極爲自然地抱有文同即湖州的聯想,在此意義上,文同對於湖州的文化形象之形成,功績並不小),接著便是蘇軾,以太守(刺史、知州)的身份居留於此,起到了將湖州的文化風氣宣揚於轄境內外的作用。

元豐二年的赴任,也並不是蘇軾第一次訪問湖州,在此之前,他至少已有兩次到達此地。第一次是在熙寧五年(1072)十二月,任杭州通判的他訪問了當時任湖州知州的孫覺(1028—1090,字莘老,高郵人);第二次是在熙寧七年九月,他離開杭州去密州赴任的途中經過湖州,那時蘇軾跟張先(990—1078,字子野,湖州烏程人)、楊繪(1027—1088,字元素,綿竹人)、李常(1027—1090,字公擇,建昌人)、陳舜俞(?—1072,字令舉,烏程人)、劉述(字孝叔,湖州歸安人)會聚一堂,詞酒交樂。順便提及,這六人之宴對於蘇軾來説,似乎留下了非常深刻的印象,後來還不時地懷念這一雅會①。就在湖州知州任上,也有"遠思顏柳并諸謝,近憶張陳與老劉"(《詩集》卷一九《次韻周開祖長官見寄》②)的詩句,把三位本地人(張先、陳舜俞、劉述)與"顏柳"(顏真卿,柳惲)、"諸謝"(謝安、謝萬兄弟)等歷代吳興太守對舉,來追憶當時的歡會。

在被捕赴京之前,蘇軾在湖州度過了初夏至初秋三個月左右時間,因爲是水澤之地,他似乎頗爲高溫多濕和蚊子的威猛所惱。但是,僅從當時所作的大約四十首詩歌來看,除了這小小的不適外,每一天的生活狀態毋寧説是淡淡的,與浮世相分離的,到了極爲閑雅的程度。——詩中的場景,不是乘著肩

---

① 例如 1. 元豐四年十二月《記遊松江》(中華書局唐宋史料筆記叢刊《東坡志林》卷一),2. 元祐四年《定風波》小序,等。張先在這次宴席上所作的《定風波令》詞,有"六客詞"之稱;而十五年後(元祐四年),蘇軾赴杭州知州任的途中,經過湖州時,懷念已經去世的五人,將其所詠《定風波》詞稱爲"後六客詞"。

② 本文引用蘇軾的古今體詩,原則上根據中華書局校點八册本(清王文誥)《蘇軾詩集》。

興出行到近郊的卞山或道場山,便是在月夜裏的一片蓮花之中,浮起船兒到城南遊玩;不是到城北的飛英寺同僧侶交往,登上五層之塔,恣意眺望,便是爲求方外之交,而順著苕溪漂浮,去拜訪隱士、道士之流……或者,也許是這一方孕育了陸羽、張志和等隱者的風土,把蘇軾引向了山水和隱逸,又或許是蘇軾別有深意,自比於曾把陸、張二人招致幕下的吳興太守顏真卿。——無論如何,包含擔任知州的時間在內,蘇軾在湖州雖然還不到半年,但蘇軾對湖州的印象不管好壞都是深刻的,對他來說,這是代表著江南的城市之一①。

(二) 彈劾與伏筆

到達湖州的蘇軾,按照慣例迅速向皇帝呈上了謝表,而事件的發端,似乎正是這謝表中的文句:

> ……知其愚不適時,難以追陪新進;察其老不生事,或能牧養小民。(《文集》卷二三《湖州謝上表》②)

"我深知自己的愚笨,不能適合時世,終究無法跟隨新獲提拔的人們之後;私下想,隨著年齡的增大,不至於徒然多生事端,這樣的我或許也還能治理和教化庶民吧。"

1. 彈劾: 在朋本《詩案》的開頭,揭載了當時三位臺官(何正臣、舒亶、李定)和一位國子博士(李宜之)所作的共計四

---

① 《詩集》卷一九《予以事繫御史臺獄,獄吏稍見侵……》詩其二的末句"桐鄉知葬浙江西",有蘇軾的自註云:"獄中聞杭湖民爲余作解厄道場累月,故有此句。"杭州和湖州的民眾爲了祈願蘇軾無事釋放,作了好幾個月的佛事。這生動地記述了蘇軾與湖州居民之間的親密關係。另外,以宋代湖州的文化環境爲主題的專著有葛紹歐《宋代湖州的文教》(宋史座談會《宋史研究集》19,1989 年 12 月)。

② 本文引用蘇軾的散文作品,原則上根據中華書局校點六冊本(明茅維)《蘇軾文集》。

通彈劾文(札子和狀),而其中監察御史裏行何正臣和舒亶的文字,都首先對上引的謝表發出責難。何正臣在引用了上文後說:

> ……愚弄朝廷,妄自尊大,宣傳中外,孰不歎驚!(宋澤元朋本《監察御史裏行何正臣札子》)

舒亶雖未直接引用,但也說:

> ……知湖州蘇軾,近謝上表,有譏切時事之言。流俗翕然,爭相傳誦,忠義之士無不憤惋。(朋本《監察御史裏行舒亶札子》)

在蘇軾的謝表中,如果真有舒亶所謂的"譏切時事之言",那除了上面引用的一處外,就很難找到了。所以,很明顯,舒亶與何正臣都從同一條文字裏看出了問題。如"烏臺詩案"一名所示,案件的審議對象應該是蘇軾擔任湖州知州以前的數年間,特別是在杭州通判任上所作的詩歌,但舒、何二人卻都首取謝表中的這條文字加以責難,由此看來,彈劾的直接導火綫還不如說是謝表中的文句——這樣的想法也許更切合實情吧。

爲什麼他們會有如此過敏的反應呢?關於此點,因爲跟圍繞著當時御史臺的政治狀況有密切聯繫,這裏暫不深入,留待後述(參考第七節)。這裏祇指出,比"詩案"中被審理的所有作品都要晚成的謝表,實際上可能是這個疑案的一切的出發點。當然,御史臺全體的方針和指向是由作爲長官的"臺長"(即御史中丞)來確定的,但在立案訴訟之際,具體的備案及實質性的調查之類,應該都經過那些"臺端"(即監察御史)之手。因此可以設想,"臺端"們對怎樣的事件有怎樣的感受,正是這感情方面的問題成了全部認識的起點,甚至成爲左右審議過程本身的極大要因。他們無一不在彈劾狀的開頭表露了感情上的極大"憤惋",從這一點就可以看出謝表在"詩案"中起到了多大的作用。

2. 伏筆：而且,還有資料説明,遠在蘇軾的湖州謝表上呈以前,實際上已經埋下了事件的伏筆。這伏筆之説可以分爲二種,一種是關於沈括(1029—1093,字存中,錢塘人)的,另一種則與"詩案"發生之時的"臺長"(即御史中丞)李定(1028—1087,字資深,揚州人)有關。

關於沈括的説法,見(中華書局校點本《續資治通鑑長編》卷三〇一引用的)南宋初王銍的《元祐補録》,内容如下：蘇軾任杭州通判期間,他從前的同僚沈括(在宋英宗治平年間,蘇軾曾任直史館,沈括任館閣校勘、編校昭文館書籍)作爲察訪兩浙農田水利的使者,受了神宗的慰問蘇軾之命,前來拜訪。當時,他求得了蘇軾的近作,記録下來,並用附箋對其中誹謗朝政的詩句一一加以註解,歸朝後上呈給神宗。這個説法認爲,"詩案"原來是以沈括的上呈資料爲基礎構成的。

關於李定的説法,見邵伯温(1056—1134)《邵氏聞見録》卷一三(卷一二中也有涉及。中華書局《唐宋史料筆記叢刊》本),内容如下：熙寧三年(1070),王安石破格提拔李定,準備讓他擔任監察御史,但因當時臺諫、知制誥、給事中等的强烈反對而中止[1]。反對的最大理由,是李定不孝,不曾爲他的生母服喪。此時恰好又出現一位大孝子,大約一月後,一個叫做

---

[1]　見《續資治通鑑長編》(以下簡稱《長編》)卷二一〇、二一一(中華書局校點本第十五册,第5103、5121、5123頁)。另外,關於提拔李定一事的歷史意義,有以下專論：熊本崇《"權監察御史裏行"李定》(收入汲古書院1996年7月《宋元時代史的基本問題》)。

朱壽昌(字康叔,揚州人)的士大夫被召到京城謁見神宗①,他在七歲時便與生母分離,以血書《金剛經》向佛祈禱,並且拋棄了官職而到處尋訪生母的所在,歷經五十年,終於跟生母重聚。這在士大夫間被傳爲美談,最後連皇帝也表彰他爲絶代孝子。此事的後年,蘇軾也詠詩讚揚朱壽昌的孝行(《詩集》卷八《朱壽昌郎中少不知母所在……》),但其中第十四句"此事今無古或聞",説者以爲此句暗地非難了李定的不孝②,令李定感到憤恨,爲了向蘇軾復仇而興起了"詩案"。

兩者都無非是類似所謂街談巷語的俗説而已,前者且不論③,後者倒有一定的真實性。蘇軾的這首詩,從南宋初刊本《東坡集》、南宋中期《施顧註蘇詩》開始,在歷代的編年詩集中都被繫年於杭州通判時代(熙寧五年)④,被當作"詩案"的證

① 朱壽昌被召見的事,見《長編》卷二一二,(熙寧三年)六月癸亥(四日)條的記載。而李定被權管勾御史臺的陳薦所彈劾,是在同年五月八日(《長編》卷二一一)。

② 還有,此詩的末尾"西河郡守誰復譏"之句,説者也以爲是借戰國時代的兵家吳起,來諷刺李定(清王文誥註本所引清查慎行和陳訏的説法)。

③ 謂沈括與"詩案"有關的文獻,在《元祐補録》以外無從找見,但這可能也不是完全無根的説法。在"詩案"發生之際,蘇轍上呈的請願書中説,蘇軾曾於密州知州任期結束以後,一度因其詩歌而遭到彈劾(參考本文第五節"異議申訴的内容")。據施宿《東坡先生年譜》(收入王水照編《宋人所撰三蘇年譜彙刊》,上海古籍出版社,1989 年 11 月),熙寧十年蘇軾離開密州後,本來要到京師去,但據説一到京師便因"有旨不許入國門"而被拒絶入城。蘇轍的話可能就指此時的事狀而言。當時沈括在京師擔任三司使,但他因爲察訪兩浙的實績而參與了淮浙鹽法的修定計劃(《長編》卷二七九)。與此相關,對於屢屢以詩歌揭發鹽法之害的蘇軾,抱著某種敵意,而給臺諫提供了情報,這樣的推測也並非不能成立。

④ 如前面的註文中所記,朱壽昌的孝行事迹得到中央的表彰,是在熙寧三年,並非蘇軾詩被繫年的熙寧五年。如果歷代蘇軾詩集的編年狀況沒有錯誤,如果以此爲前提來推測其中的齟齬原因,那麼恐怕可以認爲,與蘇軾有較遠姻戚關係(從表兄弟)的文同的存在,是此詩寫(轉下頁註)

據物件而出場的刊行物《元豐續添蘇子瞻學士錢塘集》三卷中,此詩被收録的可能性甚大。假如它真被收録,那麼最遲到"詩案"的審理階段,李定總會知道此詩的存在。在朱壽昌的孝行事迹映襯下顯得越來越尷尬的李定,一旦看到此詩,即便它並未明顯地包含對自己的批判,也必然感到幾分苦澀,更何況它還包含了可被認爲是批判自己的詩句,此時的他如果抱有對於蘇軾的近似敵意的感情,也決非是一種不自然的發展吧。由此也不妨往壞裏猜測,萬一李定的胸中懷了幾許憎惡之情,那麼他就可以利用跟兩位"臺端"全然相同的理由,對審議的過程多少起到惡劣的作用。

（三）逮捕入京

元豐二年七月三日,御史中丞李定等人的彈劾最終得到受理,神宗給知諫院張璪和李定下詔,在御史臺開始正式的審理。與此同時,從京師派出特使去拘捕身在湖州的蘇軾。這位特使名叫皇甫遵,據朋本所記,他於七月二十八日到達湖州,拘捕蘇軾,至八月十八日回到京師。在皇甫遵離開京師,到押解蘇軾回京的大約一月半之間,值得特記一筆的有以下三點。

1. 機密洩漏:第一點是,跟皇族有關的蘇軾友人王詵(1048前後—1104以後,字晉卿,太原人。娶英宗第二女即神

（接上頁註）作的契機。文同是朱壽昌的老朋友,對其尋找生母的始末有詳細的記録,就是題爲《送朱郎中詩序》(《丹淵集》卷二六)的一文。文中明記其寫作時間爲"壬子(熙寧五年)中元"。由此可以推測,蘇軾的詩或者是因爲看到了文同的文章,有感而作。不過,這樣一來,就跟蘇詩篇題中的"去歲得之蜀中"一句,有所抵觸。

宗之妹,任駙馬都尉)①預先透露了蘇軾將被御史臺拘捕審問的機密情報,暗地通知給他。《續資治通鑒長編》(以下簡稱《長編》)卷三〇一(中華書局校點本第 21 冊七三三六頁)的小字註中引用了朱本《神宗實錄》:

> ……事發,(王詵)更遣人抵(王)鞏、轍,論使(蘇軾)
> 毀匿所謗訕文書。轍坐受詵指論,鞏坐與詵、軾交通……

此謂王詵通過蘇轍指使蘇軾消滅證據。

在孔平仲《孔氏談苑》②(新文豐出版公司《叢書集成新編》所收)卷一的"蘇軾以吟詩下吏"條中,更爲具體地記錄了派遣密使之事:知道了機密的王詵,先通知了當時以簽書判官之職住在南京應天府(河南省商丘縣)的蘇轍,然後蘇轍馬上派出了密使。據說,皇甫遵(此處作"皇甫僎")帶著兩名臺卒(即御史臺的低級人員)和一個兒子,兼程行進,因此蘇轍派出的密使本來不能追過皇甫遵一行,但由於皇甫遵的兒子突染急病,爲尋醫救治而在潤州(江蘇省鎮江市)逗留了半日,密使乘此間隙,纔追過了他們。

關於王詵洩漏機密一事,《長編》所引的舒亶上疏文中也說:"駙馬都尉王詵……漏洩禁中語。"而且《長編》的記事中也

---

① 關於王詵,可以參考以下專論:翁同文《王詵生平考略》(《中華叢書》之《宋史研究集》5,1970 年 10 月);西野貞治《關於王詵晉卿》(東方書店 1985 年《古田教授退官記念中國文學語學論集》);河野道房《關於王詵》(京大人文研《東方學報》,1990 年 3 月)。

② 孔平仲,字毅父,臨江新喻(江西省新余縣南)人,生卒年未詳,治平二年(1065)進士。他是孔子第四十六世孫孔延之(1014—1074)之子,與其兄文仲、武仲都以文章知名,現存三兄弟的合編文集《清江三孔集》。蘇軾曾寫作孔延之的挽詞(《詩集》卷一三《孔長源挽詞二首》),在他謫居黃州時期,也與孔平仲本人有詩歌贈答。由這些事實可知,兩人之間生前曾有親密的交遊,故可以認爲《孔氏談苑》的記事具有很高的可信度。

明言"獄事起,詵嘗屬轍密報軾,而轍不以告官",當可信爲事實。而御史臺之所以重視此事,看作機密的洩漏,則除了王詵同時指使其消滅證據這一點外,便很難想像其他的理由,雖然《長編》的兩條記事以及《孔氏談苑》都沒有提及,但恐怕朱本所言的是事實吧。

2. 知州被捕：第二點是,知州被捕的場面事實上被過分地渲染。《孔氏談苑》將此記録爲當時在場的祖無頗(1029—1093,字夷甫,上蔡人)的目擊之談。據説,進入湖州廳舍的皇甫遵穿著祭禮用的禮服,不發一言,叉腿而立,兩名臺卒也分立其旁,怒視州官。在他們的威壓之下,人人驚恐生畏,蘇軾也自料必死,請求與家人作最後的告別,但皇甫遵却催促他馬上出發,結果是當場被捕,拘上了船隻,"如驅犬雞"那樣被逮走了①。

這"如驅犬雞"的逮捕場面,在蘇軾自己回顧當時的文章(後引《杭州召還乞郡狀》)中也曾追憶爲"如捕寇賊"。不過,連跟家人告別的時間也不給,這一點不免過於誇張。蘇軾的《題楊朴妻詩》(《文集》卷六八)一文②有如下記載：

> 真宗東封還,訪天下隱者,得杞人楊朴,能爲詩。召對,自言不能。上問："臨行有人作詩送否？"朴言："無有。惟臣妻一絶云：'且休落魄貪杯酒,更莫猖狂愛詠詩。今

---

① 　與此相同的記載也見於北宋末朱彧的《萍州可談》卷二(上海古籍出版社《宋元筆記叢書》本),但經過很大潤色,如以下諸條：① 臺卒扯著蘇軾的衣袖説："御史中丞召。"② 蘇軾走出州衙之門,其家人在背後號泣而送,③ 還有蘇轍的登場,蘇軾對他叫喊："以妻子累爾。"湖州之民聞者流淚。這裏,尤其是③蘇轍的在場,事實上並不可能,與史實不合。

② 　此文也見於：①《苕溪漁隱叢話前集》卷四二,② 中華書局《唐宋史料筆記叢刊》本《東坡志林》卷二。

日捉將官裏去,這回斷送老頭皮。"上大笑,放還山,命其
子一官就養。余在湖州,坐作詩追赴詔獄,妻子送余出
門,皆哭。無以語之,顧老妻曰:"子獨不能如楊處士妻作
一詩送我乎?"妻不覺失笑,予乃出。

——真宗時的隱者楊朴,因爲有擅長作詩之名,被真宗召
對,但楊朴却説自己不會作詩。真宗問他:"你離開故鄉之
際,有人作詩送別嗎?"楊朴回答,並没有那樣的人,祇有他
的妻子作了一首絶句,意思是説:"暫時不要再盡情地貪戀
飲酒了吧,更不要那樣胡亂地寫詩了吧。今天被捉到官府
裏去,這下你這老家伙可真要告別今生了。"真宗聽了此詩
後放聲大笑,不但允許楊朴歸鄉,還給他兒子官職,命其好
好侍養父母。

蘇軾在被捕離開湖州之際,引用了這個故事,來安慰哭泣
不止的妻子:"你不能像楊朴之妻那樣作一首詩送我嗎?"然後
便出發了。

3. 投水自殺:第三點是,蘇軾在被押解途中,曾經試圖
投水自殺。這可以從蘇軾自己的回憶和《孔氏談苑》卷一("皇
甫僎深刻"條)的記載得到證明。

首先是蘇軾本人的回憶,見於"詩案"的大約十二年後,元
祐六年(1091)五月十九日上奏的《杭州召還乞郡狀》(《文集》
卷三二)中。此文的內容是:回顧他從出仕以來,其意見經常
成爲臺諫攻擊的對象,如果被召還中央,那就必然再度陷入權
力鬥争,被以臺諫爲中心的誹謗中傷的漩渦所卷没,對此深感
危懼的他強烈要求中央重新考慮召還的命令,同時請求再任
地方官。其中回顧"詩案"的一段如下:

　　……李定、何正臣、舒亶三人,構造飛語,醞釀百端,

必欲致臣於死。先帝初亦不聽,而此三人執奏不已,故臣
得罪下獄。定等選差悍吏皇(甫)遵,將帶吏卒,就湖州追
攝,如捕寇賊。臣即與妻子訣別,留書與弟轍,處置後事,
自期必死。過揚子江,便欲自投江中,而吏卒監守不果。
到獄,即欲不食求死。

上文明言:其被押解渡過長江之際,試圖投水自殺,因被
嚴密監視而未果;至入獄後,又曾有絕食自殺的念頭。另一方
面,《孔氏談苑》所記的內容則有一些差異:

> 蘇子瞻隨皇甫僎追攝至太湖蘆香亭下,以柁損修完。
> 是夕,風濤頃洞,月色如畫。子瞻自惟倉卒被拉去,事不
> 可測,必是下吏,所連逮者多,如閉目窒身入水,則頃刻間
> 耳。既爲此計,又復思曰,不欲辜負老弟。弟謂子由也。
> 言己有不幸,則子由必不獨生也。由是至京師,下御史
> 獄。李定、何王臣雜治之,侵之甚急,欲加以指斥之罪。
> 子瞻憂在必死,嘗服青金丹,即收其餘,窖之土中,以備一
> 旦當死,則併服以自殺。

據上文,倉促被捕的蘇軾對事件的發展完全無法預測,確
信自己一旦被交入御史臺官吏之手,必然會有許多人被連坐
逮捕,不如閉上眼睛投身入水,祇不過一瞬間就了結了。但他
正要這樣做時,忽然想起了弟弟蘇轍,結果便停了下來。到了
入獄之後,他又暗備了毒藥,倘被宣判死刑,便隨時準備服毒
自殺。

兩種說法之間,有長江或太湖,絕食或服毒的差異,但其
共同之點在於,它們都證實了從被捕到入獄期間的蘇軾在心
理上曾被逼到走投無路的境地。

四、事件之首尾(下)──入獄以後

(四) 審理經過

八月十八日被拘至御史臺的蘇軾,直到十二月二十九日為止,有大約四個月零十日的生活,是被迫在御史臺獄中度過的。其間御史們審問的要點,除了蘇軾本人的罪行外,還有與蘇軾進行詩文應酬的,跟他一樣對朝政持批判態度的人物,目的在於如何更多地把這些政敵牽連其中。如果以附表 A "元豐二年烏臺詩案關連年表"為基礎,將"詩案"從審理到結案的經過作大致的敘述,那麼可以判斷,臺官們圍繞著個別詩的解釋而進行的審問,總體上在十月上旬完成了,此後便進入如何根據蘇軾的供述來斷案的階段。因此,對蘇軾來説真正與臺官生死一賭的交鋒,應該集中演出於前半的兩個月間,即以九月份為中心,加上其前後的各十日左右。

接下來,到十月十五日,由於相當於神宗祖母的太皇太后曹氏病危(同月二十日崩),故頒下恩赦之詔,事態出現了轉機。此後,十一月二十八日御史們雖再次上呈了要對蘇軾處以極刑的札子,但其結果,蘇軾並未像當初設想的那樣,因"指斥乘輿"(對皇帝進行誹謗中傷)而被問以"大不恭"之罪。

下文引用相關的資料,來清理出三點:一是前半的兩個月,即被預想為臺官之追問最為嚴厲的時期中,蘇軾的獄中生活;二是太皇太后曹氏去世前後的一大轉機;三是神宗之深意。

1. 獄中生活:蘇軾被關押到御史臺獄的當時,還有另一位士大夫因為別的原因也受到御史臺的審問,那就是蘇頌(1020—1101,字子容,泉州南安人)。在某一起殺人事件的審

判中,他涉嫌出於情面而故意減輕犯人的刑罰。結果,蘇頌的
嫌疑獲得昭雪,被無罪放免,但當時身處御史臺的體驗,被他
詠入了詩歌,其中包含了涉及獄中蘇軾的作品。計有①《元豐
己未三院東閣作十四首》其五,和②《己未九月,予赴鞫御史,
聞子瞻先已被繫。予晝居三院東閣,而子瞻在知雜南廡,纔隔
一垣,不得通音息。因作詩四篇,以爲異日相遇一噱之資耳》
七律四首,共五首(俱見中華書局校點本《蘇魏公文集》卷一
○)。其中最能傳達出蘇軾獄中情形的,是①的尾聯:"却憐比
户吳興守,訕辱通宵不忍聞。"此二句下還附有自註:"時蘇子瞻
自湖守追赴臺劾。嘗爲歌詩,有非所宜言,頗聞鑴詰之語。"這
些都是從第三者的角度,證實了臺官對蘇軾的審問極爲苛酷。

　　如②的詩題所示,蘇頌之受審於御史臺,是在九月。據
《長編》卷三○○,對此起殺人事件的最終判決下達於九月丁
丑即十二日,因此,上面的詩句可能是在稱述九月上旬的情
形,而這一時期也可以説是對蘇軾的審問正處於高潮的時期。
據附表A可知,入獄以來一直避免供述與其他詩人應酬情況
的蘇軾,到八月底改變了態度,開始慢慢供述(這恐怕是因爲
御史臺在此時掌握了新情報,令蘇軾無法繼續保持沉默了)。
尤其是九月三日,蘇軾開始供述了有關他寄給孫覺、張方平、
司馬光、范鎮等重臣的詩文真意。比如對於詩《司馬君實獨樂
園》(表B[39]),他供述到:"司馬光,字君實,曾言新法不便,
與軾意合,既言終當進用,亦是譏諷朝廷新法不便,終當用司
馬光,光卻暗啞不言,意望依前攻擊。"這也是臺官迫使他供述
的結果。而在此前後的九月上旬,臺官們也就拚命搜尋那些
可因此案而連坐處罰的士大夫。因此,蘇頌所謂的"訕辱通
宵"或者"頗聞鑴詰(嚴厲責問)之語",是具有相當的真實性的。

　　獄中的蘇軾,自料必死而留詩於蘇轍,有兩首現存(《詩集》

卷一九），即《予以事繫御史臺獄，獄吏稍見侵，自度不能堪，死獄中，不得一別子由。故作二詩授獄卒梁成，以遺子由二首》。詩題的大意是說，自己被獄吏虐待，覺得很難忍受，恐怕要死在獄中，不能跟蘇轍告別，所以寫了辭世的詩，托獄卒轉送蘇轍。這兩首詩寫的都是自料其死的悲壯内容。蘇軾所謂的"獄吏見侵"①之狀況，恐怕也是跟上述蘇頌詩句所詠，幾乎同時期發生的事。前引的《孔氏談苑》，謂"李定、何王臣雜治之，侵之甚急，欲加以指斥之罪"，指名道姓地記録了審問的嚴酷程度。

不過，也有的回憶録指出，在蘇軾寫作上述兩詩的背後，還有他的冷靜算計在起著作用，即認爲它們馬上會被神宗看到。兩宋之交的葉夢得（1077—1148）《避暑録話》（新文豐出版公司《叢書集成新編》所收）卷下有這樣的説法：

> 蘇子瞻元豐間赴詔獄，與其長子邁俱行。與之期：送食惟菜與肉，有不測則徹二物而送以魚。使伺外間以爲候，邁謹守。踰月忽糧盡，出謀於陳留，委其一親戚代送，而忘語其約。親戚偶得魚鮓送之，不兼他物。子瞻大駭，知不免。將以祈哀於上，而無以自達。乃作二詩寄子由，祝獄吏致之。蓋意獄吏不敢隱，則必以聞。已而果然。神宗初固無殺意，見詩益動心，自是遂益欲從寬釋，凡爲深文者拒之。……

——據説，蘇軾跟陪同他到京城的長子蘇邁事先約好，利用送入牢房的食物種類的變化，將事態的急變儘早通知獄中的蘇軾。但是，蘇邁爲了調集食糧而不能直接送入，委托一位親戚

---

① 此處的"見"，四川、湖北辭書出版社《漢語大字典》云："用在動詞的前面，有稱代作用，等於前置的'我'。"並以此爲語例。

去送的時候,忘記把這個約定轉告親戚,因此那位親戚恰好偶然送去了跟約定相反的食物,致使蘇軾貿然認作死罪難免的信號。他想設法哀求於神宗,却没有辦法,結果用了表面上寄給弟弟的上述兩詩,實際上寫了請求神宗憐憫的内容,有意讓神宗看到。《邵氏聞見録》卷一三,以及兩宋之交的曾敏行《獨醒雜誌》卷四(上海古籍出版社《宋元筆記叢書》本),也記載此詩引起了神宗的憐憫,而减輕了量罪。

但是,在《孔氏談苑》中,緊接著上引之文(卷一"皇甫僎深刻"條)也提到了此詩,却謂蘇軾自言"如其不免(死),而此詩不達(於蘇轍),則目不瞑矣",拜托近日對他懷有好意的獄卒轉送蘇轍,結果獄卒將此詩藏在枕中,等蘇軾出獄後交還給他。若依據此説,則不要説神宗,連蘇轍也未嘗寓目,跟《避暑録話》或《獨醒雜誌》等記載的内容全然相反。

如上所述,對於寄給蘇轍的詩及有關情況,文獻所載有相當的差異。若信從《避暑録話》,則連蘇軾所謂"獄吏見侵"的事實也幾乎成了虚構,但這一點,因爲有在場者蘇頌的證言,要否定事實的本身是困難的。略去各種文獻間的齟齬,妥當的看法是,總體上到十月上旬爲止,對蘇軾來説全然無法預測的危迫狀況猶在延續。

2. 轉機:如前述的那樣,臺官們的集中審問大概在十月上旬完成,可以判斷,此後進入了根據蘇軾的供述來確定刑罰的審議階段。正當此時,太皇太后曹氏去世。有不少文獻説,在"詩案"的審理乃至於結案的過程中,曹氏的存在以及她的去世①,對

---

① 　據黄錦君《兩宋后妃事迹編年》(巴蜀書社,1997年5月),太皇太后曹氏於元豐元年(1078)一月得病,後經醫生的盡力,曾幾度好轉,但到翌年元豐二年十月已未,終於進入病危狀態,同月乙卯之日去世。其間連續地出現神宗頻頻下詔徵求良醫,一旦用藥有效便褒獎醫生之類的記載。

於蘇軾的最終判決直接起到了巨大的影響。例如,南宋中期
人陳鵠的《耆舊續聞》卷二(上海古籍出版社《宋元筆記叢書》
本)中,便有以下記載:

> 慈聖光獻大漸,上純孝,欲肆放。后曰:"不須赦天下
> 兇惡,但放了蘇軾足矣。"時子瞻對吏也。后又言:"昔仁
> 宗策賢良歸,喜甚,曰:'吾今日又爲子孫得太平宰相兩
> 人。'蓋軾、轍也,而殺之,可乎?"上悟,即有黃州之貶。故
> 蘇有《聞太皇太后服藥赦詩》及挽詩甚哀。

據說,"慈聖光獻"即太皇太后曹氏陷入"大漸"即病危
狀態時,神宗告訴病床上的她,準備發布恩赦之令以祈禱延
命,曹氏却回答説:"用不著把天下的大罪人都恩赦了,只要
放了蘇軾一人就足夠了。"接著,她還提到仁宗在世的時候,
蘇軾和蘇轍在制科中優等入選的那天,仁宗特別高興地説:
"今日爲我的子孫得到了兩位宰相人才。"於是她向神宗勸
諫:"可以殺掉其中的一人嗎?"同樣的記載也見於《宋史》卷
二四二《列傳》一《后妃》上。另外,雖不説與曹氏的病危乃
至恩赦直接相關,但幾乎同樣的內容也見於北宋後期方勺
的《泊宅編》卷一(中華書局《唐宋史料筆記叢刊》本)和南宋
中期張端義的《貴耳錄》卷上(新文豐出版公司《叢書集成新
編》所收)等書。

爲太皇太后曹氏祈禱延命的恩赦發布之事,《長編》卷
三〇〇"十月庚戌(即十五日)"條有"以太皇太后服藥,德音
降死罪囚,流以下釋之"的記載,《宋史》卷一五《神宗本紀》
二也明記:"庚戌,……減天下囚死罪一等,流以下釋之。"無
疑是史實。而且,正如前引《耆舊續聞》所説,蘇軾本人在獄
中聽到這一恩赦的通報,也作了題爲《己未十月十五日,獄

中恭聞太皇太后不豫,有赦,作詩》的詩,以及挽詞(俱見《詩集》卷一九)。

再者,這恩赦適用於"詩案"的迹象,也可從《長編》的明文記載得到確認。《長編》卷三〇一云:"初,御史臺既以軾具獄上法寺(即大理寺),當徒二年,會赦當原(即赦免)。"(不過,大理寺的判決雖然是因爲恩赦而無罪,由於李定再度呈上了請求處以極刑的札子,最終下達的判決是處以一定的刑罰的。)

究竟太皇太后曹氏有否進言,是難以確定的事,但結果終因曹氏的病危乃至去世,而對獄中的蘇軾多少起了有利的作用,這是事實。可以確鑿地證明這一點的,是前述蘇軾的詩(《己未十月十五日……》)以及兩首挽詞,雖然因爲題材的關係沒有直説,但明確地透露出九死而得一生的喜悅,和對於後半生的嚮往①。

3. 神宗之深意:前述蘇軾《杭州召還乞郡狀》中有這樣的話:

> 先帝遣使就獄,有所約敕,故獄吏不敢別加非橫。臣亦覺知先帝無意殺臣,故復留殘喘,得至今日。

此謂當時神宗沒有對蘇軾處刑的本意。具體來説,這是指"詩案"的哪個階段、哪個時期而言,並不十分明白,如果是指因太皇太后曹氏的病危而頒下恩赦之後而言,則跟其他的文獻也能符合,沒有矛盾。北宋末何薳的《春渚紀聞》卷六("東坡事實"條,中華書局《唐宋史料筆記叢刊》本)記載了以下的詳細內容,據説是何薳的父親何去非直接從蘇軾

---

① 詳見本文第一節所揭石本氏 E 論文(《御史臺獄中的蘇軾——精神上的動搖與黃州》)。

本人那裏聽到的：

> 先生臨錢塘郡日，先君以武學博士出爲徐州學官，待次姑蘇。公遣舟邀取至郡，留款數日，約同劉景文泛舟西湖。酒酣，顧視湖山，意頗歡適，且語及先君被遇裕陵之初，而歎今日之除，似是左遷。久之，復謂景文曰："如某今日餘生，亦皆裕陵之賜也。"景文請其說。云："某初逮繫御史獄，獄具奏上。是夕昏鼓既畢，某方就寢，忽見一人排闥而入，投篋於地，即枕臥之。至四鼓，某睡中覺有撼體而連語云：'學士賀喜者。'某徐轉仄問之，即曰：'安心熟寢。'乃挈篋而出。蓋初奏上，舒亶之徒，力詆上前，必欲置之死地。而裕陵初無深罪之意，密遣小黃門至獄中視某起居狀。適某晝寢，鼻息如雷，即馳以聞。裕陵顧謂左右曰：'朕知蘇軾胸中無事者。'於是即有黃州之命。則裕陵之恕，念臣子之心，何以補報萬一？"後先君嘗以前事語張嘉父，嘉父云："公自黃移汝州，謝表既上，裕陵覽之，顧謂侍臣曰：'蘇軾真奇才。'時有憾公者，復前奏曰：'觀軾表中，猶有怨望之語。'裕陵愕然曰：'何謂也？'對曰：'其言兄弟並列於賢科，與驚魂未定、夢遊縲紲之中之語。蓋言軾、轍皆前應直言極諫之詔，今乃以詩詞被譴，誠非其罪也。'裕陵徐謂之曰：'朕已灼知蘇軾衷心，實無他腸也。'於是語塞云。"

據上文，這件往事是蘇軾在杭州知州任上時，自己親口講述的，其發言的時間跟前引《杭州召還乞郡狀》一致。將上文與《杭州召還乞郡狀》相互對照來看，首先，"某方就寢，忽見一人排闥而入……"跟《杭州召還乞郡狀》的"先帝遣使就獄，有所約敕"一條相對應，其時間，則因上文有"獄具奏上。是夕……"之語,可以確定爲具獄的當日(或稍後)。根據朋本《詩案》,御史臺具獄的日期是十一月三十日,那麼這件往事自然也發生於此時。距太皇太后去世雖已經過了一個月半的時間,但值得注意的是,這不在"詩案"的前半期,而在太皇太后去世後的後半期。

在以上兩節中,取了圍繞"詩案"的幾個話題,通過對以私人回憶録爲中心的有關文獻的整理,大致描述了事件的首尾。雖然極力地避開了含有過度潤色或明顯不合事實的記載,但即便如此,所述的各種文獻之間仍可見出一些本質性的齟齬,而且還有無法選擇其中的一種來作出是非判斷的(＊)。

另外,關於最終的判決作爲一種法律上的判斷,情況如何,請參考本文開頭舉出的蔡涵墨和近藤兩氏的論文,他們已有詳細的考辨。

＊ 現在試著將所述的資料,以寫作時間爲中心,並依其與蘇軾本人的關係之疏密,分類如下:

(Ⅰ)在蘇軾的別集中收録的他本人的言辭——《杭州召還乞郡狀》、《題楊朴妻詩》、獄中的詩及其自註。

(Ⅱ)雖是蘇軾本人的言辭,但出於同時代的他人所轉述——《春渚紀聞》。

(Ⅲ)曾與蘇軾交遊的同時代他人的記録——《孔氏談苑》、蘇頌的詩及其自註。

(Ⅳ)主要成於活躍在蘇軾死後至南宋初期的文人之手的記録——《邵氏聞見録》、《元祐補録》、《避暑録話》、《泊宅編》、《獨醒雜誌》。

(Ⅴ)活躍於南宋中期以降的文人的記録——《貴耳録》、《耆舊續聞》。

(Ⅰ)至(Ⅲ)是蘇軾生前的記録。《春渚紀聞》本來屬於(Ⅳ),因爲紀録的是作者的父親直接聞自蘇軾的軼事,所以分在(Ⅱ)類。(Ⅳ)和

（Ⅴ）主要流傳於蘇軾死後。（Ⅳ）類出現於北宋末期徽宗朝的元祐黨禁極盛之時，蘇軾的文學、學術是以地下的方式被秘密接受的。（Ⅴ）類則產生於蘇軾恢復名譽之後，蘇學的空前絕後的流行之中。（Ⅳ）與（Ⅴ）雖然具有都流傳於蘇軾死後的共同點，但就其流傳之時的政治社會之環境來説，却有一處逆境、一處順境的決定性差異。

　　一般來説，從（Ⅰ）到（Ⅴ），跟蘇軾本人的關連越來越疏遠，其可信性逐漸降低。特別是屬於（Ⅳ）、（Ⅴ）二類，而又未明記出處的內容，在處理時必須慎重。從而，在一般情況下，同樣的記載如果出現在上面的多個類別，那麼見於前面的類別中者，比見於後面的類別中者，其準確度較高。不過，就"詩案"來説，也不能一概而言。因爲，"詩案"這一事件可以説是士大夫社會的禁忌，由它跟皇帝的權力深具關聯，尤其是跟對於皇帝的評價有關的言行，即便蘇軾本人也不得不特別慎重。因此，即使明確爲蘇軾本人的發言，在明顯將負文責的情形下，無法斷言他是全無隱藏地吐露了真意；而且如果以回憶之談的形式出現，那就不會絕無其本人加以潤色的可能性。出於這樣的理由，對這兩節中引用的文獻，祇在具有互相矛盾之內容時，纔將（Ⅰ）到（Ⅲ）和（Ⅳ）（Ⅴ）明確分別，由筆者選擇一種作出判斷；但在具有補充性的內容時，原則上將（Ⅰ）到（Ⅴ）的全部資料視爲等價，來運用和整理。

五、同時代士大夫之反應

　　蘇軾因爲詩歌而被下獄，當然會在同時代士大夫的心中引起甚大波瀾。《長編》記蘇軾入獄之時，"衆危之，莫敢正言者"，多數士大夫因驚恐而決定靜觀，但也有少數士大夫對神宗表示了異議。

　　1. 士大夫之反應：根據《長編》的記載，有① 張方平（1007—1091）和② 范鎮（1008—1088，字景仁，成都華陽人）給神宗上書，③ 王安禮（1034—1095，字和甫，臨川人，王安石弟)和④ 吳充(1031—1080,字沖卿,建州蒲城人)面諫於神宗。(吳充的勸諫未載於《長編》正文,而是在註文中引了吕本中《雜説》①的記事。)還有,除了⑤ 蘇轍也曾上書(見中華書局校點本《蘇轍集・欒城集》卷三五《爲兄軾下獄上書》)外,據説⑥ 章惇(1035—1105,字子厚,建州浦城人)和⑦ 王安石也曾進言(見南宋初周紫芝《太倉稊米集》②卷四九《讀詩讞》)。

　　將以上七人在"詩案"發生時的年齡、身份等情況記録如下:① 張方平,73 歲,已致仕,住在南京應天府;② 范鎮,72 歲,已致仕,在許州(?);③ 王安禮,46 歲,在京師任直舍人院、同修起居註;④ 吳充,49 歲,在京師任同中書門下平章事(宰相)、監修國史;⑤ 蘇轍,41 歲,在南京應天府任簽書判官;⑥ 章惇,45 歲,在京師任翰林學士;⑦ 王安石,59 歲,以尚書左僕射、鎮南節度使判江寧府,在江寧府(江蘇省南京市)。

　　2. 七人與蘇軾:除了⑤蘇轍毋庸多言外,關於其他六人與蘇軾的個人關係,以下稍作清理。

　　首先是①張方平,在蘇軾兄弟起家之前,已有長期交遊,對於"詩案"當時的蘇軾來説,張是他在官界的最大庇護者之一。嘉祐元年(1056),爲應科舉而離開故鄉的蘇軾兄弟,通過父親蘇洵的介紹,在成都拜見了當時的益州知州張方平。他可以説是蘇軾出生以來見到的第一個中央要員。根據近藤一

---

①　《長編》所謂的吕本中《雜説》,未詳其具體所指爲何書。在吕本中的現存著作中,具有類似書名的是《(吕)紫微雜説》一卷、《東萊吕紫微師友雜誌》一卷(俱見新文豐出版公司《叢書集成新編》所收),但都不見有關的記載。一説出自吕希哲《吕氏雜記》二卷(顏中其編《蘇東坡軼事匯編》,嶽麓書社,1984 年 5 月),但也不見於現在的通行本(新文豐出版公司《叢書集成新編》所收)。

②　關於周紫芝《太倉稊米集》的專論,有王嵐《周紫芝文集版本特徵的比較及其淵源考辨》(南京大學出版社《中國詩學》5,1997 年 7 月)。

成氏的《東坡應舉考》(1991年9月,《史觀》一二五),此時的蘇軾兄弟很可能因了張方平的推薦,而得到開封府試(在京師舉行的預備考試)的應試資格,這應該說是走向進士及第的捷徑。果然如此,則在蘇軾走上官途的起點,已經跟張方平有了深切的關聯。另值一提的是,其弟蘇轍跟張方平的關係更爲緊密,他在進士及第以後,還兩度被招入張方平的幕下。而且,蘇轍在及第以後,爲了伺候父親而留居京師,再加上爲雙親服喪等,大約有十年的時間幾乎沒有擔任實際職務,到"詩案"勃發之時,也不過十年多的履歷而已,其中多半是在張方平招聘他擔任的職務上,在張的身邊工作。蘇軾因"詩案"而被捕時,蘇轍之所以在南京應天府,也是由於張方平的招聘。

②范鎮跟張方平一樣,也是蘇軾從走上官途之始便得其知遇的顯官之一。嘉祐二年(1057,蘇軾二十二歲)禮部省試之時,范鎮是以歐陽修爲首的知貢舉之一,而嘉祐六年(1061,蘇軾二十六歲)因歐陽修的推薦而參加賢良方正能直言極諫科(制科)考試時,范鎮又是御試的考官之一(蘇軾以第三等入選)。到熙寧三年(1070,蘇軾三十五歲),他還推薦蘇軾擔任諫官(未實現)。如果說張方平給蘇軾打開了走向官途的門户,那麼范鎮就是一步一步推進其升遷的理解者。

以上二人在"詩案"發生時都已致仕,在官界最具長老資格。就政治上而言,他們都屬於對王安石創議的新法持批判態度的保守勢力。

剩下的四人中,除了⑥章惇以外,跟蘇軾沒有特別深的關係。章惇與蘇軾同年進士及第,作爲少壯官僚之時,兩人有一定的交往。在後來的哲宗親政時期,章惇是徹底彈壓元祐朝臣,從而使黨爭激化的中心人物,故南宋以來的人物評價對他極爲貶斥(在《宋史》中也被列入《姦臣傳》)。但在"詩案"發生之時,章、蘇二人間還未產生決定性的裂痕。可以證明這一點的是,出獄以後流放黃州的蘇軾,馬上跟升遷爲參知政事(副宰相)的章惇幾度書簡往復(見《文集》卷四九《與章子厚參政書二首》),雖然章惇是讚同新法的人物。

③王安禮是⑦王安石的親弟弟,但他跟新法勢力保持著一定的距離。

④吳充於熙寧九年(1076)王安石罷相歸隱江寧(南京)時開始代任宰相,至此,在相位已約三年半。他與王安石有姻戚關係(其子吳安持娶王安石之女),也許因此纔獲得美官,但實際上他對於新法也持批判的態度。

⑦王安石不用説是新法的設計者和最積極的推進者。蘇軾跟他的交遊,最爲人知的一幕是結束了黃州流放的蘇軾到江寧拜訪晚年的王安石,留下了"從公已覺十年遲"(《詩集》卷二四《次荆公韻四絶》其三)的詩句。但在"詩案"之前,並不存在二人直接交遊的記録。③王安禮和④吳充兩人與蘇軾差不多是同代人,因此,即便沒有多深的交往,也或者在某些場合曾有接觸。但王安石並非蘇軾的同代人,再加上政治立場的互不相容,故現實上不存在二人接近的機會吧。

3. 記載的可信度:在分析七人上書或進言的内容之前,先要對以上記載的可信度儘可能地加以檢證。關於①張方平,除了《長編》引用了其上書的幾乎全文外,在他的別集《樂全集》①(a 書目文獻出版社《北京圖書館古籍珍本叢刊》89 所

---

① 關於張方平《樂全集》的專論,有韓桂華《試論宋人別集的史料價值——以張方平〈樂全集〉爲例》(收入中國文化大學史學研究所編《第二屆宋史學術研討會論文集》,1996 年 3 月)。

收南宋刊本、b 文淵閣《四庫全書》本）卷二六也收錄了該文，題爲《論蘇内翰》，因此張方平曾爲營救蘇軾而上書，確爲事實。但是，根據劉安世（1048—1125，字器之，號元城，大名人）的説法（見新文豐出版公司《叢書集成新編》所收馬遠卿輯、王崇慶解《元城語録解》卷下，馬遠卿爲劉安世門人），張方平的這封上書結果並沒有被進呈①：

> ……元豐二年秋冬之交，東坡下御史獄，天下之士痛之，環視而不敢救。時張安道致政在南京，乃憤然上疏。欲附南京遞，府官不敢受，乃令其子恕持至登聞鼓院投進。恕素愚懦，徘徊不敢投……

據説，張方平原想直接通過當地官府進呈，但地方官不敢接受，祇好命令他的兒子到京師的登聞鼓院（接受各地官吏或民衆等直接向中央投訴的官署）去投進。其子到了登聞鼓院

---

① 邵伯温《邵氏聞見録》卷一三（中華書局校點本第 148 頁）云："張文定、范忠宣二公上疏救，不報。"謂確曾上奏，但未被采納。《宋史》卷三一八《張方平傳》也説："守蜀日，得眉山蘇洵與其二子軾、轍，深器異之。嘗薦軾爲諫官。軾下制獄，又抗章爲請，故軾終身敬事之……"不過，《宋史》的記述中有一些不正確之處。首先，這段話給人的印象是，似乎蘇軾因張方平的推薦而當了諫官，其實並無此事。蘇軾確實在熙寧二年（1069）和三年，兩度被推舉爲諫官，但兩次都沒有如願以償。而且，當時推薦他的人是司馬光和范鎮，不是張方平。或者張方平在別的機會也曾推薦，但至少在蘇軾的主要傳記資料中全未言及。一般來説，《宋史》的本傳大多是墓誌銘或行狀之類的忠實抄録，但蘇軾所撰的張方平墓誌銘中也沒有相應的部分。按筆者的看法，這大概是《宋史》撰者的誤記吧。蘇軾本以少寫墓誌銘著名，以顯官爲對象的墓誌銘祇有范鎮、張方平的兩篇（《文集》中另有滕元發墓誌銘，但那是代張方平所作）。在范鎮的墓誌銘裏，無論是推薦諫官，還是上書營救之事，都有明文記載，因此很可能是《宋史》的撰者將張方平的事與此混同了。另外，上引《邵氏聞見録》文中的"忠宣"乃是"忠文"之誤，忠宣是范純仁（1027—1101，字堯夫，范仲淹次子）的謚號，忠文纔是范鎮的謚號。

門前,因爲膽怯,結果没有上呈,原封帶回了。

《長編》卷三〇一也提及了這一點,但李燾未作明確判斷,祇書“當考”,持一定的保留態度。既然南宋前期的李燾(1115—1184)也已經難斷真僞,現在當然就更難判斷了,不過也並非毫無推測的綫索。參考蘇軾《張文定公墓誌銘》(《文集》卷一四)的叙述,筆者的印象是,未進呈之説是比較接近真相的。其理由是《張文定公墓誌銘》全未涉及上書之事。當然,如果説蘇軾考慮到墓誌銘這一文體的特性,在執筆時,不突出故人與自己的個人關係,而以重視公事的叙述方式來寫作這一墓誌銘,如此判斷也很順理成章。但是,蘇軾還寫作了②范鎮的墓誌銘,其中明確記載了“詩案”發生之際范鎮上疏營救自己的事實。而且,張、范兩人的去世僅隔三年,時間上很接近;而如前所述,兩人在“詩案”發生時的身份都是致仕官僚,這一點也是近似的;進一步説,這兩人都是蘇軾在官界的最重要的理解者或庇護者,此在前文中也曾叙述。這樣,以兩個具有許多共同點的人物爲對象的墓誌銘,一則講到上書的事實,一則全不涉及。由此應該可以理解爲:這全不涉及之中包含了某種暗示。

②范鎮的上書,與張方平的情況正好完全相反,文章本身雖早已失傳,但其進呈之事則如前所述由蘇軾的墓誌銘(《文集》卷一四《范景仁墓誌銘》)得到證實。

③王安禮的面諫,根據《長編》的註文,記載在田畫的《王安禮行狀》(現佚)中。又,《宋史》卷三二七《王安禮傳》也言及此事。

關於④吴充,除了《長編》所引的吕本中《雜記》外,别無旁證。

至於⑤蘇轍的上書,其生前自編的别集《欒城集》裏有收録,應認爲是相當可信的。

關於⑥章惇,據説周紫芝曾經看到他上呈的表文,而直接引用了其文。章惇的別集雖無現存,也没有其他旁證的資料,但章惇當時爲蘇軾作辯護的行爲本身,就前述的兩人交遊情况來看,決無不自然之處,而具有甚大的可能性。因此,如果周紫芝的記憶不誤,便是一種可補史傳之缺的史料。

關於⑦王安石,在周紫芝以前、以後,都完全找不到同類的記録。周紫芝本人也明記爲"舊傳",即傳聞之言,其可信度未必高。

如果將以上①～⑦歸入上一節末尾的分類,那麽①和⑤屬於(Ⅰ)類資料,②屬於(Ⅱ)類,③屬於(Ⅲ)類,④屬於(Ⅳ)類,⑥⑦屬於(Ⅴ)類。可以認爲,①～③以及⑤的可信度甚高,④也準此,而⑥⑦則需要考慮。

4. 異議申訴的内容：至此應進入上書的具體内容,但②范鎮的上書如前所述已經散佚不傳,無從知曉。以最完整的狀態保存下來的是①張方平和⑤蘇轍的上書,這兩位一是保護者、一是親弟弟,對蘇軾來説都是極親密的人,所以上書的内容都以訴諸感情的哀求爲基調,從而,絲毫没有正面談論事件之是非的"諫言"的腔調。不過,在委婉曲折的言詞中,也部分地道出了兩人對於這一事件的理解,據此也可窺知同時代士大夫的反應之一端。

①張方平引述了春秋時代晉國賢臣祁奚的故事(見《春秋左氏傳》襄公二十一年),來説明已經致仕的自己還要上奏的理由,接著把蘇軾近日的輕率言行認作"詩案"的根本原因,在此基礎上展開了自己的説法：

　　①伏惟英聖之主,方立非常之功,固在廣收材能,使之以器。若不棄瑕含垢,則人才有可惜者。昔季布親竇

高祖,夏侯勝誹謗世宗,鮑永不從光武,陳琳毀詆魏武,魏徵謀危太宗,此五臣者,罪至大而不可赦者也。遭遇明主,皆爲曲法而全之,卒爲忠臣,有補於世。自夫子刪詩,取諸諷刺,以爲言之者無罪,聞之者足以戒。故詩人之作,其甚者以至指斥當世之事,語涉謗讟不恭,亦未聞見收而下獄也。唐韓愈上疏憲宗,以爲人主事佛則壽促。此言至不順,憲宗初大怒欲誅而恕之,其後思之曰:"愈亦是愛我。"今軾但以文辭爲罪,非大過惡。臣恐付之狴牢,罪有不測。惟陛下聖度,免其禁繫,以全始終之賜,雖重加譴謫,敢不甘心。(北京圖書館《古籍珍本叢刊》影宋本《樂全集》卷二六)

張方平所列舉的五人中,季布、鮑永、陳琳三人都是出仕於互相敵對之二君的賢臣,其他兩位是以諫言、直言觸犯君主之逆鱗的賢臣。這五人的共同點在於,爲了忠於自己的職守,而相反地招致了與君主利害相抵觸的結果,但最終依靠明主的英斷而保全了生命,以後都爲君主盡了忠誠。在此五人以下,張方平還舉出了韓愈的例子,來作進一步的強調。吐露了極爲不敬之言的韓愈尚且被免於誅殺,相對而言,蘇軾衹犯了"文辭"即文學表達方面的錯誤,不要説前面的五人,就是比韓愈的罪也輕微得多,以此請求神宗的英斷。

上文中特別值得注意的地方是,張方平很自然地引出毛詩大序的一節,來説明"文辭",尤其是詩歌的傳統功能。他對毛詩大序所謂的"上以風化下,下以風刺上,主文而譎諫,言之者無罪,聞之者足以戒"更作引申,謂"故詩人之作,其甚者以至指斥當世之事,語涉謗讟不恭,亦未聞見收而下獄也",認爲以詩歌爲理由將蘇軾投獄,乃是前代未聞之事,暗寓了批判之意。

⑤蘇轍跟張方平一樣,也援用了故事(西漢文帝時人淳于

意與其女兒的故事),來請求爲蘇軾減刑。因爲是出於血親的
立場,故比張方平的上書更爲慎重地選擇語詞,而且所引用的
故事本身也不像張方平引用的那樣緊緊圍繞著君臣關係,他
始終沒有逾越親情的範圍,選擇了強烈訴諸惻隱之情的內容:

　　⑤臣早失怙恃,惟兄軾一人,相須爲命。今者竊聞其
　　得罪逮捕赴獄,舉家驚號,憂在不測。臣竊思念,軾居家
　　在官,無大過惡,惟是賦性愚直,好談古今得失,前後上章
　　論事,其言不一。陛下聖德廣大,不加譴責,軾狂狷寡慮,
　　竊恃天地包含之恩,不自抑畏。頃年通判杭州及知密州
　　日,每遇物托興,作爲歌詩,語或輕發,向者曾經臣寮繳
　　進,陛下置而不問。軾感荷恩貸,自此深自悔咎,不敢復
　　有所爲。但其舊詩已自傳播。……昔漢淳于公得罪,其
　　女子緹縈,請沒爲官婢,以贖其父。漢文因之,遂罷肉刑。
　　今臣螻蟻之誠,雖萬萬不及緹縈,而陛下聰明仁聖,過於
　　漢文遠甚。臣欲乞納在身官,以贖兄軾,非敢望末減其
　　罪,但得免下獄死爲幸。兄軾所犯,若顯有文字,必不敢
　　拒抗不承,以重得罪。若蒙陛下哀憐,赦其萬死,使得出
　　於牢獄,則死而復生,宜何以報。臣願與兄軾,洗心改過,
　　粉骨報效,惟陛下所使,死而後已……(中華書局《中國古
　　典文學基本叢書》本《蘇轍集‧欒城集》卷三五)

　　與本節討論的主題稍有偏離,上面的引文中有兩點應該
特別關注。第一是"向者曾經臣寮繳進,陛下置而不問"一條。
所謂"臣寮繳進"本來是跟"臣下上奏"幾乎相等的措辭,但從
前後文脈來看,在這裏明顯是跟"彈劾"或者"糾彈"的嚴重程
度相近似的用法。也就是說,根據上文,蘇軾在"詩案"以前也
曾因跟"詩案"完全相同的理由受到過一次彈劾。應該說,對

於具有決定權的皇帝本人,跟他説一件無中生有的事,是不會有任何效果的,並且可能起到完全相反的作用,所以,上文的內容無疑應該視爲確鑿的事實。那麼,此事發生的時間,也可據文脈推定,在密州知州離任後,即熙寧九年(1077)年末以降的一二年間。但是,《長編》和《宋史》都未涉及此事,而且蘇轍的《亡兄子瞻端明墓誌銘》(《欒城後集》卷二二)、南宋的三家蘇軾年譜(王水照編《宋人所撰三蘇年譜彙刊》所收,上海古籍出版社 1989 年 11 月)、清王文誥《蘇文忠公詩編註集成總案》等主要的蘇軾傳記資料中,也全無明確記述(＊),所以這一點可以説是補充史傳之遺漏的重要信息。

　＊爲了慎重起見,再附言幾句。在施宿《東坡先生年譜》(前揭《宋人所撰三蘇年譜彙刊》所收)中,有對於此事的唯一暗示性的記載。熙寧九年十一月,接到轉任河中府(山西省永濟縣蒲州)知事之命的蘇軾,離開密州,開始向京師方向行進。到達京師東北郊外的陳橋驛時,朝命下達,其任地由河中府改爲徐州。蘇軾依舊想到京師述職,但據施宿《東坡先生年譜》,"至京師,有旨不許入國門,寓城外范蜀公(即范鎮)園",他被拒絕進入京城之内。《東坡先生年譜》並未記述其理由,但不許走進城門,自不是尋常事態。從熙寧九年末至元豐二年赴湖州任,實際兩年半之間,除了蘇轍所謂的"臣僚繳進"外,朝中不見有特別對蘇軾不利的動向,恐怕這不許入城之命跟"臣僚繳進"有著因果關係吧。此"繳進"的具體内容,是誰所爲,雖一概不明①,且結果也是未遂,但"詩

①　關於沈括參與其事的可能性,請參考前面的註文。順便提及,從熙寧九年末到十年的前半,御史臺的陣容是:中丞鄧潤甫,侍御史知雜事蔡確,侍御史周尹,監察御史蔡承禧、彭汝礪。其中,蔡確歷任言事官,是因連續彈劾政敵而登上宰相之位的有名人物,在"詩案"當時已任知政事即副宰相。而且,他還曾被指責與李定結托,所以他參與熙寧末彈劾蘇軾之事的可能性比沈括還大。也許可以推測,他纔是"詩案"的陰謀策劃者。

案"之前也曾有同樣的彈劾,這一點很值得關注。

　　第二是緊接上一條之後的"軾感荷恩貸,自此深自悔咎,不敢復有所爲。但其舊詩已自傳播"一條。其中特別應該留意的是"舊詩已自傳播"的説法。這是兩名監察御史的彈劾文已經明記的事實,但更爲重要的是,立場上跟他們完全對立的蘇轍也記載了同樣的事實。也就是説,蘇軾詩歌的廣泛傳播,並不是御史臺一方爲了加重蘇軾的罪狀而過度誇大的虛詞。

　　接下來要檢討所謂親舊之外的士大夫所作的辯護或異議申訴的內容。先來看面諫於神宗的③王安禮和④吳充。順便提及,僅據《宋史》本傳的記述來考察,這兩人在當時政界的新舊黨爭中,都站在近於中立的立場。

　　③直舍人院王安禮乘間進曰:"自古大度之君,不以語言譴人。按軾文士,本以才自奮,謂爵位可立取,顧碌碌如此,其中不能無觖望。今一旦致於法,恐後世謂不能容才,願陛下無庸竟其獄。"上曰:"朕固不深譴,特欲申言者路耳。行爲卿貰之。"既而戒安禮曰:"第去,勿漏言。軾前賈怨於衆,恐言者緣軾以害卿也。"始,安禮在殿廬,見御史中丞李定,問軾安否狀。定曰:"軾與金陵丞相論事不合,公幸毋營解,人將以爲黨。"至是,歸舍人院,遇諫官張璪怒然作色曰:"公果救蘇軾耶?何爲詔趣其獄?"安禮不答。其後獄果緩,卒薄其罪。(《長編》卷三〇一)

　　④吳充方爲相,一日問上:"魏武帝何如人?"上曰:"何足道。"充曰:"陛下動以堯舜爲法,薄魏武固宜。然魏武猜忌如此,猶能容禰衡。陛下以堯舜爲法,而不能容一蘇軾,何也?"上驚曰:"朕無他意,止欲召他對獄,考核是

非爾,行將放出也。"(《長編》卷三〇一,小字註引《呂本中雜説》)

王安禮從"自古"和"後世"兩方面説服神宗,促其翻悟。也就是説,過去既没有度量廣大的明君因爲言論而貶謫臣下的先例,現在一旦將蘇軾繩之以法,則後世的人一定會認爲你是不能容納有才之臣的没有度量的皇帝。這裏最主要的論點,當然是以言論而懲罰臣下的做法是否得當。吴充的説法,其基調也跟王安禮相同,但他引用了曹操與禰衡的例子,更爲具體地論及了"容才"的問題。

最後是兩位新法的積極推進派。

⑥⑦余頃年嘗見章丞相論事表云:"軾十九擢進士第,二十三應直言極諫科,擢爲第一。仁宗皇帝得軾,以爲一代之寶。今反置在囹圄,臣恐後世以謂陛下聽諛言而惡訐直也。"舊傳,元豐間朝廷以羣言論公,獨神廟惜其才,不忍殺。丞相王文公曰:"豈有聖世而殺才士者乎?"當時議以公一言而決。嗚呼,誰謂兩公乃有是言哉。蓋義理人心所同,初豈有異,特論事有不合焉。

章惇衹强調了後世的評價來説服神宗,其基調與王安禮幾乎相同,但"恐怕後世的人們會認爲陛下衹愛聽諂媚之言,而憎惡諫言、直言"的説法,比王安禮更爲具體和直截。章惇的話裏特别應該注意的一點是,他很自然地强調了蘇軾高中制科即"(賢良方正)能直言極諫科"的經歷。在仁宗時代被評價爲"直言極諫"之上限的蘇軾,爲何在神宗時代(因爲言論的緣故)被投入監獄?章惇提出這個問題,得出"臣恐後世以謂陛下聽諛言而惡訐直也"的結論。由此看來,恐怕章惇的認識以下述内容爲基礎,即蘇軾作爲"(賢良方正)能直言極諫科"

的首席合格者,具有跟其他士大夫相異的特殊經歷,對於提供諫言有著異常強烈的使命感,因此"詩案"關涉的引起爭議的詩文,當然也是蘇軾這種特異使命感的表露,正不過"訐直"而已。

至於王安石,據説祇留下一句話,意謂"明君治下的太平之世,没有有才的士大夫被殺害的先例"。這幾乎是跟①張方平、④吴充等相同的内容,其基調也與其他四人相通。

將以上七人的説法,暫且不管其可信與否,放在一起比較來看,雖然在論述方法上表現出若干差異,但論述的主旨大致相通。因爲是對皇帝表達異議,自會有不同程度的委婉措辭,如果剥離這樣的虚飾成分,就各自的理論立場來看,則除了蘇轍外,其他六人大致都反對因詩歌或言論而處罰(投入監獄乃至誅殺)士大夫,而且都擔心"詩案"會否定詩歌具有諷諫功能的傳統,引起諫言即言論的封殺。尤其值得注意的事實是,這同樣的意見超越了政治立場的不同而得以展開。那祇能説明,當時的士大夫們決不將這一事件看作單由蘇軾的强烈個性引起的具有甚大個別性的案件,而看作與士大夫階層全體相關的,具有更廣泛的影響和更本質的意義的社會事件。

六、傳統詩歌觀及其社會效能

正如蘇軾同時代的士大夫所擔心的那樣,"詩案"確實是對其後士大夫社會的言論環境產生重大震蕩的言論彈壓之大事件。不過,更嚴密地,且更具針對性地説,在"詩案"中成爲審議對象的,並不是上奏、面諫等運用一般言語形式的通常言論,而是具有更特殊的表達形式和表達功能,具有獨自傳統的詩歌。從而,爲了更鮮明地突出問題的焦點,本節擬對與政治相關連的中國傳統的詩歌觀作出一瞥。

在中國,詩歌的諷諫作用、教化作用受到積極的關注和宣揚,是從先秦時代就開始的①,特別是以孔子爲首的儒家,經常强調這一點。因此可以説是歷史的必然,隨著儒教在西漢成爲國教,《詩經》被視爲經典,他們的説法也廣泛地被士大夫全體所祖述。

1. 言之者無罪:儒家的有關説法,在詩歌與政治的關係問題上,最集中的、成系統的論述,見於張方平也曾提及的《毛詩大序》。眾所周知,《毛詩》經過後漢鄭玄的註釋,成了《詩經》的最標準、最權威之文本,直至唐宋猶然。進一步,自唐孔穎達作爲國家事業《五經正義》的一環,爲《鄭箋》作疏以後,其地位就更不可動搖。現在,爲了有利於參考,以下不厭重複地引用《毛詩大序》的有關部分,以及《鄭箋》和《正義》對它的註釋:

　　【大序】上以風化下,下以風刺上,主文而譎諫,言之者無罪,聞之者足以戒,故曰風。

　　【鄭箋】風化、風刺:皆謂譬喻,不斥言也。主文:主與樂之宫商相應也。譎諫:詠歌依違,不直諫。

---

① 近年中國出版的中國詩學方面的專著,對於可以説是中國特有的詩歌諷諫作用,專立一項進行系統論述的,也多有出現。在管見所及的範圍内,有以下六種專著對這個問題作了比較集中的處理:① 韓經太《中國傳統詩學與傳統文化精神》第五章(四川人民出版社,1990 年 1 月);② 陳良運《中國詩學體系論・言志篇》(中國社會科學出版社,1992 年 7 月);③ 陸曉光《中國政教文學之起源——先秦詩説考》(華東師範大學出版社,1994 年 8 月);④ 莊嚴、章鑄《中國詩歌美學史》第三、四章(吉林大學出版社,1994 年 10 月);⑤ 袁行霈、孟二冬、丁放《中國詩學通論》第一章(安徽教育出版社,1994 年 12 月);⑥ 蕭華榮《中國詩學思想史》第一、二章(華東師範大學出版社,1996 年 4 月)。

　　【正義】臣下作詩,所以諫君,君又用之教化,故又言上下皆用此上六義之意。在上,人君用此六義,風動教化;在下,人臣用此六義,以風喻箴刺君上。其作詩也,本心主意,使合於宮商相應之文,播之於樂,而依違譎諫,不直言君之過失。故言之者無罪,人君不怒其作主而罪戮之;聞之者足以自戒,人君自知其過而悔之。感而不切,微動若風,言出而過改,猶風行而草偃,故曰風。……而云主文譎諫,唯説刺詩者,以詩之作皆爲正邪防失,雖論功誦德,莫不匡正人君,故主説作詩之意耳。詩皆人臣作之以諫君,然後人君用之以化下。此先云上以風化下者,以其教從君來,上下俱用,故先尊後卑。

　　關於詩的教化、教育作用,即所謂"詩教",在五經的經文中已經有多處成熟的論述①,但就諷諫作用而言,除了上引的《大序》外,可以找到的也不過《論語・陽貨》的"(詩)可以怨……遠之事君"一節而已。因此,從歷史上看,在五經形成的時候,即孔子的時代,明文表示對詩歌的諷諫作用加以積極支持,並同時試圖保全作詩者即諷諫者身份的條文,並不存在;要到經典的第一次解釋即"傳"的階段,纔逐漸被明文化。本來,在孔子的階段,"詩"祇指《詩經》的諸篇,即便它們被看作接受、鑒賞的對象,也並不包括士大夫自己的新作。下至西漢初的毛傳階段,詩歌是否被明確地意識爲、認定爲創作的對象,也甚爲可疑。明確地把同時代的作者納入視野而所出論

---

① 如《尚書・虞書》云:"帝曰:夔,命汝典樂,教冑子,直而溫,寬而栗,剛而無虐,簡而無傲。詩言志,歌永言,聲依永,律和聲,八音克諧,無相奪倫,神人以和。"《禮記・經解篇》云:"入其國,其教可知也。其爲人也,溫柔敦厚,詩教也。……"又,《論語・泰伯》也有:"子曰:興於詩,立於禮,成於樂。"

述,是《鄭箋》以降的事。

由孔子而毛傳,由《鄭箋》而《正義》,順著時代而下,詩歌的形式越來越多樣化,表現領域也有顯著的推廣,並且詩歌在文藝乃至言論全體中的比重也確實不斷增大。可以想像,詩歌自身的這一發展過程,自然使詩歌的諷諫作用不斷擴大其適用的範圍。這是從上引的《鄭箋》和《正義》的表達中也可以讀取的信息:初看祇是些微的改變,但《鄭箋》所謂的"詠歌"在《正義》中被重新表達爲"作詩",這個事實便很具説服力。

鄭玄(127—200)生活的後漢末期,與士大夫實際創作有關的詩歌體裁,限於現存作品來判斷,明顯以"歌"即樂府爲最大的主流。如所周知,從鄭玄的下一代起,出現了以"建安七子"爲代表的詩人,也創作跟樂府相異的五言詩。但是,即便就他們來説,絶大多數作者的全部現存作品中,樂府作品在數量上仍占其大半。由此可以推定,按鄭玄時代的常識,樂府纔是代表詩歌全體的最一般的體裁。

然而,在唐初孔穎達(574—648)的時代,詩歌以及圍繞詩歌的社會環境與後漢末有了顯著的差異。後來被總稱爲古今體詩的全部形式都已出現,樂府以外還有各種形式(樣式)的詩歌被當時的士大夫們極爲普遍地創作。進一步,當然是《正義》完成以後的事,由於科舉(進士科)考試的科目中包含了作詩(五言排律),對於士大夫社會來説,詩歌創作能力的重要性也增大到後漢末期難以比擬的程度。唐代詩人創作樂府作品,祇不過是在多種詩歌形式(樣式)中選擇了一種而已,與普遍地將詩歌看同樂府的漢代相比,可以説,在認識的起點上便已有相當的隔閡。實際上,個人之間雖有差異,但現存作品中,徒詩系統的作品比樂府系統的作品在數量上遠遠領先的傾向,對唐代詩人來説是相當普遍的。

　　因爲存在這樣的變化,如果《正義》的相應部分仍沿襲《鄭箋》,表達爲"詠歌"或者"作歌"之類,那麼它就在多種多樣的唐代詩歌的世界中,特別地限定於樂府的領域,成了極具縮小傾向的主張。恐怕就是爲了避免這樣的事態,所以《正義》作了表達上的改變,把"詠歌"改成了"作詩"。這當然是推測,但不管出於何種理由,《正義》的這個改變也意味著,隨著詩歌自身在社會上的比重的增大,面對當政者、權勢者的"言論自由"的範圍也有了實質上的擴大。

　　問題在於,《鄭箋》或者《正義》在"詩案"勃發時,即北宋後期的士大夫社會裏,具體來説具有何種程度的影響力。如果先講述結論,那麼就是:它還具有絶大的影響力、規範力。在唐代,自《正義》完成以來,它就被指定爲國家教科書,按這個版本學習《詩經》成爲理所當然,不要説中央的國子學、太學,就是地方的州縣學也用《正義》作標準的文本。到北宋太宗之時,以國子監爲中心,編纂、刊行了《正義》的校定本,其後也經常刊刻"監本",頒布於全國的官學①。

　　雖然科舉中與此直接相關的衹是明經科,但進士科也包

---

① 《宋史》卷四三一,《儒林一》,《孔維傳》云:"受詔與學官校定五經疏義,刻板行用……"同卷《李覺傳》也説:"太宗以孔穎達《五經正義》刊板,詔孔維與(李)覺等校定。"又,《宋史》卷二六六《李至傳》云:"(李至)淳化五年兼判國子監。至上言:'五經書疏已板行,惟二《傳》、二《禮》、《孝經》、《論語》、《爾雅》七經疏未備……望令重加讎校,以備刊刻。'從之。"將以上三種記述綜合起來看,可知因太宗下詔,國子祭酒孔維等校定了孔穎達的《五經正義》,最遲在淳化五年(994)之前已經刊行。另外,盧賢中《古代刻書與古籍版本》(安徽大學出版社,1995年12月)中,將刊行時期確定爲端拱元年(988)三月。傅增湘《藏園羣書經眼録》卷一"經部一"(中華書局,1983年9月,第一册第26頁)中,著録了金澤文庫本宋刊《尚書正義》二十卷,據説其卷首揭載了端拱元年的《雕印五經正義表》(筆者未見)。也許盧氏就是根據此表確定刊行時間的吧。

括帖經、墨義等考問經書内容的試目①,應試者當然會用這個"正統的"文本來學習詩書。再加上,到中唐以降,特别是到了北宋時代,"詩人＝官僚＝科舉及第者"的圖式可説多半已經定型化,因此詩人們幾乎無一例外地在青少年時期按照這個文本學習了《詩經》,這樣的説法大概不算誇張。僅從這一點就容易看出,《正義》對北宋詩人的規範力、影響力有多大。

不過,應該注意的事實是,在蘇軾起家前後的北宋中後期,對於漢代以來傳統經學的重新檢討的風氣驟然高漲,"疑傳"、"疑經"的思潮風靡了一世②。在《詩經》方面,也出現了從根本上動摇毛傳、《鄭箋》、《正義》之權威地位的重大懷疑。歐陽修、王安石、蘇轍等是其代表人物③,他們的共同之處在於,對毛傳的大小詩序采取批判的態度,超越這些後世的註釋,而直接探討文本的大義。所謂的"廢序"之論,應該就是在這個時代出現的新觀點。

可是《正義》的權威地位也決不立即失墜,因爲與"廢序"派針鋒相對的所謂"尊序"派在當時也有根深蒂固的存在,結果令"尊序"與"廢序"的論争在有宋一代綿延不決,而一直延

---

① 《唐會要》卷七七"貢舉下"載,永徽四年(653)《正義》修訂完成,頒布天下,詔令每年明經科考試以《正義》爲標準。關於唐宋時期的科舉試目,參考村上哲見《科舉史話》(講談社現代新書,1980 年 9 月)第三章、侯紹文《唐宋考試制度史》(臺灣商務印書館,1973 年 7 月)等。

② 關於"疑傳"、"疑經"之風,請參考:葉國良《宋人疑經改經考》(國立臺灣大學文史叢刊,1980 年 6 月);劉復生《北宋中期儒學復興運動》(文津出版社,1991 年 7 月)第一章第二節;姚瀛艇主編《宋代文化史》(河南大學出版社,1992 年 2 月)第六章;陳植鍔《北宋文化史述論》(中國社會科學出版社,1992 年 3 月)第二章第三節,等。

③ 歐陽修有《詩本義》十六卷,王安石有《詩經新義》(原書已失傳,輯佚本有程元敏《三經新義輯考彙評》),蘇轍有《(蘇氏)詩集傳》二十卷。

續到清代①。

北宋中期以來的“廢序”之論,至南宋初期的鄭樵(1104—1162)而達極點,再經朱熹(1132—1200)的繼承、吸收而繼續發展②。那朱熹花費很多筆墨,細心周到地展開他對詩序的批判,但從這一事實本身,却反而可以窺見毛傳、《鄭箋》、《正義》在宋代的絶大權威性。這也就是説,從今天把《詩經》當作文學的角度來看,兩宋士大夫力主的“廢序”之論,比“尊序”論遠爲自然和合理;然而,直到“廢序”論興起一個世紀之後的南宋中期,朱熹仍不得不以執拗的態度來力證詩序之非,可見“尊序”派,即頑强地擁護毛傳、《鄭箋》、《正義》之權威的一大勢力仍然存在。

爲了慎重起見,還必須附帶指出:即便是“廢序”派,也没有一個論者對上引的《大序》一節作過明顯的批判。本來,他們之所以覺得詩序有問題,主要是針對那種牽强附會的解釋方法,即把《詩經》的各篇與歷史事實硬作關聯,一味地從美刺諷諭的觀點去理解諸篇。至於《大序》的總論部分,試圖對詩歌本身作出定義,宋人對此都表現了較爲冷静的姿態,特別是對於主張保全諷諫者身份的“言之者無罪”,他們並未提出醒目的反駁。可以説,雖然“廢序”派的主張無疑使詩序全體的絶對權威顯得相對化了,但至少“言之者無罪”的理念並未受到傷害,在士大夫社會仍保持著一定的權威。至少,没有具體

---

① 關於詩經學中的尊序、廢序之争,清皮錫瑞《經學通論》、夏傳才《詩經研究史概要》(萬卷樓圖書有限公司,1993 年 7 月)、滕志賢《詩經引論》第九章(江蘇教育出版社,1996 年 12 月)等有簡明的記述。

② 關於鄭樵對詩序的批判,參考江口尚純《鄭樵的經書觀》(《日本中國學會報》44,1992 年 10 月)、夏傳才《詩經研究史概要》,第 167 頁。朱熹關於詩序的議論,見《詩序辨説》一卷(《叢書集成新編》55 所收)、《朱子語類》卷八〇“詩一、綱領”等。

的材料讓我們可以想像相反的情形。

2. **主文而譎諫**：上文以毛傳的"言之者無罪"爲特別的著眼點，對唐宋時期《毛傳大序》(即傳統詩歌觀)的規範力作了概觀，但《大序》在主張"言之者無罪"的同時，也提供了其主要的理由，即"主文而譎諫"，這一點不容忽視。所謂"譎諫"，意爲"依違不直諫"(《鄭箋》)、"不直言君之過失"(《正義》)，即不一語道破事情，而儘量婉曲地諷諫君主的過失。

再說"主文而譎諫"一語，原有廣義、狹義兩種可能的解釋。如從廣義來解釋，它指的是與散文相對的詩歌的表達特點。按照這樣的解釋，無論寫了什麼樣的諷諫詩，祇因爲它是詩歌，就可以被視爲已經避開了直言，那麼所有的諷諫詩作者都被自動地保證了"無罪"。

而如果從狹義來解釋，它就被當作表示諷諫詩之充分條件的條文。也就是說，祇有滿足"主文而譎諫"這一條件的諷諫詩總是"無罪"的。在此情形下，視表達內容如何而對作詩者加以懲罰的事件，當然就會出現。

不過，要在"譎諫"和"非譎諫"之間劃一條綫，本來就是非常困難的事，如果采用狹義的解釋，那便很容易引起當政者按照自己的主觀想法恣意處罰諷諫者的事態。也許就是爲了避免這樣的事態，在唐宋時期，前一種廣義的解釋被大家默契地采用。這方面的顯著示例，可以舉出白居易的新樂府以及一系列的諷諭詩。白居易在《新樂府》的《序》中這樣展開他的說法：

……首句標其目，卒章顯其志，《詩三百》之義也。其辭質而徑，欲見之者易諭也；其言直而切，欲聞之者深誡也；其事覈而實，欲采之者傳信也；其體順而肆，可以播於樂章歌曲也。總而言之，爲君、爲臣、爲民、爲物、爲事而作，不爲文而作也。(上海古籍出版社《白居易集箋

校》卷三）

此文的寫作顯然受到《大序》的濃厚影響,對《大序》所説詩的諷諫精神作了甚大的發揮。不過更值得關注的是,白居易以《大序》爲鋪墊,明確主張“其辭質而徑”、“其言直而切”。如果在白居易的時代,“主文而譎諫”被狹義地理解,那麼這樣的想法本身就跟《大序》的理念完全對立,而終究不能爲社會所接受吧。確實,在《與元九書》(《白居易集箋校》卷四五)中,記載了當時的權貴們讀了他的諷諭詩而面露難色之事,可見白居易的諷諫詩在他的時代也未曾順利地被全面接受。但是,無論那些權貴有多大的拒絶反應,白居易也沒有因爲這一系列的諷諭詩而獲罪。由此可以得出一種自然的判斷,即上述廣義的理解作爲當時社會的共識,起了有效的作用。

無論如何,由白居易《新樂府》所體現的理念,與包含《新樂府》在內的一系列“諷諭”詩的實際創作,奠定了一個不可動搖的先例。對於幾乎全部的文化、社會制度都繼承唐代而來的宋代而言,這一文化上的先例所具有的意義決不小。事實上,北宋時代一開始,就出現了白居易這一諷諭詩理念的同調者。王禹偁(954—1001,字元之,濟州鉅野人)便是這樣的人物①。而且,對北宋中後期的士大夫們來説,王禹偁正是應該

---

① 近年中國刊行的有關宋代文學史的專著,大都將王禹偁立爲一個章節,並聯係杜甫和白居易,來叙述他在北宋詩文改革中的功績。以下舉出主要的幾種書籍:程千帆、吳新雷《兩宋文學史》(上海古籍出版社,1991年2月);許總《宋詩史》(重慶出版社,1992年3月);郭預衡主編《中國古代文學史長編》宋遼金卷(北京師範學院出版社,1993年1月);孫望、常國武主編《宋代文學史》(人民文學出版社,1996年9月);程傑《北宋詩文改革研究》(文津出版社,1996年12月)。另外,研究王禹偁的專著有黃啓方《王禹偁研究》(學海出版社,1979年4月),其《王禹偁評傳》第七、八章中,叙述了他的文學功績。

尊崇的"本朝"士大夫的一個模範。這方面的典型事例,就是北宋中後期領袖文壇的歐陽修與蘇軾,都各自寫了王禹偁的畫像贊,來讚美他的人格和文學。再説,包括白居易在内的中唐士大夫,正是北宋中後期的新興士大夫們必須超越的具體目標。可以説,這兩點已經充分地暗示出,經過王禹偁的中介,白居易的諷諭詩理念再度引起社會注目的可能性之大。

3. 北宋中期以前的筆禍與烏臺詩案: 由上可知,至少在觀念的領域裏,毛傳所説詩的諷諫精神以及對詩人的身份保全,是唐宋士大夫的普遍認識。不過,就儒教的君臣論而言,"諫正"正是臣下應盡的最重要義務之一,從而有史以來,很多人敢於置生死於度外去實行"諫正",而由此產生了君臣間的裂痕,這樣的例子也不勝枚舉。

近年來,概論中國歷代"文禍"事件的專著,有幾種得以面世①,由此可以容易地窺知文禍史的一端。下文試圖對這些著作中都曾列舉的著名的筆禍事件作出檢討,從而思考"詩案"作爲一次筆禍的特點。爲了突出"詩案"的特殊性,這裏局限於中唐以降的事件來論述(因爲其時科舉出身的官僚已成爲政治上、社會上的重心,與北宋有著更多時代上的共同點),從中取出四例,分爲"文禍"、"詩禍"兩類。

文禍① 從中唐到北宋中期的筆禍事件中,在"詩案"的當時,或者説到今日爲止,最爲人知的是韓愈的《論佛骨表》事件。元和十四年(819)一月,韓愈奏上此表,觸犯了憲宗的逆鱗,將被處以極刑,由於當時宰相(裴度、崔羣)的排解而免於極刑,從刑部侍郎左降爲潮州(廣東省潮州)刺史。(《舊唐書》

---

① 安平秋、章培恒《中國禁書大觀》;謝蒼霖、萬芳珍《三千年文禍》;胡奇光《中國文禍史》。已見前註。

卷一六〇、《新唐書》卷一七六《韓愈傳》)

文禍② 跟“詩案”比較接近的例子,有歐陽修的《與高司諫書》(《居士外集》卷一七)事件。仁宗景祐三年(1036)五月,三十歲的歐陽修看到他敬愛的范仲淹因爲與時相吕夷簡衝突而被左遷,感到憤慨,便給默認這一舉措而未加“諫正”的諫官高若訥送去書簡,用極端的言詞非難、責罵高若訥。高若訥拿了這封書簡上訴,認爲有損他的名譽。他的上訴被受理,歐陽修從館閣校勘被貶謫爲夷陵(湖北省宜昌市)縣令。

這兩個事例,如與“詩案”比較,有以下兩點決定性的差異。第一,惹禍的都是以旨在達意的古文文體來寫作的文章。而且,這兩篇文章都具有極爲直率的批判形態,都將直言放在首位。歐陽修本來就是在對於韓愈《論佛骨表》的充分意識下寫作書簡的,從他赴貶所夷陵的途中寫給尹洙(1001—1047,字師魯)的信(《居士外集》卷一七《與尹師魯書》)裏就可以讀取這一信息。因此,兩篇文章的風格同樣地激烈,不能不説,這與追求餘味效果的詩歌有著本質上的區别。

第二,事件的結果也有很大差異。無論是韓愈還是歐陽修,雖然都從中央貶到了地方,但仍被任命爲地方長官,並非名副其實的流放。而“詩案”終審以後,下達給蘇軾的詔令却是“責授尚書水部員外郎,充黄州團練副使,本州安置,不得簽書公事”。其中,“安置”乃是比“編管”較輕、比“居住”較重的一種流放形式,選擇居處的自由被剥奪,行動上也受到限制,被迫蟄居一地,謹慎言行。“黄州團練副使”則完全是名目上的官職,末尾的“不得簽書公事”六個字就明示了這一點。而且,在審理的過程中蘇軾長期被禁拘獄中,可以説,其過程、其結果的嚴重程度都是韓、歐兩人的筆禍事件無法比擬的。

詩禍①　接下來看"詩禍"的先例。如果要舉出中唐的例子[①]，那麼最爲著名的就是劉禹錫的①《元和十一年自朗州承召至京戲贈看花諸君子》、②《再遊玄都觀絕句》(俱見瞿蜕園《劉禹錫集箋證》卷二四)。永貞元年(805)，受到所謂"二王八司馬"事件的連累，劉禹錫被貶到朗州(湖南省常德市)，在那裏度過了大約十年的時間。元和十年(815)二月終於被召還，回到闊別十年的首都，但還不滿一個月，就再度被貶到連州(廣東省連縣，留居約四年)，此後轉徙於洛陽(爲母親服喪，約二年)、播州(四川省奉節縣，約二年半)、和州(安徽省和縣，約二年)、洛陽(約一年)，到太和二年(828)春，纔再次踏上相別十三年之久的長安之地。①②兩詩分別爲元和十年與太和二年春所作，但據説①的"玄都觀裏桃千樹，盡是劉郎去後栽"，和②的"種桃道士歸何處，前度劉郎今又來"，都因爲語"涉譏刺"而引起"執政不悦"，招致或貶謫、或推遲升遷的結果。(《舊唐書》卷一六〇、《新唐書》卷一六八《劉禹錫傳》)。

詩禍②　距"詩案"不遠的先例，有石介(1005—1045，字守道)的《慶曆聖德頌并序》(《徂徠石先生文集》卷一)。仁宗慶曆三年(1083)三月，擔任宰相二十年左右的呂夷簡罷相，曾經跟他對立而被貶謫了七年之久的革新派官僚們得以恢復名

[①]　至於唐以前的"詩禍"，有北周宣帝時的一例。《隋書》卷二五《刑法志》載，下士楊文祐與中士皇甫猛作歌諷諫宣帝，被處以"杖刑"。尤其是楊文祐，因宣帝"中飲"即酒精中毒，而作歌諷刺云："朝亦醉，暮亦醉。日日恒常醉，政事日無次。"觸犯了宣帝的逆鱗，受杖達二百四十，以致死亡。這一事例比劉禹錫的事件更明顯地屬於"詩禍"，但北周王朝乃是異民族建立的武人政權，與唐宋(特別是北宋)王朝的性質有相當差異。而且，北周的宣帝也是被《周書》(卷七，《宣帝紀》)評爲"姦回肆毒，善無小而必棄，惡無大而弗爲。窮南山之簡，未足書其過；盡東觀之筆，不能記其罪"的暴君，難以看作一般化的先例。

譽,登上中樞地位。七年前對呂夷簡和諫官高若訥等加以責難的歐陽修、余靖、蔡襄當上了諫官,積極地展開了他們的"諫正"活動,而他們的領袖范仲淹也被提拔爲樞密副使,進而被任命爲參知政事。當時以國子監直講的身份留居京師的石介,歷歷目睹政局一變之狀,以爲是"曠絶盛事",所以模仿韓愈的《元和聖德頌》而寫作了《慶曆聖德頌》,對盛世加以讚美。

兩年以後的慶曆五年(1085)七月,石介得病暴卒,但事件却在他死後興起。當時正好有一個叫孔直温的人物,因企圖謀反而被捕誅殺,在搜查其家宅時發現了石介寫給他的書簡。於是,在《慶曆聖德頌》中被痛罵的一個人,夏竦,趁機給仁宗進讒言,説石介實際上沒有死,而被富弼秘密地遣往北方,企圖與契丹結托起兵,要求打開他的墓穴進行調查。由此,朝廷一度下達了調查的詔令,幸虧京東提點刑獄呂居簡的申訴,結果纔中止了掘墓的暴行。但是,石介的家族却因此而被迫遷移他州,一時失去人身自由,置於當局的監視之下(《長編》卷一五七)。

上述兩例"詩禍"中,劉禹錫的那一起,經瞿蜕園氏的考證(《劉禹錫集箋證》卷二四,七〇四頁以下),已證明是後世的附會之説。瞿氏的論據是,首先就①詩來説,元和十年(815)被召還首都的並不衹有劉禹錫一人,此時以柳宗元爲首的其他士人也同樣被召還,而且同樣馬上又被貶謫,所以本來就沒有理由斷定,唯有他的貶謫是因爲寫了詩歌。關於②詩,瞿氏也指出了,其中存在跟劉禹錫的經歷不符合的部分。因此近於實情的説法是,他的貶謫與詩歌之間並沒有直接的因果關係。退一步講,即便把兩首絶句看作事件的起因,也與前述韓愈和歐陽修的情況相同,劉禹錫並未因此被當作罪人來處理,跟"詩案"仍具決定性的差異。

　　至於石介的事件,就他被夏竦怨恨一點而言,其開端似乎固然在於《慶曆聖德頌》,但至少在事件的過程中,没有留下將此頌視爲問題的迹象,它至多是遠因之一而已。因此,嚴格來說,這個事件並非"詩禍"。而且,雖説他的家族一時被牽累,但石介本人却並未受到任何實際的傷害,這一點也到底不能與"詩案"同日而語。

　　如上所述,跟"詩案"以前的筆禍事件相比較,蘇軾因"詩案"而遭受的實際傷害之大,是那些先例所無法比擬的。"詩案"確實是中國史上最初的筆禍,名副其實的"詩禍"。按照本節前半的論述,《毛傳大序》的理念在北宋後期的士大夫社會裏應該還保持著絶大的權威和規範力,儘管如此,像"詩案"這樣典型的"詩禍"却在這個時代勃發,原因何在? 本文的後半篇,要著眼於中唐乃至北宋中期還不存在,祇有到了北宋後期纔獨特地存在的圍繞言論的社會條件,從而考察"詩案"發生的要因。同時,對此事件帶來的後果,也將略述私見。

七、蘇軾對御史臺的認識

　　在"詩案"發生的正好十年之前,當王安石的新法被陸續施行,朝廷内外爲此議論紛紛的熙寧二年(1069)十二月,蘇軾向當時的皇帝宋神宗呈上了長篇的意見書,即所謂"萬言書"(《文集》卷二五《上神宗皇帝書》)①。他在文章中强調,"臺

①　中華書局《蘇軾文集》卷二五《上神宗皇帝書》。文章的開頭明記執筆時間爲"熙寧四年二月□日",故通説爲熙寧四年之作。但孔凡禮《蘇軾年譜》(中華書局,1998 年 2 月,上册第 167 頁)引用《續資治通鑒長編拾補》等記載,將此文繫年於熙寧二年十二月。本文接受孔氏的考證結論。

諫"即御史臺和諫官在北宋(特別是北宋中期以降)政治的各方面都擔當著極爲重要的作用,同時也表示了對最近"臺諫"越來越不能發揮本來應有功能的極大憂慮。

上呈"萬言書"時候的蘇軾,至少在反新法集團中,是呼聲最高的"臺諫"候選人。在此前後半年間,反新法集團的重鎮司馬光和范鎮各自推薦他擔任諫官(結果都未實現)。而且,蘇軾本人恐怕也因爲具有"賢良方正能直言極諫"科最優等及第的經歷,而對於以"直言極諫"爲本職的這個位置,感到特別的嚮往。從而,他在"萬言書"中講到"臺諫"的部分,便可以視爲類似某種使命感的真實想法的披露。因此下文通過對"萬言書"內容的整理,來考察"詩案"以前的蘇軾對"臺諫"的認識。

　　古者建國,使内外相制,輕重相權。如周如唐,則外重而内輕;如秦如魏,則外輕而内重。内重之弊,必有姦臣指鹿之患;外重之弊,必有大國問鼎之憂。聖人方盛而慮衰,常先立法以救弊。我國家租賦籍於計省,重兵聚於京師,以古揆今,則似内重。恭惟祖宗所以深計而預慮,固非小臣所能臆度而周知。然觀其委任臺諫之一端,則是聖人過防之至計。歷觀秦漢以及五代,諫諍而死,蓋數百人。而自建隆以來,未嘗罪一言者,縱有薄責,旋即超升。許以風聞,而無官長。風采所繫,不問尊卑。言及乘輿,則天子改容;事關廊廟,則宰相待罪。故仁宗之世,議者譏宰相但奉行臺諫風旨而已。聖人深意,流俗豈知?臺諫固未必皆賢,所言亦未必皆是,然須養其銳氣而借之重權者,豈徒然哉。將以折姦臣之萌,而救内重之弊也。夫姦臣之始,以臺諫折之而有餘,及其既成,以干戈取之而不足。今法令嚴密,朝廷清明,所謂姦臣,萬無此理。然而養貓所以去鼠，不可以無鼠而養不捕之貓；畜狗所以防姦，不可以無姦而畜不吠之狗。陛下得不上念祖宗設此官之意，下爲子孫立萬一之防。朝廷紀綱，孰大於此！

臣自幼小所記，及聞長老之談，皆謂臺諫所言，常隨天下公議。公議所與，臺諫亦與之；公議所擊，臺諫亦擊之。及至英廟之初，始建稱親之議，本非人主大過，亦無禮典明文，徒以衆心未安，公議不允，當時臺諫以死爭之。今者物論沸騰，怨讟交至，公議所在，亦可知矣，而相顧不發，中外失望。夫彈劾積威之後，雖庸人亦可奮揚；風采消委之餘，雖豪傑有所不能振起。臣恐自茲以往，習慣成風，盡爲執政私人，以致人主孤立，紀綱一廢，何事不生？

蘇軾首先把歷代王朝分爲兩類："内重外輕"即中央集權型，和"内輕外重"即地方分權型，前者舉出秦與魏爲代表，後者的代表則是周與唐。接著指出它們各自具有的重大弊害，前者是姦臣專橫，後者是軍閥的強大化。同時，他把宋朝認定爲"内重外輕"一類，以爲其雖然如此，却沒有像秦、魏那樣的姦臣專橫之弊，原因就在於"臺諫"的存在。他讚揚説，這是"聖人過防之至計"。

蘇軾説，宋朝自建國以來，"臺諫"特別得到了優厚的人身保障。秦漢以來，至於唐五代，因爲諫言而被殺的不下數百人，但宋朝建國以來，因爲諫言而被處刑的沒有一人，即便被較輕地問罪，也馬上就能恢復名譽，得到升遷。而且，"臺諫"還被授予特權：即便沒有確證，也可以根據傳聞來彈劾百官。對於他們的言行，不管身份高低，誰都必須肅耳傾聽，連皇帝和宰相也不例外。而據蘇軾所説，這些特權全都爲了挫敗姦臣的專橫，是"祖宗"深謀遠慮的設計。

他還把"臺諫"比作貓和狗。無論現在是多麼太平的治世,也不能空養著不捕鼠的貓、見了壞人進入也不叫的狗。意謂當時的"臺諫"恰如這"不捕之貓"、"不吠之狗"。

在此基礎上,蘇軾還引用他幼少時期聞自故鄉長老的話,爲宋朝特別重視"臺諫"的發言開陳了又一個理由:他們經常是跟"公議"同步發言的。所謂"公議",這裏的意思跟輿論一樣。但是,按照蘇軾的看法,如今圍繞著新法"物論沸騰,怨讟交至,公議所在,亦可知矣",而"臺諫"却一味靜觀,令朝野之士失望,明顯挫傷了他們的志氣。所以他最後的結論是,如果"臺諫"一直不擔當本來的責任,長此以往,成爲習慣,則不但"臺諫"將變成執政的私人,結果連皇帝也會被孤立。

在蘇軾上呈"萬言書"的前後,"臺諫"確實被卷在風雲急變的漩渦之中,這從"臺諫"的任免情況,就可一目瞭然。從熙寧二年二月王安石被提拔爲參知政事以來,約二年半之間,被罷免的御史和諫官之數,實際上多達十九人(《宋史》三二七《王安石傳》)。而被罷免的所有"臺諫",無一例外是直接或間接批判新法的。

對於這期間王安石的政治手段,南宋的楊仲良特設"王安石毀去正臣"和"王安石專用小人"二項加以細緻的論述(《通鑒長編紀事本末》六三、六四①),南宋末的呂中也以"逐諫臣"、"罷諫院"、"排(御史)中丞"、"罷中丞、貶御史"等簡潔的數語來作總括(《類編皇朝大事記講義》一六②)。

進一步,從熙寧年間的前半葉,新法勢力獲得完全勝利以

---

① 收入文海出版社《宋史資料萃編》第二輯。

② 文淵閣《四庫全書》,史部史評類。文海出版社《宋史資料萃編》第四輯也收錄了清代道光年間抄本的影印本,但將撰者誤記爲呂祖謙。

後,直至"詩案"發生的約七八年間,"臺諫"經歷了怎樣的變化
過程,關於這一點,現在的宋史學界也陸續發表了研究成
果①,可以明白其具體的情狀。幾乎一致被指出的是,本來應
該是對於宰執集團的最大批判勢力的"臺諫",漸漸變成了有
如宰執的附屬機關那樣的存在,恰如宰執的手足一般,逐一地
對反體制的勢力進行彈劾。事態果然是朝著蘇軾擔憂的方向
發展了。

　　這樣的新發展意味著,"臺諫"本來具有的言事(即對朝政
的批判)和監察兩種功能中,監察的功能被最大限度地強化,
而言事的功能則徒具形骸。北宋中期以來,"臺諫"在朝政上
曾擔當了言論的中心作用,並象徵著朝廷內外言論風發的氣
象,如果回顧這一層,則可以說,如此急劇的變化已經充分地
暗示出熙寧、元豐期間的言論環境了。

①　在管見所及的範圍內,有如下 1～9 的論著:

　1. 熊本崇《中書檢正官——王安石政權的中堅人物》(1988 年 6 月,京
　　都大學《東洋史研究》47—1);
　2. 熊本崇《元豐的御史——宋神宗親政考》(1990 年 5 月,東北大學《集
　　刊東洋學》63);
　3. 平田茂樹《關於宋代的言路官》(1992 年 6 月,《史學雜誌》101—6);
　4. 熊本崇《北宋的臺諫——以神宗、哲宗朝爲中心》(1995 年 1 月,東北
　　大學《東洋史論集》7);
　5. 熊本崇《"權監察御史裏行"李定——王安石對御史臺的政策》(1996
　　年 7 月,汲古書院《宋元時代史的基本問題》);
　6. 賈玉英《宋代監察制度》第四章各節(1996 年 6 月,河南大學出版社
　　宋代研究叢書);
　7. 刁忠民《宋代臺諫制度研究》第一章第三節"熙豐之際御史臺的畸形
　　狀態"(1999 年 5 月,巴蜀書社);
　8. 富田孔明《宋代政權結構與太學生上書》(1999 年 6 月,中國社會文
　　化學會《中國——社會與文化》14);
　9. 諸葛憶兵《宋代宰輔制度研究》第八章第三節"宰輔對臺諫的控制"
　　(2000 年 7 月,中國社會科學出版社)。

　　因此,蘇軾對"臺諫"的認識,與新法體制下的"臺諫"現狀之間,存在著顯著的差異。此種差異,再被他的特殊經歷和反體制集團的期待所鼓舞,以至於使他采取了刺激"臺諫"的言行,這從某種角度來説是極易理解的發展。

八、新法政權下的言論

　　如上引蘇軾所説,到北宋中期的仁宗時代,"臺諫"突然成爲非常風光的存在。帶來這一轉機的是,明道二年(1033)的御史中丞孔道輔和諫官范仲淹圍繞當時郭皇后廢位問題的進諫,以及十年以後所謂"慶曆新政"時期内四諫(王素、余靖、歐陽修、蔡襄)的活躍。從那以來,"臺諫"在朝政上被置於言論中心的地位。

　　令"臺諫"一躍而爲關注重心的慶曆新政,與其二十餘年後的熙寧新法,都被認爲是宋代政治史上具有最重要意義的政治改革。但是,從"臺諫"的遭遇來看,這兩大政治改革却有著顯著的差異。

　　在慶曆前後,"臺諫"站在革新官僚一邊,對權臣即宰執進行攻擊。而在熙寧年間,以熙寧四年爲界,可以明確地分爲兩期,其前期,"臺諫"站在保守派一邊,對革新派即宰執進行攻擊,其後期則站在革新派即宰執一邊,對保守派進行彈劾。

　　慶曆與熙寧前期,"臺諫"在批判宰執一點上相同,不同的是其立場或在革新一邊,或在保守一邊;另一方面,慶曆與熙寧後期,"臺諫"的立場都在革新一邊,不同的是對於宰執的批評功能的有無。這樣,三個時期呈現爲三種相異的狀態。

　　慶曆新政前後的"臺諫"狀況曾被蘇軾作爲理想形態加以具體描述,因此,下文首先要對此進行考察,由此探討兩次政治改革的性質差異。然後,關於新法政權爲何采用與慶曆模式明顯相異的方式來操作"臺諫",也要尋找其必然性的理由。

1. 慶曆新政與熙寧改革: 在明道二年的皇后廢位問題上,孔、范等"臺諫"的言行,表面上是對仁宗的諫正,但同時也分明把矛頭指向了阿諛討好仁宗的呂夷簡等權臣。自章獻皇太后垂簾聽政以來,二十年高居宰執地位的呂夷簡,一直掌握著人事權,"進用者多出其門"(《宋史》卷三一四《范仲淹傳》),長期處於權勢的中心。十年後的慶曆四諫,也同孔、范一樣,特別在人事問題上,展開了對特權官僚的批判。

不用説,成爲批判目標的權臣們,也不會甘心屈服於批判。正因爲是權臣,他們當然具有可能行使的絶大權力和種種權謀策術。不過,當時的權臣們却並没有表現出要從根本上否定"臺諫"之言事職能的形迹。也就是説,當時無論是批判的一方還是被批判的一方,似乎都把"臺諫"的言事職能當作必然的前提而接受了。

這樣一種共識的形成,恐怕是以仁宗的下述意見爲基礎的:

①(明道二年十一月)丁未,出侍御史張沔知信州,殿中侍御史韓瀆知岳州。先是,宰相李迪除二人爲臺官。言者謂:"臺官必由中旨,乃祖宗法也。"既數月,呂夷簡復入,因議其事於上前。上曰:"祖宗法不可壞也。宰相自用臺官,則宰相過失無敢言者矣。"迪等皆惶恐,遂出沔、瀆。仍詔:"自今臺官有闕,非中丞、知雜保薦者,毋得除授。"(《長編》卷一一三)

②(慶曆四年八月)戊午,詔:"自今除臺諫官,毋得用見任輔臣所薦之人。"(《長編》卷一五一)

　　①②所載的詔令(及其發布的經過),明確從宰執手上剝奪了推薦"臺諫"的權力。作爲這次剝奪行爲的根據,上文標舉了宋朝建國以來"祖宗法"的存在。而這樣做的目的也被明確記載,就是讓"臺諫"作爲批判宰執的勢力,充分地發揮作用。

　　而且,在①的叙述中,此詔發布以後馬上成爲批判對象的吕夷簡也登場了,這也傳達出他與此道詔勅的深刻關聯。吕夷簡的主旨似乎衹爲了打擊難以合作的同僚李迪,但不管出於何種目的,作爲詔令發布之推動者的他,此後的行動當然要遵守詔勅的内容了。

　　這樣,慶曆前後的"臺諫",正如仁宗所期待的那樣,成爲批判宰執的勢力,他們站在革新勢力一邊,對保守勢力進行攻擊。

　　那麼,主導了慶曆新政的他們所指望的革新究竟是什麼呢? 慶曆三年,范仲淹和富弼所上呈的"當世急務"之"十事"(《長編》卷一四三),可以説是核心内容,其中被列爲第一、第二的首務,就是"明黜陟"和"抑僥倖"。由此事實可以判斷,他們的首要目的,在於剝奪特權官僚的既得權力,極力廢除不透明的人事進退,確保新進官僚的升遷途徑,以提高他們的主動意識。

　　因此,成爲攻擊目標的吕夷簡等守舊派,與革新官僚之間,本來不該存在政策上的,或意識形態上的決定性對立。兩者的出身地域不同(北人 vs 南人),年齡輩分不同,由此引起的利害對立,確實作爲衝突的背景而存在,但對於建國以來的官僚體系,雙方都共同表現了保護的姿態,他們基本上是站在同一政治土壤上的。也就是説,慶曆新政乃是官僚體系内部的綱紀肅正運動,或者説具有濃厚的霸權抗争之色彩。

　　新政的實現及其政治模式在此後長達二十年餘的保持，除了因爲他們得到皇帝的大力支持外，也意味著他們的言行，在一部分特權官僚和大多數無特權之官僚的對立局面中，最終贏得了多數派的支持。

　　另一方面，熙寧的新法改革，正如保守派的言論中屢屢見到的那樣，存在著功利和名分之間的意識形態上的對立。而且，新法抑制了豪商和大地主等富裕階層的利益，衹此就足以動搖與他們具有密切關係的許多官僚的生存基礎，成爲釜底抽薪之舉。再説，新法的大部分内容跟税制相關，因此它不單是官僚體系的内部改革，而是對社會全體都有廣泛影響的極大規模的改革。

　　曾經在慶曆新政中作爲革新派而活躍的官僚，或者在他們的熏陶、引導之下成長起來的官僚，其大半在面對熙寧改革時突然轉變爲保守派，這一事實最具象徵性地表現出宋代這兩次政治改革的本質差異。熙寧的改革與慶曆的改革不同，它不是爲多數派的利益作辯護，而毋寧説是在一定程度上對多數派構成了威脅。因此，它本來就很難得到官界内部的多數派即蘇軾所謂"公議"的支持。可以説，新法政權在其起步的時點就處在這樣的狀況之中。

　　2. 新法政權下的言論：新法一旦付諸實施，就會遭到猛烈的反擊，這無論對於設計者兼推動者的王安石，還是對於提拔、信任他的宋神宗來説，都應該是早有充分預想的事態。如何對付這樣的逆流，無疑是新法政權起步前後最爲困難的問題。耐心地説服反對勢力，施行漸進的政策以獲得"公議"的支持，這樣的選擇應該也是可能的，但結果，王安石並未采用那樣的手法。

　　司馬光對當時的王安石有這樣的評價："人言安石姦邪，

則毀之太過。但不曉事,又執拗耳。"(《續資治通鑒》卷六七,熙寧二年十月。亦見《皇朝編年綱目備要》卷一八)。而南宋末的呂中,則把王安石獲得神宗的信任概括爲"書生得君自安石始"(《類編皇朝大事講義》卷一五)。

"不曉事"、"執拗"、"書生",這樣的形容直言不諱地表明,王安石是一個理念先行的學者型宰相。至少,他跟從前那些協調型的、兼收並蓄的、現實主義的宰相,明顯屬於不同的類型。斷然地否定他人,在跟他人的相剋中一往無前地表達自己的見識,這種唯我獨尊的傾向,在他的文學和學問中表現得極爲普遍①,而在中央政治的舞臺上,王安石也把這強烈的個性充分地發揮出來。

於是,王安石新設了一個直屬於皇帝的官署,叫做制置三司條例司,在此考究新法的具體方案,使這些方案在施行之前避開官界的批判。另一方面,從"臺諫"中排除反對勢力,而代之以新法的推進派,由此漸漸取消"臺諫"的言事功能,摘除批判的萌芽。

新法政權之所以如此徑直地推出控制"臺諫"之舉,無疑是因爲這個政權的基礎極爲脆弱。得不到大多數人支持的少數派,暴露在周圍的激烈批判之下,而且還觸犯了"祖宗法"這一不可侵犯的領域,其尚能敢於行施急進的政策,全是因爲得到了皇帝的大力支持。對他們來說,皇帝的信任是獨一無二的憑仗。

但是,誰也無法保證皇帝會永遠站在他們這邊。萬一皇帝在保守派的影響下,操起了"祖宗法"這一傳家的寶刀,轉向

①　參考拙稿《王安石〈明妃曲〉考(下)——圍繞北宋中期士大夫的意識形態》(1995 年 5 月,宋代詩文研究會《橄欖》第六號,第 202 頁以下)。

了保守一邊,那麼新法政權便當即失去前途。因此,王安石一方面建設起一種政治結構,使那些對於新法的惡評傳不到皇帝的耳邊;另一方面也有必要封鎖保守派的言論,其最有效的方法,莫過於剝奪"臺諫"的言事功能,而强化其監察功能。

王安石的弟弟王安國,後來爲其兄不擇手段地護持新法的姿態作過辯護,他如此地傳達了王安石不可退轉的決心(《長編》卷二五九,熙寧八年正月庚子條引《鄭俠言行録》):

> (家兄)自以爲人臣子,不當避四海九州之怨。使四海九州之怨盡歸於己,方是臣子盡忠於國家。

不過,無論出於何種目的,在新法體制下,言論從制度上被壓抑,是不可爭議的事實。雖説没有出現蘇軾所謂"姦臣指鹿之患"的極端情形,但熙寧至元豐之間的士大夫社會之全體,在言論方面確實被籠罩在沉悶的空氣裏。

元豐二年的烏臺詩案,正處在新法政權實行的一系列言論封鎖政策的延長線上。但應該注意的事實是,"詩案"並未發生在新法政權的基礎極不穩定的熙寧前期,而在新法政權獲得了一定的實績,被認爲進入了穩定期的時候勃發了。這似乎不可思議。

3. "詩案"前夕的臺諫:雖説已是新法政權的穩定期,但在"詩案"稍前的數年間,確實發生了以"臺諫"爲中心的政權内部的不小騷動。其原因在於王安石的失勢(詳情請參考次節"'詩案'前後的傳媒"一項)。

熙寧七年(1074)四月,韓絳代替王安石做了宰相,吕惠卿升上了執政之位,但吕惠卿在翌年一月,利用鄭俠的疑獄,陷害了參知政事馮京和王安石弟王安國。由於"臺諫"站在宰執一邊,吕惠卿便利用這樣的特權把政敵趕出京城,還公報私仇。

次年二月,王安石再度回到相位。雖然他祇離開了僅僅不滿一年的時間,但曾經表現得那樣緊密團結的新法政權,卻在他復歸相位的同時一下子分崩離析。因了鄭俠的案子,王安石跟呂惠卿之間已經產生了裂痕,而韓絳跟呂惠卿也屢屢因議論不合而對立。同年八月,韓絳罷相,十月,因華亭之獄,呂惠卿也失勢,曾經被稱爲"傳法沙門"和"護法善神"的兩位心腹部下各自含恨離開了政權。接著,翌年熙寧九年十月,因爲在華亭之獄中跟呂惠卿的政争而使病情惡化的王雱(王安石子)也去世了,失去了兒子的王安石,本人也在失意之中再度離開相位。

擔當了初期新法政權的三位宰執離去後,政局進一步走向冷酷的專制。最具特徵的是,在"臺諫"的發展動向中,蔡確處在了核心位置。他運用了呂惠卿曾經使用的手法,興起相州之獄、太學之獄等重大疑獄,並有意使其擴大化,借此將對手或競争者從樞要的地位上拉下來。到元豐元年四月,他成爲御史中丞,翌年五月升爲參知政事(五年四月升爲右僕射,八年五月升爲左僕射)。

熙寧前期的"臺諫"風氣的劇變,不妨説是爲了保護新法政權的脆弱基礎而采取的所謂緊急措施,但從熙寧七年到元豐初期,"臺諫"反覆將許多疑獄擴大化,那麼它就淪爲政權内部權力鬥争之工具了,其中帶有極爲濃厚的陰謀色彩。

在蔡確任御史中丞後的元豐初期,"臺諫"的官員一般兼任新法實施機關司農寺和理論教育機關國子監的職務,這意味著新法政權的生命綫依靠"臺諫"的人事關係來鞏固。進一步,因爲蔡確升上了宰執的地位,而使宰執與"臺諫"的一體化比熙寧中、後期顯得更爲緊密①。

---

① 詳見前註所揭熊本氏論文②、④。

　　這樣,在新的新法政權下"臺諫"在人事關係上氣焰最爲
囂張的時期,"詩案"勃發了。從而也可以作出如下的解釋:
"詩案"正是蔡確及其後任李定之流結集了"臺諫"的全部力量
而興起的又一疑獄,它以從未如此集中於"臺諫"的權勢爲背
景,企圖扼殺蘇軾的政治生命,這是新法政權在過去曾兩度試
圖著手而未獲結果的事(*)。

　　* "詩案"以前的兩度彈劾是:① 熙寧三年(1070)八月,諫官謝
景溫的彈劾;② 熙寧九—十年(1076—1077)的不起訴事件。

　　①說的是,在護送治平三年(1066)四月死於京師的父親蘇洵之遺
骸歸鄉的途中,蘇軾從事了不正當的商業行爲。根據孔凡禮《蘇軾年
譜》(中華書局 1998 年 2 月,第 183 頁),在彈劾的三個月前,范鎮曾推
薦蘇軾擔任諫官。據說謝景溫策劃這次彈劾的目的,一方面是爲了阻
止其出任諫官,另一方面是爲了討好對蘇軾不滿的王安石。

　　關於②,在《東坡烏臺詩案考(上)》曾有討論,請參考。因爲是不起
訴事件,所以不明其詳,但蘇轍《欒城集》卷三五《爲兄軾下獄上書》云:
"頃年通判杭州及知密州日,每遇物托興,作爲歌詩,語或輕發。向者曾
經臣寮繳進,陛下置而不問。"由此可以確認這次彈劾的存在。不過,
《東坡烏臺詩案考(上)》將這次不起訴事件的發生測定在熙寧九年年末
以後的一二年間,看來這個上限還要稍稍推前。詳細請參考保苅佳昭
《蘇軾的超然臺詩詞——熙寧九年發生的詩禍事件》(《日本中國學會
報》51,1999 年 10 月)。

　　然而,跟鄭俠之獄以至於太學之獄等許多疑獄相比,"詩
案"還明顯具有相異的一面。"詩案"以外的疑獄,一定都跟政
權內部的權力鬥爭相牽連,而"詩案"中卻看不出類似的迹象。
本來,長久地轉徙於地方官任上的蘇軾,已經不應該成爲必須
擊落的目標了。

　　另一方面,蘇軾本人還有這樣的說法:因爲神宗不時地
讚賞蘇軾之才,"臺諫"們恐怕他馬上會獲得起用,所以捏造了

"詩案"(《文集》卷三二《杭州召還乞郡狀》)。

蘇軾確實曾進入應予起用之人物的名單,即便在過去兩次被彈劾的前後,也還被推薦擔任諫官①。鑒於朝廷內外確實曾有這樣的動向,上述説法的可能性也未必可以否定。但是,就結果來看,蘇軾畢竟没有一次獲得起用,故當時的神宗對於作爲官僚的蘇軾有怎樣的好評,還是一個疑問。

本來,蘇軾的話是寫在上呈給神宗之子哲宗的表狀中的,按全文的文脈,這個部分强調的是蘇軾對神宗感恩戴德,毫無記怨之心。也就是,這段話本來就要强調,"詩案"是在跟神宗的本意全無關係的情況下被捏造出來的東西。這雖可説是當事者的事後追憶,但不能就此輕信這段話説出了全部的真相。

爲什麼呢? 如果當時起了用蘇軾,一定會給政局多少帶來一些混亂,所以神宗冒著風險起用他的實際可能性應作相當低的估計,而"臺諫"方面對於如此不確實的風聞特別地抱了危機之感,也是很難想像的。那麼,是什麼樣的動機驅使著他們去興起這一疑獄呢? 在以上二節所清理出的内容的基礎上,次節以下,以此問題爲中心進行考察。

九、圍繞"詩案"的新的社會條件

驅使當時的"臺諫"興起疑獄的直接原因,恐怕如本文的上篇指出的那樣,在於蘇軾謝表中"難以追陪新進"或"老不生

---

① 熙寧三年八月,在謝景温彈劾的三個月前,范鎮推舉蘇軾可以擔任諫官。又,熙寧九年冬,樞密直學士陳襄應神宗的提問,而推舉了三十三名應該起用的人才,包括司馬光、韓維、吕公著、蘇頌、范純仁、蘇軾等(《續資治通鑒》卷七一,熙寧八年十一月癸未條,引陳襄《經筵薦士章稿》石刻)。

事"之類的表達。不過,如此"婉曲"的表達,何故令"臺諫"如
此激憤?

讓我們重新關注一個事實,就是上篇引用的兩位監察御
史裏行的札子中對蘇軾謝表的描述,謂之"宣傳中外"(何正
臣)、"流俗翕然争相傳"(舒亶)。謝表乃是臣下接受新的任命
後對皇帝表示感謝的呈文,除了受理和掌管全部臣下上奏文
的中央有關部門(門下省的都進奏院、樞密院的銀臺司、通進
司等)的官史和皇帝之外,它本來不應該被一般人看到。這樣
一種特殊的文章,竟會"宣傳中外"、"流俗翕然争相傳",究竟
是什麼原因?

1. 邸報: 近人林語堂曾舉出了"邸報"的存在,作爲蘇軾
謝表廣泛傳播的原因[1]。所謂"邸報",就是一種官報,將中央
的消息迅速而準確地傳達給地方官吏。它究竟是否與"詩案"
相關,現在没有留下任何確證,但要想出其他的原因却很困
難,因此林語堂的説法也許是正確的吧。

以下根據朱傳譽《宋代傳播媒介研究》(見朱傳譽《先秦唐
宋明清傳播事業論集》,臺灣商務印書館 1988 年 12 月,第
121 頁以下)[2],對宋代"邸報"的基本狀況,聯繫其與"詩案"
的關係,作出概述:

　①"邸報"由都進奏院製作。在制度上,都進奏院屬於門

---

①　林語堂著、合山究譯《蘇東坡》(1978 年 3 月,明德出版社。此後收入講
　　談社學術文庫)第十四章"逮捕與審問",第 229 頁。原著名 *The Gay*
　　Genius : The Life and Times of Su Tungpo (1947, New York)。另外,
　　王水照、崔銘《蘇東坡傳》(2000 年 1 月,天津人民出版社)中也有同樣的
　　記述(第 198 頁)。
②　朱傳譽氏還有《宋代新聞史》(1967 年 9 月,中國學術著作獎助委員會叢
　　書 36)的專著,由導論與七章構成,其第一章爲"邸報",内容與《先秦唐
　　宋明清傳播事業論集》所收的論文相同。

下省,其直屬的上司是給事中,但因爲經常要處理與軍事機密有關的文書,所以都進奏院的長官由樞密院派遣。

②　對"邸報"記載的内容,有檢閲審查的制度。此審查由樞密院進行。在新法政權下,熙寧四年特設了樞密院檢詳諸房文字(樞密院檢詳),此後與檢正中書某房公事(中書檢正)一起擔當檢閲之任。

③　不過,邸吏(都進奏院的吏人)經常不等樞密院的審查,就發布了"邸報"。

④　"邸報"的内容主要有八類:(a) 官吏的遷黜、(b) 朝臣的章奏、(c) 詔令、(d) 朝見與朝辭、(e) 謝表、(f) 大禮、(g) 刑獄、(h) 詩文。

如②所示,新法政權對朝廷内外的批判言行甚爲警惕,專門設置了新的職務,來負責監視。但儘管如此,據③可知,未經審查的情報被記載在"邸報"中頒布到了全國的事態屢屢發生。

可以想像,這是以州縣方面的强烈需求爲背景的,他們都想儘快地把握中央的動静。可是,審查部門每天面對的文書達到了很大的數量,在檢閲方面自然需要一定的工作日。在等待他們批准的過程中,進奏院準備好的情報迅速地成爲過時之物,其作爲新聞的價值也越來越低下,這同時也就意味著與州縣的切實需求相背離。——正是這樣一種現實的矛盾産生的力量,促使未經審查的情報被記載於"邸報"。自然也可以推測,由於審查部門也承認"邸報"具有信息媒體的意義,故多半默許了上述事態的發生。

被御史臺首先看作問題的蘇軾之文,是④中的(e)謝表,爲宋代"邸報"經常采録的内容之一。謝表是具有一定禮儀格式的文章,印象上與應該被登載於官報的信息具有不同的性質。不過,它似乎經常被貶謫的官吏用來向皇帝訴冤,甚至被當作批判時政的機會,因此對審查官來說,是決不可以輕視的重要審查對象之一。而同時,它也是全國的官吏們想要知道的内容。

在《宋會要輯稿》儀制七之二六(中華書局影印本,第1962頁下),收録了蘇軾去世後半年即徽宗崇寧元年(1102)一月的上奏文。其内容是御史臺提出的要求。——在哲宗親政期間不得志的舊法黨官僚們,因皇太后向氏的攝政而一度恢復了名譽,此時,他們中的多數人借了謝表痛罵哲宗政權。御史臺將此看作嚴重的事態,認爲此種現象的盛行,是因爲御史臺不能審查謝表,所以强烈要求,此後進奏院受理謝表之際,務必抄録副本,及時送往御史臺。

這一篇上奏文的開頭,還引用了《熙寧編勑》的一節,謂"諸臣僚不得因上表稱謝,妄有誣毀,及文飾已過,委御史臺糾奏"①。這道勑令暗示了,在即將發生"詩案"的神宗熙寧年間,也已經存在圍繞著謝表的同樣現象。還有,按《宋會要輯稿》的記載,到崇寧元年爲止,御史臺還没有及時審查謝表内容的機制。

要之,蘇軾的《湖州謝上表》,很可能在進奏院受理之後,馬上被"邸報"記載,而發布於全國。初看起來,它既然被"邸報"所記載,似乎意味著已經通過了樞密院等各審查部門的檢閲,但從當時的實況來看,其未必反映出審查結果的可能性也是存在的。另一方面,御史臺在當時並不具有對上呈不久的謝表進行審查的特權,所以,在制度上,他們不可能事前核查蘇軾的謝表。

對北宋中後期的全國官吏們來説,"邸報"已經是非常重

---

①　這道勑令在"詩案"中也曾被運用,參考《烏臺詩案》所收《御史臺根勘所結按狀》。

要的、與自己切身相關的情報媒體。現存歐陽修和蘇軾等人
跟朋友交換意見的書簡尺牘中,就有不少明記其消息是來源
於"邸報"的①。另外,"邸報"至遲在仁宗朝的時候就被付諸
印刷了吧②。

　　"邸報"及其發行機關進奏院,雖然早就存在於唐代③,但
在以藩鎮爲首的州縣勢力强大的唐代,進奏院幾乎就是各藩
鎮駐在京師的派出所,"邸報"也經常爲各單位逐一作成。因
此,雖然名稱相同,但跟中央集權被强化,納入了中央政治機
構之中的宋代"邸報"相比,其所起的作用便有質的不同。就
其遍及官僚社會全體的影響力而言,宋代的"邸報"確實優於
唐代。而到北宋中葉以後,它一旦被付諸印刷,則其作爲情報
媒體的重要性,以及情報本身的統一性和確鑿性便都以無法
比較的程度得到增强。

　　從而,如果"邸報"確實與"詩案"相關,那麼就可以把這一
事件重新解釋爲:以新的社會條件爲背景而興起的疑獄。進
一步,在這一現象中,也可以領會到:圍繞當時士大夫言論的

---

① 歐陽修:《與王懿恪公》,至和二年(《歐陽修全集・書簡》卷三);《與梅聖
　　俞書》,寶元二年、慶曆初二通(《歐陽修全集・書簡》卷六)等。蘇軾:
　　《答范純夫十一首》其八(《文集》卷五○)、《與王元直二首》其一(《文集》
　　卷五三)、《與林子中五首》其三(《文集》卷五五)、《與謝民師二首》其二、
　　《與孫志康二首》其二、《與陳大夫八首》其三(《文集》卷五六)、《與汪道
　　濟二首》其二(《文集》卷五九)、《與千乘姪一首》(《文集》卷六○)等。

② 參考朱傳譽《宋代傳播媒介之研究》(1988 年 12 月,臺灣商務印書館,朱傳
　　譽《先秦唐宋明清傳播事業論集》所收,第 138 頁以下)。不過,該論文
　　説從宋初開始就印刷了,筆者曾著文,認爲應改訂爲北宋中期以降。參
　　考拙論《蘇軾文學與傳播媒介——試論同時代文學與印刷媒體的關係》
　　第二節"時代信息與印刷媒體"(2000 年 3 月,上海,首屆宋代文學國際
　　研討會提交論文,刊載於上海辭書出版社《新宋學》第一輯)。

③ 參考李彬《唐代文明與新聞傳播》(1999 年 6 月,新華出版社)。

社會環境,有了急速而顯著的變化。

2. "詩案"前後的傳媒:在考慮熙寧至元豐年間大衆傳媒的社會影響時,"詩案"以外還有一起事件不該被遺忘。這一事件發生在熙寧七年(1074)夏四月五日,即在"詩案"的五年前。

京師外城西南安上門的監督官鄭俠(1041—1119),將前年秋冬以來苦於旱災和苛斂的民衆慘狀繪成圖畫,跟他的疏狀一起上呈給神宗。其疏狀的末尾云:"如陛下觀臣之圖,行臣之言,自今已往至於十日不雨,乞斬臣於宣德門外,以正欺君慢天之罪。"清楚地表達了必死的決心(《長編》卷二五二)。

據《續資治通鑒》(卷七〇)所載,鄭俠投出的這一石,在神宗的心裏激起了甚大的波浪:

> 疏奏,帝反覆觀圖,長吁數四,袖以入內。是夕,寢不能寐。翼日癸酉(四月六日),遂命開封體放免行錢,三司察市易,司農發常平倉,三衛(衛)具熙河所用兵,諸路上民物流散之故,青苗、免役權息追呼,方田、保甲並罷,凡十有八事。民間歡叫相賀。是日,果雨。甲戌(四月七日),輔臣入賀。帝出俠圖及疏示輔臣,且責之,皆再拜謝。外間始知所行之由。羣姦切齒,遂以俠付御史獄,治其擅發馬遞罪。

雖説有乾旱的天災爲背景,但在反新法官僚中的辯論家們多次反覆説服之下也不曾改變初衷的神宗,竟然因爲一個初出茅廬的監門官的一度申訴,就想在一夜之間全面放棄新法,其所受的衝擊程度之大可想而知。在此事件後僅僅兩周,王安石罷相了。

把皇帝喜歡的情景或者他想了解的情報,作成圖繪獻上,這樣的先例是有的,但把慘不忍睹的實狀細緻地描繪了獻上去,似是前代未聞之事。這一事件出乎意料地證明了,畫像媒體以從未有過的新形式,在中央政治的舞臺上被利用,而且發揮了衝擊性的效用。用言語無法衝垮的厚壁,畫像很容易地就將它瓦解了。

當然,畫像媒體也自古就存在。但是,士大夫們日常性地親自製作繪畫,相互贈答和品評,仍可說是北宋中期以降的顯著現象。鄭俠之所以能極其自然地產生製作繪圖的想法,也正因爲士大夫社會中已經有了這樣的意識變化。不過,無論如何,直接而且逼真地訴諸情感是畫像的媒體特性,其被鄭俠自覺地運用,這一點包含了值得特書一筆的意味。

畫像媒體之外應該注目的又一種媒體是石刻。從現存金石錄的記載來判斷,石刻的存在比畫像還早得多,可說是中國最古的傳媒之一。

自歐陽修《集古錄》以來,就開始了所謂"金石學"的歷史,但對石刻或拓本等進行系統的搜集,加以分析後記錄下來,這種行爲的普遍化是在清朝以降。當然,越是古老的時代,其石刻的殘存數量便越是減少,在此種物理性的原則下,主要以清朝的資料爲基礎來論述宋代石刻的總體狀況,特別是與宋以前的時代進行比較,不用說是有點危險的。但是除此之外也沒有更適當的方法,因此即便明知其危險,這裏仍試圖對唐和宋的情況作大致的比較。

近年中最爲全面地清理石刻資料的研究成果,恐怕要算楊殿珣的《石刻題跋索引》(商務印書館影印,1940 年 11 月初版,1990 年 1 月增訂本)。此書將著錄於歐陽修乃至近人趙萬里的歷代主要金石錄的石刻資料,以時代、內容爲別,作了分類整理。根據此書來比較唐與宋的情況,可以看出兩者之間在如下三個類別的著錄數量上存在顯著的差異：第一是"墓碑"、"墓誌"類，第二是"題名題字"類，第三是"詩詞"類。

在第一類中著錄的唐代石刻近於宋代的十倍，在第二、第三類中則相反，宋代被著錄的數量是唐代的三到五倍。

第一類中表現出的是一種奇異的現象：跟物理性的原則相反，比宋代更爲古老的唐代，其石刻被著錄的數量近於宋代的十倍。可以推測，這恐怕是唐和唐以前的石刻作爲可補史書之闕的史料，在近世中國特別地受到了評價和關注的結果；至於宋代以降，即便不用金石史料，在紙上記錄的史料也豐富地存在，所以搜集的優先順序自然就低下了，於是便表現爲這種數量上的差距。因此，這數量差距未必意味著"墓碑"和"墓誌"在宋代不被刻石。

其餘兩類中的差異，這裏特別要注目於第三"詩詞"類中表現出的差距。《石刻題跋索引》的著錄件數，唐代爲三百四十一件，而宋代爲一千一百五十三件，在唐代的三倍以上。而且，僅北宋就有五百二十六件，遠遠超過了唐代。當然，關於殘存數量的多寡，不能不把前述的物理性原則考慮在內，但即便將此點考慮在內，這樣大的數量差距似乎仍能反映唐、宋兩代的實際狀況。

在歐陽修的《集古錄跋尾》中，著錄了二百十七件唐代石刻，但其中詩歌的石刻僅有九件（約4％）。歐陽修的時代距離唐朝的首尾衹有四百五十年和一百五十年左右，而詩歌的石刻在此時已經極少。在北宋末趙明誠的《金石錄》（新文豐出版公司《叢書集成續編》91 所收）中呈現的也是相同的比例，被著錄的一千四百二十六件唐碑中，詩碑衹有五十九件。從這些數據看，筆者感到，與其說是詩碑因散佚而極少殘存，不如說它顯示出：將詩歌刻石的行爲本身在唐代猶是特殊的事情。

　　但到了北宋,特別是中期以降,詩歌刻石的行爲就變得普遍化、日常化了。這一點從蘇軾作品刻石的情況就可以明顯看出來。在《蘇軾文集》的尺牘類作品中,散見著他的朋友們將蘇軾詩文刻石,而把拓本送給他的記載①。而且,還有不少尺牘記載,朋友們將自己的作品刻石,而把拓本寄給了蘇軾②。這説明,詩文刻石不是單獨發生在蘇軾身上的例外現象,而是在全體士大夫社會中具有一定普遍性的現象。

　　對北宋中期以降的士大夫來説,將詩歌刻石已經不是一種特殊的行爲。對他們而言,石刻媒體決不是一種與己無關的疏遠的媒體,而可以説是能夠馬上將新創的作品登載出來的,與自己切身相關的媒體之一。

　　這裏再次關注一下"詩案"中監察御史裏行舒亶的彈劾狀,其中有這樣的記述:

　　　　……其他觸物即事,應口所言,無一不以譏謗爲主。小則鏤板,大則刻石,傳播中外,自以爲能……

由此也可以確認:蘇軾的作品在創作後馬上被刻石,對其作品的傳播起了很大的作用。

　　如上所述,在熙寧、元豐期新法政權的時代,圍繞士大夫的傳媒環境正在發生著很大的變化。作爲士大夫的重要情報來源,

---

① 《答刁景純二首》其二、《與黃洞秀才二首》其一(俱見《文集》卷五七)、《答楊禮先三首》其三(《文集》卷五九)等。蘇軾還有送去詩作,而請對方不要刻石的尺牘,如《答蘇子平先輩二首》其二(《文集》卷五七)、《與米元章二十八首》其八(《文集》卷五八)、《與王正夫朝奉三首》其三(《文集》卷五九)。另外還有反過來勸別人刻石的尺牘,如《與王文甫二首》其二(《文集》卷五四)。

② 《與陳伯修五首》其五、《答陳履常二首》其二(《文集》卷五三)、《與李通叔四首》其一、《與姚君三首》其一(《文集》五七)等。

"邸報"這一信息媒體廣泛流布,已經成爲他們的日常生活中不可或缺的傳媒:這從本節的論述也可窺其一斑。另外,畫像、石刻等擁有漫長歷史的傳統媒體,也以前所未有的日常化程度被士大夫們作爲切身相關的媒體而利用。這種圍繞當時士大夫的新的社會條件,對"詩案"的發生決然起了不小的影響。

不過,還不忙得出結論。在考慮當時的傳媒環境之際,還有最應該注意的要件,必須於下一節加以集中的論述。在本節所述傳統媒體的日常化現象之外,還有一種新的媒體出現,而且急速地得到普及,開始對士大夫社會產生甚大的影響。這種新的媒體,就是印刷媒體。

十、"詩案"與印刷媒體①

上節已經記述,至晚到北宋中期以降,"邸報"已被付諸印刷。這一點,在考察印刷媒體的社會普及度時,可以成爲重要的指標,但無論在內容還是形式方面,"邸報"畢竟都被其作爲官報的形態所束縛,跟一般的書籍具有明顯的差異。那麼,以詩文爲中心的文學作品,在"詩案"的當時,怎樣跟印刷媒體相關呢?

1. 印刷媒體與同時代文學:到北宋中期爲止,唐及唐以前的典範性較高的詩文集,如《文選》等總集,或李白、杜甫、韓愈、柳宗元等的別集,已經被上梓刊行。因而可以説,北宋中期以降的士大夫們,在接受和學習這些過去的傳統文化之典

---

① 本節的內容,主要以下列拙論爲基礎:《蘇軾文學與傳播媒介——試論同時代文學與印刷媒體的關係》(2000 年 3 月,上海,首屆宋代文學國際研討會提交論文,刊載於 2001 年《新宋學》第一輯,上海辭書出版社)。

範時,已經在一定程度上獲益於印刷媒體。那麼,他們把自己創作的作品刊載於同時代的印刷媒體,究竟是從什麼時候開始的呢?

將屬於文學領域的內容刊載於同時代的印刷媒體,對這種現象的最初期的記載,可以追溯到仁宗至和二年(1055)。在歐陽修的《論雕印文字札子》(《歐陽修全集・奏議集》卷一二)中,有如下的一段:

> 臣伏見朝廷累有指揮,禁止雕印文字,非不嚴切。而近日雕板尤多,蓋爲不曾條約書鋪販賣之人。臣竊見京城近有雕印文集二十卷,名爲《宋文》者,多是當今論議時政之言。其首篇是富弼往年讓官表,其間陳北虜事宜甚多,詳其語言,不可流布。而雕印之人不知事體。竊恐流布漸廣,傳入虜中,大於朝廷不便。及更有其餘文字,非後學所須,或不足爲人師法者,並在編集,有誤學徒。臣今欲乞明降指揮,下開封府,訪求板本焚毀;及止絕書鋪,今後如有不經官司詳定,妄行雕印文集,並不得貨賣;許書鋪及諸色人陳告,支與賞錢貳佰貫文,以犯事人家財充;其雕板及貨賣之人,並行嚴斷,所貴可以止絕者。取進止。

文中記載了一個事實,即京師開封的書肆將收錄"當今論議時政之言"的《宋文》二十卷(《長編》卷一七九作《宋賢文集》)付之刊行。這《宋文》的開頭所登載的富弼"讓官表",與其現存作品中的《辭樞密副使狀》(《全宋文》卷六〇一,第14冊,第640頁)內容最爲相近。假如"讓官表"就是《辭樞密副使狀》,那麼從此狀所附的題下註"慶曆三年三月",就可知是歐陽修這次上奏之前十二年的文章。在至和二年當時,富弼和文彥博同在相位,是如日中天的現任官僚。因此,這《宋文》二十卷是同時代人的文章被印刷媒體刊載的確鑿事例。

從文中提到"後學"、"學徒"之類的語句看,這個文集可能是以科舉應試者爲對象的、登載論策類典範文章的應試參考書。但是歐陽修擔心,此書可能馬上會危害到宋與"北虜"即契丹的關係,要求發布禁令,並焚毀版木。根據《長編》的記載,歐陽修的意見最終得到了受理。因此,這一則材料可以説明,印刷媒體的社會影響力早就被認識,而國家對它的監視也被強化。

這樣,可以確認,至遲到北宋中期仁宗的時代,同時代的信息已經開始通過印刷媒體的刊載而傳播到四方。

不過,《宋文》二十卷收録的是時事性很强的文章,從今日的觀念來看,似不屬於純粹的文學作品集。那麽,以詩歌爲中心的狹義的文學作品,其刊載於同時代的印刷媒體,始於何時呢?

在《宋文》二十卷被刊行的仁宗朝後期,中央文壇上最具崇高文名,最有聲望的士大夫,應當是歐陽修(1007—1073)。從至和元年(1054)到嘉祐五年(1060),他擔任了六年的翰林學士,其間完成了監修編纂《新唐書》的工作,還通過知貢舉的機會,大刀闊斧地改革科舉文體。其提拔王安石、曾鞏、蘇軾、蘇轍等大量有才能的後進,也在此時。可以説,他一直處於當時中央文壇發展動向的中心位置。通行本《歐陽文忠公全集》(周必大刻本)采用了以内容爲别的分集形式,而《外制集》、《内制集》、《歸田録》、《集古録跋尾》諸集皆冠以自序,可見他生前便有意將自己的作品進行編集。從而,如果這個時期的印刷媒體已經把同時代文學納入刊印對象的範圍,那麽他的詩文集應該是首先成爲印刷對象的。但是,在現存資料的範圍內,沒有歐陽修的詩文集在其生前已被刊行的確證。

緊接著歐陽修的下一代也同樣如此。從仁宗的末年到神宗的熙寧年間(1068—1077),歐陽修的下一代中,表現得最爲傑出的士大夫非王安石(1021—1086)莫屬。他的著作中,《三經新義》確實是在其生前刊行的①,但《三經新義》明顯不是文學。僅就現存的資料來看,王安石的詩集也是到死後纔被刊行的②。

在作者生前,其詩歌就被印刷媒體刊行,目前可以證明的這樣的最初事例,是在比王安石更下一代的詩人中纔出現的。而初次實現了同時代文學與印刷媒體之合作的詩人,不是別人,正是蘇軾。

2.《元豐續添蘇子瞻學士錢塘集》:頗爲諷刺的是,可以證明這一點的資料,也就是流傳至今的《詩案》的記載。

《懺花盦叢書》本《烏臺詩案》所載《監察御史裏行何正臣札子》的末尾説:"今獨取鏤板而鬻於市者進呈……"《監察御史裏行舒亶札子》的末尾也説:"印行四册,謹具進呈……"而且,《御史臺檢會送到册子》云:"檢會送到册子,題名是《元豐續添蘇子瞻學士錢塘集》,全册內除目錄更不鈔寫外,其三卷並録……"具體地記下了詩集的名稱。

從《烏臺詩案》的供述內容以及這個集子的名稱可知,此《錢塘集》收録的主要是蘇軾熙寧四年(1071)冬至七年(1074)

---

① 《長編》卷二六五,熙寧八年六月己酉條云:"中書言,《詩》、《書》、《周禮義》欲以副本送國子監鏤板頒行。從之。"

② 陸游《渭南文集》卷二七《跋半山集》云:"右《半山集》二卷,皆荆公晚歸金陵後所作詩也。丹陽陳輔之嘗編纂刻本於金陵學舍,今亡矣。"陳輔(字輔之)是王安石晚年的門人,因此他刊行的詩集也是王安石去世後不久被印刷的本子。雖然值得注意的是它距離其卒年的時間甚短,但終究不是在王安石生前刊行的。

秋任杭州通判時期的作品,而從“鏤板而鬻於市者”、“印行四册”等記述,則可知其已被印刷。

而且,集名之前加上了“元豐續添”四字,由此不難窺知,在“詩案”中被當作物證提交的蘇軾《錢塘集》,是在元豐年間增補刊行的文本,那麼在熙寧年間,《蘇子瞻學士錢塘集》也曾被刊行了。

對這一點可以傍證的資料,是本文的上篇引用過的蘇頌《己未九月,予赴鞫御史,聞子瞻先已被繫。予書居三院東閣,而子瞻在知雜南廡,纔隔一垣,不得通音息。因作詩四篇,以爲異日相遇一噱之資耳》詩(中華書局《蘇魏公文集》卷一〇)的“其二”,有“文章傳過帶方州”之句,附蘇頌自註:“前年,高麗使者過餘杭,求市子瞻集以歸。”

蘇頌住在杭州的時間,是熙寧九年(1076)四月以後的大約一年間①。因此可知,他是在那個時候從杭州的書肆裏買到蘇軾集的。被高麗使者購買回國的本子,恐怕是《蘇子瞻學士錢塘集》的初版吧。

如果這樣的推測是正確的,那麼初版的《蘇子瞻學士錢塘集》就刊行於蘇軾離開杭州之任不滿兩年的時間內。將此與《宋文》二十卷比較來看,從執筆到刊行之間的時差,如以富弼的《讓官表》爲例,有十二年,但《蘇子瞻學士錢塘集》則已縮短到六分之一以下。而且在內容上,後者也是所謂狹義的文學作品,以個人專集的形式被出版。可見,從至和二年到熙寧末年的大約二十年間,出版界有了長足的進步和發展。

3. 怎樣招惹了御史臺:如上所述,可以確認,在“詩案”發生的前後,圍繞著士大夫言論的傳媒環境有了前所未見的

---

① 　參考顏中其編《蘇頌年表》(1988年9月,中華書局《蘇魏公文集》附錄)。

顯著變化。特別是像蘇軾那樣的士大夫，處在時代潮流的中心位置，經常在周圍的關注目光之中展開文藝活動，傳媒環境的變化在他們身上表現得最爲快捷。當時的御史臺說蘇軾"所爲譏諷文字，傳於人者甚衆"，並不僅僅是爲突出蘇軾罪狀的言過其實之詞。

當然，當時的印刷乃是雕版印刷，所以一次可以發行的部數是有限的。根據錢存訓氏的推定①，在雕版印刷下，一塊版木的平均印刷部數是百部左右。即便估計得再充分一些，也不會超過數十部到數百部。因此，其影響力不能跟今日的印刷媒體相比，但比之於抄寫的傳播速度，則無疑是飛躍性的進步。

至於蘇軾本人對他所處的被傳媒所改變了的言論環境，是否具有切實的認識，是一件極爲可疑的事。對於自己的作品深受同時代許多人的喜愛和關注，蘇軾本人是有充分感覺的；但對於自己的作品具有何種程度的社會影響力，恐怕未必能充分把握。就此而言，蘇軾仍站在跟北宋中期以前的詩人完全相同的立場上，可以想像，他也像唐代的詩人們一樣，依據《毛詩大序》的理念來展開詩歌創作。

如本文上篇所說，《毛詩大序》在蘇軾的時代也仍是被許多士大夫當作認識的基礎而支持、尊崇的詩歌觀。因此，即便蘇軾依據此種觀念而創作了批判政治的詩歌，也沒有任何正當的理論根據對他進行責難。但這種千年以來不變的觀念，受到突然勃興的新的社會條件的影響，正在發生甚大的動搖。

---

① 參考錢存訓《中國書籍、紙墨及印刷史論文集》(1992 年，中文大學出版社)所收的《中國雕版印刷技術雜談》第五節"雕印數量估計"(第146 頁)。

假如蘇軾有什麼過錯的話,那就是未能迅速地把握此種現狀。不過,這對蘇軾來説未免是苛刻的要求,因爲"詩案"乃是歷史上最初的大規模詩禍。不單是蘇軾,對於當時的大多數士大夫來説,要適時而正確地把握這個變化,無疑也是事實上不可能的。

圍繞著蘇軾詩句有無"譏諷"的問題,御史和蘇軾之間激烈攻防的痕迹,被大量地記録在現存《烏臺詩案》所揭載的蘇軾供述文以及相關的御史臺文書中。而且,有好幾首詩,蘇軾本人也承認是"譏諷"了新法。

另一方面,御史臺對蘇軾下達的最終的行政判決中,運用了"作匿名文字謗訕朝政及中外臣僚"的"律"條(《懺花盦叢書》本《烏臺詩案》所收《御史臺根勘結按狀》)。這個"律"條,恐怕是針對這樣一種罪行而定的:即以匿名的黑信之類誹謗朝政或中傷某些官僚。但是,就"詩案"的情況看,至少這一"律"條的前半部分"作匿名文字"是明顯沒有著落的。如此並不完全合適的"律"條在"詩案"中被運用,從這一點可以如實看出,"詩案"是一次並無前例的特殊審判。這説明,在當時的法律體系中,因詩歌而處罰士大夫,本來就屬於意外之事。所以不難判斷,這一"律"條被運用,乃是窮途末路之計,因爲並沒有既存的合適"律"條來對"詩案"作出適當裁斷①。

見於"律"條後半部分的"謗訕"之語,作爲一種表達,比

①　關於"詩案"中的行政處分的問題,詳見: ① 蔡涵墨(Charles HART-MAN)《對蘇軾的審問: 以其判決作爲宋代法律實踐的一例》(1993,《美國東方學會報》〈Journal of the American Oriental Society〉113—2); ② 近藤一成《東坡的犯罪——對〈烏臺詩案〉的基礎性研究》(1997年5月,東方學會《東方學會創立五十周年紀念——東方學論集》所收)。據近藤氏説,"作匿名文字……"的"律"條,在唐律中是沒有的,它被製定於何時,尚不明白。

之蘇軾供述中自己承認的"譏諷"，明顯是具有更强語調的詞彙。"譏諷"含有對他人婉曲冷笑的語感，相比之下，"謗訕"則是無中生有地對他人進行誹謗中傷，自然包含了倫理上的負面評價。雖然祇是表達上的微妙差異，但這一"律"條暗示著：如果是"譏諷"，那還可以容忍；而如是"謗訕"，則構成犯罪。

然而，是"謗訕"還是"譏諷"，這樣的判斷在很大程度上依賴於解釋者的主觀性。尤其是對於詩歌來說，跟散文相異，本來就包含了"主文而譎諫"的表達特徵，從中區分"譏諷"和"謗訕"是尤爲困難的。"詩案"所涉及的蘇軾詩句，也決非例外。

所以，如果御史臺僅僅以蘇軾所寫的詩歌爲罪證來陷他於重罪，那就不得不看作是對於《毛詩大序》之理念的徹底否定。但是，即便是御史臺的官員，一旦離開這個職務，也就不過是以言論立身的一個士大夫而已，因此也不可能做出這種卡自己脖子的事。比"詩案"所涉及的詩歌遠爲露骨地批判了新法的《吳中田婦歎》、《鴉種麥行》和《畫魚歌》等歌行作品，就沒有被付諸審訊，這也表示他們還遵從著《毛詩大序》之理念的最後底綫。

換句話說，如果"詩案"純粹是一個圍繞詩歌解釋的案子，那麼從最初就應該可以看到它的結果。就當時的常識而言，因詩歌而被問以"指責乘輿"的"大不恭"之罪，究竟是一件不可能的事，應該說，被認爲"有罪"也或許是相當困難的。但是，蘇軾最終也未被無罪放免，而是遭受了"黃州安置"的處罰。這樣的結果令筆者不禁考慮：這"詩案"初看雖然是圍繞詩歌解釋的一個案子，但事件的本質却本來就另有所在。

也就是説,當時的御史臺之所以要彈劾蘇軾,可能不是因爲他寫了許多批判朝政的詩歌這個事實,而是因爲那些詩歌被各種媒體刊載並廣泛傳播這個社會現象。當然,這並不是説蘇軾寫作批判詩的事實不被視爲問題,這裏祇是想强調,更大的問題在於他的作品在很大的範圍内迅速傳播、流布這一現象。而且,在這樣的社會現象的背後,可以看到蘇軾的日甚一日的影響力。筆者推測:對此的危懼,纔是彈劾蘇軾的最大動機和真正的出發點。

因而,即便不能問成"大不恭"的重罪,御史臺也通過把蘇軾拘禁在獄百日有餘,並牽强地運用"匿名文字"之律,使其遭受處罰,而幾乎達到了他們的目的:即對上述社會現象采取嚴厲措施,對處於此現象之中心位置的蘇軾給予打擊。

因了熙寧七年的鄭俠《流民圖》事件,新法官僚重新意識到自己的勢力基礎絶不牢固。萬一蘇軾的作品借各種傳媒而流布到更大的範圍,因此而使批判現政權的聲音高漲到淹入皇帝的耳朵,那就無法保證不會發生跟熙寧七年同樣的事情。爲了防患於未然,對於身處圍繞著傳媒之社會現象的中心、最具象徵性的人物蘇軾,就有必要給予打擊。筆者想,這纔是"詩案"勃發的最根本的原因吧。

對於本文所述"詩案"發生於傳媒環境的劇變之中這一點,從前的研究未必都精確地捕捉到。如果在環境方面祇看到不變的要素,那麽就像傳統的論斷那樣,這一事件被解釋爲淺薄小人所捏造的全然橫暴的疑獄;但是如果著目於各種傳媒的普及這一可變的要素,便可逼真地浮現出原告一方的焦躁和危懼,同時也可以從這一事件之中看出與今日直接相連結的近代性。

與唐及唐代以前相比,北宋的士大夫所擁有的政治空間是格外均等的。由於六朝以來的門閥貴族和軍閥都被完全消滅，北宋的官僚們理念上均等地並列在強大的皇權之下。而且，由於重要的位置幾乎都被進士科及第者所占據，因此，可以說是進士科及第官僚之統一特徵的言論，其在社會上的比重也前所未有地得以提高。

反過來說，北宋官僚的立足點也祇有以傳統教養爲背景的言論，除此之外他們便無所依憑。被如此均等的條件所保證的官僚世界，言論的重要性被顯著提高之時，某一個個人得到了傳媒這一新生的強力條件，展開了肆無忌憚的批判，如果被批判的一方又沒有獲得這一條件，那便自然地發生了甚大的失衡。

從"詩案"中看出這樣一種失衡的結構，筆者以爲有充分的可能。可以這樣解釋：御史臺對此失衡抱有某種危機感，故行使其掌握的權力，試圖在事態嚴重化之前對此失衡加以矯正。

歸根到底，可以得出這樣的結論：詩歌遭遇了各種傳媒之普及的社會現象，以至於具備了前所未有的社會影響力，與此相關，便發生了"詩案"這一對詩人而言甚爲不幸的事件。

十一、結尾："詩案"的後果

在"詩案"的大約五年後，元豐八年（1085）三月，神宗以三十八歲的壯年去世。由於繼承皇位的哲宗尚在幼年（十歲），故由神宗的母親宣仁太皇太后高氏攝政。此後約一年間，新法政權的中心人物幾乎全被貶謫到地方，反過來，長久處在地方的反新法官僚則東山再起，返回中央，政策也回復到新法實行以前的舊態。這便是所謂"元祐更化"。延續了大約十七年的新法官僚的天下，一旦迎來了它的終結。

　　神宗剛剛去世，升上了尚書左僕射兼門下侍郎，從而位極人臣的蔡確，便遭到剛被反新法勢力控制的臺諫連續不斷的彈劾，終於在元祐元年(1086)二月離開相位，出爲陳州知州。"臺諫"的攻擊主要針對著他利用疑獄鞏固地位的毒辣政治手腕，以及其弟蔡碩的爲人不正(受賄)。即便在他轉任地方官後，"臺諫"也沒有停止執拗的追查，故在翌年二月，他從陳州(河南省淮陽縣)被移往亳州(安徽省亳州市)，僅僅十二日後，又被移往安州(湖北省安陸市)。

　　根據《元豐九域志》，陳州離京師二百四十五里，亳州是四百零五里，安州是一千一百里(其等級分別爲上、望、中)。很明顯，蔡確在一年之間，從中央的頂端一直往下掉落。然後，就在從權力之座掉落下來的蔡確身上，降臨了"詩案"之後的新一起詩禍。

　　元祐二年夏天的某日，蔡確在其任地安州州治西北隅的車蓋亭詠了十首七絕(《夏日登車蓋亭十絕》，見《長編》卷四二五、《全宋詩》第十三册卷七八三，第 9077 頁)。其第八首如下：

　　　矯矯名臣郝甑山，忠言直節上元間。古人不見清風在，歎息思公俯碧灣。

起句的"郝甑山"是唐高宗時代的郝處俊，因被封爲甑山公，故有此稱。他是安陸(即安州)人，當高宗被重病所苦，要讓位於則天武后時，他曾加以諫阻。另外，其第十首如下：

　　　喧豗六月浩無津，行見沙洲束兩濱。如帶谿流何足道，沈沈滄海會揚塵。

　　詠了這些詩後不滿一年，蔡確又被移往鄧州(河南省鄧縣，離京師七百五十里，等級上)。事件的發生是在蔡確到鄧州上任以後又經過了一年多歲月的時候。

元祐四年(1089)夏四月，轄境與安州相接的漢陽軍(湖北省武漢市漢陽)知事吳處厚，將蔡確的包括以上二首在內的十首詩全部抄寫，附上註釋，並認爲其中上引的二首對朝廷及"君親""譏訕尤甚"，予以告發。

第八首被認爲是借郝處俊的故事來批判宣仁太皇太后的垂簾聽政，屬於"大不恭"；第十首的末句被解釋爲"海會有揚塵時，人壽幾何"，乃是非常惡毒之語。吳處厚還指出，第十首的末句是"時運之大變"的表達。這個説法的意思不太明確，大概他把這一句解釋爲蔡確對不久的將來現行體制的崩潰和自己再返中央的祈願。

對於這一告發，當時的諫官立即作出反應。右司諫吳安詩、左諫議大夫梁燾、右正言劉安世，全都支持吳處厚的解釋，在上奏中極盡痛罵蔡確之能事，要求立即付諸刑獄。與此相反，中書舍人彭汝礪、御史中丞李常、侍御史盛陶等則堅決反對。言事官中，除了諫官外全站在反對的一邊，他們還倒過來責難告發者吳處厚爲小人。後來，包括太皇太后在內的要求給蔡確定罪的一方占了上風，但就在這樣的時候，范純仁和王存仍敢於在太皇太后簾前共議的場合反對諫官的意見。

反對意見的主旨，幾乎由范純仁的一段話道盡：

　　不可以語言文字之間，曖昧不明之過，誅竄大臣。今日舉動宜與將來爲法式，此事甚不可開端也。(《長編》卷四二七)

但是，不顧他們如何反對，同年五月七日，太皇太后一聲令下，蔡確終於被責授爲英州別駕、新州(廣東省新興縣)安置。四年以後的元祐八年一月,蔡確在貶地去世。——這就是所謂"車蓋亭詩案"①。

據王鞏《隨手雜録》(《長編》卷四二五小字註所引),吳處厚的告發文也曾被"邸報"登載,馬上被全國官吏所知。其彈劾對象爲詩歌這一點也跟"詩案"相通。但是,兩者之間有兩點決定性的差異。

第一點是,蔡確的詩在吳處厚告發以前,幾乎無人知道。《長編》卷四二六,五月辛未條,記載了安州官吏的如下報告:

> 蔡確所作詩,初題於牌。及移鄧州,行一驛,復使人取牌去,盡洗其詩,以牌還公使庫。

蔡確離開安州之際,還專門派人去取回自己題詩的木牌,將墨迹洗净。恐怕他已經覺察到自己周圍日益嚴酷的空氣,故以此行爲來消除後顧之憂。雖然這一行爲後來也引起了物議,但無論如何,他的詩不但没有刻石,而且寫作後還不到一年,就連詩牌的墨迹也被作者自己的意志從這個世界上抹去了。他的詩爲人所知,明顯是被吳處厚告發以後的事,那也因爲這告發文被"邸報"所登録。

第二點差異是,蘇軾承認其一部分詩歌含有"譏諷",但蔡確却斷然不予承認。

吳處厚告發之後,以諫官爲中心的對蔡確的非難不斷升温,爲此朝廷要求蔡確作出説明。蔡確在他的説明文字中詳細地解説了作品的表達意圖,另一方面,還始終以强烈的語調指責吳處厚的説法全爲捕風捉影,並極其憤懣地申訴:

---

① 關於"車蓋亭詩案",有金中樞氏的詳細研究,見金中樞《宋代學術思想研究》第六章"車蓋亭詩案研究"(1989 年 3 月,幼獅文化事業公司,第345 頁以下)。

如此,則是凡人開口落筆,雖不及某事,而可以某事
罪之,曰"有微意"也。(《長編》卷四二六)

另外,在解說第十首末句時,他還舉出蘇軾在元祐二年祝賀坤
成節(太皇太后高氏生日)樂語(《詩集》卷四六《坤成節集英殿
宴教坊詞致語口號》)中的同類表達,證明其並非懷有惡意。

如上所述,在"車蓋亭詩案"中,成爲問題的不是作品被傳
播的現象,而明顯是寫作詩歌的事情本身。而且,這幾乎是以
完全無視被告自辯的形式所下達的單方面的行政處罰。

當然,舊法官僚們對於以蔡確爲首的新法官僚的痛恨,無
疑是詩案發生的最大原動力,但"詩案"這一先例的存在,也令
原告一方拆去了心理上的屏障,而成爲他們的強勁推動力,這
一點也不難肯定。

雖然可以説沒有直接參與,但一直到"詩案"的前夕,蔡確
還在御史臺發揮著強大的領導力,而且他的後繼者即發起"詩
案"的責任人李定,也跟他有親密的關係,所以,如果認爲他跟
"詩案"也曾有深刻的關聯,該是一種穩當的看法。從而,就
產生了頗爲諷刺的結果:他自己播下的苦種,在十年以後使
自己陷入了苦境。

"車蓋亭詩案"多半是具有特殊政治背景的疑案,是舊法
官僚對新法官僚的行政處分,帶著濃厚的報復色彩,但無論如
何,在"詩案"的僅僅十年之後,再度因詩歌而處罰士大夫,這
一事實本身是非常意味深長的。儘管有許多理性的反對,而
最終却斷然予以處罰,這嚴峻的事實被深深地鑴刻在歷史上。
而且,蔡確所詠的詩,明顯比蘇軾的作品更難認定爲誹謗,又
全未在街巷流布,故幾乎是不具有社會影響力的作品。因此,
蔡確被處罰的事實,意味著對詩歌進行了比"詩案"更爲嚴厲
的行政判斷。

事到如今,僅僅以"這是詩歌"爲理由來逃脱罪責的時代已經結束了。這兩起事件爲後世提供了確鑿的範例:即便是詩歌,也可以視其情況而成爲處罰士大夫的充分理由;即便是曖昧不明的表達,也可以積極地認定爲負面的嫌疑;不管其傳播的程度如何,衹要寫作了被認定爲"誹謗"的詩歌,就可以根據這個事實來給予處罰。

實際上,在"車蓋亭詩案"正在興起的時候,因詩歌而被投獄的唯一活著的見證人蘇軾,也曾被徵求意見,他也奏上了自己的想法:

> ……竊聞臣寮繳進蔡確詩言涉謗讟者。臣與確元非知舊,實自惡其爲人。今來非敢爲確開説,但以此事所係國體至重,天下觀望二聖所爲,若行遣失當,所損不小。臣爲侍從,合具奏論。若朝廷薄確之罪,則天下必謂皇帝陛下見人毁謗聖母,不加忿疾,其於孝治,所害不淺;若深罪之,則議者亦或以謂太皇太后陛下聖量寬大,與天地等,而不能容受一小人謗怨之言,亦於仁政不爲無累。臣欲望皇帝陛下降敕,令有司置獄,追確根勘,然後太皇太后内出手詔云:"吾之不德,常欲聞謗以自儆。今若罪確,何以來天下異同之言?矧確嘗爲輔臣,當知臣子大義,今所繳進,未必真是確詩。其一切勿問,仍牓朝堂。"如此處置,則二聖仁孝之道,實爲兩得。天下有識,自然心服。臣不勝愛君憂國之心,出位僭言,謹俟誅殛。取進止。
> (《文集》卷二九《論行遣蔡確札子》)

將蘇軾進言的意見用一語加以概括,就是:應該把蔡確打入監獄進行徹底的調查之後,最終無罪放免。稍微穿鑿一點來看,從這意見的背後可以感覺到這樣一種想法:將他本人所蒙受的苦楚,讓曾經作爲加害者的蔡確也去同樣地品嘗一下。蘇軾也認爲不能因詩歌乃至言論而處罰士大夫,但他的調子比李常和范純仁等遠爲微弱。

這樣,因了"車蓋亭詩案",圍繞著詩歌的環境確實進一步惡化了。蔡確客死於貶地的八個月之後,對他下達流放判決的宣仁太皇太后高氏也去世了,哲宗開始親政。接下來,到太皇太后去世半年以後,年號被改成了"紹聖",哲宗以此宣言繼承父親神宗的遺志,恢復新法政策。

再度返回中央的新法官僚們開始了對舊法官僚們的報復,而"車蓋亭詩案"給了他們最好的報復口實。他們平反了蔡確的冤案,其生前的官爵全部復舊,還不時地給他追賜加官。另一方面,對於陷害蔡確的舊法官僚加以峻烈的報復。范純仁曾經擔心的事態成了現實。

此後到北宋滅亡爲止,圍繞詩歌以及言論的環境日益惡化①。其根源當然要追溯到"詩案",但造成北宋末冷酷的言論環境的最直接原因,非"車蓋亭詩案"莫屬。以此詩案爲契機,北宋的言論環境呈現了加速度的惡化。

《毛詩大序》的理念在政治鬥爭的朝夕之中被忘却,已經無法完整地發揮其作爲安全保障的作用,在這樣的現實下,詩人們會走上怎樣的道路呢? 不難想像,他們至少不能再像"詩案"以前那樣天真地寫詩來諷刺政治乃至社會了。

當然,由於中國傳統詩歌的題材實在豐富,所以並不是祇有政治乃至社會批判詩擁有特別多的數量。就實際情況而

---

① 參考拙文《〈東坡烏臺詩案〉流傳考——圍繞北宋末至南宋初士大夫間的蘇軾文藝作品收集熱》第三節"靖康年間的時代氛圍"(1993 年 3 月,《橫濱市立大學論叢》人文科學系列第 47 卷第 3 號《伊東昭雄教授退職記念號》)。

言,毋寧説它們祗構成了全體詩歌的一小部分而已。但是,對當時的作者來説,這個題材所具有的象徵意義,應該比實際所呈現的遠爲重大。

當詩人把自己定性爲一個士大夫,即站在衆人之上引導著社會和文化的人物時,作爲聯繫社會與自身的紐帶,或者還作爲保障此紐帶的文化裝備,這一題材便帶有其他題材無法相比的重要性。爲了表現出超越私人而作爲公共人物的大丈夫氣派,這是不可或缺的題材之一。而宋代的詩人,大多數是名副其實的士大夫,故此種題材所具有的象徵意義,其重大的程度應該遠遠超越了習慣於現代的狹義"文學"範疇的我們的想像。但是,北宋後期發生的上述兩起事件,將這個中國詩歌特有之傳統的一隅反過來給否定了。

"詩案"發生前的北宋中期,在寬大的言論環境下①産生的文化現象,即便在如此悠久的中國文化史中也可歎爲稀有,那就是:一位士大夫同時是一流的官僚、一流的作家和一流的學者,這樣三位一體型的全能博學者大量輩出的現象(如范仲淹、歐陽修、王安石、蘇軾等)。但是,這種文化現象延續得並不長,到了北宋後期,便呈現出各領域獨立分化的甚强的專業化傾向。

就詩歌方面來説,在蘇門四學士身上已可看出這種傾向,到了北宋末的江西詩派,就體現得更爲明顯。雖然不能完全忽視他們的個性和才能的因素,但如考慮到上述的兩次詩案,則似乎可以説,時代特徵突出了士大夫作爲官僚的一面,反過

---

① 參考拙文《王安石〈明妃曲〉考(下)——圍繞北宋中期士大夫的意識形態》第七節"北宋中期士大夫的意識形態"(1995年5月,《橄欖》第六號,第200頁以下)。

來促使詩歌加劇了脱離政治的傾向。

也就是説,在詩歌與其他領域,特別是與國家政治之間起著聯結紐帶作用的《毛詩大序》之理念,經過兩次政治事件後,顯然已被棄置,因此可以推論,兩者之間的關係不得不相對弱化,從而產生了上述傾向。

如果像本文説的那樣,政治乃至社會批判的題材本來從根基上支撐著中國傳統詩歌的作用力,那麼,北宋後期興起的兩次詩禍,其帶來的後果之大是無法估計的。爲什麼呢? 在唐宋時代,作爲確鑿的文化裝備而支持著士大夫詩歌創作的兩翼,即理念上的《毛詩大序》和社會制度上的科舉,其中的一翼受到了甚大的損傷,結果便開啓了一種端緒,就是將詩歌與社會、國家相聯結的確鑿的文化裝備,馬上祇集中於一點,即科舉這一社會制度。果然如此,便意味著原來隱含了摇動社會之力量的詩歌,其作用力顯著地弱化了。

筆者並不具備總括北宋以降詩歌史的能力,但不怕誤解地説,明清的詩歌史看來主要是以將過去哪個時期的作品尊爲模本的規範論争爲中心來展開的。在這裏,不難看出一種迅速埋没於傳統之中的學習型、接受型的作詩姿態,同時也可以由此想像失去了作用力後的詩歌的形態。

因而,從這一角度説,與兩次詩案都曾相關的蘇軾所起的作用,也具有極其重要的意義。如果蘇軾有罪,那不是因爲他寫了許多批判朝政的詩歌,毋寧説,是因爲他在車蓋亭詩案發生之際,没有付出超越私怨而死守《毛傳》以來之傳統的言行。作爲因詩歌而被處罰的唯一受害者,他的話在當時應具有千鈞之重,所以,他也許可以説服太皇太后,從而改變當時的情勢。如果他這樣做,或者可以令北宋後期至末期包含詩歌在內的言論環境有相當的改善。但是,蘇軾在這左右著詩歌之將來的一瞬間,不能回到自己作爲純粹表達者的立場。也許可以説,這一點纔最爲逼真地表現出經過了"詩案"的蘇軾所受到的傷害之深吧……。

與印刷媒體的普及相伴隨的民間出版業,從熙寧至元豐、從元豐至元祐,越來越興盛①。所以,即便假設"詩案"没有發生,早晚也許會發生别的事件,來切斷詩歌與政治間令人懷念的傳統。

也許,對歷史作任何假設都是没有意味的,但假如印刷媒體的普及是以更爲良好的形態爲士大夫社會所接受,那麽中國詩歌的發展史就很有可能要被大大改寫。

印刷媒體與同時代作家的關係,不得不以"詩案"這樣最壞的形態開始,這是中國詩歌史的不幸,它給中國詩歌的發展帶來的損失之大也無法估量。

(附表 A)元豐二年烏臺詩案關連年表

以下,事情發生的月日,原則上都根據朋本《烏臺詩案》。

〔　〕内的號碼,表示附表 B 的作品番號。

3 月 27 日　(5 月 27 日?)　太子中允權監察御史裏行何正臣札子
　　　　　　——〔彈劾一〕

　　　* "何正臣",朋本作"何大正"。

　　　* 朋本謂 3 月 27 日何正臣進呈札子,但該札子引用了蘇軾湖州知州謝表中語,故此時日當屬錯誤,可能"三月"是"五月"的誤寫。

4 月 20 日　蘇軾到湖州知州任,進謝表。

---

① 參考拙文《蘇軾文學與傳播媒介——試論同時代文學與印刷媒體的關係》(2001 年,上海辭書出版社《新宋學》第一輯)第四節"烏臺詩案後蘇軾的創作心態"。

7月2日　太子中允集賢殿校理權監察御史裏行舒亶札子、國子博士李宜之狀、右諫議大夫權御史中丞李定札子──〔彈劾二〕

　　3日　奉聖旨,向神宗進呈四份彈劾狀。經神宗認可,御史臺根勘所開始正式調查。

　　28日　中使皇甫遵至湖州,拘捕蘇軾。軾在長子蘇邁陪同下上路,將家人托付於弟蘇轍。

* 在此之前,王詵預知機密,告訴了在南京(河南省商丘)的蘇轍。蘇轍又派密使給蘇軾送信。(《續資治通鑒長編》三〇一、《孔氏談苑》等)

* 蘇軾在湖州告別妻子之際,引用了真宗時隱者楊朴的故事,安慰妻子。(《東坡志林》二"書楊朴事")

* 蘇軾被押解赴京,渡過長江時,試圖自殺,未遂。(蘇軾《杭州召還乞郡狀》、《孔氏談苑》等)

8月18日　蘇軾到達京師。至御史臺,被關入牢獄。

　　20日　蘇軾在供述中,承認了〔22〕～〔24〕《山村》詩的罪過,但不承認有其他諷刺時事的作品。
　　　　　對於跟劉攽有關的〔02〕、〔07〕、〔32〕、〔35〕作出供述。

　　22日　蘇軾再度供述,不存在跟其他詩人應酬的詩作。
　　　　　對於跟劉述有關的〔31〕作出供述。

　　24日　蘇軾第三次供述,不存在跟其他詩人應酬的詩作。
　　　　　對於〔25〕《八月十五日看潮五絕》其四作出供述(8月22日初審)。對於〔文01〕《寶墨堂記》、〔文12〕《三槐堂銘》、〔文17〕《王仲儀真贊》作出供述。

　　28日　供述跟李清臣相關的〔40〕、〔42〕、〔43〕。

　　30日　蘇軾撤回前言,開始供述曾與應酬的詩人姓名。

9月3日　供述跟孫覺相關的〔17〕、〔18〕;跟張方平相關的〔05〕、〔46〕;跟司馬光相關的〔39〕;跟范鎮相關的〔37〕,以及〔文06〕《大悲閣記》、〔文10〕《王元之畫像贊》、〔文03〕《鳧繹先生詩集叙》。

13 日　關於〔文 14〕《日喻》作出供述。

14 日　供述跟周邠有關的〔26〕、〔49〕;跟李常有關的〔33〕。

17 日　供述跟曾鞏有關的〔03〕。

23 日　供述跟黃庭堅有關的〔44〕、〔45〕。

23～27 日　供述跟王詵有關的〔10〕、〔11〕、〔16〕、〔22〕、〔23〕、〔24〕、〔36〕、〔38〕以及〔文 04〕《後杞菊賦》、〔文 05〕《超然臺記》。

10 月 12 日　供述跟參寥有關的〔47〕。

15 日　御史臺奉聖旨,廣泛調查蘇軾的交遊關係。

20 日　太皇太后曹氏(仁宗皇后)去世。蘇軾在獄中寫作哀詞。

　　　* 曹氏要求神宗釋放蘇軾。(《泊宅編》、《吹劍録》、《貴耳録》、《耆舊續聞》等)

　　　* 宰相吳充引用曹操赦禰衡的故事,向神宗進諫。(《續資治通鑒長編》三〇一小字註引呂本中雜説)

　　　* 直舍人院王安禮向神宗進言,要求釋放蘇軾。(《續資治通鑒長編》三〇一)

　　　* 舊傳,王安石曰:"豈有聖世而殺才士者乎?"當時讞議以公一言而決。(周紫芝《詩讞跋》)

11 月 2 日　供述跟李莘有關的〔20〕、〔21〕。

21 日　對蘇軾推舉的官吏進行調查。

28 日　李定、舒亶再度呈上札子,要求對蘇軾處以極刑。

30 日　結案。

12 月?日　權發運三司度支副使陳睦確認判決的妥當性。

29 日　蘇軾出獄。"責授尚書水部員外郎充黃州團練副使、本州安置、不得簽書公事"。王詵、王鞏、蘇轍以下二十九人連座,處以貶謫或罰金等。

(附表 B)烏臺詩案涉及的作品

* 〔01〕～〔49〕爲古今體詩。( )內是《全宋詩》(第 14 册,王文誥本詩

集)的卷數和頁數。

* 詞 01～03 爲詞。(　)內是中華書局本《蘇軾詞編年校註》(2002 年)
  的卷數和頁數。

* 文 01～19 爲詩詞以外的作品。(　)內是中華書局《蘇軾文集》六册
  本的卷數和頁數。

* ○和×爲作品在《元豐續添蘇子瞻學士錢塘集》三卷中的收錄情況。
  ○表示收錄,×表示未收。所據爲朋本的記載。

熙寧 3 年(1070)　蘇軾 35 歲【在京】

　　○　〔01〕《送錢藻出守婺州得英字》(6—9137)

　　?　〔02〕《送劉攽倅海陵》(6—9138)

　　○　〔03〕《送曾子固倅越得燕字》(6—9138)

　　○　〔04〕《送蔡冠卿知饒州》(6—9139)

熙寧 4 年(1071)　蘇軾 36 歲【京～杭州】(杭州通判)

　　?　〔05〕《送張安道赴南都留臺》(6—9142)

　　○　〔06〕《潁州初別子由二首》其一(6—9143)

　　○　〔07〕《廣陵會三同舍各以其字爲韻仍邀同賦·劉貢父》(6—
　　　　　9146)

　　○　〔08〕《廣陵會三同舍各以其字爲韻仍邀同賦·劉莘老》(6—
　　　　　9147)

　　○　〔09〕《初到杭州寄子由二絶》其一(7—9149)

　　○　〔10〕《李杞寺丞見和前篇復用元韻答之》(7—9150)

　　○　〔11〕《戲子由》(7—9151)

熙寧 5 年(1072)　蘇軾 37 歲【杭州通判】

　　○　〔12〕《和劉道原見寄》(7—9152)

　　○　〔13〕《和劉道原寄張師民》(7—9153)

　　○　〔14〕《宿餘杭法喜寺後綠野堂望吳興諸山懷孫莘老學士》
　　　　　(7—9155)

　　○　〔15〕《遊徑山》(7—9155)

× 〔16〕《湯村開運鹽河雨中督役》(8—9163)

○ 〔17〕《贈孫莘老七絕》其一(8—9168)

○ 〔18〕《贈孫莘老七絕》其二(8—9168)

× 文 01 《寶墨堂記》(文集 11—357)

× 文 02 (《答曾鞏書》)(文集·佚文彙編拾遺一上—2646)

熙寧 6 年(1073)　蘇軾 38 歲【杭州通判】

○ 〔19〕《次韻答章傳道見贈》(9—9170)

× 〔20〕《往富陽新城李節推先行三日留風水洞見待》(9—9172)

× 〔21〕《風水洞二首和李節推》其二(9—9172)

○ 〔22〕《山村五絕》其二(9—9174)

○ 〔23〕《山村五絕》其三(9—9174)

○ 〔24〕《山村五絕》其四(9—9174)

○ 〔25〕《八月十五日看潮五絕》其四(10—9182)

？ 〔26〕《徑山道中次韻答周長官兼贈蘇寺丞》(10—9184)

○ 〔27〕《送杭州杜戚陳三掾罷官歸鄉》(10—9187)

○ 〔28〕《和述古冬日牡丹四首》其一(11—9191)

○ 〔29〕《和錢安道寄惠建茶》(11—9192)

熙寧 7 年(1074)　蘇軾 39 歲【杭州～密州】(密州知州)

○ 〔30〕《捕蝗至浮雲嶺山行疲苶有懷子由弟二首》其二(12—9203)

× 文 03 《鳧繹先生詩集叙》(文集 10—313)

熙寧 8 年(1075)　蘇軾 40 歲【密州知州】

× 〔31〕《寄劉孝叔》(13—9215)

× 〔32〕《次韻劉貢父、李公擇見寄二首》其一(13—9218)

× 〔33〕《次韻劉貢父、李公擇見寄二首》其二(13—9218)

× 〔34〕《祭常山回小獵》(13—9218)

？ 〔35〕《劉貢父見余歌詞數首以詩見戲聊次其韻》(13—9218)

    ×   文 04　《後杞菊賦并引》(文集 1—4)

    ×   文 05　《超然臺記》(文集 11—351)

    ×   文 06　《鹽官大悲閣記》(文集 12—386)

熙寧 9 年(1076)　蘇軾 41 歲【密州知州】

    ×　〔36〕　《薄薄酒二首并引》(14—9228)

    ×　詞 01　《水調歌頭・丙辰中秋,歡飲達旦……》(上—173)

    ×　文 07　(《與王晉卿書》)(文集未收,孔凡禮《蘇軾年譜》15—
          342)

熙寧 10 年(1077)　蘇軾 42 歲【京～徐州】(徐州知州)

    ×　〔37〕　《送范景仁遊洛中》(15—9233)

    ×　〔38〕　《書韓幹牧馬圖》(15—9235)

    ×　〔39〕　《司馬君實獨樂園》(15—9236)

    ×　〔40〕　《和李邦直沂山祈雨有應》(15—9236)

    ?　〔41〕　《次韻子由與顏長道同遊百步洪相地築亭種柳》(15—
          9237)

    ×　〔42〕　《次韻答邦直子由五首》其五(15—9238)

    ×　〔43〕　《臺頭寺雨中送李邦直赴史館分韻得憶字人字兼寄孫
          巨源二首》其二(15—9242)

    ×　詞 02　《喜長春》(《㜫人嬌・王都尉席上贈侍人》)(上—197)

    ×　詞 03　《洞仙歌・詠柳》(上—200)

    ×　文 08　《寶繪堂記》(文集 11—356)

元豐 1 年(1078)　蘇軾 43 歲【徐州知州】

    ×　〔44〕　《次韻黃魯直見贈古風二首》其一(16—9257)

    ×　〔45〕　《次韻黃魯直見贈古風二首》其二(16—9258)

    ×　〔46〕　《張安道見示近詩》(17—9265)

    ×　〔47〕　《次韻潛師放魚》(17—9267)

    ×　文 09　《答黃魯直五首》其一(文集 52—1532)

    ×　文 10　《王元之畫像贊》(文集 21—603)

  × 文 11 《滕縣公堂記》(文集 11—377)

  × 文 12 《三槐堂銘》(文集 19—570)

  × 文 13 (《寄劉摯書》)(文集未收,孔凡禮《蘇軾年譜》17—405)

  ○ 文 14《日喻》(文集 64—1980)

  × 文 15 《錢公輔〔君倚〕哀詞》(文集 63—1964)

元豐 2 年(1079) 蘇軾 44 歲【徐州～湖州】(湖州知州)

  × 〔48〕《人日獵城南會者十人以身輕一鳥過槍急萬人呼爲韻
     得鳥字》(18—9274)

  × 〔49〕《次韻周開祖長官見寄》(19—9274)

  × 文 16 《祭文與可文》(文集 63—1941)

  × 文 17 《王仲儀真贊》(文集 21—604)

  × 文 18 《靈壁張氏園亭記》(文集 11—368)

  × 文 19 《湖州謝上表》(文集 23—653)

                 （朱剛譯）

蘇軾文學與傳播媒介

——試論同時代文學與印刷媒體的關係

北宋神宗元豐二年(1079)烏臺詩案(以下簡稱"詩案")發生了,它使一名官員因使用詩歌這一具有"言之者無罪"的美好傳統的文學形式而成爲彈劾的對象。於是作爲中國文學史上最初的不祥斑點,詩案常常被記載于各種文獻中。蘇軾也就自然成爲蒙受小人攻訐的最大受害者,而以一個悲劇主人公的形象博得後世文人的莫大同情。在這裏,本文並非想在詩案的衆多歷史評價裏攙雜進任何一種異議,僅想在確認詩案的消極面的基礎上,進一步解剖這一事件所體現的現代性——這一現代性在北宋中期以前的中國文學史上幾乎看不到。本文試以發生在蘇軾身上這突如其來的厄運爲切入點,探討北宋後期及其後來的文人們必然面臨並且無法逃避的新的社會條件,並考察蘇軾是如何充分利用這一條件來進行其文學活動的①。

我所説的詩案體現的現代性,就是指各種傳播媒介日益

---

① 關於烏臺詩案,筆者已經發表如下三篇論文:1.《東坡烏臺詩案流傳考——圍繞北宋末至南宋初士大夫間的蘇軾文藝作品收集熱》(橫濱市立大學學術研究會《橫濱市立大學論叢》人文科學系列 47—3,1993 年 3月)。2.《東坡烏臺詩案考(上)——北宋後期士大夫社會中的文學與傳媒》(宋代詩文研究會《橄欖》7,1998 年 7 月)。3.《東坡烏臺詩案考(下)——北宋後期士大夫社會中的文學與傳媒》(宋代詩文研究會《橄欖》9,2000 年 12 月)。

普及的社會現象及其與詩案之間難以分割的關係。在監察御史裏行何正臣的札子裏記載："(蘇軾)所爲譏諷文字,傳於人者甚衆,今取鏤板而鬻於市者進呈。"同樣舒亶的札子裏也記載："小則鏤板,大則石刻,傳播中外。"(《懺花庵叢書》本《烏臺詩案》)同時我們不能不想起在詩案發生前五年,鄭俠上呈《流民圖》一事成爲王安石失勢的一個大的開端(《續資治通鑒長編》卷二五二,熙寧七年四月)。

　　如上所述,在詩案產生的社會背景裏,印刷、石刻以及畫像三種傳播媒體以不同形式或明或暗地登上社會政治舞臺,各自扮演重要角色。其中,形成最晚,但從傳播速度、波及範圍等方面來說,社會影響力最大的是印刷媒體。筆者在此最關注的是:詩案正是以印刷媒體——一種新興的具有强大生命力的傳播媒介——的形式爲契機而產生的重大事件。下面,我想先粗略審視一下詩案發生以前士大夫和印刷媒體的關係。

一、印刷媒體在唐宋

　　中國的(雕版)印刷是從唐代以後開始承擔一定的社會任務。最初,雕版印刷主要是用於佛教界的布教宣傳。不久,到唐代後半期在民間開始流傳載有日曆、風水占卜等生活知識的印刷品。但是,唐代的印刷物基本上是單張印刷品,成書印刷品(册子)好像祇是極少數。這時,政府還沒有充分意識到印刷具有可以大量傳播同一內容的優越性。當時國子監在經書的各種形態裏,僅僅承認石經纔是唯一的權威,這一事實表明唐代政府機關對印刷媒體的優越性認識不足。

　　到了五代,對於形成士大夫教養來說不可缺少的《五經》

及史書等書籍開始被印刷成册,印刷品逐漸增加並得到普及。而到北宋初期,大規模的編纂事業在國家的指導下陸續得到展開(《太平御覽》、《太平廣記》、《文苑英華》、《册府元龜》、《太平聖惠方》、《開寶大藏經》、《十三經傳註》等等),其中大部分得到刊行,印刷媒體在國家的文化事業中的重要性不斷增加①。同樣在文學領域,具有高度典範性的作品,比如《文選》以及李白、杜甫、韓愈、柳宗元等唐代文人的別集在北宋中期已經得到刊行。

這裏想以歐陽修爲例,看看在北宋中期印刷媒體是怎樣和士大夫的生活發生關係的。歐陽修在《記舊本韓文後》(《歐陽文忠公集·居士外集》卷二三)這篇題跋裏這樣記載:

> 予少家漢東,漢東僻陋無學者,吾家又貧,無藏書。州南有大姓李氏者,其子堯輔頗好學。予爲兒童時,多遊其家。見有弊筐貯故書在壁間,發而視之,得唐《昌黎先生文集》六卷,脱落顛倒無次序。因乞李氏以歸。讀之……集本出於蜀,文字刻畫,頗精於今世俗本,而脱謬尤多。凡三十年間,聞人有善本者,必求而改正之。其最後卷帙不足,今不復補者,重增其故也。予家藏書萬卷,獨《昌黎先生集》爲舊物也。嗚呼,韓氏之文之道,萬世所共尊,天下所共傳而有也。予於此本,特以其舊物而尤惜之。

---

① 參看魏隱儒《中國古籍印刷史》(印刷工業出版社 1988 年版)、張秀民《中國印刷史》(上海人民出版社 1989 年版)、《歷代刻書概況》(印刷工業出版社 1991 年版)、錢存訓《中國書籍紙墨及印刷史論文集》(香港中文大學出版社 1992 年)、羅樹寶《中國古代印刷史》(印刷工業出版社 1993 年版)、曹之《中國印刷術的起源》(武漢大學出版社 1994 年版)等。

歐陽修四歲喪父,被父親的弟弟收養,從五歲到十七歲在隨州(今屬湖北)生活。上文開頭是回憶發生在其十歲左右(真宗大中祥符九年即 1016 年前後)時的事情,就像爲人熟知的"以荻畫地"的故事所描述的那樣,歐陽修的童年過得極其貧窮,以至"家無藏書",而在州的南邊有戶富裕人家,以"弊筐貯故書",歐陽修發現裏面有韓愈文集,央求得到這本書。從"集本出於蜀,文字刻畫,頗精於今世俗本"這樣的記載判斷,少年歐陽修得到的《昌黎先生文集》大概是四川印刷的版本①。

根據《元豐九域志》的記載,隨州等級爲"上",主客户合起來大約有三萬七千多户數,可以説是中小規模的地方都市(順便説一下,當時作爲近鄰的鄂州是户數十二萬的"緊",襄州爲户數十萬的"望",京師、杭州的户數分別爲二十三萬和二十萬),在"僻陋"而"無學者"的漢東小都市,富裕人家也還收藏有韓愈文集。我們可以從這一事實得知印刷媒體在當時的普及程度。

出身貧寒的歐陽修,不久科舉及第,在近三十年間,位居高官,能以"藏書萬卷"爲豪。也許"萬卷"帶有幾分誇張,但貧窮乃至"家無藏書"的歐陽修,後來作爲官僚、文人、學者都達到了當時的最高層次,因此,可以説他在搜集書籍方面具備了非常有利的條件。但是儘管如此,一個人要在三十年間搜集"萬卷"藏書,如果沒有具備比較容易得到圖書的社會環境是難以想像的,不用説,印刷媒體的普及對這一社會環境的産生,直接或間接地做出了貢獻。

---

① 在張秀民《中國印刷史》裏,載有宋代刊行的歷代別集刻本一覽表(第117頁以後),宋刻本《昌黎先生集》僅在這裏列舉的就有八種。"蜀本"中據載也有蘇溥嘉祐間刊行的集子,如果歐陽修的記載正確,那麽比蘇溥刻本早三十年就有別的蜀本刊行。

在唐代前期,作爲佛教布教宣傳工具而引起注意的印刷媒體,隨著時代的變化,使用範圍不斷擴大,其存在得到社會的承認,最晚到了北宋中期,唐代代表詩人的別集也已進入了印刷媒體的對象範圍内。從士大夫的個人生活領域觀察,毫無疑問,印刷品在了解過去的文化典籍這一點上,很快成爲了身邊最實在的信息媒介。

二、時代信息與印刷媒體

如上所述,我們可以判斷最晚到了北宋中葉即仁宗末期,士大夫在獲得過去的多種多樣的信息資料時,印刷媒體已經成爲其中最重要的媒體之一。

那麼,同時代的新的信息又是什麼時候開始進入印刷媒體的呢? 當然由於信息種類的不同,使其在滲入印刷媒體的遲早上可能産生差異。一般來説,我們可以預想具有較高公共性、時效性的東西最優先地成爲印刷對象。第一個滿足這一要求的應該是具有政治意義的重要通告事項,在這個優先順序裏處於最低位置的可能是我在這裏所論及的同時代的文學。而歷史文獻果然證實了這一預想。

在中央政府發布的重要消息的傳播方面,早就有人指出存在著《邸報》或者是《朝報》這些傳播形式。根據朱傳譽先生的研究①,《邸報》上滿載著以"官吏遷黜"、"朝臣章奏"、"詔令"、"朝見與朝辭"、"謝表"爲主的内容。朱先生就《邸報》是

① 朱傳譽《宋代傳播媒介研究》(《先秦唐宋明清傳播事業論集》,臺灣商務印書館 1988 年版)。研究唐代的傳播媒介的專著,最近有李彬的《唐代文明與新聞傳播》(新華出版社 1996 年版)。

否是印刷物也做了詳細的考證。根據朱先生的考證,宋代的
《邸報》是以印刷物爲主的,但關於《邸報》是否從宋代一開始
就以印刷品的方式發布這一問題却存在著疑問。因爲朱先生
爲證明其作爲印刷物存在的事實所舉的歷史文獻中,最早的
是仁宗天聖二年(1024)的紀錄①:

> (天聖二年冬十月)辛巳,詔自今赦書(《續資治通鑒》
> 卷三六作"詔書"),令刑部摹印頒行。時判部燕肅言,舊
> 制,集書吏分録,字多舛誤,四方覆奏,或致稽違。因請鏤
> 板宣布。或曰:"版本一誤,則誤益甚矣。"王曾曰:"勿使
> 一字有誤可也。"遂著於法。
>
> 〔李燾注〕王子融云,寇萊公嘗議摹印赦書以頒四方,
> 衆不可而止。其後四方覆奏赦書字誤,王沂公使用寇議,
> 令刑部鎖宿雕字人摹印宣布。因之日官亦乞摹印曆日。
> 舊制,歲募書寫費三百千,今摹印止三十千。或曰:"一本
> 誤則千百本誤矣。"沂公曰:"不令一字誤,可也。"自爾遂
> 著於令。(《續資治通鑒長編》卷一○二)

這一紀錄是關於恩赦的詔令。文獻記載表明這一本來
應該優先的詔令,直到天聖二年爲止,一直由書吏手抄而傳
至四方。因此,我們可以認爲這暗示著直到北宋中期,《邸
報》以及上面所記載的官方文書都和北宋前一樣,可能還是
手抄本。

而且,在李燾的註裏記載著這樣兩點:第一,印刷赦書之
前,同一内容的議案寇準已經提出過,但被駁回。第二,在赦

---

① 　朱傳譽先生轉引了《續資治通鑒》卷三七的記事。因李燾的細字註有參
　　考價值,故本文轉引《續資治通鑒長編》記事,不過文字略有出入。

書的印刷得到批准以後,日官也模仿著印刷日曆,使經費節減到原來的十分之一。

上述第一點說明,在天聖二年之前,已經有士大夫試圖率先將印刷媒體的有利點——能將同一內容大量傳播——運用於傳達政治意圖。即使是指寇準天禧三年到天禧四年(1019—1020)第二次入相的時候,也比天聖二年早近五年。

第二點說明,印刷媒體的有利點,不僅僅局限在赦書的印刷上,考慮到印刷媒體的引進使經費節減成為現實,而且它也很快引起其他部門的注意和運用,則它應該具有更深遠的意義。同時,關於"一本誤,則千百本誤矣"這樣的記載,也為我們認識宋代的"邸報"的發行提供了更加有力的依據。

"邸報"一詞是在北宋中期以後頻繁地出現在士大夫的言談裏的,如果我們將這一因素考慮進去,我們可以判斷印刷"邸報"的年代始於北宋中期以後,而非在這之前。

但是,"邸報"同現在的報紙一樣,是以單頁印刷品為基礎的,並且,"邸報"的主旨畢竟是將政治信息儘快傳達給全國的官吏,所以能在這裏紀錄的內容,無論從量上還是從質上來說都是極其有限的。

直到仁宗至和二年(1055),纔有文獻記載表明印刷媒體已經初具冊子的形態並且刊登著同時代的文學內容。歐陽修的《論雕印文字札子》(《歐陽文忠公集・奏議記》卷一二)裏有如下記載:

> 臣伏見朝廷累有指揮,禁止雕印文字,非不嚴切,而近日雕版尤多,蓋為不曾條約書鋪販賣之人。臣竊見京城近有雕印文集二十卷,名為《宋文》者,多是當今論議時政之言,其首篇是富弼往年讓官表,其間陳北虜事宜甚多,詳其語言,不可流布。而雕印之人不知事

體。竊恐流布漸廣，傳入虜中，大於朝廷不便。及更有
其餘文字，非後學所須，或不足爲人師法者，並在編集，
有誤學徒。臣今欲乞明降指揮，下開封府，訪求板本焚
毀及止絕書鋪。今後如有不經官司詳定，妄行雕版及
貨賣，許書鋪及諸色人陳告，支與賞錢貳佰貫文，以犯
事人家財充，其雕版及貨賣之人，並行嚴斷，所貴可以
止絕者。取進止。

這段文字記叙了京師開封的書肆刊行收録"當今論議時政之
言"的《宋文》二十卷(在《續資治通鑒長編》卷一七九作《宋
賢文集》)。刊登在"《宋文》"卷頭的富弼《讓官表》，富氏現存
作品裏《辭樞密副使狀》(《全宋文》卷六〇一)在内容上最接近
它。假如把《讓官表》當做《辭樞密副使狀》，那麼，因爲這個
"狀"附有"慶曆三年三月"的題註，所以可以認爲是歐陽修上
奏之前十二年的文章。在至和二年，富弼和文彦博同樣位居
宰相，是最有能力的現職官僚。因此，我們可以認爲"《宋文》"
纔是證明同時代人的文章確實被刊登在印刷媒體上的確切
事例。

　　而從文中所出現的"後學"或者"學徒"之類詞彙來推測，
這一文集是以參加科舉的考生爲對象的，如同登載論策範文
的考試復習資料一樣，但是，歐陽修擔心這本書會破壞和"北
虜"也就是契丹的關係，要求禁止發行並廢棄版本。據《續資
治通鑒長編》的記載，歐陽修陳述的意見最後被采納。爲此，
前引文字可以看作顯示最早意識到媒體的社會影響力並力圖
加強國家對其的監控的歷史資料。

　　如上所述，可以確認最晚在北宋中期的仁宗時代，同時代
的信息已經開始用印刷媒體作爲手段傳向四方。

三、同時代文學與印刷媒體之關係

上述歐陽修所提到的"《宋文》"二十卷是收錄時事性較强的文章的集子,以我們今天的觀念來看當然不屬於純粹的文學作品集,那麽,以詩歌爲中心的狹義的同時代文學是什麽時候開始刊登在印刷媒體上的呢?

在"《宋文》"二十卷刊行的仁宗後期,朝中最具文壇聲望的士大夫要數歐陽修(1007—1072)。在至和元年(1054)到嘉祐五年(1060)的六年間,歐陽修任翰林學士,其間他監修《新唐書》的編纂並促使其完成,同時作爲知貢舉大刀闊斧地對科舉問題加以改革,推舉王安石、曾鞏、蘇軾、蘇轍等不少晚輩人才。當時,他在朝中處於文壇中心的位置。另外,通行本《歐陽文忠公全集》(周必大刻本)采用以内容爲別的分集形式,在《外制集》、《内制集》、《歸田録》、《集古録跋尾》裹已冠以自序,由此可以知道他在生前有過編輯自己作品的意願。因此,若當時印刷媒體已經開始將同時代文學納入對象範圍,那麽歐陽修的詩文集必定最先成爲印刷對象。但是,在各種現存資料裏,還没有能够説明他的詩文集在他生前已經刊行的有力證據。

歐陽修之後較長一段時期内也存在著同樣的情況。宋仁宗末年到熙寧年間(1068—1077)比歐陽修晚一輩的士大夫當中表現最傑出的是王安石。在王安石的作品中可以確認《三經新義》在其生前已經刊行①,但《三經新義》顯然不是文學作

① 《續資治通鑒長篇》卷二六五,熙寧八年六月己酉,有"中書云:《詩》、《書》、《周禮》義欲以副本送國子監鏤板頒行,從之"的記載。

品。依據現存的資料來看,王安石的詩集也是在他去世後纔被刊行的①。

我們能夠證實的在世詩人的作品被刊印的最早事例,要在比王安石還晚一輩的詩人中間纔出現。而最早實現同時代文學與印刷媒體之結合的詩人是蘇軾(1037—1101)。

如前所引,《烏臺詩案》的《監察御史裏行何正臣札子》的結尾記載著"今取鏤板而鬻於市者進呈",《監察御史裏行舒亶札子》記載有"印行四册謹具進呈",另外《御史臺檢會送到册子》也有"御史臺檢會送到册子,題名是《元豐續添蘇子瞻學士錢塘集》,全册内除目録更不抄寫外,其三卷並録"的記載,具體的詩集名明確在録。從《烏臺詩案》記述詩集的内容及詩集的名稱,可以知道《錢塘集》是主要收集熙寧四年(1071)冬到熙寧七年(1074)秋蘇軾任杭州通判時的文本。

其傳播的範圍,據御史臺的説法達到這樣的規模:"軾所爲譏諷文字傳於人者甚衆"(何正臣札子),"小則鏤板,大則刻石,傳播中外"(舒亶札子)。蘇轍在下面的文字裏的記述證實了這種説法並非是爲了使罪狀成立而虚構的謊言:

> 頃年通判杭州及知密州日,每遇物托興,作爲歌詩,語或輕發,向者曾經臣寮繳進,陛下置而不問。軾感荷恩貸,自此深自悔咎,不敢復有所爲。但其舊詩已自傳播。(《欒城集》卷三五,《爲兄軾下獄上書》)

---

① 陸游《渭南文集》卷二七《跋半山集》裏有"右《半山集》二卷,皆公晚歸金陵後所作詩也。丹陽陳輔之嘗編纂刻本於金陵學舍,今亡矣"的記述。陳輔是王安石晚年的門人,所以他刊行的詩集,是在王安石去世不久印刷的集子。雖然就其去世不久就已得刊行這點上來説,仍是值得注意的記述,但並不是王安石生前的刊行版本。

這段文字是元豐二年蘇軾成爲御史臺的階下囚時,弟弟蘇轍爲其寫下的救命請願書裏的一部分。和御史臺完全站在對立面的蘇轍也不得不承認蘇軾的詩是"已自傳播"。而且,上面這段文字也説明在烏臺詩案以前,蘇軾也還因爲詩歌作品遭受過彈劾,可以作爲史傳的補充材料①。

蘇軾被關在監獄時,因爲別的案子被拘留在御史臺的蘇頌(1020—1101),隔牆聽到蘇軾受到"詬辱通宵"的審問。後來,蘇頌寫下四首詩準備日後送給蘇軾,其中第二首裏有"文章傳過帶方州"的句子,註云:"前年,高麗使者過餘杭,求市子瞻集以歸"(《蘇魏公文集》卷一〇,《己未九月,予赴鞫御史,聞子瞻先已被繫。予晝居三院東閣,而子瞻在知雜南廡,纔隔一垣,不得通音息。因作詩四篇,以爲異日相遇一噱之資耳》詩)。

從熙寧九年四月開始,在近一年的時間裏,蘇頌停留在杭州②,由此可以知道這期間,在杭州的書肆已經有蘇軾的作品集上市。就是説高麗的使者買下蘇軾的作品,並帶到了國外。這是第三者説明當時蘇軾作品的傳播情況的事例,值得我們關注。

高麗使者買回去的集子,恐怕是熙寧年間印刷的。從御史臺上呈的集子的題名上冠有"元豐續添"四個字可以推測,這個集子是增補本,很可能熙寧年間《蘇子瞻學士錢塘集》已經刊行。如果這一推測正確,那麼原集子也就是在蘇軾離任杭州後不到兩年之間刊行的。以此和歐陽修提到的"《宋文》"相比較,富弼《讓官表》從寫作到刊行經歷了整整十二年的時

---

① 參照拙搞《東坡烏臺詩案考(上)——北宋後期士大夫社會中的文學與傳媒》(宋代詩文研究會《橄欖》7,1998 年 7 月)以及保苅佳昭《蘇軾的超然臺詩詞——發生在熙寧九年的詩禍事件》(日本中國學會《日本中國學會報》51,1999 年 10 月)。

② 參看顏中其編《蘇頌年表》(《蘇魏公文集》附録,中華書局 1988 年版)。

間,而《蘇子瞻學士錢塘集》已將時間縮短到不到六分之一,同時在內容上,是狹義上的文學作品以個人專集的形式付諸出版。就這樣,至和二年到熙寧末年的二十年間,出版界確已取得了長足發展。

如上所述,神宗的熙寧年間後半期,蘇軾的詩集已經在民間印刷上市,並迅速"傳播中外",直到遙遠的高麗。印刷媒體和同時代文學結合這一中國文化史上大快人心的舉措,以連蘇軾也未能預料的態勢迅速發展。然而這一值得紀念的歷史性事件,在幾年後御史臺的彈劾下突然蒙上不祥的陰影。

四、烏臺詩案後蘇軾的創作心態

惹下入獄之禍的蘇軾,讓我們難以相信他在烏臺詩案之前預先正確地把握了印刷媒體的影響力。因爲,蘇軾在創作含有時政批判內容的詩歌時,毫無疑問和他的前輩們一樣,是完全遵照"言之者無罪"的傳統來構思其文學創作的。但是,詩案發生後又怎樣呢?因爲詩,蘇軾長期淪爲階下囚受到嚴苛的審問,最後"黃州安置"。在詩案中,《吳中田婦歎》、《畫魚歌》等歌行體樂府作品被排在審議對象之外。一般認爲,樂府作品是秉承著"言之者無罪"這一《詩經大序》的傳統的,所以蘇軾的那些歌行樂府也就在被保護之列。但從更廣泛的詩歌整體來看,可以說某種程度上傳統已經被明確否定。在言論環境如此惡化的情況下,蘇軾是如何應付這一變化的呢?

被流放到黃州的蘇軾在給友人的信中寫道:

某自得罪,不復作詩文,公所知也。不惟筆硯荒廢,實以多難畏人,雖知無所寄意,然好事者不肯見置,開口得罪,不如且已,不惟自守如此,亦願公已之。(《蘇軾文

集》卷五八《與沈睿達二首》其二)

蘇軾在這封信裏坦率地吐露了自己將在一段時間裏對詩文創作進行自我控制的想法(不止這封信,黄州時期的書信裏不時可以看見類似的言詞)。蘇軾並非是創作政治批判詩格外多的詩人,但是詩案發生後,其政治批判詩數量上有所減少也是事實,由此可以知道這一事件對蘇軾來説決非是很小的打擊。

　　然而,出版業却不以蘇軾的主觀願望爲轉移迅速發展起來。在蘇軾的名譽得以恢復的元祐年間,由於印刷媒體的普及而使國家的重要情報流失到了契丹,如同對上暗號似的,蘇軾兄弟此時也在敲響警鐘[1]。特別是元祐四年,蘇轍作爲使者前往契丹,所到之處都驚訝地發現兄弟倆以及父親的作品爲人知曉:

　　　　本朝民間開版印行文字,臣等竊料北界無所不有。臣等初至燕京,副留守邢希古相接送,令引接殿侍元辛傳語臣轍云:"令兄内翰《眉山集》已到此多時,内翰何不印行文集,亦使流傳至此。"及至中京,度支使鄭顒押宴,爲臣轍言:先臣洵所爲文字中事迹,頗能盡其委曲。及至帳前,館伴王師儒謂臣轍:"聞常服茯苓,欲乞其方。"蓋臣轍嘗製作《服茯苓賦》,必此賦亦已到北界故也。臣等因此料本朝印本文字,多已流傳在彼。其間臣僚章疏及士子策論,言朝廷得失、軍國利害,蓋不爲少。兼小民愚陋,惟利是視,印行戲褻之語,無所不至。若使盡得流傳北界,上則泄露機密,下則取笑夷狄,皆極不便。訪聞此等

---

[1]　蘇軾在元祐四年和八年,爲剖陳高麗使者用朝廷和淮浙兩路賜金購買書籍一事的利弊,曾幾次上書。見《蘇軾文集》卷三〇《論高麗進奉狀》、《論高麗進奉第二狀》,卷三五《論高麗買書利害札子三首》等。

文字販入虜中,其利十倍。人情嗜利,雖重爲賞罰,亦不能
禁。惟是禁民不得擅開板印文字,令民間每欲開板,先具
本申所屬州,爲選有文學官二員,據文字多少立限看詳定
奪,不犯上件事節,方得開行,……有涉上件事節,並令破
板毀棄。(《欒城集》卷四二《北使還論北邊事札子五道》)

雖然此文和前面所引歐陽修的《論雕印文字札子》主旨相類
似,但我們可以看出經過近四十年的發展,印刷媒體的普及程
度達到了非同尋常的程度。特別是三蘇的詩文既已如此廣泛
地流傳到國外,則其在國內的流傳面可想而知。而且,據王水
照先生的觀點,上文所説的《眉山集》和王安石生前愛讀的《眉
山集》爲同一集子的可能性十分大①,則此集最晚到元豐年間
已經印刷(王安石在元祐元年四月已經逝世)。

在元祐年間蘇軾自己的言論裏,下面的書簡值得注意:

　　錢塘詩皆率然信筆,一一煩收錄,祇以暴其短爾。某
　　方病市人逐於利,好刊某拙文,欲毁其板,矧欲更令人刊
　　耶。(《蘇軾文集》卷五三《答陳傳道五首》其二)

文中"錢塘詩"是指熙寧年間蘇軾出通判杭州時的詩作。這封
書簡是寄給陳師道之兄陳傳道的,據説陳傳道是蘇軾詩歌的

────────────────

① 　參照《半肖居筆記》(東方出版社 1998 年版)所收《蘇軾"禁書外流"奏札
　　與東北亞文化交流》。在王安石《臨川先生文集》卷十七裏,有詩《讀眉
　　山集次韻雪詩五首》、《讀眉山集愛其雪詩能用韻復次韻一首》。這六首
　　詩都是次韻蘇軾知密州時期所作《雪後題北臺壁》其二的作品,從收錄
　　知密州時期作品這一點來看,可知這個《眉山集》是在《錢塘集》以後編
　　纂的集子。談到生前被編纂的蘇軾作品集的論文還有以下兩篇:村上
　　哲見《關於蘇東坡書簡的傳來及東坡集諸本的系譜》(京都大學《中國文
　　學報》27,1977 年 4 月)、曾棗莊《蘇軾著述生前編刻情況考略》(上海古
　　籍出版社《中華文史論叢》1984 年 4 期)。

狂熱愛好者,他將蘇軾在知密州、知徐州時代的作品分別收集在以《超然集》、《黄樓集》爲題的集子裏,寄給蘇軾[1]。上面的書簡恐怕是陳傳道想得到刊行蘇軾詩集的許可,蘇軾婉言謝絶的回信。這段文字説明,即使蘇軾未曾期待過,他的作品也可能已經被别人收集編輯,在民間,已經有人以營利爲目的大量印刷蘇軾的詩文。

在王闢之《澠水燕談録》卷七裏記載,張舜民使遼時,聽説范陽(今河北涿縣)的書肆將蘇軾的幾十篇詩收集編輯成《大蘇小集》進行印刷。張舜民使遼是紹聖元年(1094)的事,蘇軾的詩集實際上在元祐末年已經在宋朝的疆域之外印刷。

如上所述,元祐年間民間出版業呈現出前所未有的盛況。在這樣的狀況下,蘇軾的作品成爲民間書肆的主要熱點。因此,可以想像蘇軾的作品比詩案以前更加迅速而廣泛地得到流傳。因爲自己創作的詩歌受到投獄問罪處罰的蘇軾,早在元豐前半期,對自己作品的傳播影響力已應該有充分的體會。進入元祐年間,民間流傳的速度越來越快。不論蘇軾願不願意,他肯定更加强烈地意識到自己作品的社會影響力。前面所引書簡中,蘇軾自己確切地説:"雖知無所寄意,然好事者不肯見置,開口得罪。"不用説坦率的政治批評詩,即便看上去很普通的叙事詩,不同的閲讀人仍然可以讀出不同的寓意來。因此,元祐以後,不論願意與否,蘇軾必須把不特定的多數讀者有意識地經常性地放在心上,不得不謹慎地構思作品。

面對烏臺詩案爲界限的言論環境上的急劇的變化,蘇軾

---

① 　參照《蘇軾文集》卷四九《答陳師仲主簿書》。《蘇軾文集》卷三四《和陳傳道雪中觀燈》詩的施註説:"陳傳道,名師仲,履常之兄,家居彭城。履常在潁,傳道來訪。未幾,東坡移守維揚,而傳道亦歸。"

在創作領域是如何應付的呢？這對我們來説是非常有趣的問題。細心地比較詩案前後的詩在題材上階段性的變化以及表現手法上的變化，或許於我們能有所啓示。但是，即使能確認變化的存在，這種變化在很大程度上也可能是處於對印刷媒體影響力的恐懼感，或者是基於一種明哲保身心理的消極性變化，這和積極利用印刷媒體的態度完全不同。因此本文想從另外的角度，以詩案後蘇軾作品裏可以找到的印刷媒體的痕迹爲著眼點，再作探討。

五、烏臺詩案後蘇軾作品中的傳媒痕迹

元祐四年(1089)七月，蘇軾出知杭州，第二次成爲杭州地方官，上任不久，有詩云：

> 到處相逢是偶然，夢中相對各華顛。還來一醉西湖雨，不見跳珠十五年。(《蘇軾詩集》卷三一《與莫同年雨中飲湖上》)

結尾的"跳珠"是關鍵詞語，這一詞語在錢起的《蘇端林亭對酒喜雨》、梅堯臣的《得山雨》、《和端式上人十詠·幽谷泉》裏已經有先行使用的例子，白居易的《三遊洞序》、杜牧的《題池州弄水亭》裏也有類似的例子，都是形容雨滴之類飛濺的水沫的比喻，蘇軾此處也是依據這些先例使用這個詞語的。但是與此同時，這裏的"跳珠"不是其他任何地方看見的一般性的用來形容從晚秋到初夏的驟雨的比喻。他增加了"不見……十五年"、"西湖雨"這樣的時空上的限制，因此也明顯地拒絕僅僅被解釋爲普通使用的、一般意義上的"驟雨"。這一"跳珠"必須是蘇軾十五年前在西湖看到的"驟雨"的景象，由於這一

特殊的手法,讀者便自然聯想到杭州通判時的名作《六月二十七日望湖樓醉書五絕》中的一首:

> 黑雲翻墨未遮山,白雨跳珠亂入船。卷地風來忽吹散,望湖樓下水如天。(《蘇軾詩集》卷七)

這樣一來,就成了蘇軾在杭州時以自己通判杭州時的作品作爲典故來詠詩了。這樣的例子還有一些,比如,他依據將西湖比擬成西施的《飲湖上初晴後雨二首》其二(卷九),在知杭州時寫下《次韻劉景文登介亭》(卷三二)、《次前韻答馬忠玉》(卷三二)、知揚州時又寫下《再次韻德麟新開西湖》(卷三五)。

當然即使在唐代,像杜甫、白居易這樣寫過許多回憶自己過去生活的作品的詩人,事實上也經常在詩歌裏反復表現自己過去的個人體驗。然而,至少在唐代詩人的這類作品裏,即便讀者不知道該詩人作爲個人體驗的過去經歷,作者一般也會作出恰如其分的安排以使讀者對此有所瞭解。就算是用典,也是非常容易理解的、輕鬆自然的用典。但是,前面提到的兩組典故與之有著本質性的差異。"跳珠"這一詞語,由於在時空上受到限制,遂成爲與《六月二十七日望湖樓醉書五絕》有密不可分聯繫的意象構造。如果讀者不知道原詩的存在,即使能大致把握詩意,但因爲這一意象構造的緣故,恐怕也終會留下不明晰的未消化的部分。對於西湖和西施的比喻來説,讀者如果完全不知道《飲湖上初晴後雨二首》其二的句尾,讀其他有著將西湖喻爲西子的詩作會感到十分突兀。像這裏所舉的蘇詩的例子可以説明,欲完全把握詩意,瞭解各自的原詩是不可缺少的前提。

典故對於唐以前的文學作品來説,除去比較偏僻難懂的被叫作僻典的以外,一般都是使用到上一個朝代的故事爲止。

這或許是由於當時有這樣的默契。即：用典不超出一般士大夫的教養範圍，因爲如果用非常特殊的典故，大部分讀者就不能理解，這意味著作者未能達到其表現目的。

如前所述，隨著宋代印刷媒體的普及，教育以及科舉制度的發展，士大夫的教養達到前所未有的高水品的均質化，因此，詩歌裏使用的典故和唐代相比，範圍更加開闊，相對來説，變得僻澀一些。但是，雖然如此，以自己過去的作品作爲典故的詩作，怕是到北宋後期之前尚没有存在過。

歷代詩人没有這麼做，爲什麼蘇軾却能夠十分自然地做到了呢？本文到此爲止的討論給出了答案。知杭州時期所作的上面這些詩歌，所用事典的原型出自《六月二十七日望湖樓醉書五絶》其一、《飲湖上初晴後雨二首》其二，兩首收録在烏臺詩案中提到的《錢塘集》裏，一直是膾炙人口的名篇。蘇軾事隔十五年重訪杭州時，無疑時常聽到人們吟誦著這兩篇詩歌，或許在重訪杭州以前也不時有過這樣的情形。爲此，蘇軾能夠十分自然地構思前人未曾想到的這樣獨特的用典法。似乎可以説對造成這樣的環境作出最大的貢獻的是傳播媒體的普及。經歷了烏臺詩案，蘇軾似乎開始對印刷媒體抱有一定的戒心，然而，他也開始間接地利用印刷媒體的影響力來進行詩歌創作活動①。

另外，研究詩歌創作受印刷媒體影響的情況，還可以舉出對自己舊作次韻疊和的例子。蘇軾的作品中次韻詩非常多，占全部作品的近三分之一，其中系統地存在著與傳統的次韻

---

① 關於將自己的作品作爲典故的範例，在下面的拙文裏也有論述：《關於蘇軾兩次在任杭州之時寫的詩》（中國詩文研究會《中國詩文論叢》5，1986 年 6 月）。

方法明顯不同的獨特方法，其代表是《和陶詩》等次韻古代詩作的詩，以及把自己的舊作作爲次韻對象的這樣兩種。次韻是通過白居易、元稹等中唐詩人的創作而使其技法完善化的，元稹、白居易以來直到蘇軾，同時代的幾個詩人之間，采用彼此次韻的方式進行文學交往，已成爲一種重要的社交手段。然而蘇軾創作了許多不需要他人介入的自我完成型的次韻①，下面是他的這類次韻的代表作品：

例一[原篇]《予事繫御史臺獄，獄吏稍見侵，自度不能堪，死獄中，不得一別子由……二首》(《蘇軾詩集》卷一九)

[次韻]《十二月二十八日，蒙恩責授檢校水部員外郎黃州團練副使，復用前韻》(卷一九)

例二[原篇]《留別雩泉》(卷一四)

[次韻]《再過常山和昔年留別》(卷二六)

例三[原篇]《熙寧中，軾通守此郡。除夜，直都廳，囚繫皆滿，因題一詩於壁，今二十年矣。……》(卷三二)

[次韻]《今詩》(卷三二)

例四[原篇]《過大庾嶺》(卷三八)

[次韻]《余昔過嶺而南，題詩龍泉鐘上，今復過而北，次前韻》(卷四五)

如上所述，次韻是一種社交手段，可是次韻自己的作品並不能達到這一目的。但是蘇軾在一生的各個時期都在使用自次韻這一手法。例一是烏臺詩案出獄後立即次韻自己在獄中

_____

① 關於蘇軾的次韻，參閱如下拙論：《蘇軾次韻詩考叙說——以文學史上的意義爲中心》(早稻田大學院《文學研究科紀要》別冊 15，1989 年 1月)、《蘇軾次韻詩考》(中國詩文研究會《中國詩文論叢》7，1988 年 6月)、《蘇軾次韻詞考——以詩詞間所呈現的次韻之異同爲中心》(日本中國學會報)44，1992 年 10 月)。

寄蘇轍的絕命詩。例二是元豐末年離黃州貶地,前往新任命地登州上任,途經密州時,次韻熙寧年間知密州時期的作品。例三是杭州知州時期次韻通判杭州時期的作品。例四是晚年貶謫海南遇赦北歸時,次韻南貶時過大庾嶺的作品。

在根本不可能期待社會效果的情況下作次韻的目的到底是什麼呢?專門從和詩的歷史上說明這一點十分困難。但是,如果有居處並不固定的許多蘇軾文學的愛好者,他們經常關心著蘇軾文學的動向,衹要蘇軾的作品一產生,就會很迅速地在短時間內傳到他們那裏,即一定的傳播狀態已經形成,那麼,這些不同以往的次韻詩就有其特殊意義了。

例一到例三都涉及烏臺詩案,例四也有到嶺南、海南的左遷這樣衝擊力非常強烈的事件介入其中。這兩件事在即使今天的我們看來,也是蘇軾一生中最重要的事件。不止是士大夫,衹要能夠理解文學的階層,在當時應該是毫無例外地知道這兩件事的。當時與蘇軾同時代的範圍廣泛的蘇軾文學愛好者也提心吊膽地注視著落在蘇軾身上的這兩個厄運,這兩件事成爲人們無法忽視的事件。如果說這樣的關係在蘇軾和他的同時代的蘇軾文學愛好者之間已經存在的話,那麼,他對自己舊作次韻疊和的意義、目的,也就毫無疑問地可以想像了。相反,如果說不存在這樣的情況,那麼,我們很難知道蘇軾對自己作品的次韻疊和的意義。

由於詩案被投獄被貶謫,可作爲詩人却反而引起社會的關注,這種情形是可以想像的。正如前面所概括的一樣,元祐年間以後,“小則鏤板,大則刻石,傳播中外”的狀態升溫更快。面對圍繞自己作品的狂熱愛好者,或許蘇軾是企圖回答讀者的期待,故而將降臨到自己頭上的大事件化爲作品,由自己來扮演作品中的主人公給讀者看吧。

　　綜上所述,我以爲在以自己過去作品爲典故的範例,以及對自己舊作次韻疊和的範例背後,可以看出印刷媒體的影響。

　　本文論述了在北宋後期蘇軾的時代裏,印刷媒體已經對同時代文學産生不小影響這一新的歷史現象。當然,就其影響力來説,和今天的傳播媒介相比,可能微小得難以相提並論。但是,如果同早於北宋前期的時代那種還沒有對印刷媒介産生切實體會的狀況相比,其差别仍是顯著的。能切實感覺自己作品很快傳播到不特定的許多讀者手裏,並被這許多讀者同時解釋著的詩人,和完全無法感受這些的詩人相比,在創作的姿態上可能會産生明顯的差異。至少説,蘇軾以後的詩人,一方面烏臺詩案這一片不祥的陰影長久地留在腦海裏,另一方面必然在進行創作活動時將印刷媒體的影響力也考慮在内。爲此,在研究宋代文學時,我們可能有必要以印刷媒體爲一個視點來探討作者的表現意圖。

（益西拉姆譯）

蘇軾“廬山真面目”考^①

——圍繞《題西林壁》的表達意圖

一、導　言

本文以北宋的代表性詩人蘇軾(字子瞻,號東坡居士,1037—1101)的絶句中最爲膾炙人口的作品之一——《題西林壁》詩爲素材,探求一種可能性的解讀。

> 横看成嶺側成峰,遠近高低無一同。不識廬山真面目,只緣身在此山中。
>
> ——(《東坡集》卷一三^②)

《題西林壁》詩,因其爲一首絶句的詩型特徵,或者因其以

---

① 本文的日文稿(初稿)發表於中國詩文研究會會刊《中國詩文論叢》第15集(1996年10月)。本文是對初稿加以修訂後的改訂版。初稿發表約兩年後,孔凡禮氏的大著《蘇軾年譜》(1998年2月,中華書局)出版了,該書對此前最爲詳細而篇幅浩大的蘇軾傳記——清代王文誥的《蘇文忠公詩編註集成總案》作出了多處補正。關於本文當作中心課題的元豐七年蘇軾的廬山之行,孔氏也提出了新説(參考本文第二、第七節),而且這個新説很具説服力。本文的初稿,是根據《蘇文忠公詩編註集成總案》等舊來的説法展開論述的,因此,現在重新對照孔氏的新説,盡可能地對初稿進行了修訂。

② 第二句“遠近高低無一同”,在各種文本間存在著顯著的文字異同。五卷本《東坡志林》卷一作“到處看山了不同”,《冷齋夜話》卷七(**轉下頁註**)

説理爲主旨的内容特質,而成爲甚具獨立性的作品,在蘇軾的總共二千七百餘首古今體詩中,一望而知爲自身完整的文本。因而,對於本詩的讀者來説,並不特別要求作爲作品背景的有關作者傳記的預備知識。大概就因爲這個原因吧,近年在中日兩國公刊的註釋書、鑒賞辭典之類,一般也祇講到本詩爲元豐七年(1084)蘇軾四十九歲時在廬山西林寺所作,除了這一最基礎的信息外,幾乎並不言及其他的有關背景。

　　然而,本文却不擬探討本詩所具有的内在特性,而試圖把它放在蘇軾文學行爲的時間軸上,在它與周邊作品的關聯之中,重新加以論述。這樣做,是爲了想突出一個從來很容易被忽略的重要問題,即蘇軾何以在廬山的西林寺創作了本詩,這一作詩動機,或者説表達意圖方面的根本問題。

　　因此,如果要預先表白本文的立場,那麽本文全然不想在通釋的層面上針對從前的説法提出疑義。本詩的表達是極爲明快的,所以如果僅從文本的内部著眼,從中能夠引出的解釋也自然應該大同小異。實際上,在從前的各種解釋之間也看不到顯著的異同。

　　本文特別要提出的問題,是在分析或者説鑒賞的層面上,與本詩第三句的表達"廬山真面目"中"廬山"一語的重要性有關。從前的解説,大多抽出本詩所具的普遍性的哲理而加以議論,如此一來,讀者便容易接受這樣的印象:這"廬山"對於作者來説是可以被替換之物,如若不顧韻律方面的因素,它可以被替換爲作者故鄉的"峨眉",或者五岳中的任何一山,甚至

（接上頁註）引作"遠近看山了不同"。下三字《施註》、《查註》、《合註》作"各不同",王文誥註本作"總不同"。另外,本詩的譯註請參考松浦友久編《續校註唐詩解釋辭典・附歷代詩》(2001年4月,大修館書店)。

其他各種各樣的山,似乎全無不可。於是產生如下的錯覺:
支持"廬山"這一表達的僅僅是一個極爲偶然的作詩條件,就
是作者恰好偶然地身處廬山山中。換句話說,按從前的解釋,
"廬山真面目"中的"廬山"一語的重要性十分低下,其之所以
非"廬山"不可的必然性並不明確。

　　但是,筆者却以爲,這樣的表達能夠成立,是非"廬山"不
可的。至少,對當時的蘇軾來說,把"廬山"置換爲其他的山是
不可能的。本文的主要目的,就是想探索深藏在這一表達中
的作者的表達意圖,並證明之。

二、蘇軾的廬山之行

　　宋神宗元豐七年(1084)三月,蘇軾在貶地黃州(湖北省黃
州)接到量移汝州(河南省臨汝)的命令。這是蘇軾四十九歲
時在流放之地迎來的第五個春天。根據前揭的孔凡禮《蘇軾
年譜》,蘇軾在四月上旬離開黃州,沿長江而下,於同月下旬到
達江州(江西省九江),隨即訪問了廬山西麓的圓通寺,舉行了
亡父蘇洵忌日的法事。此後一度離開廬山南下,到筠州(江西
省高安)去跟其弟蘇轍會面,在筠州見過蘇轍後再次北上,五
月中旬再到廬山,遊玩廬山的各處。

　　如下所示,在蘇軾的一生中,至少有四回途經廬山附近
(九江、星子):

　　(ⅰ)宋英宗治平三年(1066),蘇軾三十一歲。父親蘇洵
在京師(河南省開封市)去世,將其亡骸運回故鄉眉山(四川省
眉山縣)之時,經過九江①。

―――――――――――

① 　參考中華書局校點本《蘇軾文集》(以下簡稱《文集》)卷一二《四菩薩閣記》。

（ⅱ）宋神宗元豐七年(1084)四至五月，四十九歲。

（ⅲ）宋哲宗紹聖元年(1094)七月，五十九歲。流謫嶺南的途中，橫絕鄱陽湖南下。

（ⅳ）宋徽宗建中靖國元年(1101)四月，六十六歲。自海南島(海南省儋州市)遇赦北歸時路過。此後約三個月，蘇軾去世。

不過，在此四回中，可以證實蘇軾確曾遊玩了廬山的，祇有第二回和第四回。而且，第四回主要祇訪問了面對鄱陽湖的廬山東南部的一部分勝地，也沒有留下任何文學作品①。所以，他最富精力地巡迴廬山各地，最爲集中地進行詩文創作，祇有上列第二回這一度而已。

對於這一次盡興遊玩的經過，蘇軾還留下了一個簡單的備忘録：(文中的①②③等標記，對應後文所揭詩題一覽的編號)。

> 僕初入廬山，山谷奇秀，平日所未見，殆應接不暇，遂發意不欲作詩。已而見山中僧俗，皆云"蘇子瞻來矣"，不覺作一絶云：③"芒鞋青竹杖，自掛百錢游。可怪深山裏，人人識故侯。"既而哂前言之謬，復作兩絶句云：①"青山若無素，偃蹇不相親。要識廬山面，他年是故人。"又云：②"自昔懷清賞，神游杳靄間。如今不是夢，真箇在廬山。"是日有以陳令舉《廬山記》見寄者，且行且

---

① 《文集》卷六〇《與胡道師四首》其四云："再過廬阜，俯仰十有八年。陵谷草木，皆失故態，棲賢、開先之勝，殆亡其半……"這"十有八年"恐怕是十七年的記憶之誤，但由此書簡可知，元豐七年後再度來到廬山是在"十有八年"後(建中靖國元年)。而且，除了"棲賢"、"開先"這兩個廬山東南的寺院，未提及其他地名，可以想像此時的廬山一遊，是在南康軍(星子縣)下船後，以其地爲據點，祇訪問了廬山東南部而已。

讀,見其中云徐凝、李白之詩,不覺失笑。開先寺主求詩,
爲作一絶云:④"帝遣銀河一派垂,古來唯有謫仙詞。
飛流濺沫知多少,不與徐凝洗惡詩。"往來山南北十餘日,
以爲勝絶不可勝談,擇其尤者,莫如漱玉亭、三峽橋,故作
此二詩⑨⑩。最後與總老同遊西林,又作一絶云:
⑫"橫看成嶺側成峰……"僕廬山之詩,盡於此矣。

上文是題爲《自記廬山詩》一文的全文(中華書局校點本《蘇
軾文集》卷六八,底本爲明代茅維編《蘇文忠公全集》,以下簡稱
《文集》)①。文中引用或提及的詩作共計七首,但在現今通行的
別集中所載的元豐七年廬山期間的作品,還要多出五首,共計十
二首。這些編年的別集如(a)《東坡集》(卷一三)、(b)南宋施元
之、顧禧《註東坡先生詩》(卷二一)、(c)清查慎行《補註東坡先生
編年詩》(卷二三)、(d)清馮應榴《蘇文忠公詩合註》(卷二三)、
(e)清王文誥《蘇文忠公詩編註集成》(卷二三),以上五種別集所
載的總數都是十二首,但排列的順序有些差異,本詩在(a)(b)中
爲十二首中的第十一首,(c)(d)中爲第五首,(e)中爲第十二首。

在(a)~(e)五種文本中,幾乎忠實地按照前揭《自記廬山
詩》一文的內容來排列作品的,祇有(e)清王文誥《蘇文忠公詩
編註集成》(中華書局《蘇軾詩集》以此爲底本,下文簡稱《詩

────────

① 《自記廬山詩》屬於所謂的"題跋"或"雜文"之類,蘇軾別集中最爲可靠的本
子,如《東坡集》五十卷、《東坡後集》二十五卷等並不收錄此類文字(明成化
年間刊《東坡續集》十二卷亦未收),要到明末萬曆至崇禎年間編纂刊行的
各種版本纔漸漸予以收載,其中具有全集規模的別集有:A《重編東坡先生
外集》八十六卷、B茅維編《蘇文忠公全集》七十五卷;另有專收一種文體的
作品集,如:C趙開美編《東坡志林》五卷、D毛晉編《東坡題跋》六卷等。因
此,作爲資料,這類文字在可信性上稍有疑慮。但就此文來說,成於北宋末
至南宋初的許多詩話集(《詩話總龜前集》卷一八、《苕溪漁隱叢話前集》卷
三九)也已經加以引用,其可信性是相當高的。

集》)。以下按照(e)的揭載順序,列出這十二首的詩題:

①《初入廬山三首》其一(青山若無素)(五言絕句)

②《初入廬山三首》其二(自昔懷清賞)(五言絕句)

③《初入廬山三首》其三(芒鞋青竹杖)(五言絕句)

④《世傳徐凝瀑布詩云"一條界破青山色",至爲塵陋。又僞作樂天詩稱美此句,有賽不得之語。樂天雖涉淺易,然豈至是哉? 乃戲作一絕》(七言絕句)

⑤《圓通禪院,先君舊游也。四月二十四日晚至,宿焉。明日,先君忌日也,乃手寫寶積獻蓋頌佛一偈,以贈長老仙公。仙公撫掌笑曰:"昨夜夢寶蓋飛下,著處輒出火,豈此祥乎?"乃作是詩。院有蜀僧宣,逮事訥長老,識先君云》(七言律詩)

⑥《子由在筠作〈東軒記〉,或戲之爲東軒長老。其婿曹煥往筠,余作一絕句送曹以戲子由。曹過廬山,以示圓通慎長老。慎欣然亦作一絕,送客出門,歸入室,趺坐化去。子由聞之,乃作二絕,一以答余,一以答慎。明年余過圓通,始得其詳,乃追次慎韻》其二(七言絕句)

　＊《其一》是在黃州所作。

⑦《余過溫泉,壁上有詩云:"直待衆生總無垢,我方清冷混常流。"問人,云"長老可遵作"。遵已退居圓通。亦作一絕》(七言絕句)

⑧《書李公擇白石山房》(七言絕句)

⑨《廬山二勝·開先漱玉亭》(五言古詩)

⑩《廬山二勝·棲賢三峽橋》(五言古詩)

⑪《贈東林總長老》(七言絕句)

⑫《題西林壁》(七言絕句)

在前揭《自記廬山詩》文中,⑤～⑧及⑪五首未被提及,那可能是因爲它們都以寄贈爲首義,不是以廬山爲主題的純粹

"廬山詩"(據孔氏《蘇軾年譜》,⑤的創作時間比其他作品早了大約一月。⑥大概也是跟⑤同時間之作吧。這樣,它們主要是因爲創作時間的不同,而未被提及吧)。

無論如何,根據前揭文以及十二首詩,可以知道此時的蘇軾於前後半個月間巡迴廬山山中,在圓通寺(西)、溫泉(西南)、開先寺、棲賢谷(東南)、東西二林寺(西北)等幾乎廬山的全域都留下了足迹。而《題西林壁》一詩,則作於這次廬山之行的最終時點,是"廬山詩"的結尾之作。

三、廬山文化的兩種面貌

在國土廣大的中國,天賜美麗景觀的山域,恐怕無計其數。不過,在各種傳媒尚未發達的時代,某一個山域得以在無數羣山之中特別地受到注目,以一種獨立的個性而被一般所認知,其萬萬不可缺少的前提,便是要由某一些具備特殊能力的人儘早地前來"發現",最大限度地找出它的魅力並加以有效的表現和傳達,那便是——"詩人"。

廬山,面臨著中國南方最大的水系長江,且地處通向嶺南的水路幹綫贛江水系的分岐點,又是在長江中下游流域,從船上可以比較貼近地望見的少數高山之一。可以説,如此優厚的地理條件,已經確約了廬山跟"詩人"之間的相會。而實際上,自六朝以來,有許許多多"詩人"曾踏入廬山,或者遠望廬山,寫下大量的"廬山詩"。

有統計表明①,在《全唐詩》所收的山水詩中,以廬山及其

---

① 凌左義《中國山水文學的搖籃——廬山詩略説》(1992 年 9 月,中華書局《文史知識》92—9)。

周圍的名勝地(鄱陽湖、大小孤山等)爲題材的作品占了最多的數量,在接下來的宋代,也可看出同樣的傾向。而且,在唐代的"廬山詩"作者中,包括了張九齡、孟浩然、李白、韋應物、白居易等具有個性和代表性的優秀詩人。在唐代以前,也有謝靈運、鮑照、江淹等劃時代的作者。這些著名詩人的存在,已經雄辯地説明:從六朝到唐代的"廬山詩"不單具有甚多的數量,也保持著質量上一定的高水準。無論如何,通過他們的作品,甲天下的廬山景觀被喧傳於全國,使廬山成爲中國有數的"文學名勝地"之一①。

　　除了文學上的好素材——景勝地這一面外,廬山還有另一種重要的文化面貌。就像五岳、終南山、峨眉山、五臺山等多數中國名山那樣,廬山也曾有作爲宗教靈山的歷史。傳説中,它的淵源被追溯到紀元以前春秋時代的中葉,一位叫匡俗的隱士在此地結庵,然後登仙(此爲山名的由來)。但是,直接跟唐宋時代相聯結的事迹,要等到東晉的末年,慧遠(334—416)以西北麓的東林寺爲據點,結白蓮社(念佛結社)傳播净土教。自慧遠以來,廬山便具備了中國南方佛教聖山的一面。另外,比慧遠稍晚,劉宋的陸修靜(406—477)在南麓的太虛觀(簡寂觀)修道,後來被召到首都(建康,即江蘇省南京市)整理道教經典,組織教團。此後,廬山又具備了道教聖地的一面。——因了以上兩位南朝人的功績,廬山在唐宋時期成爲

---

① 在近年的日本發表了不少論文,試圖將中國的與詩歌深有關聯的名勝地命名爲"詩迹",以與日本和歌中的"歌枕"進行比較。關於"詩迹"一語,寺尾剛在《武漢對李白的意義——圍繞"詩的古迹"的生成》(1992年10月,中國詩文研究會《中國詩文論叢》11)一文中,曾嘗試給予定義。

佛寺、道觀林立,彌漫著濃厚宗教氛圍的聖山①。

　　廬山這兩種確立於六朝時期而在唐宋時期獲得普及化的文化面貌,當然不會是各自單獨地存立,而是相互依存的。比如,這在佛寺、道觀的選地環境上便象徵性地表現出來。正如北宋晁補之《題廬山》詩(《四部叢刊》所收《雞肋集》卷二一)所云:"五百僧房綴蜜脾,盡是廬山佳絶處。"廬山的佛寺(道觀)大多選擇山中的"佳絶處"而建立。因此,以觀賞風景爲第一目的的遊山客,也自然地涉足於佛寺、道觀;而專門前來跟僧侶道士交流的人,也自然地面臨了"佳絶"的風景(本來,在六朝以降訪問廬山的詩人中,無疑没有一個人會頑固地拒絶任何一面……)。文學上的名勝地(景勝地)和宗教上的靈山,這兩種面貌可説是渾然一體,形成了一個廬山文化。

　　回頭説元豐七年初夏,剛剛離開貶地的蘇軾最先前往的目的地就是廬山,其之所以如此,很大程度上也因爲廬山具備以上兩種面貌。蘇軾詠出了他出生以來第一次進入廬山的印象:

　　　　自昔懷清賞,神游杳靄間。如今不是夢,真箇在廬山。(《初入廬山三首》其二)

如所周知,蘇軾一生的旅程,北方到達幾乎接近國境的定州(河北省定州),南方到達惠州(廣東省惠州)和儋州(海南省儋州),東至山東半島尖端的登州(山東省蓬萊)和杭州(浙江省杭州),西至故鄉蜀地和鳳翔(陝西省鳳翔),縱橫貫穿了北宋版圖的東西南北。因而,被他所尋訪而寫下詩歌的名勝地決

―――――――――――

① 　參考梅俊道《仙踪渺黄鶴,人事憶白蓮——廬山宗教文化鳥瞰》(1992年9月,中華書局《文史知識》92—9)。

不少。但是,站在初次來訪的土地上,以"如今不是夢,真箇在
廬山"這樣直白的語句來表達他的感動的詩,却没有第二
例①。對蘇軾來説,廬山是那樣具有特殊意義的山。

那麽,對當時的蘇軾而言,廬山所擁有的特殊意義具體是
怎樣的呢? 以下,循著本節所清理出的廬山文化的兩種面貌,
試圖具體地探求出蘇軾尋訪廬山的意義。而對於這種探求來
説,廬山之行前在黄州的大約四年謫居時期,有著重要的鋪墊
意義。經過"烏臺詩案",從地方長官變爲流放罪人的蘇軾,生
活環境激劇改變。然後,在"烏臺詩案"後的流放生活中,蘇軾
的文學也實現了質的變化。在接下來的兩節中,首先要明確
這一點,故不得不追溯到黄州謫居時期,那可以説是蘇軾的蜕
變時期。

四、東坡居士──通向廬山之道(Ⅰ)

在本節中,略述廬山的宗教性一面跟蘇軾的關係。如
前所述,北宋的廬山是道、佛兩教的聖地(在儒教方面,也有
道學的開祖周敦頤晚年隱居於北麓之事爲人所知,但其受
到同時代社會的一定關注,要到朱熹在山南五老峰下重建
白鹿洞書院的南宋中期以降),但本文第二節所揭的《自記
廬山詩》一文,以及十二首詩題中,完全看不到道士、道觀的

---

① 不過,對於一度訪問過的場所加以回顧而詠出"夢中遊"、"如夢"之類的
作品,有一系列的存在。比如,懷念杭州西湖的《寄吕穆仲寺丞》、《懷西
湖寄晁美叔同年》(俱見中華書局校點本《蘇軾詩集》卷一三,以下簡稱
《詩集》)等。

名目①,所以這裏暫時將道教除外,專就蘇軾與佛教的關係來進行論述。

當然,蘇軾一生中接受佛教的實際情況,是跟其他二教即儒教、道教相關,而顯得十分駁雜的。從而,三教中無論取哪一教加以論述,原本都要把其他二教收入視野,經常在相互關聯之中進行驗證,特別在探討其各自對於蘇軾人生的意義時,這更成爲不可缺少的一環。但是,那多少游離了本文的主題,而且也沒有足夠的篇幅付諸這樣的探討。因此,作爲權宜之計,本文祇突出接受姿態上的相對變化,以此現象層面爲焦點,在下文中概述黃州謫居時期的蘇軾接受佛教的狀況。從而,下述的内容既未必正確地反映出佛教在當時蘇軾精神世界中的實際重要性,也不是對其佛教信仰之深淺的客觀證明。

(一)黃州謫居期内對佛教的接受

自走上仕途以來,蘇軾初次主動地接近佛教,是在杭州通判時期,即熙寧四年(1071)十一月至七年(1074)九月,蘇軾三十六至三十九歲期間。由於吳越王錢氏大力保護佛教,建立了許多寺院,擁有如此遺産的杭州遂成爲當時中國的佛教最盛地之一②。因此,無論何宗何派(净土、天台、律、禪、華嚴等)的高僧,都雲集於西湖周邊的寺院。蘇軾在公務的餘暇,屢屢出訪佛寺,跟這些高僧交往,而留下許多詩文。不過,就

① 不過,從《書葛道純詩後》(《文集》卷六八)、《與陸子厚一首》(《文集》卷六〇)等文可知,事實上此時蘇軾也訪問了道觀,而與道士交往。
② 以宋代佛教史爲對象的論著大致都指出這一點,近年發表的有:① 佐藤成順《北宋時代的杭州净土教者》(1988年12月,鎌田茂雄博士還曆記念論集《中國佛教與文化》);② 牧田諦亮《民衆佛教的展開——中國近世佛教史略》(1989年10月,大東出版社,牧田諦亮《中國佛教史研究》3)等。

像已有的專論所説①,在這樣濃厚的佛教氛圍中,蘇軾對佛學的理解雖然逐漸加深,但對當時的蘇軾而言,佛教最多不過是知識性的關心對象。在杭州之後赴任的密州、徐州、湖州等地,他的這種接受姿態也看不出有顯著的變化。

但是,體驗了元豐二年(1079)秋冬的筆禍事件"烏臺詩案",蘇軾這種接受姿態在流放黄州以後發生了明確的變化。以下通過四個事例來窺探黄州謫居時期蘇軾接受佛教的狀態。

(例1)《黄州安國寺記》(《文集》卷一二)

　　元豐二年十二月,余自吴興守得罪,上不忍誅,以爲黄州團練副使,使思過而自新焉。其明年二月,至黄。舍館粗定,衣食稍給,閉門却掃,收召魂魄,退伏思念,求所以自新之方。反觀從來舉意動作,皆不中道,非獨今之所以得罪者也。欲新其一,恐失其二。觸類而求之,有不可勝悔者。

　　於是喟然歎曰:"道不足以御氣,性不足以勝習。不鋤其本,而耘其末,今雖改之,後必復作。盍歸誠佛僧,求一洗之?"得城南精舍曰安國寺,有茂林修竹、陂池亭榭。間一二日輒往,焚香默坐,深自省察,則物我相忘,身心皆空,求罪垢所從生而不可得。一念清净,染汙自落,表裏翛然,無所附麗。私竊樂之。旦往而暮還者,五年於此矣。

---

① 參考竺沙雅章《蘇軾與佛教》(1964年10月,京都大學《東方學報》36)。另外,關於蘇軾接受佛教之駁雜性的論述,尚有:劉乃昌《論佛老思想對蘇軾文學的影響》(1982年4月,齊魯書社,《蘇軾文學論集》);謝思煒《禪宗與中國文學》(1993年12月,中國社會科學出版社)第四章等。

此文爲尋訪廬山之前約十日，元豐七年(1084)四月六日離開黃州之際所作。體驗了關乎生死的重大事件，蘇軾在貶地不得不重新思考自己的過去和將來。從引文的前一段可以看到蘇軾的真誠姿態：他總結了過去，思量著如何改變自己。但是，在沈思默想之餘，蘇軾並未找到“所以自新之方”，心中覺得走投無路。其結果，便由他自己選擇了“歸誠佛僧”，即皈依於佛教的道路。這樣，從清晨到傍晚，幾乎三天兩頭地前往安國寺參拜，據説延續了“五年”。本來是作爲“深自省察”的手段開始的參禪，結果卻超越了原來的目的，達到了“物我相忘，身心皆空”的境地。

還有，在寫給章惇的書簡(《文集》卷四九《與章子厚參政書二首》其一)中也説：“見寓僧舍(即定惠院)，布衣蔬食，隨僧一餐，差爲簡便……初到，一見太守，自餘杜門不出。閑居未免看書，惟佛經以遣日，不復近筆硯。”自謂到達黃州之後，便斷絶與人交往，每天衹是親近佛典①。

(例2) 元豐五年“自號東坡居士”②

謫居黃州的第二年(元豐四年)，蘇軾得到了城外的一塊荒地，命名爲東坡，開始躬耕生活。次年建造雪堂，自號“東坡居士”。

“居士”的稱號，當然不衹意味著在家的佛教徒，早在佛教傳來以前，中國就在“隱士”、“處士”的意義上使用此詞。而且

① 同類的内容也見於以下書簡：《與王定國四十一首》其一(《文集》卷五二)、《與蔡景繁十四首》其二(卷五五)、《答畢仲舉二首》其一(卷五六)、《與陳大夫八首》其三(卷五六)等。
② 蘇轍《亡兄子瞻端明墓誌銘》(《欒城後集》卷二二)云：“築室於東坡，自號東坡居士。”此處的“室”即雪堂，建構於元豐五年，可以判斷其自號也在同年。參考王保珍《增補蘇東坡年譜會證》(1969年8月，國立臺灣大學文史叢刊)。

近年還有論者明確指出，"東坡居士"的"居士"不是佛教徒的
意思①。

　　但是，雖說是在謫居之中，當時的蘇軾並非"隱士"、"處
士"，乃是明白的事實，故難以承認這個自號屬於傳統的用法。
況且，如果考慮到① 前揭《黃州安國寺記》中有"歸誠佛僧"之
語，② 元豐六年《和蔡景繁海州石室》(《詩集》卷二二)有"今
年洗心歸佛祖"之句，③ 最晚年時還自稱"佛弟子蘇軾"(《文
集》卷六六《書羅漢頌後》，元符三年)，等等，即便這三例都帶
有幾分文學性的修辭成分，在找不到有力反證的情況下，離開
其與佛教的關係來理解"居士"的意思，事實上已極爲困難。
因此，爲了避開"居士"一詞的含義與事實之間的齟齬，將"東
坡居士"之號理解爲把自己當作在家的佛教徒，也是更爲自然
和妥當的。

　　(例 3) 元豐四年一月《岐亭五首》其二及《叙》(《詩集》卷
二三)

　　友人(陳慥)爲歡迎蘇軾的來訪，殺了家畜以供宴席，蘇軾
贈詩戒其殺生。

　　這一例與下面的(例 4)一樣，可以解釋爲對在家信仰者
之"五戒"的第一戒，即殺生戒的實踐。不過，在《書南史盧度
傳》(《文集》卷六六)中明言：自己在黃州謫居時期之所以全
未殺生，首先是因爲從小有此氣質，再是因爲自己在"烏臺詩
案"中有了俎上魚肉的體驗，並非另有任何祈願。

────────────

① 鍾來因《蘇軾與道家道教》(1990 年 5 月，臺灣學生書局)第四章第二節
　　(第 301 頁)。作爲論據，鍾氏舉出了與蘇軾同時代的張愈的例子。張
　　愈確實隱居青城山，跟道士交往，而號爲"白雲居士"，但更應注意的是
　　他一生從未出仕(《宋史》卷四五八)。所以，這是一個完全傳統意義上
　　的用例，在蘇軾的問題上不能作爲旁證。

然而,第一,所謂從小以來的氣質,本來就可以認爲是受了篤信佛教的母親的熏陶(參考《文集》卷七三《記先夫人不殘鳥雀》),結果還是跟佛教有關。第二,創作該詩的二個月前,蘇軾還寫有《書四戒》(《文集》卷六六)一文,這"四戒"的説法應該是"五戒"的戲謔化,它反過來可以證明當時的蘇軾對"五戒"的觀念有著强烈的意識。第三,晚年在嶺南的回顧(回顧的内容恐怕可以推定爲元豐三年十月李常到黃州訪問蘇軾時所作的問答)中,也論述到殺生之戒(《文集》卷七三《食雞卵説》),其中説:"凡能動者,皆佛子也。"明確以佛教的觀點爲基礎來展開己説。這一事實也證明了戒殺生與佛教信仰的關係。

如果根據以上三個旁證,把此例認定爲佛教性的行爲,那麼此例便具有以下兩點十分值得注目的意義。第一,當時的蘇軾確曾在實際生活中實踐了佛教基本戒律的一部分;第二,如果説在(例1)中,佛教祇是一種對自己的存在,那麼在此例中,蘇軾也積極地運用佛教的精神,對身邊的友人,即他者發生了影響。

(例4)元豐五年《與朱鄂州書》(《文集》卷四九)及《黃鄂之風》(《文集》卷七二)

蘇軾知道土著的貧民間,有因爲貧困而殺害嬰兒的惡習,所以寫了意見書送給當知州的朋友(朱壽昌),講述了佛教的殺生之戒以及功德之類,説服他立下賞罰來改變惡習(《與朱鄂州書》);他還協助安國寺的住持,向當地的富家募資,自己也捐獻私財,援助貧民,試圖改變這一惡習(《黃鄂之風》)。

這個事例甚堪關注,可視爲(例3)的進一步發展,試圖將佛教的精神波及到社會。

如本節開頭所述,由此四例直接斷定説,當時的蘇軾是一個虔敬的佛教信徒,佛教在三教之中比其他二教更突出地受到他的重視,畢竟是不可能的。但是,由此至少可以指出,對當時的蘇軾來説,佛教已不單是知識性的關心領域,也變成了伴隨以實踐的接受對象。

如上,自號爲"居士",親近佛典,頻繁地訪問佛寺,遵守殺生之戒——體驗了這樣實踐性的佛教信仰,全身心地深化了對佛教的理解後,蘇軾走向了廬山。

(二)從宗教層面看廬山之行的必然理由

當時的廬山,自唐代後半期以來,深受南宗禪隆盛的影響,其佛寺幾乎清一色地被禪宗占據,成爲禪宗在南中國的一大中心地。至北宋後期熙寧、元豐年間,此山雲集了(a)雲門宗的居訥(圓通寺/1010—1071)、(b)了元(歸宗寺/1032—1098)、(c)臨濟宗黄龍派的常總(東林寺/1025—1091)等代表北宋的禪宗高僧①。

在蘇軾訪問廬山之時,(a)居訥已經去世,(b)了元已經離開廬山,能夠確認有實際交往的,三人之中祇有(c)常總一人(據孔氏《蘇軾年譜》,(b)了元從金山寺來訪廬山,曾一度與蘇軾同行)。但是,(a)(b)兩人,也無疑是蘇軾廬山之行的甚大機緣。

首先,(a)居訥跟蘇軾同爲蜀人,蘇洵在慶曆七年(1047)曾到圓通寺拜訪他②。蘇軾兄弟從小就從父親的口中知道了居訥的存在,此事詳見蘇轍《贈景福順長老二首》(《欒城

---

① (a)、(b)、(c)三僧的傳記見惠洪《禪林僧寶傳》,(a)見卷二六、(b)見卷二九、(c)見卷二四;也見普濟《五燈會元》,(a)(b)在卷一六、(c)在卷一七。另外,關於(c)常總,有黄裳《照覺禪師行狀》(《演山集》卷三四)。

② 劉少泉《蘇老泉年譜》(四川省中心圖書委員會)五七頁。所據爲蘇轍《贈景福順長老二首》之序所云"今(即元豐五年)三十六年矣"。

集》卷一一)的序文。順便提及,蘇軾到達圓通寺,正好是蘇
洵忌日的前晚,他在圓通寺供養了父親的亡靈(參考本文第
二節所揭⑤詩)。而且,居訥還是持廢佛之論的蘇軾老師歐
陽修所稱讚過的少數佛僧之一(《居士外集》卷七《寄廬山僧
居訥》)①。因此,圓通寺是跟蘇軾最敬愛的老師和父親都有
關係的佛寺,可以推想,即便不考慮宗教性的關懷,對當時
的蘇軾來説,訪問此寺也具有十分深刻的意義。從而,入山
之後的蘇軾最先訪問圓通寺(參考本文第二節所揭詩題一
覽),恐怕也不是偶然之舉。另外,在訪問圓通寺之際,蘇軾
還會見了曾經師事居訥,與生前的蘇洵相識的蜀僧(宣)。
又跟長老可仙禪師對談,聽可仙説,他已經在夢裏被告知蘇
軾將要來訪。

　　(b) 了元的年齡跟蘇軾相近,這也使他成爲蘇軾一生中
交往最爲親密的禪宗僧侶之一。蘇軾訪問廬山,已經是在了
元離開廬山歸宗寺到潤州(江蘇省鎮江市)金山寺當住持以
後,而且兩人的親密交往也開始於蘇軾告別廬山後四個月到
金山寺拜訪的時候。但了元在蘇軾訪問廬山之前,於元豐五
年五月派人給黃州謫居中的蘇軾送去了書簡。了元的這封書
簡現已不存,但蘇軾的回信却保存了下來(《文集》卷六十一
《與佛印十二首》其一),據此,了元似曾屢屢邀請他訪問廬山。
另外,此時蘇軾還將一些美麗的小石,以及記其來歷的文章
(《文集》卷六十四《怪石供》)贈給了元,了元接受後便將此文
刻在石碑上(《文集》卷六十四《後怪石供》)。在他們這次書簡
往來之前,究竟曾否面識,目前還不清楚,但至少他們通過書

① 歐陽修的廢佛之論見《居士集》卷一七及《居士外集》卷九的《本論》。
　　又,其寄居訥詩作於皇祐年間。

簡而有了一定的交往,故了元很可能扮演了一個把蘇軾跟廬山聯繫起來的重要角色①。

還有,在蘇軾寫給了元的回信中還記載,此前此後尚有別的廬山僧侶(棲賢寺智遷)寫信給蘇軾。這説明,當蘇軾謫居黃州時,不光是蘇軾的一方在接近佛教,關心廬山,廬山僧侶的一方也在積極地接近蘇軾。也許他們仰慕蘇軾的文名,又試圖擴大自己門派的影響,所以去接近他。本文第二節所引《自記廬山詩》文中云:"已而見山中僧俗,皆云'蘇子瞻來矣'。"這一條也清楚地表明了蘇軾在當時佛教界的知名度,和他在廬山受到歡迎的氣氛。

(c) 常總是蘇軾來訪之時廬山的第一高僧,在元豐三年詔改東林寺爲禪院之際,被招爲第一代住持,他模仿白蓮社,開啓了結社型的禪宗道場,被傳爲慧遠的再世(惠洪《禪林僧寶傳》卷二五)②。前述的圓通寺可仙是常總的法嗣(《五燈會元》卷一七),與常總爲師弟關係。了元也跟常總有很深的聯繫,他們曾與周敦頤一起結過青松社(曉瑩《雲臥紀談》卷上、《宋元學案》卷一二引《性學指要》)。因此,蘇軾跟常總的會面,想來也是當時的廬山僧界極爲自然地安排好的。

如上所述,從黃州謫居到廬山之行,此時的蘇軾僅就宗教層面而言,就有① 自身的宗教關懷、② 父師的舊緣、③ 跟廬山僧的聯繫等幾個必然理由使他對廬山特別嚮往。在這些機緣的誘導下,蘇軾充滿精力地漫步於廬山各地,訪問佛寺,交

---

① 除了佛印了元外,杭州僧道潛(參寥)大概也起了一定的作用。道潛於元豐六年夏到黃州拜訪蘇軾,留伴數月,之後又同遊廬山。

② 《禪林僧寶傳》卷二五:"其徒又語曰:遠公嘗有讖記曰:'吾滅七百年後,有肉身大士革吾道場。'今符其語。"同樣的記載也見於《佛祖統記》卷四五、《佛祖歷代通載》卷一九、《林間錄》卷上。

往僧侶,而最終到達廬山的最古名剎東林寺,站在廬山第一高
僧常總的面前。

　　就像《自記廬山詩》一文的末尾所記,《題西林壁》詩是在
跟常總的交流中寫作的。自古以來,聯繫禪理來解說本詩的
不可謂不多(參考本文第六節),而在本節所述背景的基礎上
也可以再次確認,那在某種意義上誠爲合理的解釋立場。不
過,這裏不忙著下結論,且就廬山文化的另一種面貌,即其作
爲文學土壤的一面,再度考察蘇軾廬山之行的意義。

五、塵糟陂裏陶靖節 ——通向廬山之道(Ⅱ)

　　"烏臺詩案"的勃發,本身就客觀地證明著蘇軾詩歌在當
時具有突出的社會影響力,不難想像,這一事件的結果也必然
跟朝廷的意圖相反,而令蘇軾的文名進一步傳遍江湖的每一
個角落。前節所述廬山僧侶對蘇軾的接近和歡迎,就是一種
間接的證明。在蘇軾謫居黃州的時期,當時的士大夫們恐怕
連累到自身,於公開場合減少了跟蘇軾的積極交流;但即便在
儒佛合流成爲普遍傾向的當時[1],仍可判斷,僧侶們受官界禁
忌的束縛應該小一些,他們擁有相對的自由,把自己的想法直

---

① 關於北宋中期的排佛論,以及與此相對的以契嵩爲中心的擁護佛教、儒
　　佛融合之論的一系列動向,主要有以下的論著: 阿部肇一《中國禪宗史
　　研究》(1963 年 3 月,誠信書房)第三篇第二章第四節、牧田諦亮《中國佛
　　教史研究》2(1984 年 11 月,大東出版社)第七章"契嵩在佛教史上的地
　　位"、蔣義斌《宋代儒釋調和論及排佛論之演進》(1988 年 8 月,臺灣商務
　　印書館)第一章、魏道儒《宋代禪宗文化》(1993 年 9 月,中州古籍出版
　　社)八"契嵩的儒釋融合理論及其影響"、張宏生《儒釋的溝通與互
　　補——讀契嵩〈輔教論〉札記》(1995 年 2 月,中華書局《中國典籍與文化
　　論叢》2)等。另外,蘇軾在杭州任通判之時,曾與暮年的契嵩見面。

接付諸行動。

　　至於蘇軾本人,在“烏臺詩案”中體驗了御史臺的彈劾和追問,無疑也痛感到自己的文學對於同時代的影響力幾乎是被命運注定。從而可以推測,當時無論是他人還是蘇軾自己,都共同具有了一種認識,即蘇軾乃是代表當代文壇的第一號“詩人”。

　　另一方面,作爲文學素材的廬山,自六朝以來,就被許多具有代表性的詩人爭相吟詠;到了北宋,仍是吸引著許多詩人的第一流傳統“詩迹”之一(參考本文第三節)。所以,作爲一個被譽爲當代第一的詩人,站在廬山面前的蘇軾,不管其本人有否自覺,他都必須承擔這樣一個巨大的課題:總結過去的傳統,爲“廬山詩”開創歷史上的新局面。其結果是,在廬山之行的最後時間内,蘇軾詠出了《題西林壁》詩,由此出色地刷新了“廬山詩”的歷史。

　　不過,前揭《自記廬山詩》一文以及七首“廬山詩”中,直接提及的詩人僅有盛唐的李白、中唐的白居易和徐凝三位而已。而且,那還是就“廬山瀑布”這一個别題材而作的極受限定的評論(以及將評論内容表達爲詩歌形式的七絶)。但是,嚴厲否定徐凝的絶句,並且對稱讚此絶句的白居易的見識也表示了質疑,這樣的評論(以及七絶詩),可以視爲蘇軾意識到了同時代的期待而對唐代“廬山詩”作出總結的實例,雖然那與其說是創作,還不如說主要是在批評的領域。

　　當然,以上三人中,特别是李白和白居易,確實可以看作對於“廬山詩”的歷史發生過突出作用的重要詩人,而從蘇軾的言行中,要證明他廬山之行的當時經常意識到這二人的存在,是甚爲困難的。然而,如果把廬山之行以前的數年考慮在内,那麽處在廬山之中的蘇軾確實應該相當强烈地意識到了一位詩人的存在。那便是東晉的陶淵明。

　　本文第三節列舉吟詠廬山的歷代詩人之名時,筆者没有舉出陶淵明之名。那是因爲,陶淵明雖在廬山山麓築室而居,却没有留下一首純粹吟詠廬山山水的"廬山詩"。但是,陶淵明無疑是作爲定居者而與廬山相對的第一位中國"詩人"。

　　如"和陶詩"現象所明示的那樣,對於蘇軾的文學來説,陶淵明具有極其重大的意義。蘇軾對陶淵明的傾倒雖然要到晚年謫居嶺南的時期表現得最爲顯著,但在這種傾向發展的過程中,黃州謫居期也具有特别重大的意義,那好像是跟他對佛教的接受姿態的變化相同步的。以下就幾個具體的例子來驗證這一點。

　　首先是上一節也曾例舉過的,元豐四年(1081)二月蘇軾得到黃州東南城外的荒地,命名爲"東坡"而開始躬耕生活之事。然而,關於這"東坡"的命名,自南宋中期周必大(《二老堂詩話・東坡立名》)、洪邁(《容齋三筆》卷五"東坡慕樂天"條)等力説其出於白居易忠州(四川省忠縣)刺史時代的《東坡種花二首》、《步東坡》(中華書局校點本《白居易集》卷一一)等詩以來,至今仍是一般認可的通行之説①。但正如近年村上哲見氏所指出②,忠州時期的白居易和黃州時期的蘇軾,除了在"東坡"這一命名上有著相同點外,更爲引人注目的倒是他們在境遇、心情,以及其於"東坡"所作的實際行爲等各方面存在

---

①　日本對白居易和蘇軾進行比較論述的著作有:堤留吉《蘇東坡與白香山》上、下(1964年3月、1965年3月、《東洋文學研究》12、13)、西野貞治《關於蘇東坡的淵源——特别圍繞跟白樂天的關係》(1964年12月,《日本中國學會報》16)。以上都把白居易詩當作"東坡"的出典。

②　《東坡詞札記・其二》(1976年3月,創文社《宋詞研究——唐五代北宋篇》,第361頁)。

的決定性差異。從而,如果説命名"東坡"之時的蘇軾名副其實地把忠州時期的白居易尊爲榜樣,究竟是不可思議的。村上氏還提出了新説,他以陶淵明《歸去來兮辭》中的"東皋"一語,取代白居易而作爲蘇軾"東坡"一名的來歷。此新説之妥當與否,這裏不加討論。但是,至少有一篇文章,可以證明當時的蘇軾對陶淵明的強烈意識:

> 近於側左得荒地數十畝,買牛一具,躬耕其中。今歲旱,米貴甚。近日方得雨,日夜欲種麥,雖勞苦,却亦有味。鄰曲相逢欣欣,欲自號鏖糟陂裏陶靖節,如何?

上文是給友人王鞏的書簡中的一節(《文集》卷五二《與王定國四十一首》其十三)。從"近於側左得荒地數十畝",可知這封書簡寫於躬耕生活開始以後不久。那麽,這個時候蘇軾"欲自號鏖糟陂裏陶靖節",就是一件值得注意的事。

"鏖糟"是含有"不乾净、無修養、不合時宜"等意思的俗語①。後來(元祐年間),在京中嘲笑程頤的偏執時,據説蘇軾也用了此語。那時的罵語是"鏖糟陂裏叔孫通",但有的文本將"陂裏"寫作"鄙俚"②。如果是"鄙俚"的話,就更加了一層"粗野、低俗"之意。恐怕因爲發音相似,兩者之中有一方模仿了另一方。不管怎樣,這兩個用例可以看作一種諧謔的命名法:先確定一個典雅的模範,陶靖節(陶淵明)或叔孫通(西漢初期朝廷儀禮的奠基者),在此之前加上卑俗的負面意思的定語,試圖由此營造諧謔之味。

---

① 參考龍潛庵《宋元語言詞典》(1985 年 12 月,上海辭書出版社,第 1021 頁)、《漢語大詞典》11(1993 年 6 月,漢語大詞典出版社,第 1382 頁)。

② 《河南程氏外書》卷一一(1981 年 7 月,中華書局理學叢書《二程集》,第 416 頁)作"陂裏",《孫公談圃》卷上(文淵閣《四庫全書》本)作"鄙俚"。

　　在北宋時代,陶淵明作爲歸田思想的實踐者,廣泛地獲得士大夫間的穩定評價,被尊崇爲一個理想的典範。蘇軾在陶淵明的前面加上"鏖糟陂裏"這樣的定語,一方面是鑒於同時代如此崇高的評價,另一方面大概也出於不敢跟斷然棄官歸隱的陶淵明相提並論的意識。不過,從這個命名至少可以看出,當時躬耕生活之中的蘇軾確實是把陶淵明當作理想的典範,對他有著強烈的意識。

　　假定上引的書簡作於元豐四年之春,那麼在大約一年之後,蘇軾在文學創作的領域裏也開始更具體地表現出對陶淵明的憧憬。當然在此之前,蘇軾的作品中已屢屢提及陶淵明,但那幾乎全祇是構成整篇的一部分因素而已,其重要性並不高,其中還沒有專以陶淵明爲題材的作品。然而,以元豐五年的春天爲界,引人注目地出現了對陶淵明的憧憬成爲全篇基調的作品,此時蘇軾模擬陶淵明的《遊斜川》詩而寫作了《江城子(江神子)》詞,並將《歸去來兮辭》檃括爲《哨遍》詞(皆見曹樹銘《東坡詞》卷二),可説是這方面的絶好例子。《江城子》詞中云:

　　　　夢中了了醉中醒。祇淵明,是前生。走遍人間,依舊
　　却躬耕……

已經完全把自己與陶淵明同化,甚至説自己是陶淵明的再世了。

　　實際上,黄州謫居時期的蘇軾在寄給友人的書簡中,話題屢屢涉及"買田"之計,也確在物色著應該購入的耕地①,就此

---

① 　詳見竺沙雅章《北宋士人的徙居與買田——以東坡尺牘爲主要資料》(1971 年 3 月,《史林》54—2)。

行爲來看,以陶淵明爲典範的生活對他來説不單單是一種修辭手法,或者説不僅僅作爲一種理念來追求,而且也試圖體現於實際生活之中。進一步,在離開黄州之際,蘇軾詠出了以"歸去來兮"一句開篇的《滿庭芳》詞,翌年在常州宜興買到了土地,得到居住該地的許可之際,又自次其韻,再度詠出以"歸去來兮"開篇的《滿庭芳》詞(二首皆見曹樹銘《東坡詞》卷二)。這一組《滿庭芳》詞的存在,説明離開黄州以後的蘇軾仍經常把"歸田"當作最優先的考慮,而"歸去來兮"的反覆使用,便象徵著與陶淵明發生共鳴的思想基礎①。

　　總之,蘇軾在黄州謫居期間,通過實踐性的信仰姿態而加深了對佛教的理解,同時也通過晴耕雨讀的實際生活加强了他跟陶淵明的共鳴,進一步開始了將陶淵明式的生活形態付諸現實的行動。然後,離開了黄州的蘇軾,胸懷這樣的"歸田"之計,首先便向著廬山走去。而這廬山,正可説是陶淵明文學的"場"。除了十三年在官時期外,陶淵明經常生活在對廬山的眺望之中,在此地域展開其文學活動。

　　從而,在如上所述黄州謫居期内蘇軾之言行的基礎上,可以自然地想見,當蘇軾置身於廬山山中時,應當會用某種方式表達出對陶淵明的思考。當然,在蘇軾廬山之行所詠的十二首詩歌中,至少並没有直接吟誦陶淵明的作品。然而,不能説他完全没有留下這方面的痕迹。如果細心地吟味各個作品中的各種表達,再將十二首全體收入視野,相互聯繫來看,這方面的痕迹就會明確地浮現出來。如果要把結論預先道出,那麽筆者認爲,最顯著的痕迹不是别的,正是"廬山真面目"。下

---

① 《滿庭芳》詞以外,有《陶驥子駿佚老堂》詩(《詩集》卷二三),説明離開廬山之後的蘇軾仍持續著對陶淵明的尊崇,其第三句爲:"淵明吾所師。"

文重新以"廬山真面目"這一表達爲解明的焦點,述説筆者的
理由,同時也對上節末尾已經提到的從佛教(禪宗)理論解釋
本詩的可能性作出檢討。

六、禪偈性解釋的可能性[①]

關於《題西林壁》詩應該如何解釋的問題,在歷代評論者
之間,就其是否接受了佛教的影響,已經提供了正相反對的意
見。以下的 A、B 兩方就具有代表性:

　　A ○北宋黃庭堅:"此老人(按即蘇軾)於般若,横説
竪説,了無剩語。非其筆端,能吐此不傳之妙哉?"(惠洪
《冷齋夜話》卷七所引評論)
　　○清紀昀:"亦是禪偈,而不甚露禪偈氣,尚不取厭。
以爲高唱,則未然。"(《紀文達公評蘇文忠公詩集》)
　　B ○清王文誥:"凡此種詩,皆一時性靈所發,若必胸
有釋典而後出之,則意味索然矣。合註、施註以《感通
録》、《華嚴經》坐實之,詩皆化爲糟粕。是謂顧註不顧
詩。"(《蘇文忠公詩編註集成》)

A 站在認可佛教影響的立場,被 B 王文誥所駁斥的"合
註"(即清馮應榴《蘇文忠公詩合註》)和"施註"(即南宋施元
之、顧禧《註東坡先生詩》)基本上也站在這一立場("合註"引
用了南宋初姚寬《西溪叢語》卷下的評論,謂本詩的第一句出
自南山宣律師《感通録》的記述;"施註"則謂第二句出自《華嚴

---

① 　關於禪偈的性質,及宋代禪偈與絶句的接近,在張伯偉《禪與詩學》
　　(1992 年 9 月,浙江人民出版社禪學叢書)"禪學與宋代論詩詩"一節中
　　有簡約的論述。

經》)。另外,紀昀的意見是,這是"禪偈"而又不像"禪偈",却也不算完美地詠出胸中所思的"高唱"。由此似乎也可認爲他站在 A 與 B 中間的立場,但開頭已明確肯定"是禪偈",所以歸入 A 類。

B 則謂"一時性靈所發",將本詩積極地推崇爲紀昀所謂的"高唱"。

立場與 A 相同的,此外還有明末徐長孺的《東坡禪喜録》(卷八,引用《冷齋夜話》)、清沈欽韓《蘇詩查註補正》(卷二,引用《西溪叢語》),以及我國五山僧所作的《四河入海》(卷七之三)等,可以説是從宋代到清代最爲一般的解釋立場。

到清代爲止大多采擇 A 之立場的原因,恐怕就像本文第四節所説的那樣,從黄州謫居到廬山之行期間,圍繞著蘇軾的佛教環境比什麼都顯得重要。特別是關於本詩的如下信息:① 它是在與廬山第一高僧常總的交流中所作;② 它是在東晉以來的古刹西林寺所詠;③ 在寫作本詩的稍前,蘇軾還有一首極具佛教色彩的詩贈給常總(第二節所揭詩題一覽⑪):

> 谿聲便是廣長舌,山色豈非清浄身。夜來八萬四千偈,他日如何舉似人。

這些明確的信息大大影響了歷代論者的判斷。

另一方面,B 的立場却在現代得到了更多的支持。本詩所表現出的以視點的自由變化來相對多角度地捕捉對象的描寫姿態,在蘇軾的早期詩作中已經可以看到,所以這個立場也並非無所依憑(不過,關於此點,自古被認爲是受莊子"齊物論"的影響,所以還有必要檢討其與老莊思想的關聯)。

以上 A、B 兩説,各有所本,都具一定的説服力。但是,本文的基本立場如開篇所示,想從蘇軾人生的時間軸中重新把握本詩,故對於 B 的可能性暫不予以討論。從而,下文便以被歷代多數註釋者所采擇的 A 的立場爲中心,就蘇軾的表達意圖之問題再作檢討。

本詩的表達意圖,也就是説爲什麽蘇軾在離開廬山之際,有必要對"廬山真面目"進行自問自答。從 A 的立場果然能夠充分地説明這一點嗎? 當然並非完全不可能。作爲一種推測,我們不妨想像一下這樣的場景:比如説,常總以有關"廬山真面目"的禪宗公案來考問蘇軾,而蘇軾的回答便是《題西林壁》。有助於這一推測的材料,有唐代六祖慧能與慧明的問答。——據説,從五祖弘忍那裏獲得傳授的法衣而夜半逃出馮茂山(湖北省黄梅縣)的六祖慧能,到達大庾嶺時,被急急趕來的慧明所追及,問他從五祖那裏得到了什麽法。慧能回答道:"不思善,不思惡,正與麽時,那個是明上座本來面目?"(契嵩本《壇經》①)

據郭朋《壇經校釋》(中華書局 1983 年 9 月,二三頁),被認爲是慧能所説的上引末尾"本來面目"一語,到北宋以降成了臨濟宗看話禪的"話頭",即禪家問答中的常套之句。因此,當蘇軾到東林寺訪問常總時,身爲臨濟宗禪僧的常總很難説不會發出"如何是廬山本來面目"這樣的禪問。不過,現在並無文獻可以證明此事,故要在 A 的立場上説明《題西林壁》詩的積極的創作動機,現在是甚爲困難的。

---

① 《六祖壇經》多有異本,有的版本的經文中還没有所引的這一段。詳細請參考郭朋《壇經校釋》(1983 年 9 月,中華書局,第 23 頁)。關於"真面目"與《壇經》的關係,得到了復旦大學中文系王水照教授的指教。蘇軾曾作有《論六祖壇經》(《文集》卷六六,寫作時間不明)一文,如果此文作於黄州謫居期間,那麽這種可能性也就不可否定。另外,蘇軾得到的《壇經》文本,從時代性和他的交遊關係來看,很可能是契嵩校定本(此本將"本來面目"作爲經文揭載)。

七、陶淵明《飲酒二十首》其五的投影

那麼,從別的角度有沒有探尋的綫索呢？筆者以爲,剩下的十一首詩中,有一首包含了有力的綫索。這便是蘇軾剛入廬山的時候所詠的如下一首五絶:

> 青山若無素,偃蹇不相親。要識廬山面,他年是故人。(《初入廬山三首》其一)

廬山就像跟我毫無交情似的,冷淡地高高聳立,全然難以親近。如果想看清廬山的真正面目,要等將來作爲一個舊交再訪廬山之時[①]。——上詩的大意如此。

如本文第二節所述,蘇軾在廬山所詠的共計十二首作品,其排列順序隨版本而有所異同,但除了《自記廬山詩》外,全部版本都將上面這首五絶列爲開頭第一首(《自記廬山詩》列爲第二首)。

在開頭第一首作品裏已經用了"要識廬山面"這樣的表達,此事十分值得注意。如果把這句五言詩拉長爲七言之句,應該便是"要識廬山真面目"吧。也就是説,這個句子在開頭第一首中的存在,表明蘇軾於入山之初,就開始自期看清"廬山真面目",即廬山的真相了。

這樣,在離開廬山的前夕,最後一首廬山詩《題西林壁》中

①　對《初入廬山三首》其一的末句,"他年"一詞或理解爲過去,或理解爲未來,解釋上有所分歧。本文將它解作未來之義,但《四河入海》、王水照《蘇軾選集》(1984 年 2 月,上海古籍出版社,第 159 頁)等解作過去之義。這裏不討論兩説的當否,但無論怎樣理解,寫作此詩的當時,蘇軾想看清"廬山面",這一事實不會發生什麼變化。

也使用了同樣的句子,這個事實暗示著,蘇軾留在廬山的十數日間,經常不斷地自問怎樣纔是“廬山真面目”(從而,這個句子的存在同時也間接地否定了前述的一種可能性,即將《題西林壁》詩推測爲對常總提問的回答。應該認爲,這不是像前述的那樣出於他人的要求,而是蘇軾本人主動給自己設定的提問)。

接下來,此詩還有最應注意的一點,就是蘇軾本人在詩的末尾加上了一個短註:“山南山面也。”從南宋初期的刊本《東坡集》開始,歷代蘇軾別集的所有版本都有這個自註,但歷代的蘇詩註釋者却並無一人留下對此自註的評論。與其說它過於明白,不需要再補充説明,還不如説,恐怕他們對這個自註也感到費解。唯一關注了這個自註的,衹有孔凡禮氏,他以此爲有力的根據,對蘇軾元豐七年廬山之行的行程提出了新説。也就是,從題爲《初入廬山》的詩附加了這樣的自註,可以判斷,元豐七年的廬山之行,不是像從前的説法那樣,四月份自黃州至九江,從北麓開始登山,而是自筠州歸來後,由星子所在的方位,即東南麓開始登山的。

不過,這個自註無疑是對第三句的附加説明,表示“廬山面”指的是“廬山山南的山面”。這也就是説,蘇軾不希望讀者將此“廬山面”寬泛地理解爲“廬山的表情”這樣一般的意味,而把場所特定於廬山山域的某一部分。

根據孔氏《蘇軾年譜》,這個自註衹明示了元豐七年蘇軾的廬山之行是從“山南”開始的;但根據詩的内容進一步探索,則不能停留在如此表層的意思上,我們可以從中讀取更爲深層的意味。

讓我們再回到此詩的前半部分,蘇軾説了,廬山和他“若無素”。詩題中的“初入”一語,以及接連所作的《其二》(本文

第三節所揭)的內容,明確表示蘇軾之訪問廬山,以此時爲第
一度。從而,道理上講,對此時的蘇軾而言,與廬山"無素"原
本就是一件合理的事。但儘管如此,蘇軾却特意作了這樣的
表達,理由當然無非是因爲蘇軾本人對廬山有著强烈的沉思。
所以這一句也意味著,在實際訪問廬山以前,蘇軾的心中已經
對尚未目睹的廬山山容作了具體的想像,有了一個確鑿的映
像。那麼,這個自註就表明,出現在蘇軾想像中的山容,並非
六朝至唐以來吸引了許多詩人的廬山北部的山容,而是其南
部的山容。

　　然則,何以蘇軾的"廬山面"非"廬山山南的山面"不可呢?
他事先在胸中想像、描繪的廬山山南,是具有何種文化特徵的
"場"呢? 蘇軾本人在入山之時,手上拿了陳舜俞(? —1076,
字令擧)的《廬山記》①在讀(參考《自題廬山詩》),如果我們從
這本書中尋求答案,馬上就會對如下的記載加以關注,其《叙
山南篇第三》云:

> 　　靈湯之東二里,道傍有謝康樂經臺。又三里過栗里,
> 源有陶令醉石。陶令,名潛,字元亮……《晉書》、《南史》
> 有傳。所居栗里兩山間有大石……。

這個部分記述的是現在所謂栗里陶村的"醉石",應該關注的
一點是,陳舜俞明確地把栗里記載爲陶淵明的居住地。

---

① 　現存的《廬山記》版本,主要有① 五卷本與② 三卷本兩個系統。①比較
　　接近原始面貌,②是節略本。兩者的異同在於:①的後面三卷收録了相
　　關的資料和文學作品的原文,而②則將這些內容割愛。①系統的主要
　　文本有:(a) 内閣文庫所藏宋刊本、(b) 江户元禄刊本、(c) 以(b)爲基
　　礎的羅振玉本。②系統的文本有四庫全書本。不過,《總叙山篇第一》、
　　《叙山北篇第二》、《叙山南篇第三》這三篇的內容,在①②中都是一
　　致的。

《廬山記》是熙寧五年(1072)被貶爲監南康酒稅的陳舜俞跟當時隱居於廬山之南的劉渙(1000—1080)一起,經過了六十日的實地調查,在調查結果的基礎上,再整合了相關的資料而寫成的著作,其詳細的記載内容,在後世也得到了很高的評價①。從而,把栗里明記爲陶淵明的故里,應該也是以實地的見聞爲根據的。至少可以認爲,這個記述反映了當時的一般認識。

再加上,陳舜俞還是蘇軾的舊交②。在廬山之行的大約五年以前(元豐二年),陳舜俞去世的第三年,當了其故鄉湖州之知事的蘇軾爲他寫了祭文,對他的學問作了"兼百人之器"這樣最大限度的稱揚(《文集》卷六三)。所以,在《廬山記》一書得手之際,蘇軾應該也對它的内容有相當的信賴。那麼,其中將栗里明記爲陶淵明的故里,也應該被當時的蘇軾所認同,這一點可以説有著相當的準確性。

近年出現了有力的研究成果,證明陶淵明棄官後居住的地方並非廬山南面的栗里陶村,而是北面的尋陽郡舊治(今九江市街西,鶴問寨)的近郊③。但由以上的考察可以明瞭,至

---

① 《四庫全書總目提要》卷七〇,史部地理類三云:"此書考據精核,尤非後來廬山紀勝諸書所及。"

② 比如,被稱爲"六客詞"的張先《定風波令》(《全宋詞》第1174頁)等,就是交遊的紀念。另外,《廬山記》卷首有李常序,謂陳舜俞帶著《廬山記》的原稿訪問李常(當時任湖州知州),請求出版。這個時間正好在"六客詞"會合的前後。果然如此,則熙寧七年的蘇軾即便沒有得到《廬山記》,也有可能知道其存在。關於"六客詞",請參考前揭村上哲見《東坡詞札記・其二》。

③ 日本中國學會第四十四回大會(1992年10月於東京學藝大學)上口頭發表的井上一之《陶淵明與尋陽——里居問題的再檢討》。又,同氏《陶淵明研究的現狀與問題點》(1991年10月,中國詩文研究會《中國詩文論叢》10)也言及此點。

少蘇軾把陶淵明的故里認作"山南"的栗里,是有極大可能
性的。

那麼,如果考慮到蘇軾在訪問廬山之前對陶淵明的傾慕,
則此自註對"廬山面"的地域特定化,便終究不可説與陶淵明
的故里(或者説陶淵明的文學之"場")毫無關係了。

得出這樣的觀點之時,首先想起的陶淵明作品,便是《飲
酒二十首》其五:

> 結廬在人境,而無車馬喧。問君何能爾,心遠地自
> 偏。采菊東籬下,悠然見南山。山氣日夕佳,飛鳥相與
> 還。此中有真意,欲辨已忘言。

如前所述,陶淵明並未留下一首純粹的"廬山詩",此詩乃
是曲折地表現出陶淵明對廬山之嚮往的唯一作品①。換句話
説,這也是後世的讀者把陶淵明跟廬山聯繫在一起想像的時
候,唯一可以成爲具體材料的作品。

《飲酒》其五也被收録在《文選》(卷三〇,但詩題作"雜
詩")中,就一般的看法來説,廬山之行的當時,蘇軾知道此詩
的可能性甚高,而以下蘇軾本人的文字更進一步提高了這種
可能性:

> ① 余聞江州東林寺有陶淵明詩集,方欲遣人求之,
> 而李江州忽送一部遺予,字大紙厚,甚可喜也。每體中不
> 佳,輒取讀,不過一篇,惟恐讀盡後無以自遣耳。(《書淵
> 明"羲農去我久"詩》,《文集》卷六七)

---

① 詩中的"南山",字面上的意思是向南可以看到的山,與栗里和廬山的相
　對位置不合(如果汲取前註的研究成果,這一地理上的矛盾就消解了)。
　但是,宋代一般的認識,明顯是把栗里看成陶淵明故里的,故宋代的詩
　人們恐怕是將"南山"作爲"山南"的同義語來理解的。

②"顏生稱爲仁……"此淵明《飲酒》詩也。正飲酒中,不知何緣記得此許多事?元豐五年三月三日,子瞻與客飲酒,客令書此詩,因題其後。(《書淵明飲酒詩後》,《文集》卷六七)

①文沒有記載執筆的日期,所以不可能推定其準確的時間。但是,文末所述恐怕不外乎謫居之無聊,而且其所處之地距東林寺不會太遠,否則便難以遣使了。這樣,其時間與場所自然都有了限定,而要滿足以上這兩個條件,非黃州謫居時期不可。王文誥《蘇文忠公詩編註集成總案》卷二三把①文認作元豐七年離開黃州稍後之作,但其根據未詳。如從內容來考察,與其說是離開黃州之後,不如說留在黃州之時更爲合適。

不管怎樣,①文證明,蘇軾在廬山之行前確實收藏了陶淵明的詩集,從而,他事先已經熟讀《飲酒二十首》的可能性甚高。

②文是針對《飲酒二十首》其十一的評論,但比內容本身更值得註目的是它明記了"元豐五年三月三日"的日期。據此可知,蘇軾至遲已在元豐五年三月讀過《飲酒二十首》,從①文作出的推測由此可以進一步在時間上加以限定了①。

雖然找不到可以確定作於廬山之行以前的蘇軾對《其五》本篇的評論,但以上二例已可充分證明蘇軾讀過《其五》。如果進一步把視野拓廣到廬山之行以後,那麼蘇軾對《其五》的思考之深,就更爲明確地形於其文字中了:

"采菊東籬下,悠然見南山。"因采菊而見山,境與意

---

① 蘇軾的題跋中,以陶淵明詩爲對象的共有十四篇,其中言及《飲酒二十首》的幾乎占其半數。本文所引用的祇是比較容易限定其執筆時間的三篇,但這樣的言及頻度也確實表現出了蘇軾關心該組陶詩的熱情。

會,此句最有妙處。近歲俗本皆作"望南山",則此一篇神氣都索然矣。古人用意深微,而俗士率然妄以意改,此最可疾。(《題飲酒詩後》,《文集》卷六七)

上文作於元祐七年(1092)揚州知州時期①。即便在陶詩接受史的漫長歷史中,這也是特別著名的一段意見,而僅僅關於一字之當否,就如此熱心地加以論述,由此可見蘇軾對此詩投入了特別的感情。恐怕就在留下了以上評論的前後,蘇軾創作了次韻《飲酒二十首》的《和陶飲酒二十首》(《詩集》卷三五)。頗具意味的是,這《和陶飲酒二十首》乃是總數達一百二十四首的蘇軾"和陶詩"的開始之作。

這樣深入的沉思,當然很難認爲其忽然涌起於揚州知州時期。如將本文第五節所述内容,以及根據前揭①②文可知的事實等綜合起來考察,認爲蘇軾對此作品的强烈關懷已始於黃州謫居時期,是很自然的。如果這個推測正確,則不難想像,蘇軾在其貶地被此詩所誘導,而令他對陶淵明的"場",更具體地説,即對於廬山的印象豐滿起來。然後可以解釋,當他懷著這樣的印象,從陶淵明故里的方位實際眺望"南山"之時,便被實相與印象的巨大差距所壓倒,茫然之餘詠出了《初入廬山》其一。

總之,"要識廬山面"、"不識廬山真面目"這樣試圖追究廬山真相的表達,出現在蘇軾廬山之作的開頭和結尾,這並不偶然,它可以被解釋爲:《飲酒二十首》其五的末尾二句一直盤旋在廬山之行的蘇軾腦中。也就是説,可以這樣推測:因爲

---

① 晁補之《雞肋集》卷三三《題陶淵明詩後》記録了跟蘇軾相同的評論,其文稱"記在廣陵日,見東坡云"。蘇軾任揚州知事,爲元祐七年(1092)五月至同年九月的數月間,晁補之此時在揚州任通判。

處身於跟陶淵明在《其五》中所詠同一的空間之中,故蘇軾本
人對陶淵明"欲辨已忘言"的"真意"也試圖追加體驗,並力求
以自己的語言將此境地表達出來。

在修辭層面上,《題西林壁》詩與陶淵明《飲酒二十首》其
五祇有一個"真"字相重,而且,這唯一相重的一字所在的"真
面目"一語,也不能説與陶淵明的"真意"完全同義。但是,《初
入廬山》其一"要識廬山面"一句的存在,以及蘇軾在此附加的
自註,將此語跟《飲酒二十首》其五的"南山"和"真意"聯結了
起來。這樣,蘇軾的"真面目"與陶淵明的"真意",一眼看去,
其間的聯結祇如一根蜘蛛絲一般極爲細微,但若將廬山之行
放在黄州謫居期的延長綫上,聯繫從黄州謫居到廬山之行的
蘇軾言行來檢討此詩,那麼這根蜘蛛絲就變成了堅韌牢固的
繩索。

本文開頭就説了,把握《題西林壁》的大意並不怎麼困難。
但是,如果不引入陶淵明《飲酒二十首》其五的詩意,就並不容
易説明本詩的表達意圖,即蘇軾何以必須對"廬山真面目"作
出自問自答。

八、結　語

在本文中,首先就各種具體的事實,從蘇軾的一生和廬山
文化史的兩種面貌出發,來刻畫蘇軾廬山之行的意義,在此基
礎上對《題西林壁》詩,尤其是"廬山真面目"的表達意圖,檢討
了其多種可能性,然後得出結論。

把結論再作簡潔的提示,就是:蘇軾的《題西林壁》是他
置身於跟陶淵明相同的空間時,對陶淵明《飲酒二十首》其五
提出的"真意",通過自問自答而最終作出的回答。

　　最後，在既述的內容之外，再就《題西林壁》與陶淵明之間的聯結作一點補充，以結束本文。

　　《題西林壁》是蘇軾跟常總一起從東林寺走到西林寺，然後在西林寺寫作的。這東林寺是跟東晉高僧慧遠有緣的古剎，以東林寺爲舞臺，流傳著慧遠與陶淵明交往的故事，即所謂的"虎溪三笑"。——有一天，以外出決不越過虎溪嚴格自律的慧遠，在跟來客陶淵明和陸修靜談話興起之中，不知不覺破戒越過了虎溪，三人面面相覷，放聲大笑。

　　這個故事，作爲儒（陶淵明）、佛（慧遠）、道（陸修靜）三教的代表者歡會一堂的美談，在後世成爲詩歌、繪畫的著名題材①。實際上，陸修靜的年輩遠下於其他二人，這三者的會合似非事實，但李白（《別東林寺僧》）、孟浩然（《疾愈過龍泉精舍呈易業二上人》）等人的詩中已經用到這個故事，似乎它在唐代已經甚爲普及了。陳舜俞的《廬山記》也收錄了這個故事（《敘山北篇》），而且蘇軾本人也在離開廬山後不久將此故事用於詩中（卷二三《陶驥子駿佚老堂》），那麼在廬山之行的當時，蘇軾極有可能知道這個故事了②。

　　如第四節第②部分所言，常總是當時被傳爲慧遠再世的高僧，他跟蘇軾一起從東林寺走向西林寺，必然要越過虎溪。雖然這次沒有跟陸修靜相當的人物，但被視爲慧遠再世的常總，和對陶淵明敬慕不已的蘇軾，他們一同渡過虎溪的情景，

---

①　蘇軾本人也寫有《石恪三笑圖贊》（《文集》卷二一）、《自跋石恪三笑圖贊》（《文集・蘇軾佚文彙編》卷五）。

②　元祐五年（1090）蘇軾任杭州知州時，有《辯才老師退居龍井，不復出入。余往見之，嘗出至風篁嶺。左右驚曰："遠公復過虎溪矣。"辯才笑曰："杜子美不云：與子成二老，來往亦風流？"因作亭嶺上，名曰過溪，亦曰二老。謹次辯才韻賦詩一首》，第13、14句爲："我比陶令愧，師爲遠公優。"（《詩集》卷三二）

便不啻是"虎溪三笑"故事的再現。對這一點,蘇軾本人也應當有充分的意識吧。如此一來,《題西林壁》就可以被視爲模擬陶淵明跟慧遠之交遊的一系列行動中誕生的作品。從而,《題西林壁》詩的這一創作情景,對本文論述的本詩跟陶淵明的聯結,也能起到背面敷粉的作用。

元豐七年的蘇軾廬山之行,也是以其謫居時期養成的共感爲基礎,進一步追求與陶淵明的一體化,而彷徨其間的,一個陶淵明愛好者的心路歷程。

（朱剛譯）

蘇軾次韻詩考

一、序

金代王若虛(1174—1243)的《滹南詩話》卷二①有如下一條：

> ……鄭厚此論，似乎太高，然次韻實作者之大病也。詩道至宋人，已自衰弊，而又專以此相尚。才識如東坡，亦不免波蕩而從之，集中次韻者幾三之一。雖窮極技巧，傾動一時，而害於天全多矣。使蘇公而無此，其去古人何遠哉。

在以上引文中，王若虛接受了南宋初人鄭厚(也許指《通志》作者鄭樵之弟，字景韋，莆田人，今屬福建省)之論，而展開了自己的說法。鄭厚談到了詩韻的原本屬性，認爲它應當是像"天籟"(自然發出的音響)一般自然產生，而不是這個那個想來想去，最後挑選一個來押韻。從而，他否定了寫作"次韻"詩時的那種人工的、做作的押韻法。王若虛全面贊同了鄭厚的意見，並舉蘇軾爲例，以近於慨歎的語調說，如果蘇軾沒有喜愛"次韻"的習氣，那真可以算比肩於往古詩人的大詩人了。

王若虛的思考風格並不像明代的前後七子、公安派、竟陵派等那樣偏激，他對古人的詩作出了比較自由的評論，以此爲

---

① 丁福保輯《歷代詩話續編》所收。

人所知①。由此看來,上文雖不出個人的印象批評之域,却仍
具一定程度的説服力。

　　然而,"次韻"這一作詩手法,即便真如王若虛所言,"害於
天全多矣",現實上却有許多宋代詩人對此手法傾注了相當的
熱情,而有大量作品流傳至今,因此,不用説也是研究上無法
忽視的。

　　至於本文的討論對象蘇軾(字子瞻,號東坡,1037—
1101),正如王若虛所指出,"次韻"詩占了現存詩歌的近三分
之一,且不單是數量之多而已,其中還包含了不少形成蘇詩顯
著特徵的作品,在質的方面也具有甚大意義。舉其確鑿的例
子,"和陶詩"便是這樣的作品。如所周知,"和陶詩"對陶淵明
的幾乎全部詩歌進行"次韻",是蘇軾晚年文學的代表作品。
假如蘇軾的詩集中全無"和陶詩"的存在,那麼從來的蘇軾詩
研究,甚至蘇軾研究的許多部分無疑必須改寫。

　　由此觀點出發,本文要考察蘇軾如何接受和運用"次韻"
這一作詩手法的問題。不過,本文並不是以所謂"和陶詩"爲
中心的論述。毋寧説,筆者是把"和陶詩"看作"次韻"詩的一
個變種,從這個自來容易被忽略的視角出發②,將蘇軾如何走

①　參考錢鍾書《宋詩選註》序第二節(1958 年 9 月,人民文學出版社,第 11
　　頁),成復旺、黃保真、蔡鍾翔《中國文學理論史(二)》第四編第六章第一
　　節"元好問與金代詩文理論"(1987 年 7 月,北京出版社,第 541 頁)等。
②　關於蘇軾"和陶詩"與陶淵明詩的比較研究,有不少著作,例如:A 宋丘
　　龍《蘇東坡和陶淵明詩之比較研究》(1982 年 10 月,臺灣商務印書館,人
　　人文庫特七二二);B 今場正美《蘇軾在揚州的和陶詩》(1984 年 7 月,
　　《學林》4);C 同氏《蘇軾在惠州的和陶詩》(1985 年 1 月,《學林》5);D 同
　　氏《蘇軾在海南島的和陶詩》(1986 年 1 月,《學林》7)。但是,這些都是
　　從內容、表達等層面上所作的論考,而在此之前,還缺少從樣式層面進
　　行的考察。

向對"和陶詩"的構思,其間的過程作爲焦點。由此試圖窺見
"次韻"手法的質變軌迹:從原來必須通過寄贈酬答的過程,
被使用於同時代兩位以上詩人之間的手法,發展爲蘇軾手中
的,像"和陶詩"那樣,基本上不需要以上述過程爲中介的
用法。

詩的基本文本,鑒於現在的通行性,用了中華書局刊《蘇
軾詩集》(孔凡禮校點,1982 年)。本文附記卷數之處,如無特
殊説明,全指這個文本的卷數。

《蘇軾詩集》是以清代王文誥的《蘇文忠公詩編註集成》四
十六卷爲底本的①。《蘇文忠公詩編註集成》在詩的繫年上與
查慎行(《補註東坡先生編年詩》五十卷)、馮應榴(《蘇文忠公
詩合註》五十卷)有顯著差異的地方,本文處理到這樣的詩作
時,隨文加以説明。

二、蘇軾詩中的次韻諸形態

在進入正論之前,本文先對"次韻"的問題加以若干清理,
作出定義。

用已經做好的詩(原詩)的韻脚,另外做出一首新詩,這種
作詩手法叫"和韻",而所謂"次韻",就是"和韻"的形態之一。
"和韻"可分爲依韻、用韻、次韻三種,劉攽(字貢父,1022—
1088)的《中山詩話》②有以下説明:

---

① 《蘇軾詩集》把《蘇文忠公詩編註集成》未收而見於馮應榴合註本的詩編
爲第四十七卷,把合註本卷四九、五〇"補編詩"(在《蘇文忠公詩編註集
成》中被删除)編爲第四十八卷,把合註本卷四十七、八"他集互見詩"
(查註本在卷四九、五〇)編爲第四十九、五十卷,另外還附録了佚詩。

② 何文焕輯《歷代詩話》所收。

　　唐詩賡和,有次韻(先後無易)、有依韻(同在一韻)、
有用韻(用彼韻,不必次)。

　　＊　括號內是原文的小字註。

　　上文舉"唐詩"中的"賡和(酬和)"爲例,但自宋以降到現
在,這樣的區分仍可説符合一般情況①。而且,劉攽幾乎是與
蘇軾同時代的人,跟蘇軾之間實際上也有"次韻"唱和,所以此
文應該反映出蘇軾在世時候的詩人對此手法的一般認識。

　　把劉攽的説法清理一下,就是：①"次韻"是按照原詩的
韻字及其順序使用於新詩的手法;②"用韻"是將原詩的韻字
全部使用,但允許打亂原來順序的手法;③"依韻"是用跟原
詩的韻脚屬於同一韻部的字來押韻,不拘束於原詩的韻字及
其順序的手法。因此,就作詩技巧這一點而言,作詩之時所受
的拘束之多,和理念上被要求的技術之高,"依韻"不如"用
韻","用韻"不如"次韻"。

　　"次韻"流行於中唐的白居易、元稹、劉禹錫等人之間,到
宋代以降成爲普遍化的手法,但自中唐至北宋中期,如本文第
一節所述,它專在兩位以上的詩人之間,通過寄贈酬答的過程
而被使用②。從而,這一手法確實帶有功名目的,或作爲社交

① 參考南宋嚴羽《滄浪詩話·詩體》、明胡震亨《唐音癸籤》卷三"法微二"、
清吳喬《答萬季埜詩問》、王力《漢語詩律學》(1962 年 12 月,上海教育出
版社)第一章第四節 13、14、15 等。
② 對宋以前一般和韻詩的情況加以探討的論文有：A 鈴木修次《和韻詩在
六朝和唐代的變遷》(1983 年 1 月,《未名》3),B 同氏《中晚唐詩中所見
押韻功夫的極限》(1984 年 5 月,《三迫初男博士古稀記念論集——漢
語、漢文的世界》,溪水社)。至於從中晚唐至北宋蘇軾之時,次韻被接
受的實態,以及蘇軾次韻詩的影響等,筆者從文學史的角度另文加以論
述(《蘇軾次韻詩序説》,1988 年 12 月《早稻田大學大學院文學研究科紀
要》別册第十五集)。

手段的印象。這一點也是它被後世以王若虛爲首的把性情、天真之類看作詩的生命的人們所排斥的要因之一。

將以上諸端作爲觀念上的基礎,來考察蘇軾詩中的次韻。

首先作一個計量上的清理。在中華書局出版的校點本《蘇軾詩集》中,從卷一到卷四十五,共計 2 387 首古今體詩被編年編集。其中可以確認爲次韻詩的,至少有 785 首。

對蘇軾詩頗爲傾倒,而著有《蘇詩補註》八卷的清翁方綱已經指出①,蘇軾未必在全部次韻詩的篇題中都明記"次韻"字樣,經常出現的情況是:那些篇題中衹記爲"和……"的詩,如與原詩比照,可知也是次韻詩;而篇題記作"用……韻"的詩,實際上也是次韻詩。當然,爲了知道如上篇題之詩的實際情況,必須與原詩逐一比照,但原詩早已散佚不存,無從確認的詩也有相當數量的存在。上面說的 785 首中,並未包括這種不能確認的詩。

即便如此,次韻詩還是占了大約 33％的比例,由此可以窺見蘇軾對這個手法投入的巨大熱情。

以下揭示的是這 785 首的原詩提供者(原詩作者)的主要名單:

A ▽蘇轍(字子由):96 首　　▽王鞏(字定國):29 首　▽楊蟠(字公濟):20 首②　　▽劉季孫(字景文):19 首　　▽黃庭堅(字魯直):16 首　　▽劉攽(字貢父):15 首　　▽周邠:13 首　　▽錢勰(字穆父):12 首

● 秦觀(字少游):9 首　● 王安石(字介甫):6 首　● 歐

① 《石洲詩話》卷三(上海古籍出版社刊《清詩話續編》三所收)。

② 楊蟠的二十首之數,是對詠梅花絕句十首的組詩兩度"疊次韻"的結果(卷三三)。

陽修(字永叔)：2 首　／以上 A 類計 237 首

　　B 自作：87 首

　　C ▽陶淵明：124 首　▽李白：1 首　▽韋應物：1 首
▽韓愈：1 首　▽梅堯臣(字聖俞)：1 首　／以上 C 類計
128 首

　　A 類是中唐以來的一般次韻詩，即對同時代的他人所寄
的詩，蘇軾次韻而作，B 類是對蘇軾自己的作品，蘇軾自己又
次韻而作，C 類是對古人的詩次韻而作。梅堯臣是跟蘇軾之
父蘇洵幾乎同年代的詩人，如所周知，他跟歐陽修一樣，都是
蘇軾的老師，本應屬於同時代人，但次韻的這個作品(《木山并
叙》，卷三十)是在梅堯臣去世以後所作，故分在這一類。

　　再則，蘇軾留下的次韻作品中，還有不止一回，而好幾次
反覆地對同一對象、同一原詩進行次韻的。爲了方便起見，本
文將這樣的手法稱爲"疊次韻"。詩人 A 把原詩贈給詩人 B，
B 用原詩的韻作了次韻詩 a，回贈給 A，到此爲止，是最爲基本
的次韻詩模式。至於"疊次韻"，則是被回贈了次韻詩 a 的 A
再用次韻手法作次韻詩 a′送給 B，然後 B 又作次韻詩 a″再度
回贈……這樣，上述的基本模式被反覆了幾次(兩次以上)，本
文將這種手法定義爲"疊次韻"。

　　如此，"疊次韻"的詩，便既是對他人詩的次韻，同時也是
對自己詩的次韻了。在這個意義上，分在 A 類的"疊次韻"詩
同時也可以屬於 B 類，但這裏爲了方便起見，將"疊次韻"的
始發者爲他人的詩分在 A 類，而始發者爲蘇軾的詩分屬
B 類。

　　另外，上面名單中沒有揭載的剩下三百餘首次韻詩，全屬
A 類。

　　在占蘇軾次韻詩七成以上的 A 類中數量最多而且幾乎

均勻地分布於蘇軾一生中各個時期的,是蘇軾跟其弟蘇轍之間往復的次韻詩,下面將其最初期的、自來最受歡迎的次韻詩例子引出於下:

〔原詩〕蘇轍《懷澠池寄子瞻兄》①
相攜話別鄭原上,共道長途怕雪泥。
歸騎還尋大梁陌,行人已度古崤西。
曾爲縣吏民知否,舊宿僧房壁共題。
遥想獨游佳味少,無言騅馬但鳴嘶。(《欒城集》卷一)

〔次韻詩〕蘇軾《和子由澠池懷舊》②
人生到處知何似,應似飛鴻踏雪泥。
泥上偶然留指爪,鴻飛那復計東西。
老僧已死成新塔,壞壁無由見舊題。
往日崎嶇還記否,路長人困蹇驢嘶。(卷三)

嘉祐六年(1061)十一月,蘇軾去鳳翔府(陝西省鳳翔)赴任,蘇轍從首都開封(河南省開封)一直送行到鄭州(河南省鄭州),在鄭州告別後再返回首都,途中想念蘇軾,而作了原詩。蘇轍詠此詩時,設想蘇軾已臨近澠池(河南省澠池)一帶。澠池是他們兄弟五年前應科舉赴京途中曾經借宿的地方,故對於當時的回憶也成爲唱和的共同主題。

蘇轍的原詩,除了第五、六句寫了與澠池有關的事情外,全篇充滿著對單獨旅行的兄長體貼關懷的感情。另一方面,

---

① 蘇轍此詩,第五句和第六句下有如下自註:▽第五句下:"轍嘗爲此縣簿,未赴而中第。"▽第六句下:"轍昔與子瞻應舉,過宿縣中寺舍,題其老僧奉閑之壁。"

② 蘇軾此詩,第八句下有自註:"往歲,馬死於二陵,騎驢至澠池。"

對於弟弟的這種體貼關懷,蘇軾的次韻詩却通過説理,來抑制逼上心頭的悲哀。即使被泥、西、題、嘶四個韻字所拘束,仍不愧爲全無拘束之感的出色之作。

　　A 類的作品中,當然不祇有以上這樣成功的例子。隨著篇幅的加長,或"疊次韻"回數的增多,給人生硬印象的作品也有增加的傾向。因爲稍稍離開了本文的主題,這裏不擬舉出具體的例證。次節以降,對更爲鮮明地表現出蘇軾特徵的 B 類以及 C 類,進行考察。

三、次韻自作詩(i)

　　B 類包含了"疊次韻"詩。上節中,根據原詩出於作者自己抑或他人,而分別歸入 A 類或 B 類。但正如前文所述,在次韻互贈的持續過程中,當事者們既直接地次韻了對方的詩,同時也間接地次韻了自己已經作過的詩(更嚴密地説,是對當事者到此爲止所作全部詩的次韻)。這樣的情況在"疊次韻"詩的完成過程中,無論其爲 A 類或 B 類,都是相同的。

　　"疊次韻"詩在次韻他人之作的同時也次韻了自己的作品,蘇軾可能早就注意到這種情況,而由此獲得了獨自使用次韻手法的構想。也就是説,在次韻以及"疊次韻"的過程中,排除曾經是必不可少的他人的介入,而創造出自我完成型的次韻用法:自己對自己的作品進行次韻。

　　本節要檢討的是這種自我完成型的次韻開始産生的初期階段。

　　除"疊次韻"之作外,對自作進行次韻的 B 類詩,最初出現於蘇軾被新法黨排擠出中央而到杭州擔任通判的時期(熙

寧四年至七年,1071—1074,蘇軾三十六至三十九歲)。下面
是其作品的詩題:

　　Ⅰ(a)《望海樓晚景五絕》(卷八)

　　　(b)《八月十七日復登望海樓,自和前篇。是日榜出,
　　　　余與試官兩人復留五絕》(卷八)

　　Ⅱ(a)《贈別》(卷九)

　　　(b)《次韻代留別》(卷九)

　　Ⅲ(a)《吉祥寺花將落而述古不來》(卷九)

　　　(b)《述古聞之,明日即至,坐上復用前韻同賦》(卷九)

　　Ⅰ的(a)是七言絕句組詩,共五首,詠"望海樓"上所眺望
到的風景;(b)是後來再訪"望海樓"之時次韻(a)而作的詩。
現將(a)、(b)的《其一》和《其五》各二首抄錄於下:

Ⅰ(a)　　其　一　　　　(b)　　其　一

　　海上濤頭一綫來,　　　　樓上烟雲怪不來,
　　樓前指顧雪成堆。　　　　樓前飛紙落成堆。
　　從今潮上君須上,　　　　非關文字須重看,
　　更看銀山二十回。　　　　却被江山未放回。

　　　　其　五　　　　　　　　　其　五

　　沙河燈火照山紅,　　　　秋花不見眼花紅,
　　歌鼓喧喧語笑中。　　　　身在孤舟兀兀中。
　　爲問少年心在否,　　　　細雨作寒知有意,
　　角巾欹側鬢如蓬。　　　　未教金菊出蒿蓬。

　　在(a)與(b)之間,如果介有他人的次韻之作,那麼此例就
跟 B 類的"疊次韻"之作屬於同一種類了。

　　蘇轍的《欒城集》中有次韻(a)的作品(卷四《次韻子瞻登
望海樓五絕》),但此時蘇轍在陳州(河南省淮陽),兩人之間所

隔的直綫距離就在六百公里以上①。(a)詩的寫作時間可以
推想爲八月初②,(b)詩則是八月十七日之作,如果要"疊次
韻"的話,僅僅二週之内,必須往復於這麽遠的距離之間,令人
感到有些客觀條件上的困難。而且,(a)的《其一》第三句有
"君"字,在(a)詩五首之中,此詩究竟是爲誰而作? 就上下文
來看,回答這個疑問的唯一綫索是,這個"君"必須在蘇軾詠出
(a)詩的當時一起登上了"望海樓"。從這一點來説,(a)詩的
第一寄贈對象也不能設想爲蘇轍。

　　從歷代編年詩集所反映出的繫年情况,以及註家的説明
等來判斷③,(a)詩恐怕是作爲鄉試監督官的蘇軾以部下的兩
位試官爲第一出示對象而寫作的。但是,最初從蘇軾那裏看
到了此詩的兩位試官,現在並未留下次韻詩(和詩)。

　　這樣,就現存的資料來説,要證明(a)與(b)之間介有他人
次韻之作,是近乎不可能的。

　　再從内容方面看(a)詩五首,《其一》、《其二》寫所謂"浙江
潮",《其三》寫樓上看到的遠景,《其四》、《其五》寫樓周圍的夜
景,各自都以情景描寫爲中心,寫作方式與一般寫景詩無異,
而與以特定個人爲第一對象的寄贈之詩異趣。

---

① 　參考曾棗莊《蘇轍年譜》(1986 年 1 月,陝西人民出版社《中國古代作家
　　研究叢書》)第 57 頁。
② 　清王文誥《蘇文忠公詩編註集成總案》(卷八)熙寧五年八月條云:"公監
　　試於中和堂,以其時所取文體甚陋,呈諸試官詩。登望海樓,作晚
　　景詩。"
③ 　關於繫年情况,(a) 新舊施註本(卷五)、(b) 查註本(卷八)、(c) 合註本
　　(卷八)、(d) 編註集成本(卷八)都在《監試呈諸試官》詩之後,暗示其
　　爲鄉試期間之作。註家的説明中,以王文誥所註最爲詳細。王文誥的
　　論證是以《與范夢得書》(中華書局 1986 年 3 月,孔凡禮校點《蘇軾文集》
　　卷五六)爲基礎的(參考上註所引《總案》)。

　　(a)的詩題中並無"寄某"、"贈某"之類的詞語,(b)的詩題裏也未附加"某見和"之類的言辭,考慮到這一點,更爲自然的想法是,因爲站在了同一個地點,使蘇軾產生了對過去的己作(a)進行次韻的衝動,而不是他人作了(a)的次韻詩回贈蘇軾,成爲(b)詩創作的直接契機。

　　寫作(b)詩之時,如詩題所示,蘇軾剛剛完成了鄉試的事務。蘇軾在"浙江潮"最爲壯觀之日的前一天,帶著鄉試事務後的疲勞困憊,登上了望海樓。相對於(a)詩的完全寫景,突出作者的自我表露,(b)詩中的蘇軾心情却屢屢忽隱忽現。這令人感到,兩者之間的這種差異,比相同的地點、相同的詩歌樣式、相同的韻字等作詩條件上的近似性,更爲鮮明地浮現出來。

　　Ⅱ的二首,是在送別某人(未詳)之際,蘇軾一人把送別和留別(代作)的詩都作了,而且留別詩(b)是送別詩(a)的次韻。

Ⅱ(a)　　贈　　　別	(b)　　次韻代留別
青鳥銜巾久欲飛,	絳蠟燒殘玉斝飛,
黃鶯別主更悲啼。	離歌唱徹萬行啼。
殷勤莫忘分攜處,	他年一舸鴟夷去,
湖水東邊鳳嶺西。	應記儂家舊住西。
	＊"住"一作"姓"①。

　　假設我們不知道這兩詩的作者而來鑒賞,很容易就看作送別之際極爲自然的一組次韻詩。蘇軾寫作這兩詩的機緣可能是極偶然的,但其結果却也極爲明白,就是並無他人的介

---

① 參考王楙《野客叢書》卷二三"東坡用西施事"條(1987年,中華書局《學術筆記叢刊》,第262頁)。

入,而對已作進行次韻的用例。

　　Ⅲ的(a)是因爲在杭州的吉祥寺開宴賞花(牡丹),看到花已將謝,而知州陳襄(字述古)却困於公務,不能前來赴宴,故寫此詩敦促其來;(b)是陳襄來了之後,歡會於花間宴席,充滿喜悦而作的(a)詩的次韻詩。

Ⅲ(a)　　吉祥寺……　　　(b)　述古聞之……

今歳東風巧剪裁,　　　　仙衣不用剪刀裁,
含情只待使君來。　　　　國色初酣卯酒來。
對花無信花應恨,　　　　太守問花花有語,
直恐明年便不開。　　　　爲君零落爲君開。

　　詩題有"同賦"之語,或許陳襄也在席上作了蘇軾(a)詩的次韻詩。不過,陳襄的別集《古靈集》二十五卷(文淵閣四庫全書所收)中沒有與此相當的詩作。

　　要説以上三組次韻詩的共同之處,第一點是,它們都有被當做"疊次韻"(B類)詩的可能性,但在一般的"疊次韻"中必不可少的他人以及他人之次韻詩的存在,在這裏已經不是非常必要。第二點是,將這三組詩比較來看,各組的(a)與(b)之間都形成了某種對比性。在Ⅰ中,(a)系統地描寫了從"望海樓"見到的風景,是重視叙景的作品,與此相對,(b)則幾乎不寫"望海樓"上的眺望,而對觀潮前日的蘇軾(及試官)的狀況,以其心情爲中心,做了更爲個別、具體的抒寫,是重視抒情的作品。在Ⅱ中,形成對比的是送別情景所必然具備的兩方面:送的一方和被送的一方。在Ⅲ中,開宴賞花的共同場面之下,一是主賓(陳襄)的缺席,一是主賓的出席,如此形成了對比。

　　這樣,三組詩各自具有明確的對比性,雖然產生這種對比性的原因各不相同。不過,儘管還有些不夠確定的因素,但這

三組詩的次韻過程中,若果然全無他人的介入,則蘇軾究竟爲何要采用次韻手法呢?

從次韻過程中排除他人的介入,同時也意味著排除了自來作爲次韻詩核心功能的社交作用。那麽,排除了社交作用的次韻詩還剩下什麽功能呢? 按筆者的想法,那就是將對比性明確化的功能。

因爲詩題中記有"用前韻",故讀者自然會去尋找韻字相同的原作,將兩者對照體會。由於原作跟次韻詩之間,其同樣的字數、同樣的句數、同樣的韻字等完全相同的樣式已經得到保證,所以兩者的差異就會顯得極爲明確。

蘇軾的著眼點或許就在這對比性的明確浮現上。此節所舉的三組,無一不留下了重新檢討的餘地,如與後文將要舉出的諸例相比,這三組似乎可以視爲過渡期的作品。也就是講,在這個時期的這個階段,給人的印象是:自次韻的手法與其説已被有意識地積極運用,還不如説,它猶在偶然的契機中被無意識地使用。

四、次韻自作詩(ii)

從杭州(浙江省杭州)通判離任以後,蘇軾歷任了① 密州(山東省諸城)、② 徐州(江蘇省徐州)、③ 湖州(浙江省湖州)的知州。在通判杭州的最後一年即熙寧七年(1074),蘇軾曾視察杭州周邊地區,途中拜訪了金山寺(在江蘇省鎮江),並贈詩給寺僧。

然後,元豐二年(1079)從徐州赴湖州的途中,他再次拜訪金山寺,對熙寧七年之作進行次韻。

〔原篇〕《留別金山寶覺、圓通二長老》

　　　沐罷巾冠快晚涼，睡餘齒頰帶茶香。

　　　艤舟北岸何時渡，晞髮東軒未肯忙。

　　　康濟此身殊有道，醫治外物本無方。

　　　風流二老長還往，顧我歸期尚渺茫。（卷十一）

〔次韻詩〕《余去金山五年而復至，次舊詩韻，贈寶覺長老》

　　　誰能斗酒博西涼，但愛齋厨法鼓香。

　　　舊事真成一夢過，高譚爲洗五年忙。

　　　清風偶與山阿曲，明月聊隨屋角方。

　　　稽首願師憐久客，直將歸路指茫茫。（卷十八）

　　因了次韻詩的詩題，讀者自然會從詩集中找出“五年”前贈給“金山”寺僧“寶覺”的原詩，而將原詩與次韻詩對照閱讀。

　　次韻詩的中心主題，正是這“五年”歲月的流逝。站在同一個地方，面對同一個僧人，而蘇軾本人却不再是五年前的自己。面對的這個人早已皈依佛門，超越了所謂的俗界，而委身於一種絕對的價值倫理，其生活態度與五年前沒有任何變化；但蘇軾却因爲置身於官界，而得不到安住之所，在各地往復流轉，因此對於上次告別這位僧侶以後轉眼已經過去的五年時間，不得不作一番沉思。“舊事真成一夢過，高譚爲洗五年忙。”蘇軾在頷聯中將這“五年”間的事情作了這樣象徵性的表達，讓讀者聯想起像夜夢一般過去了的“五年忙”。

　　前後二詩之間在本質上呈現出顯著對比性的是尾聯。原詩中，看到兩位超越俗世的老和尚閑雅的交遊之狀，雖令作者感到無限憧憬，但一旦反顧自己，則“歸期尚渺茫”，明顯把自己跟兩位老和尚區分開來，其言辭中包含著一半的冷靜。而在次韻詩中，作者對寶覺和尚“稽首”，懇求其指示“歸路”，已不啻是哀求救濟的信徒模樣，令人感覺不到原詩中的那份餘裕了。

　　蘇軾的心理狀態是否確實產生了顯著的差異,不是這裏的主要問題。重要的是這兩詩之間有一種明確的對比性可以被確認。原詩與次韻詩憑藉各種修辭而構成了互不相同的世界,這一點纜是重要的。

　　次韻詩的詩題裏特意明示了它跟原詩的關係,就此來看,雖然也許是被偶然經過金山寺一事所觸發,仍可認爲蘇軾是有意識地運用了自次韻的手法。而其目的,就如上文已經說的那樣,是要將現在的自己與五年前的自己進行對比。

　　還有一個現象似乎可以證明上述說法,就是在蘇軾人生的各個階段,幾乎一定會留下此種手法的次韻之作。以下是其主要的例子:

　　Ⅰ(a)《予以事繫御史臺獄,獄吏稍見侵,自度不能堪,死獄中,不得一別子由,故作二詩授獄卒梁成,以遺子由》二首

　　(b)《十二月二十八日,蒙恩責授檢校水部員外郎黄州團練副使,復用前韻》(俱見卷十九)

　　Ⅱ(a)《正月二十日,往岐亭,郡人潘、古、郭三人送余於女王城東禪莊院》(卷二十一)

　　(b)《正月二十日,與潘、郭二生出郊尋春,忽記去年是日同至女王城作詩,乃和其韻》(卷二十一)

　　(c)《六年正月二十日,復出東門,仍用前韻》(卷二十二)

　　Ⅲ《岐亭五首》(卷二十三)①

　　Ⅳ(a)《留別雩泉》(卷十四)

　　(b)《再過常山和昔年留別》(卷二十六)

────────────

①　黄州時期的其他自次韻詩還有:①(a)《定惠院寓居月夜偶出》、(b)《次韻前篇》(卷二〇);②《紅梅三首》(卷二一)。

Ⅴ《熙寧中,軾通守此郡。除夜直都廳,囚繫皆滿,因題一詩於壁,今二十年矣……》(卷三十二)①

(a) 前詩……杭州通判時期作

(b) 今詩……元祐五年,杭州知州時期作

Ⅵ (a)《上元夜過赴僧守召,獨坐有感》(卷四十二)

(b)《追和戊寅歲上元》(卷四十三)

Ⅶ (a)《過大庚嶺》(卷三十八)

(b)《余昔過嶺而南,題詩龍泉鐘上,今復過而北,次前韻》(卷四十五)

Ⅷ (a)《鬱孤臺》(卷三十八)

(b)《鬱孤臺(再過虔州,和前韻)》(卷四十五)②

Ⅸ (a)《壺中九華詩并引》(卷三十八)

(b)《予昔作壺中九華詩,其後八年,復過湖口,則石已爲好事者取去,乃和前篇以自解云》(卷四十五)

Ⅹ (a)《贈清涼寺和長老》(卷三十七)

(b)《次舊韻贈清涼長老》(卷四十五)

Ⅰ是元豐二年(1079)四十四歲之作,其背景是:因爲寫了許多誹謗朝政的詩,蘇軾在湖州知州任上被捕,下御史臺獄。(a)爲御史臺獄中之作,(b)爲出獄不久後作。

Ⅱ和Ⅲ是從御史臺出獄後,被貶謫黃州(湖北省黃岡縣)時作。

---

① 元祐年間的同類作品還有:(a)《送魯元翰少卿知衛州》(卷一五)、(b)《用舊韻送魯元翰知洺州》(卷二七)。

② 建中靖國元年的同類作品還有:(a)《贈王子直秀才》(卷三九)、(b)《王子直去歲送子由北歸,往返百舍,今又相逢贛上,戲用舊韻,作詩留別》(卷四五)。另外,在赴嶺南的途中,還有對黃州所作詩的次韻之作:(a) 卷二〇《石芝》、(b) 卷三七《石芝》。

　　Ⅱ的寫作背景是：從元豐四年到六年的三年之間，約定於一月二十日遠出黃州郊外，以第一次遠出時所作詩（a）爲原詩，此後每年對它次韻而作。

　　Ⅲ是在跟陳慥（字季常）的交遊之中陸續寫下的五首，他是蘇軾黃州謫居期間最爲親密的朋友，讀者從《方山子傳》①可以知道其人。如序文所詳記的那樣，《其一》即原詩是元豐三年一月蘇軾初會陳慥時作，《其二》是翌年一月次韻《其一》而作，《其三》、《其四》作於《其二》以後，元豐七年蘇軾離開黃州之前（準確日期不詳），而《其五》則在離開黃州後，贈給一直伴送到九江（江西省九江市）的陳慥。

　　Ⅳ中，（a）是熙寧九年（1076）年末將要離開密州知州任時作，"雩泉"是蘇軾任密州知州時在密州南面略微高起的常山上挖出的一口井。（b）是"黃州安置"解禁後到登州（山東省蓬萊）去赴任的途中經過密州時（元豐八年，1085）次韻（a）而作的。

　　Ⅴ中，（a）是任杭州通判時期的詩，（b）是作爲杭州知州再度到杭州赴任時次韻（a）而作②。

　　Ⅵ是海南島時期的作品。（a）爲紹聖五年（1098，即元符元年）在海南島迎來第一個元宵節時所作的感懷詩。（b）爲元符三年（1100）的元宵節次韻（a）而作，當然也在海南島。

　　Ⅶ、Ⅷ、Ⅸ、Ⅹ中的（a）都是元祐九年（1094）貶謫嶺南途中所詠，（b）都是建中靖國元年（1101）遇赦北歸途中所詠。

---

① 見前揭《蘇軾文集》卷一三。小川環樹氏曾將《方山子傳》與陶淵明的《五柳先生傳》比較，撰有論文（《〈五柳先生傳〉與〈方山子傳〉》，朝日新聞社刊《風與雲》所收）。

② 參考拙稿《關於蘇軾二度任職杭州時期的詩》（1986年6月，中國詩文研究會刊《中國詩文論叢》第五集）。

Ⅶ的(a)與(b)都作於大庾嶺上。

Ⅷ的(a)與(b)都作於虔州(江西省贛州市)的鬱孤臺。

Ⅸ的(a)與(b)都作於湖口(江西省湖口縣)。

Ⅹ的(a)與(b)都作於江寧(江蘇省南京市)。

以上十組中,Ⅰ(其一)與Ⅶ詩如下:

Ⅰ 　　　(a)　　　　　　(b)

聖主如天萬物春,　　百日歸期恰及春,
小臣愚暗自亡身。　　餘年樂事最關身。
百年未滿先償債,　　出門便旋風吹面,
十口無歸更累人。　　走馬聯翩鵲噪人。
是處青山可埋骨,　　却對酒杯疑是夢,
他時夜雨獨傷神。　　試拈詩筆已如神。
與君今世爲兄弟,　　此災何必深追咎,
又結來生未了因。　　竊祿從來豈有因。

Ⅶ 　　　(a)　　　　　　(b)

一念失垢污,　　　　秋風卷黃落,
身心洞清淨。　　　　朝雨洗綠淨。
浩然天地間,　　　　人貪歸路好,
惟我獨也正。　　　　節近中原正。
今日嶺上行,　　　　下嶺獨徐行,
身世永相忘。　　　　艱險未敢忘。
仙人拊我頂,　　　　遙知叔孫子,
結髮受長生。　　　　已致魯諸生。

在可以通覽蘇軾一生的我們看來,這兩組詩正作於他的一生中最明顯的禍福轉折之點。

寫作Ⅰ時,所謂禍福就是或死或生這樣一件大事。在(a)

中,自料必死的蘇軾對家人,特別是對弟弟蘇轍的難以割斷的情愛,充滿了全篇,實爲悲痛之作。但到了(b)中,中間兩聯似乎正在一一地確認生命還存在的實感,其喜悅之情被間接地描繪出來。

Ⅶ詩的寫作地點本身就充分地象徵了一種轉折,山嶺的地形已經意味著把世界分成兩半的交界點。而且,在許多山嶺中,"大庾嶺"不用説具有特殊的重要性,它歷來被看作瘴癘之地與文明之地的交界點,即便到了蘇軾的時代,這種認識雖可説已被淡化,但仍可想見其根深蒂固的存在。越過這座山嶺而進入瘴癘之地的時候,蘇軾創作了(a);越過它而踏入文明之地時,則創作了(b)。(a)爲説理詩。通過説理而淡化迎面逼來的苦難,從而超越悲哀,這種姿態不難窺見。在頷聯中,作者告訴自己:這廣大的天地之間,"惟我獨也正"。頸聯又説,越過大庾嶺之時,我已經成爲忘去了此身此世的存在。這等於是用兩聯詩句再次斷言自己走過來的乃是正道,但也可以解釋爲:對於不能接受自己的俗世毫無留戀。換句話説,嶺南對於此時的蘇軾而言是這樣一個地方:要斷然宣言對俗世無所留戀後纔能舉足踏入,無論是好是壞,總之是另一個世界。然而到了北歸的途中,同樣在越過大庾嶺之時,應該早已"身世永相忘"的蘇軾,却自相矛盾地説出"艱險未敢忘"的話。可以説,正是這個矛盾形成了兩詩的對比性,增強了它們的真實感。

如上所述,蘇軾在通判杭州時期獲得的這種獨特的自次韻手法,被極爲有效地使用於其人生的各個階段。一旦出現具有對比性的局面,蘇軾就不失時機地使用這一手法來作詩。即便從使用頻度來看,認爲蘇軾是主觀上有意識地使用這一手法,也是比較妥當的。

　　當然,上揭十組詩中,特別地含有蘇軾主體性之如實表現的,是Ⅱ、Ⅲ、Ⅵ三組。至於其他的七組,可以認爲其一大創作契機在於偶然經過了同一個地方,即建立在某種偶然的條件上。但是,Ⅱ、Ⅲ、Ⅵ的情況却明顯不同。

　　Ⅱ作於黄州謫居時期,連續三年選擇一月二十日出遊郊外,從而作詩。像一月二十日這樣普通的日子,在連續三年中被選擇,由此可以窺見其意在賦予這個日子以特殊的意味。通過一月二十日這個共同的日期,Ⅱ作爲整體,各首間産生了聯繫,使對比性明朗化。由於這一月二十日的日期是蘇軾經過特别的思考而主動選擇的,所以他在同一個日子次韻作詩的行爲,完全不具有其他七組中可以看到的那種偶然性。

　　Ⅲ的情況,正如序文所明記:"往必作詩,詩必以前韻。"每次去陳慥所住的岐亭時,必然以同樣的韻字作詩,就像一件約定的事那樣。仿佛是借次韻這一行爲,來象徵性地表達其跟陳慥交遊的意義。不過,一般表達友情的次韻,是就對方的作品來次韻,這裏却不同,次韻的過程中全無陳慥的參與。毋寧説,這是自發的連續次韻,蘇軾可能是想通過在陳慥的面前展示這一行爲,來具體地表達他們的交遊對自己很重要。

　　Ⅵ的情況跟Ⅱ相同。在上元、清明、重九、除日等節日,人們往往會回顧一下自己走過的人生道路,而對當時的蘇軾來説尤其如此,因爲這些節日活動已經成爲其生活的中心内容。元宵節所作的(b),也無非是想起了惠州所建的新居,再回顧焦山(江蘇省鎮江市)的往事,以及杭州的華麗燈市,而起了詩興,但即便如此,也完全没有必要去次韻兩年前的上元所作的詩。這種没有必要的行爲,被蘇軾付諸實施,可見他明顯有意識這樣做的。

　　以上三組作品的存在有力地證明:這種没有他人介入

的,對自己作品進行次韻的手法,是蘇軾有意識地加以使用的。

五、次韻古人詩

前兩節考察了蘇軾的特殊次韻手法,這種次韻手法的成立,基本上取消了次韻行爲原來所具有的社交功能。即便以這樣的手法所作的詩仍被作爲社交手段贈與他人,那也跟原來以次韻行爲本身來表示交情的用法,有著明顯的差異。

就這個意義上說,更爲徹底的做法,是對過去的詩人之作進行次韻。那即便是表示友情,針對的也已經是地下的人了。本節要考察的中心問題是,蘇軾何以要次韻古人之詩。本文第二節歸在 C 類的作品中有次韻梅堯臣的詩,跟其他作品具有性質上的若干差異,所以將此除外,來展開討論①。

在 C 類揭載的諸詩人中,蘇軾最早次韻的是韓愈,其作品編在《蘇軾詩集》卷五,即被當作治平元年(1064)二十九歲任簽書鳳翔府判官事時的作品(不過,查慎行與馮應榴都未將該詩放在編年部分)②。韓愈的原詩是《山石》(《韓昌黎詩繫年集釋》③卷二)。《山石》詩的内容是韓愈跟兩三位朋友一起夜宿寺院,翌日早晨又在寺的周圍遊賞山水。韓愈在此詩中

---

① 梅堯臣的詩原是贈給蘇洵的(《蘇明允木山》,朱東潤《梅堯臣集編年校註》卷二七)。蘇軾是通過"木山"這一趣味性的物品來懷念生前的梅堯臣與蘇洵的交情,而詠出此詩。一邊作詩,一邊懷想著生前的梅堯臣,繼而蘇洵,就這一點而言,應該跟其他作品區別看待。

② 查慎行補註本收在卷四七"東坡先生補編詩"裏,馮應榴合註本收入卷四十九"補編詩"。

③ 錢仲聯集釋,1984 年上海古籍出版社刊。此書將該詩繫年於貞元十七年(801)。

如此謳歌自然："人生如此自可樂，豈必局束爲人覊。"蘇軾的次韻詩，是跟張呆之、李彭年兩位同僚一起遊玩"南溪"時，因切身感受到韓愈所謳歌的山水之妙而作。"南溪"是流經終南山山麓的溪澗之名，韓愈的晚年作品中曾有《南溪始泛三首》（前揭書卷十二），想來蘇軾寫作此詩的緣起，在於他面對了這同名的"南溪"①。韓愈《山石》的第十六、十七句爲："當流赤足蹋澗石，水聲激激風吹衣。"與此相應，蘇軾寫道："褰裳試入插兩足，飛浪激起衝人衣。"宛然是將"南溪"之遊比擬於數百年前韓愈的洛北②之遊。

　　蘇軾第二個次韻的古人是李白。李白的原詩是《尋陽紫極宮感秋作》（《李白集校註》③卷二十四）。蘇軾在元豐七年（1084）離開黃州後，經過九江之時，詠了這首次韻詩（卷二十三《和李太白并叙》）。序文記下了次韻的經過。當蘇軾到達李白當時稱爲"紫極宮"的九江天慶觀時，觀中的道士出示了李白原詩的拓本，其中第十二、十三句"四十九年非，一往不可復"令蘇軾深有感觸，故次韻而作。蘇軾此時正值四十九歲。

　　以上二例，作爲蘇軾次韻古人詩的早期作例，當然值得關注，但它們都祇是單獨的作品，而促成其次韻的動機也全出於偶然，故在蘇軾的詩歌全體中占有的意義自遠不如後文要論述的"和陶詩"。

　　元祐七年（1092），在揚州知州任上，蘇軾對陶淵明的《飲

---

①　蘇軾所遊的"南溪"在盩厔縣，韓愈晚年同賈島、張籍一起泛舟的"南溪"在長安城南。二者可能都不是固有名稱，而是在"終南山麓的溪澗"這個意義上使用，但不是同一條"南溪"。

②　《韓昌黎詩繫年集釋》引清方世舉註，謂《山石》詩作於洛北惠林寺。

③　瞿蛻園、朱金城校註，1980年，上海古籍出版社刊。

酒二十首》作了次韻詩①，便是所謂"和陶詩"的最初之作。不過，這個作品恐怕不像其餘的"和陶詩"那樣在同一的目的意識下創作的，至少，在這個時候，蘇軾應該還沒有對幾乎全部的陶淵明詩進行次韻的成熟想法。

《和陶飲酒二十首》，如其序文所明記的那樣，是寫給蘇轍和晁補之（字无咎）看的②，實際上《其十四》和《其十九》便分別詠蘇轍和晁補之的事。以贈給具體的個人爲前提，這一點就將它跟其餘的"和陶詩"區別開來。如果沒有三年後重新開始的其餘"和陶詩"的存在，它就跟前面的二例一樣，也可以被視爲對於産生了共鳴的古人之作乘興次韻的作例。

然而，實際上，在嶺南的謫居地惠州（廣東省惠州市），蘇軾又開始了"和陶詩"的創作。以紹聖二年（1095）三月四日次韻《歸園田居六首》（卷三十九）爲始，在惠州和海南島的五年半謫居期間，蘇軾留下了一百餘首"和陶詩"。

不但是同時代以及後世的蘇詩愛好者，就是蘇軾本人，在他的許多詩歌中也特別重視"和陶詩"這一作品羣。總的來說，蘇軾對自己詩文集的編定一事不太關心，但其生前唯一似乎曾經積極編集的就是《和陶詩》集③，由此不難想像他的重視程度。從數量之富、傾注的精力之多，以及蘇軾本人的認識等方面來考慮，在 C 類的次韻詩中，"和陶詩"無疑應該被特別看待，而與其他作品相區別。

---

① 見《蘇軾詩集》卷三五。

② 宋邵浩編《坡門酬唱集》（文淵閣四庫全書，集部總集類）卷一五，揭載了蘇轍、晁補之、張耒三人的和詩。另外，蘇軾的《和陶飲酒二十首》跟其餘"和陶詩"爲不同性質的作品，此點已由今場氏的論文指出，見今場正美《蘇軾在揚州的和陶詩》（1984 年 7 月，《學林》4）。

③ 參考本文第六節所揭蘇轍《子瞻和陶淵明詩集引》（《欒城後集》卷二一）所引的蘇軾語。

　　到此爲止,在本文所述内容的基礎上,可以對"和陶詩"何以非爲次韻詩不可的問題試抒私見。"和陶詩"的創作動機是歷來許多學者關心的問題,但大家都不太注意這一點:在"和陶詩"開始被構想的時點,蘇軾何故要采用次韻的手法? 單從蘇軾對陶淵明抱有强烈的敬慕之心,還不能充分地説明這一點。因爲六朝以來的許多詩人也曾留下模擬陶淵明詩的大量作品①,這樣的姿態也非常具體地表明了他們對陶淵明的敬慕之心。

　　那麽,爲什麽要次韻呢? 爲了解明此點,有必要檢討一下蘇軾開始"和陶詩"創作的前後,對於次韻的實際認識。

元祐以降的次韻詩創作情況

卷 數	篇 數	次韻詩		和陶詩	備　考	
		數	％			
27	39	18	46.2		元祐 1	
28	45	27	60.0		2	京
29	41	12	29.3		2	
30	63	24	38.1		3	
31	44	24	54.5		4	杭
32	62	31	50.0		5	
33	61	41	67.2		6	～京～潁

---

①　僅舉其代表性的詩人,就有鮑照、江淹、王維、韋應物、韓愈、白居易、梅堯臣、歐陽修、王安石等。在宋代,陶淵明詩宛如"歸田"思想的根據那樣被閲讀,宋代的詩人幾乎都以各種方式提及陶淵明,由此可知,不單是對於蘇軾一人,幾乎是對於全部的宋代詩人來説,陶淵明都具有特别的意義。《陶淵明研究資料彙編》(1962 年 1 月,中華書局)收録了一部分經過整理的有關資料。

續　表

卷　數	篇　數	次韻詩		和陶詩	備　　考	
		數	%			
34	67	18	26.9		6/7	穎
35	50	30	60.0	20	7	～揚～京
36	65	34	52.3		7/8	京
37	49	18	36.7		8	～定～惠
38	39	4	10.3		紹聖 1	
39	82	44	53.7	27	2	惠
40	61	31	50.8	20	3	
41	60	47	78.3	42	4	
42	36	15	41.7	12	元符 1/2	儋
43	48	8	16.7	3	3	
44	35	9	25.7		3	儋～常
45	48	21	43.8		建中 1	
27～45	995	456	45.8	124		

　　＊　據孔凡禮校點《蘇軾詩集》(1982,中華書局)。計算次韻詩的百分比時,小數點後第二位四捨五入。

　　上表是元祐元年(1086,蘇軾五十一歲)以降的十六年間蘇軾次韻詩的創作情況。平均來看,總詩篇數的四成以上是次韻詩,遠遠超過了蘇軾一生中的次韻詩比例(約 33%,785/2 387)。這樣的高比例雄辯地表明:在蘇軾晚年的十幾年中,次韻已是不可或缺的最主要的作詩技法了。

　　然而,應該注意的是,元祐年間表現出的高比例,跟紹聖以降即謫居嶺南時期表現出的高比例,在性質上有巨大的差異。也就是説,元祐年間的高比例,體現於包含"疊次韻"作品在内的多數詩人間產生的一般次韻詩。《坡門酬唱集》①所收錄的跟所謂"蘇門四學士"或"蘇門六君子"的往復次韻,成爲這個時期所作的中心。

另一方面,嶺南謫居期中的次韻詩,幾乎大都爲"和陶詩"。例如,就卷四十一紹聖四年(1097)的作詩情況來看,次韻詩占了近八成的高比例,而其中的九成以上是"和陶詩"。

這樣,從包括"和陶詩"在内的次韻詩的創作情況來看,總體上可以説,在蘇軾晚年的十數年間,次韻已占其詩作中的主要地位,但是,前半的八年與後半的八年,也呈現出性質上的巨大差異。筆者感到,從"和陶詩"在謫居嶺南期間的次韻詩中所占的比例,似乎可以尋找到上文提出的問題的答案。

如前所述,在貶謫嶺南前的數年間,次韻對於蘇軾來説正在成爲最基本的作詩方式。從它在全部詩作數量中所占的比例,可以看出次韻已經成爲作詩的幾乎半日常化的手法了。本來,貶謫到嶺南的惠州,也意味著跟貶謫之前經常次韻酬唱的詩友們的訣別,那麼相對來説,次韻詩的數量當然應該會減少了。但是實際上,因爲著手於"和陶詩"的創作,而保持了高比例。

筆者對此現象的考慮是:貶謫之前對於次韻的態度,保持到了流放之地,並未隨環境的變化而改變;不過,隨著環境的變化,跟高水平的詩友們相距越來越遠,蘇軾失去了原詩的提供者,正是在這種斷絶了詩友交往的現實之中,因爲缺少足以喚起自己(次韻詩)創作欲的高水平的原詩,蘇軾便不得不把目光轉向他所敬慕的古代詩人(陶淵明)之作了。

可以爲以上的考慮提供旁證的是,在到達惠州還不滿一

---

① 　宋邵浩編《坡門酬唱集》二十三卷(文淵閣四庫全書,集部總集類)。

年的紹聖二年(1095)間,蘇軾留下了强烈地暗示出這種傾向
的兩個作品。其一是一月二日贈給羅浮山道士鄧守安的詩
《寄鄧道士并引》(卷三十九)。此詩是對盛唐詩人韋應物的
《寄全椒山中道士》詩(《韋蘇州集》卷三)次韻而作。其二是九
月所作的《江月五首并引》(卷三十九)。此詩以杜甫的《月》詩
(《杜詩詳註》卷十七)第二句"殘夜水明樓"分韻,五首各以
"殘"、"夜"、"水"、"明"、"樓"爲韻字,作成五言八句詩。杜甫
的《月》詩以"四更山吐月"起句,而蘇軾此詩的起句,《其一》爲
"一更山吐月",《其二》爲"二更山吐月"……《其五》爲"五更山
吐月"。

　　從前者《寄鄧道士并引》可見,元祐年間的基本作詩姿態
在流放惠州後仍獲繼續,那就是:次韻已成爲蘇軾在作詩上
發動構思的最常見方式。韋應物詩中的"全椒"是安徽省的地
名,跟羅浮山相距遥遠,因此,兩詩的共同之處祇有寄贈道士
這一點而已。前文説過,次韻韓愈或李白詩的作品,分別是因
爲身處"南溪"或"紫極宮(天慶觀)"這樣相同或相關的地方,
遂移情而作;相比之下,對韋應物此詩進行次韻,却很難看出
較爲明確的動機。蘇軾詩的"引"裏説,他偶而閲讀韋應物此
詩,受到感觸,故次其韻。雖説如此,從他發起作詩的構想之
時毫無不諧之感地選擇了次韻方式這一點,就可以確認:對
當時的蘇軾來説,次韻正是作詩的基本方式。

　　從後者《江月五首》,可以更具體地窺見蘇軾當時的基本
作詩姿態。

　　此詩所用的"分韻"手法,自六朝以來頗有歷史①,而且,
跟聯句等手法一樣,"分韻"幾乎都是在宴席的場合被使用的。

────────────

① 　參考鈴木修次《和韻詩在六朝和唐代的變遷》(1983 年 1 月,《未名》3)。

到了蘇軾的時代,這一點也並未改變,仍可説它是專用於宴席的。祇要看一看下面的詩題,自然就不難理解:

> 遊桓山,會者十人,以"春水滿四澤,夏雲多奇峰"爲韻,得澤字。(卷十八)

然而,《江月五首》却是蘇軾一個人分韻,完成了五首詩。由於受宴席場合的制約而具有比次韻更强之社交性的分韻手法,被身處遠離中原的僻遠之地的蘇軾,運用於跟社交場合完全不同的場合,這一點應該可以證實上述的説法。也就是説,由於在貶謫之前頻頻使用此法,所以即使到了原本的社交效能無從發揮的場合,也無意識地在發動構想之初便浮現出來。

從流放惠州後不久所作的這兩例,可以確認:蘇軾謫居時期的基本作詩姿態,本來應該隨著環境的變化而改變,却被他照樣地維持下來;進一步,隨著環境的變化,貶謫前不請自來的原詩、自然造訪的分韻機會被絶對地減少,相應而來的結果,便是次韻韋應物的詩、以杜甫詩句分韻的作品,再就是"和陶詩"。筆者以爲,"和陶詩"采用次韻手法的原因,或者便在於此。

當我們作這樣的考慮時,前節末尾所討論的黄州時期之作(Ⅱ、Ⅲ)和海南島之作(Ⅵ)的存在,也得到了更爲明確的理由。也就是説,可以把由於環境的變化而造成的原詩提供者的缺乏,看作這些作品形成的遠因①。

---

① 蘇軾在黄州謫居時期也留下了類似《江月五首》的自我完成型的分韻之作,那便是《伯父送先人下第歸蜀詩云:人稀野店休安枕,路入靈關穩跨驢。安節將去,爲誦此句,作小詩十四首送之》詩(卷二一)。這也是在謫居時期用此手法作詩,符合本節作出的推論。

六、寫作"和陶詩"的目的——代結語

以上各節檢討了蘇軾次韻詩的各種情形。

首先,在第二節,通過計量數據確認了次韻詩在蘇軾詩歌中的重大意義,並根據原詩的提供者來分類,以便概觀其多樣性。接著,在第三、四節,檢討了蘇軾獨自創造的次韻自作詩的手法。第三節以這個手法被使用的初期階段爲焦點,考察了蘇軾經歷怎樣的過程而獲得此法、他用此手法追求何種效果的問題。第四節從具體的作品入手,考察此手法在蘇軾人生的各階段被有效使用的情況,確認蘇軾是有意識地在駕馭這一手法。然後,在上節即第五節,檢討了對古人詩進行次韻的手法,它也可説是蘇軾的獨創。這一節回答的中心問題是,蘇軾何故在"和陶詩"的創作上使用了次韻手法。

通過以上各節可以確認,蘇軾排除了次韻的成立過程中從來必不可少的他人的介入,由此確立了獨自次韻的用法。由駕馭這獨自次韻的用法而創造的各作品,可以看出,對蘇軾來説,次韻這一手法具有特別重大的意義。

最後,在本文到此爲止所論述的基礎上,關於蘇軾創作"和陶詩"的意圖、目的闡述私見,以代本文的結語。

如第一節所述,"和陶詩"是蘇軾文學中具有特別重大意義的作品羣。與此同時,從蘇軾次韻詩的全體來看,也可以説它是在某種共同的目的意識下連續創作的,具有獨立存在意義的次韻詩。那麼,蘇軾究竟出於何種目的,對幾乎全部陶淵明詩進行了次韻呢?上節已經敘述了蘇軾開始構想"和陶詩"之時選擇了次韻方式的原因,一言以蔽之,對謫居嶺南時期的蘇軾來説,次韻是最先被想到的、如運臂使指一般方便的、最

爲基本的作詩技法(或姿態)。不過,即便在選擇表達樣式的
時候會如此自然地選擇次韻,這連續創作百首以上次韻詩的
行爲底下,也應該潛在著某種明確的目的意識。

　探討這個問題的基礎是下引的這段文章,它被認爲是蘇
軾對"和陶詩"之態度的比較集中的反映:

　　……吾前後和其詩凡百數十篇,至其得意,自謂不甚
　愧淵明。今將集而並錄之,以遺後之君子……然吾於淵
　明,豈獨好其詩也哉? 如其爲人,實有感焉。淵明臨終疏
　告儼等:"吾少而窮苦,每以家弊,東西遊走。性剛才拙,
　與物多忤。自量俗患,黽俛辭世,使汝等幼而飢寒。"淵明
　此語蓋實錄也。吾今真有此病,而不早自知,半生出仕,
　以犯世患,此所以深服淵明,欲以晚節師範其萬一也。

　上文出於蘇軾寫給蘇轍的書簡,被引用在蘇轍的《子瞻和
陶淵明詩集引》(《欒城後集》卷二十一)裏。

　這段文字的内容有:① 對"和陶詩"的出色成就,蘇軾本人
也相當自負;② 蘇軾曾有意要將"和陶詩"的諸篇收錄爲一集,
以傳給後世;③ 蘇軾不止是敬慕陶淵明的詩,對其爲人也有共
感;④ 從自己身上看出類似於陶淵明的處世之拙,那麼至少趁
此晚年,要以陶淵明爲師,但願能多少接近其精神面貌。

　蘇轍的序文附有紹聖四年十二月十九日的寫作日期(十
二月十九日恰是蘇軾的生日),其引用的蘇軾書簡當也是稍前
之作。此時蘇軾來海南島(儋縣)還不到半年,從這封寄給蘇
轍的書簡也可以知道"和陶詩"創作在這個階段的持續。書簡
中不但表達了蘇軾對此前完成的"和陶詩"的思考,還包含了
將"和陶詩"繼續寫下去的意思。

　爲什麼要選擇陶淵明呢? 關於這一點,從書簡内容的③

和④可以窺見其理由的一斑。蘇軾將自己走過來的道路跟陶淵明的半生相比擬，在這個已經被北宋中期的人們當作"歸田"思想的實踐者而推崇至穩固地位的陶淵明身上，看到了自己晚年生活所應追隨的理想模式。從而，作爲一個詩人，通過借用陶淵明詩的韻字來詠詩的方式，以與數百年前的古人在沒有他人介入的語境下獲得對話。

至於次韻陶淵明詩的更爲積極的目的，則可從①和②窺見。

因爲次韻手法具有使用原詩韻字的特性，所以讀者在鑒賞次韻詩時，自然會將它與原詩相互比較。如果原詩已經受到當時詩人們的高度評價，那麼對它進行次韻，可以説同時也就意味著會被拿去跟這樣的詩比較，這就包含了一種危險性：稍有差池，便難免會有損此前已經確立起來的自己的詩名，成爲一個無謀的行爲。

但蘇軾却敢於付諸實行。其結果正如①所記的那樣，蘇軾本人對這出色成就抱有相當的自負。換句話説，蘇軾有這樣的自信：即便被拿去跟陶淵明原詩比較，仍足供讀者鑒賞。反過來想，蘇軾持續創作"和陶詩"，毋寧説是希望被拿去跟陶詩比較的吧。也就是説，通過"和陶詩"這樣的實際作品，來讓滿天下的人都知道，自己乃是陶淵明的真正理解者，此種目的多少是存在的吧。

就①的部分來看，印象上似乎只以"後之君子"爲對象，但鑒於蘇軾詩在當時被接受的情形①，難以想像他寫作的時候

---

① 參考（a）村上哲見《關於蘇東坡書簡的傳來與東坡集諸本的系譜》（1977年4月，《中國文學報》27）；（b）曾棗莊《蘇軾著述生前編刻情況考略》（上海古籍出版社《中華文史論叢》1984年第四輯）；（c）拙稿《關於蘇軾二度任職杭州時期的詩》（1986年6月，中國詩文研究會刊《中國詩文論叢》第五集）等。

會把同時代的讀者拋在腦後。如果這樣考慮,筆者以爲,蘇軾
在嶺南之地對幾乎全部陶淵明詩進行次韻,包含了以下的目
的。就是説:由於當時不但衹是蘇軾,幾乎所有士大夫都將
陶淵明崇仰爲理想典範,所以通過對陶淵明詩的次韻,能喚起
同時代人們的關注,那麼將在僻遠之地被埋没的蘇軾自己,至
少可以作爲一個詩人高高地展示在世人面前。這就是"和陶
詩"創作所包含的意圖吧。

　　②或④所説的創作意圖是:從身處僻遠之地而涌起的不
遇之感中挽救了自己的是陶淵明的詩,故通過次韻其詩,以圖
獲得對陶淵明的真切感受。但在這種面向自己的目的之外,
蘇軾似乎也有上述那種面向他人的目的意識。

　　然後,如果將本文一直討論的使用次韻所産生的效果
這一點考慮在内,那麼可以認爲,蘇軾並未想把"和陶詩"寫
成跟陶淵明完全相同的風格。如本文已經檢討的那樣,蘇
軾應該充分地認識到,跟原詩形成對比性纔是次韻的妙處
所在。

　　後世對"和陶詩"的評價可謂褒貶相半,但幾乎所有發表
了否定評價的人,都將兩者之間的差異當作問題①,批評"和
陶詩"不像陶淵明的詩。這"和陶詩"的評價問題並非本文的
主題,所以這裏不多觸及,衹是,把"和陶詩"作爲次韻詩來考
慮時,出現了這樣的批評,這個現象的本身已經説明,"和陶
詩"包含了值得加以評價的内容。雖説褒貶相半,但它確實成
了後世議論的對象;而且從洪邁《容齋隨筆》(卷三"和歸去

① 　參考金王若虛《滹南詩話》卷二、清賀裳《載酒園詩話》卷一"和詩"、清張
　　謙宜《絸齋詩談》卷五"評論二"等。

來")的記載①可知,在蘇軾的生前,它也已經對同時代的詩人產生了影響。如考慮到這些效果,就可以説,蘇軾創作"和陶詩"的目的,已經大半達成。

(朱剛譯)

---

① 建中靖國元年蘇軾的《歸去來兮辭》和作被傳到京師時,其門下諸公又一致加以唱和。《容齋隨筆》引晁説之的書簡記載了此事,並加以批判。

蘇軾次韻詞考

—— 以詩詞間所呈現的次韻之異同爲中心

一、引　　言

　　元明以來,正如盛唐詩作爲古今體詩的典型確立了其不可動搖的地位那樣,北宋的詞也作爲一種固定的典型在詞的創作和欣賞史上受到了推崇,獲得了定評。除了宋以後作爲一種文學體裁的詞未能成爲文學的主流這一點以外,當我們回想起宋代的古今體詩實際上所受到的時高時低的評價時,我們不能不説,詞和古今體詩雖然同是宋代詩歌的代表性文學體裁,但後世對於它們的評價却形成了極爲鮮明的對照。

　　那麼,在北宋的詞中,蘇軾(1037—1101,字子瞻,號東坡)的詞,或者説詞人蘇軾的存在,乃是具有極爲重要的意義的。這一點,祇要翻一下宋代乃至後世的詞話、詞論類著作,就會很容易地認識到。詞在北宋的中後期有一個質變期,其中起主要作用的就是蘇軾。那些詞話、詞論中大量言及蘇軾的例子,明確地告訴了我們這一點。

　　本稿一方面依據那些過去的看法,一方面通過"次韻"這一作詩手法,主要以古今體詩與詞中的"次韻"之異同爲綫索,對處於質變期的蘇軾的詞重新進行評價。同時,關於"次韻"

在詞的質變期被使用的意義,也想從新的視角進行探討①。

　　關於蘇軾的古今體詩,本稿原則上依據中華書局的校點本《蘇軾詩集》(八冊),詞則依據曹樹銘的《東坡詞》②(蘇軾詞作的編號依據《東坡詞》)。蘇軾以外的詞,則全部依據唐圭璋的《全宋詞》。本稿中引用原文、註明卷數和頁數的時候,全部依據上述各種版本。

二、古今體詩中的次韻

　　本章首先想對古今體詩中的次韻的一般情況集中在三個方面進行整理,即(1) 次韻的定義,(2) 次韻的傳統使用形態及形式的獨特性,(3) 次韻的效果。從中唐到北宋中期,次韻是專用於古今體詩中的手法。爲了更清楚地認識其與詞中所用次韻的異同,有必要先回顧一下古今體詩中的次韻的使用情況。

(一) 次韻的定義

　　所謂"次韻",乃是"和韻"──即使用已作成的詩(原篇)的韻脚作成新的同詩型的詩(和篇)的方法中的一種。"和韻"依據預設的約束條件的多寡,可分成(a) 依韻、(b) 用韻、(c) 次韻等三種。

---

①　關於蘇軾古今體詩中的次韻,筆者至今發表了以下兩篇小稿: 1.《蘇軾次韻詩考》(1988 年 6 月,中國詩文研究會《中國詩文論叢》第七集);2.《蘇軾次韻詩考序説──以文學史上的意義爲中心》(1989 年 1 月,早稻田大學大學院《文學研究科紀要》別冊 15 集)。本稿第二、三章是對上述兩篇論文加以修訂、歸納而成的,關於具體的資料,若能參看上述兩篇論文,則不勝榮幸。

②　1986 年香港萬有圖書公司刊。筆者使用的是其影印本(1975 年,臺灣華正書局刊)。

　　(a) 依韻,使用與原篇中所用韻字屬於同一韻目中的韻字來創作和篇,和篇的韻與原篇的韻祇要相通即可,對韻字的使用沒有特別的約束。

　　(b) 用韻,必須完全使用原篇中所使用的韻字來創製和篇,但韻字使用的次序可以隨意變換。

　　(c) 次韻,必須完全使用原篇中所使用的韻字,而且韻字使用的順序也必須與原篇一致。

　　以上的分類雖有若干的例外,却是北宋至今最一般的分類①,本稿也按照這種分類進行論述。

(二) 次韻的傳統使用形態及形式的獨特性

　　最初有意識地使用次韻(和韻)的詩人,是中唐的元稹(779—831)和白居易(772—849)。他們基本上一直生活在不同的地方,經常互贈十韻、二十韻、有時甚至是五十韻、一百韻的長詩,並互以次韻來應酬②。通過次韻(和韻)這一做法,兩人互相切磋詩藝,加深友情。

　　先於"元白"使用次韻的較明顯的用例,過去一向認爲是戴叔倫(732—789)的《寄禪師寺華上人次韻三首》(《全唐詩》卷二七三)、大曆十才子之一的卢綸(748? —798?)對大曆十才子的另一人李端詩的次韻之作《酬李端公野寺病居見寄》(《全唐詩》卷二八〇)等③。但是從量的多寡、影響力的大小以及當事人次韻意識的强弱這幾點來看,"元白"(尤其是元

①　北宋劉攽《中山詩話》、明徐師曾《文體明辨序説》、清吳喬《答萬季埜詩問》等,像本稿那樣將和韻分成三種形態。又,明胡震亨《唐音癸簽》卷三《法微》中,依韻與用韻的説明各與本稿相反。

②　參照花房英樹《白居易研究》(1971 年 3 月,世界思想社)第二章《白居易文學集團》各節。

③　關於戴叔倫的用例,參照(a) 鈴木修次《中晚唐詩中所見的押韻技巧的極限》(1984 年 5 月,谿水社刊《三迫初男博士古稀記念論集》)(**轉下頁註**)

積)對次韻(和韻)的確立及普及無疑是最有貢獻的(參照元稹《上令狐相公詩啟》①)。

　　像"元白"作品之例所顯示的那樣,次韻是在同時代的幾位詩人之間,主要以添加於書簡之上的形態被使用的。從"元白"生活的九世紀初開始,到北宋中期的十一世紀後半葉爲止,在這一段時間中,這種形態沒有大的變化,一直被忠實地沿用著。本稿中稱之爲"次韻的傳統使用形態"。

　　然而,既然次韻用於同時代的幾位詩人之間,那麼,它就可以看作是一種社交色彩較濃的作詩手法。在古今體詩中,除了次韻(和韻)以外,社交性手法的代表性方式還有分韻、分題(賦題)、聯句等。這些手法是從六朝到初唐逐漸普及化的。當然,中唐以及蘇軾所處的北宋後期,次韻也同樣是被普遍使用的。接下來,本文想通過與其他社交性手法的比較,來進一步闡明次韻作爲一種社交性手法的形式的獨特性。

　　分韻、分題(賦題)、聯句等作詩手法有著各種各樣的變種②,目前將其基本形式規定如下:

　　○ 分韻、分題(賦題)——在詩人們聚會的時候,把事先準備好的韻及題材分發給各詩人(賦題一般用同一題材),各詩人在一定的時間內,按所分配的題目努力完成詩作。

　　○ 聯句——幾個詩人,每人數句,輪流吟詩,共同完成一

_____

(接上頁註) 所收);關於盧綸的用例,參照村上哲見《三體詩》(1978 年 9 月,朝日新聞社《中國古典選》30,214 頁以下)。又,鈴木氏論述了關於從六朝至唐代對韻加以限制的作詩技法,有名爲《六朝唐代和韻詩的變遷》(1983 年 1 月,神戶大學《未名》3)的論文。但是,與筆者的立場不同的是,其中對分韻等在集團中使用的方法與和韻未作區別。

① 中華書局校點本《元稹集》卷六〇《上令狐相公詩啟》。

② 參照前註所揭鈴木氏(b)論文,以及赤井益久《大曆朝的聯句和詩會》(1984 年 2 月,《漢文學會會報》29)等。

首詩。

與上述三種手法比較而言,次韻(和韻)的傳統形態有以下四個顯著的特點:

1. 上述三種手法基本上用於同時同座的條件下,而這對次韻(和韻)來説却不是必備的條件。因而,上述三種手法中所要求的即興性,在次韻中並不特別受重視。

2. 在分韻、分題(賦題)中,作詩的基本形態是幾個詩人各自對規定的題目同時進行"攻關",因而,不能指望此作品與他作品之間有有機的聯繫,而次韻(和韻)則可使原篇與和篇之間有緊密的呼應關係。

3. 以上三種手法,特別是分韻、分題(賦題),集團(沙龍)文學的特徵濃厚,因而適合創作的作品也自然會受制於那種場合最主流的(尤其是主人的)文學觀。次韻,則因爲用於一詩人對另一詩人的關係中,所以容易在作品中更積極地展現詩人個人的文學觀。

4. 上述三種手法,特別是分韻、分題(賦題),具有一次性的基本特徵。次韻則全憑當事者的意願,具有半永久性地應酬的可能性和持續性。

如上所述,雖然同樣是社交性的手法,但是次韻具有與分韻、分題(賦題)、聯句不同的特性。若要探究引起這種差異的根本原因,可以説是因爲次韻不以同時同座爲必備條件,而其他三種則以此爲必備條件。也就是説,正是使用場合的不同,造成了這樣的差異。

(三)次韻的效果

那麼,中唐以後及至北宋的詩人,靠次韻這一手法,到底是在尋求怎樣的效果呢?這大概可以歸納爲以下三點:

① 遊戲性、比賽性的效果。

②　對比鮮明化的效果。

③　社交交情的效果。

首先是第一點"遊戲性、比賽性的效果"。在克服韻字的約束的行爲中,可以説包含著某種(對自己的)遊戲性。而且,因爲次韻之作當然是要與原篇進行比較鑒賞的,所以,次韻的詩人在克服韻字的約束的同時,在内容上也自然會努力趕超原篇,從而,自然就産生了(對他人的)比賽性。

其次是原篇與和篇間"對比鮮明化的效果"。換句話説,就是"使作品質的優劣更爲明顯化的效果"。也就是説,通過使用次韻,原篇與和篇在詩型、韻字甚至韻字的位置這幾點上的同一性都得到了保證。與没有上述共同點的詩作之間的較量相比,正因爲客觀上作詩的條件近似,所以兩者間質的差異就更突顯出來了。如果再聯想到上述①的效果,那麼,更明顯地表現出質的差異,也就意味著質的優劣也更鮮明地表現了出來。

第三是"社交交情的效果"。這一效果,與次韻這一手法本身所具備的前二項效果不同,是一種期待通過使用次韻而導致某種結果的效果。可以想像,當時的詩人通過次韻這一行爲,表明了他們對於原詩及其作者的尊重之意。對當時的詩人來説,廣泛地一般地進行詩歌應酬這種行爲本身,就在相當程度上包含了社交性的意義。但是,通過使用受贈原詩的韻字來明確表示原詩是值得次韻的,也就是説表示對於與原詩作者的交往的重視,可以説是一種更有效的社交手段。

下面,以本章整理的三點爲基礎,來考察蘇軾的次韻之作。

三、蘇軾的古今體詩中的次韻

　　由中唐的"元白"確立的次韻(和韻),受到晚唐詩人皮日休、陸龜蒙等人的喜愛,從而得以普及。但是,在唐以後五代十國的約半個世紀裏,次韻却未能繼續流行。北宋王朝建立(960年)以後,大約經過了一個世紀,這一手法也幾乎無人問津。從北宋第四代皇帝仁宗(1022—1063年在位)末期開始,次韻纔突然又開始流行起來。

　　舉一個例子。從皇祐五年(1054)前後開始,梅堯臣(1002—1060)詩題中稱作"依韻"的作品有所增加。嘉祐三、四年(1058、1059)他晚年的兩年裏,次韻的作品急劇增加。尤其是嘉祐四年(翌年四月梅堯臣去世),次韻詩的數量達到了八十一首,占此年作詩總數(一百七十四首)的近五成①。

　　梅堯臣開始大量寫作次韻詩的嘉祐三、四年前後,活躍於當時詩壇的新鋭詩人(如王安石、蘇頌、劉攽、呂陶、韋驤),以及這一時期進士及第的詩人(如蘇軾、蘇轍、劉摯),其中許多人留下了不少次韻詩。到了後於他們進入仕途的詩人(如彭汝礪、徐積、黃庭堅、秦觀、陳師道)②那裏,喜用次韻的傾向進一步加强。由此可以看出一種傾向,即這一時期的詩人的輩分越是年輕,其使用次韻——在和韻的三種形態中難度最高——的頻率便越是增高。

---

① 　朱東潤《梅堯臣集編年校註》(1980年11月,上海古籍出版社)。
② 　這裏刊登的詩人的數據列記如下(次韻詩數/詩總數):王安石(155/1 637)、蘇頌(166/595)、劉攽(107/1 213)、呂陶(60/388)、韋驤(89/1 150)、蘇轍(499/1 807)、黃庭堅(440/1 466)、秦觀(108/436)、陳師道(85/666)。

在這種次韻又一次流行的時代潮流中,特別有意識地活用這一手法的是蘇軾。

蘇軾可以編年的古今體詩有二千三百八十五首,其中,可以確認確實使用了次韻的作品有七百八十五首,約占三分之一,無論在數量上還是在頻率上,都壓倒了同時代的其他詩人。但是,數量上的出衆這一現象(這與他生前即已有的一種所謂"蘇軾熱"的社會現象[後述]分不開),大抵是基於他的作品總體上保存率極高這一特殊原因。所以,只根據這一現象就斷言蘇軾比同時代的其他詩人更有意識地運用次韻,這恐怕有點困難。而且,筆者也並不想著意陳述這一點。筆者之所以說蘇軾有意識地使用次韻,自有其他的理由。

仔細考察蘇軾的七百八十五首次韻詩,感到蘇軾的次韻詩自成系統,它們分明使用了與次韻的傳統使用形態[參照本稿第二章(2)]不同的方法。其新的使用方法分爲以下(a)(b)兩類。

(a) 對自己過去作品的次韻形態。

這類次韻詩計有八十七首①。回想一下次韻的傳統使用形態,這種新形態的特殊性就容易理解了。也就是說,原來在幾個詩人間使用的次韻,現在以自我完成的形態來使用,這一點分明與傳統不一樣。

參照上一章①中歸納的次韻的三種效果,研究一下這

---

① 這 87 首中大約也包括同時連續寫作的作品(例如(a)《十一月二十六日,松風亭下,梅花盛開》與(b)《再用前韻》[都在卷三八])。因爲(a)的立場像是略早於(b)的製作時間。又,作爲傳統的形態與新形態之間的存在,還可以指出,前稿中假稱"疊次韻"形態的次韻,具體可參照拙稿《蘇軾次韻詩考》。

種新形態的次韻,發現因爲原篇是自己的作品,第一點的
"遊戲性、比賽性的效果"減少了一半。第三點的"社交交
情的效果",因此也是難以指望的了。即便把這種新形態
的次韻詩寄贈給什麼人,並因此與這個人加深了友誼,也
與次韻行爲本身即意味著社交交情的傳統形態有著本質
的區別。

僅剩下第二點"對比鮮明化的效果"還被保留著。可以認
爲,蘇軾是著眼於這一效果,纔系統地留下了這一類作品的。
衆所周知,蘇軾由於新法舊法的黨争,而幾度經歷了人生的沉
浮。以這種經歷爲背景,蘇軾在人生明暗交替呈現的局面中,
留下了這種新形態的次韻詩。

例如,因爲其許多詩作涉嫌誹謗朝政,蘇軾曾被繫御史臺
獄,以這一事件(元豐二年,1079年,蘇軾四十四歲)爲背景,
蘇軾作了這種新形態的次韻詩(以下祇載明詩題):

○"原篇":《予以事繫御史臺獄,獄吏稍見侵,自度不能
堪,死獄中,不得一別子由,故作二詩授獄卒梁成,以遺子由,
二首》(《蘇軾詩集》卷十九)

○"和篇":《十二月二十八日,蒙恩責授檢校水部員外
郎黃州團練副使,復用前韻》(《蘇軾詩集》卷十九)

還有,蘇軾晚年被貶謫到嶺南的惠州(廣東省惠州市)及
儋州(海南省儋縣),在南遷的旅途中(紹聖元年,1094年,蘇
軾五十九歲)所吟誦的作品,於蘇軾被赦免北歸的旅途中(建
中靖國元年,1101年,蘇軾六十六歲),於同一地點留下了次
韻之作。試舉一例(詩篇引用省略):

○"原篇":《過大庾嶺》(《蘇軾詩集》卷三八)

○"和篇":《余昔過嶺而南,題詩龍泉鐘上,今復過而
北,次前韻》(《蘇軾詩集》卷四五)

這兩組詩在原篇表現人生的暗、和篇表現人生的明這一點上是相通的。在可以通觀蘇軾人生的今日之我們看來,作爲這兩組詩的背景的事件,是蘇軾波瀾壯闊的一生中最明暗分明、最具有重大意義的事件。正好處於這樣的漩渦中,蘇軾確實難逃羅網,使用這種新形態的次韻,可以最大限度地發揮詩化的效果。

在和篇的詩題中明白記載著次韻某某詩,讀者因而可以從其詩集中找出原篇,一邊比較一邊鑒賞。關於這二組作品背後的事件,無論是當時的讀者,還是現代的讀者,作爲常識都完全了解。讀者也許是一面品味著兩者間作者心理上的差異,一面來欣賞其作品的吧。

作者與讀者之間達成了這樣的默契,這兩組詩就獲得了超越作品中由各自的表現所構築的世界的深度。於是,由於次韻而得到保證的客觀的作詩條件的近似,使兩者(原篇與和篇)微妙的質的差異也凸現了出來。

(b) 對過去的詩人之作的次韻形態。

這類次韻詩計有 128 首。其中,對東晉陶淵明詩的次韻之作,即所謂的"和陶詩",達 124 首,占九成以上。"和陶詩"以外的作品,是對李白、韋應物、韓愈(及梅堯臣)等人詩的次韻之作,各存一首①。

這一類次韻詩,嚴格來説,並不是蘇軾首創的。在晚唐時,即已有唐彥謙對陶淵明詩的次韻之作(《和陶淵明貧士詩七首》,《全唐詩》卷六七一);與蘇軾同時代的,也有王安石

---

① 李白:《和李白并叙》(卷二三),韋應物:《寄鄧道士并引》(卷三九),韓愈:《二月十六日,與張李二君遊南谿》(卷五),梅堯臣:《木山并叙》(卷三〇)。還有,衆所周知,梅堯臣是與蘇軾同時代的詩人,但此詩是其死後所作。

(1021—1086)的二例(孟郊、張祜)①,郭祥正(1035—1113)對
李白詩的次韻之作四十五例②。

　　但是,除了郭祥正的作品以外,其他的都是偶爾作成的,
其中難以看出作者明確的意圖和意識。又,再考慮到作爲詩
人的影響力這一點,則可以説在這種形態的次韻的定型方面,
蘇軾曾起過最大的作用。

　　在這種形態的次韻中,因爲原篇的作者已經去世,所以
次韻三效果中的第三條“社交交情的效果”,自然是完全不
可指望的。但是,第一條“遊戲性、比賽性的效果”,却是可
以充分發揮的,雖説與傳統的形態意義有所不同。並且,可
以推測,正是在這一點上,存在著蘇軾創作“和陶詩”的最大
動機。

　　在蘇軾的“和陶詩”中,除了《和陶飲酒二十首》是揚州知
事時期(元祐七年,1092,蘇軾五十七歲)所作的以外,其餘全
部是晚年,謫居嶺南時期所作。不難推想,蘇軾想要通過對自
己尊敬的陶淵明詩的次韻之作,來達到使身處偏遠之地、從而
易被埋没的自己振作起來的“對自己的目的”。與此同時,也
存在著藉助次韻之作對同時代的詩人顯示自己健在的姿態的
“對他人的目的”。

　　次韻之作的作者獲得同時代人的評價越高,則對其次韻
詩的關注程度也就會越高。而且,陶淵明在北宋也是受到高
度評價的詩人。翻開北宋詩人的別集,必定可以看到言及陶

① 《臨川先生文集》卷一三《崑山慧聚寺次孟郊韻》,卷一六《崑山慧聚寺次
　　張祜韻》。
② 《四庫全書》中著録其別集《青山集》。另外,關於郭祥正的簡歷,參照拙
　　稿《郭祥正〈青山集〉考(上)》(1990 年 10 月,宋代詩文研究會《橄欖》第
　　三號)。

淵明的作品,這一事實足可作爲旁證①。

　　當然,毋庸置疑的正是蘇軾自身對陶淵明尤有同感,這乃是他創作"和陶詩"的出發點。但是對陶淵明詩——對同時代的其他詩人來説也是偉大的存在——的次韻行爲,可以喚起同時代詩人的注意,這一點,蘇軾本人大概也是容易想到的吧。同時,自己的作品因此而會被人以更嚴格的批評眼光來鑒賞,這一點蘇軾也應該是預想得到的。這麼考慮的時候,我們自然會想到,蘇軾自己也是一面預想著與同時代詩人的批評眼光之間的比賽性效果,一面不斷地創作著"和陶詩"的吧?另外,次韻所具有的第二種效果,即"對比鮮明化",也會使原篇與和篇的質的優劣顯著化,因而對處於偏遠地區的蘇軾來説,"和陶詩"的創作也是十分刺激的行爲。

　　以上,概述了蘇軾的兩種次韻形態與次韻的傳統使用形態之間的明顯差異。(a) 對自己過去作品的次韻形態,(b) 對過去的詩人之作的次韻形態,這兩種形態通過減弱次韻一向所具有的社交交情的效果而形成。對於次韻而言,同時代其他詩人的存在從來是必不可少的條件,但是蘇軾卻基本上取消了這一必要條件,確立了自我完成型的次韻形態,並積極地運用這種次韻形態,開了次韻歷史的新生面。

　　(a)形態以讀者瞭解作者自己的原篇爲前提條件,因而,除了像蘇軾那樣擁有廣泛的同時代讀者羣的詩人以外,不能認爲對於任何詩人都是能現實地運用的。實際上,在與蘇軾

---

① 又,臺灣九思出版社《陶淵明研究》摘録了歷代言及陶淵明的詩文,其中能夠容易地看出,到了宋代,言及陶淵明的詩文激增。這一點也可作爲旁證。

同時代的詩人中,可以明確斷定留下了這種形態的次韻詩的詩人,在管見所及的範圍内並不存在。

　　蘇軾是一個因自己的詩繫獄的詩人。當時,在審議的過程中,民間刊行的詩集被作爲證物由御史官提交①。另外,蘇軾生前有數種詩文集經由他人之手編纂刊行,這可以從蘇軾自己的書簡及當時的文獻得到確認②。這些事實喻示著以印刷術普及這一社會現象爲背景,蘇軾大概能"現時"地切身感受到自己的文學作品的社會反響(在這樣的意義上,或者說在中國文學史上,可以把蘇軾看作是最早活用傳播媒介的詩人)③。

　　如上所述,這種對自己作品的次韻形態,祇能是堪稱時代寵兒的蘇軾纔能使用的手法,並不能像對古人詩的次韻形態(b)那樣給後世以大的影響。

　　另一方面,(b)的形態理論上是一種向所有的詩人開放的形態。祇要是已獲定評的往昔的詩人或作品,可以認爲讀者是知道他(它)們的,對之作次韻詩就不是那麼困難的事。若再自認爲次韻詩與原篇相比也毫不遜色,那麼,這種形態的次韻理應是誰都可以采用的。因此之故,與(a)的形態相比,(b)形態的次韻在後世產生了不少的追隨者,可以説作爲一種獨立的文學體裁,在詩歌領域裏確立了自己的位置。

---

①　參照宋朋九萬《東坡烏台詩案》(新文豐出版公司《叢書集成新編》所收)。參照拙稿《關於蘇軾二次在杭州任上的詩》第四節(1986 年 6 月,中國詩文研究會《中國詩文論叢》第五集)。

②　參照上註所提拙稿的註㉟。

③　關於這一點再補充幾句,在蘇軾的詩中,可以看到不少非一般的用典方法的例子,以自己過去的詩歌中使用的詩語爲典故。這也可以聯繫當時蘇詩流行的背景來考慮。參照前註所提拙稿第四節。

四、蘇軾詞中的次韻

　　在前面二章中,我們簡要地考察了古今體詩中運用次韻的各種形態。在本章中,我們首先將對次韻在詞中使用的一般情況進行確認,在此基礎上,再對蘇軾詞中使用次韻的各種形態加以檢討。

(1) 詞中的次韻

　　在詞中,文獻意義上使用次韻的最初用例,可以確定的是張先(990—1078)的《好事近‧和毅夫内翰梅花》(《全宋詞》第62頁),最妥當的看法是,此詞作於北宋第六代皇帝神宗熙寧二年(1069)十二月①。另外,張先所作的次韻詞現在可以確定的計有三首,除了《好事近‧和毅夫内翰梅花》外,另外二首都是對蘇軾 036《定風波》(今古風流阮步兵)詞的次韻之作,它們都是熙寧七年(1074)所作的(《定風波令‧次子瞻韻送元素内翰》、《定風波令‧再次韻送子瞻》,見《全宋詞》第74頁),就詞而言,仍然暗示著與蘇軾詞具有密切的次韻關係。

　　我們根據唐圭璋《全宋詞》進行了調查,發現在比蘇軾老一輩的詩人中,除了張先以外,王安石也有次韻詞(《訴衷情‧和俞秀老鶴詞》三首,第208頁),但若據李德身《王安石詩文繫年》(1987年,陝西人民教育出版社),這三首詞都是元豐五年(1082)的作品,這比蘇軾最初的次韻的用例要晚。

　　蘇軾正式開始詞的創作,是在作杭州通判時期(熙寧四年—熙寧七年,1071—1074年,蘇軾 36～39 歲)。若依近人

---

①　參照拙稿《張先和韻詞二首繫年稿》(1991 年 10 月,中國詩文研究會《中國詩文論叢》第十集)。

曹樹銘《東坡詞》的説法,在現存的可以編年的蘇軾詞中,最早的作品是熙寧五年(1072,蘇軾 37 歲)的 001《浪淘沙(昨日出東城……)》。此後直到在常州以六十六歲壽終,大約三十年間,蘇軾留下了共計二百五十首詞(若包括無法編年的詞則有三百十首)。

另外,僅就現存資料而言,蘇軾在詞中最初使用次韻的作品,是熙寧七年(1074)八月作的 027《南歌子》(苒苒中秋過……)。此後,他一共留下了共計二十七首(若包括無法編年的詞則有二十八首)次韻詞。

與古今體詩中次韻詩的數量(785/2 387)及比率(約三成)相比,蘇軾詞中的次韻詞確實相形見絀,但不管怎樣,僅就現存詞作來判斷的話,由於蘇軾之前還沒有任何詞人留下過兩位數的次韻詞,所以可以認爲蘇軾是最早在詞中較多作次韻詞的詞人。由此,我們是否可以推測,在作詞的場合,次韻開始被較普遍地運用,是神宗熙寧中後期的事情,那時,蘇軾初次創作次韻詞,而張先則二次次韻了蘇軾的《定風波》。

這以後一直到北宋末年,完全没有次韻詞留下的詞人也不在少數(如後所述),但是進入南宋以後,詞中使用次韻就普遍化了。至今留存有五十首以上詞的詞人,幾乎全部都留有次韻詞,祇在使用頻率上有所不同。

(2) 蘇軾詞中的次韻的各種形態以及與古今體詩的比較

接下來,實際探討一下蘇軾次韻詞的各種形態。在本節中,首先想確認一下本文第三章中所提到的次韻的三種使用形態(① 傳統的使用形態;② 對自己舊作進行次韻的形態[(a)];③ 對以前詩人的作品進行次韻的形態[(b)])是否確實也被用於詞中。

① 傳統的使用形態

首先,傳統的使用形態——關於對同時代其他詞人的作品次韻(主要以書簡等爲媒介)和贈答的用例,在蘇軾的二十八首次韻詞中,八首屬於此類。舉其代表性的一首,是次章楶《水龍吟》(燕忙鶯懶花殘……)(《全宋詞》第 213 頁)韻的 188《水龍吟》(似花還似非花……)。

在蘇軾給章楶的書簡(《與章質夫三首》其一)中①,有如下一條,證實了這一點:

> 《柳花》詞絶妙,使來者何以措詞。本不敢繼作,又思公正柳花飛時出巡按,坐想四子,閉門愁斷,故寫其意,次韻一首寄去,亦告不以示人也。《七夕》詞亦録呈。

上文所説《柳花》詞,指章楶的《水龍吟》。從此書簡中所用"寄去"一詞來看,可以斷定蘇軾是將次韻的《水龍吟》郵寄給不在本地的章楶的。此書簡清楚地表明,即使在詞中,蘇軾也是按照傳統形態使用次韻的。

② 對自己舊作次韻的形態

第二,關於對自己舊作次韻的形態,此類詞計有十九首。要説其代表作,163 與 176 的一組《滿庭芳》即是。

作爲原篇的 163《滿庭芳》是元豐七年(1084 年,蘇軾 49 歲)所作,並附有如下的小序:

> 元豐七年四月一日,余將去黄移汝,留别雪堂鄰里二三君子,會李仲覽自江東來别,遂書以遺。

而作爲和篇的 176《滿庭芳》,是元豐八年(1085 年,蘇軾 50 歲)所作,並附有如下的小序:

---

① 中華書局校點本《蘇軾文集》卷五五。

> 余謫居黃州五年,將赴臨汝,作《滿庭芳》一篇別黃
> 人。既至南都,蒙恩放歸陽羨,復作一篇。

據上述小序所明示的,原篇《滿庭芳》是蘇軾將要離開黃州(湖北省黃岡縣)的元豐七年(1084)四月所作。此時,因爲恩赦,蘇軾從黃州的幽閉生活中解脱出來,受命轉任汝州(河南省臨汝縣)。蘇軾在離開生活了五年,已住慣了的黃州的時候,當地的朋友勸他隱居黃州。最後,蘇軾當然是離開了黃州,但心中戀戀不捨,難以離去,充滿了因爲前途渺茫帶來的不安,詠唱了"歸去來兮,吾歸何處"的《滿庭芳》原篇。

蘇軾離開黃州以後,約經十個月時間,由水路到了南京應天府(河南省商丘縣)。這期間,蘇軾幾次向皇帝請求,允許他住在常州宜興所購的莊園。契合此時的心情作成了還是以"歸去來兮"開頭的《滿庭芳》和篇。在和篇中,接著"歸去來兮",他描寫了心中向往的常州宜興的美麗風景,吐露了找到合適歸宿的滿足的心情。

雖然以終老計劃作爲共同的主題來吟詠,可是在原篇與和篇之間,還是存在著源自作者心理背景之差異的微妙對比,這種對比由於次韻的使用而更加顯著。

正如這組《滿庭芳》所反映的,對自己的舊作進行次韻的形態,可以確認在詞中也被使用著。

③ 對過去詩人的作品進行次韻的形態

這種形態的次韻詞,衹有對歐陽修(1007—1072)的《木蘭花令》(西湖南北烟波闊)(《全宋詞》第133頁。《全宋詞》中,詞牌作《玉樓春》)作次韻的222《木蘭花令》(霜餘已失長淮闊……)這一首。這首次韻詞,作於元祐六年(1091,蘇軾56歲),潁州(安徽省阜陽市)知事任上。歐陽修的原篇,大概作於仁宗皇祐元年(1049),那年歐陽修在潁州知事任上已滯留

了二個月左右時間①。蘇軾的次韻詞上闋的末尾，有"佳人猶唱醉翁詞，四十三年如電沫"之句，從元祐六年向前推算，"四十三年"前正好是皇祐元年。歐陽修選擇了潁州作爲終老之地，晚年的約一年時間(熙寧四—五年)在西湖畔度過。蘇軾在老師歐陽修去世大約二十年後，作爲知事訪問了其地。站在自己的老師歐陽修格外喜愛的這一片土地上，蘇軾不勝緬懷之情，詠出了他的次韻詞。

這首次韻詞中所表現出的蘇軾的形象，除了《和陶詩》，與其他的這第三種形態的次韻詩中所表現出來的姿態大致相同。可以斷定，這是與原作者站在同一地點，身處類似的環境，以此爲契機，即興作出的次韻詞。至少，很難像古今體詩中的《和陶詩》那樣，看出明確的創作意圖。

在古今體詩中，這種形態具有非常大的意義，而在詞中，則作品本身僅有這寥寥一首，在整個詞界也不具重要性。但是，若要追究，這種現象的最大要因，我認爲主要在於下面這一點，即詞不像古今體詩那樣擁有悠久的歷史和大量的經典作品。在"使用次韻"這個前提下作詩的時候，同一詩型的原篇的存在是不可或缺的。若缺乏這種先例(原篇)，當然此種形態的次韻詞也就難以產生。

更進一步說，也可認爲是因爲在詞中，獲得當時穩定的高度評價的作品所存不多，而不像陶淵明的詩在古今體詩中那樣。在這種形態的次韻中，比什麼都關鍵的因素是，要存在同時代人人都知道的，人人都會給予高度評價的作品。對人人都知道、人人都感到出色的作品敢於挑戰，這一點總是這種形

---

① 參照蔡世明《歐陽修的生平與學術》(1980 年 9 月，文史哲出版社)附録《歐陽修年表》。

態的次韻的妙趣所在。遺憾的是,當時的北宋,堪與陶淵明匹
敵的作品在詞中極爲稀少。而且,甚至對詞這種樣式本身的
評價也還沒有穩定下來。

在蘇軾的時代,雖然幾乎看不到此種形態的次韻詞的其
他用例,但是隨著時代的推移,隨著詞在整個詩歌中地位的穩
固,此種次韻詞開始變得像在古今體詩中一樣被詩人們大量
運用①。而且,以蘇軾爲首的北宋各詩人的詞作爲一種典型
被賦予了相應的地位,由此他們的作品被作爲原篇,此種形態
的次韻詞得以產生。

如前所述,蘇軾的此種形態的次韻詞,即使在他整個的次
韻詞中,所占比重顯然是很小的,然而也留有如 126《哨遍》
(爲米折腰……)那樣的作品,雖非次韻,却將陶淵明的《歸去
來兮辭》整理爲詞,總體上可以看出與古今體詩中同樣的
傾向。

以上,我們確認了蘇軾在詞中大致上也使用了與古今體
詩中同樣的次韻手法。但是,若注意一下被使用的場合,並對
作品進行細緻的探討,就會感覺到詞中的次韻與古今體詩中
的次韻,二者間存在著明顯的不同。從下一章開始,我們將揭
示這一點,並論述體現這一異同的內容。

五、蘇軾的詩與詞中的次韻之異同

就像上一章已經論述的那樣,可以看出詞中的次韻有著
與古今體詩中的次韻同樣的傾向。但是,若注意一下它們的
使用場合,我們可以發現,有一部分次韻詞作於不常見於古今

---

① 若舉南宋初的代表詞人,則有李綱、向子諲、蔡伸、王之道、楊無咎等。

體詩的場合。這樣的作品有 109～113《浣溪沙》五首和 210～
212《西江月》三首。

《浣溪沙》五首是元豐四年(1081 年,蘇軾 46 歲),謫居黄
州期間所作,並附有如下的小序:

> 十二月二日,雨後微雪,太守徐君猷攜酒見過,坐上
> 作《浣溪沙》三首。明日酒醒,雪大作,又作二首。

另外,在第二、第三、第五首的題下,註有"前韻"二字,第四首
的題下註有"再和前韻"幾字。五首都使用"蘇、車、無、珠、鬚"
這些相通的韻字。

《西江月》三首,作於元祐六年(1091,蘇軾五十六歲)任杭
州知事時,第一首(原篇)有"寶云真覺院賞瑞香"的題下註。
"寶云真覺院"是寺名,在杭州。"瑞香"是花名。第二首附有
"坐客見和復次韻"的題下註。三首都用"通、風、夢、紅、秾、
動"這些韻字。

這《浣溪沙》五首與《西江月》三首,除第一首(原篇)外均
是次韻詞。而且,有如《浣溪沙》的小序"坐上作浣溪沙三首"、
《西江月》第二首題下註中"坐客見和復次韻"所明示的,次韻
是在宴席的場合被使用的。

古今體詩中的次韻基本上不是在同時同座的條件下被使
用的。與分韻、分題(賦題)、聯句等各種社交性作詩技法比較
時,次韻的獨特性得以鮮明地表現出來的最大的原因,正是使
用場合的不同這一點,這在第二章裏已論述過了。但是,前面
所説的《浣溪沙》及《西江月》,明顯地——主張次韻有比次韻
之作爲次韻的獨特性更實際的意義——是無視傳統形態的作
品。這種現象該如何解釋呢?

這種現象,筆者認爲它是爲了與詞的傳統的創作場合相

一致而對次韻的使用形態進行改變或者添加而形成的。換句話説，可認爲是依詞而變形的吧。也就是説，在蘇軾那時候，創作詞的場合，主要還是在酒宴上。由此我們可以想像，在許多情形下，妓女們和著管弦的伴奏，實地演唱酒宴上所作的詞，當然，根據宴會的規模和性質（是公的還是私的），官妓可以代之以私妓，樂奏可以變得簡單素樸等，宴會的情形自是多種多樣，但宴席是詞的創作和發表的主要場所之一，這是不可否認的事實吧。這一點，可以從宋代的詞（詩）話、筆記類作品中所記録的内容、詞的題下註等很容易地看出①。

　　考慮到宴會乃是對詞而言最具傳統性的創作場合，則作爲在詞中使用次韻的前提條件，便始終不能避免同時同座這一條件。這難道不正是這種次韻形態得以產生的最主要的原因嗎？又，在這種形態中，次韻的三效果中的第一種，即遊戲、競技性的效果當然最爲人期待，即興性當然尤其受到重視。

　　另一方面，上一章（2）中也言及的章楶與蘇軾的《水龍吟》，却正好相反，可以斷定爲是詞向次韻的傳統形態的靠攏。這類作品，從古今體詩中的次韻的角度來看，可以説是極其一般的傳統的形態，但若如上述，聯繫詞的傳統性的創作場合來考慮，倒不如説可以認爲它是一種新的形態。

　　一方面，通過在傳統的詞的創作場合導入次韻這種手法，在歷來的古今體詩中并不多見的"同時同座"這一非一般的次韻形態，就自然而然地誕生了。另一方面，通過使用效法傳統

---

① 　例如，楊湜《古今詞話》中，記載了唐五代至北宋末的逸話，裏面常見妓女登場、接著在宴席上作詞等内容。而且，不僅是北宋，進入南宋後，從其題下常常註著的"即席作"、"席上作"等語可以明白，宴席依然是作詞的主要場所。

使用形態的次韻,詞自然地脱離了宴席這樣的場所,獲得了向不再以隨意性爲第一要義的文學樣式轉變的巨大的可能性。

　　本章所舉的二組作品,可以看作是通過次韻這種手法的介入,詩與詞的界限同時淡化的明顯標志。

六、詞中的次韻的意義

　　對於蘇軾那時候詞開始以書簡爲媒介來贈答唱和的事實,村上哲見氏最早予以了關注。他説:"在書簡上贈答的詞,雖然原本是依曲而填的,但眼下無疑與古今體詩一樣,具備了只以閲讀來作友情交流的手段的功能。"他指出,對於當時的文人來説,詞已經與古今體詩一樣,變成了日常的表現方式的一種(《詩與詞之間——蘇東坡的場合》)①。

　　恰如村上氏所指出的那樣,以書簡爲媒介來次韻應酬的章楶與蘇軾的《水龍吟》,就是顯示詞的新的創作場合出現的明顯例子了,而且,可以認爲,這是促進詞的本質變化的主要原因之一。

　　然而,還有前文所指出的《浣谿沙》及《西江月》,其同時同座次韻所暗示的事實也極具象徵性。正因爲它們是在傳統性的作詞場合創作的東西,所以,其暗示的內容是更爲重要的。

　　如前所述,我們一直把詞想像爲是由詩人創作後,馬上在樂曲的伴奏下,主要由歌妓等歌唱、發表的東西。也許,爲了幫助鑒賞者理解,將之抄在紙上,發給宴會的參加者,但在那樣的場合,我想鑒賞者基本上是根據歌妓演唱的歌詞,通過耳

---

①　1968年1月,《東方學》35。又,村上氏還有考證蘇軾《水龍吟》的創作年代的論文(《東坡詞札記二則》,1973年6月,《集刊東洋學》29)。

朵進行鑒賞的,亦即是聽覺鑒賞優先。

但是,另一方面,次韻是極具視覺性的技法。像依韻,若是從祇使用與原篇相通的韻爲條件來作和篇的話,即祇靠聽覺來鑒賞,確認和篇是否滿足規定條件,也許是可能的。但是像次韻這種技法,韻字本身成了規定條件,單靠聽覺來判斷和篇是否滿足規定條件,實際上是相當困難的,這一點不難想像。

進一步説,在詞的傳統的製作場合,導入次韻,若指望實現次韻的第一效果,即遊戲、競技性,則鑒賞者首先想必要對作品的次韻是否滿足條件仔細進行確認。然後將原篇與和篇相互比較,仔細玩味和篇是如何克服了在韻字上的種種約束等。

這樣的話,次韻被用於舊式的詞的創作場合這一事實,使詞的發表及鑒賞的形態發生顯著變化的可能性增加了。也就是説,這些作品暗示著:即使在那樣舊式、傳統的作詞場合,詞也已經是視覺鑒賞優先於聽覺鑒賞,以上的作品暗示了這一點。

在詞的鑒賞的層次上,從重視聽覺到重視視覺的轉換,換句話説,即詞漸漸脱離樂曲的傾向,是由次韻帶來的嗎? 或者反過來説,是已經有了這樣的傾向,纔使次韻被導入了詞中的嗎? 一下子確實難以斷定。但是,即使在宴席的場合,亦即是在詞的舊式的創作場合,次韻也被導入了這一事實顯然表明了是其轉換的決定性的事件。

七、結　語

以上各章主要以古今體詩與詞的異同爲中心,論述了蘇

軾的次韻。其基於詩、詞所各有的文學樣式上的特徵而來的
異同,正如前述。但是,當我們再次從詩歌總體的高度來看蘇
軾的次韻時,可以看到其間共通的傾向。以上各章中所記述
的蘇軾次韻的諸種形態與歷來的形態相比,顯示出它的豐富
多彩,而且,同時也説明了蘇軾超越了詩與詞的體裁的異同,
即不管集體和個別場合的差異,都喜歡使用次韻。在這一點
上,不難看出蘇軾的基本態度,他不拘泥於歷來的傳統用法,
追求發揮次韻的可能性。

　　我認爲在次韻方面的這種自由的發揮和想像完全符合他
的創作態度。若就詞來舉恰當的例子,假如蘇軾是個首先考
慮種種形式上的傳統的墨守成規型的詩人的話,那些被後世
看作是"豪放"詞的詞作①可以肯定是不會作成的。對他而
言,比形式上的傳統和特性更受重視的,是值得吟詠的内容
吧。我推想,在想高聲放歌以表現自己的感情的時候,蘇軾將
在舊時可以由樂府擔當的部分,代之以詞來表現吧? 這也是
一系列"豪放"詞作成的原因吧? 於是,與那些重視各種文學
樣式上的傳統和獨特性,並想在它們之間劃出明確的界綫的
詩人不同,蘇軾有時被認爲是各種體裁間的界綫比較模糊的
詩人。

　　與這點有關的一個饒有趣味的現象是,在比蘇軾略後的
詞人中,對詞中的次韻的態度明確地分成二類,其差異與後世
對這些詞人的作品的不同評價直接相關。一方面,有與蘇軾
相同的在詞中大量運用次韻的詞人黃庭堅②,另一方面,則有
在古今體詩中使用次韻,但在詞中完全不用次韻的詞人秦觀

---

①　056《江城子・密州出獵》,130《念奴嬌・赤壁懷古》等。

②　檢《全宋詞》,他留下了三十五首次韻詞(總數一八七首)。

和賀鑄①。到了後世,後者不用説更多地獲得了"詞人"的名聲,被看作是詞的正統派。

　　秦觀、賀鑄與蘇軾(或黃庭堅)交情的深厚衆所周知②,他們一面與愛用次韻的詞人交往,一面却祇是在詞中拒絕使用次韻,由此我料想,在他們的心中對於詩詞創作存在著某種明確而嚴格的區別意識。對於他們來説,要把在古今體詩中使用慣了的次韻,引入詞這一有別樣的獨立傳統與表現功能的體裁中,也許是帶來了很强的不和諧之感的。

　　進入南宋,不管作者的詞風如何,次韻在詞中的運用完全地普遍化了。但是,在次韻被導入詞中的歷史尚淺的北宋後期,對詞的觀念的不同,極鮮明地反映在各詞人的次韻的使用狀況中。

　　關於上述兩人作爲"詞人"的姿態所暗示的問題,我想與爲何北宋中後期次韻再度流行這個問題一起改由它稿論述。如上所述,最後我指出了在北宋後期,詞中的次韻在把蘇軾推向一般化的境界的過程中,依然存在著頑固地拒絕使用次韻的秦觀和賀鑄這樣的詩人的事實,以此結束本文。

(金育理譯　邵毅平校)

---

①　秦觀古今體詩的數目,已見前註。賀鑄傳有五百九十一首古今體詩,次韻詩不存,但《慶湖遺老集》卷五《和答鄭郎中見寄》的序中,他自己説了集子中不收和韻詩,可見賀鑄也在古今體詩中使用過次韻。另外,若據《全宋詞》,則秦觀存詞八十七首,賀鑄存詞二百八十一首,都沒有次韻詞存在。

②　從秦觀被列入"蘇門四學士"一事可知,秦觀與蘇軾、黃庭堅交情深厚。實際上在古今體詩中,還存有他們之間的次韻作品。另外,蘇軾的名字散見於《慶湖遺老集》中,由此可以確認賀鑄與蘇軾交友。還有,秦觀的《千秋歲》(水邊沙外)詞,因同時代詩人的多次次韻而著名,而蘇軾、黃庭堅都有其詞的次韻之作。

蘇軾隱括詞考

——圍繞對陶淵明《歸去來兮辭》的改編

一、導　言

　　首先從"次韻"開始説吧。在詞的領域,"次韻"被積極地運用,是從北宋後期蘇軾(1037—1101)的時代開始的。筆者曾經在與古今體詩之"次韻"的比較中,概括地論述了蘇軾詞中的"次韻"[1]。其中指出的幾個要點中,有一部分將跟本文相關,這裏重新提示一下,共有四點:

　　① 蘇軾古今體詩中的"次韻",除了 a 對同時代其他詩人寄來的作品加以"次韻"的傳統形態外,還可以看到 b 對自己過去作品的"次韻",和 c 對古人(故人)作品的"次韻",這兩種蘇軾以前並不多見的新變之形態。

　　② 在詞的領域,雖然出現頻度較低,但以上三種形態的作例也無一不備,可以看到與古今體詩領域同樣的傾向。

　　③ 但是,就 c 的形態而言,古今體詩中有"和陶詩",而相比之下,詞中却祇有一首次韻歐陽修的作例,在全部詩歌成就中的重要性顯著低下。

---

[1]　拙稿《蘇軾次韻詞考——以詩詞間所呈現的次韻之異同爲中心》(1992年 10 月,《日本中國學會報》44)。

④ 作爲主要原因之一可以舉出的是，由於詞是比較新型的詩歌樣式，在當時還缺乏獲得穩定評價的經典作例。

在前文中，筆者一方面下了這樣的判斷：③以對古人之作加以“次韻”的形態創作的詞，其質和量都較貧弱；另一方面又謂：②蘇軾詞的“次韻”具有跟古今體詩同樣的傾向。如此一眼看去正好相反的說法，其成立的理由在於：雖然不是“次韻”，但蘇軾詞中使用了“檃括”的技法，將古人之作攝入自己的作品，這確實表現了與 c 的形態相通的一種創作姿態。

本文將改以“檃括”這一方法及其作例爲焦點，其與“和陶詩”所代表的 c 的形態在蘇軾的藝術世界内具有怎樣的關係，以此問題爲中心加以考察（關於其對後世的影響之類，另有專文從詞學史的角度作出論述）。

另外，本文引用的蘇軾詞，依據曹樹銘《蘇東坡詞》（1983年 12 月，臺灣商務印書館）。詞牌前的數字爲《蘇東坡詞》中編年整理後的作品番號。至於蘇軾的古今體詩，則據《蘇軾詩集》（簡稱《詩集》，1982 年 2 月，中華書局），文據《蘇軾文集》（簡稱《文集》，1986 年 3 月，中華書局）。

二、“檃括”之法

首先引用蘇軾本人的話，對“檃括”一語的内涵，及爲何使用此種技法，作出説明：

A 陶淵明賦《歸去來》，有其詞而無其聲。余既治東坡，築雪堂於上。人倶笑其陋，獨鄱陽董毅夫過而悦之，有卜鄰之意。乃取《歸去來》詞，稍加檃括，使就聲律，以遺毅夫，使家僮歌之。時相從於東坡，釋耒而和之，扣牛角而爲之節，不亦樂乎？

B　……董義父相聚多日，甚歡，未嘗一日不談公美也。舊好誦陶潛《歸去來》，常患其不入音律。近輒微加增損，作般涉調《哨遍》，雖微改其詞，而不改其意。請以《文選》及本傳考之，方知字字皆非創入也。

　　A 文是蘇軾初次以特定古人的作品爲對象，用"檃括"之法創作的 137《哨遍》詞前所附的小序(作品見次節引用)。《哨遍》作於元豐五年(1082) 三月，蘇軾四十七歲，時在流放之地黃州(湖北黃州市)。B 文也是幾乎同時期的作品，是寫給當時任鄂州(湖北武漢市)知州的朱壽昌(字康叔，揚州天長即今安徽天長縣人)的書簡(《文集》卷五九《與朱康叔二十首》其十三)。朱壽昌在熙寧年間被皇帝親自表彰爲絶代孝子，以此廣爲人知[1]，他也是當時蘇軾的一位知己。

　　在 A、B 兩文中同時出現的董毅夫和董義父是同一人物，名鉞，德興(江西德興縣)人。他擔任梓州路(四川三台縣)轉運副使時，因認爲朝廷不該討伐蠻族，所以故意怠慢了向朝廷報告的義務，致被"除名"，其歸鄉途中訪問了黃州謫居中的蘇軾[2]。

---

[1]　傳見《宋史》卷四五六"孝義"。關於朱壽昌被神宗表彰之事，《續資治通鑒長編》卷二一二(熙寧三年六月四日)有記載。其孝行故事以蘇軾從表兄弟文同所撰《送朱郎中詩序》(《丹淵集》卷二六)的記載最爲詳細。另外，蘇軾本人也曾寫詩讚美他的孝行(中華書局《蘇軾詩集》卷八《朱壽昌郎中，少不知母所在……》)。

[2]　《續資治通鑒長編》卷三一四，元豐四年七月甲辰條，記載了此事的詳細經過(中華書局校點本，第 22 册第 7606 頁)。蘇軾 136《滿江紅》詞小序也説："董毅夫名鉞，自梓漕得罪，罷官東川，歸鄱陽，過東坡於齊安。怪其豐暇自得，余問之，曰：'吾方娶柳氏，三日而去官。吾固不戚戚，而憂柳氏不能忘懷於進退也。已而欣然，同憂患若處富貴。吾是以益安焉'……"另外，這一事件的查證、彈劾者就是侍御史知雜事何正臣，此人曾在"烏臺詩案"中彈劾蘇軾。

　　正好在寫作此詞的一年以前,蘇軾得到了黃州東南城外的一塊荒地,將它命名爲"東坡",開始了陶淵明式的躬耕生活①。經過一年晴耕雨讀的實踐,到再度回春之時,離開宦途回鄉去的董毅夫前來訪問了。就像 A 文中説的那樣:"余既治東坡,築雪堂於上。人俱笑其陋,獨鄱陽董毅夫過而悦之,有卜鄰之意。"蘇軾突然得到了一個知己。二人都把歸田之計當作最大的關心之事,所以意氣投合,對此短暫的交往都感到快樂。

　　《哨遍》詞就作於這樣的二人交遊之間。對他們來説,如果要歌唱古人的作品,最爲合適的無疑正是陶淵明的《歸去來兮辭》。不過,《歸去來兮辭》本身並沒有現存的合適曲調,所以,將歌詞即《歸去來兮辭》稍作修改,使之合乎現成的樂曲,就成了《哨遍》詞。

　　A 文中的"檃括"一語的内涵,如參考 B 文來重新清理,就是"雖微改其詞",而"不改其意",對原篇"微加增損",使之"入音律"。也就是説,將詞以外的各種文學作品,以最小的限度加以必要的改編,使之成爲合乎曲調的詞。這樣的方法被蘇軾稱爲"檃括"②。

――――――――――

① 關於蘇軾在黃州謫居期間對陶淵明的敬慕,拙稿《蘇軾廬山真面目考――圍繞〈題西林壁〉的表達意圖》(1996 年 10 月,中國詩文研究會《中國詩文論叢》15)曾有論及。

② "檃括"一詞出於《荀子·性惡篇》,原意是矯正彎木的工具。作爲文藝用語,有《文心雕龍·鎔裁篇》的用例,劉勰把"鎔裁"的"鎔"解釋爲"檃括情理"(興膳宏譯爲:將構思善加整理)。《哨遍》詞小序中的用例,或可判斷爲與後者相近,但無論如何,小序並未將它用作表示特定技法的固有名詞,而是當作一般名詞使用。這一點在蘇軾其他作例中也同樣如此,但在本文中,出於便宜之計,將此語作爲本文所規定的那種作詞技法的表示之語來使用。另外,馬興榮、吳熊和、曹濟平《中國詞學大辭典》(1996 年 10 月,浙江教育出版社)專立"檃括體"一項(轉下頁註)

　　在此種理念之下,以古人的作品爲改編的對象而創作的蘇軾"檃括"詞,根據曹樹銘氏的説法,有八首之多(前揭《蘇東坡詞》的《蘇東坡詞序論》第二十九節,上册六六頁)。舉其代表性的作品,則《哨遍》之外,尚有:(a) 以白居易的《寒食野望吟》詩(上海古籍出版社《白居易集箋校》卷一二)爲改編對象的 156《木蘭花令》(烏啼鵲噪昏喬木)、(b) 以張志和的《漁父歌》(《全唐詩》卷三〇八)爲改編對象的 171《浣谿沙》(西塞山邊白鷺飛)、(c) 以韓愈的《聽穎師彈琴》詩(上海古籍出版社《韓昌黎詩繫年集釋》卷九)爲改編對象的 200《水調歌頭》(昵昵兒女語)、(d) 以杜牧的《九日齊山登高》詩(上海古籍出版社《樊川詩集注》卷三)爲改編對象的 281《定風波》(與客携壺上翠微)等①。

　　在這當中,《哨遍》實爲"檃括"詞的第一之作,其改編的對象又是對蘇軾文學來説具有最重要意義的古人陶淵明的作品,因此二點,可以認爲它是全部"檃括"詞中最具重要意義的作例。所以,次節取《哨遍》一詞加以檢討,看蘇軾是如何"檃括"陶淵明《歸去來兮辭》的。

(接上頁註):"概念術語"第 21 頁),謂詞中有兩類"檃括體",其一是以蘇軾《哨遍》爲代表的檃括單篇散文之作,另一類是檃括前人成句,使之産生新意的作品。後者恐怕是指廣義的"檃括",即沿襲前人的詩句或意境,重創於詞中。本文所謂"檃括"詞,與前者相近,但"檃括"的對象不限於散文,也包含詩歌。

① 嚴密地説,曹樹銘氏提到的共有十一首,"八首"是可以斷定爲確是古人作品之"檃括"的數量。另外,被曹氏列舉的八首中,123《瑶池燕》被編年於元豐四年,其寫作時間早於《哨遍》詞。但是,① 另有作於元豐六年的説法(龍榆生《東坡樂府箋》,石声准、唐玲玲《東坡樂府編年箋注》)、② 原作者無法確定、③ 蘇軾本人並未明言其爲"檃括"之作,出於這三點理由,本文仍將《哨遍》詞看作"檃括"詞的第一個實質性的作品。

三、對《歸去來兮辭》的"檃括"

《哨遍》的全文如下,○●各表示平聲韻和仄聲韻,右面是與詞中表達相當的陶淵明原文。

137《哨遍》	陶淵明《歸去來兮辭》
1 爲米折腰	(史傳)我不能爲五斗米折腰。
因酒棄家	(序)公田之利,足以爲酒,故
口體交相累●	便求之。……嘗從事人事,皆
	口腹自役。
歸去來	● 歸去來兮
5 誰不遣君歸○	田園將蕪胡不歸
覺從前 皆非今是●	● 覺今是而昨非
露未晞○	● 問征夫以前路
征夫指余歸路	恨晨光之熹微
門前笑語喧童稚●	● 童僕歡迎,稚子候門
10 嗟舊菊都荒	三徑就荒
新松暗老	松菊猶存
吾年今已如此●	———
但小窗 容膝閉柴扉○	● 倚南窗以寄傲,審容膝之
	易安
策杖看 孤雲暮鴻飛○	● 策扶老以流憩,時矯首而
	遐觀
15 雲出無心	雲無心以出岫
鳥倦知還	鳥倦飛而知還
本非有意●	———

1 噫●	
歸去來兮○	歸去來兮
我今忘我兼忘世●	(請息交以絶遊,世與我而相違)
親戚無浪語	● 悅親戚之情話
5 琴書中　有真味●	樂琴書以消憂
步翠麓崎嶇	● 既窈窕以尋壑
泛谿窈窕	亦崎嶇而經丘
涓涓暗谷流春水●	● 木欣欣以向榮
觀草木欣榮	泉涓涓而始流
10 幽人自感	● 感
吾生行且休矣●	吾生之行休
念寓形　宇內復幾時○	● 寓形宇內復幾時
不自覺　皇皇欲何之○	曷不委心任去留
委吾心　去留誰計●	胡爲乎遑遑欲何之
15 神仙知在何處	富貴非吾願
富貴非吾志●	帝鄉不可期
但知臨水登山嘯詠	● 登東皋以舒嘯,臨清流而賦詩
自引壺觴自醉●	● 引壺觴以自酌
此生天命更何疑○	● 聊乘化以歸盡
20 且乘流　遇坎還止●	樂夫天命復奚疑

　　陶淵明《歸去來兮辭》全文約三百四十字,而《哨遍》詞祇二百餘字,僅作簡單的估計,《哨遍》詞也已簡約至原文的約六成。實際上,將兩者比較來看,容易發現《哨遍》詞對原文進行簡約表達的一定傾向。但是,就全體而言,正像蘇軾本人所強調的那樣,可以說是幾乎忠實於原文的,對《歸去來兮辭》的重構。

四、《哨遍》中的蘇軾新意

不過,仔細地比對原文來看,也能注意到一部分原文裏沒有的内容。雖然確實没有改竄原意,但略微也加上了一點蘇軾的新意,這裏表現出了蘇軾寄寓在此一技法中的創作意識。上面引文中畫有波浪綫的部分就是原文中没有的内容,而爲蘇軾所增加。

上闋的增加之處有:① 第 12 句"吾年今已如此",② 末尾的"本非有意"一句;下闋的增加之處是:③ 第 3 句"我今忘我兼忘世",④ 第 10 句"幽人"一語,⑤ 末尾的"且乘流,遇坎還止"之句,共有五處。從中可以看出,除了②是原文意思的敷演外,剩下的四處具有共同的傾向。

首先,① 是由松樹的成長引出自己的衰老,這樣的表達在原文中是根本没有的,所以這完全可以説是蘇軾的創作。其次,③的地方,原文的描寫將"世"與"我"對立起來,互不相容,而③却把自己放在超越了這種對立關係的位置上。在寫作此詞的大約兩年後,元豐七年四月,將要離開黄州之際,蘇軾寫了《黄州安國寺記》一文(《文集》卷一二),回顧了將近五年幽閉生活中内心鬥争的軌迹,其中也説到自己通過參禪而達到了"物我相忘,身心皆空"的境地①。從而可以判斷,這一

①　白居易《渭村退居寄禮部崔侍郎、翰林錢舍人詩一百韻》(《白居易集箋校》卷一五)有"可憐身與世,從此兩相忘"之句,也許承襲了陶淵明此句。不過,蘇軾後來作《過大庾嶺》(《蘇軾詩集》卷三八)也有"今日嶺上行,身世永相忘"的類似表達,從上下文看來,是具有濃厚道教色彩的表達,而白居易此語可推斷爲道佛混淆的表達,思想背景上有若干異同。如本文所引用的那樣,蘇軾在《黄州安國寺記》中也用了類似(轉下頁註)

句也表達了當時蘇軾的心境。再次,④"幽人"之語,如果按傳統的釋義理解爲"隱士"之意①,則與原文之間並無顯著的質的異同。但是,蘇軾在黃州謫居時期的古今體詩中屢次使用此語,那裏明顯附加了一層意味,就是"被幽閉的人"②。事實上,當時的蘇軾並非自發地隱棲於黃州,而是作爲流放的罪人,被强制處於"幽閉"的狀態。所以,在此詞中,也當采用後一種釋義,更爲接近蘇軾的實態。最後,⑤是與原文"聊乘化以歸盡"對應的句子,但包含了具有另外一層意思的表達。雖然承襲了賈誼《鵬鳥賦》(《文選》卷一三)中的詞語,但可以理解爲:曠達地面對生活中的挫折,這種蘇軾特有的樂觀的"水的哲學"③,也在這裏表現出其一端。無論如何,原文含有"死"的意識的沉重感,在這裏明顯被消減了。

　　將以上四處增加部分的共同特徵一言以蔽之,就是本來應該作爲忠實改編者的蘇軾,在這裏正好相反,拋開了原作者陶淵明,而露出自己的面目。

五、《哨遍》與其他"檃括"詞

　　與前揭(a)～(d)的"檃括"諸例相比較,《哨遍》詞的上述特徵將更爲鮮明。

　　(接上頁註):的表達,故要確定此類表達根基於道、佛中的哪一教,是困難的。就蘇軾來説,這樣的表達似乎也可能是通貫道、佛的。

①　《漢語大詞典》(1989 年 11 月,漢語大詞典出版社)釋爲"幽隱之士、隱士"。

②　石本道明《黄州流謫時代的蘇軾——從"杜門"到"自新"》(1992 年 1 月,《國學院雜誌》93—1) 中,對此有詳細的論述。

③　關於蘇軾的"水的哲學",參考小川環樹《東坡的散文》(1997 年 3 月,筑摩書房《小川環樹著作集》3)。

首先,(a)與(d)二例,是與原篇字數幾乎相同的"隱括"詞。換句話説,這是選擇了與原篇形式相類似的詞牌而進行"隱括"的例子。

(a)的原篇是白居易的雜言古詩,計八句五十二字,而"隱括"詞則爲七言八句的齊言體,計五十六字,祇增加了四字而已。在表達内容上,也祇是去掉了原篇開頭"丘墟郭門外"一句,而代之以七言句"烏啼鵲噪昏喬木",再在原篇的第二句前加上"清明"二字,使之成爲七言句,除此二處外並無引人注目的改編痕迹,第三句以下則全部相同。

(d)的情況也與(a)相近。杜牧的原篇爲七言律詩,五十六字,而蘇軾的"隱括"詞幾乎是七言的齊言體,祇在前後闋的末句之前各插入一個二字句,全詞計六十二字。其改編之處,除了插入的兩個二字句爲新加外,比較顯眼的祇有原篇開頭的兩句被倒轉了順序,以及一句之内的詞語有時被調換次序而已,並未明顯增加可以稱爲蘇軾之創作的部分。

(b)的情況與前二例不同,是字數上與原篇甚有偏差的"隱括"詞例。張志和的原篇是二十七字,而蘇軾詞則有四十二字。這些多出來的字數當然可以説是蘇軾的增加部分,但增加的内容全是對景物的描寫,並未特别表露出蘇軾的個性。

(c)的韓愈原篇爲百字,而蘇軾詞爲九十五字。從字數上説,幾乎是等量的"隱括",但原篇是五言、七言交替的雜言體,而詞則是以五言、六言爲主的形式,因此隨處可以看到蘇軾的改編痕迹。不過,其内容却可以説是韓愈原意的忠實再現。

以上四例,以(a)→(d)→(b)→(c)爲序,蘇軾的增加、改編成分的比率依次增大,對原篇的加工程度依次顯著。從對原篇幾乎不加修改的(a),到相反地祇有一句照搬原篇之句的(c),其間確實存在頗大的區别,但蘇軾所謂"不改其意"的原則本身,在此四例中却都極爲忠實地遵守了。

如果要將《哨遍》詞並置於以上的序列,那應該遠遠地放在(c)的後面纔合適吧。前四例不過是措辭上的改編而已,《哨遍》却在基調相同之外另含了新創之點,兩者之間確實存在不可忽視的區別。

造成這種區別的原因可以舉出一點:前四例全是把古近體詩"檃括"爲詞(張志和《漁父歌》也被收録於《全唐五代詞》,今人多視爲初期的詞,但至少在蘇軾的時代,從他有必要進行"檃括"的事實就可以看出,其作爲詞的體裁所必須具備的音樂曲調,並没有被傳下來。因此,就北宋當時的實際情況而言,它祇與歌行體樂府相近,視爲古今體詩亦無不可),是在相近的體裁間進行改編,而《哨遍》却是從有韻之文改編到詞,是在相距較遠的體裁間進行"檃括"。不過,從理論上説,即便體裁相差較大,進行克己的、没個性的改編也不是完全不可能的事。所以,僅此一點究竟還不能説明造成區別的本質原因。

按筆者的想法,這與其説是"檃括"這一技法本身所包含的問題,還不如説是由作者對於原作品的不同態度直接導致的結果。也就是説,正因爲它所"檃括"的是陶淵明的《歸去來兮辭》,纔不得不成爲跟其他作例不同的特別的"檃括"。

關於此點,下一節暫時離開"檃括"技法問題,從陶淵明與蘇軾,或《歸去來兮辭》與蘇軾的關係上,再作思考。

六、蘇軾改編《歸去來兮辭》的諸篇

蘇軾改編陶淵明《歸去來兮辭》的作品,並非祇有《哨遍》

詞一篇,其他還有:a《歸去來集字十首并引》①(《詩集》卷四三),b《和陶歸去來兮辭并引》②(《詩集》卷四七)。

a是以十首五言律詩構成的組詩。"集字"指的是以原篇中所用之字重組爲一首新詩的技法,這裏的意思當然是祇使用《歸去來兮辭》中的字,内容上也模仿之。

當時已有一種"集句"的技法,如王安石便喜歡使用。那是取前人詩的整句,集合起來組成一首詩。不同的詩人,或不同的作品内的詩句,被原封不動地割取出來,湊成新的一篇。蘇軾也喜歡使用這一技法,並特地使用於詞的領域。恐怕就

① a在查慎行以下清朝三家的編年註本中,都被當做蘇軾最晚年的元符三年(1101)在海南島的作品,但正如王文誥所説,這批組詩有據説是蘇軾筆迹的碑帖流傳,那裏明記了"元豐四年九月二十二日"的日期(《晚香堂帖》,亦著録於清嘉慶十年序刊的王昶《金石萃編》卷一三八)。筆者也持相信碑帖所記日期的態度。其理由可以舉出兩點。第一,此詩的"引"中有"令兒曹誦之"的話,"兒曹"是兒子的複數形。蘇軾赴儋州時祇帶了幼子蘇過一人,故在歷代詩集所編年的海南島時代,事實上並不具備稱呼"兒曹"的客觀條件;而在黃州時代,以長子蘇邁爲首,次子迨、幼子過,三人都在身邊,他們在元豐四年各爲二十三歲、十二歲、九歲。第二,歷代詩集在處理有關"和陶詩"之作品上頗有問題。"和陶詩"在《東坡集》、《後集》等最初期的編年別集中未被收録,而以單獨編集的文本通行於世,因此個别作品的編年本來就不穩定,最初對"和陶詩"進行全面編年的是清代查慎行的註本。從而,相比於其他作品的編年具有宋代以來的歷史可供依據,"和陶詩"的作品來歷雖然至爲可靠,但在編年方面却包含了不少應該重新考慮的作品。出於以上兩點原因,本文遵從了把a詩繫於元豐四年的説法。另外,碑帖所收録的作品,祇有十首中的其一至其六,共六首,其七以下未被收録。

② b在本文使用的底本中被收在"補編詩"裏,那表示,它在其原本即王文誥《蘇文忠公詩編註集成》四十六卷中被當做削除的對象,同時也就産生了可信性方面的問題。但是,查慎行、馮應榴都在本編卷四三收録了b。王文誥將它削除的原因,估計是因爲判斷它不是一首詩。因爲他在《總案》中提到了這個作品,可見他並未對這個作品的可信性産生什麽懷疑(卷二一)。

是自此得到啓發,而進一步嘗試"集字"的。

　　b 是所謂"和陶詩"中的一首,按照《歸去來兮辭》的韻字順序,次韻而作,但形式上則改成了四六文。

　　此外還有 c《〈歸來引〉送王子立歸筠州》①(《詩集》卷四八)之作,是給蘇轍的女婿王適科舉(鄉試)落第而歸筠州的送行詩,雖然不是直接從《歸去來兮辭》改編而來,但此詩全部奇數句都以"兮"字結尾,也是《離騷》型的楚辭體歌行作品。

七、元豐壬戌之春

　　現據孔凡禮《蘇軾年譜》(1998 年 2 月,中華書局)的考證,將 a 至 c 三篇及《哨遍》詞依寫作年代重新排序,便呈現以下順序:① a,作於元豐四年九月二十二日(不過祇到十首中的其六爲止。其七以降是後來續作的,按查慎行的編年,與 b 爲同時之作);②《哨遍》和 c,作於元豐五年晚春;③ b,作於元符元年一月。

　　值得充分關注的是,除了所謂"和陶詩"的 b 以外,所有改編《歸去來兮辭》的作品都集中創作於元豐四年晚秋至翌年晚春的半年之間。而且,蘇軾開始單獨以陶淵明或其作品爲題材來寫作詩歌,也正是在這個時期。

---

①　關於 c,也有跟 b 一樣的可信性方面的問題。不過,此詩被收在《東坡集》中,是來歷極爲可靠的作品。在《東坡集》裏,它沒有被編在編年的詩集部分(卷一至卷一八),而是作爲"詞十三首"之一受到特殊處理。也許王文誥也以它是"詞"的理由而將它削除了。但是,這個"詞"等於其他同時代詩人的別集中所謂的"楚詞體",並非"填詞"之意。本來,它應該被當作屬於樂府歌行之類的古體詩來處理,當然是編年的對象。順便提及,查慎行、馮應榴都將它收在"補編詩"卷中,而王文誥也在《總案》中提及了此詩(卷二一)。

　　如前所述,在此前後,蘇軾的生活上發生了明顯的變化。元豐四年春,蘇軾開始了他在東坡的躬耕生活。寫作 a 的晚秋九月,正當東坡的第一年農事結束之時。由於這塊耕地是從荒地開墾而來,第一年度本來祇問耕耘,不問收穫……。接下來,翌年春二月,在東坡之傍完成了雪堂的建造,終于可以開始在東坡正式經營農活了,《哨遍》和 c 就是在這第二年的農事中創作的。

　　自元豐四年春開始了躬耕生活的初期階段,此時的蘇軾似乎已經對陶淵明有了強烈的意識,把他尊仰爲一個典範,從他寫給友人王鞏的書簡(《文集》卷五二《与王定國四十一首》其十三)中説到"欲自號鏖糟陂裏陶靖節"的事實,也可以確認這一點①。不難想像,再經過延續到秋天的躬耕實踐,從元豐四年末乃至翌五年春,他跟陶淵明的認同便更深了一層。

　　雖然蘇軾有了與陶淵明相同的躬耕體驗,但這決不意味著"歸田"理想的實現。他依舊以一個流放罪人的身份,被強制"安置"於黃州,絶少人身自由。所以,爲了擺脱這不自由的境遇,同時也爲了避免被冷酷的官途播弄一生,"歸田"之計越來越成爲一種具有現實意義的選擇。

　　於是,在心靈歸向田園的過程中,可以想見陶淵明的存在,更具體地説是《歸去來兮辭》的存在,對蘇軾來説日益具有重大的意義。至少可以説,對"歸田"理想的日益增強的意識,就當時的蘇軾而言,已成爲減輕其現實中不如意之感的少數有效手段之一。

　　北宋中後期,許多士大夫跟蘇軾一樣,在詩文中訴説著

① 　參考前註所揭拙稿《蘇軾廬山真面目考——圍繞〈題西林壁〉的表達意圖》。

"歸田"的理想,也直接表達著對陶淵明的敬慕。但是,真正將此理想付諸現實的却幾乎並無一人。蘇軾也是如此,終其一生,並無辭官"歸田"之舉,故從大端而言,也許可以説他跟同時代的多數士大夫並無什麼不同。不過,在元豐四年到五年之間,蘇軾確實實踐了躬耕的生活,就這一點而言,他至少比同時代的其他士大夫更大一步走近了陶淵明。

作爲一個官僚,"黄州安置"對蘇軾來説無疑是一大挫折,意味著他所處的政治環境在同代官僚間最爲不順。但是,因了這一挫折,他却極爲自然地獲得了一個甚好的機會,先於同時代的其他士大夫儘早地接近了陶淵明的門墻——士大夫精神世界裏更高一層的境界。換句話説,挫折同時也給蘇軾提供了一個絶好的機會,使他在生活實感上跟陶淵明化爲一體,這是其他士大夫不容易得到的。

恐怕,當時的蘇軾本人也充分意識到了他所擁有的——儘管並不是他所期望擁有的——這一理解陶淵明的有利條件。果然,他充分利用了這一機遇,以"陶淵明的真正理解者"自任,開始在文學創作的領域直接表達他對陶淵明的懷想。

總括以上内容,可以説元豐四年至五年間,是蘇軾對陶淵明的認識發生轉機的一年,從當時士大夫社會的平均水平,深化到了其他人難以追隨的特别層次。一系列《歸去來兮辭》的改編之作,以及將他來往東坡比擬爲陶淵明"斜川遊"的130《江城子》詞[1],便是具有象徵性的具體事例。

---

[1]　關於《江城子》,有以下的專論:保苅佳昭《關於蘇軾貶謫黄州時所作的〈江城子〉》(1996 年 11 月,日本大學商學研究會《總合文化研究》第二卷第二號)。

八、從"集字"到"檃括"

再回到《歸去來兮辭》的改編問題,聯繫其他改編此文之諸篇,爲《哨遍》詞重新定位。

如前所述,改編《歸去來兮辭》的第一篇作品是 a《歸去來集字十首并引》。這也是蘇軾以直接表達對陶淵明之敬慕爲題材的第一作。首先應該關注《哨遍》中的兩個顯著增加之處,對應的位置在"集字"詩中是如何表達的。這也就是考察"集字"詩中表現出的蘇軾對於原作的態度。

① 關於原文"請息交以絶遊,世與我而相違"的對應表達。在《哨遍》中被改寫爲"我今忘我兼忘世"(參考本文第三、四節),在"集字"詩中,《其三》的"與世不相入"、《其七》的"息交還絶游"兩句與此對應,但幾乎都跟原文同義,或者甚至是完全同樣的表達。

② 關於原文"聊乘化以歸盡"。在《哨遍》中,變成了"且乘流,遇坎還止"這樣別具旨趣的表達,而在"集字"詩中,《其七》的"乘化欲安命"之句與此對應,但與前例一樣,也跟原文意思相同。

如此二處所表徵的那樣,在"集字"詩中,各種表達總的來說體現了力求逼近原作的改編意圖。也就是説,蘇軾在"集字"詩中表現了極爲克己的態度,似乎其最大的著力點就是要把有韻之文改編爲五律。

不過,"集字"這種作詩技法,跟"檃括"一樣,在蘇軾以前還不多見,而且就是蘇軾本人,除了這一組作品外也完全沒有留下其他作例。如前所述,蘇軾可能是受了"集句"之技法的啓發,而構想出"集字"之法的,但與"集句"相比,其作爲一種技法的面目本來較爲模糊,蘇軾引入此法的意圖也本不清楚。"集句"是在某種思路之下,切取古人的秀句、佳句,加以大膽而細心的組合,編成一篇新作。可以認爲,這個技法具有一種企圖,即通過巧妙的組合來引出原篇所不具備的妙處。另一方面,"集字"固然可以視爲所"集"的單位被細分到一字而已,但看一看實際的作例就知道,完整使用原篇語句的情況格外少見,怎麼也不像是"集句"那樣以純粹的組合之妙爲目的的。

每一個字確實曾在《歸去來兮辭》中被使用過,但雖說是《歸去來兮辭》,那也不見得其構成的言辭全都具有特徵,即便是當時的讀者,如果不作細緻的對照,無疑也不能立即判別其中的字是否全都起源於《歸去來兮辭》。

因此,如果"集字"果真是蘇軾的發明,那麼就其面對他人的表達效果而言,蘇軾是爲了追求何種效果而創始這一技法,其目的並不明瞭,難以理解。考慮到他在此後也別無另外的"集字"之作,也許可以認爲,這對他來說也是極爲嘗試性的做法,至少蘇軾本人也知道將它確立爲一種技法加以普及是困難的。

從內容上看,改編成五律組詩也有不小的損失。個別地觀察十首中的任何一首,確實是切取了《歸去來兮辭》中的世界,各各巧妙地再現爲一個小世界。但是,也許是被律詩的樣式特性所影響,從全體來看,十個自身完整的小世界各各祇是獨立地存在,作品之間缺少相互的聯繫或連續性,失去了原文作爲一整篇所具有的脈絡。《歸去來兮辭》或許是類似散文詩那樣的作品,並沒有明確的故事展開於其中,但多少也存在著舒緩的情節性。將它改編成五律組詩後,一個一個場面被分斷,雖然這些場面給人的印象更爲突出了,但也可以感到,其作爲整體的一種流勢却失去了。

　　如上所説,作爲作詩技法的"集字",帶有不少缺點,難以譽爲成功。但是,一旦將它置於蘇軾改編陶淵明作品的諸例之中來看,則在以下兩點上具有極富説明性的重要意義。

　　第一點是由"集字"這一寫作行爲所保證的,對於原篇《歸去來兮辭》的學習作用。

　　前文説過,這一技法,僅就其面對他人的表達效果這一點而論,在很多方面不得不給予消極的評價;但如論其對己的效果,則"集字"的行爲對蘇軾來説應該意味著一種極富深意的寫作過程。將原篇仔細咀嚼,在頭腦中加以熔化,在此基礎上用自己的話語重構原篇的世界——這樣的過程恐怕是擬作的最爲一般之形態,而"集字"則要求在其最後階段再次回到原篇,所以,它應該比一般的擬作過程遠爲頻繁地來往於擬作與原篇之間,而且進一步保證了跟原篇的緊密聯繫。也即是説,因爲著手於《歸去來兮辭》的"集字"詩寫作,蘇軾幾乎必然地同時擁有了一字一句學習《歸去來兮辭》修辭痕迹的機會。"集字"這一技法的特性保證了寫作的同時細心分析原篇的機會,至少是比一般的擬作更多的機會。而且,"集字"不光是從(原篇)讀者的立場進行的,即便它不是純然的創作,也必須在字句雕琢上的某種緊迫的創作場面下進行,這一點也頗爲重要。由此極爲自然地養成了蘇軾對於原作的更積極的肯定姿態。

　　第二點是,"集字"詩對蘇軾本人而言,估計也難以視爲達到了較高完成度的改編作品,因此可以推測,這也進一步引起了蘇軾的創作欲,去寫出更爲完善的改編之作,也就是重構在"集字"詩中被丟失的原篇的整體性。

　　這樣,在寫作"集字"詩的大約半年後,蘇軾著手於《哨遍》詞的創作,再次試圖改編《歸去來兮辭》。如果説"集字"是一種化一爲多,生成許多分身的作業,那麼"隱括"詞就是一對一的整體性的改編。在這一點上,可以說《哨遍》詞的創作是具有必然性的。

九、結語:從"隱括"到"和陶"

從"集字"到"隱括",這種技法上的轉換所意味著的,不僅僅是興趣層面上的變化,而且是從對己的内向型技法,轉換爲對他的開放型技法,進一步,這還暗示蘇軾對陶淵明作品的改編,從自我滿足的行爲變向更具目的性的行爲。

寫作《哨遍》十六年後的春天,蘇軾著手對《歸去來兮辭》的第三次改編。這是在他最晚年的時候,在海南島儋州進行的。這個時候的蘇軾,已經完成了全部"和陶詩"的九成以上,可以說到達了"和陶詩"竣工的最後階段。就是在這個大業將就的階段,蘇軾第三次向《歸去來兮辭》靠近。他的第一個和最後一個改編之作都以《歸去來兮辭》爲對象,這也是極具象徵性的。

本來,雖然稱爲改編,但《和陶歸去來兮辭》已經遠遠超越了改編的層次。除了同樣的韻字,和"歸去來兮"一句的反復使用,這兩點勉强維繫著跟原篇的聯繫外,其餘改編痕迹已一乾二净。展開於其中的無論是言辭還是思想,都無疑屬於蘇軾本人,原作者陶淵明被遠遠地抛開了。

當然,說它來源於"次韻"這一技法,也是事實。筆者另有論文①已經指出,"次韻"的妙味更多地發揮在創作可以與原

---

① 參考拙稿《蘇軾次韻詞考——以詩詞間所呈現的次韻之異同爲中心》(1992年10月,《日本中國學會報》44)、《蘇軾次韻詩考》(1988年6月,中國詩文研究會《中國詩文論叢》7)。

篇成爲絶好對照的和篇之時。但是,蘇軾在其晚年第三度靠近《歸去來分辭》之時采用了"次韻"的技法,這一事實也已經明確地表白了他的態度。而且,"和陶詩"的寫作對晚年的蘇軾來説,也是一種具有目的性的行爲,向他人强力地展示其作爲詩人的自我①。

寫作"集字"之時的那種攀附於陶淵明的門墙,宛如一個崇拜者那樣偷偷瞻仰主人的姿態,在這裏已經看不到了。"和陶"之作讓人感到的是略帶傲岸的,對等地面向陶淵明的姿態。

將《哨遍》所帶有的新意,置於仿佛處於兩極的"集字"與"和陶"兩個作品之間來思考,便極易理解其意味。如果著眼於新意的分量之極少,可以判斷它是更接近"集字"的作例;如果著眼於新意之存在的事實,也可視之爲更接近"和陶"的作例。這樣,《哨遍》就是具有雙重性格的中間性的作例。但是,考慮到此後的蘇軾把他對陶淵明的敬慕,專用"和陶詩"一種形態來表現的事實,就可以把《哨遍》的"躒括"看作與"和陶詩"直接相關的萌芽性的作例。

從"集字"詩到"躒括"詞,從"躒括"詞到《和陶歸去來分辭》,這樣的足迹,極具象徵性地表明了以陶淵明爲媒介的,作爲詩人的蘇軾走向成熟的過程。

（朱剛譯）

---

① 參考拙稿《蘇軾次韻詞考——以詩詞間所呈現的次韻之異同爲中心》(1992 年 10 月,《日本中國學會報》44)、《蘇軾次韻詩考》(1988 年 6 月,中國詩文研究會《中國詩文論叢》7)。

兩宋隱括詞考[①]

一、緒　言

　　所謂"隱括",用其創始者北宋蘇軾(1037—1101)的話説,就是把從前的詞以外之文學作品,"雖微改其詞,而不改其意",對原作"微加增損",把它改編成"入音律"[②]的詞。

　　關於"隱括"詞,尤其是"隱括"陶淵明《歸去來兮辭》的作品,在蘇軾的全部詩詞創作中的存在意義,筆者已另有專論[③]。本文在此基礎上,想重點論述這一由蘇軾創始的技法

---

① 本文的日文稿發表於《村山吉廣教授古稀紀念中國古典學論文集》(汲古書店 2000 年 3 月)。這次稍加修改。本文發表後,筆者看到如下(a)(b)二篇論文,受益匪淺。(a) 吳承學《論宋代隱括詞》,《文學遺產》2000 年第四期,後收録於吳承學《中國古代文體形態研究》(中山大學出版社 2002 年 5 月)。(b) 王偉勇《兩宋隱括詞探析》,《宋元文學學術研討會論文集》2002 年 3 月,後收録於王偉勇《詞學專題研究》(文史哲出版社 2003 年 4 月)。

② 蘇軾《與朱康叔二十首》其十三,《蘇軾文集》卷五九,中華書局 1986 年 3 月版。關于比蘇軾更早用隱括寫詞的例子(例如:寇準《陽關引》、劉几《梅花曲》),在前註所舉的(b)王偉勇論文裏有詳細論述,可參考。但蘇軾是第一個用"隱括"這一詞來表示並積極運用此法的詩人,本文因此將他稱爲"創始者"。

③ 内山精也《蘇軾隱括詞考——圍繞陶淵明〈歸去來兮辭〉的改編》,早稻田大學中國文學會《中國文學研究》第 24 號(蘆田孝昭教授古稀紀念號),1998 年 12 月。

如何被其後代的詞人們所繼承,以及這一技法本身具有的
意義。

"檃括"一詞,也被用來指對於前人語句的加工,例如南宋
後期的陳振孫(1183—1261 前後)評價北宋末的周邦彥
(1056—1121)的話:"多用唐人詩語,檃括入律,渾然天成。"
但本文不涉及這樣廣義的"檃括",而局限于由前人的全篇内
容改編而成的詞作,將這種改編行爲稱爲"檃括",來加以論
述①。而且,本文主要將詞題或題序中顯示爲"檃括"之作品
作爲論述的對象,加以探討②。

又,本文引用的詞作,原則上依據唐圭璋《全宋詞》(中華
書局 1965 年 6 月版五册本,略稱爲"《全》"),但凡有《全宋詞》
刊行以後所出校訂編纂的别集,則也參考這些新的文本。關
於詞人的生卒年,主要依據馬興榮、吳熊和、曹濟平編《中國詞
學大辭典》(浙江教育出版社 1996 年 10 月版)。

二、蘇軾與蘇門的"檃括"

首先,要對"檃括"的創始人蘇軾的使用狀況作一整理。
蘇軾"檃括"特定的古人作品而成的詞,有以下五首(詞牌前面
的數字,是據曹樹銘《蘇東坡詞》對蘇詞編年整理而得的作品

---

① 陳振孫的用例見《直齋書録解題》卷二一歌詞類《清真詞》的解題,中文
　出版社影印武英殿袖珍本,1978 年 7 月版。關於詞的"檃括"有廣、狹二
　義,請參考馬興榮等編《中國詞學大辭典》"概念術語"第 21 頁,浙江教
　育出版社 1996 年 10 月版。
② 前註所舉的王偉勇論文,對包含詞題或題序無標示的實例,加以了全面
　性的探討,可參考。根據王先生的統計,宋代共有 136 閱檃括詞。

番號,臺灣商務印書館 1983 年 12 月版)①:

　　① 137《哨遍》(爲米折腰)……陶淵明《歸去來兮辭》(上海古籍出版社《陶淵明集校箋》卷五)

　　② 156《木蘭花令》(烏啼鵲噪昏喬木)……白居易《寒食野望吟》(上海古籍出版社《白居易集箋校》卷一二)

　　③ 171《浣谿沙》(西塞山前白鷺飛)……張志和《漁父歌》(中華書局《全唐詩》卷三〇八)

　　④ 200《水調歌頭》(昵昵兒女語)……韓愈《聽穎師彈琴》(上海古籍出版社《韓昌黎詩繫年集釋》卷九)

　　⑤ 281《定風波》(與客攜壺上翠微)……杜牧《九日齊山登高》(上海古籍出版社《樊川詩集注》卷三)

其中除①的原篇爲有韻之文,另四例都是古今體詩的檃括詞。

　　"檃括"的首要目的,本就在於,將原來不合於樂曲的作品,或已經失去了樂曲的歌詞,通過加工,合以當時流行的樂曲,俾其可歌。因而,就理論上說,它可以成爲應用範圍非常廣闊的技法,適用於包括古今體詩和散文在內的所有文學作品,而不管原作的體裁異同。不過,就改編的動力來説,我們也不難推測:相比于將同樣是一種詩歌的古今體詩"檃括"爲詞,對散文所作的"檃括"更需要作者的行文能力,由此可能更強烈地刺激了作者的創作欲。

　　實際上,就蘇軾檃括詞的實例來看,上列②～⑤對古今體

---

① 曹樹銘《蘇東坡詞》還加入以下三首,共舉出古人作品的檃括詞八首(見《蘇東坡詞·序論》第二十九節,上冊 66 頁)。⑥123《瑤池燕》(飛花成陣)……無名氏所作琴曲;⑦140《洞仙歌》(冰肌玉骨)……五代十國後蜀後主孟昶詞的斷句;⑧253《戚氏》(玉龜山)……《山海經》中的穆天子、西王母傳説。本文以"檃括"特定古人的全篇作品的詞爲論述對象,故將此三篇除外。

詩的檃括,主要停留在措辭的改編上,幾乎没有添加多少可以被稱爲蘇軾新意的部分,是一種極爲克制的檃括。然而,①的情況就跟古今體詩的檃括不同,雖然祇有一例,但蘇軾的創作部分很明顯地呈現出來。

爲方便論述,下面把以散文作品爲原篇的檃括叫做 A類,以古今體詩爲原篇的叫做 B類,對蘇軾以降的詩人們如何繼承和展開蘇軾創始的這一技法,作一概覽。

緊接蘇軾之後的下一代詩人中,有黄庭堅(1045—1105)和晁補之(1053—1110)的實例①。

黄庭堅的作品爲《瑞鶴仙(環滁皆山也)》(《全》四一五下),是以歐陽修《醉翁亭記》爲原篇的 A類檃括。其開頭的六句與原篇的對應部分如下:

《瑞鶴仙》	歐陽修《醉翁亭記》(《居士集》三九)
環滁皆山也	環滁皆山也。(其西南諸峰,林壑尤美,)
望蔚然深秀	望之蔚然而深秀者,
瑯琊山也	瑯琊也。
山行六七里	山行六七里,(漸聞水聲潺潺而瀉出于兩峰之間者,讓泉也。)
有翼然泉上	(峰回路轉,)有翼然臨于泉上者,
醉翁亭也	醉翁亭也。

對應原篇的六十四字,詞中祇有二十七字,節略了一半以上。字數的減少主要是兩個原因:① 一部分叙述的完全删除(上引右欄原文的括號内部分),② 虚辭、代名詞等的省略,

---

① 據前註所舉王偉勇論文,晏殊、滕宗諒、趙令畤、賀鑄也有檃括之作。關于賀鑄的實例,參看池田智幸《關于賀鑄的檃括詞》(《立命館文學》570,2001 年 6 月)。

使語句縮短。其中，特別是②，關係到此詞的一大特徵。

第二句"望蔚然深秀"最具代表性，如其所示，黃庭堅在檃括原文時，將"而"、"者"、"于"、"之"等虛詞、代名詞極力省略了。但是，對語氣助詞"也"卻大爲不同，它不單獨得保存，而且全篇反覆使用了十一次，又被當做韻脚，從詞律的角度來看，也純屬破格的吟詠方式①。

毋庸説，這是黃庭堅明知故犯的破格用字法。關於《醉翁亭記》多用"也"字的修辭特徵，後來在南宋的筆記類文獻中屢成議論的話題②，但半個世紀甚或一個世紀之前的黃庭堅對此已有明確的意識。不但如此，他還在創作的領域大膽地借鑒，在作品中具體表現出來。

《瑞鶴仙》從其檃括的總體特徵來説，雖然删除部分不算少，仍可看作對於原篇的忠實改編。但就詞的韻律、措辭方面而言，散文性的靜態語氣助詞"也"的保存和反覆使用，這一點可以被解釋爲黃庭堅創新力的大膽介入。

再看晁補之的作品，曰《洞仙歌(當時我醉)》(《全》五五八

---

① 不過，以同一個字作通篇的韻脚，就這種現象來説，黃庭堅自己的作品中就有《阮郎歸·效福唐獨木橋體作茶詞》(《全》三九〇上)一篇爲例。後世因此而有"福唐體"、"獨木橋體"等稱呼(參考前揭《中國詞學大辭典》"概念術語"第 21 頁)。衹是，黃庭堅是否以"福唐體"的意識創作《瑞鶴仙》，仍值得考慮一番。在《阮郎歸》裏，韻字是實詞"山"，此字與全篇的詞意大有關係；而在《瑞鶴仙》裏，韻字"也"衹是虛詞，即便將它從作品中全部删除，在意思内容上也幾乎不會産生差異。采用"福唐體"的目的，恐怕是在同一個字的使用中，呈現該字的不同表達作用，體會同一個字在意味上的區別，從而感受樂趣。倘作如此推測，則將虛詞純作虛詞使用的《瑞鶴仙》一例，就無法期待這樣的效果，因此，還不能遽認此詞爲"福唐體"。

② 朱翌《猗覺寮雜記》卷上、洪邁《容齋五筆》卷八、葉寘《愛日齋叢鈔》卷四、王楙《野客叢書》卷二七等。

下;劉乃昌、楊慶存《晁氏琴趣外篇》二,上海古籍出版社 1991年 2 月版),檃括的對象是盧仝的《有所思》。就內容說,與蘇軾的 B 類作品一樣,是缺少個性的檃括。

三、南 渡 前 後

接著以上蘇門二人作檃括詞的,有活躍於北宋末至南宋初的如下詞人[1]:

(1) 米友仁(1072—1151)

①《念奴嬌·裁成淵明歸去來辭》(《全》七三〇下)

②《訴衷情·淵明詩》(《全》七三一上)

(2) 王安中(1075—1134)

③《北山移文·哨遍》(《全》七四六上)

(3) 葉夢得(1077—1148)

④《念奴嬌·南歸渡揚子作,雜用淵明語》(《全》七六七下)

(4) 朱敦儒(1081—1159)

⑤《秋霽·檃括東坡前赤壁》(《全》存目詞,鄧子勉《樵歌》續補,上海古籍出版社 1998 年 7 月版)

(5) 趙鼎(1085—1147)

⑥《河傳·以石曼卿詩爲之》(《全》九四二下)

⑦《滿庭芳·九日用淵明二詩作》(《全》九四六上)

米友仁①、王安中③、朱敦儒⑤三首,據題下註可知,分別

---

[1] 據前註所舉的王偉勇論文,另外有徐俯、李綱、向子諲等人的實例。研究北宋末至南宋初的詞人、詞壇的專著,有黃文吉《宋南渡詞人》(臺灣學生書局 1985 年 5 月),王兆鵬《宋南渡詞人群體研究》(文津出版社1991 年 3 月)。

是陶淵明《歸去來兮辭》、南朝齊·孔稚珪《北山移文》(《文選》四三)、蘇軾《前赤壁賦》(中華書局《蘇軾文集》一)的櫽括。米友仁②是陶淵明《飲酒二十首》之五(《陶淵明集校箋》三)的櫽括詞。葉夢得④則以《歸去來兮辭》爲基調,又部分采入了《飲酒二十首》之五等,加以櫽括。趙鼎⑥櫽括的是北宋前期石延年(994—1041) 的《寄尹師魯(平陽會中代作)》詩(《全宋詩》第三册第 2003 頁),⑦是以陶淵明《己酉歲九月九日》(《陶淵明集校箋》三)爲基調,部分采入《九日閑居》(《陶淵明集校箋》二)而作的櫽括。

　　首先將以上七例進行歸類,以散文爲原篇的 A 類櫽括、以詩歌爲對象的 B 類櫽括各有三首,另一首是 A、B 折衷型的櫽括。作爲櫽括對象的作品中,陶淵明的作品占了四例,餘下的是孔稚珪、石延年、蘇軾的作品,各有一例,但無論哪一例,或多或少都可以看到蘇軾的影響。

　　朱敦儒的那首直接以蘇軾作品爲櫽括對象,其中的影響關係是自明的。至於對陶淵明作品進行櫽括的四例,也很容易讓人想起詞史上第一首櫽括之作——蘇軾櫽括《歸去來兮辭》的《哨遍》。而且,考慮到以"和陶詩"爲中心的蘇軾嶺南、海外之作,被北宋末至南宋初的士大夫狂熱愛好的事實①,那就更不能無視他的影響了。

　　王安中的櫽括,初看似乎跟蘇軾無關,但第一,詞牌是"哨遍",第二,王安中十八歲時曾受到蘇軾的讚賞,儘管時間很短,畢竟擁有過一段師事蘇軾的經歷②,由此二點,仍可將他

---

① 參考拙稿《〈東坡烏臺詩案〉流傳考——圍繞北宋末至南宋初士大夫間的蘇軾文藝作品收集熱》(《橫濱市立大學論叢》人文科學系列 47—3,伊東昭雄教授退官記念號,1996 年 3 月)。

② 參考周必大《初寮集原序》(文淵閣四庫全書《初寮集》卷首)。

的檃括之作視爲蘇軾影響下的産物。

　　接下來,想具體地指出以上七例在内容上的一個特徵。

　　　　a　闌干倚處。戲裁成、彭澤當年奇語。三徑荒凉懷
舊里,我欲扁舟歸去。……(米友仁①)

　　　　b　……伯鸞家有孟光妻。豈逡巡、眷戀名利。(王
安中③)

　　　　c　故山漸近,念淵明歸意,鞠然誰論。……(葉
夢得④)

　　a與c都是詞的開頭部分,如"戲裁成"及"念"等語所表
明,在這兩個作品裏,作者自己都出場了。

　　b是詞的末尾部分,表達的却是原篇《北山移文》中没有
的内容。此詞附有王安中的序文,謂檃括之舉出於他人的請
求,而請求者的賢夫人甚有"林下之風"①。正是因爲這賢夫
人的存在,所以添寫了"孟光妻"的句子吧。

　　這三例所共具的特點,就是作者方面的現狀在檃括詞中
有著色彩濃厚的反映。由此可見,改編者所具有的並不是與
原篇無限接近乃至同化的被動態度,而是呈現了對原篇進行
再創作,使之與自己的實况相適合的主動姿態。

　　這樣的傾向,在蘇軾的《哨遍》詞中已經可以看到,而在他
去世後僅僅半個世紀,似乎很快就成了檃括詞,特别是A類
檃括詞的一種創作潮流(葉夢得的例子,如前所述爲A、B折
衷型,但開篇以下接近三分之二的篇幅是《歸去來兮辭》的檃
括部分,故可視爲準A類)。

------

① 序文云:"陽翟蔡侯原道,恬於仕進,其内吕夫人有林下風,相與營歸歟
　之計而未果,則囑予以此文度曲。"

四、南宋中興期

接著,對南宋三大家(陸游、范成大、楊萬里)活躍的高宗末期至寧宗前期約半個世紀,即所謂中興期的情況作一概覽。在此期間的主要作品,如下所示:

(6) 曹冠(?—?)……《哨遍・東坡采歸去來詞作哨遍……》(《全》一五四〇下)

(7) 楊萬里(1127—1206)……《歸去來兮引》(《全》一六六四下)

(8) 朱熹(1130—1200)……《水調歌頭・櫽括杜牧之齊山詩》(《全》一六七五上)

(9) 辛棄疾(1140—1207)……《聲聲慢・櫽括淵明停雲詩》(《全》一九一二下)

(10) 汪莘(1155—1227)……《哨遍・余酷喜王摩詰山中裴迪書,因櫽括其語爲哨遍歌之……》(《全》二二〇二上)

櫽括的原篇分別是:(6) 蘇軾《前赤壁賦》;(7) 陶淵明《歸去來兮辭》;(8) 杜牧《九日齊山登高》詩;(9) 陶淵明《停雲》詩(《陶淵明集校箋》一);(10) 王維《山中與裴秀才迪書》(中華書局《王維集校注》一〇)。(6)、(7)、(10) 三篇爲 A 類,(8)、(9) 兩篇爲 B 類櫽括詞。

對櫽括原作的選擇傾向與上節所敘南渡前後基本無異,都可以看作是在蘇軾鋪設的軌道上行走。

但就內容來說,楊、朱二人的作品顯示了從未有過的新形態。從前的櫽括詞,字數大約與原篇相等,或者被縮小節略;而這兩首作品,卻都比原篇多出好幾段的字數。

　　楊萬里的檃括詞以連章形式構成,計八章三百九十九字①,其原篇《歸去來兮辭》有正文三百三十九字(序文一百九十九字),蘇軾的檃括詞是二百○三字,米友仁詞是一百字。朱熹的檃括詞計九十五字,其原篇杜牧詩爲七律五十六字,蘇軾檃括詞爲六十二字。

　　現將朱熹的檃括詞(B)、杜牧原篇(A)以及蘇軾的檃括詞(C)一起抄録於下:

　　(A) 杜牧《九日齊山登高》

　　江涵秋影雁初飛　　　與客攜壺上翠微

　　塵世難逢開口笑　　　菊花須插滿頭歸

　　但將酩酊酬佳節　　　不用登臨恨落暉

　　古往今來祇如此　　　牛山何必獨霑衣

　　(B) 朱熹《水調歌頭》　　(C) 蘇軾《定風波》

　　江水浸雲影　　　　　　與客攜壺上翠微

　　鴻雁欲南飛　　　　　　江涵秋影雁初飛

　　攜壺結客　　　　　　　塵世難逢開口笑

---

①　不過,楊萬里詞開頭的一章六十二字,主要是對原篇序文部分的檃括,如果略去不計,則可視爲與原篇字數大約相等的檃括。但無論如何,與此前檃括《歸去來兮辭》的蘇軾、米友仁的作品相比較,篇幅相當長了。又,比較《歸去來兮引》與其他的檃括詞,明顯具有不同之點。那就是,用《歸去來兮引》這個詞牌來作詞的,除楊萬里此首外,現存並無其他作品(參考前揭《中國詞學大辭典》第505頁)。其他詩人大致都用一般的詞牌來製作檃括詞,楊萬里却大異其趣。雖然不能否定這是楊萬里自度曲的可能性,但從以下兩點看來,這種可能性很小:一是同時代人全無同調作品(據現存作品判斷);二是楊萬里本人並沒有顯示出對詞創作的如此熱情,以至於到了著手創作自度曲的程度。恐怕,他祇是依據詞的形式特徵(長短句、雙調等)和樣式特徵(令人聯想到樂曲),專爲改編《歸去來兮辭》,而創出了這樣一個形態。

何處空翠渺烟霏　　　　　　年少

塵世難逢一笑　　　　　　　菊花須插滿頭歸

況有紫萸黃菊

堪插滿頭歸　　　　　　　　酩酊但酬佳節了

風景今朝是　　　　　　　　雲嶠

身世昔人非　　　　　　　　登臨不用怨斜暉

　　　　　　　　　　　　　古往今來誰不老

酬佳節　　　　　　　　　　多少

須酩酊　　　　　　　　　　牛山何必更沾衣

莫相違

人生如寄

何事辛苦怨斜暉

無盡今來古往

多少春花秋月

那更有危機

與問牛山客

何必獨沾衣

　　朱熹在原作的基礎上,或句中添加一字、二字,或將七言
一句延伸爲五言二句,或敷衍句意,補充新的内容,完成了比
原篇字數幾乎增加一倍的檃括詞。以上畫了波浪綫的部分,
就是原篇没有的内容,顯爲朱熹的補筆。相比之下,(C)蘇軾
的檃括詞,好像徹底以徒詩的歌辭化爲首要目標,始終以克制
的態度作略微的調整而已;朱熹則將自己的感慨也交織其中,
無拘無束地改編著原篇。這個例子顯著地表示出:到南宋的
初期,原來祇爲 A 類檃括所擁有的特徵——即把作者的實況
寫入改編作品的做法,也出現在以詩歌爲檃括對象的 B 類檃
括中了。

五、南 宋 晚 期

如果把南宋三大家去世的西曆一二〇〇年前後看作中興期的終結,則自此至南宋滅亡的約七八十年間,爲南宋晚期。此期產生的檃括詞數量最多,寫作的詞人也最多。一大羣所謂的小詞人,將近半數連其生卒年也無法確定,他們點綴了宋代檃括史的尾巴。相應地,可以看出一些具有特徵的現象。首先將現存作品的詞人表示如下:

(11) 徐鹿卿(1189—1250)《酹江月・元夕上秘校并引》(《全》二三一五下) ＊《引》云:“……乃雜取東坡先生上元諸詩,檃括成《酹江月》一闋,與邦民共歌。”●原篇:蘇軾《次韻劉景文路分上元》(中華書局《蘇軾詩集》三三)、《上元侍飲樓上三首呈同列》(《蘇軾詩集》三六)等。

(12) 劉學箕(?—?)《松江哨遍》(《全》二四三二下) ＊小序云:“……遂檃括坡仙之語,爲《哨遍》一闋,詞成而歌之。”●原篇:蘇軾《前後赤壁賦》(《蘇軾文集》一)

(13) 林正大(?—?)計四十一篇檃括詞(《全》二四四〇以下) ＊原篇細目詳後。

(14) 衛元卿(?—?)《齊天樂・填溫飛卿江南曲》(《全》二四八六下)●原篇:溫庭筠《江南曲》(《全唐詩》五七六)

(15) 劉克莊(1187—1269)《哨遍》(《全》二五九一上) ＊小序云:“昔坡翁以《盤谷序》配《歸去來詞》。然陶詞既檃括入律,韓序則未也。暇日,遊方氏龍山別墅,試效顰爲之,俾主人刻之崖石云。”●原篇:韓愈《送李愿歸盤谷序》(《韓昌黎文集》四)

(16) 吳潛(1196—1262)《哨遍・括蘭亭記》(《全》二七二八上)●原篇:王羲之《蘭亭集序》

(17) 方岳(1199—1263)《沁園春》(《全》二八三七上)●原篇：王羲之《蘭亭集序》

(18) 馬廷鸞(1223—1289)《水調歌頭·櫽括楚詞答朱實甫》(《全》三一四〇上)●原篇：《楚辭·離騷》等。

(19) 蔣捷(1245?—1310?)《賀新郎·櫽括杜詩》(《全》三四四八下)●原篇：杜甫《佳人》(《杜詩詳注》七)

(20) 劉將孫(1257—?)《沁園春·近見舊詞,有櫽括前後赤壁賦者……》二首(《全》三五二八下)●原篇：蘇軾《前後赤壁賦》

(21) 程節齋(?—?)《水調歌頭·括坡詩》(《全》三五四八上)●原篇：蘇軾《賀陳述古弟章生子》(《蘇軾詩集》一一)

以上(11)～(21),計詞人十一位①,作品五十二篇。其中A類櫽括(原篇爲散文)有二十四例,B類櫽括(原篇爲古今體詩)有二十八例。櫽括的原篇以蘇軾作品爲最多,計十例,李白、杜甫作品各七例,黃庭堅五例,歐陽修四例,范仲淹三例,王羲之、韓愈各二例。

這個時期的特徵可指出兩點。第一,櫽括的對象擴大到從未有過的範圍,且呈現出多樣化,上至《楚辭》,下至北宋末的韓駒(1080—1135/林正大有櫽括《題王內翰家李伯時畫太

---

① 其他尚有：① 黃機(生卒年不詳)《六州歌頭·岳總幹櫽括〈上吳荊州啓〉,以此腔歌之,因次韻》(《全》二五三四上)；② 葛長庚(1194—?)《賀新郎·櫽括〈菊花新〉》(《全》二五七七下)。①據題下註,爲次韻岳總幹(岳飛之孫岳珂)詞之作。岳珂的原作現存(《全》二五一六下),但《上吳荊州啓》不詳,故本文不計。② 所櫽括的《菊花新》是詞牌名,此前雖有柳永、張先、杜安生的作品,但這些北宋的作品與葛長庚的詞之間,看不出有明確的關係。葛長庚自己填的《菊花新》詞共有九篇,②所謂的"櫽括",恐怕是指改編己作。從而,與本文規定的"櫽括"不同,故本文與①同樣不予計入。據前註所舉王偉勇論文,另外有趙孟堅、周密等實例。

一姑射圖二首》之一［《全宋詩》一四三九］的作品），時間跨度
甚大，李、杜的作品也進入了原篇的行列（林正大有隱括李詩
的七例、隱括杜詩的六例，蔣捷有隱括杜詩的一例）。

　　第二，出現了專門製作隱括詞的專業詞人，(12) 林正大
就是其人。林字敬之，號隨庵，永嘉（浙江温州）人。關於其生
平，除了開禧年間(1205—1207)曾任嚴州（浙江建德）學官外，
其餘未明。

　　他留下的詞共計四十一篇，全爲隱括詞（A 類十七例／B
類二十四例）。原篇以李白作品爲最多，有七例（A 類二例／B
類五例），接下來是杜甫作品六例（B 類），蘇軾五例（A 二／B
三），歐陽修四例（A 二／B 二），黃庭堅四例（A 一／B 三），范仲
淹三例（A 二／B 一）。其餘各一例的是劉伶 A、王羲之 A、陶
淵明 A（六朝）／王績 A、韓愈 A、李賀 B、劉禹錫 B、白居易 A、
盧全 B（唐）／王禹偁 A、葉清臣 A、韓駒 B（北宋），計十二人。

　　就隱括的內容本身而言，很難説有什麼特別的獨創性，但
對共計十八位作者的原篇，作了四十一首隱括詞，這個數量是
空前絕後的。並且，他還把隱括詞彙爲一集，曰《風雅遺音》二
卷①，作爲最初的隱括詞集問世。

_____

① 《風雅遺音》二卷，《四庫全書總目提要》（卷二〇〇集部詞曲類存目）記
　　有南宋刊本。黃丕烈也曾得到其“翻雕”本（近人饒宗頤《詞籍考》卷五
　　［香港大學出版社 1963 年 2 月］謂是明刊本），並作題跋（黃丕烈《蕘圃藏
　　書題識》卷一〇集類［中華書局《清人書目題跋叢刊六》所收，1993 年 1
　　月］）。黃跋提到了明末毛晉汲古閣未刻鈔本的存在，此汲古閣未刻鈔
　　本，在清末光緒年間，由江標主持，作爲《宋元名家詞十五種》之一，由思
　　賢書局上梓刊行。筆者曾得機會目睹此本（東洋文庫所藏本）。又，黃
　　丕烈所藏本後歸清末藏書家丁丙，現藏於南京圖書館。在南京大學留
　　學的阿部順子氏（慶應義塾大學大學院）爲我確認了此本的所在及其版
　　式，特此敬表謝意。

世嘗以陶靖節之《歸去來》、杜工部之《醉時歌》、李謫
仙之《將進酒》、蘇長公之《赤壁賦》、歐陽公之《醉翁記》,
類凡十數,被之聲歌,按合宫羽。尊俎之間,一洗淫哇之
習,使人心開神怡,信可樂也。而酒酣耳熱,往往歌與聽
者交倦,故前輩爲之隱括,稍入腔律。如《歸去來》之爲
《哨遍》,《聽穎師琴》爲《水調歌》,《醉翁記》爲《瑞鶴仙》。
掠其語意,易繁而簡,便於謳唫。不惟燕寓懽情,亦足以
想像昔賢之高致。予酷愛之,每輒效顰,而忘其醜也。余
暇日閲古詩文,擷其華粹,律以樂府,時得一二,裒而録
之,冠以本文,目曰《風雅遺音》。

上文是嘉泰二年(1202)林正大自序的一部分。據此可
以明白,《風雅遺音》是林正大在明確的編纂意圖下自編的檃
括詞集。

這樣,"檃括"的歷史,至南宋晚期,以專集的出現爲標
誌,到達了一個發展的最高點。但隨著宋朝的滅亡,其命脈
也忽然斷絕。在《全元詞》裏,僅有白樸(1206—1307)的二
例,其他再也找不到了。或者,以"歌辭化"爲第一義的這個
技法,隨著詞樂的衰微,及其被新興的散曲所取代,而落得
與詞樂的盛衰同樣的命運,跟"檃括詞"的文學樣式一起隨
風而逝了吧。

六、檃括《赤壁賦》

標誌著宋代檃括詞發展最高點的《風雅遺音》,其作者在
序文中,作爲規範所崇仰的"前輩"是蘇軾。此事頗具象徵意
味,説明蘇軾在兩宋檃括詞史上的意義極大。

對此點最具説明力的,是檃括蘇軾《赤壁賦》之作品的

存在。《赤壁賦》曾在五位詞人的七篇隱括詞裏上場,作爲被隱括的原篇出現的頻率最高。而且,在南宋的各個時期都可找到其隱括詞,其被系統地製作,這一點也很重要。現在不避重復,舉出詞人之名,有朱敦儒(南宋初期)、曹冠(南宋中期)、劉學箕(南宋後期)、林正大(南宋晚期)、劉將孫(宋末元初)五位。其中,曹冠、劉學箕、劉將孫三位留下了如下的序文。

○ 曹冠《哨遍》序

東坡采《歸去來》詞作《哨遍》,音調高古。雙谿居士隱括《赤壁賦》,被之聲歌,聊寫達觀之懷,寓超然之興云。

○ 劉學箕《松江哨遍》序

……己未冬,自雲陽歸閩。臘月望後一日,漏下二鼓,艤舟橋西,披衣登垂虹。時夜將半,雪月交輝,水天一色。顧影長嘯,不知身之寄於旅。返而登舟,謂偕行者周生曰:"佳哉斯景也,詎可無樂乎?"於是相與破霜蟹,斫細鱗,持兩螯,舉大白,歌赤壁之賦。酒酣樂甚,周生請曰:"今日之事,安可無一言以識之。"余曰:"然。"遂隱括坡仙之語,爲《哨遍》一闋,詞成而歌之。生笑曰:"以公之才,豈不能自寓意數語,而乃綴緝古人之詞章,得不爲名文疵乎?"余曰:"不然。昔坡仙蓋嘗以靖節之詞寄聲乎此曲矣,人莫有非之者。余雖不敏,不敢自亞於昔人。然捧心效顰,不自知醜,蓋有之矣。而寓意於言之所樂,則雖賢不肖抑何異哉。今取其言之足以寄吾意者,而爲之歌,知所以自樂耳,子何哂焉。"

○ 劉將孫《沁園春》序

近見舊詞,有隱括前、後《赤壁賦》者,殊不佳。長日無所用心,漫填《沁園春》二闋,不能如公《哨遍》之變化,

又局於韻字，不能效公用陶詩之精整，姑就本語，捃拾排
比，粗以自遣云。

曹冠的詞櫽括《前赤壁賦》，序的開頭提到了蘇軾的《哨
遍》，詞的末尾又有"戲將坡賦度新聲，試寫高懷，自娛閒曠"的
句子。

劉學箕的櫽括詞，是將前賦與後賦融合一體加以櫽括，序
文中明言：其寫作的時間既非七月既望，也非十月既望，而是
十二月的既望；其地點亦非赤壁，而是太湖湖畔的吳江垂虹
亭。被夜半皎潔的月色和銀白的雪景完全迷住的作者，與其
同行者意氣投合，盡情飲酒，欣賞勝景。同行者認爲應該用歌
詠把這美好的夜晚記錄下來，作者也有同感，所以作了櫽括
《赤壁賦》的歌詞。同行者爲他不自創作，而集古人的文句，感
到疑惑和好笑，他便引蘇軾櫽括《歸去來兮辭》的故事爲自己
辯白。

劉將孫對前賦、後賦各作了一篇櫽括詞。他見到的所謂
"舊詞"具體指誰的作品，我們並不明白，但值得非常注意的
是，他是在某種競争意識的驅動下著手櫽括《赤壁賦》的。而
且，他也想念著蘇軾櫽括《歸去來兮辭》這件事。

這樣，接著蘇軾之後的詞人們，好像把蘇軾改編《歸去來
兮辭》爲《哨遍》的故事，當作值得追慕的高尚典範，也當作最
大的依托，反復地進行著櫽括詞的再創作。

《赤壁賦》的一連串櫽括詞，恰好暗示出一個事實：即
"櫽括"這種技法，因爲被許多詞人運用，而呈現普泛化的趨
勢，但另一方面，也終始是在其創始者蘇軾的影響籠罩下被
運用的。

七、結語：檃括對於宋詞的意義

以上各節略述了兩宋檃括詞的概況，這些作品羣對於宋詞全體來説，究竟具有什麽樣的意義呢？首先，如果要談到後世對檃括詞的評價，則作爲評價之前的問題，檃括詞的存在本身也幾乎全被忽略。最能説明這一點的，就是歷代的詞話以及近年的南宋詞研究專著對待林正大的態度。

近人唐圭璋編的《詞話叢編》（中華書局 1986 年 1 月，全五册）中，收錄了北宋至民國計八十五種詞話、詞評，作爲檃括詞作者的林正大完全未被提及。近年的南宋詞研究專著，如王偉勇《南宋詞研究》（文史哲出版社 1987 年 9 月），陶爾夫、劉敬圻《南宋詞史》（黑龍江人民出版社 1992 年 12 月）中，也同樣一字未及。

林正大是一個除了檃括詞外没有留下其他作品的詞人，因此，後世的這種冷淡態度，簡直便象徵了對檃括詞全體的評價。事實上，除了創始者蘇軾的作品外，其他詞人的檃括詞也像林正大一樣，幾乎未被一顧。

在冷淡評價的背後存在著的根本原因，可以指出如下兩點：第一，被後世視爲詞人之主流的代表性作家，大抵都未留下檃括詞的作品。在宋末元初，總括兩宋詞史的詞話、詞論中，出現了張炎的《詞源》和沈義父的《樂府指迷》，對後世的詞學起了顯著的影響，被此兩書一齊推崇的詞人，如周邦彦、姜夔、吳文英，其現存的詞裏都没有一首是檃括詞。從而，如以他們爲中心來構建南宋詞論，檃括詞當然不會被提及。

第二，由於檃括不是純正的"創作"，則從其作爲技巧的屬性，也不難推測其被冷視的結果。如前所述，檃括詞原是以合於樂曲爲首要目標的"加工"之詞,從而,祇有隨著奏樂一起被歌唱,這種技法纔顯得生動起來。因此,一旦樂曲失傳,專憑視覺來鑒賞的時候,原先被期待的效果當然會明顯減退。毋庸説,所有的詞在一定程度上都有這個問題,但一般的詞由於其歌詞是被"創作"出來的,從中認識作者的個性仍是十分可能,而櫽括詞,原是二次"加工"的作品,所以,雖不能説絕對沒有作者個性的反映,總不能像在一般的詞中那樣可以尋求。

與第一點聯繫起來説,把周邦彦看作宋詞藝術頂峰的詞學觀,實際上也多少與樂曲的喪失有關。這種詞學觀,在樂曲失傳之前已經作爲一個批評的潮流存在了,但自樂曲衰微以後,便特別被強調。當詞變成了不能歌唱的文本時,其形態與古今體詩沒有什麼差異,對於這樣一個鑒賞對象,鑒賞者爲了繼承詞的傳統,勢必要尋求它與古今體詩異質的成分,將此當作"詞的特性"。毋庸説,這種傾向的產生是很自然的趨勢。

無論是否專業詞人的作品,也無論是"豪放"或"婉約"詞,基本上都具備長短句、雙調體和各種詞律所規定的區別於古今體詩的外形特徵①。然而,如要劃定具有"詞的特徵"之詞(即狹義之詞)的範圍,則以上這些外形特徵不能作爲最終的基準,較之更爲重要的有兩點:一是音樂性;二是在措辭、題材、意境等各方面與具體表達相關的特質。可是,在樂曲衰微之後,衡量其音樂性的手段也隨之失去,剩下的祇有表達上的特質了。因此,從表達風格入手,來吟味、檢討宋詞時,便容易

---

① 蘇軾的詞雖被批評爲不協音律,但至少嚴格地遵守了平仄律。參考王水照《蘇軾豪放詞派的涵義和評價問題》(收入《蘇軾研究》,河北教育出版社 1999 年 5 月版)。

看到兩種流派的存在：保持唐末五代以來的風格，重視與傳統的連續性而進行創作的一派（尊體派），和北宋中後期以降積極擴大題材，吸取古今體詩的藝術要素而進行創作的一派（破體派）。這樣，如果要問兩派之中何者更具有"詞的特性"，那答案幾乎是自明的。

再者，樂曲失傳以後，像教科書那樣被重視的詞論書（《詞源》、《樂府指迷》），因爲是從專業詞人的立場寫作的，便更促進了這樣一種傾向的發展：創作態度上與古今體詩相區別的，以周邦彥爲首的專業詞人的作品越來越被置於中心地位，而與古今體詩界綫模糊的作品羣被當作支流，受到排斥。這樣，最先被忘却的作品羣，就是與"非詞的"作品具有密不可分之關係的檃括詞。

然而，還在樂曲尚存，詞曲的原來生命保持無損的當時，詞就已經不是一小羣專業詞人的禁臠。縱然他們的作品被當作最理想的詞，也難以想像他們在文壇上會占有崇高地位，會對同時代有壓倒優勢的影響力。毋寧説，詞應該是在他們生存其中的士大夫社會裏，與他們的主張和作品全無關係地、在各種各樣的局面下被製作，而於實際上起到一定的社會功能。我們現在有必要設定一下詞在士大夫社會裏實現其社會功能時的狀況，而將檃括詞置於其中，來考察這個技法所具有的意味。

在此觀點的基礎上重新考察檃括詞的意義，至少可以指出：檃括詞確實帶來了詞的製作場面的典雅化，具有提高士大夫（知識人）作詞動機的效果。

在宋代，特別是北宋中期以降，隨著科舉事業的進展乃至普及，士大夫（知識人）的知識基礎普遍地提升到空前的高度。對他們來説，熟習古典的教養是支撐其主體意識的最重要的因素①。

　　詞被稱作"詩餘",被視爲低於古今體詩,其理由在於,它傳統上是以歌吟男女情愛爲主的文學樣式,這當然毋庸多説,另外還可以推測到的原因是:至少在北宋時代,作爲一種新興的文學樣式,其評價的基調尚未穩定,士大夫們還不能在這個創作領域積極馳騁其古典知識素養。而且,正因爲是新興的樣式,詞還缺少已經獲得定評的經典作品,故全憑固有的傳統來促成質的轉換,使之成爲可以滿足士大夫(知識人)知性慾求的創作領域,是一件困難的事。

　　"櫽括"隱藏了一舉克服這些弱點的力量,它一旦被導入作詞的場合,作者就能面對已獲定評的經典名作,與古人對話。如此一來,當時的知識人(士大夫)也就能夠無所顧忌地直面詞的創作。正如林正大所説,櫽括可以帶來"不惟燕寓歡情,亦足以想像昔賢之高致"的效果。

　　酒宴、歌妓、奏樂等場面要素的作用,爲詞這種文學樣式帶來了强固的傳統,同時也必然產生了難以克服的陳規舊套。於是,以蘇軾爲始的北宋後期士大夫們爲了打破此陳規舊套,把詞的創作半强迫地拉入了自己所擅長的領域,櫽括正可被解釋爲他們這種做法留下的痕迹。其是非暫且不予置論,要之,爲了克服作爲新興樣式的詞的輕浮性,以各種形式將豐富的古典知識導入詞中,創造出士大夫自己可以積極參與製作的環境,這樣一種動向的出現,從當時士大夫(知識人)的主體意識來看,是至爲自然的發展趨向。如果將櫽括定位爲這種動向的表現之一,那麼可以認爲,在詞作爲士大夫的抒情工具

① 　參考拙論《王安石〈明妃曲〉考(下)——圍繞北宋中期士大夫的意識形態》(宋代詩文研究會《橄欖》第 6 號,1995 年 5 月)。

獲得應有地位之前,作爲多樣嘗試之一,檃括詞確實具有不可忽視的重要意義。可以這樣考慮:作爲由士大夫創造的適合於士大夫的知性技法,或者特別是在南宋時期作爲對蘇軾的敬慕的表達方式,檃括在作詞的場合被時時地運用著。

（朱剛譯）

宋代八景現象考

一、引　言

　　本文所説的"八景現象"是指這樣一系列的文化現象：即將某一個地域的八個乃至若干個風景勝地聚合起來，用以四個漢字爲主的標題給這些景觀加以命名，並以詩歌和繪畫的形式對它們進行具體的描繪。

　　所謂的"八景現象"並不是一個被封存在遥遠的歷史記録中的死的文化現象。像香港、澳門這樣歷史較短的近代都市裏也有"八景"存在的事實，正説明了這一問題①。而在今天的中國各地，將歷來就有的八景叫做"古八景"，並在"古八景"之外，另外選定"新八景"的舉動方興未艾②。"八景現象"不僅持續生成至今，而且是一個突出的當代性文化現象。

　　"八景現象"並不衹是在中國國内纔能看見的文化現象。

---

① 筆者使用互聯網進行檢索，結果在當今的中國搜尋到 1 400 餘個和"八景"有關的網頁。比較新的"八景"可以列舉出廈門八景(福建)、東莞八景(廣東)、虎門八景(廣東)、湛江八景(廣東)、敦煌八景(甘肅)、烏魯木齊八景(新疆)等等。

② 例如：西湖新舊十景(浙江杭州)、西寧新舊八景(青海)、欽州新舊八景(廣西)、柳州新舊八景(廣西)、源城新舊八景(廣東河源)、藤州新舊八景(廣東)、濟南八景和歷下八景(山東)等等。

在日本,室町時代(1336—1573)以後,各地也都選出"八景";在朝鮮,據說高麗朝以後,各地也存在著同樣的現象①。所謂的"八景現象",可以說是在廣大的東亞全域得到認同的一種文化現象。

然而,今天在思考"八景現象"的時候,最不能忽視的因素,恐怕就是這個現象和旅遊這種文化性經營之間存在著深刻關係這樣的事實。

舉日本近世江户時代後期(19 世紀前半期)的一個實例:

在當時的日本,一種被稱做"浮世繪"的精密寫實的彩色版畫被大量印製,流傳於里巷之間。而這種版畫的代表作家葛飾北齋(1760—1849)、歌川廣重(1797—1858),都曾經以日本各地的風景勝地爲主題,創作了浮世繪系列作品。作品陸續問世後,各自都受到了好評。其中包括《近江八景》(滋賀縣琵琶湖南部)、《金澤八景》(神奈川縣橫濱南部)等八景圖(可參照下圖)。

江户時代後期是市民文化走向繁榮的時期,市民的經濟條件蒸蒸日上,很多市民開始以數日遊的方式出門旅遊。北齋、廣重等的版畫正好起到現代的明信片的作用。當時的遊客們接觸到他們的八景圖,引起了旅遊的興趣,於是便以這些版畫爲導遊圖,走向版畫所描繪的景觀,享受著這一往返於虛實之際的快樂。

在中國的八景現象裏,我還無法明確判斷是否也有像北齋和廣重的浮世繪一樣,在當時的生活中擔當過明確功

① 在室町至江户時代初期所選定的日本八景有"近江八景"、"金澤八景"、"博多八景"、"南都八景"、"松島八景"等。在朝鮮,有代表性的八景有"平壤八景"、"扶科八景"、"丹陽八景"、"關東八景"等(其形成時間未詳)。

歌川廣重的版畫《金澤八景・瀨戶秋月圖》
（江戶時代，天保 7 年［1836］前後）

用並已經得到承認的版畫或其他繪畫形式①。但是，明清以後在中國各地隨時出現的近世、近代的八景，引誘著遊客們走向這些景點，這一事實是毋庸置疑的。不如這樣説，作爲近世、近代的八景，其選出的目的無非是對外宣傳各個地方的風土之美，從而吸引外地的遊客前往。這一以旅遊爲中心的"八景現象"，是以市民階層的成熟這樣的近世、近代社會條件爲背景而得以成立的。因此，筆者下面將要論及的11—13 世紀宋代的"八景現象"中，雖説還沒有出現如此明確的形式，但是，像這樣的近世八景現象，毫無疑問正是以宋代的八景現象爲前提，並以此爲基礎發展起來的一種新變。

① 雖然與日本"浮世繪"不同，但刊載於《中國古版畫・地理卷・勝景圖》（湖南美術出版社，1999 年）裏的各地方的勝景圖可以算是類似現象。

本文將以宋代八景現象爲焦點(它是 15、16 世紀以後,以中國爲中心的東亞全域迅速滲透的八景現象的直接淵源),重點論述其在怎樣的時代對應關係裏產生,如何向周圍環境滲透。宋代的八景現象,是以士大夫階層爲中心,可說是限定性的上層文化現象,雖然不像近世、近代那樣,是席卷整個市民階層的大規模文化現象,但是,士大夫們所奠立的文化形式,在今天的八景現象裏也還頑強地存活著。本文的主要目的,是上溯到這個將近有千年歷史的現象誕生之時,對其萌芽直至獨立的初期階段的發展過程進行考察,以求更進一步地探索這一延續到近世、近代的發展形態的先兆。

二、宋迪的《瀟湘八景圖》

若要探求八景現象的淵源,我們一直可以追溯到據說是北宋中期宋迪所畫的《瀟湘八景圖》。八景現象誕生於繪畫藝術之中。

宋迪的畫已經失傳,因而無法具體了解那是甚麼樣的繪畫。不過,在當時的一些記錄中,宋迪的名字是作爲創作《瀟湘八景圖》最早期的作者被提到的。其中最早的記載當屬沈括(1029—1093) 的《夢谿筆談》(卷一七),内容如下:

> 度支員外郎宋迪工畫,尤得意者有「平沙雁落」、「遠浦帆歸」、「山市晴嵐」、「江天暮雪」、「洞庭秋月」、「瀟湘夜雨」、「煙寺晚鐘」、「漁村落照」,謂之「八景」,好事者多傳之。(中華書局香港分局本 1975 年)

宋迪,字復古,洛陽人。進士及第,歷任湖南轉運司判官、

宣撫司勾當公事、度支郎中、知邠州兼提舉永興秦鳳路交子等
職①。其他經歷至今未詳者尚多。其兄道(1014—1083,字叔
達)、侄子房(長兄選之子)皆以畫家而知名。並且,其兄弟皆
爲《宣和畫譜》所收錄。

　　有兩三條現存的材料表明:五代的黃筌(903—965)、李
成(919—967)等有早於宋迪的《瀟湘八景圖》存在。然而根據
近年來已有的研究,這些資料在可靠性方面分別存在一些問
題②。而即便假定黃、李二氏創作了《瀟湘八景圖》,在宋代,
"瀟湘八景"圖也要一直等到北宋末期纔流行。或許我們可以
將八景現象的淵源追尋到黃、李二氏,但是,將這一現象發生

---

①　有關宋迪的經歷,詳見島田修二郎《宋迪與瀟湘八景》(載《中國繪畫史
　　研究》,中央公論美術出版社,1993 年;首次發表於《南畫鑒賞》10—4,
　　1941 年 4 月)。據說在湖南零陵縣南的澹山巖上有宋迪的題名,從此可
　　知宋迪赴任湖南轉運司判官一事(楊殿珣《石刻題跋索引》,商務印書
　　館,1995 年,第 367 頁)。其他經歷都依據李燾《續資治通鑒長編》裏的
　　記載。

②　見前島田修二郎論文、以及衣若芬《閱讀風景:蘇軾與"瀟湘八景圖"的
　　興起》(東坡逝世九百年紀念學術研討會,臺北,2000 年 11 月)。關於黃
　　筌的《瀟湘八景圖》,在郭若虛的《圖畫見聞志》卷二"紀藝上",列舉了黃
　　筌的殘存作品,並記載曰:"有四時山水、……山居詩意、瀟湘八景圖,傳
　　於世。"但是,被認爲是《圖畫見聞志》之依據的黃休復《益州名畫記》卷
　　上卻有著"筌有《春山圖》、……《山居詩意圖》、《瀟湘圖》、《八壽圖》"這
　　樣的記錄。島田氏以爲在《圖畫見聞志》裏所說的"瀟湘八景圖"也許是
　　將"瀟湘圖"和"八壽圖"混淆了起來,或是傳寫有誤。關於李成的《瀟湘
　　八景圖》,雖然在米芾"瀟湘八景詩並序"中可以看到,但是,米芾的這篇
　　作品的初刊文獻見於明代,在他的別集《寶晉英光集》裏並沒有收錄。
　　又,他的《畫史》中亦全未言及。其他,在宋祁的《渡湘江》詩(《全》卷二
　　一一,册 4,第 2442 頁)裏,有"春過湘江渡,真觀八景圖"之句。由於宋
　　祁較之宋迪時代更早,則由這句話可見,它暗示著在宋迪以前,《瀟湘八
　　景圖》就已流行,但是,對這首詩,島田氏也提出了可能是南宋張栻
　　(1133—1180)的作品的看法。不過,《全》卷二四一四至二四二一張栻
　　的詩中,卻未收錄該詩。

的直接契機前溯 150 年左右,也還缺乏説服力。因爲我們可
以看到,在北宋的一百五十年間,特別是在最後的七八十年
間,發生了士大夫和繪畫,特別是和水墨山水畫之間關係迅速
接近的顯著變化(下文將述及)。

　　比宋迪時代稍晚的北宋末詩僧惠洪(1071—1128)也作有
如下所載詩題的"瀟湘八景"詩。如果將這一點考慮進去的
話,那麼正如沈括的記載所示,宋迪的繪畫理應被看做是宋代
八景現象的起點①。

　　　　宋迪作八境絶妙,人謂之無聲句。演上人戲余曰:
　　"道人能作有聲畫乎?"因爲之各賦一首。(《四部叢刊本》
　　《石門文字禪》卷八)

　　惠洪不僅是現存"瀟湘八景"詩最早期的作者,同時他也
是在《瀟湘八景圖》與宋迪密不可分這種認識的基礎上進行題
詠的②。

————————

①　比惠洪晚一點還有曾敏行(1118—1175)《獨醒雜志》卷九的記載,《獨醒
　　雜志》寫"東安一士人"巧妙地畫八景圖的故事,同時在末尾引用米芾
　　(1051—1107)"八景圖爲宋迪得意之筆"一句。關於惠洪的文學,可以
　　參見大野修作《慧洪〈石門文字禪〉的文學世界》(載《書論與中國文學》,
　　汲古書院,2001 年)。
②　《宋迪作八景絶妙……》詩是七言律詩的八首組詩。除此之外,惠洪還
　　有以《瀟湘八景詩》爲題的七言絶句八首組詩(《四部叢刊》本《石門文字
　　禪》卷一五)。有可能早於惠洪之作的,是張經的作品。在《全宋詩》裏,
　　他被放在了王安石之後。但是,據《全宋詩》,張經作品的初刊文獻是明
　　代的方志《隆慶岳州府志》,其資料的可靠性却有一些問題。《宋人傳記
　　資料索引》的正編及續編,共收錄了四個張經,其中正編所記"皇祐中以
　　度支員外郎提點利州路轉運使",我想此人是《全宋詩》所擬定之張經
　　(續編中所著錄"清江人,天聖五年王堯臣榜進士"之張經,與前舉之人或
　　許也是同一個人)。但是,筆者查閱《弘治岳州府志》(《天一閣明代方志選
　　刊續編》所收)及《隆慶岳州府志》(《天一閣明代方志選刊》(轉下頁註)

　　關於宋迪創作《瀟湘八景圖》的具體時期雖已無從獲知，但是在仁宗嘉祐末年，他作爲湖南轉運司判官，曾經有過在瀟湘地區實地訪問的經驗，這無疑成爲一個重要的契機。他是生在洛陽的北方士大夫，而赴任湖南轉運司判官在他的宦遊生涯當中應該是處於最初階段的經歷，因此可以推測：他第一次接觸到湖南瀟湘的風土恐怕也在此時。

　　蘇軾(1037—1101) 和宋迪幾乎是同時代人，他爲宋迪的《瀟湘晚景圖》(不是"八景圖")寫了題畫詩(《宋復古畫瀟湘晚景圖三首》)；歷代蘇軾編年詩集以及孔凡禮《蘇軾年譜》都將蘇軾的題畫詩看做是元豐元年(1078)的作品。如果以蘇軾題畫詩的内容爲依據①，那麼宋迪創作《瀟湘晚景圖》的年代，應該是他以知州赴任邠州(今陝西彬縣)——即熙寧七年(1074)六月之後兩三年間的事。《瀟湘八景圖》本身的創作時期雖然無法確定，但是，宋迪在嘉祐末至去世前這段時間内，想必創作了包括這兩種作品在内的數種瀟湘或八景系列的畫。這點可以根據《宣和畫譜》來推想，在其被著錄的共 31 種中，《瀟湘秋晚圖》、《江山平遠圖》、《遠浦征帆圖》、《八景圖》等，容易令人聯想起瀟湘或八景系列的畫。

（接上頁註）所收)，其詩作都刊載於南宋末詩人劉學箕的詩作之後(弘治本卷二"題詠志"，隆慶本卷一八"雜傳")。若重視這一事實，則這個張經是南宋末期人更合適。我認爲《宋人傳記資料索引續編》中所記"博羅人，咸淳七年張鎮榜進士"之張經即爲此人的可能性比較大。不管怎麼樣，在這裏要強調的是，《全宋詩》的排列還有值得再考慮的地方。

①　蘇軾《宋復古畫瀟湘晚景圖三首》其一(中華書局版《蘇軾詩集》卷一七)有"西征憶南國，堂上畫瀟湘"之句。蘇軾的詩作於元豐元年以前數年間，而按照宋迪的經歷，據李燾《續資治通鑒長編》卷二五六"熙寧七年六月癸丑"條所載，其時他拜命知邠州兼提舉永興秦鳳路交子。蘇軾詩中所謂"西征"，當指赴任"知邠州"。

又,作爲一條迄今爲止很少被注意到的材料,如下所引的蘇軾詩宋人註,有必要提一下。蘇軾《送呂昌朝知嘉州》詩之趙次公(北宋末南宋初人)註,有這樣的記述:

> 昌朝得宋復古畫《八景圖》,來嘉州。其目曰:"洞庭晚靄"、"盧阜秋雲"、"平田雁落"、"闊浦帆歸"、"雨暗江村"、"雪藏山麓"、"泉崑古柏"、"石岸孤松"。(《四部叢刊》本《王狀元集注分類東坡先生詩》卷二一)

若據這個記載,則宋迪除了《瀟湘八景圖》以外,還創作過完全不同的別的《八景圖》。正如沈括所指出的,以《瀟湘八景圖》爲發端的山水組畫,可能是宋迪最得意的畫題。鑒於宋迪的經歷(包含生卒年月在內)多有未詳處,而至爲關鍵的記錄《瀟湘八景圖》事項的沈括的《夢谿筆談》,是在元祐三年(1088)以後的數年間寫成的所以,關於《瀟湘八景圖》的創作時間,現在能夠確定的祇是在北宋後期以神宗時代(熙寧、元豐)爲中心的四分之一世紀的時期內。

三、北宋後期的士大夫與繪畫

北宋後期之神宗時代,是士大夫真正開始用繪畫作爲自我表現手段的時代。當然早在唐代,繪畫就已經是與士大夫有著很深關係的藝術領域。但是,如果除去王維等僅有的例外,在唐代幾乎不存在具代表性的士大夫獨自進行繪畫創作的記載。對他們來説繪畫畢竟是鑒賞的對象,而並不認爲那是自我創造的主體活動。此後,士大夫與繪畫的距離隨時代下移而確實一步一步地有所接近,然直至北宋中期,其基本狀況沒有大的變化。因此,説繪畫創作基本上是以宮廷畫院爲中心的職業畫家所獨占的領域並不爲過①。但是,一進入北宋後期,這方面的確發生了顯著的變化。

　　文同（1018—1079）、王詵（1036—1089 以後）、蘇軾（1037—1101）、晁補之(1053—1110),以及宋迪兄弟等實際進行繪畫創作的士大夫,驟然開始大量涌現。這裏先介紹一段可窺知當時士大夫與繪畫之距離的意味深長的史實。

　　時爲熙寧七年(1074) 四月,初出茅廬的士大夫,任京師開封城門監督官的鄭俠(1041—1119)呈上描繪著民衆慘狀的圖畫,要求停止新法。一見到這幅繪畫,原本不聽舊黨政要一而再、再而三之強烈反對意見的神宗,終於在一夜之間决意暫停新法②。

　　這一事件的關鍵在於繪畫。鄭俠如果不是想到繪畫創作,那麼這一事件便不會發生。正由於他日常對繪畫所具有的媒體功效有一種自覺,所以他會極其自然地想到用繪畫反映現實,於是這一行爲打動了神宗的心,而取得了最爲理想的效果。筆者於這一事件中,看到的是當時士大夫對繪畫認識

----

① 近年,淺見洋二氏就唐代詩歌與繪畫的接近,主要是以詩畫同質論的檢討爲中心,發表了大量研究成果。主要文章列舉如下：1.《初盛唐詩中的風景與繪畫》(《山口大學文學會誌》42,1991 年 12 月);2.《中晚唐詩中的風景與繪畫》(《日本中國學會報》44,1992 年 10 月);3.《關於閨房內的山水,或者瀟湘——晚唐五代的風景與繪畫》(《集刊東洋學》67,1992 年 5 月);4.《關於"詩中有畫"——中國的詩與繪畫》(《集刊東洋學》78,1997 年 11 月);5.《中國自然觀中的繪畫性》(《待兼山論叢》31,1997 年 12 月);6.《距離與想像——中國的詩與傳媒,作爲傳媒的詩》(汲古書院《宋代社會的情報網絡》所收,1998 年 3 月)。在這些考論中所引用的豐富例子,表明了以中唐爲界,在士大夫的生活領域中,繪畫正漸漸滲透的事實。但是,至少在唐代,能夠斷言説士大夫自身揮筆作畫的例子,似乎還比較少。

② 《續資治通鑒長編》卷二五二,《續資治通鑒長編》卷七〇;參見拙稿《東坡烏臺詩案考——北宋後期士大夫社會中的文學與傳播媒介》。

的深化。

那麼，在北宋後期的這個階段，爲何士大夫在繪畫創作意識上突然發生了顯著的變化呢？我想從繪畫技術、繪畫理論及士大夫的生活空間這三個側面來探討變化的主要原因。

第一，就繪畫技法而言，我認爲水墨畫法的發展與普及，對這一變化有極大的影響。至少到唐代爲止，構成繪畫主流的是彩色繪畫①。彩色繪畫的製作，要求有關顏料的專門知識及自如運用這些知識的高度技術與經驗。不難想像，這一點對士大夫來説恰恰成爲阻礙其繪畫創作的一大原因。

明清文人所標舉的普遍理想，是所謂"詩書畫三絶"的組合。這當中，"詩"是唐宋士大夫最爲切身的自我表現手段。甚至可以説，若考慮到科舉制度的話，它是爲獲得士大夫地位必不可少的要素之一。"書"雖然存在著工拙的差別，但由於是傳達意思及相互交流不可或缺的手段，對他們來説，理應認識到這也是極其切身之事。所以，這兩種表現手段，對任何一個士大夫來説，其實際創作的環境可以説是自然而然地形成的。可是就作畫的環境而言，唐宋士大夫比較難具備與此相同的條件。

我們來比較一下同屬造形藝術的"書"與"畫"這兩者。"書"本來具有以語言傳達意思的實用性特質。"書"雖然是造

---

①　雖然水墨山水畫早已在盛唐時期被創作，但依據中國美術史所具有的共同認識來説，它發展到一定水準是在晚唐五代至北宋初之間，而達到成熟階段是在北宋中後期。鈴木敬氏對晚唐繪畫曾作如下概括："我們不能將晚唐五代認定爲水墨畫的時代；不管從文獻上説還是從留存下來的作品説，認爲這段時期仍在盛行守舊派繪畫是最爲自然的。"（《中國繪畫史》上册，頁137，吉川弘文館，1981年）；對於北宋水墨畫他説："從中唐逸品畫風開始的潑墨山水畫，可以説其最終的成果是由郭熙和宋迪完成的。"（上册，頁274）

形藝術,却受到作爲符號的漢字形狀的制約,而就"畫"這一方面來説,却没有這樣造型上的制約,意味著作者與欣賞者之間不存在一種作爲原則的共通而强固的認識基礎(契約)。因此,作者若不能精巧地描繪對象,則欣賞者不理解描繪意圖的危險性便常常會橫亘在作者與欣賞者之間。

爲了在二維的空間描繪三維的對象,要求有熟練的技術,而在士大夫的日常生活中,一般來説,本來並没有對此加以磨練的機會。在此基礎上,如果再被要求具備有關顏料的諸多知識,那對一般的士大夫來説,應該不是可以輕易接近的領域。

然而,水墨畫對他們來説也是充分能夠想像的領域。所應使用的工具是他們平常用慣了的毛筆與紙墨。祇要學會了繪畫的基本技術,從理論上説任何一個士大夫都能夠進行實際的繪畫創作。可以説水墨技法的普及,在技術性這一側面,起到了一下子縮短士大夫與繪畫製作間距離的作用。

第二,就繪畫理念而言,以北宋中後期爲界,在士大夫文化中居中心地位的重要人物開始較多論及繪畫這一藝術的本質。最爲典型的當屬蘇軾,並且他所展開的理論,開闢了繪畫世界一個全新的境界。下引詩文最爲濃縮地表現了他的理念。

> 論畫以形似,見與兒童鄰。賦詩必此詩,定非知詩人。詩畫本一律,天工與清新。邊鸞雀寫生,趙昌花傳神。何如此兩幅,疏淡含精勻。誰言一點紅,解寄無邊春。(中華書局版《蘇軾詩集》卷二九,《書鄢陵王主簿所畫折枝二首》其一)

> 觀士人畫,如閱天下馬,取其意氣所到。乃若畫工,往往只取鞭策皮毛槽櫪芻秣,無一點俊發,看數尺許便

卷。漢傑真士人畫也。(中華書局版《蘇軾文集》卷七〇,
《又跋漢傑畫山二首》其二)

這是所謂"寫意"或"傳神"論的展開。相對於職業畫家精
密的寫實畫,蘇軾明確提出"文人畫"的形式,而展開較之"形
似"更重視"寫意"的持論。這裏可以看到畫工=職業畫家=
精密的寫實畫與士大夫=業余畫家=粗放的寫意畫這樣的對
應圖式。

由於理論本身的檢討,已經在美術史及美學研究領域多
有進行①,這裏便不再討論。在這裏想要指出的是,這一理論
對當時或者後世的士大夫來説,具有甚麽樣的實際意義。

如果我們在畫工與士大夫這一組對比中,對蘇軾的論述
重新加以解釋,會注意到這一論述具有消解畫工相對於士大
夫所具有的技巧層面之絶對優勢的效力,"形似"在繪畫理論
中一直占據了極爲重要的地位,士大夫在繪畫創作領域,常常
不得不步畫工的後塵。而這裏的"寫意"論具有全然不同的評
價尺度,據此,在技巧上處於劣勢的士大夫與畫工之間的地位
一下子發生了逆轉,作爲中心的創作主體參與到繪畫世界中。

不管怎樣,蘇軾的"寫意"論,其結果應是起到了消除士大
夫面對繪畫製作時的心理障礙的重要作用。憑著這一主張,
同時代及後世的士大夫們從形似的束縛中獲得了一定程度的
解放。極而言之,這時還出現了與所畫對象全然不似,而侈談
"寫意"繪畫的情形。

再就我們所看到的現存之《瀟湘八景圖》來説,它們並不

____

① 參見劉國珺《蘇軾文藝理論研究》第五章(南開大學出版社,1984年)、衣
若芬《蘇軾題畫文學研究》第五章第二至第四節(文津出版社,
1999年)等。

是忠實地描繪實際存在的風景的實景圖,而是描繪畫家糾結盤錯於胸中的意象風景,具有"寫意"的水墨山水畫的特徵。

第三,就生活空間的變化而言,這一點首先與北宋中期繁盛起來的士大夫文化有很大的關係。北宋的士大夫文化,有強烈的主體意識。也就是説,以自身維持國家的抱負爲基礎,給以他們爲中心的社會、文化的全部構成打上新價值標準的烙印,從中可以認識到他們爲社會、文化之先導的明確傾向①(前述的"寫意"論如在這一延長綫上加以考慮的話,便極易理解)。所以,這一姿態在他們的私人生活空間中無疑更得到了發揮。

果然,他們先是賞玩紙硯筆墨等文具,又搜集花瓶、茶具等日用品(清供)與奇石、枯木等室内裝飾品,以及琴與古董等,相互贈答,相互品評。按照他們自身的審美意識搜集這些物品,將它們置於身邊,以此裝點適合於展現藝術品位的私人空間。作爲文人趣味之代名詞的"文房四寶"概念,我想應該也是北宋中期以後纔普遍化的。在這過程中,書與畫也成爲了重要的搜集對象。

> 兩日薄有秋氣,伏想起居佳勝。蜀人蒲永昇臨孫知微《水圖》,四面頗爲雄爽。杜子美所謂"白波吹素壁"者,願掛公齋中,真可以一洗殘暑也。近晚,上謁次。(中華書局版《蘇軾文集》卷五九,《與鞠持正二首》其一)

上引文字是蘇軾的尺牘。從這一尺牘,可以看到繪畫在他們私人的日常生活中起到怎樣的作用。蘇軾謂牆上所掛之《水圖》可以令人忘却殘暑之酷熱。

---

① 參見拙稿《王安石〈明妃曲〉考——圍繞北宋中期士大夫的意識形態》。

　　文中所引用的杜甫詩句是其《奉觀嚴鄭公廳事岷山沱江畫圖十韻》(《杜詩詳注》卷一四)中的一句,如詩題所示,杜甫所見是裝飾上司嚴武"廳事"的山水畫,那是裝飾官廳那樣公共空間的繪畫。而這一點,與蘇軾尺牘中提到的私人空間的繪畫效用明顯不同。僅以這一例子爲根據,便議論盛唐與北宋後期的差異,這當然是牽強的説法,不過蘇軾尺牘中所見到的這一現象,至少是北宋中後期以降的士大夫的普遍認識。

　　再者,是所謂"臥游"的想法。在居室中飾以山水畫,是以不必有艱辛的行旅,而能從容遊心於大自然的景觀之中爲出發點的。這一出發點本身,與山水畫的發生密切相關,早在六朝期間就已經存在①。但是,我認爲這一出發點廣泛滲透到士大夫社會全體,並成爲私人生活空間中普遍性的實踐,也還是北宋中期以後的事。並且,這一出發點對有强烈的文化主體意識的士大夫們來説,實在是理所當然的態度。這種並非自己出門客遊於宏大景觀中,而是將大自然移到作爲主人自身所居住的私人空間的大膽設想,不能不説是清楚地表現了北宋士大夫强烈的自我意識。

　　綜上所述,本文提出的三個論點具有如下的意義:

　　第一點,繪畫技巧新技術的普及,令作爲業餘畫家的士大夫的繪畫創作變得容易了,並在技術層面上保障了這一點。第二點,自從從"形似"的束縛中解放出來,士大夫面對繪畫創作的心理障礙被打破,作爲文化主導者的士大夫的自尊心得到了滿足,這意味著新的評價機制已經齊備。第三點,繪畫滲

---

① 《宋書》卷九三《宗炳傳》:"(宗炳)好山水,愛遠遊,西陟荆、巫,南登衡嶽,因而結宇衡山,欲懷尚平之志。有疾還江陵,歎曰,'老疾俱至,名山恐難遍睹,唯當澄觀道,臥以遊之。'凡所遊履,皆圖之於室,謂人曰:'撫琴動操,欲令衆山皆響。'"

透到了士大夫的私人生活空間,因而能夠在日常生活中體驗繪畫的效用,這意味著創作慾望的提高。

這三點當中,第一與第三這兩點,在中唐時期已有一定程度的實現,而從中唐至北宋後期,雖已產生全面影響而普遍化,但到底還祇是一個程度的問題。所以,就北宋後期所發生變化的主要原因而言,如果要在三者中選取一個的話,我認爲第二點,即蘇軾提出的新理論具有特別重大的意義。

四、八景圖與八景詩

宋迪之後,以"瀟湘八景圖"爲畫題驟然普及,許多畫家對此進行了實際創作。現存的系列組畫,是南宋初期的畫院畫家王洪(美國普林斯頓大學所藏),宋末元初的畫僧牧谿(日本文化廳、根津美術館、出光美術館等所藏)以及玉澗(日本正木美術館藏)等僅有的幾種作品,如果加上南宋初期米友仁的《瀟湘奇觀圖》(北京故宮博物院藏)以及南宋中期李氏的《瀟湘臥遊圖》(日本東京國立博物館藏)等類似畫題作品的話,那麼,就同一主題的宋代繪畫而言,是屬於殘存數量較多的一類①。

查檢《全宋詩》72 冊 3785 卷(下簡稱《全》),可以看到自北宋末至南宋末有不少"瀟湘八景"詩,除了前述①釋惠洪的兩篇外,尚有:

② 王之道(1093—1169)《江天暮雪》、《瀟湘夜雨》、《洞庭秋月》、《漁村落照》、《平沙落雁》(《全》卷一八一二,冊 32,頁 20179/七言律詩)。

---

① 參見渡邊明義《瀟湘八景圖》(《日本之美術》124,至文堂,1976 年 9 月),鈴木敬《中國繪畫史》中之一(吉川弘文館,1984 年)等。

③ 喻良能(宋孝宗朝在世)《次韻陳侍郎李察院瀟湘八景圖》(《全》卷二三五六,册 43,頁 27052/七言絕句),八景之中,祇有《瀟湘夜雨》、《洞庭秋月》、《平沙落雁》、《漁村落照》、《江天暮雪》五景。

④ 趙汝鐩(1172—1246)《八景歌》(《全》卷二八六五,册 55,頁 34210/七言古詩十句),第九句都有"嗟此何景兮○○○○"之九言定型句。○○○○指八景之一。序云:"《長沙志》載,度支宋迪工畫,尤善爲平遠山水,其得意者有《平沙鴈落》、《遠浦帆歸》、《山市晴嵐》、《江天暮雪》、《洞庭秋月》、《瀟湘夜雨》、《煙寺晚鐘》、《漁村落照》,謂之八景。余昔嘗見圖本。及來湖湘,遊目騁懷,盡得真趣,遂作《八景歌》。

⑤ 劉克莊(1187—1269)《詠瀟湘八景各一首》(《全》卷三〇五二,册 58,頁 36400/七言絕句):《遠浦歸帆》、《平沙鴈落》、《山市晴嵐》、《漁村夕照》、《洞庭秋月》、《瀟湘夜雨》、《煙寺晚鐘》、《江天暮雪》。

⑥ 葉茵(1199?—?)《瀟湘八景圖》(《全》卷三一八五,册 61,頁 38208/七言律詩):《平沙鴈落》、《遠浦帆歸》、《山市晴嵐》、《江天暮雪》、《洞庭秋月》、《瀟湘夜雨》、《煙寺晚鐘》、《漁村夕照》。

⑦ 楊公遠(1227—?):《遠浦歸帆》、《煙寺晚鐘》、《平沙起鴈》、《江天莫雪》、《瀟湘夜雨》、《洞庭秋月》、《山市晴嵐》、《漁村夕照》(《全》卷三五二三,册 67,頁 42084/七言絕句)。

⑧ 周密(1232—1298)《瀟湘八景》(《全》卷三五五九,册 67,頁 42532/七言律詩):《平沙鴈落》、《遠浦歸帆》、《山市晴嵐》、《江天暮雪》、《洞庭秋月》、《瀟湘夜雨》、《煙寺晚鐘》、《漁村晚照》。

共計八人詠過"瀟湘八景"詩。這當中,①、③、④、⑥明確顯示出與繪畫的關聯性。像這樣圍繞著"瀟湘八景"的詩與畫的接近、融合,發展了從詩歌一方走近繪畫的形式。兩者在時間上的先後關係,是首先在繪畫領域產生了八景現象,接著詩歌加入進來這樣的順序。也就是説,繪畫引導了初期的八景現象。

那麼,"瀟湘八景"這樣的構成是否純粹是繪畫範疇内憑空想像出來的呢?如果像一般所説的那樣,將"瀟湘八景"當做是由宋迪所創始,那無論如何是不可能的事。因爲雖説他是畫家,但首先是士大夫階層的成員,士大夫應該是中國傳統文化總體最爲中心的繼承者或者體現者。在文藝領域,士大夫們最重視的是詩文,他們考慮的優先順序一般是將繪畫置於詩文之下。因此,在原則上無法設想宋迪會完全背離處於優先地位的詩文傳統來構想"瀟湘八景圖",倒不如説理應從作爲基礎的詩文傳統來考慮"瀟湘八景圖"的設想。

如果持這樣的觀點來考慮"瀟湘八景"構成的話,其前半的兩個字與後半的兩個字,會令人分別聯想到明確的文學傳統。也就是説,從"瀟湘"兩字,應該會很容易地令人聯想起《楚辭》以來在這篇土地上孕育的獨特的文學風俗,從"八景"兩字,則應很容易地令人聯想起以連章組詩形式歌詠一個地方的詩歌傳統。

有關"瀟湘"的文學風俗,因爲已有研究者發表過論文①,

---

① 　參見赤井益久《漢詩中所見"湖南瀟湘"的意象》(上)(中)(下)(《季刊—河川評論》111—113,新公論社,2000 年 8 月至 2001 年 2 月)、衣若芬《宋代題〈瀟湘〉山水畫詩的地理概念、空間表述與心理意識》("空間、地域與文化—中國文學與文化書寫"國際學術研討會,2000 年 11 月)等。考辨瀟湘地名由來的論文有松尾幸忠《瀟湘考》(《中國詩文論叢》14,中國詩文研究會,1995 年 10 月)。

我想在這裏僅略陳一二。"瀟湘"之地首先藉"楚辭"及楚辭系
文學而主要帶上兩個鮮明的特性。一個是憑借湘妃傳説裝點
神秘性空間,或者活躍著巫的幻想性空間。另一個是以屈原
爲原型的懷才不遇之士在悲憤之中漂泊的空間。這兩個特性
一直爲後世所繼承,而在唐以後有了新的發展。那就是在《楚
辭》籠罩下的同時,開始大量創作與之不同的歌詠"瀟湘"風光
明媚之景觀的詩歌。依照這樣的作品例子,"瀟湘"=風景勝
地的意象,在唐代以後,尤其是中唐以後,被新加入到詩人們
的共通認識之中。以上所述,是主要依據楚辭與唐詩所形成
的"瀟湘"的文學風俗,這種文學風俗正醞釀而成渾然一體的
鮮明的意象。

　　有關另一個樣式上的傳統,將在下節中提出。

五、以連章組詩形式構成的名勝題詠詩

　　關于"八景"二字所暗示的詩歌傳統,本節接續前節加以
探討。

　　以連章組詩形式詠唱一個地方的詩歌系統,可以分爲兩
種類型:一個是王維的《輞川集》型,另一個是李白的《姑熟十
詠》型。

　　前者以私人的別墅、官舍的園亭、寺院等爲對象,以王維
的《輞川集》(五言絶句 20 首)爲濫觴。在唐代詩歌中的代表
作品有韓愈《奉和虢州劉給使君三堂新題二十一詠並序》(上
海古籍出版社版《韓昌黎詩編年集釋》卷八,元和七年,五言絶
句),韋處厚《盛山十二詩》(《全唐詩》卷四七九,五言絶句),劉
禹錫《海陽十詠》(上海古籍出版社版《劉禹錫集箋證》外集卷
八,五言律詩)等。進入宋代以後,這類題材的作品被大量創

作,作品數量成倍增長。這種類型,同《瀟湘八景》這種形式没有甚麼關係,但是一旦想到作爲濫觴的《輞川集》和《輞川圖》一起流傳的事實,那麼在歌詠所取題材的背後,大概其作爲詩畫結合的先例是具有一定意義吧。

從下面舉出的蘇轍的文章(《題李公麟山莊圖並叙》)中可以看出這樣一個事實,即便是在《瀟湘八景圖》誕生前後的北宋後期,這類系統的詩歌在創作時也都會想到王維《輞川集》之先例。

> 伯時作龍眠山莊圖,由建德館至垂雲沜,著録者十六處,自西而東凡數里,岩崿隱見,泉源相屬,山行者路窮於此。道南黝山,清深秀峙,可游者有四,曰勝金岩、寶華岩、陳彭漈、鵲源。以其不可緒見也,故特著於後。子瞻既爲之記,又屬轍賦小詩,凡二十章,以繼摩詰輞川之作云。(《全》卷八九四,册15,頁10044)

後者的李白《姑熟十詠》型,歌詠的不是別墅、官舍等封閉的空間,而是一個廣闊的地域、一個城市的名勝景點與古迹,因此更接近"八景"的設想。唐詩中的代表性作品,除了李白的《姑熟十詠》(五言律詩)外,還有劉長卿的《龍門八詠》(中華書局版《劉長卿詩編年箋注》上册頁54,五言六句)及《湘中紀行十首》(下册頁361,五言律詩)、劉禹錫《金陵五題》(《劉禹錫集箋證》卷二四,七言絶句)等。這個系列的作品也在宋代被大量創作。特別是到了北宋後期,連《百題》、《百詠》的作品也出現了。

構成後一系統基礎的出發點是:用詩歌提煉出某個勝迹的魅力,並對外進行宣傳。而前者《輞川集》型的詩歌則恐怕祇是爲預先設定的很少一部分讀者而進行的創作,兩者在這一點上有很大的差異。無論是別墅還是官舍的園亭,能夠有資格前去拜訪的實際上祇是極其有限的這一階層的人。因此,《輞川集》型的詩歌,至少在其創作之時,作爲當事人的作者,應該是將自己交友範圍内有限的羣體設定爲讀者,而進行詠唱,因而包含著内向封閉的性格。相反,《姑熟十詠》型的詩歌則具有外向開放的特徵。這一類型在理念上恐怕是以六朝沈約的故事爲某種範型而構成的。

　　沈約於南齊隆昌元年(494)作爲太守赴任東陽郡(治所在今浙江金華),登上玄暢樓,賦《八詠詩》(中華書局版《先秦漢魏晉南北朝詩》梁詩卷七,中册,頁 1663)。作爲"竟陵八友"之一,在宫廷詩壇享有盛名的詩人沈約,以太守的身份造訪並題詠,此舉無疑使玄暢樓乃至東陽的風光美名傳遍了全國。在後世,玄暢樓以《八詠詩》的創作之地爲人所熟知,以至於最後改名爲"八詠樓"。沈約的《八詠詩》自身,雖然缺乏名勝題詠詩的要素,有關東陽山水的描寫在全詩中也僅占很少一部分①,但是,詩歌確立了東陽＝八詠樓的認識,並將東陽這個地名確然銘刻於人們的記憶之中。而唐宋(尤其是北宋)的詩人們則從這個故事裏抽繹出了如下的模式,即富有詩歌天賦的士大夫如果去地方上赴任,就必然會搜尋出該地方的景點,以詩歌的形式充分表現出這一地方的魅力而加以傳揚。

　　在《瀟湘八景圖》産生的時代,對此偶有所述並加以實踐

①　南宋唐仲友(1136—1188)有《續八詠并序》(《全》卷二五〇六,册 47,第28977 頁),序裏説:"齊禮部郎沈休文出守東陽,爲八詠詞。祖《騷》而義本於《詩》。……三復休文之辭,蓋興六而賦二,言吾土之風物,一篇而已,況兼一郡之美,不主兹樓之勝。"唐仲友《續八詠》以沈約《八詠詩》少寫東陽山水之美爲遺憾,强調作爲名勝題詠詩的特點而作這篇《八詠詩》。

的詩人是蘇軾①。下面舉幾個例子：

　　①《鳳翔八觀》詩，記可觀者八也。昔司馬子長登會稽，探禹穴，不遠千里。而李太白亦以七澤之觀至荊州。二子蓋悲世悼俗，自傷不見古人，而欲一觀其遺迹，故其勤如此。鳳翔當秦蜀之交，士大夫之所朝夕往來，此八觀者，又皆跬步可至，而好事者有不能遍觀焉，故作詩以告欲觀而不知者。　　《鳳翔八觀並叙》（《全》卷七八六，册14，頁 9105，嘉祐六年）

　　②《南康八境圖》者，太守孔君之所作也。君既作石城，即其城上樓觀臺榭之所見而作是圖也。東望七閩，南望五嶺，覽羣山之參差，俯章貢之奔流，雲烟出没，草木蕃麗，邑屋相望，雞犬之聲相聞。觀此圖也，可以茫然而思，粲然而笑，嘅然而歎矣。蘇子曰：此南康之一境也，何從而八乎。所自觀之者異也。且子不見夫日乎，其旦如盤，其中如珠，其夕如破璧，此豈三日也哉。苟知夫境之爲八也，則凡寒暑、朝夕、雨暘、晦冥之異，坐作、行立、哀樂、喜怒之變，接於吾目而感吾心者，有不可勝數者矣，豈特八乎。如知夫八之出乎一也，則夫四海之外，詼詭譎怪，《禹貢》之所書，鄒衍之所談，相如之所賦，雖至千萬未有不一者也。後之君子，必將有感於斯焉。乃作詩八章，題之圖上。　　《虔州八境圖八首並引》（《全》卷七九九，册14，頁 9248，元豐元年）

---

① 早於蘇軾的北宋士大夫也有一些先例：比如王禹偁《月波樓詠懷》（《全》卷六二，册2，第684頁）裏有“東陽敞八詠，吾聞沈隱侯”之句，歐陽修《殘臘》（《全》卷二九五，册6，第3720頁）裏有“自嗟空有東陽瘦，覽物慚無八詠才”句。

③ 坐看奔湍繞石樓,使君高會百無憂。三犀竊鄙秦
太守,八詠聊同沈隱侯。　　《虔州八境圖八首並引》其
一(《全》卷七九九,冊 14,頁 9248)

④ 不羨三刀夢蜀都,聊將八詠繼東吳。臥看古佛凌
雲閣,敕賜詩人明月湖。得句會應緣竹鶴,思歸寧復爲蓴
鱸。橫空好在修眉色,頭白猶堪乞左符。　　《送呂昌朝
知嘉州》詩(《全》卷八一四,冊 14,頁 9416,元祐四年)

①是最早的例子。爲蘇軾進士及第後,挑選初次赴任之
地(鳳翔)的八個景觀,並將其表現於詩之事。雖然沒有引用
沈約《八詠詩》的故事,但是前述的精神在這裏得以發揮。②、
③是應虔州知州孔宗翰的請求而作,孔氏寄來《虔州八境圖》,
請求蘇軾題詩。雖然蘇軾作詩的契機屬於被動,但他對"八
境"所展開的論說,的確趣味盎然。如同③詩中所寫,他的潛
意識裏存在著沈約的故事。④是作者送別將要去故鄉附近的
地方赴任的友人的詩,詩中作者期待著友人實踐前面叙述過
的那種行爲模式。

如上所述,"八景"二字近則讓我們聯想到唐代以連章組
詩形式構成的名勝題詠詩傳統,遠則讓我們想起沈約《八詠
詩》的故事,這些傳統或明或暗地影響著士大夫的創作。

六、宋代八景現象

如前兩節所論,"瀟湘"之風土,"八景"之形式,各自都具
有强烈的讓人聯想到士大夫文學傳統的性質。"瀟湘八景圖"
的獨特性恰恰在於它獲得士大夫畫家這樣一個媒介,而令前
述這兩個傳統渾然一體地表現在繪畫領域裏。可以説,這一
文化現象得以流行的最主要原因,在於它誕生在士大夫經過

不斷傳承而形成的文化積澱之中。

　　繪畫領域中的八景現象,一旦以"瀟湘八景詩"這樣的題材,獨立地在詩歌領域開始被吟詠,則也會出現乍一看很難想到有繪畫介於其間的作品。這樣一來,這些詩便又被吸收到了以連章組詩爲形式的名勝題詠詩傳統之中,似乎有可能失去其早期的個性(即詩畫融和),然而,從結果上看,完全可以說很少有八景系列的詩歌是在和繪畫全無關係的境況下創作的。即使沒有實際上的繪畫介於其間,至少存在於想像領域,從而常常讓讀者聯想到繪畫。

　　這麼説的理由,歸結於八景中的各景都是以四個漢字爲標題這一點上。八景的標題,如"洞庭秋月"、"平沙落雁"這樣的四個字中,有這樣的傾向:前半兩個字主要規定場所和地點,後半兩個字主要規定季節與時間段。像這樣用四個字來做標題的方法,本來是繪畫而非詩歌,特別是山水畫領域裏所習慣用的。

　　爲了將創作者表現意圖正確地傳達給鑒賞者,就山水畫而言,至少需要用四個漢字來做畫題。想要解除鑒賞者的誤解,就要對描繪的是哪里的山水,是怎樣的季節或時間段,氣候條件怎樣等等問題,預先做出提示,或許這樣的習慣最終就成爲了一個傳統。和宋迪同時代的畫家郭熙,曾在其所著《林泉高致》中,對畫題提出了如下看法:

　　　一種畫春夏秋冬,各有初中曉暮之類品,意思物色,便當分解,況其間各有趣哉。其他不消拘四時,而經史諸子中故事,即又當各從臨時所宜者爲可,謂如春有早春、早春雪景、早春雨景、殘雪早春、雪霽早春、雨霽早春、烟雨早春、寒雲欲雨、春雨春靄、早春曉景、早春晚景、上日春山、春雲欲雨、早春烟靄、春雲出谷、滿谿春溜、春雨春風作斜風細雨、春山明麗、春雲如白鶴,皆春題也。……
雜有水村漁舍、憑高觀耨、平沙落雁、谿橋酒家、脩橋釣絲
樵蘇,皆雜題也。(文淵閣《四庫全書》本)

　郭熙也用以四個漢字概括畫題的方法加以表現。一方
面,對於詩的標題來説,並沒有特別的有關字數上的制約和傳
統存在。因此,從八景現象將各個景觀用四個漢字標上題目
的事實來看,我們可以確認,這個現象始終與繪畫有著很深的
關係。

　"瀟湘八景"的形式在北宋後期至末期得以普及後,一進
入南宋(金),很快就在瀟湘以外的地方誕生了應用這種形式
的發展型。以下列舉一些具體的例子。

　① 曹勛(1098?—1174)《題俞妾畫八景》(《全》卷一八九
五,册 33,頁 21183,七言絶句):《浙江觀潮》、《鑒湖垂釣》、
《吳松秋遠》、《廬山霽色》、《海門夕照》、《赤壁扁舟》、《鄂渚晴
光》、《瀟湘雨過》。

　② 楊萬里(1127—1206)《題文發叔所藏潘子真水墨江湖
八境小軸》(《全》卷二二七八,册 42,頁 2612,五言絶句):《洞
庭波漲》、《武昌春色》、《廬山霽色》、《海門殘照》、《太湖秋晚》、
《浙江觀潮》、《西湖夏日》、《靈隱冷泉》。

　③ 蔡元定(1135—1198)《麻沙八景》(《全》卷二五〇一,
册 46,頁 28924,七言絶句):《岱山夕照》、《煙村春雨》、《雲巖
山色》、《衹園谿聲》、《松岡夜濤》、《蓮湖晚風》、《武陵橋月》、
《象巖晴雪》。[福建麻沙鎮]

　④ 羅仲舒(1156—1229)《蘆江八詠》(《全》卷二七二九,
册 51,頁 32111,五言絶句):《東橋柳色》、《西浦潮痕》、《前野
耕雲》、《後江釣月》、《義塾書燈》、《祠堂議禮》、《蘆山樵唱》、
《竹林梵鐘》。[浙江慈谿]

⑤（金）李俊民（1176—1260）《平水八詠》（《全金詩》卷九三，冊3，頁273，七言絕句）：《陶唐春色》、《廣勝晴嵐》、《平湖飛絮》、《錦灘落花》、《汾水孤帆》、《姑山晚照》、《晉橋梅月》、《西藍夜雨》。〔山西臨汾〕

⑥（金）陳賡（1190—1274）《蒲中八詠爲師巖卿賦》（《全金詩》卷一○四，冊3，頁441，五言絕句）：《蒲津晚渡》、《虞坂曉行》、《舜殿薰風》、《首陽晴雪》、《東林夜雨》、《西巖疊巘》、《媯汭夕陽》、《王官飛湍》。〔山西永濟〕

⑦（金）元好問（1190—1257）《方城八景》（《全金詩》卷一二七，冊4，頁236，七言絕句）：《松陂烟雨》、《大乘夕照》、《蓮塘夜月》、《煉真春暮》、《仙翁雪霽》、《落川雲望》、《羅漢清嵐》、《堵陽釣磯》。〔河北固安〕

⑧（金）陳庚（1194—1261）《題師巖卿蒲中八詠》（《全金詩》卷一三七，冊4，頁369，七言絕句）：《蒲津晚渡》、《虞坂曉行》、《舜殿薰風》、《首陽晴雪》、《東林夜雨》、《西巖疊巘》、《媯汭夕陽》、《王官飛湍》。〔山西永濟〕

⑨（金）段克己（1196—1254）《龍門八題》（《全金詩》卷一四四，冊4，頁443，七言絕句）：《禹門雪浪》、《雲中暮雨》、《疏屬晴嵐》、《雙峰競秀》、《神谷藏春》、《仙掌擎月》、《姑山夕照》、《汾水秋風》。〔山西河津〕

⑩（金）段克己《蒲州八詠》（《全金詩》卷一四四，冊4，頁444，七言絕句）：《蒲津晚渡》、《虞坂曉行》、《舜殿薰風》、《首陽晴雪》、《東林夜雨》、《西巖疊巘》、《媯汭夕陽》、《王官飛湍》。〔山西永濟〕

⑪ 何子舉（?—1266）《清渭八景》（《全》卷三二九八，冊62，頁39292，七言律詩）：《清渭晴嵐》、《箭山晚翠》、《北澗雙流》、《指崖一覽》、《桐畈犁耕》、《派谿釣隱》、《大隴秋雲》、《高

村夜月》。[浙江武康]

⑫家鉉翁(1213—?)《鯨川八景》(《全》卷三三四四,冊64,頁39960,七言絕句):《東城春早》、《西園秋暮》、《冰岸水燈》、《沙堤風柳》、《戍樓殘照》、《客船晚煙》、《市橋月色》、《蓮塘雨聲》。[河北河間]

⑬徐瑞(1255—1325)《次韻月灣東湖十詠》(《全》卷三七一八,冊71,頁44670,七言絕句):《兩堤柳色》、《雙塔鈴音》、《孔廟松風》、《顏亭荷雨》、《湖中孤寺》、《洲上百花》、《薦福茶煙》、《新橋酒旆》、《江城暮角》、《芝嶠晴雲》。[江西鄱陽]

⑭葉善夫(?—?)《芹谿八詠》(《全》卷三七七二,冊72,頁45504,七言絕句):《子期丹竈》、《龍潭秋月》、《蘆峰夕照》、《芹谿小隱》、《桃源別墅》、《硯峰晴雪》、《山寺晚鐘》、《插雲三峰》。[福建建陽]

除此以外,據王象之《輿地紀勝》(1227年成書)和祝穆《方輿勝覽》(初刻1239年,重刻1266—1267年)所記載,還可以再加上以下兩種:

⑮“桃源八景”(《紀勝》卷六八,《勝覽》卷三〇):“桃川仙隱”、“白馬雪濤”、“綠蘿晴晝”、“梅谿煙雨”、“尋陽古寺”、“楚山春晚”、“沅江夜月”、“童坊曉渡”。[湖南桃源]

⑯“湟州八景”(《紀勝》卷九二):“雙谿春漲”、“龍潭飛雨”、“楞伽曉月”、“静福寒林”、“巾峰遠眺”、“秀巖滴翠”、“圭峰晚靄”、“巖湖疊巘”。[廣東連縣]

其中,①和②,如詩題所示,是題畫詩。從各個景點的題名判斷,似乎兩者都是自長江中下游一帶的廣大區域中所選取的八個名勝地的繪畫。正如瀟湘的水最終要和長江水匯合並注入東海一樣,從“瀟湘”的“束縛”裏解放出來的“八景”,又向中國各地散布開去,於是八景現象就在各地誕生。而如

⑤～⑩的例作所表明的那樣,即使是敵國(金),也在同時進行這樣的題詠,由這一事實可以想見這種現象的感染力。

七、西湖十景——近世八景現象的原型

爲宋代八景現象的結局增添光彩的,是杭州的"西湖十景"。

在本文的最後想提出"西湖十景"並加以探討,對明清以來的近世八景現象發表一個初步的看法。

> 近者畫家稱湖山四時景色最奇者有十。曰"蘇堤春曉"、"曲院荷風"、"平湖秋月"、"斷橋殘雪"、"柳浪聞鶯"、"花港觀魚"、"雷峰夕照"、"兩峰插雲"、"南屏晚鐘"、"三潭映月"。春則花柳爭妍,夏則荷榴競放,秋則桂子飄香,冬則梅花破玉、瑞雪飛瑤。四時之景不同,而賞心樂事者亦與之無窮矣。

上面一段文字,見於吳自牧《夢粱錄》(卷一二,"西湖")。由於同樣的內容在祝穆《方輿勝覽》(卷一,浙西路臨安府山川"西湖"的小字註)裏也可以看到,所以,"西湖十景"最遲在度宗咸淳二、三年(1266、1267)前後當已成立(《方輿勝覽》的重刻本出版於咸淳二、三年)。又《方輿勝覽》的記載,也以"近時"二字開頭,故其上限距離南宋末期也不會有多遠。

現存南宋繪畫中幾乎不見有"西湖十景"留存下來,但正如上面引用的《夢粱錄》文字所寫的那樣,"西湖十景"也是從其誕生之時起就和繪畫有著很深的關係。然後,與其他的八景現象一樣,流傳著《西湖十景》詩或《西湖十景》詞。詩有王洧(南宋末人,《湖山十景》詩,《全》卷三五二一,冊 67,第

42044頁)和王鎡(宋末元初人,《全》卷三六〇九,册68,第
43218頁)等的作品;詞有張矩(南宋末人,《全宋詞》册5,第
3264頁)、陳允平(1205?—1280,《西湖十詠》,《全宋詞》册5,
第3102頁)、周密(1232—1290,《全宋詞》册5,第3264頁)
等的作品。

傳南宋李嵩《西湖圖》(上海博物館所藏)

　　因此,如果將"瀟湘八景"作爲宋代八景現象的發軔,那麼
"西湖十景"則可以説是其終點。下面,我們將兩者加以比較,
探討原型和發展之間的不同點,並考察其中的意義。我認爲
除去"八"和"十"的不同點外,兩者之間還可以找到幾種本質
上的差異。

　　這當中最大的差異,是抽象和具象之間的不同。兩者的
各個景點都以四個漢字爲標題,前半兩個字主要表明地點,這
一點兩者是共通的,但是,相對於"瀟湘八景"之景點的非特定
性而言,"西湖十景"的景點則是被特定化了的。以下舉出後
半兩個字相同的標題加以比較:

　　瀟湘八景:洞庭秋月　　漁村落照　　烟寺晚鐘
　　西湖十景:平湖秋月　　雷峰夕照　　南屏晚鐘

　　"平湖秋月"表現的是寧靜的西湖湖面在中秋明月照耀下
波光粼粼的情景,本來,是不應該提示具體地點的名稱的,但

是現在的"平湖秋月"却被固定在孤山南邊。南宋之時,好像
曾一度被移至寶石山上,然現在的場所自唐宋之時就被認爲
是賞月的最佳地點而被固定了下來(浙江人民出版社版《南宋
京城杭州》,1988 年)。雖然"洞庭"是比"平湖"更加具體的名
稱,但是洞庭湖的廣闊反而令其具有非特定化的性質。

其他兩組裏,兩者之間差異更加明確。"漁村"相對於"雷
峰","烟寺"相對於"南屏",前者是在任何水域都普遍存在的
景觀,後者則是專門的地名,景點很自然地就被限定了。

本來,從規定全體的"瀟湘"和"西湖"的地名來説,這個差
異就已經明確地顯現了出來。一方是可以作爲湖南的別稱而
使用的很大水域之名,另一方却祇是杭州的一個具體的小湖
之稱。西湖全周長最多祇有 15 公里,祇要在周圍的山上,就
能對湖面一覽無餘。而僅僅是"瀟湘"一部分的洞庭湖,其面
積也有西湖的數十倍之廣。

將"瀟湘八景"作爲繪畫來考慮的時候,其範圍的廣大、地
點的非特定性,都保障了繪畫的自由度。畫家幾乎不受實際
景觀的左右,遊離於"形似"的拘束之外,能夠將一種意象風景
描繪於紙面上。即使沒有造訪過"瀟湘"之地,也完全可以繪
制出"瀟湘八景圖"。13—15 世紀,朝鮮、日本等地的畫家創
作了大量的《瀟湘八景圖》[①],這在很大程度上是水墨山水畫
的"寫意"特性,使之成爲可能。

在另一方面,"西湖十景圖"的情況又如何呢? 十景各自
分別同特定的地點有著聯繫。所以,有關繪畫的形象也限定

---

① 關於日本的《瀟湘八景圖》創作的情況,參見前註所提到的渡邊明義《瀟
  湘八景圖》;研究朝鮮的《瀟湘八景圖》的有板倉聖哲《關於韓國的瀟湘
  八景圖之接受和展開》(《青丘學術論集》14,韓國文化研究振興財團,
  1999 年 3 月)。

在固定的實景上。在理論上,"西湖十景圖"如果脫離固有的實景便不能存在,至少寫實的要素比"瀟湘八景圖"要强,理應成爲"形似"所重視的畫題①。而完全没有接觸過實景,描繪僅僅依靠詩歌或者傳聞來想像的景觀,雖然也是可能的,但如果鑒賞者是有過遊覽西湖之經驗的人,那麽就會有不承認此畫是"西湖十景圖"的危險性。也就是在"西湖十景圖"中要求寫實性=形似性。

没有留存下來説明是南宋士大夫創作了"西湖十景圖"的記録。或許這和南宋"士人畫"的消長最有關係,但"西湖十景圖"要求的寫實性,也許可以算是當時的士大夫畫家疏遠它的一個主要原因。可以認爲,對當時的士大夫來説,山水實景畫無論在觀念上還是在技巧上,都是繪畫中最難以接近的領域。

但是,幸而杭州具備了使"西湖十景圖"成爲可能的最好條件。這就是宫廷畫院的存在。當時,擁有最高繪畫技術的畫家雲集於西湖湖畔。他們即便安坐不動,也能得到最好的素材和享有日常性交流的環境,他們大量創作取材於西湖的繪畫。而這大概最終便以"十景圖"的形式結出了果實。

---

① 按照筆者的想法,《西湖十景圖》理論上説應該是重視寫實的繪畫,其實也系統地存在寫意描繪的《西湖十景圖》。比如,臺灣故宫博物院所藏的傳南宋末葉肖巖畫《西湖十景圖》(見《世界美術大全集·東洋編》6,小學館,2000年)幾乎完全不像西湖實在的風景。明萬曆間的《新鎸海内奇觀》所收的《西湖十景圖》(見《中國古版畫·地理卷·勝景圖》,湖南美術出版社,1999年)也難以説成是實景圖。關於前者,我們必須考慮葉肖巖當初的創作背景(比如其描繪目的和贈畫對象等),還認爲有可能再研究落款和畫題的餘地。關於後者,版畫的技術本來並不精巧,也許是由於版畫刻工的水平問題。關於南宋的實景畫,參見宫崎法子《關於圍繞西湖的繪畫——南宋繪畫史初探》(見梅原郁編《中國近世的城市與文化》,京都大學人文科學研究所,1984年3月)以及《南宋時代的實景畫》(見《世界美術大全集·東洋編》6,第149頁,小學館,2000年)。

在與"瀟湘八景"作比較之後,我們再來探討南宋"西湖十景"與其他八景現象之間的異同。就像前面羅列的一樣,地點特定型的八景現象,在杭州以外的地方,早在南宋中期就已經出現(③～⑯)。但是,"西湖十景"就其對外效果來説,具有其他八景所不具備的幾個強有力的條件。

首先在於杭州是首都。雖然説是行在所,杭州却是皇帝坐鎮的,南宋政治、經濟、文化的中心。皇帝、宰相以下,文武百官常住這裏。外放的士大夫也從這個地方出發,最終回到此地。而且它還是各行各業的人們從全國各地前來匯集的一大樞紐。在情報還專門靠人傳遞的當時,這一事實實在具有很重大的意義。這些人對親眼看見的"西湖十景"的描繪,可能會被迅速傳播至全國。

第二,西湖和"西湖十景"具備了極其便利的遊覽條件。西湖和杭州市街相鄰接。造訪杭州的人,即便目的不在於觀光,祇要人到杭州,自然可以接觸到西湖山水。而且,如前所述,因爲西湖的周長不到 15 公里,若有意於此,甚至可能在半天内繞湖一周。因此,不用花費很多的時間和勞力,就能夠遊覽十景的各個景點。

第三,西湖山水具備集約性優美的特點。這點和第二點也有關係,西湖除去鄰接市街的一面,三面環山。這樣,山遮擋了視野,限定了視野。而這一封閉性反而令湖水成爲前景,山變成背景,使一個獨立的山水構圖浮現出來。

而且,因爲西湖也正好是視界能容納的大小,對來訪的遊覽者來説,作爲沒有顯著差別的映象,盤結在各自的心裏。山水的配置,防止了遊客對於景觀注意力的擴散,起到了向某一種意象集約的效果。

第四,西湖被唐宋許多詩人歌頌過,具有極爲有利的文學

傳統。而且,作爲唐宋詩人代表的白居易和蘇軾,各自都作爲
地方官在這裏羈留過,並留下了許多名作。他們留存的遺迹
作爲西湖的景點裝飾著山水。"西湖十景"的主脈裏有著文學
性傳統的律動,幾乎可與"瀟湘八景"相匹敵。而且,這些唐宋
詩人所開發的西湖意象裏,沒有瀟湘文學所具有的"不遇"、
"悲傷"、"旅愁"等陰鬱的一面。澄澈明亮,並且純粹是作爲遊
心的空間。它被意象化這一點可能也是重要的吧。

　　綜上所述,"西湖十景"具備了其他地方很難得到的種種
固有的有利條件,一面充分吸收這樣良好的條件,一面對外宣
傳這種具象性的意象,這一事實具有極大的意義。"西湖十
景"的詩畫,本來並非阻礙"臥遊"之物,卻擁有了引誘鑒賞者
感發與"臥遊"正好相反的興趣的效力。也就是說,通過與詩
畫接觸,引發了人們想要親眼觀賞實景的興趣。瀟湘八景的
世界是虛構的世界,因而適宜於在想像的世界裏暢然"臥遊"。
而"西湖十景"卻是確實的存在,祇要條件具備,任何人可以享
受那裏的美好風光。因此這裏便具有了產生旅遊文化的
綫索。

　　作爲八景現象起點的"瀟湘八景",曾一度被封閉於室內,
而在八景現象的發展過程中,八景又分別回到本來存在的空
間,憑藉"西湖十景"的成功,這一點被確定了下來。於是,後
起的八景詩畫發揮著將包含士大夫在內的詩畫鑒賞者從屋內
吸引至屋外,呼喚他們到實景現場去的媒體功能。

　　最後,想對日本的八景稍作介紹。作爲早期的八景,"近
江八景"和"金澤八景"是最著名的,前半二字提示地點,後半
則取"瀟湘八景"的後半二字,以此作爲各個景點的標題。例
如,"比良暮雪"、"矢橋歸帆"、"石山秋月"、"三井晚鐘"(以上
"近江八景"),"野島夕照"、"平瀉落雁"、"小泉夜雨"、"洲崎晴

嵐"(以上"金澤八景")這樣的標題。祇要看各景的標題,就能感覺到"瀟湘八景"極大的影響。在命名這些景點的時候,命名者以"瀟湘八景"爲具體的範式而心懷仰慕,這無疑是事實。而當時接觸到這些景觀的日本文化人,亦一概率直地表現出對西湖的憧憬。面對眼前所見的日本八景,令他們有所聯想的並不是瀟湘,而是西湖。

12—16 世紀,在日本的中世紀,中國文化最爲重要的享受者是禪宗的僧侶們。元至清代,從中國來訪的禪僧很多,他們當中的許多人是在杭州一帶的禪寺長年修行的僧侶。同時,從日本渡往中國的僧侶也很多,他們的目的地是西湖畔的禪寺,或者杭州郊外的徑山寺。爲此,經由他們宣傳的西湖山水之美,是在日本流行八景現象的重要契機。

"西湖十景"不僅單獨成爲中國國內近世八景現象的範式,而且作爲來自外國的一種文化珍果,也讓東瀛的知識人著了迷,因而在那裏也出現了八景現象。

(益西拉姆譯)

黃庭堅與王安石

——黃庭堅心中的另一個師承關係

一、前　言

　　中國文藝史上,有"蘇黃"這個並稱,却没有以"王黄"這個並稱來稱呼王安石和黄庭堅的。被視爲"蘇門四學士"之首的黄庭堅(1045—1105),與蘇軾(1037—1101)之間有著親密的交友關係。黄庭堅對蘇軾懷著很深的敬慕,蘇軾也給予了黄庭堅最高等的評價。同時,他們兩人給北宋末期到南宋前期的文藝帶來了極大的影響。徽宗時期,儘管朝廷多次頒布禁令,但是他們的作品却在民間悄悄地被讀者熱愛傳閲,他們的書法作品也被高價買賣。從靖康年間解禁開始到南渡以後,其流行不斷升温①。因此,"蘇黄"這個並稱,可以説準確地反映了二人的自覺,及北宋後期至南宋前期的當代文藝觀。

　　而另一方,"王黄"也就是王安石(1021—1086)與黄庭堅之間,其關係又如何呢?"王黄"這個並稱事實上並不存在,更無法和穩定並稱的"蘇黄"關係相比。與這一事實相應,探討

---

①　關於蘇軾的情況,在下列拙文裏有過論述:《東坡烏台詩案流傳考——關於北宋末至南宋初士大夫間的蘇軾文藝作品收集熱》(93.3,橫濱市立大學學術研究會,《橫濱市立大學論叢》,人文科學系列47—3)。黄庭堅的情況,大約可以蘇軾爲準來思考。

黃庭堅與王安石關係的論文本身也的確很少見①。然而,在筆者看來,這兩人之間却有著不可忽視的緊密聯繫。

衆所周知,黃庭堅没有贊成王安石的新法,一生都作爲保守黨的成員度過。他在北宋後期到北宋末期身居官場,這是黨争十分激烈的時代,幾乎可以用"黨争時代"來概括這個時代。因此,雖説他是一位詩人,但作爲官員,在升到一定的職位以後,應當必須鮮明地表達自己的政治立場。從結果上看,黃庭堅最後站在反新法勢力一邊,並且其所處的職位更接近以蘇軾兄弟爲中心的蜀黨,因此可以想像,其作爲官員所發的言論,無疑包含了這樣的黨派性。

例如,元祐元年(1086)黃庭堅作爲實録檢討官參加《神宗實録》的編纂時,流傳出一件軼事②,其内容是關於如何認定當年王安石罷相的原因:

---

① 在近年公開發表的相關研究書裏,筆者管見所及的範圍内,祇有張秉權《黃山谷的交遊及作品》(78.中文大學出版社,第28~42頁)和王晉光《王安石論稿》(93,11.大安出版社,第173~186頁)兩種,單獨安排了段落,論述了"王黃"的關係,本稿也在很大程度上依據了這兩篇論文。

② 見李燾《續資治通鑒長篇》卷二七四,熙寧九年十月丙午條的小字註(中華書局校點本,20—6804)。朱熹《跋山谷草書千文》(《四部叢刊》《朱文公文集》卷八四)亦提及,如下:李端叔崇寧三年八月一日題云,"紹聖中,詔元祐史官甚急,皆拘之畿縣,以報所問,例悚息失據,獨魯直隨問爲報,弗隱弗懼,一時栗然知其非儒生文士而已也"。紹聖史禍,諸公置對之詞,今皆不見於文集,獨嘗於蘇魏公家得陸左丞書一數條,皆詆元祐語也。其間記黃太史欲書王荆公"勿令上知"之帖,而己力沮之,黃公争辨甚苦,至曰,"審如公意,則此爲佞史矣"。是時陸爲官長,以是其事竟不得書,而黃公猶不免於後咎。然而後此又數十年,乃復賴彼之言,而事之本末因得盡傳於世,是亦有天意矣。惜乎秉史筆者不能表而出之,以信來世,而顧獨稱其詞筆,以爲盛美。因觀此卷李端叔跋語,爲之感慨太息,輒記其後。若其書法,則世之有鑒賞者自能言之,故不復及云。慶元己未十一月既望,雲谷老人朱熹記。同時參照鄭永曉《黃庭堅年譜新編》(97,12.社會科學文獻出版社),第172~174頁。

據説，王安石曾經給他的心腹部下吕惠卿密傳書簡，寫著
"勿令上知"、"勿令齊年知"的話。後來，王、吕兩人關係惡化，
吕惠卿遂以這封書簡作爲根據，彈劾王安石，王安石便由此而
被罷免。圍繞著是否將此風傳記載於《實録》，黄庭堅和陸佃
(黄庭堅的上司、王安石的門下)的意見針鋒相對。

陸佃堅決反對將這一風傳載入《實録》，但是黄庭堅却以
爲"如侍郎言，是佞史也"，强烈主張記載。陸佃針對此回答：
"如魯直言，即是謗書"。

黄庭堅此語，乍看可作爲他平素對王安石持批判態度的
佐證，但是，從其作爲官僚的立場考慮的話，就不能如此簡單
地給予判斷。也就是説，他作爲史官被起用的時候，正值舊法
勢力恢復了權力，並正在對新法政權進行斷罪。爲此，黄庭
堅的史筆，應該被要求毫無包庇隱瞞地對新法政權所實行的
事情進行批判性的記載。即便事實不是這樣，"庭堅""魯直"
這樣的名和字規定、並半宿命性地使他遵從的行動方式，以及
《春秋》以來傳統的史官形象，都應該要求他對事實采取嚴厲
的姿態。因此，如果他傾聽時代的要求，或試圖全力完成作爲
史官的職責，那麽對新法政權或對王安石的批判性質的言辭
就顯得很自然了。

但是，這個言論歸根到底衹是黄庭堅作爲官員的言行，而
不是他完全脱離置身其中的政治環境(黨派性)而發表的言
論。因此，像這樣作爲官員的公開的言行，與作爲詩人的私人
言行，經常是無法保證完全統一的。尤其在北宋後期這樣黨
争激烈的時代，容易想像，作爲官員的公開言行和作爲詩人的
個人言行，會出現相互交錯或者相互乖離的情況。

談到蘇軾時，當時的黄庭堅能夠坦率而無所顧忌地表達
率直的感情，他在官場的地位爲此作了保證；而對於王安石，

毫無疑問用同樣的態度表現自己的真實想法就很困難。理念上説，黃庭堅對王安石的有關言論，必然帶著某種扭曲或含蓄性，比他有關蘇軾的言論更爲複雜，更爲隱秘，從而也更受限制。事實上，其有關王蘇兩人的言論中，蘇軾所占的數量比重遠遠超過了王安石。

可是，在翻閲黃庭堅的文集時，也很容易會注意到，其中出現的王安石絶不等同於其他許多詩人。如果考慮到北宋後期到末期的特殊的言論條件，那麼，對於詩人黃庭堅，如果説王安石的存在比重幾乎和蘇軾相匹敵，恐怕也不是過激之言。

本稿將對至今爲止未必受到重視的黃庭堅和王安石的關係進行清理，從而試圖證明在黃庭堅的文學生活裏，"蘇黃"之外，確實還暗自流淌著"王黃"這樣一股潛流。同時，在論述過程中，企圖對黨爭時代（北宋後期）的複雜言論環境作出部分的具體刻畫。

另外，在本稿中，引用黃庭堅和王安石的作品以爲明確出處的時候，原則上依據下面的底本。黃庭堅的詩歌依據世界書局本《黃山谷詩集註》（以"内集"、"外集"、"別集"等簡稱表明具體卷帙），文章采用四川大學出版社《黃庭堅全集》（以"全·正集"、"全·外集"、"全·別集"等簡稱表明卷帙）。王安石的作品，詩采用上海古籍出版社、朝鮮古活字影印本《王荆文公詩李壁註》（簡稱"李壁註"），文章采用中華書局香港分局校點本《臨川先生文集》。

二、宋代的"王黃"認識

首先要涉及北宋末至南宋期間士大夫對"王黃"的認識。傅璇琮《古典文學研究資料彙編·黃庭堅和江西詩派卷》（中華書局,1978年)刊載宋人對黃庭堅的評論,大約有180頁,裏面沒有專門論及"王黃"關係的。不過,個別地指出兩人之間影響關係的資料,雖然很少,卻也存在。這裏,在彌補該書所未收錄的一些資料的同時,提出其中具有代表性的記載。這些記載按照其主題大概分成如下三類:(一)指出兩人詩句間的影響關係的記載。(二)表明黃庭堅私淑王安石的記載。(三)以"王黃"這個框架爲基礎展開的評論。

(一)指出兩人詩句間的影響關係的記載

(a)方時敏言,荆公言鷗鳥不驚之類,如何作語則好。故山谷有云,"入鷗同一波"。(《王直方詩話》)

(b)山谷有詩云,"小立佇幽香,農家能有幾"。韻聯與荆公詩頗相同,當是暗合。(《王直方詩話》)

(c)苕溪漁隱曰,荆公詩,"祇向貧家促機杼,幾家能有一絇絲"。山谷詩云,"莫作秋蟲促機杼,農家能有幾絇絲"。荆公又有"小立佇幽香"之句,山谷亦有"小立近幽香"之句,語意全然相類。二公豈竊詩者,王直方云當是暗合,豈其然乎。(《苕溪漁隱叢話前集》卷四十七)

(d)荆公詠淮陰侯,"將軍北面歸降虜,此事人間久寂寥"。山谷亦云,"功成千金募降虜,東面置座師廣武。誰云晚計太疏略,此事已足垂千古"。二詩意同。荆公《送望之出守臨江》云,"黃雀有頭顱,長行萬里餘"。山谷《黃雀》詩,"牛大垂天且割烹,細微黃雀莫貪生。頭顱雖復行萬里,猶復鹽梅傅説羹"。二詩使袁譚事亦同。(葛立方《韻語陽秋》卷十)

(e)山谷詩"春風馬上夢,罇酒故人持",暗與公合。(李壁註卷二十三,《發館陶》詩,第三句)

　　雖然包含了被判斷爲"暗合"的句子,但以上五則都或明或暗地承認,黄詩中有王安石的不小影響。這五則所引用的詩句出處如下:

　　(a) 王詩:未詳

　　黄詩:《題海首座壁》(外集卷十三)

　　(b) 王詩:《歲晚》(李壁註卷二十二)

　　黄詩:《次韻答斌老病起獨遊東園二首·其一》(内集卷十三)

　　(c) 王詩:《促織》(李壁註卷四十六)

　　黄詩:《往歲過廣陵值早春,嘗作詩云……,戲以前韻寄王定國二首·其二》(内集卷二)

　　(d) 王詩:《韓信》(李壁註卷四十六)

　　黄詩:《淮陰侯》(全·外集卷十六) ＊外集註本,未收此詩。

　　王詩:《送望之出守臨江》(李壁註卷四十)

　　黄詩:《黄雀》(外集卷九)

　　(e) 王詩:《發館陶》(李壁註卷二十三)

　　黄詩:《自咸平至太康鞍馬間得十小詩……》(外集卷十四)

　　此外,從黄詩的宋人註(任淵《山谷内集詩註》二十卷、史容《山谷外集註》十七卷、史季温《山谷別集註》二卷)裏可以找出不少條目,指出了這種影響關係。據筆者粗略的調查,這些宋人註文裏有六十餘條引用了王安石的詩句(參看本文第四節末尾)。

(二)表明黄庭堅私淑王安石的記載

　　(f) 魯直謂,荆公詩暮年方妙,然格高而體下。如云,"似聞青秧底,復作龜兆坼",乃前人所未道。又云,

"扶輿度陽焰,窈窕一川花",雖前人亦未易道也。然學二謝,失於巧爾。(陳師道《後山詩話》)

(g) 陳無己云,山谷最愛舒王"扶輿渡陽羨,窈窕一川花",謂包含數個意。《王直方詩話》)

(h) 山谷云,余從半山老人得古詩句法,云,"春風取花去,酬我以清陰"。(吳聿《觀林詩話》)

(i) 瑒花,荊公欲爲賦詩,而鄙其名。瑒蓋玉也,未爲不佳,但其音乃杖梗切,故公陋之。山谷復呼爲鄭,且謂野人采鄭花葉以染黃,不借礬而成色,乃以山礬爲名,而詩有"山礬獨自倚春風"及"山礬是弟梅是兄"之句。二名皆其所命,而作詩復自引用其意,蓋欲顯二者之名於人耳。(張淏《雲谷雜記》卷三)

(j) 荊公曰,"前輩詩云'風靜花猶落',靜中見動意。'鳥鳴山更幽',動中見靜意"。山谷曰,"此老論詩,不失解經旨趣,亦何怪耶"。(《冷齋夜話》卷五)

(k) 舒王晚年詩曰,"紅梨無葉庇華身,黃菊分香委路塵。歲晚蒼官纔自保,日高青女尚橫陳"。又曰,"木落岡巒因自獻,水歸洲渚得橫陳"。山谷謂予曰,"自獻橫陳事,見相如賦,荊公不應用耳"。予曰,"《首楞嚴經》亦曰,'於橫陳時,味如嚼蠟'"。(《冷齋夜話》卷五)

(l) 冷齋夜話云,山谷嘗見荊公於金陵,因問,"丞相近有何詩"。荊公指壁上所題兩句,云"一水護田云云。此近所作也"。(李壁註卷四十三,《書湖陰先生壁》)

如果將真偽問題暫且另置,上面所引的七則文字,便是宋人言論中最直白地談到"王黃"關係的。

以"私淑"一詞來形容(f)所示的王黃關係,或許是過於主觀性的說法,但若將(g)的內容放在一起思考,我們就可以理

解黃庭堅對所涉詩句的最高級的評價。"似聞青秧底"句出於
王安石《寄德逢》詩(李壁註卷二),"扶輿度陽焰"句則是《法
雲》詩(李壁註卷二)裏的句子。在(h)中被引用的是王安石
《半山春晚即事》詩的開頭。(i)是説,對於王安石因鄙視其名
而不詠詩的花,黃庭堅特地改名爲山礬並賦詩。這裏引用的
分別是《戲詠高節亭邊山礬花二首·其二》(內集卷二十,崇寧
三年)和《王充道送水仙花五十枝,欣然會心,爲之作詠》(內集
卷十五,建中靖國元年)中的句子。關於(i)陳述之經過,在
《戲詠高節亭邊山礬花二首》的序文裏也有記載。

　　關於(j),在王安石《鍾山即事》詩的李壁註裏也有類似的
記載(李壁註卷四十四)。

　　　澗水無聲遶竹流,竹西花草弄春柔。
　　　茅簷相對坐終日,一鳥不鳴山更幽。
　　　〔李壁註〕荆公嘗語山谷云,"古稱'鳥鳴山更幽',我
　　　謂不若'不鳴山更幽'"。故今詩如此。

有趣的是李壁註設定了王黃兩人直接對談的場面。王安石也
在他的《老樹》詩裏寫道:"古詩鳥鳴山更幽,我念不若鳴聲
收。"都是根據南朝梁王籍《入若邪谿》詩的"鳥鳴山更幽"句翻
案而作的句子。

　　(k)所引的王安石詩分別是《紅梨》(李壁註卷四十八)和
《清涼寺白雲庵》(李壁註卷四十二)裏的句子。(l)的場面設
定也如上引的李壁註,寫王安石與黃庭堅直接面晤。

　　(三)以"王黃"這個框架爲基礎展開的評論

　　在宋人有關言論當中,這一類型最多。內容上,主要是總
結北宋詩歌,讚美"王黃"詩歌所達到的高水準,對兩人的風格
加以比較或者批評。在此引用其中具有代表性的七則文字:

(m) 舒王宿金山寺賦詩，一夕而成，長句妙絶。如曰“天多剩得月，月落聞歸鼓”，又曰“乃知像教力，但渡無所苦”之類，如生成。山谷在星渚賦道士快軒詩，點筆立成，其略曰，“吟詩作賦北窗裏，萬言不及一杯水。願得青天化爲一張紙”。想見其高韻，氣摩雲霄，獨立萬象之表，筆端三昧，遊戲自在也。(《冷齋夜話》卷五)

* 王：《金山寺》(李壁註未收，《臨川先生文集》卷三十六，集句)

黄：《壽聖觀道士黄至明開小隱軒，太守徐公爲題曰快軒，庭堅集句咏之》(外集卷九)

(n) 老杜之詩，備於衆體，是爲詩史。近世所論，東坡長於古韻，豪逸大度。魯直長於律詩，老健超邁。荆公長於絶句，閑暇清癯，其各一家也。(普聞《詩論》)

(o) 王介甫衹知巧語之爲詩，而不知拙語亦詩也。山谷衹知奇語之爲詩，而不知常語亦詩也。(張戒《歲寒堂詩話》)

(p) 歐陽公詩，猶有國初唐人風氣。公能變國朝文格，而不能變詩格。及荆公、蘇、黄輩出，然後詩格遂極於高古。(陳善《捫虱新話》下集卷三)

(q) 詩家有换骨法，謂用古人意而點化之，使加工也。李白詩云，“白髮三千丈，緣愁似個長”。荆公點化之，則云，“織成白髮三千丈”。劉禹錫云，“遥望洞庭湖翠水，白銀盤裏一青螺”。山谷點化之云，“可惜不當湖水面，銀山堆裏看青山”。孔稚圭《白苧歌》云，“山虛鍾磬徹”。山谷點化之云，“山空響筦絃”。盧仝詩云，“草石是親情”。山谷點化之云，“小山作朋友，香草當姬妾”。學詩者不可不知此。(葛立方《韻語陽秋》卷二)

　　（r）五七言律詩……至本朝初年，律詩大壞，王安石、黃庭堅欲兼用二體，擅其所長，然終不能庶幾唐人。（葉適《水心集》）

　　（s）冷齋夜話云，用事琢句妙在言其用而不言其名。此法惟荊公、東坡、山谷三老知之。荊公"鴨綠鵝黃"之句，此本言水柳之名。（李壁註卷四十一，《南浦》）

　　如(n)(p)(s)三文所示，除"王黃"之外加上蘇軾評論的居多。上面七段文字中，《冷齋夜話》寫成於北宋末，其他文獻大約是在南宋初至中期形成的。因此可以知道：早在北宋末到南宋中期，將三位詩人視爲北宋詩壇之頂點的文學史框架已經是司空見慣似的情形。在此基礎上討論個別修辭技巧的時候，往往有三者中單獨拿出"王黃"兩人進行評論的傾向。

　　以上對北宋末至南宋間的詩話筆記類文獻記載加以分類整理，我們由此得以窺見當時對"王黃"的認識。現在我們總結北宋後期的詩歌時，往往特別關注"蘇黃"這個師承關係，但從上面這些分類整理的文獻可以知道，宋人對"王黃"這個源流也給予了相當的注意。

三、黃庭堅文章裏的王安石

　　前一節概觀了宋人對"王黃"的認識，在這一節考察一下黃庭堅本人的言論，探索王對於黃的意義。黃庭堅文章中共有 20 篇提到王安石。按照《黃庭堅全集》(四川大學出版社，2001 年，底本即清光緒年間刊《宋黃文節公全集》)的分類，20 篇的體裁是：題跋 14 則，書(簡)4 則，序和雜著各 1 則。按其內容來分類，則如下：

　　（A）關於王安石的書法

　　① 跋王荆公書陶隱居墓中文(全・正集卷二十五,題跋)

　　② 跋王介甫帖(全・正集卷二十五,題跋)

　　③ 題王荆公書後(全・正集卷二十六,題跋)

　　④ 題絳本法帖(全・正集卷二十八,題跋)

　　⑤ 論書(全・外集卷二十四,雜著)

　　⑥ 與俞清老書二首・其二(全・別集卷十五,書)

(B) 關於王安石的學問以及文章

　　⑦ 與人(全・正集卷十九,書)

　　⑧ 跋虔州學記遺吳季成(全・正集卷二十五,題跋)

　　⑨ 書王元之竹樓記後(全・正集卷二十五,題跋)

　　⑩ 書王荆公騎驢圖(全・正集卷二十七,題跋)

　　⑪ 楊子建通神論序(全・別集卷二,序)

(C) 關於王安石的詩

　　⑫ 跋明妃曲(全,未收。李壁註卷六,題跋)

　　⑬ 跋俞秀老清老詩頌(全・正集卷二十七,題跋)

　　⑭ 書王荆公贈俞秀老詩後(全・正集卷二十七,題跋)

　　⑮ 書玄真子漁父贈俞秀老(全・正集卷二十七,題跋)

　　⑯ 與俞清老書二首・其一(全・別集卷十五,題跋)

　　⑰ 答逢興文判官(全・續集卷三,書)

(D) 其他

　　⑱ 跋王荆公惠李伯牖錢帖(全・正集卷二十五,題跋)

　　⑲ 跋王荆公禪簡(全・正集卷二十六,題跋)

　　⑳ 書贈花光仁老(全・別集卷六,題跋)

（A）關於王安石的書法

　　王安石的書法真迹幾乎没有流傳下來，而且書法史很少提到他的作品，所以（A）類内容在黄庭堅文章中占如此高比率，不禁令人感到出乎意料之外。這個現象可以從兩個方面理解。

　　首先值得注意的是這樣一個事實：黄庭堅對王安石書法的看法大都在他的題跋文裏。題跋本來是附録在書畫作品後面的文章，因而其内容跟書畫作品有密切關係的居多是理所當然的。文章體裁規定了其内容。

　　第二，可以想像到這樣一個背景：黄庭堅作爲著名書法家的名聲，對他的題跋作品流傳到後世起了相當大的作用。就是説，因爲有筆迹這樣一個附加價值，黄庭堅的題跋文成了好事者收集的對象，因此使其題跋文得以保存和流傳。

　　在中國，對書法作品的傳統評價往往直接聯繫到對書法家的人物評價。因此，到了南宋，隨著王安石的評價開始降低，變得不穩定，當時的收藏家也漸漸將他的書法作品排斥於收集物件之外，以至題跋文裏記録的例子愈來愈少。這一點可以參看朱熹的《題荆公帖》一文（《四部叢刊》本《朱文公文集》卷八十二）：

　　　　熹家有先君子手書荆公此數詩。今觀此卷，乃知其爲臨寫本也。恐後數十年未必有能辨者，略識於此。新安朱熹云。

　　朱熹的父親朱松年少時喜愛王安石書法，因而朱熹家收藏著他的書法作品。值得注目的是，時常接觸王安石書法的真迹而具有鑒别能力的朱熹，就説"恐後數十年未必有能辨者"。這説明，早在南宋中期，王安石書法真迹就已經很少見了,因而開始難以鑒定真僞。與此相反,黄庭堅書法在南宋受到的評價一直很高,因此包含著有關王安石書法的評論在内,他的不少題跋文被流傳到了現在。

但是以上所舉的兩個因素並非主要問題,更本質的理由在於黄庭堅特别欣賞王安石的書法。與黄庭堅同時代的文人李之儀(1048—1128?)關於黄庭堅有如下記録(三則都是《姑谿題跋》卷一,《叢書集成新編》本):

〇 魯直晚喜荆公行筆,其得意處往往不能真贋。(《跋蘇黄陳書》)

〇 魯直此字,又云比他所作爲勝。蓋嘗自贊以謂得王荆公筆法,自是行筆既爾,故自爲成特之語。至荆公飄逸縱横,略無凝滯,脱去前人一律而訖能傳世,恐魯直未易到也。(《跋山谷書摩詰詩》)

〇 魯直嘗謂,學顔魯公者,務其行筆持重,開拓位置取其似是而已。獨荆公書得其骨,君謨(蔡襄)書得其肉。君謨喜書多學,意嘗規摹,而荆公則固未嘗學也。然其運筆如插兩翼,淩轢於霜空鵰鶚之後。……(《跋荆國公書》)

李之儀題跋文裏引用的這些文字極其率直地表現了黄庭堅傾慕王安石的深刻程度。而蘇軾也有一篇論及王安石書法的題跋(中華書局,《蘇軾文集》卷六十九),文中寫道:

荆公書得無法之法,然不可學,學之則無法。故仆書盡意作之似蔡君謨,稍得意似楊風子,更放似言法華。

蘇軾明説王安石書法"不可學"。"蘇黄"在評論王安石書法之際都同樣提到蔡襄的書法,但他們在可否成爲楷法這一問題上表現出完全相反的姿態。像前面所述,書法的評價歷來有著很大的傾向性,即以對該書法家的共感爲基礎,確定對其作品的評價。因此,黃庭堅對王安石書法作出如此極高的評價,也間接地反映出他對王安石的評價。

在此以(A)類中②《跋王介甫帖》爲例。值得注目的是,在這裏,黃庭堅評價王安石晚年的書法比蘇軾更好。

> 余嘗評東坡文字、言語,歷劫讚揚有不能盡,所謂竭世樞機,似一滴投於巨壑者也。而此帖論劉敞侍讀晚年文字,非東坡所及。蛆蛆甘帶,鴟鴉嗜鼠,端不虛語。

(B) 關於王安石的學問以及文章

首先,⑦和⑨都是讚揚王安石文章論的正確性以及優越性的文字。尤其是⑦《與人》裏可以看出黃庭堅對王安石的佩服。

> ……往年歐陽文忠公作《五代史》,或作序記其前,王荆公見之曰,"佛頭上豈可著糞"。竊深歎息,以爲明言。……

⑨《書王元之竹樓記後》是王禹偁《黃州新建小竹樓記》(四部叢刊本《小畜集》卷十七)的題跋。主要内容是從王安石對這篇文章給予的評價引發的一種文章體裁論。當時有一個傳聞:王安石將王禹偁《黃州新建小竹樓記》和歐陽修《醉翁亭記》相比較後,斷言説王文比歐文好得多。有人懷疑這傳聞的可靠性,但黃庭堅參照王安石平生的文章觀,判斷這無疑是王安石的評價。

> 或傳王荆公稱《竹樓記》勝歐陽公《醉翁亭記》,或曰此非荆公之言也。某以謂荆公出此言未失也。荆公評文章,常先體制,而後文之工拙。蓋嘗觀蘇子瞻《醉白堂

記》，戲曰，"文詞雖極工，然不是《醉白堂記》，乃是韓白優劣論耳"。以此考之，優《竹樓記》而劣《醉翁亭記》，是荆公之言不疑也。

有趣的是黄庭堅引用了王安石對蘇軾《醉白堂記》的看法作爲論據。雖然黄庭堅未寫出任何自己的意見，但從他在王禹偁《竹樓記》的題跋文裏特地引用王安石的評論這一點上，可以看出他的意圖。也就是説，認爲黄庭堅追認和支持王安石的看法，是最爲妥當的。附帶地説，還有一種逸聞也傳到今日：蘇軾聽到了王安石的這個評論後馬上對此反駁説，"未若介甫《虔州學記》，乃學校策耳"（《苕溪漁隱叢話前集》卷三十五引蔡條《西清詩話》）。

⑧《跋虔州學記遺吳季成》是他給熱衷於教育孩子的吳季成寫家庭教育的要點的一篇文章；在這裏，他抄寫那篇被蘇軾批評的王安石《虔州學記》（中華書局香港分局，《臨川先生文集》卷八十二）送給他，以代替自己的看法。吳季成是眉山人，黄庭堅没抄寫與吳同鄉的蘇軾文章，而抄寫了蘇軾加以批評的王安石的那篇文章。像⑨一樣，這裏好像也可以推知，比之蘇軾的文章，黄庭堅平生更欣賞王安石的文章。

⑩《書王荆公騎驢圖》恐怕是在李公麟（字伯時，號龍眠居士，1049—1106）描繪的同題畫上所寫的題跋文。王安石晚年在金陵騎驢出門的情形，是當時許多文獻傳給我們的逸聞。

> 荆公晚年删定《字説》，出入百家，語簡而意深，常自以爲平生精力盡於此書。好學者從之請問，口講手畫，終席或至千餘字。金華俞紫琳清老，嘗冠秃巾，衣掃塔服，抱《字説》，追逐荆公之驢，往來法雲、定林，過八功德水，

> 逍遥遊亭之上。龍眠李伯時曰，"此勝事，不可以
> 無傳也"。

文中的俞清老(名子中)是黄庭堅小時候跟隨舅父李常在淮南遊學時的同學，他同哥哥秀老一起從學於晚年的王安石。這兩者也出現在⑥以及⑬至⑯的五則文中，他們似乎在"王黄"之間架起了一道橋梁。黄庭堅對於王安石竭盡晚年精力而完成的《字説》加以讚揚説，"語簡而意深"。但在當時，對此書的評價可以説是褒貶相半。也有一個逸聞説，蘇軾知道《字説》的内容後冷笑王安石(中華書局《宋人逸事彙編》卷十所引，傳蘇軾《調謔編》以及曾慥《高齋漫録》)。如果這個傳聞是真的，那麼關於此書的評價，"蘇黄"間也有明顯的意見分歧了。

⑪《楊子建通神論序》，從其文體爲"序"就可推測，此文在本節所舉20則當中也許是最嚴肅的一篇。

> 天下之學，要之有宗師，然後可臻微入妙，雖不盡明先王之意，惟其有本源，故去經不遠也。今夫六經之旨深矣，而有孟軻、荀卿、兩漢諸儒及近世劉敞、王安石之書，讀之亦思過半矣。至於文章之工，難矣，而有左氏、莊周、董仲舒、司馬遷、相如、劉向、揚雄、韓愈、柳宗元及今世歐陽修、曾鞏、蘇軾、秦觀之作，篇籍具在，法度粲然，可講而學也。……

黄庭堅在此文中也將王安石當作代表本朝的學者，與劉敞一起並列讚揚。

(C) 關於王安石的詩

在⑫至⑰的六篇文章中，⑯《與俞清老書二首·其一》和⑰《答逄興文判官》二篇没有直接提到王安石的詩，但兩篇文

章都記録了有人給他寄來王安石的詩或詩集的事實(⑥文説，俞秀老寄給他王安石的書迹)。這説明，黃庭堅對王安石詩的敬慕已經爲周圍的人所知，可能他們因此纔特地將王安石的詩或書法送給黃庭堅的吧。

⑬至⑯都跟(B)類的⑩一樣，嚮往著王安石與俞秀老、清老間的良好關係，並涉及到他們的詩作。

據⑫可以推測青年時候的黃庭堅如何評價王安石，這樣的材料現存不多。他讚揚王安石的《明妃曲·其二》説，"可與李翰林、王右丞並驅爭先矣"。

> 山谷跋公此詩云，荊公作此篇，可與李翰林、王右丞並驅爭先矣。往歲道出潁陰，得見王深父先生，最承教愛。因語及荊公此詩。庭堅以爲詞意深盡，無遺恨矣。深父獨曰："不然。孔子曰'夷狄之有君，不如諸夏之亡也'。'人生失意無南北'非是。"庭堅曰："先生發此德言，可謂極忠孝矣。然孔子欲居九夷，曰'君子居之，何陋之有'。恐王先生未爲失也。"明日，深父見舅氏李公擇曰："黃生宜擇明師畏友與居。年甚少，而持論知古血脈，未可量。"

(D) 其他

(D)類的三則中，⑱和⑲都是有關佛教的内容。⑱《跋王荊公惠李伯牖錢帖》説到了王安石的"宿債"。

> 此帖是唐輔文初捐館時也。荊公不甚知人疾痛苛癢，於伯牖有此賵恤，非常之賜也。及伯牖以疾棄官歸金陵，又借官屋居之，間問其飢寒。以釋氏論之，似是宿債也。

唐輔文恐怕是指唐介(字子方，1010—1069)。神宗登用王安石之時,唐介任參知政事,政見與王不合,他們之間經常發生矛盾。有一日他們在神宗御前爭論問題時,神宗總偏袒王安石,唐介爲此不勝憤怒,背後長了毒瘡,不久去世了(熙寧二年四月。《宋史》卷三百一十六,中華書局《宋宰輔編年錄校補》卷七)。

唐介去世的前後,有個叫李伯牖(經歷未詳)的官員得病棄官回鄉。王安石不僅送他不少錢,又照顧住房,而且一年四季不缺問候。平時不大瞭解他人苦痛的王安石(曾因此使唐介陷入窘境),對李伯牖表示了極其周到的照顧。這一行爲本來難以按世俗的常識來解釋分析,所以黃庭堅要用佛教的"宿債"思想來解釋,他以爲王安石如此是還前世的債給李伯牖。

⑲《跋王荊公禪簡》是如下一文:

> 荊公學佛,所謂"吾以爲龍又無角,吾以爲蛇又有足"者也。然余嘗熟觀其風度,真視富貴如浮雲,不溺於財利酒色,一世之偉人也。莫年小語,雅麗精絶,脫去流俗,不可以常理待之也。

"吾以爲龍又無角,吾以爲蛇又有足"是東方朔説的話,本來指蜥蜴或壁虎之類(《漢書·東方朔傳》),但在此恐怕不是這個含義。也許是形容王安石對佛教的理解並不全面吧。很難理解黃庭堅引用這句話的真意。

雖然如此,對於毫不介意任何世俗欲望之王安石,黃讚揚説,他是"一世之偉人"。另外,他絶讚王安石晚年的"小語"(恐怕指詩歌)説"雅麗精絶",然後進一步説,他的詩根本沒有流俗臭味,"不可以常理待之也"。其語意可能是:如果不懂佛理,無法品味王詩妙處。黃庭堅從王安石晚年的詩裏察覺出佛禪的因素。

　　⑳《書贈花光仁老》是懇求花光仁老(釋仲仁)給他畫一幅墨梅的書簡。花光仁老是以水墨梅花著名當時的和尚。黃庭堅説,他準備揮毫抄寫自己過去所詠的梅花詩作爲答禮。

> 余方此憂患,無以自娛,願師爲我作兩枝見寄,令我時得展玩,洗去煩惱,幸甚。此月末間得之,佳也。某有《梅花》一詩,東坡居士爲和,王荆公書之於扇,却待手寫一本奉酬也。

值得注意的是,黃庭堅爲了表示自己詩作的價值,故意强調蘇軾唱和以及王安石抄寫於扇的事實。爲提高自己作品的附加價值,黃庭堅除了提到蘇軾外,還利用王安石。這樣的言論,不用説首先是意識到了收件人花光仁老的價值觀,但同時也是黃庭堅本人的價值觀。這一點從本稿清理的上述內容也可以得到證明的。

　　概觀出現在黃庭堅文裏的"王黃"關係,我們不能在以上20則的有關文章中找出他對王安石的任何具有批判性質的地方。相反,讚揚王的文學、學問和爲人的占據了絶大部分內容。

　　另外,我們需要注意的是,當王安石和蘇軾觀點相左的時候,黃庭堅往往支持王安石的看法。如:有關於王安石書法的評價問題、關於如何認識"記"的體裁上的分歧、關於王安石《字説》的評價問題等。

　　這一事實至少可以證明,"蘇黃"這個關係並不是單純的師生繼承關係。同時,以蘇軾爲比照的尺度,我們清楚認識到王安石在黃庭堅心中的極高地位。

四、黃庭堅詩歌裏的王安石①

那麼在黃庭堅文學創作的核心——詩歌創作方面,又是如何表現他對王安石的私淑呢?在題材層面上舉出表現這方面内容的作品,以下面四首六言絶句最富有醇厚感情:

次韻王荆公題西太一宫壁二首(内集卷三)

a　　　　其　一

風急啼烏未了,雨來戰蟻方酣。

真是真非安在,人間北看成南。

b　　　　其　二

晚風池蓮香度,曉日宫槐影西。

白下長幹夢到,青門紫曲塵迷。

有懷半山老人再次韻二首(内集卷三)

c　　　　其　一

短世風驚雨過,成功夢迷酒酣。

草玄不妨准易,論詩終近周南。

d　　　　其　二

啜羹不如放麑,樂羊終愧巴西。

欲問老翁歸處,帝鄉無路雲迷。

---

① 王安石贈給黃庭堅的詩衹有《跋黃庭堅畫》一首(李壁註卷四)。另外,黃庭堅直接與王安石見面會談的機會至少似乎有一次。根據鄭永曉《黃庭堅年譜新編》記載,元豐七年(1084)初,從江西太和到新任地德州德平鎮(山東商河縣德平鎮)的途中,順便到金陵訪問了王安石。(第145頁)

這四首六言絶句,都作於哲宗元祐元年(1086)。斷然實行新法的神宗在前一年離世,哲宗即位,但尚且年幼,神宗的母親宣仁太皇太后高氏攝政,她廢除新法,將政策復舊。伴隨這一變化,新法推進派官僚大部分被左遷到了地方上,舊法官僚被召回京師,代替維新的官員就職於重要官位。如本稿開篇所示,黄庭堅也是在這個時候被召回京師,得到太史的地位,當時黄庭堅四十二歲。

"太一"又可以寫作"太乙"、"泰一",有諸種説法,是天上最高之神的意思。"太一宫"是設置祭祀太一祭壇的祠廟,北宋時期,開封有東、西、中三個"太一宫",西太一宫設在京城西郊外。元祐元年秋的一天,黄庭堅隨同蘇軾一起遊玩西太一宫。在這裏,他們看到王安石過去寫在墙上的詩歌,並對這首詩歌作了次韻①。

a 的前兩句比喻時世陡變之時,世間的喧囂。伴隨著神宗的去世,政局由新法政權轉爲舊法政權,發生了很大的變化。後半兩句各自以《莊子·齊物論》和《楞嚴經》作爲典故,來説明由於立場或角度的差别而引起對事物評價的變化。任淵註:"在熙豐,則荆公爲是,在元祐,則荆公爲非,愛憎之論特未定也。"

b 的前半是對西太一宫的描寫。能稱爲寫景的句子在四首詩共十六句中,僅僅祇有這兩句。後半部分,第三句歌詠金

---

① 記載"蘇黄"次韻時候的狀況的,有以下兩個逸聞:○蘇子瞻作翰林日,因休沐,邀門下士西至太乙宫,見王荆公舊題六言云云。子瞻諷詠再三,謂魯直曰,"座間惟魯直筆力可及此爾"。對曰,"庭堅極力爲之,或可追及,但無荆公之自在耳"(何汶《竹莊詩話》所引《詩事》)。○元祐間,東坡奉祠西太一宫,見公舊題兩絶,注目久之曰,"此老野狐精也"。遂次韻之(蔡正孫《詩林廣記後集》卷二所引《西清詩話》)。

陵,第四句歌詠京師。由於王安石原篇是歌詠歸鄉,所以黃以此爲據追憶當年的王安石,他一面夢回金陵,一面却無法歸鄉,祇好生活在京師的車馬塵埃裏。

c的前半寫人事無常,後半讚美王安石的學問。第三句似乎是説:如揚雄以《易》爲典範,編寫了《太玄》一樣,王安石也爲經書堂堂地加以了註釋。同樣,第四句也意味著:創作如《詩經》正風之始《周南》那樣正統的詩,並展開詩論。任淵註爲:"追念熙豐間一時建立之事,今已墮渺茫,如醉鄉夢。至其所可傳,則有不朽者。後兩句終此意。"

d的前半二句是依據《韓非子·説林上》中的如下故事:戰國魏將樂羊在攻打中山的時候,中山王逮捕了在中山的樂羊之子,煮成湯送給樂羊,樂羊冷静地將自己兒子的湯喝幹。春秋魯的秦巴西隨從君主狩獵,不能忍受君主捕獲幼鹿時母鹿哀怨的鳴叫,悄悄放了幼鹿。那攻陷了中山的樂羊,其功績雖得到一時的稱頌,但君主最後懷疑其心腸,而被罷免。秦巴西暫時被處罰,後來却被聘請爲君主兒子的老師。韓非子引用這個故事以後,用這樣的話作爲結束:"敲詐不如拙誠,樂羊以有功見疑,秦巴西以罪益信。"任淵將秦巴西比做王安石,將樂羊比喻成吕惠卿。同時任淵還把後兩句理解爲:"神考威靈在天,公當從之,非讒邪所能間也。"

下面引出王安石的詩(李壁註卷四十,《題西太一宫壁二首》)和蘇軾的次韻詩(中華書局,《蘇軾詩集》卷二十七,《西太一見王荆公舊詩次其韻二首》):

[王安石原篇]

其　　一

柳葉鳴蜩緑暗,荷花落日紅酣。
三十六陂春水,白頭想見江南。

其　二

三十年前此地,父兄持我東西。

今日重來白首,欲尋陳迹都迷。

［蘇軾次韻詩］

其　一

秋早川原淨麗,雨餘風日清酣。

從此歸耕劍外,何人送我池南。

其　二

但有尊中若下,何須墓上征西。

聞道烏衣巷口,而今烟草萋迷。

如果依據李德身《王安石詩文繫年》(陝西人民教育出版社,1987年),王安石的原詩是熙寧元年(1067)的作品。其一的大意是:聽著蟬鳴柳陰,觀賞被夕陽染紅的蓮花,想起江南的景色,於是被一種歸鄉的念頭所驅使。其二的内容是:回想起三十年前被父親帶著上京,並訪問此地的情景,尋找舊物却什麼也找不到,從而引入對時光推移的感慨。

蘇軾詩,其一基本忠實地承襲王安石詩的主題,歌詠歸田。其二對原詩内容進行引申,歌詠人事的短暫無常,"眼前如有美酒,就及時沉醉吧,別追求死後的榮譽。你看六朝時候,貴族庭園林立的金陵烏衣巷,如今也化作了荒草覆蓋的廢墟。"

其二後半兩句登場的"烏衣巷"正好涉及王安石絶命之地——南京。就像這兩句所暗示的一樣,在他們訪問西太一宫的數月前(元祐元年四月),王安石在南京已告別人世。

蘇軾的次韻詩有這樣的特徵,即:在不斷承襲王安石的詩歌基調的同時,以自己的感慨爲軸心,從而構成各種表達。

而另一方面,黃庭堅又是怎樣次韻的呢?四首詩無一例外的都是對王安石的追悼,或者説都是可以叫做安魂曲的内容。黃庭堅用了比蘇軾多一倍的字數,專門歌詠王安石。以此和蘇軾的次韻作比較的話,風格的差别就十分明顯。和專注於作品本身的蘇軾相比,黃庭堅則一味地注視著作者的死,其間存在著難以填平的差距。

"蘇黃"的詩歌本來是和詩,所以蘇軾詩的風格毋寧説是很自然的。應該特别注意的是黃庭堅詩的風格。四首詩裏,勉强對應原作的,僅僅祇有 b 一首,其他作品幾乎和原作的内容毫無關係地歌詠了作者王安石這個人。當然,c、d 二首的篇題明記著"有懷半山老人",已經提示了黃庭堅的意圖,但是從其作爲對原篇内容進行唱和的"和詩"這樣一個普通觀念來看,可以看做是極富有特色的次韻作品。

"蘇黃"在西太一宫看見王安石的題詩,如前所述是在王安石去世不到半年的時候。僅僅從詩的内容來判斷,對於這個時候的蘇軾來説,王安石的死已經被淡化了。在其二的後半,蘇軾用了暗示王安石之死的表達,如果不看篇題,連這兩句也很難和王安石相聯結。就是説,蘇軾的次韻詩是一種可以當做很一般的詠懷詩閲讀的作品。

而黃庭堅的詩,四首詩無論如何都無法排除"王安石之死"這個要素。"王安石之死"正是聯結四首詩的主題,如果除去它,四首詩就一定會分肢解體。

對於一個人物的死亡,意識上能否將之淡化,在這一點上,"蘇黃"之間存在著明顯的對比。"蘇黃"的次韻意外地刻畫了兩個人對於王安石的態度的差異。

在以次韻詩追悼王安石的前後,黃庭堅在别的詩歌裏也説到王安石的學問。那就是以《奉和文潛贈答無咎,篇末多以

見及,以既見君子云胡不喜爲韻》(內集卷四)爲題的八首組詩
之七。

> 荆公六藝學,妙處端不朽。
> 諸生用其短,頗復鑿戶牖。
> 譬如學捧心,初不悟己醜。
> 玉石恐俱焚,公爲區別不。

可以判斷,這首詩是將張耒(字文潛)、晁補之(字無咎)作
爲第一讀者而創作的,因此和次韻詩相比,率直的感情退居後
面,成爲很理性的歌詠形式。簡而言之,上面的詩歌没有偏向
禮讚,而是承認王安石的學問裏"妙處"和"短"並存著,在此基
礎上指出,由於時世急變,產生了將王安石學問之"妙處"也一
起混淆而加以排除的風潮,表明了對此的憂慮。

如此,在元祐元年秋同一時期創作的幾個作品裏,黄庭堅
一直高度評價王安石的學問,當時時代的浪潮從新法轉向舊
法,對新法的創始人王安石的批判也仿佛開始公開化,黄庭堅
却毅然堅持著這樣的姿態,這一事實值得特別記述。

同時,這一事實對拙稿前面提到的有關如何評價黄庭堅
對《實録》言論的問題, 可能會給予很大的啓發。如上一節所
整理,黄庭堅留存的文章裏幾乎没有對王安石的批判言辭,而
且本節提出的詩歌也是如此。總之,黄庭堅在以個人立場評
價王安石的時候,都表現出很多好感,並且這種姿態始終如
一。特別是本節提出的五首詩,與《實録》軼事幾乎是同一時
期的作品,具有很高的參考價值。

根據這種狀況來理解,拙作開頭提到的軼事中黄庭堅的
言行,與他從個人立場對王安石所作的評價,本來是不同層面
的問題。

　　在黃庭堅的作品裏,還有一首詩,象徵地表明了王安石的存在對於他具有如何重要的意義。這個作品是《題山谷石牛洞》(内集卷一)。據鄭永曉《黃庭堅年譜新編》(社會科學文獻出版社,1997 年),是元豐三年(1080)十月,黃庭堅三十六歲時候的作品。當時黃庭堅離開北京大名府教授的職位,正在奔赴新任地吉州大和縣(江西泰和縣),途中訪問了舒州懷寧縣三祖山①。三祖山如其名所示,由來於禪宗的三祖鑒智禪師僧璨。山上有一個叫山谷寺的佛寺,在寺廟附近有一個叫石牛洞的山洞,黃庭堅訪問這裏所寫的詩歌就是這篇作品。

　　　　司命無心播物,祖師有記傳衣。

　　　　白雲橫而不度,高鳥倦而猶飛。

　　詩歌前半部分采用了將石牛洞作爲神妙的場所來賦予其性格的表現,任淵的註以爲,舒州懷寧縣之北,有九天司命真君祠,山谷寺的位置在縣的西面。詩的後半描寫白雲和飛鳥,強調石牛洞脱俗的氣氛。末句如果是依據陶淵明《歸去來兮辭》的"倦鳥飛而知還",那麽就可以理解爲是比喻未能歸鄉的自己的現狀。

　　從黃庭堅訪問石牛洞的元豐三年向上推移大約三十年,即皇祐三年(1051)九月,以通判身分到舒州赴任的王安石,也在赴任後不久訪問了石牛洞,並歌詠有詩。

---

①　舒州懷寧縣在從長江向皖水逆流約五十公里處,離去太和的路綫比較遠。據鄭永曉《黃庭堅年譜新編》(97.12,社會科學文獻出版社,第 99 頁),黃庭堅到皖水和長江的合流處皖谿口的時候,偶爾和舅父李常再會,彼此撫慰久别,且因爲風雨而在這裏滯留十日。這個時候,李常在提點淮南西路刑獄任職,刑獄司在舒州懷寧縣,恐怕黃庭堅是受李常的招待,去了懷寧縣的吧。可以認爲當時遊了懷寧縣郊外的三祖山。

《題舒州山谷石牛洞泉穴》(李壁註卷十九)

皇祐三年九月十六日,自州之太湖,過懷寧縣山谷乾元寺,宿。與道人文銳、弟安國,擁火遊石牛洞,見李翱習之書,聽泉久之。明日復遊,乃刻習之後。

水泠泠而北出,山靡靡以旁圍。

欲窮源而不得,竟悵望以空歸。

王安石的詩前半歌詠石牛洞的情景,後半描寫探索洞窟,與黃庭堅詩裏使石牛洞飄浮宗教氣氛的歌詠,筆致有幾分差異。但是,兩人都用了當時唐宋詩人很少使用的詩型——六言絕句。就這點而言,兩者之間有著緊密而且牢固的聯繫①。

熙寧、元豐期間,黃庭堅比較集中地創作了六言絕句。作品總數超過九首,除了(1)《題山谷石牛洞》以外,還有以下(2)～(9)流傳下來。

(2)《題潛峰閣》(內集卷一)

(3)《次韻公擇舅》(內集卷一)

(4)、(5)《從丘十四借韓文二首》(外集卷八)

(6)～(9)《題馬當山魯望亭四首》(外集卷八)

(2)和(3)的創作時間大概和(1)《題山谷石牛洞》相同。"潛峰閣"是舒州的淮南西路刑獄司裏面的閣。(4)和(5)作於元豐三年十一月下旬,是和友人一起攀登位於舒州境內的潛

---

① 葛立方《韻語陽秋》卷一三(上海古籍出版社影印本),在引用了"王黃"的六言絕句以後,謂"(山谷)蓋效其作"。同時,蔡正孫《詩林廣記·後集》卷二《王荊公》中引用的《高齋詩話》裏,說:"魯直此詩,識者謂其語雖奇,亦不及荊公之自然也。"(中華書局校點本,第215頁)另外,考察了唐代的六言詩的,還有市川清《中唐前期的六言詩》(98.10,中唐文學會,《中唐文學會報1998》,第1～13頁)。

山之峰時創作的作品。(6)至(9)是離開舒州,沿長江逆流而上到達彭澤(江西湖口縣)以後的作品,作於同年十二月。

如此,九首六言絕句都創作於元豐三年冬季的三個月之間。而《題山谷石牛洞》在歷代的黃庭堅詩集裏都被放在九首六言絕句之前,恐怕是早期作品的範例。就是說,黃庭堅最先寫的六言絕句就是這首詩。問題是,黃庭堅爲何在這個時期突然如此自覺地開始創作六言絕句了呢?除了他訪問石牛洞一事,很難可以想到其他更重要的契機。而在石牛洞,王安石的六言絕句由他自己親自書寫在石頭上。石牛洞和六言絕句這樣一個組合的一致性,難道果真衹是偶然的巧合嗎?

另外,黃庭堅創作第二個六言絕句作品的潛峰閣,據南宋末祝穆《方輿勝覽》(卷四十九,淮西路,安慶村)以及王象之《輿地紀勝》(卷四十六,淮南西路,安慶村)有這樣的記載,即:"乃王介甫通守日讀書之地"。最晚在南宋期間,此閣樓被作爲與王安石有關聯的閣樓而被人們所記憶。

如果把上面的事實證據也置於考慮範圍內,那麼在黃庭堅創作六言絕句的背景裏,無論如何也不能無視王安石的存在吧。更加值得重視的是:黃庭堅一生愛用的號"山谷道人",正是在訪問山谷寺的時候產生的。對於文人而言,別號所意味的意義絕不是渺小的。就像歐陽修的"醉翁"、"六一居士",蘇軾的"東坡居士",衹要回想黃庭堅及同時代的實例,就能立即理解這一點。

一個文人開始用一個別號,意味著這個文人以此爲契機增加了一個具有文化意義的新面孔。在使用別號進行文藝活動的過程中,文人對此賦予了特定的性格,並在作品裏面親自努力扮演這個性格。如果假設別號具有這樣的內涵,那麼別號產生的時間和地點對擁有該別號的文人來說就應該有特殊的含義。

　　黄庭堅在"山谷道人"以外還有一個號叫"涪翁",從使用時間的長短和知名度的大小來看,"山谷道人"都遠遠超過"涪翁"。對於"山谷道人"一號的緣起,黄庭堅自己没有任何説明①,而他在山谷寺停留的時間最多衹是不到半日的短暫時間,在這短短的時間裏,他歌詠的詩歌共有三首②,都是寫石牛洞的。對當時的黄庭堅來説,構成山谷寺景觀的諸因素裏,石牛洞明顯具有特殊的意義。——這樣,"山谷道人"這個號,是在確實刻畫著王安石足迹的空間裏誕生的。因爲"山谷道人"在其後成爲代表其文藝的别號,所以這個事實包含極有象徵性的内涵。

　　本節所提出的六首詩歌裏,前五首都是六言絶句。所有這些都不能不讓我們感覺到一種超越了偶然領域的必然性。根據莫礪鋒先生的統計③,黄庭堅創作的六言絶句數目超過63首,占總數目(1 878首)的百分之三,在同時代的詩人裏,這恐怕也是少見的。如本節所論,王安石的存在是黄庭堅開始創作六言絶句的重要契機,雖然没有必要將這63首六言絶句都牽强地與王安石聯繫,但在複雜的背景裏承認有王安石的影子的存在也是可能的吧? 六言絶句這一詩型對於黄庭堅來説,也許可以説是結上"王黄"這樣一個心靈紐帶的重要依憑。

---

① 　關於"山谷"這一號,任淵記載爲:"石牛洞,在三祖山山谷寺。魯直嘗遊而樂之,因自號山谷道人。"(附於《山谷詩内集註・目録》的年譜)《宋史》的記載也幾乎一樣。

② 　《題山谷石牛洞》(内集卷一)、《書石牛谿旁大石上》、《題山谷大石》(俱見外集卷八)。

③ 　莫礪鋒《論黄庭堅詩歌創作的三個階段》(《文學遺産》1995年第三期,第70～79頁)。

　　以上各節，根據黃庭堅自己的言論以及宋代文獻，對"王黃"的關係作出了清理，但是由於論述上的需要，各種資料没有沿著時序揭出，同時，其中還包括如今已經無法確定準確時間的作品。尤其是本稿第三節裏所提到的黃庭堅的文章中，這樣的情況不少。祇是，作爲一般的論述來説可以想像到，作爲書法家的黃庭堅越接近晚年其名聲就越高，因此可以推斷，流傳至今的題跋和尺牘文，多半應該是紹聖（1094—1097）以後，即黃庭堅五十歲以後的作品（黃庭堅享年六十一歲）。

　　爲了補充以上論述内容的不足，這裏以年代爲序清理黃庭堅詩歌裏引用王安石詩歌的頻度，從而提示一個標誌。正如第二節裏所提到的，黃庭堅的詩《内集》、《外集》、《別集》有宋人附的註，共引用有六十多處王安石的詩歌，提示了"王黃"間詩語、詩句層面上的影響關係，其中雖然包含有被詩話類書籍認作"暗合"的例子，但是在這裏試圖將註裏的東西都作爲等價資料來對待。作品裏含有被認爲有影響關係的詩句，依據鄭永曉的《黃庭堅年譜新編》，按照製作的時間重新排列，並按年號區別分類，得到如下數值。六十餘首詩裏面也有在《黃庭堅年譜新編》裏没有進行編年的作品，這裏不包括這類作品。

年　號	治平 1—4	熙寧 1—10	元豐 1—8	元祐 1—8	紹聖 1—4	元符 1—3	建中靖國	崇寧 1—4	計
引用數	1	3	18	22	0	2	3	5	54

　　基於莫礪鋒先生的説法[1]，如果按黃庭堅詩的三個發展

---

[1]　莫礪鋒《論黃庭堅詩歌創作的三個階段》（《文學遺産》1995 年第三期，第 70～79 頁）。

階段加以再區分,則爲:前期(到元豐八年)有 22 首,中期(元
祐年間)有 22 首,後期(紹聖以後)有 10 首。雖然集中在元豐
和元祐年間,但在其他時候都有出現。

的確,上面的資料大部分是根據註釋者(任淵、史容、史季
溫)的主觀判斷的,所以很難具有客觀性。但是,除了作家自
己的原註,這種説明某種影響關係的註原本總會帶上某種誤
解,産生一定程度的誤差是難以避免的。而筆者認爲,除去
這些消極因素,上面的資料還是具有充分的參考價值的。如
果基於這一立場,這些資料就可以看作是從作品内容方面爲
本稿到此爲止的論述提供了可靠的證據吧。在黃庭堅一生的
詩歌作品裏,一直記録著對王安石的詩語、詩句層面上的模仿
痕迹。

五、黃庭堅對王安石的繼承

以上面的論述爲基礎,本節將就黃庭堅繼承王安石的内
容,嘗試總論性地叙述筆者的思考,雖然這多少將涉及一些印
象批評的内容。

雖然有"蘇黃"這樣的並稱,但是蘇軾和黃庭堅兩人在詩
風上有著相當大的差異,關於這個問題過去常常被提出。同
樣,"王黃"的詩風也被認爲有不可忽視的差異。三位詩人各
自都確立著獨自的詩風。毋寧説因爲有這種獨特個性,他們
纔被後世當作最能代表北宋後期的詩人。

因此,如果著眼於他們之間不同的一面,那麼各自的個性
就得以强調,彼此的繼承關係就退居於個性之後。但其實,三
位詩人當然也擁有很大的類似性。比如,以下四點就是三位
詩人共同的特徵。

（1）以豐富的閱讀爲基礎的多樣的典故運用。

（2）對現有的詩語或詩句的組詞、結構進行改編，經過細微的調整使其產生新味的手法。

（3）對杜甫和陶淵明詩歌的尊崇。

（4）對禪的接近。

以上四點並不是唯有他們三人纔具有的共同點，北宋後期任何詩人都在一定程度上具有這些共同傾向。因此，或許可以將這四點看作當時的時尚。王安石年長於蘇軾十五歲，蘇軾比黃庭堅年長九歲，三人之間確實有不少代溝性的差異存在，但這差異不能改變三人作爲同時代詩人曾經擁有同樣的時代空氣這一事實。所以，將此視爲時代特徵的看法，也是具有説服力的。

但是，如本稿第二節裏整理的那樣，王、蘇、黃三人在他們那個時代已經被看作是代表性的詩人。這樣，雖然三人在作爲詩人的成長過程中，受到了濃厚的時代性影響，但另一個可靠的圖式也開始浮出水面，即：在北宋後期，實質上領導並使這種風潮發展的卻是他們自己。本稿將站在後者的立場上進行論述。

首先對上面四個共同點做更具體一點的清理。

關於（1）讀書體驗，祇要想到三人都是進士及第者，這一點就不用更詳細地説明了，但是，他們博覽强記的特點即使在進士及第者裏面也很突出。

A 安石少好讀書，一過目終身不忘。（《宋史》卷三百二十七，《王安石傳》）

B 天下之公論，雖仇怨不能奪也。李承之奉世知南京，嘗謂余曰："昨在從班，李定資深鞠子瞻獄，雖同列不敢輕啓問。一日，資深於崇政殿門忽謂諸人曰，'蘇軾奇才也'。衆莫敢對。已而曰,'雖三十年所作文字詩句,引征經傳,隨問即答,無一字差舛,誠天下之奇才也'。歎息不已"。(王鞏《甲申雜記》)

　　C 黃庭堅……幼驚悟,讀書數過輒成誦。舅李常過其家,取架上書問之,無不通,常驚,以爲一日千里。(《宋史》卷四百四十四,《文苑傳》六)

三則都傳達了他們超羣的記憶力,但是强記也可以説等於博識,所以這就表示了他們當時爲自己超出了一般水平的廣泛學識而自豪。關於他們運用典故的豐富多采,祇要看附於他們詩集後面的註就能一目瞭然①。以黃庭堅爲例,南宋初許尹在《黃陳詩註序》(南宋的紹興二十五年的序文。附在内集詩註的卷頭),有這樣的表達:

　　其用事深密,雜以儒佛,虞初稗官之説,雋永鴻寶之書,牢籠漁獵,取諸左右。

關於(2),王安石多次使用"集句"手法,蘇軾曾嘗試"集字",並多用"檃括"一法②。同時,"脱胎換骨"、"點石成金"這樣的手法作爲黃庭堅的主張盛傳於後世。

(3)對杜甫、陶淵明的仿效,三人身上都能見到,可以説王安石和黃庭堅更多地仿效杜甫,而蘇軾則仿效陶淵明更多吧。

(4)對禪的接近,黃庭堅更明顯,而王、蘇也被認爲有同樣

---

①　有關王安石的讀書癖在下列的拙文裏也論及了,請參考。《王安石〈明妃曲〉考(下)——圍繞北宋中期士大夫的意識形態》(95.5,宋代詩文研究會,《橄欖》第五號,第203頁以下)。

②　關於蘇軾的"集字"和"檃括"請參考以下拙作:《蘇軾檃括詞考——圍繞陶淵明〈歸去來兮辭〉的改編》(98.12,早稻田大學中國文學會,《中國文學研究》24)。

的傾向。普濟《五燈會元》裏,將蘇軾記爲"臨濟宗東林常總法嗣",黃庭堅則是"臨濟宗黃龍祖心法嗣",強調了"蘇黃"作爲禪門居士的事情(卷十七)。王安石也在退居南京以後,爲《楞嚴經》——宋代禪宗最重視的經——作註解(《楞嚴經疏解》十卷,散失),還作了《維摩詰經註》三卷《金剛經註》(都已經散失)。

對三個詩人作大體的觀察,可以看到這樣的共同點,而如果更仔細地觀察個別的細小之處,就能看到其中存在的細微差異浮現出來(關於第四點對禪的姿態,由於議論上的關係,在本稿中不加以闡述)。

在與(1)和(2)相關的詩歌創作技巧方面,比較三位詩人,可以看出他們在對於技巧的態度上,有一些差異。這裏再次參考本稿第二節裏舉出的同時代有關資料。

(n)老杜之詩,備於衆體,是爲詩史。近世所論,東坡長於古韻,豪逸大度。魯直長於律詩,老健超邁。荆公長於絶句,閑暇清癯,其各一家也。(普聞《詩論》)

(r)五七言律詩……至本朝初年,律詩大壞,王安石、黃庭堅欲兼用二體,擅其所長,然終不能庶幾唐人。(葉適《水心集》)

此謂蘇軾精湛於古體詩,"王黃"則是近體詩出色。(r)評價"王黃"擅長於律詩。當然,上面的評語没有超出印象批評的層次。比如,對呂祖謙《皇朝文鑒》①的選録狀況進行調查,可以得到這樣的數據:

_____

① 根據中華書局校點本《宋文鑒》。

	王安石	蘇　軾	黃庭堅
古　詩	21(18)	71(59)	43(35)
律　詩	12(5)	30(10)	22(17)
絶　句	38(4/六言 2)	28(8)	25(6/六言 7)

＊（括弧内是五言數目）

　　依據入選多少這樣一個量的基準，上面的評語也不能一
概而論。蘇軾長於古詩、王安石長於絶句的評價，在《皇朝文
鑒》裏幾乎可以得到確認，但是黃庭堅長於律詩這一點不能在
這個統計中得到證實，《皇朝文鑒》對他的古詩的評價比對律
詩的評價高出許多。方回《瀛奎律髓》①裏的評價也相同：

	王安石	蘇　軾	黃庭堅	cf 杜　甫
五　律	19	1	13	154
七　律	62	40	22	67
總　數	81	41	35	221

對王安石評價很高，而對黃庭堅的評價並不是格外高。如果
單純祇從被選録的數量來看，《瀛奎律髓》裏比黃庭堅獲得更
高評價的創作律詩的詩人，包括王安石在内，有數人存在。
如：梅堯臣(五言 25/七言 28)、陳師道(五言 83/七言 28)、張
耒(五言 25/七言 54)、陳與義(五言 31/七言 37)。
　　以上兩個集子作爲宋詩(唐宋詩)的選集在今天也獲得一
定的評價。這兩種選集的選録狀況表示，前面兩則評語確實
一步也沒有跨出印象批評的領域。但是，筆者並不以爲這裏

————————————

① 根據上海古籍出版社校點本《瀛奎律髓彙評》。

不包含任何一點的合理性因素。

如果將古體和近體的特質對比地表示出來,可以舉出"擴散"(古體)對"集約"(近體)、"疏散"(古體)對"緊密"(近體)、"多樣"(古體)對"均質"(近體)等①。這種對比成立的最根本的因素集約於一點,即:近體被要求的各種格律,對古體來説,並不是必須的要素。

由於古體詩從其詩型上被確保了很大的自由度,因此比近體更加具有擴散性和疏散性,並且這種自由度也是能夠以多樣的形式存在的原因。

如果將這樣的古體和近體的對比不斷地納入思考,然後再加以檢討,那麼前面舉出的"王黄"長於近體、蘇軾長於古體這樣的總括方法,也就產生了一定的合理性。在這點上,想對這個問題做進一步的考察。

南宋劉克莊對元祐以後的詩風進行總括,説:

> 元祐後,詩人迭起,一種則波瀾富而句律疏,一種則鍛煉精而性情遠,要之不出蘇黄二體而已。(《後村詩話·前集》卷二)

劉克莊形容蘇詩的風格爲"波瀾富而句律疏",以上面所説的對比加以對照,正好可以説就是古體的特徵。劉克莊的評論雖然不是針對個別詩型的判斷,但是可以認爲,這一認識和上面所提示的"蘇軾長於古體"這樣的評價同出一轍。

的確,在評價蘇詩表現特徵的時候,不時出現"豪放"、"超曠"、"汪洋"、"縱逸"等辭彙,這説明他給予讀者的强烈印象,

---

① 松浦友久《中國詩歌原論——走近比較詩學的主題》所收,《關於中國古典詩歌的詩型和表達功能——作爲詩歌觀的基調》(86.4,大修館書店,第278頁以下)。

與其説是内向集約的指向性,不如説是不斷外向擴散的指向性。因此,在格律上更具有自由度的古體裏,蘇軾的個性更容易得到最大的發揮,這一點在理念上也是可以得到充分肯定的。

另一方面,黃庭堅詩的風格被形容爲"鍛煉精而性情遠"。"性情遠"在結果上是作爲缺點的形式出現的,所以這裏不加以説明。"鍛煉精"這一要素,十分貼切地説明了黃庭堅的表現風格。"鍛煉精"是企圖使各種表達能夠更精緻更嚴密地得到運用的一種基本姿態,其指向性正好與蘇軾的外向性相反,毋寧説是不斷向内集約的傾向。"黃庭堅長於律詩"的認識同黃庭堅的這一内向集約的表現指向有著緊密的關聯,而非僅僅説明他創作律詩的數量問題。

　　○ 山谷與余詩云,"百葉湘桃苦惱人"。又云,"欲作短歌憑阿素,丁寧誇與落花風"。其後改"苦惱"作"觸撥",改"歌"作"章",改"丁寧"作"緩歌"。余以爲詩不厭多改。(《王直方詩話》)

　　○ 老杜云,"新詩改罷自長吟"。文字頻改,工夫自出。近世歐公作文,先貼於壁,時加竄定,有終篇不留一字者。魯直長年多改定前作,此可見大略。如《宗室挽詩》云,"天網恢中夏,賓筵禁列侯"。後乃改云,"屬舉左官律,不通宗室侯"。此工夫自不同矣。(吕本中《東萊吕紫薇詩話》)

　　○ 黃魯直詩"歸燕略無三月事,高蟬正用一枝鳴"。"用"字初曰"抱",又改曰"占",曰"在",曰"帶",曰"要",至"用"字始定。予聞於錢伸仲大夫如此。今豫章所刻本,乃作"殘蟬猶占一枝鳴"。(洪邁《容齋續筆》卷八)

上面三段文字,都記録著黃庭堅在詩歌的用字上苦心"鍛煉"的事情。而關於蘇軾,却從來沒有這類逸事,相反却有不少逸事形容他的詩語如同"萬斛泉源",語詞一個接一個沒有停滯地涌現。在措辭上深究苦思的蘇軾形象流傳下來的極其稀少。

而黃庭堅的這種苦吟型作詩姿態和如下有關王安石的逸事正好相吻合。

○ 王荆公絶句云,"京口瓜洲一水間,鍾山衹隔數重山。春風又緑江南岸,明月何時照我還"。吴中士人家藏其草,初云"又到江南岸",圈去"到"字,註曰"不好",改爲"過",復圈去而改爲"入",旋改爲"滿",凡如是十許字,始定爲"緑"。(洪邁《容齋續筆》卷八)

○ 王荆公晚年詩律尤精嚴,造語用字,間不容髮。然意與言會,言隨意遣,渾然天成,殆不見有牽率排比處。如"含風鴨緑鱗鱗起,弄日鵝黄裊裊垂",讀之初不覺有對偶。至"細數落花因坐久,緩尋芳草得歸遲",但見舒閑容與之態耳。而字字細考之,若經礱括權衡者,其用意亦深刻矣。嘗與葉致遠諸人和頭字韻詩,往返數四,其末篇有云,"名譽子真矜谷口,事功新息困壺頭"。以谷口對壺頭,其精切如此。後數日,復取本追改云,"豈愛京師傳谷口,但知鄉里勝壺頭"。至今集中兩本存。(葉夢得《石林詩話》卷上)

王安石和黃庭堅一樣,也屬於在措辭上傾向追求更加精緻且更加嚴密的方針的詩人,王安石在對句上嚴格使用典故的特徵,在宋代詩話裏有很多記載。

○ 荆公詩用法甚嚴,尤精於對偶。嘗云,用漢人語,

止可以漢人語對,若參以異代語,便不相類。如"一水護
田將綠去,兩山排闥送青來"之類,皆漢人語也。此法惟
公用之不覺拘窘卑凡。如"周顒宅在阿蘭若,妻約身隨宰
堵波",皆以梵語對梵語,亦此意。嘗有人面稱公詩"自喜
田園安五柳,但嫌尸祝擾庚桑"之句,以爲的對。公笑曰,
"伊但知柳對桑爲的,然庚亦自是數"。蓋以十干數之也。
(葉夢得《石林詩話》卷中)

　　○ 荆公詩及四六,法度甚嚴。湯進之丞相嘗云,"經
對經,史對史,釋氏事對釋氏事,道家事對道家事"。此説
甚然。(曾季貍《艇齋詩話》)

如上所述,如果著眼於三位詩人作詩的表現姿態,就能看
到"擴散型即外向型"和"集約型即內向型"兩種有根本的差
異。在這一點上,"蘇黄"這個關係被分裂,另一方面"王黄"這
個關係被牢固地連結在一起。

其次,聯繫四個共同點裏的(3),闡述三位詩人的異同
點。如上所述,三位詩人都尊崇陶淵明和杜甫,但在姿態
上却存在一定的差異。尤其是對於杜甫的態度,被認爲有
比較明顯的差別,其結果是三位詩人再次被分成蘇軾和
"王黄",蘇軾詩裏的杜甫與"王黄"詩裏的相比,其重要性
相對要低一些。

不用説,蘇軾也給杜甫以極高的評價,像《續麗人行並引》
(《蘇軾詩集》卷十六)、《江月五首並引》(《蘇軾詩集》卷三十
九)這樣在題材上依據杜甫詩歌的創作例子流傳下來了。還
有不少關於杜甫的題跋也被記載(《蘇軾文集》卷六十七裏收
有十三篇)。但是從杜甫在他心中所占的分量看,和陶淵明相
比,却輕得多。這一點在蘇轍記載下來的蘇軾自己的語言裏
有明確的表達(蘇轍《欒城後集》卷二十一,《子瞻和陶淵明詩

集引》)。

> 吾於詩人,無所甚好,獨好淵明之詩。淵明作詩不多,然其詩質而實綺,癯而實腴。自曹、劉、鮑、謝、李、杜諸人皆不及也。……然吾於淵明,豈獨好其詩也哉。如其爲人,實有感焉。淵明臨終,疏告儼等:"吾少而窮苦,每以家貧,東西遊走。性剛才拙,與物多忤,自量爲己必貽俗患,黽勉辭世,使汝等幼而饑寒。"淵明此語,蓋實錄也。吾今真有此病,而不蚤自知,半生出仕,以犯世患,此所以深服淵明,欲以晚節師範其萬一也。

衆所周知,蘇軾晚年在嶺南製作了許多"和陶詩",而這並不祇是因爲他喜歡陶詩。蘇軾將陶淵明作爲人生的師範,並在這種仰慕心情的支撐下寫成了這些作品。對於晚年的蘇軾,陶淵明是任何其他詩人都無法替代的絕對存在。而對於杜甫,早年(四十八歲)有這樣的文字:

> 若夫發於性,止於忠孝者,其詩豈可同日而語哉。古今詩人衆矣,而杜子美爲首,豈非以其流落饑寒,終身不用,而一飯未嘗忘君也歟。(《蘇軾文集》卷十,《王定國詩集叙》)

這段文字裏可以看出,蘇軾將杜甫作爲忠君詩人進行了讚揚,但是完全找不到對杜詩的措辭、句法進行全面系統地模仿學習的確鑿痕迹。也許可以説,蘇軾在詩中表達他對古人產生的共感時,本來就不太采用詩句模仿這樣的直接形態來作私淑表達。"和陶詩"就是比較明顯的例子。如前面提示的蘇轍的序文裏所寫的那樣,"和陶詩"是最明顯的表現了蘇軾對陶淵明的敬仰之情的作品羣,但決沒有在作品內容上大量使用陶淵明詩句、句法的摹擬作品,後人竟有因爲其不像陶淵明的原作而提出批評①。就是説,即便是對他所敬慕的陶淵明的詩,蘇軾也是以次韻的手法,構築與原篇不同的作品世界(不過,在詞裏有用隱括手法,相當忠於原篇地進行改編的作品)。

另一方面,對於"王黄"來説,杜甫具有非常重要的意義。王安石也在《杜甫畫像》這首詩裏(李壁註卷十三),和蘇軾一樣將杜甫作爲忠君的典範進行了讚揚,但是,王安石却没有停留在這個層次。在《老杜詩後集序》(《臨川先生文集》卷八十四)裏,對杜詩的卓越表達本身進行了極大讚揚。

> 予考古之詩,尤愛杜甫氏作者。其詞所從出,一莫知窮極,而病未能學也。世所傳已多,計尚有遺落,思得其完而觀之。然每一篇出自然,人知非人所能爲,而爲之者,惟其甫也,輒能辨之。予之令鄞,客有授予古之詩,世所不傳者二百餘篇。觀之,予知非人所能爲,而爲之實甫者,其文與意之著也。然甫之詩,其完見於今日,自余得之。世之學者,至乎甫而後爲詩,不能至,要之不知詩焉爾。嗚呼,詩其難,惟有甫哉。自《洗兵馬》下,序而次之,以示知甫者,且用自發焉。皇祐五年壬辰五月日,臨川王某序。

有不少人指出,王安石並没有停留在上文似的批評層次,而在作詩時模仿了杜詩。如:徐俯明言王安石的詩《虎圖》(李壁註卷七)是對杜甫詩《畫鶻行》(《杜詩詳註》卷六)進行"脱胎換骨"的作品(曾季貍《艇齋詩話》)。還有唐庚的如下

---

① 南宋陳善《捫虱新話》下集"擬淵明作詩"、金王若虛《滹南詩話》卷二、清賀裳《載酒園詩話》卷一等。

文字：

> 王荆公五字詩，得子美句法。其詩云，"地蟠三楚大，
> 天入五湖低"。（强幼安《唐子西文録》）

其中，"地蟠三楚大"是李壁註卷二十三裏《次韻唐公三首·其
三》的一節。唐庚以爲王安石把杜甫的五言詩作爲模範進行
推崇。蔡肇也記載了同樣的事情：

> 荆公每稱老杜"鈎簾宿鷺起，丸藥流鶯轉"之句，以爲
> 用意高妙，五字之模楷。他日公作詩，得"青山捫虱坐，黄
> 鳥挾書眠"，自謂不減杜語，以爲得意，然不能舉全篇。
> （葉夢得《石林詩話》卷上）

蔡肇(?—1119)、唐庚(1071—1121)、徐俯(1075—1141)
都是北宋人，他們都很明顯地以爲杜詩是王安石詩的一大
源流。

有關黄庭堅毋庸贅言，有"一祖三宗"（方回《瀛奎律髓》卷
二十六，陳與義《清明》評）的説法，黄庭堅去世以後，作爲"一
祖"(杜甫)的繼承者，被視爲江西詩派的首宗而推崇。黄庭堅
也和王、蘇一樣，將杜甫作爲忠臣進行讚揚，但是他比王安石
更進一步，從一個字一個字的雕琢、措字到一篇的構思、構成，
將杜甫作詩的全過程作爲典範尊敬、學習，並向周圍的晚輩們
積極推薦。

> (1)……由杜子美以來四百餘年，斯文委地，文章
> 之士隨世所能，傑出時輩，未有升子美之堂者，況室家
> 之好邪。余嘗欲隨欣然會意處，箋以數語，終日汨没世
> 俗，初不暇給。雖然，子美詩妙處，乃在無意於文。夫
> 無意而意已到，非廣之以《國風》、《雅》、《頌》，深之以

《離騷》、《九歌》,安能咀嚼其意味,闖然入其門邪。故使後生輩自求之,則得之深矣。使後之登大雅堂者,能以余説而求之,則思過半矣。(《大雅堂記》/全·正集卷一六,元符三年)

(2)……但熟觀杜子美到夔州後古律詩,便得句法。簡易而大巧出焉,平淡如山高水深,似欲不可企及,文章成就,更無斧鑿痕,乃爲佳作耳。(《與王觀復書》其二/全·正集卷十八,元符三年)

(3)……自作語最難,老杜作詩,退之作文,無一字無來處,蓋後人讀書少,故謂韓、杜作此語耳。古之能爲文章者,真能陶冶萬物,雖取古人之陳言入於翰墨,如靈丹一粒,點鐵成金也。……(《答洪駒父書》其三/全·正集卷十八,紹聖四年)

(4)……如老杜詩,字字有出處,熟讀三五十遍,尋其用意處,則所得多矣。(《論作詩文》/全·別集卷十一,?)

(5)老夫今年四十五,不復能作詩,它文亦懶下筆,欲學詩,老杜足矣。(《跋老杜詩》/全·補遺卷九,元祐四年)

(4)的寫作時期不詳,但因爲内容上和其他四則完全相同,如果看作同一時期的作品,那麼可以認爲上面的五則文字,都是在黄庭堅的名聲得到確定以後的文字。受到年輕詩人們尊敬的黄庭堅,反覆向他們説明要對杜詩的用字痕迹細心加以注意和學習。這是他對自己過去的回顧性發言,别無他意。

南宋初的張戒同樣尊崇杜甫,却對黄庭堅提出了不同看法,他論斷:"魯直學子美,但得其格律耳。"自覺學習杜詩的格律及其表達技巧,可以説這一姿態正是黄庭堅的獨特性,相對於作爲忠臣的杜甫,更傾向作爲表達者的杜甫,這是黄庭堅學杜姿態的特徵。

而將這樣一個學杜的姿態,在黄庭堅之前已向社會表明的正是同時代的先輩王安石。這一點正是將"王黄"關係牢固地聯結在一起的紐帶。

本節,不斷著眼於王、蘇、黄三位詩人的異同點,就黄庭堅詩歌的主體部分的源流進行了考察。以誰作爲寫詩的模範,怎樣學習這個模範,怎樣進行表達,諸如此類的問題對於詩人來説,毫無疑問是最具有重要意義的選擇。黄庭堅面臨這樣重要的局面,作了比蘇軾更接近王安石的選擇。根據前節爲止清理的各種資料,黄庭堅在做這樣的選擇時,背景裏有王安石的影響存在,並且幾乎無法否定。

"王黄"這一關係,是具有共同的基本詩歌觀的繼承關係。在這一點上,比可以看到幾點本質差異的"蘇黄"關係更具有合理性,是實際狀態上的師承關係。而"王黄"之間的差異,畢竟可以看作是:能將共有的詩歌觀徹底實踐到什麽程度。

如果上面的推論是正確的,那麽宋代詩歌史的一個重要的部分,不得不進行修正吧? 也就是説,在北宋末期到南宋前期,江西詩派的詩風遮蔽了詩壇,而詩歌發展至此的過程,猶如從眼前滔滔流過的大河,"蘇軾—黄庭堅—江西詩派"這樣的流向下面,是更不爲人知地如同奔流而下的潛流的"王安石—黄庭堅—江西詩派"這樣一個流向,就是説這個流向一直符合實際狀態。換個觀察的方法,可以説經過黄庭堅以及江西詩派詩人這樣的媒介,王安石的詩歌觀確實被傳給了陸游、楊萬里等詩人。

六、結 束 語

本稿對"王黃"的關係由周邊向中心這樣一個順序進行清理並論述。在論述北宋後期的詩歌時,我們的注意力往往容易被"蘇黃"這個繼承關係所吸引。但是正如本稿各個部分所論述的那樣,北宋後期的詩歌確實還存在著"王黃"這個師承關係。

北宋後期到南宋前期,江西派詩人們作爲一個文學團體,企圖在經營詩歌創作的時候,更多地在技術論的領域裏進行處理。在詩人成長的過程中, 他們一方面不斷以黃庭堅、陳師道的理論和實踐作爲身邊可以依據的模範,另一方面則把杜甫詩歌的用字法和句法作爲最終的敬仰典範,通過模仿和學習來研磨作詩技法,以提高作詩技能。他們的這種動向形成了一種潮流,如果我們將這一潮流納入視野,就能夠認識到有這樣一種可能,即: 在宋代詩歌歷史上,創造出更踏實的實質性流派的,實際上不是"蘇黃"而是"王黃"。

雖然這樣,這個關係至今爲止沒有被詳細論及,其原因的一端恐怕在於北宋後期以降圍繞著"詩人即官僚"的錯綜複雜的言論環境。他們就"蘇黃"的關係有許多言論,但對"王黃"却沒有主動地作出議論。

黃庭堅本人對王安石保持著始終如一的姿態,但是,作爲官僚的黃庭堅的經歷,與王安石所受評價的高低,一直成反向地反覆沉浮。在對王安石的評價達到絶頂的時候,黃庭堅總是無可奈何地在偏遠之地過地方官的生活。

崇寧四年(1105 年)九月三十日,黃庭堅客死宜州(廣西宜山),此前三年,崇寧元年九月,朝廷在全國修建了"元祐姦黨碑",他的名字被刻入黑名單。第二年(崇寧五年)他的別集被列爲禁書,並有廢棄版木的敕令①。這樣,黃庭堅被新法政權完全看作了眼中釘。

然而,黃庭堅的作品和蘇軾的作品一樣,被人們秘密地熱愛並傳閱著。他們的作品對於北宋末的士大夫來説正是抵抗勢力的象徵。因此當時有很大的可能是,與黃庭堅的意志毫不相關地,他的作品被分類爲反新法(反王學)陣營的文學。而黃庭堅在表現對王安石思考的時候,又總是帶著許多顧慮。所以(主客觀)兩個因素結合起來,使"王黃"關係變得更加難以看清了。

在本稿結束的時候,還想補充一個聯繫著黃庭堅和王安石的綫索。這是有關"王黃"在青年時代的共同點。王安石十九歲的時候,父親王益去世了,離他進士及第並出仕祇早三年。而黃庭堅十四歲的時候,父親黃庶②逝世,父親去世的時間早他進士及第九年。都是在起家之前,最需要家父的支援的重要時候,和作爲精神支柱的父親死別的。

王安石幸運地在除喪之後很快進士及第,但是由於家裏失去了作爲支柱的父親,所以剛過二十歲的王安石爲經濟上的困難所迫,不得不承擔一家人的生活。黃庭堅雖然爲母親家族的舅父李常收養,但是也因爲同樣的原因,一家人不得已過著窮困生活。

黃庭堅的父親黃庶,實際上與王安石同年進士及第(慶曆二年,1042),而且,他們都是江南西路(江西)出生,所以也是

---

① 請參考拙文《東坡烏臺詩案流傳考——關於北宋末至南宋初士大夫間的蘇軾文藝作品收集熱》。

② 有關黃庶,黃啓方氏有以下專論:黃啓方《黃庶研究》(99·9,《故宮學術季刊》17—1)。

廣義上的同鄉。因此,黃庭堅看王安石的目光裏,一定常有某
種特殊的親近感。就是説,王安石是取得很大成功的同鄉先
輩,也是和自己擁有相似的青春時期經歷的知音,且王安石是
其父親的同期官僚,這也使黃庭堅思念父親。也許正是這樣
的緣分總是吸引著黃庭堅不知不覺地對王安石產生越來越深
的憧憬之情。

　　在黃庭堅的詩文裏,這樣的心靈軌迹,想要掩隱却不能完
全掩隱地銘刻著。

（益西拉姆譯）

"李白後身"郭祥正及其"和李詩"

一、問題所在

　　郭祥正(1035—1113)是北宋後期的詩人,字功父(功甫),號謝公山人、醉吟先生。太平州當塗(安徽省當塗縣)人。

　　在當今的中國文學史或者中國詩歌史的相關著述裏,郭祥正幾乎没有被單獨論及,歷代詩話、詩評類書籍裏,他的出現頻率也不高。因此,按照以前的評價,他明顯屬於北宋衆多小詩人之一。

　　然而,現存郭祥正詩集《青山集》却以值得誇耀的整整三十卷,實實在在地將一千四百多首古今體詩傳至今日。這個作品數量在北宋初期楊億、寇準的四倍以上,相當於王禹偁作品數的三倍,而且超過北宋中期的歐陽修、宋祁、司馬光。至於北宋後期,若以蘇門六君子爲例,黄庭堅、張耒兩人留下的作品數或與他相等,或比他更多,但是秦觀、陳師道、晁補之、李廌等留存下來的作品却比他少得多。通觀整個北宋,現存作品多於郭祥正百首的詩人衹有梅堯臣、王安石、蘇軾、蘇轍、張耒等屈指可數的幾人。也就是説,單純從現存作品的多寡來看,他應該是北宋的重要詩人之一。

　　若就近現代詩人而言,留存作品的數量多但一般的評價却並不高的不均衡現象是數見不鮮的。然而,郭祥正無疑是前近代的詩人,他的詩集已經歷了將近一千年歲月的考驗。——跨越了無數可能存在的散佚的危機,而呈現於我們眼前,這樣的事實還不能説明他的詩集的價值嗎?

那麼,爲何郭祥正的詩總是僅被視爲文學史的支流呢?在筆者看來,那結果與其説是純粹對詩歌的評價,還不如説更多地體現了對其人品的評價。雖然現在難斷其真僞,但宋代不少文獻記載了王安石在神宗御前斥郭祥正爲"小人"的傳聞①,其詩作被蘇軾冷笑的軼事②,還有晚年和李之儀之間的醜陋争執③等等。筆者感到,這樣的傳説所起的作用就好像給其詩的讀者預先設置了一種過濾器。

可以舉爲證據的是,經過歲月的風化,當人們不再回憶起上面的傳説逸聞時,便出現了不少對他的詩歌給予高度評價的文人。明代的楊慎(1488—1559)在列舉可以與唐人相匹敵的宋人絶句時,引用了郭祥正的詩(《追和李白秋浦歌十七首》之九),結論是:"誰謂宋無詩?"(《升庵詩話》卷五)清代的吳焯(1676—1733)爲其得到的鈔本《青山集》寫下這樣的跋文:"(郭祥正)古詩絶佳,置之小畜、宛陵間,洵堪伯仲。"(中國國家圖書館所藏,鈔本《青山集》十卷)而清代的阮元(1764—1849)給重刻的《青山集》作序,文中叙述他曾讀郭祥正的詩,感到"古體直與韓、李並驅,近體不讓王、孟"(清道光年間刊本《青山集》卷首)。李白、韓愈、王維、孟浩然自不待言,王禹偁(小畜)、梅堯臣(宛陵)也是當今文學史無一例外必

① 北宋魏泰《東軒筆録》卷六的記載是初出文獻。王偁《東都事略》卷一一五(《文苑傳》九八)、《宋史》卷四四四(《文苑》六)也有同樣記載。
② 胡仔《苕溪漁隱叢話前集》卷三七("郭功甫"條)所引《王直方詩話》的記事。王直方是北宋後期人。
③ 南宋王明清《揮麈後録》卷六有記載。

須提到的重要詩人。對筆者來説,終久無法將此類評價一概斷決爲誇大其詞。至少,在筆者的眼裏,以上三人的讚美之辭強烈地提示我們:今天我們有必要用冷静的眼光重新閲讀郭祥正的詩作。

儘管如此,本文的主旨並不是要對郭祥正的詩歌進行再評價從而進行表彰。筆者注目於詩人郭祥正,主要有兩點理由:其一,因爲他不屬於北宋後期的兩大流派王(安石)門、蘇(軾)門之中的任何一派,即他是北宋後期的第三類型的詩人。因此,在對北宋後期文學進行總括性、包籠性的把握時,郭祥正及其詩集的存在爲我們提供了重要的綫索。與此同時,這一點也直接關係到如何理解郭祥正身上體現的人品與作品評價之間的乖離現象。

其二,因爲他留下了對李白詩歌次韻的"和李詩"。他的"和李詩"與蘇軾的"和陶詩"基本上是在同時出現的作品羣。無論是知名度還是影響力,與蘇軾的"和陶詩"相比都遜色幾分,但是郭祥正的"和李詩"也是處於對古人作品進行次韻這一文學現象的最初期的實例,這一點是不可動搖的事實。爲此,作爲中國唱和詩研究的資料,其"和李詩"也有重要的價值。

主要出於上述兩點理由,筆者近年對郭祥正頗爲關注。本文將焦點集中於郭祥正個人的内部因素上,以第二點爲中心來論述他和李白之間的關係。至於第一點,即關於他在同時代詩人當中的地位和評價等,主要是從外部進行考察,此須另文論述。本文在引用郭祥正的詩時,原則上依據《全宋詩》本①。詩題後附加的數字依次是《全宋詩》的卷數(漢字數

---

① 《全宋詩》以南宋初期刊本《青山集》三〇卷爲底本(北京大學古文獻研究所,第13册,孔凡禮校點整理)。另外,現在比較容易利用(轉下頁註)

字)、郭祥正詩部分的卷數(即南宋初刊《青山集》的卷數)、《全
宋詩》的頁數。關於他的經歷、事迹,依據孔凡禮校點《郭祥正
集》(1995 年 5 月,黄山書社,《安徽古籍叢書》)裏所附録的
《郭祥正事迹編年》(以下略稱爲《孔氏編年》)。

二、李 白 的 後 身

郭祥正步入仕途後不久,由於中央詩壇權威的影響,其
作爲詩人的方向,是近乎命運似的被決定了。

皇祐五年(1053),十九歲進士及第的郭祥正被任命爲星
子縣(江西省)主簿,前往赴任,但因爲與上司脾氣不合,僅有
一年左右的時間就棄官歸鄉了。恰巧這時梅堯臣(1021—
1060)也由於爲母服喪的緣故回到了宣城。於是,郭祥正前往
鄰近的宣城,會見了年長自己三十歲的詩壇權威,並結爲忘年
之交。當時梅堯臣給郭祥正的五首贈詩留存至今,其中一首
決定了他作爲詩人的命運。

采石月贈郭功甫(朱東潤《梅堯臣集編年校註》卷二四)

采石月下聞謫仙,　　　　　夜披錦袍坐釣船。

(接上頁註):的郭祥正詩有三種:① 中國國家圖書館所藏,南宋初刊本
《青山集》三〇卷的影印本(書目文獻出版社,《北京圖書館古籍珍本叢
刊》90);②《四庫全書》文淵閣本《青山集》三〇卷、《續集》七卷(但是《續
集》所收的大部分詩是孔平仲的);③ 以清道光年間重刻本爲底本的孔
凡禮校點《郭祥正集》(1995 年 5 月,黄山書社,《安徽古籍叢書》)。筆者
以前就郭祥正《青山集》的各種底本,進行了初步的調查和考察。見拙
稿《郭祥正〈青山集〉考》(1990 年 10 月,宋代詩文研究會,《橄欖》第三
號)。但是,前面四種底本中,因爲當時比較容易利用的衹有②文淵閣
《四庫全書》本,所以論述内容上因爲粗略而留下了遺憾。包含日後進
行的追踪調查内容,以後想對前稿的粗略進行補充。

醉中愛月江底懸，　　　　以手弄月身翻然。

5　不應暴落飢蛟涎，　　　　便當騎魚上九天。

青山有冢人謾傳。　　　　却來人間知幾年。

在昔熟識汾陽王，　　10　納官貰死義難忘。

今觀郭裔奇俊郎，　　　　眉目真似攻文章。

死生往復猶康莊，　　　　樹穴探環知姓羊。

　　第一句的"采石"指采石磯，是位於當塗西北的長江河岸
之名勝地，陡峭的懸崖以凸向江面的姿態屹立於江岸。起首
四句是詠唱有關李白臨死之傳說的詩句：傳說他月夜駕著小
舟駛出采石磯，泛舟長江，醉後爲捕捉映於江面的月亮，溺水
而死。順便提及，也有人說①上面的詩歌是現存最早期的有
關李白臨終傳說的文獻。詩的中間四句詠唱李白死後的傳
說。——詩中唱道：李白並非沉溺於長江水底成爲蛟龍的餌
食，一定是騎著大魚（長鯨）登上了天，所以青山的李白墓荒唐
無稽，事實上李白轉生並重新出生在這個世界。詩的最後六
句則暗示著：郭祥正正是其轉生。

　　第九句中"汾陽王"是指郭子儀的事：在李白因加入永王
璘之叛亂而獲罪陷入困境時，郭子儀沒有忘記早年被李白救
助之恩義，以解除自己的官職來替李白贖去死罪。這一"郭李
互救"的故事，雖然經近人考證而否定其真實性②，但因爲《新
唐書》裏記載著，所以至少在北宋當時應該是被堅信不移的美
談。梅堯臣將郭祥正當作郭子儀的子孫，采用了這個故事。

———————————

①　參考松浦友久《李白傳記論——客寓的詩思》（1994 年 9 月，研文出版）
　　中"李白的'捉月'傳說"一章（第 386 頁以後）。

②　參考詹鍈《李白詩文繫年》（1984 年 4 月，人民文學出版社），第 16、
　　17 頁。

末句是依據晉羊祜轉生的故事(參考《晉書》卷三四《羊祜傳》)。

對梅堯臣的面謁在《宋史》卷四四四《文苑》六《郭祥正傳》裏也有如下記述(王偁《東都事略》卷一一五《文藝傳》九八也有同樣的記述):

> 母夢李白而生,少有詩聲。梅堯臣方擅名一時,見而歎曰:"天才如此,真太白後身也。"

由於梅堯臣的原因,"李白後身"之評價此後好像迅速地在士大夫間流傳。例如,鄭獬(1022—1072)贈給郭祥正的七絕(《寄郭祥正》,文淵閣《四庫全書》本《鄖谿集》卷二八)中有:

> 天門翠色未繞雲,姑孰波光欲奪春。
>
> 怪得谿山不寂寞,江南又有謫仙人。

詩的後半截詠唱道:因爲還有你這"謫仙人"在,春天已過的姑孰(當塗的別名)山水絲毫也不遜色。據《孔氏編年》,鄭、郭兩氏之間的應酬詩創作於治平二年(1065),因此,上面的詩可能也是這時的作品。若從梅堯臣的稱讚開始計算,大概是在十年以後。而郭祥正這個時候送給鄭獬的詩(《寄獻荆州鄭紫薇毅夫》,七五一—3—8752)裏也有"公嘗愛我似李白"這樣的句子。

此外,劉摯(1030—1098)也有以《還郭祥正詩卷》爲題的共計44句的長篇詩(中華書局校點本《忠肅集》卷16),其中有這樣一節:

> 5 汾陽有人字功甫,　　欸然聲價來江東。
>
> 　　當時未冠人已識,　　知者第一惟梅翁。
>
> 　　翁主詩盟世少可,　 10 一見旗鼓欣相逢。
>
> 　　當友不敢當師禮,　　呼以謫仙名甚隆。

君亦自謂太白出， 　　　世姓雖異精靈同。

第 5~12 句歌詠的是郭祥正受到梅堯臣稱讚之事。詩中
記叙道：本來對人的評價十分嚴厲的詩壇盟主高度讚揚郭祥
正，不求“師禮”而以朋友的身份會見他。劉摯給第 12 句附加
自註説：“聖俞以君爲李白後身，故諸公皆以謫仙稱之。”據《孔
氏編年》，郭祥正與劉摯詩歌應酬的時間是治平三年(1066)前
後，上詩的創作時間恐怕也距此時不久。鄭獬、劉摯的兩篇①
也提示了一個事實，即：梅堯臣的讚揚大約在十年之間迅速
地波及到了士大夫社會。

《宋史》(《東都事略》)的傳裏記載著“母夢李白生”，如果
依據此説，他和李白的聯繫便可追溯到郭祥正出生之時，而從
其他人的認可來説，便如劉摯的詩所明言，可以説梅堯臣稱讚
他爲“李白後身”之事決定了他的命運。

如同從劉摯詩裏可以窺見的那樣，最晚在三十歲前後，
不止別人將郭祥正看作是“李白後身”，他自己對此也有强烈
的意識，似乎主動强調了作爲“李白後身”的自己(一同可參考
本稿第四節裏引用的《哭梅直講聖俞》)。

三、郭祥正的“和李詩”

詩人郭祥正，正是借“和李詩”向他人具體表現作爲“李白
後身”的自己。若列舉現存“和李詩”之篇目，結果如下。排列
原則上遵從《青山集》，有關被《孔氏編年》編年過的作品，末尾

---

① 　鄭獬、劉摯以外，章衡也提到過相關内容。見南宋初魏齊賢、葉棻《五百
　家播芳大全文粹》(文淵閣《四庫全書》本)卷六七所收章衡《與郭祥正太
　博帖》。

註明了其寫作年代。另外,《全宋詩》的卷數除了 03 以外都是
卷七五八(以下略去具體標記)。

　　01～02《追和李白登金陵鳳凰臺二首》10—8821〔治
平四年〕

　　03《追和李白金陵月下懷古》七七〇—22—8929〔?〕

　　04～13《追和李太白姑孰十詠》10—8818〔?〕

　　14～30《追和李白秋浦歌十七首》10—8820〔?〕

　　31～32《舟次新林,先寄府尹安中尚書,用李白寄楊江寧
韻二首》10—8821〔元祐六年〕

　　33～34《舟次白鷺洲,再寄安中尚書,用李白寄楊江寧韻
二首》10—8821〔元祐六年〕

　　35《奉同安中尚書,用李白留別王嵩韻,送毛正仲大夫移
浙漕》10—8822〔元祐七年〕

　　36《將遊宣城,先寄賈太守侍御,用李白寄崔侍御韻》10—
8822〔元祐七年〕

　　37《追和李白宣州清谿》10—8822〔?〕

　　38《留別陳元輿待制,用李白贈友人韻》10—8822〔元
豐六年〕

　　39《留別宣守賈侍御,用李白贈趙悦韻》10—8823〔元
祐七年〕

　　40《追和李白郎官湖,寄漢陽太守劉宜父》10—8823〔元祐
五年〕

　　41《題化城寺新公清風亭,用李白原韻》10—8823〔?〕

　　42《太守陳侯見宜登黃山送馬東玉,遂用李白登黃山送族
弟濟赴華陰韻,呈陳侯并送東玉》10—8824〔元祐五年〕

　　43～44《盛仲舉秀才歸自九華、極談勝賞、亟取李白九華
聯句原韻作二首誌之》10—8824〔?〕

以上共計四十四首"和李詩"留存下來。

其中,由於 04～30 兩組組詩共計二十七首在《孔氏編年》中未被編年,因此可以編年的作品祇占總體的 22%。儘管如此,從以上的作品一覽上依然可以確認一個事實:郭祥正在元祐五一七年(五十六一五十八歲)期間有過一個創作高峰。

在十首能夠確定創作時期的作品裏,以屬於最早期作品的《追和李白登金陵鳳凰臺二首》其二爲例:

郭祥正和篇	李白原篇
高臺不見鳳凰遊,	鳳凰臺上鳳凰遊,
望望青天入海流。	鳳去臺空江自流。
舞罷翠娥同去國,	吳宮花草埋幽徑,
戰殘白骨尚盈丘。	晉代衣冠成古丘。
風搖落日催行檝,	三山半落青天外,
潮卷新沙換故洲。	一水中分白鷺洲。
結綺臨春無覓處,	總爲浮雲能蔽日,
年年芳草向人愁。	長安不見使人愁。

原篇是李白的七律代表作,很早就被指出與崔顥《黃鶴樓》(以及沈佺期《龍池篇》)之間有類似性和影響關係,明清以降圍繞孰優孰劣的問題展開了熱烈的爭論①。原篇的表現特徵主要

----

① 參考郁賢皓《李白選集》(1990 年 10 月,上海古籍出版社,第 253 頁"評箋")、詹鍈主編《李白全集校註彙釋集評》卷一九(1996 年 12 月,百花文藝出版社,第 3013 頁"集評")等。另外,在日本語註解類裏,松浦友久編《校注唐詩解釋辭典》(1987 年 11 月,大修館書店)中,崔、李兩人的詩一起被收錄,對有關兩人的詩之類似點也作了簡明概要。而松浦先生還有以《一水中分白鷺洲》爲題的專論(增訂版《詩語之諸相——唐詩隨札》收錄。1995 年 10 月,研文出版)。

有三點：第一，首聯反覆使用同一字；第二，尾聯含有寓意表達手法；第三，平仄的破格。其中的第一、第三兩個特徵在崔顥的詩裏也能看到。

郭祥正的和詩雖然一方面繼承了"懷古"這一主題，却没有沿用上述三個表現手法上的特徵。詩作嚴格遵守了律詩的格律，使其成爲寫得非常勻整的作品。作爲律詩之生命的對偶句有效地進行了静（頷聯）和動（頸聯）的對比，且有極强的表現力，即便和原篇比較也並不顯得怎樣遜色。

南宋趙與虤在《娛書堂詩話》卷上有如下記述（丁福保《歷代詩話續編》收録）：

> 郭功甫嘗與王荆公登金陵鳳凰臺，追次李太白韻，援筆立成，一座盡傾。白句能誦之，郭詩罕有記者，今俱紀之⋯⋯

依據這段記事，上列的"和李詩"是在與王安石同登鳳凰臺時的宴席上即席創作的。

再看看其他的作品實例。先以 14～30《追和李白秋浦歌十七首》之十五和十七爲例，《追和李白秋浦歌十七首》之九是明代楊慎稱讚過的七絶。

和篇（其十五）	原篇（其十五）
鏡潭弄秋月，	白髮三千丈，
始知秋興長。	緣愁似箇長。
金龜能换酒，	不知明鏡裏，
客鬢不嫌霜。	何處得秋霜。

和篇（其十七）	原篇（其十九）
秋浦一何好，	桃波一步地，

名因太白聞。　　　　了了語聲聞。

谿山圍市井，　　　　闇與山僧別，

鼓角下烟雲。　　　　低頭禮白雲。

　　李白的原篇《秋浦歌十七首》以"'秋浦——秋——愁'的聯想"爲基調，"原則上，全部都是對秋浦地域的個別景物作出具體歌詠的作品"(松浦友久《白髮三千丈》)①。而另一方，在郭祥正的"和李詩"中，這一表現特徵被淡化。沿用"'秋浦——秋——愁'的聯想"之基調的作品，僅僅衹有其一和其五兩首。

　　例如，看看其十五。李白原篇是這組組詩中最爲膾炙人口的作品，是最能明快地反映上述基調的作品實例。而在郭祥正的和篇裏，沿襲了賀知章稱李白爲謫仙人，解下腰間佩帶的"金龜"換取酒喝的故事，詠唱道：衹要得到美酒，連白髮也不放在心上。悲秋的情調在這裏被完全淡化了。

　　而且，在詩裏詠唱個別景物的和篇，衹有屈指可數的二三首，很難説是基本的叙述體式。郭祥正的"和李詩"，正如其十七所典型地表現出的，變成了以對李白的追慕爲基調的、全局性地、總括性地歌詠秋浦一帶風物的地方讚歌。

　　以上，從兩個實例中能窺見郭祥正"和李詩"的特徵：並沒有將著力點放在模擬再現原篇的風格、特徵之上②。這一

──────────

①　增訂版《詩語之諸相——唐詩隨札》收録(1995年10月，研文出版)。同書還收録其他三篇有關《秋浦歌》的專論。

②　次韻詩與原篇不相似的現象並非衹是在郭祥正的"和李詩"纔能看到的特徵。蘇軾的"和陶詩"也因爲不像原篇而受到後世的議論。但是，如同後面講述的那樣，對原篇作者的態度在郭祥正和蘇軾間明顯不同，在郭祥正，其立場使他主張與李白的一體化，因此原則上被期待與原篇在細節上也相似。有關蘇軾次韻的特徵，參考拙稿(**轉下頁註**)

特徵大概也可以概括郭祥正的其他諸篇"和李詩"。與作品内部的世界相比,可以説郭祥正的意識更多地傾向於原篇的創作主體。

如果舉一個更大的特徵,便是作爲原篇被選擇的李白詩幾乎都是在長江流域創作的。其範圍限定在:以當塗和宣城爲中心,西至沔州(湖北武漢)、東迄金陵(江蘇南京)。

在分析這兩點特徵之意味以前,想在下面兩節裏概觀"和李詩"以外的郭詩裏能看到的李白形象。

四、郭祥正詩中的李白形象

《青山集》三十卷裏,詩題詩句(包括郭祥正的自註)中出現"李白"、"太白"、"謫仙"的場合並不少。除去前節所列舉的四十四首"和李詩",也足有二十八首提及李白。如果看這些使用的實例,也許就容易理解郭祥正是如何把握李白的了。試著將這二十八首詩例從内容上大致區分,大概可以分成以下四類:

1. 沿襲李白生前事迹的表現……10
2. 描寫謫仙人超凡脱俗的形象……8
3. 把自己比擬爲李白的表現……7
4. 其他……3

其中,最具特色地表現他對李白的思慕的作品是屬於 2、3 兩類的實例。那麽以下想以這兩類實例爲中心加以分析。

(接上頁註):《蘇軾次韻詩考》(1988 年 6 月,中國詩文研究會《中國詩文論叢》第七集)或《蘇軾櫽括詞考——圍繞對陶淵明〈歸去來兮辭〉的改編》(1998 年 12 月,早稻田大學中國文學會《中國文學研究》第二四期,蘆田孝昭教授古稀記念號)。

首先,從第 2 類裏引用最集中並且最具體地詠唱李白的三首（每首都是節選）。

○《松門阻風望廬山有懷李白》(七四九—1—8734)
篙師畏浪不敢行,却憶李白騎長鯨。
倒回玉鞭繫鯨尾,錦袍濺雪洪濤裏。
電光溢目精神閑,終日高歌去復還。
飛流直下三千尺,風吹銀漢落人間。
天送醇醪傾北斗,羣仙吹簫龍鳳吼。
李白一飲還一醉,醉來豈知生死累。
倏然却返玉皇家,不騎鯨魚駕鸞車。
留連自摘蟠桃花,嚼花吐津染朝霞。
不信如今三百載,頑鯨駁浪空相待。

○《浮丘觀》(七五二—4—8766　元祐三年)
李白騎鯨下蓬島,常娥洗月來滄溟。
相逢且勸百壺酒,蟠桃結實何時成。

○《憶敬亭山作》(七六六—18—8895)
李白騎鯨出滄海,回鞭曾宿岧嶢岑。
却泛虛舟弄谿月,紫霞之杯傾不歇。
醉來更約崔宗之,秋水玄談清興發。
數公逸駕何當還,悵望英風不可攀。
信道相看兩不厭,古來祇有敬亭山。

上面三首裏的李白形象,完全是作爲神仙之李白。這個形象在前面列舉的梅堯臣之詩《采石月贈郭功甫》中已有表現,但是,如果以"李白騎鯨"的形象爲例,在梅詩中借一個"當"字提

示了是作爲推測、類推的表現①,而在郭祥正的詩裏却反覆
"斷定性"地被使用。如同這一實例所象徵的,神仙李白之形
象,應該説經過郭祥正被强化了吧。

接下來想看看第 3 類將自己比擬爲李白的實例。

　　① 願公歸作老姚崇,莫學江東窮李白。(《朝漢臺寄
呈蔣帥待制》七五三—5—8783　元祐三年)

　　② 願如賀監憐太白,莫作曹公嗔禰衡。(《留別金陵
府尹黄安中尚書》七五五—7—8797　元祐七年)

　　③ 玄暉比公固不足,我攀太白慚非才。(《遊陵陽謁
王左丞代先書寄獻和父》七五五—7—8798　元祐八年)

　　④ 贈蒙以李白,自謂無復疑。(《哭梅直講聖俞》七
六七—19—8897　嘉祐五年)

　　⑤ 謝公風味君能似,李白篇章我到難。(《明叔致酒
叠嶂樓》七七四—26—8963　元祐七年)

如③和⑤,也有謙遜地表示自己無論如何也成不了李白
的,但不論怎樣,在將自己的詩才和他人相比時,他比擬的對
象總是李白。實例②中,也是在將贈答對象黄安中比作賀知
章(曹操)的同時,把自己比作李白(禰衡),與曹操相比更希望
成爲賀知章,也就是説期望對待自己如同對待李白一樣。實
例④雖然是爲追悼將自己評爲"李白後身"的梅堯臣之死創作

―――――――――――

①　不過,梅堯臣在《采石月贈郭功甫》之後,對"李白騎鯨"的形象也是在没
　　有攙雜任何推測語氣之下在詩中詠唱的。例如,在《采石月贈郭功甫》
　　的翌年,至和二年創作的詩《吕大監餉紫魚十尾》和《寄潘歙州伯恭》(兩
　　首都在朱東潤《梅堯臣集編年校註》卷二五)、嘉祐二年作品《感李花》
　　(同書卷二七)中有實例。對梅堯臣來説,作品實例的增加,恐怕和郭祥
　　正的交遊成爲了一個契機。但是無論怎樣,梅堯臣也没有像郭祥正一
　　樣集中地把李白作爲神仙來描寫。

的詩,但在詩中吐露了受到梅堯臣的肯定,對作爲"後身"的自己擁有了不可動搖的自信的情形。而實例①裏詠唱道,希望比自己年長四歲的蔣之奇成爲開元之治的名相姚崇一樣的人物,不可成爲自己似的人。這裏,引人注目的是自稱"江東窮李白"這一點。

　　①至⑤中,除去④的話,都是元祐三至八年(1088—93)、郭祥正五十四歲至五十九歲時期的作品實例。如前節所見,這個時期也正好與創作"和李詩"的高潮相吻合。這個時期的郭祥正在故鄉當塗,和赴任至當塗或當塗附近州縣的知事、通判之類的人們去交遊。作爲地方官,他們在任地與上司、同事進行社交,而在此等場面上,郭祥正積極地扮演作爲"李白後身"的角色。

五、模仿李白的詩

　　除去直接提及李白的詩歌實例之外,郭祥正或仿作李白的代表作,或模擬其風格的作品實例也留存下來。比如以《月下獨酌四首》爲始的一系列飲酒詩,以及模仿《蜀道難》的作品實例。前一方面的例子有《月下獨酌二首》(七五一—3—8759)、《春日獨酌十首》(七五〇—9—8814)、《對酒愛月示客》(七六二—114—8859)等,後者有《蜀道篇送別府尹吳龍圖仲庶》(七五〇—2—8742 熙寧三年)。下面舉《對酒愛月示客》爲例。

> 誰云月無私,那知月有情。我住月亦住,君行月亦行。
> 致此一壺酒,都忘千歲名。胸中各有月,莫遣暗雲生。

　　因爲《青山集》不是編年詩集,故包含許多無法編年的作品,特別是飲酒詩之系統,幾乎没有編年的綫索。但是,《蜀道篇》這個系列,依據《孔氏編年》,被認定爲熙寧三年之作。這裏指出有關的比較有趣的現象,郭祥正在《蜀道篇》以外,主要在歌行或長篇的古體詩裏,屢次使用了作爲李白《蜀道難》之特徵的三字感歎詞"噫吁嚱(嚱)"。使用頻率共計九篇十次,作爲詩人個體的使用頻率在唐宋間是最多的。其中五篇被《孔氏編年》進行了編年,且全部集中在熙寧三至十年(1070—1077/郭祥正三十六至四十三歲)。

如果重視這個事實的話,可以説意味著:仿作李白之古體詩的作品實例,是郭祥正在其三四十歲階段對李白所表現的姿態的象徵。也就是説,可以這樣定位:這些仿李詩是在其五十歲階段的"和李詩"(即把自己比擬爲李白的實例)之前的大約三十年間,其對李白所表現的最主要的姿態。

如前所述,能確定創作時間的郭祥正作品衹是極少部分。因而要正確地將有關李白的作品實例排列在其人生時間軸上是極其困難的。但是,本稿在整理前面内容之基礎上,若大膽而不顧及誤解,粗略地進行推測的話,下面這樣的假説便成爲可能。

即:二十歲前後的郭祥正,由於梅堯臣的讚揚使其作爲"李白後身"的身份得到了公認,主要在三四十歲階段熱情高漲地開始創作仿李白詩,可以將《蜀道篇》以及一系列的飲酒詩,還有感歎詞"噫吁嚱(嚱)"的纍次應用定位爲其具體使用實例。而從五十多歲開始就更加積極地將"後身"的立場顯露出來,在詩歌中反復將自己比擬作李白,並開始集中寫作"和李詩"。——如此粗枝大葉的寫生畫,在筆者想來是抑或可能的。

在《青山集》三十卷裏,幾乎没有收録晚年二十年間的作品。

當塗出身的南宋初人周紫芝留傳有"郭祥正晚年詩未廢"(丁福保
《歷代詩話》所收《竹坡詩話》)的話,因此他晚年並非是不作詩了,
或許是所作詩歌多數已經散佚吧。爲此,今天不能拜讀其作品全
貌是非常遺憾的事情,但至少僅從現存的作品看,也不用懷疑他
在一生裏都在積極地以"李白後身"的身分存在。

六、被稱爲"李白後身"之不幸

一生堅持扮演"李白後身",對一個詩人到底意味著什
麼呢?

就結論來說,筆者感到,在執著於角色,頑固地將其表演
到極限的姿態上,集中了詩人郭祥正的所有的兩難境地。在
當時以及後代,如果追究給予他的消極評價的話,可以認爲所
有的發端都在他的這一姿態上。這裏想以前面第三節結尾紀
錄的"和李詩"裏所見的兩個特徵爲綫索,記述筆者對有關這
一問題的思考,以代替本稿的結尾。

在這裏再次提示郭祥正"和李詩"的特徵的話,是這樣兩
點:第一,與作品內部的細節相比,他的關心點更多地面向創
作主體。第二,作爲和詩原篇的李白詩被限定在以當塗爲中
心的長江中游的區域裏創作的作品。

將這兩個特徵與蘇軾的"和陶詩"進行比較觀察。若言及
第一個特徵,對於蘇軾來說,無疑"和陶詩"的基礎首先是對陶
淵明產生的強烈共鳴感。但是,蘇軾著手寫"和陶詩"時(元祐
七年,1092,五十七歲),作爲詩人已經名震天下。而且,對於
陶淵明的喜愛也是在烏臺詩案(元豐二年,1079,蘇軾四十四
歲)以後纔顯露的。也就是說,其對於陶淵明的態度,不像郭
祥正之於李白那樣是被"先天性"地注定的,而是"後天性"的,

自己選擇的。於是,通過欣賞閲讀陶淵明的作品,這種共鳴就必然在蘇軾的心頭産生。因此,他的"和陶詩"是以作品爲媒介的,整個作品羣在性質上類似於跟陶淵明的對話録,其根本的姿態,是時常作爲他人來與陶淵明相對①。

而另一方面,在郭祥正的"和李詩"裏,其作爲他人的目光相對淡薄。也許應該説這是他作爲"李白後身"的必然歸結。或許這樣就造成了其"和李詩"缺乏唱和詩的基本姿態,即:没有正確捕捉原篇的表現特徵而進行唱和。本來,"和李詩"的創作場面多是酒宴或社交場合,大概可以想像其經過:在知道"後身"之評價的人的要求下,半即興地次韻李白詩。但蘇軾的"和陶詩"却多半是在發配地閉門索居的生活狀況下創作的,是自我完成的形態。如此在創作場面上的差異,也使"和陶詩"與"和李詩"産生質的差别。

郭祥正的"和李詩"帶有濃厚的以"當意即妙"爲宗旨的即興詩特有的、或社交詩普遍共有的特徵。因此,在郭祥正的"和李詩"中,蘇軾"和陶詩"裏被欣賞的系統性和目的性就顯得薄弱,使這個作品羣難以被形容爲一種畢生的大作。

這一點也和第二個特徵有著直接的聯繫。如果郭祥正有某種計劃性的意圖,很難理解他爲何没有次韻《古風五十九首》? 而對於《蜀道難》、《月下獨酌》,也應該不衹是模擬之作,該有次韻作品留存下來。從這類"和李詩"不存在這一事實,可以窺見他的創作姿態。

也就是説,可以推測,郭祥正或許是要在他擁有的社交機會裏扮演作爲"李白後身"的脚色,纔自己選擇了次韻李白詩這一行爲。從而,作爲次韻對象的原篇也被選擇了和各個社

---

① 參考拙稿《蘇軾檃括詞考——圍繞對陶淵明〈歸去來兮辭〉的改編》。

交場面最爲相稱的作品,而這些作品是否爲李白的代表作,那可能並不是最重要的問題。進一步,次韻詩在内容上、風格上是否和原篇一致,對郭祥正來説或許也是次要的問題。可以判斷,對於郭祥正來説,次韻這一行爲所擁有的表面性的效果總是第一重要的事情。

如果説,蘇軾的"和陶詩"是在純粹自發性的創作動機支撐下付諸實踐的,那麼郭祥正的"和李詩"便是其跟周邊他人之關係的産物,支撐其創作的是他發性的請求與自發性的創作欲望難以區分地混在一起的複合性動機。

如果本稿推測的情況是正確的,那麼郭祥正對李白的表現重點從青年時期到壯年時期發生了微妙的變化。在青年時期主要借模仿作品來接近李白的郭祥正,進入壯年以後喜歡重複跟李白幾乎相同的言行,開始積極地作爲"李白後身"來行動。但是筆者以爲,積極地行進在這條路上的郭祥正同時便陷入了無可奈何的自相矛盾中。因爲狂熱的信奉者和"轉生"之間,在其基本姿態上是有本質性的差别的。

其矛盾主要有兩點。第一,正如第四節提及的——由於他自己强調的緣故,越發被放大了——李白的神仙形象與作爲肉體的人的郭祥正之間,儼然存在著差距。他若要向外部宣揚作爲"李白後身"的自己,勢必就不得不追求李白的形象。如此他越强調李白脱俗的形象,自己也就越不得不扮演一種脱離世俗的浮雲般的離奇古怪的角色。——或許,在這個狀態裏正好隱藏著他引起周圍不滿的主要因素。

第二,以"客寓"、"放浪"型詩人的性格特徵①貫穿一生的

---

① 　參考松浦友久《客寓的詩思——作爲李白觀的一個基調》(1994 年 9 月,研文出版《李白傳記論——客寓的詩思》收録)。

李白,和執著地對故鄉當塗寄予無限愛情的定居型詩人郭祥正,二者之間有著難以填平的差距。郭祥正是格外熱愛故鄉的詩人①,從他十九歲步入仕途開始,就不失時機地持續表現了歸隱願望,並最終實現了這一願望。

在這一點上,相對於李白,他的生涯跟陶淵明要接近得多。事實上,若翻閱《青山集》,詠唱陶淵明的隱逸生活的佳作並不少。雖然李白也有《山中答俗人》、《山中與幽人對酌》等依據陶淵明作品的以飲酒、隱逸爲題的創作實例流傳下來,但是李白注定不是定居型詩人。若以我們當代人的眼光看,郭祥正的一生幾乎可以説是以陶淵明爲模範的,和陶淵明非常相似。況且,他自己也留下了不少讓人聯想起這種相似性的作品實例。然而,作爲"李白後身"的他却遠離這樣的生活實際狀態,至少在面對外界時不得不扮演一直放浪各地的李白。

李白並不是超然於盛唐——正值貴族社會的終點,也是道教走紅的時代——這樣一個特定的時代背景而存在的。毋寧説,正是盛唐這樣一個時代造就了李白這一奔放的詩人形象。另一方面,北宋後期乃是士大夫——與貴族相比,他們已經很大程度世俗化——的時代,是復興儒教的趨勢籠罩了整個社會的時代。在與盛唐完全異質的北宋後期這樣一個時代裏,要扮演"李白後身",本來就是一個接近無理的要求。儘管如此,還要主動地、極其認真地去扮演的詩人,這就是郭祥正。"李白後身"的評價使年輕的他一舉成名了,但是也許可以説,這又一直從反面成爲他的巨大的苦惱和兩難境地。

① 有關郭祥正對故鄉的思念,在下面的拙稿中有記載:《姑孰紀遊——當塗郭祥正關係遺迹調查報告》(2002年12月,宋代詩文研究會《橄欖》第一一號)。

　　訥師今亦浮杯徒,問答言詞瀉秋水。

　　脱去儒冠披壞衣,一生長在名山裏。

　　殷勤笑我騎鯨魚,詩狂酒怪何時已。

　　七言哦罷欲無言,坐看峰頭片雲起。

　　上引爲《和守訥上人五峰見寄之作》(七五五—7—8796)詩的結尾部分。曾經將出仕作爲目標,後來歸依佛門的守訥①寄來了詩作,這是對其唱和的作品。在這裏,對已經通過出家而獲得了精神平静的僧人,郭祥正表現出了精神動揺的姿態。"殷勤"以下的兩句是守訥發問的形式,也可以讀成他對自己的自問:在詩裏發狂,在酒中沉迷,這種扮演李白的日子,究竟你打算過到何時? 在這裏,我們宛若看到一邊自問一邊苦惱的"李白後身"。

（益西拉姆譯）

---

①　關於守訥,賀鑄有題爲《答僧訥》的詩,在其題下註(序)裏,有"守訥,鄭氏子,字敏中。三代第進士,訥亦兩至禮部。既壯祝髮,師事圓照本公……"(文淵閣《四庫全書》本《慶湖遺老詩集拾遺》)。

各篇日文原題與最初發表書刊

○　王安石「明妃曲」考
　　——北宋中期士大夫の意識形態をめぐって——

一至三:『橄欖』第 5 號　王安石文學特集號　pp. 151～190　宋代詩文研究會　1993 年 3 月

四至七:『橄欖』第 6 號　pp. 103～211　宋代詩文研究會　1995 年 5 月

○　「東坡烏臺詩案」流傳考
　　——北宋末—南宋初の士大夫における蘇軾文藝作品蒐集熱をめぐって——

『横濱市立大學論叢』人文科學系列 47—3 伊東昭雄教授退職記念號　pp. 111～148　1996 年 3 月

○　東坡烏臺詩案考——北宋後期士大夫社會における文學とメディア——

一至六:『橄欖』第 7 號　蘇軾文學特集號　pp. 276～325　宋代詩文研究會　1998 年 7 月

七至十一:『橄欖』第 9 號　pp. 189～218　宋代詩文研究會 2000 年 12 月

○　蘇軾文學與傳播媒介——試論同時代文學與印刷媒體的關係——

王水照主編『新宋學』第 1 輯　pp. 251～262　上海辭書出版社 2001 年 10 月

（日文版　蘇軾の文學と印刷メディア――同時代文學と印刷メディアの邂逅――『中國古典研究』第 46 號　pp. 56～76　2001年 12 月）

○　蘇軾「廬山眞面目」考――「題西林壁」の表現意圖をめぐって――

『中國詩文論叢』第 15 集　pp. 90～120　中國詩文研究會 1996 年 10 月

○　蘇軾次韻詩考

『中國詩文論叢』第 7 集　pp. 116～145　中國詩文研究會 1988 年 6 月

○　蘇軾次韻詞考――詩詞間における異同を中心として――

『日本中國學會報』第 44 集　pp. 115～129　日本中國學會 1992 年 10 月

○　蘇軾檃括詞考――陶淵明「歸去來兮辭」の改編をめぐって――

『中國文學研究』第 24 期　蘆田孝昭教授古稀記念號　pp. 23～39　早稻田大學中國文學會　1998 年 12 月

○　兩宋檃括詞考

『村山吉廣教授古稀紀念中國古典學論集』　pp. 731～751　汲古書院　2000 年 3 月

○　宋代八景現象考

王水照主編『新宋學』第 2 輯　pp. 389～408　上海辭書出版社 2003 年 11 月

（日文版　『中國詩文論叢』第 20 集　pp. 83～110　2001 年 10 月）

○　黃庭堅と王安石――黃庭堅の心の軌迹――

『橄欖』第 10 號　黃庭堅文學特集號　pp. 81～112　宋代詩文研究會　2001 年 12 月

（中文版　莫礪鋒主編『第二屆宋代文學國際研討會論文集』
pp. 249～294　江蘇教育出版社　2003 年 6 月／張高評主編『宋
代文學研究叢刊』第 9 期　pp. 117～155　麗文文化事業公司
2003 年 12 月）

○　李白の後身・郭祥正と「和李詩」
　　『中國文學研究』第 29 期　松浦友久教授追悼號　pp. 173～189
早稻田大學中國文學會　2003 年 12 月

後　　記

　　本書收録的十二篇,由我本人精選自這二十年間在《橄
欖》(宋代詩文研究會)、《中國詩文論叢》(中國詩文研究會)、
《中國文學研究》(早稻田大學中國文學會)以及《新宋學》等學
術雜誌上發表的論文。雖說如此,由於我的文思不敏捷,發表
的論文數量本來就不算多,因此這十二篇幾乎可以說是二十
年間研究成果的全部。然而,即便僅僅是十二篇,内容上也不
統一,以至於難以找出一個共通的題目。揭出"傳媒與真相"
這樣一個象徵性的書名,實際上祇是一種"苦肉計",終究還是
因爲找不到一個短語可以作爲貼切概括這十二篇的標題。如
果有的讀者祇是被這書名所誘導而惠顧本書,那麼我恐怕他
們讀後會大失所望。
　　衷心感謝復旦大學中文系的王水照先生,賜予我一個機
會,向中國的專家們介紹自己的研究成果,儘管它們如此缺乏
統一性而又内容稚拙。在 1984 年,先生曾作爲外國人教師執
教於東京大學,自那以來,我便一直得到先生的指導。雖然我
的研究無疑不足以追蹤於先生,但我遠處東瀛一方,仍能時常
意識到先生的嚴格眼神,在先生的鼓勵之下,爲稍稍接近恩師
的境界而奮鬥努力,其結果便是本書所收的各篇論文。另外,
在母校早稻田大學,我也始終得到松浦友久先師的指導,從一
個研究者的心理準備到論文的具體寫法,他都懇切囑咐,丁寧

備至。不幸的是,松浦先師已於 2002 年秋,因藥石無效而永
爲不歸之客。假如先師尚在,獲呈本書,必賜悦顔,但這已是
不可實現的夢想了。謹將此菲薄之作,奉於先師的靈前。

　　本書的翻譯,有勞於多位之手。除了内子益西拉姆翻譯
的四篇外,復旦大學中國古代文學研究中心的畏友陳廣宏教
授曾爲校閲一篇,而復旦大學中文系的邵毅平教授也賜予協
力。更爲難忘的是,王水照先生門下的俊秀,復旦大學中文系
的朱剛副教授,在繁忙之中,以甚短的時間譯出了幾乎全部未
翻譯的原稿,在此俯首致謝。倘無各位的熱心援助,本書的内
容一定更爲粗雜,更多錯誤。我這雖然簡單却蘊含甚深之思
的謝意,如蒙接受,不勝僥幸。

　　另外,本書刊行之際,也得到了早稻田大學(2005 年度)
的學術出版補助。

内山精也

2005 年 5 月於東京